橙灰的天际

包讷睿 著

作家出版社

谨以此作献给一世辛劳、已在天堂的父母

目录

正确不对便是错误，错误不对便是正确。谁能拥有这一白一黑的婴儿，这就是谁的幸运！

——摘自作者诗集《哈顿高勒集》中《幸运的一代》

第一章　意外任命

一

1990 年 10 月下旬的一个下午，北京阜成门外一处雄伟礼堂内，一场为庆祝第十一届亚运会成功举办的大型演出，已进行约一小时。里面张灯结彩，几百号人欢聚一堂，在观看精彩绝伦的节目。本届亚运会是中国改革开放后承办的第一个国际性体育赛事，并且取得骄人业绩。它的成功向世人证明，中国人有能力办大事，也表明改革开放正带给这个古老国度空前的巨变。无论如何，这届运动会的举办预示着中国整体步入正常发展轨道，回归了应有的社会轨道。所以，在这个特殊历史时刻，举行这样隆重的庆祝，实在情理之中。

当级别最高的官员出现在舞台上时，活动进入高潮。礼堂里马上回响起那首著名的《亚洲雄风》，大家均听得热血沸腾，纷纷站起响应，掌声像潮水般延绵不绝。这时很少有人注意到，有三个人正贴着礼堂的墙悄悄离开。他们表情严肃，走得很快，好像赶去处理什么紧急事务。三人中，走在最前面的是个中年男人，穿灰色夹克和黑肥裤子，大脸盘上生着痤疮，正目不斜视地专心带路；中间老者身材略比普通人高些，板直硬朗，步伐有力，沧桑的眉宇间流露出冷峻；他不时回头看看，似乎十分留恋这里；最后面是位年轻女子，戴顶藕荷色贝雷帽，左侧别只海蓝色丝结，同色系的品牌风衣刚及膝头，穿双玲珑的高跟鞋，小腿秀美灵动，姿态如芭蕾舞演员般轻盈优美。尽管她放低身段埋头走路，仍可看出帽檐下有副惊世容颜，仿佛妆奁中一枚稀世的宝石。墙上音箱太吵，她一边撩起奋拉下来的头发，一边捂起耳朵弯腰走路。

年轻女子叫黎红，二十一岁，是北京一家知名文艺杂志社的记者兼编辑。走在她前面的是其父亲，即西北某军分区副政委、行将到龄退休的黎怀远。而最前面的人名为刘光耀，系某办公厅一位"老人"，他刚才急匆匆赶来，通知黎怀远领导要在半小时内接见他。黎怀远这段时间恰好回北京休假，作为一个亲历过战争、深感和平不易的老英雄，他对于目前蒸蒸日上的形势倍感欣慰与自豪。如今上级领导突然召见他，他不敢耽搁，步履坚定地加速离开。黎红本可以留下，但她想陪着父亲。在拐出门口的瞬间，她回头看看整个人声鼎沸的会场，嘴角露出一丝旁人难以觉察的冷笑。

当黎红在那座举世闻名的古代皇家园林外等待父亲时，她的心情并不好。一方面她早已习惯父亲忙于工作而疏忽她，另一方面为父亲上了年纪却依然要在北京与外地间奔波而担忧。可无论她说什么，父亲都不会听她的，他对军队着了魔，凭谁都别想干涉。此时的北京已进入深秋，蓝天明媚，绿荫似水，天气干爽凉快，行人的面容与笑声都格外真切。母亲已逝去五年，她与父亲的关系因为母亲的死没能回到从前。如果不是父亲固执地接受任命前往西北，而母亲又因为过于担心丈夫而坚决随行，她的生活和家庭就不会是现在这个样子。夫妻俩本来说好，以后一起回她老家养老，在那里结束他们漂泊的一生。但去西北的路上，由于海拔过高，妻子病情恶化死在车内。临终时她抓着丈夫的手，嘱咐他一定要照顾好女儿。生于令人羡慕的高干家庭，黎红却似乎从未感受到这一点。所谓阶层和出身，于她毫无概念。她的生活从来缺乏乐趣，仅有的就是写点东西。

说起母亲，她是 S 省一个农民的女儿，上有五个哥哥，虽是最小的妹妹，却并未受到专宠。她吃他们剩下的饭菜，穿他们淘汰的衣服，跟在他们后面玩耍却被赶回家。古老的习俗在 S 省就是如此，一个女孩在家里只能等长大出嫁，不可能获得男孩子那样的偏爱。由于缺少照顾和营养不良，她十三岁只比一棵棉花高。她胆小怕事，给母亲帮忙总想表现得勤快些，可母亲仍嫌她慢，数落她偷懒和不中用。"你五哥只比你大一岁，人家已背得动半筐红薯了，要你有啥用哩！"在其印象里，父亲每天天不亮就起床，披起满是老汗味的衣服到地里干活，直到很晚才尘土满身地回来，扒几口高粱饭，再点过一锅烟，然后倒头就睡，天天如此。妻子很尊重丈夫，生怕有一点照顾不周，坚决做个任劳任怨的妻子。这种务实相处的方式对于最底层的家庭显得弥足珍贵，帮助丈夫树立起权威，形成家庭等级观念，让这个家庭像只始终有气力奔波挣扎的动物，顽强地生存下去。

而她的父亲黎怀远，则是因为家里吃不饱饭、十五岁便被送去当兵的 H 省穷小子。刚入伍那年，他跨过鸭绿江走上抗美援朝战场，四十多岁又参加了对越自卫反击战，一生出生入死，直到五年前赴任西北某军分区副政委，获授大校军衔。没人比他更懂得战争是个杀人机器，也没有人比他更知晓和平有多么可贵。他天生就是当兵的料，穿上军装便不把自己当普通人看。打仗很对他的脾性，上了战场他就像换了个人。他认为世间所有东西都难与战争带给人的感受那般直接和强烈，那种震撼仿佛将生命置于烈火中锻造与考验，最终将人生淬炼得精美无比。他第一次被提拔是在战场上，排长牺牲了，他临危受命。那是场决定双方生死的战役，直到后来他才通过史学家知道这场战役的重要性。他们隐蔽在尖利的岩石后，迎击敌方强大的炮火，挫伤其进攻锐气。到最后关头，他们只能靠第六感觉射击，因为连绵不断的炮火、浓烟以及积压在地形里的浓雾，让他们难以辨认方向和物体。他完全没有了生死念头，只凭本能发射，希望尽快消灭敌人。敌人的短攻没能得逞，自己这方也没取得实质性进展。闻着早晨弥漫在风里的硝烟和烧焦尸体的味道，他想起遇难的战友，心里没有悲哀，只想着如何尽快报仇。中途休息时，他躲进掩体喝着雨水满心不服。看着烟幕弹像红色鱿鱼滑上天空，他抱着发烫的枪管，冷静地琢磨战术。枪炮声再响，他英俊的脸拧巴到令人恐怖的程度。当他在隆隆炮声中爬向连长请求进攻时，炮声居然停了会，然后连长看到这个无比尊贵可爱的年轻人，在距其不到三米远的地方，以一种极度夸张的表情请命："连长，让我往上攻吧！"征得同意后，他马上跳出掩体，灵活地穿越透明闪亮的火光，迅速消失在烟雾与尘土中。没人相信他能够活着回来，他们遭遇了有史以来最顽固的对攻，敌人的火力彻底封锁了他们的阵地，炮弹暴雨般倾泻而下，将战场泥土彻底掀了几个个儿。他率领战士不但成功端掉对面山上敌人最大的炮点，而且顺利返回营地。没有谁比他更懂得生与死的境界，每天早晨醒来，他都觉得不可思议。回想那次经历，他眼前便现出新鲜的泥土，它们像尸肉渗出汁水，然后身下的弹坑像松糕一般发软，整个人如在巨浪中前行。所以当看到有人以那么一种浮躁散漫的姿态生活时，他非常费解。战争一结束，他更加不适应，对周围任何人和事物失去了兴趣。虽然一路晋升带给他尊崇与荣誉，但他如同被关进笼子的猫科动物，对馈赠物嗤之以鼻。他唯一钟情的乐趣，就是跻身年轻战士中间，无论他们怎么调皮、如何拙劣，在他眼里都一样可爱与勇敢。因为他相信只要他们一上战场，都会变成世界上最优秀的战士。他三十五岁时才经人介绍成了亲，妻子比他小十七岁，第二年他们诞下黎红。他常年在外，对于家庭的付出屈指可数，对女儿的抚养和教育乏善可陈。好在妻女充分理解信任他，所以三口之家的情感还算融洽。——这就是黎红的家庭，内部不可名状的关系，连她自己都说不清。

　　回想一个多小时前的演出，黎红的心情并不爽。出席这样的场合当然少不了京城的政商名流。可这些人又动用关系把各自的亲友请来，于是整个场子更像一个热闹的家宴，无论谁一抬头马上就能看到熟人，不是邻居就是同学，抑或同事，所以人们在场子里显得非常随意。这正是黎红不喜欢的，她讨厌那些要人名流和他们的亲友，觉得他们像化工厂烟囱排出的废物把会场污染了。特别是那些从始至终盯着她看的年轻男性，个个油头粉面，故意高谈阔论，说些和年龄与场合不相干的话题，什么改革啊，时间就是金钱啊，星球大战啊，真是不自量力，仿佛全世界受得了他们养尊处优和随心所欲的样子。他们没经历过父辈那样的苦难，不喜欢读书，缺乏技艺，却精通勾心斗角和吃喝玩乐，实在看不出有任何理想抱负。而她的人生目标是嫁个像父亲那般具有高尚品质、吃苦耐劳的男子，然后写一部关于军人生活与情感的大部头小说，献给世上所有勇于担当和默默付出的人。这才是她的理想，由此她自认比大多数一心追求物质享受的人强出百倍。所以，如果不是父亲喜欢，她才不愿意到这种鬼地方抛头露面。

她揽紧风衣，避开路人猎奇的目光，焦急地等待父亲出来，同时想知道来人突然把父亲叫走到底是为了什么。她倒不是担心父亲，而是因生活不能自主而被扰得心烦。太阳已经西斜，照得她的鹅蛋脸更加楚楚动人。她长了双尾梢上挑的杏核眼，像天安门城楼上的精致宫灯一样好看；眉尖细细硬硬，如同昆明湖风中的蜻蜓翅膀微微颤动。这样的眉目相映，好似晚霞中一片生机勃勃的水塘。一头短发留到耳根，层次分明，显得整张脸俏丽动人，彰示不一般的青春活力。她不是明星胜似明星，目睹过她的异性几乎都情不自禁地迷恋她。但她从来不正眼瞧他们，觉得他们像野塘边的蛤蟆，丑陋、庸俗和势利。她不断叹气，看街上日益时髦起来的市民和现代起来的北京街道，转而把心思集中到自己将来要写的那部大书上。她觉得父亲和军队值得大书特书，因为二者都卓尔不群，有许多东西需要深挖细掘。

——当黎怀远走向女儿时，帽子略微戴歪了，脸像炉膛红中透亮，翠绿的身子舒展不少。他万万没想到，正当全军实行干部年轻化、知识化的当口，像他这种没文化、没学历的老同志，在退居二线已然成为一种趋势的时候，组织却要给他换个位置，这让他始料不及。他想推辞，旋即打消念头。于是，在领导的循循善诱下，在那间深深打上历史烙印的美丽楼阁里，他作为一个长期身负家国使命但行将退役的老兵，与一个闻名遐迩的政治家和军事家，进行了一番长久的促膝深谈。其间既带出他们对历史战绩的骄傲，也有对现实状况的深切忧虑。他像一朵彩云守护于高峰之畔，一种神奇的崇拜和归属感，让他愿意把自己长年所思所想倾诉出来，然后在二人间形成一种神奇的固定关联。他感到自己被领导身上传递出的强大力量所吸引，愿意像行星忠实地围绕恒星运转。

在他说话过程中，领导始终一言不发地听着，其习惯性的抽烟动作加重了其心事，微微隆起的眉头令其保养得很圆润的脸摊上不快的阴影，而这阴影似乎暗示着整个国家目前所面临的问题。但如果领导稍稍舒展下眉头，则可能代表他已经思考好了，做出了正确的、唯一的决定，然后这决定及后续效果将由有关机构和人员收编为史料。黎怀远多次出神，如同看到杖朝之年的父亲，不禁泪湿双眼。他深知领导天性开朗，不喜被束缚，便每每想到海明威笔下那个斗服大海与大鱼的老人。

"为什么选我？我没文化、没学历，而且马上到退休年龄。"黎怀远最终没忍住问了这个幼稚问题。他往前坐坐，脚跟并拢，低头不敢看领导。

"这个问题不该出自你的口！"领导显然对这个问题感到意外与厌烦，他摁灭烟头，背起手在房间里踱步，"在国家安全和改革大业面前没有谁上谁下的问题，都要承担历史责任，都要做力所能及的事。"说着，他语气缓和下来，长长地舒一口气，"在当前国际形势下，西北地区更显重要，你要明白组织意图，不要被一些传言误导了。国家虽然推进干部年轻化、知识化，但不要忘了还有八个字：'国家兴亡，匹夫有责'。"说话间，领导改用温柔的眼神上下打量着黎怀远，这才让他稍感舒适些。

"我们迫不得已这么做，压力比以往任何时候都大。我们遇到了前所未有的挑战，却一点准备也没有。但我们有改掉问题的决心，最后有的也只能是决心。而这一切需要有个和平的环境，没人比你我更清楚一个和平环境的重要性。加强军队建设，既是保卫我们改革和发展的成果，也是为改革与发展创造更为有利的和平环境与安全保障。"说完，领导用力深呼吸几下，好像要把全世界吸进去又吐出来，因为他的心胸足有这个容量。

"首长，我坚决拥护与执行任何决定和命令！"

"他们说对了，你就是根直肠子。"领导笑起来，如同喜悦的婴儿清澈单纯，"冷战持续，第三次工业革命方兴未艾，世界朝多极化发展，南北发展不平衡加剧，局部动荡频繁发生。所以，我们的战争理念和方式需要及时调整，必须找到新的战略支点。"领导再次望着远方说，思绪向着意识里开拓的纵深地带继续策马驰行。

"首长，我——"黎怀远还想表态，却被老人坚决和温柔地打断。

"但国际形势总体稳定，国际环境大体有利于我们，和平与发展必然是当今时代主题。"

领导第三次自行点上烟，瞟来个意味深长的眼神。这既拉近又隔开彼此距离，像黎明前一团庞大与静谧的黑暗，巨大、轻盈地飘浮于黎怀远视线前。

黎怀远还要说什么，领导却突然摆手，侧过头，不耐烦地说："去吧去吧，记住我们今天的见面。我要打个盹、养养神，一会儿还有外事接见。"犹豫片刻，领导又说，"更多事情我不便说，会有别的同志与你进一步沟通。"

黎怀远不敢再说什么，忙站好敬礼。他告辞出来，刘光耀正等在门口，谦敬地站着，好像其是片祥云，可以把任何东西捧上天。在护送黎怀远往外走的时候，他几乎不抬头，好像带路是他生就的一桩本领。经过一个小湖时，微风把映在里面的各个静物打碎，可从远处看，其中的景物仍旧完整美丽。一些好看的水鸟要么在水边垂柳下乘凉，要么轻快飞翔于水面。一队戎装鲜亮的士兵经过湖心白色拱桥，身姿像一队漂亮的天鹅。看到军人，黎怀远顿时轻松释然许多。

"领导很忙，他单独见你，你应该明白用意！"刘光耀走路，突然瞟过一个类似领导的眼神，然后舔舔嘴唇，但他并不需要黎怀远感动或感激，而是接着说下去，"绝非危言耸听，怀远同志，现在的情形远比我们原以为的复杂和困难。你知道，世界多极化趋势加快，中国国际地位明显上升，但也面临严峻挑战，同时为消除国内经济社会运行面临的风险和存在的不健康、不稳定因素，党中央从党的组织建设到立法、政府、军队及司法系统，都在做必要的调整部署。因此，我们要稳住整个局面，让改革得以贯彻实施。很多人已经开始遗忘过去，但改革刚刚进入深水区，必然会遇到更多大风大浪。"刘光耀很激动，连声音都在颤抖，眼神非常慌乱，像找不到池塘出口的小鱼。"还记得那些情景吧！"他仿佛要努力扯掉缠在脖上的一截绳子，"只有站在历史和人民的角度、高度才能秉公办事，只有服从一个目标高尚的组织，才能有觉悟、有能力放下私心。改革已然取得的成绩会让人产生错觉，以为改革已经达到了目的。实则建立一套制度化的东西，像建成一座大厦尚需时日。这几年我们忽视了外部因素，尤其是西方一些所谓民主国家，他们想让我们像苏联那样搞变革。照我看，世界并不只有一个固定发展模式，就像所有生物各有各样、各行其道。人类社会内部也一样，一切存在皆为合理。历史终将证明，民主也好，专制也罢，都要产生一个结果，那就是群众得到好处，人们生活顺心如意。其他都是表象，这才是潜台词。就像给一个人起再好听的名字，终不过还是他自己。现在看，改革正帮助我们实现这一点。可是，还能指望一步登天吗？"他抠抠因发热而痒痒的面颊，连齐整的领口也顾不得保护。他一路没停下说话，好像这才是他亲自护送黎怀远出来的原因。

"是的，只要听党中央的就对了，绝不能有二心。话说我们这般年纪的人，还需要野心吗？完全没用，就像我们再不用提枪上战场一样。我们只需用最纯粹的忠诚，配合党和国家完成伟业，这便是我们在人生最后时刻能做的最有意义的事。把这当作留下清白名声的好机会吧，这么做一点不吃亏。一个人只要认清形势，就能正确做出判断。而目前所谓形势，就是怎样更好地促进国家社会的繁荣安定。换句话说，这也是军方应该持有的观点和态度。"他停下，前倾身体，两只专供皮鞋的鞋面里，因景物不一致而深浅不一。他好像完全进入忘我状态，眼睛的焦距不断变化，脸一会儿暗一会儿亮，仿佛夜晚树林后的灯光。

当看到黎怀远歪头皱眉，刘光耀把鼻子抽抽，将那张熟杨梅样的脸高高悬起，好像也为自己的高风亮节所感动，于是就像国画上通常凌空俯视的老鹰，他前倾身子，唾沫飞溅地继续说道："我们不能有半点闪失，必须牢牢抓住现有时机，把目前局势控制好、巩固好。其他的都可以探讨，但军队这块丝毫不能生变，当然我指的是它的职能与忠诚度。国防线安全就交给你这样的好手，这是非常时期的决定。国家需要你这样有思想、有灵魂的人。你在即将到龄又得到起用，因为你具备这样的条件。这次人员调整将确保今后五到十年的稳定，你们面临的是新局面，虽说不可能爆发战争，但谁又保证它不发生呢？就像一个有脾气的人，我们总得时时防着他不是？总之，这是近来又一次人员大范围调整，国家已经把一切因素考虑进去了。你们的待遇会相应提高，家属会得到很好照顾，这点请放心。"在他说完最后这句话时，二人恰好来到门口。不由分说，他抓起黎怀远的手臂摇晃一通，然后举手告别。"再见，怀远同志！"随之，他的身影迅速隐入那两扇雄伟的红门之后。

走向女儿的过程中，黎怀远仍在领悟领导百忙中接见自己的用意，并在心里发力。"我是个固执的人，但对党、对军队绝对忠贞不贰。"他又一次探底自己的军人良知，同时又变得像战前请命一般勇猛无畏。这次大战同样即将发生在一个灰蒙蒙的早晨，一切还带着新鲜的露水。宁静很快会被打破，像水汽化为乌有。但这不再是他之前熟悉的战场，而是整个中国正在发生的一场变革，被人们称为人类二十世纪中后期最伟大的社会改革，涉及一个具有五千年文明史的国度和十一亿人口，包含政治、经济、民生、法律、社会、军事和外交等各方面。毫不夸张地说，近代历史上任何一次战争、革命或变革，都难与之匹敌。

"看来，我又能效命军队了！"想到这，黎怀远把脊背挺得更直，眼里闪过喜悦。这次没等女儿问，他主动向她交代实情。黎红听后心里咯噔一下，但表面上装作替父亲高兴。她只能从父亲那边着想，没办法替自己和这个家庭考虑。她上前帮父亲扶正帽子，知趣地不多问什么，而是撒起娇，挎起他的胳膊往回走。

天色向晚，太阳来到与中央电视台主楼一般高的地方，周围低矮灰色的四合院上飘起的美丽尘烟被风吹散，形成如梦似幻的氤氲效果。父女俩深吸一下熟悉的人间味道，回回神，无论如何都觉得刚刚参加的庆祝演出已是很久远的事情了。但今天这个日子，黎怀远将永远铭记。

"今晚怎么过？除了喝酒庆祝，似乎没别的可做。"黎红看出父亲的高兴劲，马上建议道。

"回家吧，炒盘鸡蛋土豆丝，开瓶二锅头，咱爷俩好好喝一回。"黎怀远又把身子往高耸耸，显示出全身的劲头与决心。

黎红苦笑着，伸手拦下一辆出租车。父女俩坐进去，直奔位于北二环沿线的一片老旧小区。

在黎怀远庆祝的时候，也有人在庆祝。但人家的规模、档次比他高出许多，他仍属于这拨人里职级最低的。可相比较起来，还有人因为没被重用而在外人看不见的地方生闷气。例如与他同住一个小区的魏国栋，原是一个宣传口的主笔，这次被平调到一个临时组建的志史小组任组长。他五十出头，模样出现早衰，半秃顶，身材矮小枯朽，脸似蒜碟，掩在一副可以挡住整张脸的高度近视镜后，腿脚走起路来亦不甚利索，有那么点轻微的颠簸。他于二十世纪八十年代中期从南方某省政研室调至北京，被安排在重要部门工作，在位上写出一系列漂亮文章，一时在整个中国思想界、理论界颇负盛名。但这些文章引发担忧，个别人认为他的观点过于激进，会导致人们意识混乱。这次他非但没像以前受到器重，反而在大规模的干部调整中被调换了岗位，失去了能让其发挥特长的平台。

当天魏国栋回到家的时候，消息灵通的妻子早知道了这事，她正抱着一只纯白的京巴犬，坐在客厅沙发上昂首迎他。她脸上现出疲倦和浮肿，眉毛由于上年纪几乎掉光，高高隆起的太阳穴与新画上去的吊梢眉相连，像两条小河的发源地。眼窝深陷眉骨，在高耸的鼻梁两侧形成深坑，如同两只因干旱而水面过度下降的水塘。里面绿幽幽的，没有上年纪该有的心明眼亮，却充满欲望没被满足的煎熬。小狗见魏国栋进门，立刻跳下扑向他。魏国栋躲开，一声不响往书房走。妻子的眼睛像警察跟踪罪犯，又顺势把夹着的绿毛线团往外抽抽，手指像灵长目动物一样上下翻飞。她皱起眉，满脸不快，好似要把所有怨气和仇恨都织进去似的。

魏国栋经过妻子面前时，像只老羊蜷缩腰身，面如死灰，大气不敢出一声。他虽然冤枉得很，可更害怕老婆的刁难。从上午知道消息到现在，他像被砍了头一样脖上空空。他伸出鸡爪一样瘦骨嶙峋的手指端详，自认只要它们在，就能写下去。妻子尾随进来，认为他除了写文章一无是处，在单位像个任人捏的软柿子。

"儿子怎么办？别人都千方百计安排子弟，我们的儿子那么优秀，却让他一辈子待在学校打杂吗？"纯粹出于女人的妒忌和做母亲的慈心，她根本忽视丈夫不能施展身手、为国效力的委屈与伤心，只为通向权力之门被关上而痛苦绝望。

"难道我愿意这样吗，由得了我吗？"魏国栋想躲避这个对他刻薄了一辈子的女人。当初若不是她，他宁愿在下面做一辈子研究员。

"人家都把孩子送去当官，让他们名利双收、光宗耀祖。"她带着不容丈夫插嘴的口吻说道，"我们好不容易熬盼到今天，你却因为不够圆滑被冷落。你年龄已大，不会再有第二次政治生命！为什么不写些大家都能接受的文章，为什么一定要标新立异呢？"地上的小狗抬头看魏国栋，又转身摇动大尾巴使劲讨好女主人。女主人流泪了，但这泪水绝不是软弱，而是炮弹。

"我做分内的事，碍着别人什么？"

"你调离岗位的事领导们不知道吗，快说，他们不知道吗？"妻子一下子激动起来，像最绝望时从兜里连个钢镚都没摸着似的。

"应该知道吧，谁知道！"魏国栋像棵失去功能的老树，完全一派衰败之相。

"到底知道不知道？"妻子扑上来抓住丈夫肩膀用力摇晃，像要把他从装睡中摇醒。

"我怎么知道！"丈夫像窗外那棵掉光枣子的树，妻子没能从上面摇下任何东西来。她恨恨地一把推开丈夫，抱起小狗，伤心地呜呜哭着回卧室了。

魏国栋下意识地摸摸下巴，好像去那里寻找他提前埋好的东西。他苦笑着想："夫妻啊，每个人都觉得对方亏欠了自己。放过对方，就是放弃一笔到期的债务，是万万不可能的。又像对于孩子，夫妇各有爱的方式，却非要龃龉对方。"

位于北京市宣武区某大街一处学校教室内，将近晚上十点，里面依旧灯火通明。李梅和张惠挤坐在一堆汗涔涔的年轻人里面，一边专心听讲，一边紧握钢笔疾速记笔记。李梅和张惠都是干部子女，却愿意参加这种拥挤不堪和热烘烘的成人辅导班，说来有点奇怪。她俩选择的专业都是时下最热门的对外贸易，没有一点毅力是坚持不下来的。今天的课程是《对外商务谈判》，由一个脖子上系条红色丝巾的中年妇女授课。她绾个发髻，画眼描眉，搽着口红，一身黑西装套裙，不时转过去在绿玻璃的黑板上写板书。再转过来时，一边拍打手上的粉笔末，一边望着下面从各城区下班后辛苦赶来的大龄学生，无数次地重复："只要你们像现在这样学下去，我保证你们都能顺利通过考试。"

李梅那张手掌大的方脸因为高度兴奋泛出红晕，她的侧影像是专为拍照而设计的三齐头造型。她给自己定了很高的目标，每门功课都要一次性通过，三年内拿到大专文凭。她比别人听得更认真，生怕错过老师讲的考点。相比之下张惠就不那么好了，过会儿就举手申请上厕所，结果耽误了记笔记，只好回去抄李梅的了。李梅两个月学下来，都快记满一个笔记本，可张惠的本子上，除画了几个蹩脚的卡通少女和史努比外，干净得像电影屏幕。

三小时的课程结束，二人挎着书包从教室出来，感觉像被松绑一样轻松。李梅侧身给人让过，张惠鼻头攒着汗珠，迈开与年纪极不相称的粗壮小腿拉着李梅使劲往前走。李梅低下头，张惠脚下的响动更大了。

"我们怎么回去？"楼门口冷清下来，张惠打着哈欠问李梅。

"李为民来接我。"

"人呢？"

"喏，那边站着呢。"尽管李梅笑得含蓄，但洋溢着一股无法抑制的幸福。

远处，一个瘦高个男子正缩起脖子，站在一根电线杆下。不了解他的人以为他是害羞，可真正了解他的人知道，他是看不起从里面走出的每个人。

"让我一个回去吗？"张惠松开李梅胳膊，用委屈得快要哭出来的声音说。

"快去吧，要不街上一会儿更没人了。"李梅催促张惠，眼睛却投向树底下那个人。

张惠赖着不走，李梅拿她没办法。这并非两人友谊超过别人，只是性格使然。街上人很少了，路灯往路面洒层金粉，往西甚至能看到黑乎乎的山影。赶巧女老师戴着口罩从楼里出来，碰到待在门口的这两个女生。

"怎么还没走，都多晚了，明天还要不要上班？"

"老师好！"李梅礼貌地问候。

老师带着一种杰出气质欣赏李梅："国家现在需要大量国际型人才，你们要抓住机会好好学哦！"

"对，没文化寸步难行！"

老师很中意这样的问答，为人师表的幸福感又增强了。

"张惠，你可以送老师回去。"李梅顺势推下张惠，张惠便像个跳水运动员一头栽到老师自行车跟前。

"干吗推我！"张惠睁大眼睛又生气又吃惊地质问好友。她这样直率让李梅当即脸红了。还好在夜里，李梅故作镇定地回道："张惠你不正好和老师同路吗，陪着老师走吧。"

"正好啊，张惠，作为老师，我对你课堂上的表现有话要说。"老师把已经搁在脚蹬上的脚放下来，同时摘掉口罩，用那种负责任的语气深情和焦虑地说。

"我怎么了吗，老师？您说的我全记下了，不信您可以问李梅！"张惠不明白老师为什么这样看待自己，作为问题少女的她，微微隆起的肚子抽搐起来，用惯使性子的小眼睛刁钻地看着这位老师。

"路上说吧。"老师显然对这位不知好歹的女同学没好感，重新戴好口罩，麻利跳上车蹬几下，裙角飞扬地去了。

"快去啊，让老师给你开小灶。"李梅又把张惠往前推，像要出卖她似的。

"对呀，我可以问她考点，这样咱俩都能过关。"

张惠临走不忘回头冲李梅摆手说"拜拜"。

老师已经骑出去很远了，张惠奋力在追，让人想起《猫和老鼠》里的追逐场面。李梅看着吓坏了。"她胆小起来像只蚂蚁，胆大起来像头老虎。"她自言自语道。

"一个人说什么呢？"李为民阴郁地从树下过来，脸上是那种极为轻蔑与勉为其难的笑，就像别人得罪他，而他是不会轻饶似的。

"她可真难打发。"

"是吗？"李为民不再说什么，冷眼看着张惠和那个女老师在夜色里越来越模糊的身影。夜色又静又美，但这样的美好时刻因为他的不开心而暗淡冷清。黑暗像章鱼排出的一股股密密麻麻的卵，路灯下没人猜得透这位黑夹克男生的心思。

"等久了吧，我们回去吧。"李梅深吸一下夜里浑浊的空气，试图振作精神。种种不快堵在两人心间，消磨掉了他们之间本应有的热情。

两人推车并排走起来，李梅想亲近点，但李为民固执地径自行动。李梅好几次用恋爱中女性那种带有无辜与暗示的眼神瞟向李为民，但他只管死盯地面，像魂魄附在上面一般。他之所以愿意抽时间送她回家，只希望再做一次努力，让自己接受这个现实。他不爱她，但必须爱她，因为她是自己顶头上司的女儿。来前他设想过无数场景，这时候绝对不能文质彬彬，而要像野兽那样做出举动。他出生在 J 省一个名不见经传的小县城，高考战胜千军万马，成为北京著名大学里的一介高才生。中国知识分子历来遵循"学而优则仕"的传统，于是他毕业后想方设法进入国家部委工作。但在一次酒醒后，他意识到自己离最高位子还差得远着呢。"如果没有特殊途径，就算挨到退休，也轮不着我啊。"多么漫长的人生，多一天他都不想等！好在年过半百的老司长看中他，其有个资质平平的女儿，就是李梅。初次见面，李梅没有让他失望，安静坐在对面，身材普通，五官平常，但能给人留下印象。但时间一久，他眼里李梅的问题越来越多：只有高中学历，津津乐道的东西始终是四九城里肤浅又好笑的芝麻小事，并且她在知识见解上严重匮乏，无法替她弥补相貌平平的缺点，令他进一步失望。只是碍于领导的面子，他每周末与她约会。——温州商品可以如假包换，但李为民的爱情只能打碎牙齿往肚里咽。

今天，他来接她回家，照例不过是做做样子。那种出自社会底层才有的疾恶如仇的正义感，让他进而转化为对李梅及其所有与她有关联之人的极端不屑和厌恶，直至刻薄无理。李梅看出了这一点，又不想沉默无语地走完三公里的回家之路，便主动开口。

"为民，你不应该看不起她。"她超过李为民一些，好像担心他听不到一样。

"我没有看不起谁！"

"我成天和张惠在一起，她是我的朋友，你连个招呼都不打，这算什么？"她本想再说句"你可知道她是谁"，可意识到问题的严重性后，马上缄口不言。

李为民没回答，但在新式路灯下冷笑，暴露出他的傲慢与狂妄。

"为民，没有人得罪你，不要自己瞧不起自己。"

"你说什么？"李为民抬起头，像被极大冒犯后忍无可忍地要反击。

"为民，我们别吵了，难道就不能像别的恋人那样好好相处吗？"

"我没有看不起谁。如果有，那就是我自己。我生在普通家庭，而你们个个都是高官子弟。你们在天上我在地下，我配不上你们。"

"那你呢？你看不上我们，还不是因为我们没上过大学、没有文凭？"

"那些对你们重要吗？你们从来都是想什么就有什么，没有做不成的事情。"

"为民，你太小看我了，我在努力改变自己，让自己变得货真价实，而这都是你影响我的。你不知道你身上有多少优点，但我知道。"李梅用那种非常了解对方的语气平静说道。可在李为民看来，这只是她高高在上和自以为是，因为在他接受这桩婚姻后，就发现自己的理智不那么可靠了。

说到出身，李为民不得不蔫起来。随着他对官场的熟悉，发现世上只有一样东西是万能的，那就是权力。至少在当下的中国如此。一旦一纸红头文件赋予某个人以某项权力，这项权力就会与这个姓名联为一体，这名字就具有了威严，凭着它可以发号施令。那几乎不受约束、无限膨胀的权力，让他一个出身寒门的人想入非非。没错，就算部委的一个小处室、一个业务口，因为对口全国十多亿人，因而能量可以被放大至无穷。这是无法逾越的鸿沟，与个人的品质与野心无关。就算他遭逢这桩看似圆满的婚姻，可说到底岳父在庞大的官方机构中只是一名厅级干部而已。当下正推行高素质干部队伍建设，作为一个向往时代变化、心火不灭的年轻人，他诚心实意寄望于此，但也深知此举并非一朝一夕可为。所以，一半是心急如焚，一半是心如死水，这个抱负远大却又先天不足的年轻人，只好陪在一个他无法接受的女子身边，在深夜昏暗的路灯下垂腰缩身、不紧不慢地往前走。生活中，总有一些让人不能自拔并耗尽精力的东西，仿佛那是一种怪癖，增加了人们对生活的乐趣，但并非必不可少。这让他猛地想起狄更斯在《双城记》里的叙述："这是最好的时代，这是最坏的时代；这是智慧的时代，这是愚蠢的时代；这是信仰的时期，这是怀疑的时期；这是光明的季节，这是黑暗的季节；这是希望之春，这是失望之冬；人们面前有着各样事物，人们面前一无所有；人们正在直登天堂；人们正在直下地狱。"可是，这分明是最好的时代，但命运最差的是他；这是最智慧的时代，但最愚蠢的是他自己；这是满怀信仰的时期，他却只能整日忧心忡忡；这是最光明的季节，只有他两眼墨黑孤独向前；这是希望之春，他感受到的却是霜露之秋……

二

来年春节刚过，当魏国栋一家仍因家事闹腾不已的时候，黎红已向单位请了长假，随父亲来到西北某军区。但她此行的目的不是陪伴父亲，而是希望深入军营，去实地接触一线官兵。她有种期望与预感，这里将满足她对于军人的全部好奇。他们非常另类，像被关在保护区即将灭绝的古生物。城里的兵她不稀罕，像被喂熟的狗染上人味。她要寻找和父亲一样把当兵视为毕生事业的人。而要找到这样的人，似乎只能到这种穷乡僻壤了。

这里恰好在举办一年一度的军事比武，黎红饶有兴趣地决定前去观摩。于是来这里的第二天大早，她就搭军区的老式吉普车出发了。北京和内地早与世界接轨，可这里仍旧如月球表面一样原始荒凉。她坐在密封不好的车里，裹着厚厚的军大衣不断瑟瑟发抖。比武地址选在军区驻地向南几百公里外的一处荒原，也是地图上著名的无人区。在这荒无人烟的地方，驻扎着一支全军闻名的英雄连，他们历年参赛都佳绩不断。但按照上级安排，这个小小连队会在比赛后被撤销。消息尚未公开，官兵们仍蒙在鼓里。

当广袤的国土次第展现在黎红面前时，她不禁惊讶了，冥冥中对于当兵这件事似乎悟出点什么。她一路仔细打量，更加迫不及待。车子颠簸一天后，终于在黄昏时分，在三座光秃秃的、难以描述特征的矮山下停住。太阳正从一侧坠落，地表升腾起一层薄薄的尘雾。万籁俱寂，两排红砖营房和几排瘦小的白杨树好像天地间的微缩景观。连队负责接待的王指导员，身材略胖，面庞粗糙，笑容可掬地告诉来宾，连队其他人正在布置现场，很晚才回来。军区干部随他去检查，黎红则留下休息、洗漱。这里的生活条件甚至不如内地山区，让黎红恍惚有一种隔世之感。直到凌晨一点，连队官兵才集体返回。黎红从梦中惊醒看表，这才意识到这里比北京晚两个时区。由于过于劳累，她没能按计划当天与士兵见面。

第二天一早，用过早饭，黎红随指挥官来到外面，刚抬头，便被眼前的情景震撼到了。只见一处开阔地势中间，搭起无数顶绿色帐篷，像晨曦中一座刚苏醒的村落。炊烟飘荡，光雾融合，热闹朦胧。不久军号吹响，战士们以最快速度集合至场地中央。主席台上悬挂着一个大喇叭，循环播放着雄壮的新时代军歌。喇叭由一根电线连到最大的一个山包上，那里有架小型风力发电机，正在山顶缓慢地转着，好像这里的时间由它说了算。

虽是例行赛事，但气氛紧张。所有战士肌肉和神经同时绷紧，目光凶狠，对视时眼睛格外瞪大一下。黎红受邀坐上主席台，戴着墨镜，打量天地间这股生龙活虎的力量，觉得世间再没有比当兵更光荣的事了。她旁边是与她一同从军区来的干部，也是本次比武的指挥官。1984年他参加对越反击战时被震聋一只耳朵，因此说话声音又大又含糊。他要发布命令，激动得扶住桌子站起。"黎红同鸡（志），比先（赛）马上就要开西（始），请收起相机，中途不要拍照！"老头特意嘱咐黎红。黎红看他一眼，把相机从脖上摘下。参赛队伍被带到场子里，齐整得像移动的积木。从昨天到现在，黎红对军队和军人的好感持续增加。

比武为期三天：第一天体能测试，第二天枪械拆装、射击和火炮组射，第三天赴野外参加极限挑战。比赛地点选在一条干涸的河谷，很难想象这里曾有过一条波澜壮阔的河流，冲刷开万千山峦在这里造就宽广地势。四下茫茫，方圆十几里一览无余。临时指挥部设在一处缓坡上，王海和战友每次经过，都忍不住多看几眼。他早听说观摩团里有位女成员，据说是军区首长的女儿，还是位北京大记者，专程前来观摩此次赛事。个别战友来自偏远农村，连北京在哪里都不知道，更别说去过了，所以当他们听闻这位女记者的情况后，争相前去目睹。然而他们有幸近距离见识的机会不多，大多数时候只能远远望着她。但近前见过者都大惊失色，夸张地形容她好似一朵冰山雪莲。王海对她同样好奇，可远远看过几眼后，并没觉得像战友传得那么神乎其神。前两天比赛，他和同伴取得一个第一名、一个第二名的好名次。今天是比赛最后一天，如果拿下这场比赛，那么他的连队将卫冕成功。他和两个队友背负行军包走向集合区域，那里用石灰粉画了界线，地上旗子随风展开，熠熠生辉。

比赛开始后，黎红密切留意赛事。可能她的来头已传开，中途采访并不顺利。往往没等她走近，士兵就像马驹见到生人跑开，即使问话也红脸不答。她多次听大家提及一个叫王海的人，也几次从战报上看到其名字，却遗憾没见到本人。直到最后这天早上，她往场子里走时滑落了笔，还没等做什么，一个小个子士兵跑来帮她捡起。归还她时，士兵连眼皮都不敢抬。她正要感谢，笑容僵在脸上，小个子士兵连叫着"王海"追上去时，前面那个身影正健步如飞往前去。没错，侧影和轮廓与她想象中的一模一样：高大、英俊、矫健、镇定、温柔，又有那么点高傲和冷漠，正是她梦寐以求的主人公形象。等她清醒过来，王海早消失在人群中。她赶忙跑上主席台看，哪里还能找得到。她悻悻坐下，神志恍惚，连指挥官派人送来的酸马奶都没动一下。

小胡子为跟上王海，弹珠一样跳着走。他向王海报告说，刚才又看到那位女记者了。"我捡起她的笔，交到她手上，她不仅看了我，还冲我笑呢！"他赶到王海面前，倒着走，"她笑开真好看，就像现在的好天气。"

王海没理会小胡子，他的心思全在这场比赛上。小胡子把背包往上耸耸，呵呵跟上。太阳曛暖，温度和风速都非常适宜比赛。原野像高倍过滤后的镜头，连百米外地面的石子都看得清清楚楚。王海已调整完毕，保证比赛时处于最佳状态。

上百人聚在起跑线后整装待发，这让王海想到昨天比赛场上十几枚黝黑的火炮。钢管在太阳下以同一角度向上仰起，刺眼地闪光，一声令下，震耳欲聋、烟尘四起。王海是主场作战，除了要维护连队多年的荣誉，他自己也不能失利。他早已熟悉这里的地形，就像熟悉自己的身体一样。靶场从河谷一直延伸到远处山坡，天空像洗净的餐布，山峦和地面如蒙古族长调一般悠扬舒缓。人烟荒芜，视线通畅，正是炮兵最理想的靶场。当时他迅速跳上炮座，冷静地摇动手柄，调好瞄准镜焦距与发射角度，点火后跳到一边躲起。不一会儿，炮身轻轻往后一坐，炮弹从钢管弹出，拖一条长长的红白抛物线飞向目标。轰的一声，地面目标消失，泥土像水花被高高掀起。旧的烟雾还未消散，新近又炸出一团团白色蘑菇云。在隆隆炮声中，地面如同布匹轻微抖动，他轻而易举夺得此项第一名。——不久，白色信号弹冲天而起，王海和队友本能地跑起来。一只巨大苍鹰出现在他前方视野内，不知为什么，他觉得它离自己很近，那一团乌黑闪亮的羽毛被高空的气流吹乱，甚至能看得清根根翎翅。它如夏日夜空一般绚丽，是云中之王，轻浮天际，没有固定轨迹，让人难以揣测。"它是荒原的精灵，大地的信使，天空的探子，它来这里，一定'别有用心'！"王海一边奋力挣脱人群，一边惊喜地打量它。现在他已经彻底喜欢上荒原，觉得在这里找到了人生的真谛。他眺望前方地平线，心里对那个精灵喊道："来吧，为我引路！"苍鹰似乎明白他的心意，俯冲而下，嗖地掠过他头顶。等他转身再看，它已变作天垠里一个若有若无的黑点。他渐渐挣脱人群，占据有利位置，感觉自己像粒出膛的炮弹。

往前越过沟畔，指挥部和营地就看不到了。各队渐渐拉开位次，虽暂时领先，但王海和队友并不敢大意，气喘吁吁并排跑在一起。世界像个巨大无比的院子，由金色矮墙包围起来，里面有众多看不清的真相，而其中必有一个最大的、几乎永不为人所知的秘密。时间像迟暮的老人，衰坐那里静止不动，仿佛揣摩自己生于何时又卒于何年。自打来这里当兵，任何事物总会勾得王海浮想联翩，感叹人生苦短。过去的三年，他的生活大起大落，先是父亲生意破产，再到走投无路回到乡下，最后被迫选择当兵。到现在，他重新认识与领悟人生，所有欢乐悲伤、激动消沉、喜欢厌恶、软弱坚强，一会儿飘于高处，一会儿坠于湍流，一会儿是白昼空欢喜，一会儿是夜里真凄凉，如同发生过一场他不愿回首的鏖战。

不知是参赛紧张，还是劳累与无聊，越往荒原深处去，越觉得它像个遭过洗劫的图书馆，地上扔满历史、事件、阴谋、经过、喜剧、伟大、演绎、沦失等。有的他喜欢，有的他厌恶，但都目睹了。干燥的风从谷地连续吹着，让他接连震惊与心哀，仿佛来到一家街角土产店，里面不出预料地凌乱、寒酸、过时、呆板、衰落与颓败，也仿佛经历一个从城到乡的旅程。他看到沿途叫卖的香烟贩子，汽车修理铺浑身油腻、正努力发家致富的年轻人，操场上向国旗敬礼的烂漫少年，绿油油的高产试验稻田，玩粉色仿真塑料枪的小男孩，香港特别行政区精美的区徽图案，挽起袖子建自住房的中年男人与对面冲他微笑的黝黑妻子，从超载超速咆哮而过的重货车车头里一闪而过的司机墨镜片反光，帆布棚下热闹的马路台球，盛极一时的下海经商热，向管理要效益、新翻修工厂的油头老板，政府大楼外的豪华进口小轿车，始自火力发电厂又穿过山区架设的高压线路，落满尘埃的高大行道树与劣质路基，牌匾少了一角的派出所大门和居高不下的城乡犯罪率，厂长负责制，从俄罗斯回国、腰包鼓鼓的倒爷，武校墙上白底黑字的"武"字，教育社会化、产业化改革背景下的民办中学，房子墙体上危言耸听的计生与税收标语，女主人很丑但花养得特别旺的平庸家庭，李银河偏激的婚恋观点，骑着摩托车相亲的帅小伙与他怀揣志向的温热肠肚，生气时干在手背上的泪渍与向天怆然一笑的空落，地垄和山脉上的青松翠柏与被污染后的河流，医院门前接连几家的寿衣店和公立医院的市场化改造，侵占保护农田的城市扩建与洗矿厂事故，索绪尔语言学和生成语法，从旅店休息出来时眼神焦枯的旅客与新疆棉花、花生的行情，越来越多的外资引入和中外合资品牌，又一出惨不忍睹的路口车祸，沟通海峡两岸一家亲的文化交流演出，一次没钱却硬撑着的聚会，个性化的杂志，当红港台明星代言的家电广告，五个经济特区的外向型经济，新培育的太空种子，维护稳定是全党全国压倒一切的政治任务，圣母济世的东正教，"亚洲一号"通信卫星成功发射，大街上认真罚款的交警，层出不穷的集资诈骗案，恶劣的重男轻女观念和人口拐卖，全国已达上千亿元规模的三角债，农贸市场里小山似的山东寿光大棚蔬菜，十七岁留着锅盖头的辍学少年，坚定不移地抓好党风党纪和廉政建设，时代与改革引发的道德溃坝和混乱，骨灰一样的工业尘埃，普吉岛和马尔代夫，人生又磨砺出几分锐气，绝境中横生出的决心与霸道……

"我们跑出多远了？"

"三公里！"

"还没把他们甩开？"

"没那么容易。"

"班长，这可是咱们地盘，不能比输了！"小胡子的大背包几乎压垮他，但他仍跑得飞快。

"一定要赢，咱们向连长和指导员保证过。"刘成唇上有圈胡子，鼻根直直的，身体像连轴杆那样摆动着跑。

"班长，如果留不在部队，你打算做什么？"

"万不得已，就去经商。"王海脱口而出。

"班长要做生意，准能发达。"小胡子愉快地笑出声，好像已经看到王海成功。

"战时打仗，和平经商，方显男儿本色。T市是沿海开放城市，华侨又多，一直有经商传统。"刘成看着前面说。

王海听到没吱声，刚才他不过是随口答话。因为他一直觉得，自己会像崔连长和王指导员一样，留在部队。

"你们呢？"

"不知道，无所谓。"刘成家境殷实，父亲在B省Y市经营一家汽修厂，作为独子，他从小被宠惯。为改掉身上的坏毛病，父母把他送来当兵。经过一年多调教，他已经由刺头变成业务好手。

"我可惨了，只能回去跟着叔叔养猪。"家境贫寒的小胡子难过地说。

"那也不错，很多人靠养猪起家。"

"哪能跟人家比哟。"小胡子用家乡话感慨。

"不好，有人追上来了！"刘成观察身后，发现有人乘他们三个放松时悄悄逼近。

"两个鬼娃，竟然搞偷袭！"

"少讲话，保持体力。"

"一、二、三，跑起来！"

三人猛然加速，寻入荒漠深处。凭着对环境熟悉，三人再次甩开对手。王海抖擞精神，用野外生存法辨别方向与判断路线。中途补水后，他催促队友继续赶路。时近中午，高涨的情绪渐归平静。三人知觉麻木，意识模糊，行进速度明显放慢。连绵的沙丘出现在眼前，他们体力消耗极大。

王海深一脚浅一脚地往前赶，感到异常失落。对付沙漠没有好办法，战胜它只能靠实力与意志。对手仍在尾随，有一会儿王海甚至听到他们粗重的喘息声。身处赤野，极易产生类似醉酒后的悲戚感。回想自己在最迷茫、最无助的时候，是当兵让他找回人生方向，重拾对于生活的信心。军队就是他第二个家，战友都是他至亲的人，他期望像连长和指导员那样，无怨无悔把自己交给这方贫瘠却慷慨的土地。

王海至今忘不了父亲破产回家的一幕。那是三年前九月中旬一个临近傍晚的日子，整个 T 市上空阴云密布，大海涛声与渔港船群的撞击声依稀回荡。当闹市区百货大楼的法式楼钟连续敲击五下后，他揉着眼睛，从祖辈遗留的骑楼里下楼。他刚想开口找母亲要凉茶喝，却见父亲踉踉跄跄跌进家门，手捂胸口，老泪纵横，中枪似的痛苦。他从没见过父亲这样，当即吓得躲入楼梯口。母亲过去扶起摔倒的父亲，父亲一顿号啕大哭后，告诉母亲，他们破产了。

父亲刚从法院回来，他与一个生意伙伴的官司打输了。三个月前，一个旧相识把一份五十万元的纽扣订购合同交到他手上，告诉他只要在期限内交了货，他们的生意就算做成了。这可是父亲这辈子拿到的最大一笔合同，要知道现在生意很难做，到处有人和他竞争。好不容易有这么笔大买卖："唉，一定是老天爷顾怜我这老实人。不管怎么说，只要这笔生意能成，我就有一二十万元的赚头。"父亲乐得腮帮子都快掉下来。签合同时，他想到一堆花花绿绿的钞票，迷了眼，手发抖。"唉，要不是老交情，我就找别人做了！""是啊，晓得的，谢谢你！"他满心感激人家，可万万没想到，这个同他打交道多年的家伙竟然没安好心。这人先是痛快地交给他五万元定金，让他购进材料组织生产，可后来又说资金周转不来："你先垫上，老交情了嘛，还会骗你？只要交齐货，一准全给你结清。"那人胸脯拍得砰砰响。父亲也是生意人，知道钱挪不开是常有的事，就咬牙决定冒险一回。"唉，做生意跟打仗一样，有时需要胆量。"这是他常挂嘴边的一句话。可他忘了另一句："打仗还需要智慧和策略呢！"那段时间，他组织人马马不停蹄地加工赶制，终于在规定期限内按要求生产出货物。为此，他不仅把全部积蓄搭进去，还向别人周转了十几万元。可是，就在他兴冲冲把货物交到人家手上时，人家什么也没给他，只告诉他过两天再来。可第十天他就接到法院传票，要求他倒向那人还钱。父亲好似挨个空中闷雷，弄清楚后，才发现对方声称他的产品不合格令其损失巨大，故向法院起诉要求他赔偿。他脑袋当即轰地炸开。可悲的是他又请了个蹩脚律师，对方又像条疯狗咬住不放，于是法院一审判决下来，他赔钱走人！天底下没有比这更欺负人的了，这等于要了他的老命，积攒十多年的家业顷刻间成为别人的东西，他重新变得一无所有。"简直没王法了呀！"父亲捶胸顿足地喊道，倒在妻子怀里痛不欲生。

当时王海不禁回想起之前：他整日无所事事，时间像松手溜入黑井里的绳子。早上，太阳晒上半个屁股也不醒，好不容易被妈妈叫醒，极不情愿地下床，头还有些沉，昨晚的脸也没洗，揉揉塌下去的肚子，到卫生间拉下一截又粗又臭的粪便，然后再琢磨找同学朋友如何度过新一天。记得过十八岁生日那天，他许愿自己快点长大，成为爸爸那样的男子汉。但现在，他先看看妈妈，再看看爸爸，喉咙痒痒的，却始终说不出什么。

王海听到妈妈叫他，原来是让他替她照看父亲。母亲站起披好衣服，理理凌乱的头发，对他说：

"孩子，妈妈出去一会儿。"

"妈妈，你要去哪儿？"

"别问了，孩子，替我看好你父亲，别让他做傻事。"母亲把一个耶稣受难的十字架紧紧攥在手里，好像她此时的力量和信念全在它那里。

妈妈来到外面，她不相信天底下会有这样人吃人的事。她一家才是受害者，做了坏事的人却逍遥法外。外面风大，她包紧衣服，顶风流泪走进黑暗……

一个小时后，妈妈回来了，弓着腰，缩着背，浑身湿透，早遗失了外套。"孩子，我们完了，非得离开这里了。"说完，她捂起脸哭起来。哭声与屋外越来越密的风雨声交织在一起，显得更加幽怨凄厉。

王海吓坏了，不知如何是好。自懂事以来，他从未见过母亲如此伤心。他抬头看看斑驳老墙上的《圣母降瑞图》，祈祷她显灵，而不是在那里事不关己地微笑。

"妈妈，我们的生意全完了吗？"

妈妈是个女人，此时陷入慌乱，坐在丈夫对面失声恸哭。

"妈妈，爸爸，别哭了，快想想办法吧。"到这时，王海还把自己当孩子，甚至连安慰父母都不会。他看看妈妈，再看看爸爸，感觉在一个陌生地方迷了路似的，拼命地在跑和找。

"爸爸，妈妈，我们该怎么办？"当他再次说出这句话时，发现自己简直是在呐喊。而且既不向母亲问，也不向父亲问，更像是问自己。窗外，漆黑一片，乌云仿佛吞噬了夜里的每一丝微光，闪电如鞭子驱打可怜的城市，风雨更像粗暴的狮虎张狂撕咬一切。他看下手表，已过晚上七点，更多黑暗和恐惧从暗中降落。它们像无数只魔手，从背后抓起一家人脖子，死死扼住他们命运的咽喉。

房里陷入静默，一家三口内心各自经历着风暴。父亲像断了腰的公狗，在狭小的客厅角落里痛苦嘶鸣，他已经彻底垮掉。母亲一下老去十岁，闭上眼睛不愿目睹现实。王海第一次从成年男性的角度看待这两个需要他照顾的人，并在此刻对于自己过去十八年的表现恍然有了朦胧觉悟。道理从来都是生活这个严师教出来的，谁都不可能无中生有地明白什么。王海隐约从窗外望到那片生活之海，尽管只是其浩瀚无垠的一个细微边缘，但足以让他感到庞大与震撼。这次打击让他的人生意识萌醒了，像黑暗中的种子，受着挤压、带着疼痛破壳而出，懵懂步入真实世界。他有了思维深度，虽然这深度起初只是几毫米或一厘米，但对他来说，已无异于万丈深渊。——今天，注定是他人生成长的重要一天。

王海渐渐平静下来，叹口气，好像这样情况就会好起来。他家所住的骑楼有近百年历史，是外祖父的父亲年轻时从南洋榨蔗糖赚钱后回国修建的。再后来外祖父看中吃苦耐劳的父亲，便招赘其传承家业。如今这老房将要所属别人，王海心如刀绞一般。

不得不离开了。丈夫放开妻子，肿着眼睛，不去看她的脸。

"孩子他妈，我先出去一会儿。"

"孩子他爸，这时你还要去哪儿？"

"唉，我得把欠人家的还清。我们输了官司，可不能输人，不能让人家上门赶我们走。"

"唉，老头子，都到这时候了，你还这样，难道还没受够羞辱吗？"

"可是，等人家上门羞辱我们吗？难道让儿子看到这一切，眼睁睁看着这老房住进别人？"

妻子忍住不哭，把房子里看一遍，像半路遭抢劫似的捂紧嘴。

"好了，别难过了，我得出去。"丈夫拍拍妻子。

"老头子，你要小心呢。"

"知道了，照顾好自己和海子。"父亲强迫自己笑笑，关上门出去。

父亲在最后关头，仍携着美好信念去办理交接事宜。当他找到那人时，着实将其吓了一跳，还以为父亲是来拼老命的。但当父亲主动从包里取出账目清单交给他时，在场所有人惊呆了。那人像被当众掏出肮脏发黑的脏腑给人瞧，就在父亲进门前，他还在极力嘲讽这个生意伙伴。父亲放下东西转身而出，步履坚定，神定心安。是的，他输了官司，可在人格上，永远是个赢家。

父亲买好当晚十二点的火车票，一家三口在满城风雨倾覆之夜，一文不名地离开 T 市，回到父亲远在 F 省的老家桃源村。这场意外也让一直帮父亲打理生意的徒弟林邱仁失了业，带着一对年仅六岁的双胞胎孩子至今下落不明。

——信号弹蹿起，有人遭到了淘汰。三人不敢松懈，继续向前。

"看，前面有排树。"三人手脚并用爬上一座沙丘，小胡子摇摇晃晃站稳，欣喜若狂地叫喊。

王海和刘成看过，确认那只是沙丘阴影。太阳位置已经偏西，地表一半锃亮，一半乌紫，令人眼花缭乱，很容易产生错觉。说到树，王海想起宿舍前面那排比他年龄还要大的树。它们由这里的第一批驻军种下，以后年年死年年种，直到长成现在模样，成为所有战士的精神寄托。

"可如果留不在军队怎么办？"这个问题再次跳出来，像只挥之不去的苍蝇，令他烦躁和懊恼，"假如经商，就要成为安德鲁·卡内基和稻盛和夫那样了不起的大人物！"他脑子里冷不丁冒出这么一句。

"起风了！"小胡子大声喊起来。王海回神，果见前方几只旋风正由小变大靠近他们。

"沙漠傍晚总会刮风。"王海镇定地看着旋风从旁边经过，根据经验说。

他在这里待久了，对老天爷的脾气知道不少。当一个人对于环境就像他喜欢上另一个人之后，就会成为脾性相投的好朋友。王海目前正是这种情况，他要把荒原当作一辈子的朋友，所以对它的一切都是偏爱与包容的。所以，如果能赢得这次比赛，他留在这里的希望会大增。

集体研究后，三人决定连夜跋涉。中途王海找个背风地方下令休息，小胡子像只螃蟹趴着吐泡，刘成嘴唇干裂出血，脱鞋清理沙子。

"如果胆敢有人出现，我一定杀了他们。"小胡子摊开四肢，有气无力地说。

"你不被人家干掉就万幸。"刘成开玩笑地说。

"你——"小胡子想坐起，可只有手指动了动。

"班长，你怎么笑了？"

王海摇头。

"你笑了你不知道？"

"十分钟后出发！"

三人整整走了一夜。一轮满月迟迟升起，高悬万顷黄沙之上。地面温度急速下降，像冬天刺骨的河水浸透人体。星光寥落，天空辽远，似蓝墨水晶莹深邃。地表坦荡无垠，变成一整块玉璧。三个渺小的身影在大地剪影的边缘移动。王海一度把荒原看走眼，认作是家乡土地，看四下泉水淙淙，花如绣品艳丽，飞禽走兽到处都是，兴盛热闹比得上巴黎卢浮宫广场的花园。

日头露出地面，比想象的要快，也比预料的要晚。三人在距离终点最后两公里时，分掉壶里最后少些水，然后把它扔掉。天不觉得远，山还是那么高，意念里没什么东西可以捕捉，过去成为荒废在史书中的高昌故城，世界像被阿拉伯人用厚嘴唇说出的秘语封灵，一匹纯黑的骏马飞驰在时光隧道去做一次星际旅行；光明催生的欲望、新型护卫舰的白色螺旋桨、五笔输入法、迅速扩张的铁路网、害病的春山、哮喘的滨海、崔连长的眼睛、中秋节领导的慰问、计算机与信息革命时代的全面到来、《浮躁》与《丑石》、袁隆平和他的超级水稻，另有洛阳口袋公园里新绽放的白芍药，它们有玉的通灵、银的硬质、雪的妩媚、鹤的端庄，更像白居易春天酒后野外的一次游赏，先是轻轻前往，而后是沉醉不知归路……

转过一个小弯，他们进入河谷地带。太阳徐徐上升，周围没有一丝云彩，好像有额外的力量帮衬它。三人走得更快了。太阳升到胸口时，小胡子纵身给它个拥抱，又来个飞吻。不久天色大亮，风从原野吹过，天空洁碧如洗。三人相互搀扶，并作一排，朝人头攒动的终点挪动。突然，前面有什么东西蠕动，随后从地上慢悠悠站起一人。那人试图站稳，却摇晃不止，虽逆光看不清楚模样，但手里抓把寒光闪闪的匕首，正怒视赶上来的三人，丝毫没有退让的意思。时间凝固，局面僵持，过了好一会儿，刀从那人手里滑落，跟着整个人轰然倒地。王海三个交流过眼神，一齐朝那人走去。那人蜷在地上一动不动，眼里带着敌意与恐惧，死死盯住来人。三人却同时伸出手，眼神温柔地向对方示好。那人终于慢慢放松下来。接下来，谁也没说什么，谁也没有针对谁、反抗谁，王海三个轮流把那人架到中间拖着往回走。前面三十米就是终点线，崔连长和王指导员以及全连战士已经在欢呼胜利了。其他人也都注视着这四人，主席台上和终点线后面同样爆发出热烈的掌声。太阳高过头顶时，四人同时昂头闭眼，在一片红彤彤的光线里奋身撞线……

王海三人当天被准假一天。睡醒后，他没与刘成和小胡子一起到营房对面的操场上去，而是留在宿舍趴在粗糙的木桌上，抓紧时间给父母写信报喜。想到他们见信后的情景，他难耐激动，可刚动笔不久，就听到身后"笃笃"的敲门声。

"请进！"他没顾得上转身，专心往下写。

后面没有了动静，他以为自己听错了，埋头继续写。可敲门声很快又响起，这次他确定真有人来。

"请进！"他搁笔站起，转身正对门口。

一团刺眼的白光里，一个红衣女子姗姗而入，令整座房子顿时不复存在似的。王海怔了下，马上认出她，却只是立直身子，没有上前热情迎接。

"是你？"当女子盛气凌人地进入并左观右瞧时，王海脱口而出。他对她这样鲁莽感觉不佳，纵使她美丽，却像娇艳的牡丹不属于荒原。

黎红只等看够了，这才正眼瞧王海。她冲他迷人地笑笑，希望引发他的重视与喜爱。

"您好，找我什么事？"王海用身体挡住后面小窗的光，借机迅速看清黎红的脸，随之再次郑重站好，五官因略显紧张而更加立体，像海报上新上位的男星。

"不请我坐下吗？"黎红侧头说话，眼角上挑，充满反客为主的意味。

王海虽一时不能接受这女子，却并不失礼，把椅子拎到她一侧，展臂示意她就座。

黎红完全不像初次登门拜访，轻轻坐下时，故意将漂亮的侧颊朝向王海。光线里，她耳鬓与脖根同样红红白白的，显示出上等女子才有的体相，使这间寒酸的西部军人宿舍顿时蓬荜生辉。

王海无任何非分之想，只管接待好客人，不想给自己和连队丢脸。

"可以采访你吗？"黎红盯住王海，语气像是下命令。

"会上全军报纸吗？"王海很关心这个，专心问这个问题。

"会的，可那由军区记者们做。你瞧，这下你要在全军出名了。"黎红微微挑动发红的眉尖，第三次欣赏起王海的脸。

王海没什么反应，犹豫地转向窗外。操场边上，刘成和小胡子正被中途休息的战友们围起问这问那。两人激动地头扭来扭去，说笑声清晰地传到王海这里，王海不禁把胸脯挺高。

"要采访我什么？"他意犹未尽地回过头问。

"我要写一部书，关于军人的书。"说到这个，黎红激动起来，心里那个伟大的创意像巨型沙盘出现在眼前。父亲，荒原，以及这几天她见过的所有官兵，将是这个故事的主体担当。他们将在她的安排下，展示这个世界最为特殊的一类人的精神特质，而这些精神特质又是人类所有情感中最丰富、最高尚的。就在今天早上，当她看到四个身影相互搀扶着出现在晨光里时，眼睛迅速湿润了。这几人超越了生命极限，为了胜利竟然整晚放弃睡觉。这样的行为和精神，令她无法不动容。并且，她立刻从人群里辨认出那个英俊男子，于是马上下台，挤到欢迎队伍的最前面。他每向前一步，她心里就咯噔一下，手里的笔几乎被折断，视线一阵比一阵模糊。就当她以为王海会往她这边瞧一眼时，王海几个却只顾搀扶着走过去。这让她伤透了心，却不好发作。

"记者同志，你可要好好采访这个连队，写报道多多赞美他们，这对于这些士兵日后留在军队和晋升大有好处。"她清楚记得指挥官在她背后这样咻噜，而借此她也第一次收集到关于王海的第一个核心信息：将来他打算留在军队！她转身回去看指挥官，他已被其他人包围着走掉了。

她极不开心。可是，不用问都是这种结局，也不用她去想特别的理由，答案是现成的，父亲身上就有。这时她再看这座不起眼的军营，觉得它在蓝天下如童话里的美丽城堡，里面住着非同一般的人。风一时大起来，她站着没动，静静感受从前天到今天的全过程，开始无条件地爱上这里，非只因那位神一般的男子，也包括出现在这里的所有官兵。

今天，她既生气又满怀希望地来，一方面认为如果想把小说写好，必须采访王海这样的人；另一方面，他实在过于英俊迷人，为此她甚至没回过神。但看到王海现在对自己不冷不热，她坐不住了，站起来回地走，火红衣裙勾勒出她曼妙的身躯，引得旁边的王海脸红心跳。

"您最好采访王指导员和崔连长，他们才是真正的英雄。"王海说着，不由将视线挪向明媚如海的窗外。

"我爱上你了，怎么办？"黎红追随王海的视线，尽管脸对着他后背，仍然目光如炬。

王海慌了，像没接住她抛来的东西。

"您不是要采访我吗？"他感到背后灼灼的，所以不敢转身。

"这不矛盾吧？"黎红一边停下，一边努力大笑，好像嘲笑王海很愚蠢一样，她上前几步，逼得他抵着桌子无路可退，"而且，你不能拒绝！"

"我无意冒犯您，请不要这样。"王海再次试图躲开，但黎红的站位把他包围和封锁了。

"你和我想象中作品里的人物一模一样，我不禁喜欢上你。"黎红退后再看王海，雨过天晴般粲然一笑，"简直无可挑剔，仿佛不在现实中一样。"

"这里的每个军人都很优秀，都值得你为他们大书特书。我不过是最普通的那个罢了，您可以多去了解他们。"

"不，我先采访你，因为我对你最感兴趣！"黎红脸上闪过一丝冷酷，但马上缓和下来，"连我自己都觉得现在不是我自己，好像离开现实世界进入书里，是里面的女主角。可我原先压根没打算介入，只想好好写一写你们而已。"她同时带着高傲与嘲讽的语气高声说，眼里又出现一贯的冰冷和凶狠。

"将来我要留下的。您也看到了，这里根本不适合您。"

"我可以让父亲把你调到军区机关，你可以继续当你的兵；而我，也可以照料父亲。我理解你们这些战士的想法，希望一辈子不要脱下军装才好。"黎红以为十分了解王海，因为父亲就是这样的。现在她完全理解父亲，觉得他从头到尾没有错。如果说非要有错，那就是他为这支军队做了太多的牺牲。她悄悄用力呼吸了下，感觉整个房间即是当下全世界。

"不，我要留在连队、留在荒原。"王海说这话时眼睛正视起对方，里面呈现出坚毅。黎红没能从王海眼神里看到想要的东西，只好看向门口木制脸盆架投在裸露地面的影子。

"那又是为了什么？"

"每个在这里当过兵的人都留恋这里。怎么说呢，难以抛舍！"

"为什么非要留到这里，我不能理解。"黎红抬起头，从个人角度与职业角度质疑。

"这很正常。军队和荒原对于我们就像再造父母，是它们让我们领悟到人生的价值与意义。"王海看看操场上已经重新加入训练的刘成和小胡子，情深意重地说。

"你们不要过正常人的生活吗，不要娶妻生子吗，不照顾双亲吗？整个国家正在经历巨变，别人都想方设法赚钱过上富足安乐的生活，难道那一切与你们无关？"

"可这里、这支军队和整个国家更需要我们留在这里。"王海说出这句话时，觉得自己非常高大，像站在小山上与整个天地对话。他挺直胸膛，像半年前在会议室的旗帜下庄严宣誓入党。

"可这里马上就要——"黎红差点把军区战略调整说出来，话到嘴边又停下，她知道这严重违反纪律，只得改口，"我过会儿就要离开这里，没法再采访你了。"她有些气馁地说，眼神和身体同时垮下来，感觉这次见面和采访都失败了，什么也没得到。

"有人已经采访过我，没什么好说的了，就是对军队绝对忠诚与无私奉献。这里地处祖国边陲，我们要为祖国和人民守好西大门，保护国家来之不易的大好局面。"王海抓紧时间要给父母写信，而且这次谈话勾起他许多不快，因为前些天他从别人那里听说，今后留军指标将大为缩减，所以为来年能否顺利留下隐隐担忧。

"你真的不想对我说很多吗？没关系，你要记着，如果需要，一定来找我！"黎红知道采访进行不下去了，生气和失望之余补充道，"这句话终生有效！"她写好杂志社电话交给他，亲眼看他夹进笔记本，这才放心出来。——被外面的风吹到的瞬间，她觉得王海和这里的所有战士都那么无辜与可怜。她神不守舍地往临时指挥部走，盼有朝一日能接到王海电话，那时她将不惜动用一切资源帮助他。"另外，如果他注意到我的美貌，也听过我的传闻，也一定会动心的吧。"她默默走上路边的小土坎，拧起好看的烟眉，回首打量王海的宿舍想下去。

王海看着黎红出门后，后悔自己刚才过于直率鲁莽。尽管不喜欢她，但那不是一个男子汉和军人该有的行为。他反省与内疚，又拿出她留下的电话看看放回去，觉得她或许真能在某个时候帮到他。

他搬过椅子重新坐下，接着前面往下写，重点告诉父母自己下一步的打算。"如果一切顺利，我想成为志愿兵，那就真能实现我长期做军人的梦想了。这次胜利因而非常珍贵，能为我加分不少。军区电视台和报纸记者先后采访过我，他们问得非常仔细，还问及你们了呢！所以你们是天下最好的父母，我为有你们这样豁达大度的双亲感到骄傲。连里很快会把我的照片放进橱窗展示，那将对我是莫大的鼓励。就在前一刻，还有位北京记者要采访我，据说被我和战友们的表现打动了，将以我和战友们为原型创作一本小说。一切都是军队带给我的，所以当初选择当兵是极其正确的。遗憾的是，今年我依旧不能回家与你们团聚，哪怕是春节也好。我自愿放弃探亲假，把机会转让给其他战友，但会争取年底把新的奖状寄给你们。爸妈，来这里后我真的长大了，荒原和军队教给我许多，再见面时，你们绝对会见到一个阳刚自信的男子汉。"他听到外面响起动静，扭头看后，立刻着急起来，"今天就写到这里，战友们一会要休息，我得提前到水井给他们打好水，这样他们能节省些时间。总之你们要照顾好自己，同时也替我问候常德利爷爷和乡亲们。特别要告诉爸爸，我经常梦到他呢。"——做完上述一切，他来到外面，看到河谷里的指挥部帐篷正在被拆除，一些人来来回回往卡车上搬运东西。而当他下意识寻找那个红色身影时，却怎么也找不着了。

一个月后，当王海等人获知连队要被撤销时，几乎傻眼了。

那是一个黄昏，连队吉普车从荒原深处跳着停到营地前空地上，尘土还没来得及散开，崔连长就从上面跳下，满身倦意，眼睛红红的，经过大家时，头也不抬，径自回到宿舍。王指导员也表情沉重，边走边告诉排长和班长们晚上十点开会，别的什么也没说就回去了。战士们本来欢天喜地迎接他俩回家，却看到两人同时垂头丧气。大家都不敢开口问，只好互相看看散去。

晚操过后，排长和班长们准时来到崔连长宿舍。崔连长和王指导员一个在床边、一个在椅子上坐着，看样子连晚饭都没吃。

"连长，指导员，到底怎么了，你们倒是说话啊！"急性子的人问。

"老王，还是你来说吧。"崔连长痛苦地把头扭到一边，连说话的精神都没了。

王指导员双手放在膝上，努力平静地看着大家，平平说道："上面已经决定，把咱们连撤掉。"说过，他唉声叹气，脸因过度悲伤黯淡无光。

"会有这种事？"所有排长和班长慌了，面面相觑。

"千真万确，军区代表明早就来宣布决定。"王指导员捂起脸，像做错事没脸见人似的。

"可是为什么啊？我们是多年的英雄连。前一个月，我们还夺得全军区比武头一名。"大家七嘴八舌议论开了，像喜鹊巢被毁了一般。

"全军要走信息化和科技化路子，我们这里已经失去战略价值，撤销是迟早的事。"王指导员捶胸顿足地说，"连长和军区干部吵了大半天也没用，这是上级的安排，我们必须服从大局！"

"连长，我们想不通！"一个人失声大叫起来，其他人跟着应和。

"想不通也得想通，这是命令！"崔连长愤然站起，重重拍了下桌子。

"我们舍不得离开这里。"说话人带头哭起来，其他人也跟着哭。

崔连长再把拳头狠狠砸上桌子，然后仰面朝天痛苦地闭上眼睛。

"连长，我们服从命令！"王海在一旁说。

"只要我们还没脱下这身军装，就要服从命令！"崔连长说话时，大家看到他肩膀不住地颤抖。

"明天一早，所有人撤离这里。崔连长回军区待命，我呢，打了转业报告，回老家与明明和他母亲团聚。大家要做好战士们的工作，千万不能出现乱子。这一点，我和崔连长保证过。就这样，你们回去通知战士们连夜准备。"

第二天，天刚蒙蒙亮，趁夜赶来的军区代表宣读过文件，所有战士面色苍白，眼神空洞。代表走出会场不一会儿，台下有人陆续站起出去。排长们大声喝止，但士兵们好像商量好的，一个接一个鱼贯而出。代表发现有人尾随而来，慌忙上车锁死车门，命令司机迅速离开这里。司机哆嗦着拧动钥匙，但汽车像卧槽老马哼哼几声趴倒。战士们发疯似的冲上前挡住去路，司机停下不断发抖。空气中好似充满火药味，只消一颗火星，就能引发惊天爆炸。双方僵持着，军区代表很快泄了气。当他再次抬头看时，悲壮的一幕发生了：所有士兵从前往后多米诺骨牌似的跪在车前，他们本是胸有万丈豪情的男儿，此刻，为保住连队，竟不顾军人尊严跪下哀求。军区代表看不下去，只得用眼睛在人群中寻找崔连长。

崔连长同样痛苦万状，脸烧焦似的发黑。他料到战士们不会善罢甘休，但没想到他们会采取这种方式。

"让开！"崔连长站出来命令道。

下面没有任何动静，所有战士都抬头惊愕地看他。

"让开，这是命令！"

"连长，不能让他们走啊！"

"是啊，让他们把决定撤销了吧！"

"连长，别让我们离开这里，我们就是死，也要死在这里！"

"是的，连长，我们自己承担一切后果，与你和指导员无关。"

……

崔连长听到战士的话，眼噙泪花，但面色更加凝重。见战士们还要说下去，他猛地举手加以制止。

"谁要还是军人，谁要还承认我是他的连长，就给我让路！"

"连长！"

"连长？"

……

崔连长巍然屹立，不为所动。战士们齐声痛哭，伏在地上泣不成声。

"如果非要阻拦，就先打倒我！"说过，崔连长往人群中迈出第一步，一个战士扑上来抱住他的腿，他一脚将其踢翻；他迈出第二步，旁边战士凄厉地叫声"连长"，他当没听见；第三步，第四步……战士们个个无奈让开。等崔连长来到车前，司机迅速打着车，短短十几米路，他却感觉像走不到头。

天还没有大亮，原野像块漂浮的浮冰。小胡子坐在地上，抱住王海一只胳膊不撒手，眼睛都哭肿了。刘成自个头埋在臂弯里哭，王海不知如何安慰他。崔连长和王指导员坐在大家中间出神，不用问，此时他俩最难受。如果有瓶烈酒就好了，王海会一口气喝光它。可是，他必须把军人最高贵的姿态保持到最后。不知从什么时候起，一些战士相继离开。起初没人注意到他们去做什么，可很快就明白了，于是起身加入。原来，战士们正从操场上捡起一个个石子，把它们聚集到操场中间组成一个图案。昏暗中，他们弯身用手在地上仔细摸索，周围石子捡没了，就扩大到整个操场；操场上的石子被捡光了，就走向原野深处。所有人都加入进来，包括崔连长和王指导员。每个人都尽可能多地往怀里揣石子，然后迅速走回去，轻轻把它们捧上去。在最后时刻，大家以这样别具一格的方式，同荒原庄重告别。

太阳跳跃而出，光芒惊世骇俗。此时的操场中央，一个巨大五角星高高矗立起来。在浩浩的红光里屹立着身躯，放射着光华，不知是朝霞把它映红，还是它为这天地增辉。所有人聚拢在它周围，无比庄严地注视它。它像他们为自己的人生筑起高塔，也像为这土地铸起纪念碑。它们只是荒原里一粒粒最普通的石子，却经过他们精巧的构思与营造，层层向上隆起，铸就辉煌。在肃穆的清晨，在澄静如水的天地间，大家自动站好，然后不知由谁从胸底长长喊出一声：敬礼！——这一天，王海的军旅生活就以这样一种意想不到的方式结束了，他没能如愿留在军队，只身返回千里之外的乡下父母那里。

第二章　浴池盟誓

三

傍晚时分，下了一场小雨，但很快停了。空气异常清冽，许多漂亮的晚霞垂落于黛色群山与崔嵬的楼宇之巅，整个天空像涂了一层油亮的蛋黄。

魏小山推门进家，英俊的脸上永远洋溢着孩子般的笑意。他把滴水的雨伞放在门口，转身换好拖鞋，再过去寻找那只可爱的小哈巴狗。

"宝贝，快到哥哥这里来。"他张开臂膀搜寻小狗，以为它又躲到沙发下或门后，结果在卧室找到它，"原来你躲在这里。"小狗正趴在卧室地板上，不停地摇尾巴，眼仁漆黑明亮。换过衣服，他抱起小狗回到客厅，看窗外画境一般的北京，快活地唱起《冬天里的一把火》。激动之余，他摆动结实的左臂扭动一阵。过后，他放下小狗，顺手拿起茶几筐里的苹果咬一口，露出一排白洁的贝齿，沾着苹果汁的红唇格外迷人。小狗看他高兴，又往他身上扑。他唱累了，笑够了，抱起小狗晃个不停。

半小时后，妈妈回来了。进门时本来横眉立目，但看到儿子瞬间慈和起来。小狗挣脱魏小山，冲到女主人脚下撒欢，却被女主人一脚踢开，只好舔着嘴唇钻到沙发下。

"妈妈，教务处今天准许我听课了。"魏小山喜不自禁把这消息告诉妈妈，因为这意味着他能够圆自己的大学梦了。此时，他下面套条肥大的绿黑格短裤，臀部浑圆地翘起，两条小腿茂密的黑毛格外引人注目。母亲看到这一切，再次意识到儿子长大了。"唉，这样优秀的青年，如果加上命运垂青，必然该有个好前程。可是——"妈妈勉强笑笑，到门后摘下纱巾，脱下外套。

"妈妈，你去哪儿了，怎么才回来？"

"妈给你谋前程去了。"妈妈这才抬起霉迹斑斑的脸，它活像枚陈年的柿子。现在，母亲脑子里只重复一个强烈想法，赶紧送儿子走上仕途。这想法既复杂又简单，像条花蛇缠在她脖子上，让她恐惧和难受。

魏小山看出妈妈的变化，发现她比早上更憔悴了。

"妈妈，别担心我，我很好。"魏小山高高抛起苹果又接住，表明自己的确很开心自在。

"你爸指望不上，只能靠妈了。好了，今晚想吃什么，妈给你做。"妈妈转过身，再次把那只绊脚的小狗踹开。

"妈做什么我都爱吃。"魏小山恭维妈妈，他知道这一套管用。妈妈忙着下厨做饭，魏小山打开电视看动画片，不时俯身大笑。不久后，他听到门钮转动的声音，马上喊道："爸爸回来了！"

每次看到爸爸，魏小山都觉得他像自己的兄长或朋友。二人之间情谊满满，像夏天涨平水的永定河。父亲慢腾腾进来，照例把黑色公文包放一边，低下头换拖鞋和衣服。

魏小山把事情向爸爸说了，魏国栋很高兴，认为儿子有主见。但他一直觉得儿子刚成年，对于政治与社会不比对于女人了解得多。如果让儿子走仕途，无异于推他进火坑。回想自己的经历，现今的他像只无腿青蛙，几乎是个废物。

"小山，帮妈妈盛饭、端菜。"不久，母亲从厨房里喊魏小山。一家人坐在一起，像无数个傍晚那样安享晚餐。魏小山分别给父母夹菜，但看到他俩仍互不搭理。

"别人家的餐桌上有什么，我们吃的又是什么，真是一言难尽啊。"母亲吃了几口，终于没忍住又抱怨出来。

"妈妈，我们哪点比别人差了。我现在挺好，从明天起就可以正式上课了，可以实现我的大学梦了。妈妈，您不要再责怪爸爸，他没有犯任何错误。"

"犯错误一定要成心吗？那就成了犯罪！上学对于你有用吗？别人家的孩子不是当官就是经商，就你一人进了大学，还不是核心部门，多窝囊与憋屈啊。外人问起我，都不知怎么回答。"母亲放下碗筷擦泪，她总以这样的方式表明不幸与悲哀。

"妈妈，为什么你们都希望我走仕途？"魏小山咬着一块鸡脆骨问。

"还有谁认为你适合走仕途？"妈妈彻底对食物不感兴趣了，像树蟒探出身子问。

"就是我们的老处长，他白天也对我说同样的话。"

"你是怎么想的，小山？"

"他说的或许有道理，可我觉得还是先学习充电为好，其他再看机会吧。"

"他说的绝对有道理！"妈妈把青筋暴露的手往桌上一拍，脸随即恐怖狰狞起来，她瞪眼丈夫，好像告诉和嘲笑他局势发生逆转，她占据了上风，"别人家的孩子没上大学照样担任重要职位，你自然也可以。"

"可是妈妈，那要看你想做什么事情。我有自己的目标理想，所以，学习这步肯定不能省略。"魏小山觉得自己的见解非常正确，并且这么说能够说服母亲。

"可如果机会马上出现，你会怎么做？"她再次不屑地瞅下闷声吃饭的丈夫，觉得儿子的问题只能凭她独自解决了。她一边感受作为母亲和妻子在这个家庭遭逢不幸时，挺身而出的崇高感与成就感，一边对于丈夫无能与消极的态度感到无穷无尽的失望和鄙视。

魏小山咬着菜梗没停下，直眼看着父母，觉得母亲的话大概是在气头上随便一说。

"唉，算了，事成之后再说吧。"妈妈萎靡下去，用筷子搅动碗里的饭粒，同时伤心地流下女人家总以为委屈的泪。

魏小山大口扒拉饭，和地上小狗比赛谁吃得多。父母同时望着他，一切情感包含在他们浓浓的眼神中了。

吃过饭，魏小山和父亲在客厅看电视连续剧，二人有说有笑，关系丝毫未受刚才气氛的影响。妈妈独自在厨房洗刷，过后没再到父子俩这边来，而是悄悄回了卧室。魏小山喊她几次，她推托说累了，要早点休息。其实这些天她背着爷俩学习打麻将去了，因为她听说某个退休的领导喜欢忙里偷闲打牌，就不惜花掉自己的部分积蓄买通老干部活动中心的管理人员，开始混迹于一帮退休老干部中间等待机会。今天，她终于如愿以偿，见到那位领导，并有幸和人家坐在同一张桌上打牌。或许是她牌技不错，或许是她表现得足够乖巧，总之领导对她留有印象。可若不是那个装了半截假肢的老头提醒，她差点错过提出要求的时机。领导不置可否，但一直对她格外关照的假腿老头告诉她，事情会十拿九稳。可只要还没得到确定回信，她的心就一刻落不下。她刚才差点说漏嘴，现在正在屋里焦虑不安。

当魏小山到达聚餐的高档饭店时，里里外外都是人。"多么热闹非凡与富有生气啊，就像全世界为我饯行。"他没急着上楼，而是有意慢下来，用欣赏杰作与享受成功的喜悦打量一切。他要记住这番动人场景，像给自己空虚的胃进行一次痛快淋漓的填充。

他正在看饭店的装修，却发现对面来了几个穿着暴露的女孩，便赶忙乘电梯上楼，穿过宽敞明亮的大厅中间，找到今天专为他饯行的一帮男女同学。

"果真都有变化，而且变化不小。"尽管偶有见面，可今天再见时，魏小山还是觉出大家又与往常有明显不同。他们想入非非却又故作深沉，在等他的过程中嘻嘻哈哈。男同学的人中和下巴颜色更深了，表明他们短期内又发育成熟不少。他们新鲜和惊喜的大眼睛与大厅内的灯光交相辉映，像银河系中心的光芒闪烁起伏。他们各穿着名牌西服，贵族绅士一般，像模像样照顾身边的女士。每个人都带着全新的喜悦与激动参加高中毕业后第一个正式聚会，重点来为他们的"班长大人"饯行。

一见他来到，大家都冲他鼓掌，当仁不让地将他请到主宾位置。他刚坐下与大家挨个寒暄，人群中咕咚挤进一个足有一米九、体重超过一百八十斤的巨人来。看到魏小山就歪起肩膀坏笑，举手指点他，好像要把他怎么着似的。

这时魏小山也站起来，同样挤眉弄眼做出类似动作。两人像加长的凯迪拉克撞在一起，高个子的家伙又往上一拱，于是两人的脸几乎贴在一起，嘴唇要碰着对方。

"马求，你胡子扎到我了。"魏小山推开蓝鲸似的马求，动手擦掉对方留在颊上的口水。马求胜利似的大笑，把魏小山摁回座位。在场的人都笑出眼泪，觉得这一幕太滑稽了。年轻人的聚会，笑是可以弥补所有不足与打开局面的钥匙。只要张嘴不停地笑，哪怕中间最寒酸、最难堪的人，也会被愉快接纳。

"小山，魏小山，你这是要脱离组织啊！"马求故意张扬两臂，做出愤怒动作。他长相像阿拉伯人，额头硕大，咬合肌发达，髭浓发重，双眼圆明，说话总透着吃惊与开心意味，连鼻孔都那么可爱，像桥身下两个黑黑的拱洞。

在座的与魏小山同在一所高中上过学，他们自是不凡子弟。魏小山在班里最老实，所以老师选他做班长。马求是班里的体育委员，擅长足球和鞍马。一次上鞍马课，他蹭破大腿内侧，躺在地上似哭非笑。魏小山跪下帮他把一根白色韧带从烂肉里拔出，他当即晕死过去。两人友谊就此建立起来。高二后，马求出国留学，直到上月返回。他急着要见同学，于是利用魏小山离京的机会召集大家，认为一份少小建立起的情谊，没什么能够比它更纯真与深厚的了。

马求不容分说把邻座赶走，挨着魏小山坐下，又夺过酒杯，一只手倒酒，一只手伸去揽住魏小山脖子，狗脸坏笑道："你丫的，全给我喝进去！"

"马求，你臭毛病不改，要什么横？"被马求推开的小瘦个子常硌宝叫唤起来，站起也把一杯酒往马求嘴里灌。马求哪用得着他灌，自己夺过一饮而光，然后与魏小山继续搂抱在一起，像恋人那样抵头交谈。他秋葡萄一样的大眼睛快活又明亮，自进门起里面就蒙上一层银灰的东西。

"知道为什么罚你？"马求推开魏小山，睫毛与泪水沾在一起，眨动时像两排小雨刷。他用蚌壳一样的大手夹紧魏小山，脸提前涨红，透露出比别人更亲近但不能表达的难受。

"拜托，你可是我最要好的哥们儿。"魏小山支过身，上唇碰到马求凉凉肥肥的耳垂，把这个作为最要紧的秘密告诉对方。

"最好的一个，这就对了！"——朋友间说不上什么是最好，但感觉总是那么回事。马求饮掉一杯后吐出舌头，像饮水后的壮马连打响鼻。

魏小山受到特别款待，纯洁的友谊像金灿灿的酒液使他陶醉。于是这里所有人、所有东西在他眼里更显不同，餐厅变成通往未来的宫殿，一帮朋友都将出挑为日后人生的赢家。在这种想法触发下，他情绪愈加激烈，像得到一笔由命运预支的大额订金，剩下的就是凭借年轻去挥霍。他产生一个念头，把这帮朋友永久团结起来，给国家和社会带来新风气。所以，本不胜酒力的他，今天格外主动、豪爽。以他和马求为中心，大家渐渐围拢过来。

"常硌宝，原来你是胆小鬼啊。一分钟前还吹嘘自己一瓶不醉、两瓶不倒呢。我不说话，大伙看，这能成吗？"说话间，筵席早已开始，众人胡吃海喝，整桌人彻底疯狂起来。马求不忘拉紧魏小山，与刚才灌他酒的常硌宝大声争执。常硌宝留着短发，皮肤像劣质纱布似的苍白粗糙，眼球外凸且布满血丝，被马求晃动着身子，艰难地往下喝。喝完了，他像山羊跳到椅上，咧嘴一笑，踩着椅背作个孙悟空手搭凉棚的造型。

这一下可真把大伙逗乐了，笑得吃不下饭。常硌宝也不怕大家笑话，穿件红蓝相间的方格子西服，前襟可好搭在膝盖上，踮脚在椅上不断晃悠和抓耳挠腮。

"常硌宝，你笑死人不偿命。"

常硌宝将四肢一摊，又直挺挺斜在椅上翻白眼装死人，嘴里不忘咳出吓唬大家的怪声。这下，连邻桌的人也被逗得大笑。

"快让你老爸把你调中央电视台得了，省得浪费这块好材料。"

常硌宝一翻身，压在一旁说话的"眼镜"雷鸣晓腿上。雷鸣晓受不了，照常硌宝后腰一拧，笑道："装死还没完了，给老子滚一边去。"另一边，齐国民和董明利将身子朝后一仰，对面的刘明坤立刻把水泼到常硌宝脸上。常硌宝一下子蹦起，手忙脚乱地扒拉西裤上的水。

"刘明坤，你大爷的，你要赔我衣服，这可是花不少银子从美国捎回来的。"常硌宝尽管生气和狼狈，说话间自己没忍住笑，惹得大家跟着起哄。

"就你这衣服还进口的，瞧人家马求的行头，怎么也值你两身。"刘明坤用手比画着，声音刺耳地叫道。马求不言语，善意地咧嘴笑。魏小山偷偷瞅自己的衣服，觉得它们寒酸得像地摊货，便与马求靠得没那么紧了。

女生肖碧辰坐在马求对面，她原是班里的纪律委员，高颧长脸，前额系条红蓝发带，后脑勺平平，身材瘦高，整个人平淡无奇，说话喜欢不动声色。听刘明坤这么说，她斜眼鄙夷道："谁能和他比，堂堂××局长的公子，不说富可敌国，也算富埒陶白。"

脸儿浑圆发黑、身材敦实的董明利平时说话总是又重又慢。这次他终于插上话，舔舔厚嘴唇，急着说："嘿，你可别吹牛，刘明坤爸爸可是在领导身边工作。"说完，现出十分知足的表情。

肖碧辰右边的女生尤丝莉，此刻把后背绷得笔直。她是班里的学习委员，现在仍觉得自己是班里最漂亮的女生。她多次被马求吸引，目不转睛看着他。对于马求爸爸被人比，她替他出面反击："大家是为小山送行，还是吹嘘家世呢？这样聊下去有意思吗？"

"尤丝莉说得对，一个个没正形，忘了来做什么。倒像大闹天宫，成何体统？"又高又瘦的齐国民揉着鼻子说。他细眼狭长，像沟谷伸向远方，然后风光在鬓角处一览无余。他在班上年纪最大，担任过团委书记，也酷爱足球，成天挂在嘴边的是一大串中外球星名字，并学人家留起长发，散乱地拘在后面。他肩膀宽宽瘦瘦，套件蓝色牛仔马甲，坐得不那么端正，裹着肥裆裤的一条腿正从桌底伸到对过，一副不修边幅和吊儿郎当样，同时有股桀骜不驯的气质。魏小山最了解齐国民，别看他没正形，却敢说敢做，是一帮同学中的主心骨。今天，齐国民患了感冒，别人这么闹腾影响他的情绪，所以尽管他一直不待见尤丝莉，还是跟着她制止大家。

"现在我宣布，饯行活动正式开始！——对了，刘明坤，你小子要赔我衣服的。"

"别别别，今天就是聚会来了。你们看，转眼毕业三年有余，咱几个相好的也一直没机会这么聚。可巧马求学成归来，大伙都该向他道贺。至于我嘛，挂职三年后还会回来，所以根本不算什么。"魏小山觉得气氛虽好，但如果饯行成了主题，一来冷落马求，二来寓意不佳，好像自己日后回不了北京似的。

刘明坤点头赞成，连说几个"随意"，大家也都觉得在理，就不再说什么。总归大伙毕业头一次组织这样的活动，难免把控不住主旨，把聚会变成嬉皮笑脸的打闹。尤丝莉借机收起惨淡的笑容，但眼里那种不肯善罢甘休却又无计可施的东西仍未消失。她捏起裙角端着饮料，坐到大厅边上的沙发去，声称"要安静一会儿"。肖碧辰、李梅、张惠等几个女生也跟过去，她们都见不得男生恶搞。齐国民把竹竿一样的手指放到嘴里打个响哨，哨声像榴弹划破天际，落在尤丝莉等人脚下，试图把她们驱得更远。尤丝莉朝肖碧辰使眼色，肖碧辰悄悄坐到她旁边，另一边李梅、张惠两个坐在一起，她们共同愤怒地朝男生那边望。对面明明坐着她们各自属意的心上人，本想借今天进一步发展关系的愿望共同受阻。

男生这边，马求几个耍浑地把常硌宝围起来，争橄榄球似的压在场子中间。常硌宝抢了刘明坤的金笔抓在手里不放，趴下蜥蜴似的吐舌头喘气。几个女生离开后，魏小山正好坐在马求与齐国民中间。齐国民把魏小山揽过去，魏小山再次感受被推崇与喜爱的力量，像被高高抛起又轻轻接住。常硌宝拼命地叫喊，但换来更猛烈的挤压。

"有意思吗，难道来这就是为了起哄？"肖碧辰旁边的尤丝莉说。她的脸颊轮廓和眉毛一样纤直粗犷，但不影响她那细致单薄的嘴唇在夜里发光。她把软细的头发故意在耳下弄个弯，以使自己很容易外露的嚣张霸气收敛一些。看到对面打闹，她流露出被疏远而导致的带有轻蔑性质的气愤。

男生们继续肆无忌惮，在这个一桌饭消费上千元的地方无理取闹。然而整个饭店的情况比男生们这里更糟糕，暴富起来的中年人将他们的邪奢欲望与声光电营造的花花世界混在一起，令整个餐厅变得失控，越往后越吵闹和混乱不堪。

"他一点没有长大，和几年前没什么区别。"

"他在国外待了这些年，恐怕早对中国女孩没兴趣了。人人都知道，外国女孩可比我们开放很多。"

尤丝莉受到打击，停止说话，也停止看对面的人，转动马蹄莲一样的头部，尽管一侧脸被一棵巴西木树叶挡着，但愤怒的呼吸如同浇了水的沸石，发出刺耳的嗞嗞声。

"他没什么不好，可喜欢上外国人就是他的不是了。"尤丝莉脸上的每个器官和表情都在述说她的挫败与不安，转而愤怒更像她顽拒一切的利器，开始恶狠狠地诅咒。

肖碧辰吓坏了，像踩到响尾蛇的尾巴，同时把粗壮的小臂快速从尤丝莉臂膀上拿开。

"尤丝莉，你喜欢他，为他生这么大的气，他知道吗？就算知道，从进门到现在，他没跟你说过一句话。"

"他对我笑了。"

"他对每个人都笑了。"

"你瞧，她俩就没有任何顾忌，所以可以任人指点。"尤丝莉从胳膊肘下指指李梅和张惠，那两人正津津有味地往男生那边观望，"听说了吗，李梅要嫁给她父亲的手下，比她大三岁，北京著名大学的高才生，刚升了副处长。"

"我成天都被指挥着干活，——对了，那人长得好看吗？"

"也没有三头六臂，和我们没什么不同。"尤丝莉露出鼠类般的白细牙齿。自打她得知李梅的事情后，便开始极力贬低大学生，仿佛这可以打击到李梅。她在单位做接待员，客人来访时，她负责把人家从楼下引到楼上，中间只做一个登记。肖碧辰是单位文印员，每天不计其数地打字和印发文件。两人当着大学生的面，都有种强烈的自卑感。

"李梅算什么东西，她在单位不也打杂吗？找个名牌大学毕业生有什么了不起，乌鸡变凤凰了？"肖碧辰向李梅瞟去一个不屑的眼神。

"再看她身边那位，又傻又笨。你瞧，她整晚望着魏小山出神呢。"

"如果他们中有谁现在来找我，无论是谁，我都愿意嫁给他。"

没等肖碧辰说完，尤丝莉从下面捅捅她，然后带着亲见魔力发生的惊奇，以空前力道抓紧肖碧辰，好像怕她从这里飞掉一样。

"常硌宝，怎么是他？"肖碧辰脸色骤变，一下挣脱尤丝莉，经过常硌宝，直奔远处出口去。这种速度和惊慌前所未有，仿佛单位元旦晚会上有人拉她出来唱歌一样，她认为那是大家对她的捉弄。

男生们哄堂大笑。常硌宝兴冲冲回到男生这边。

"我赌赢了。"他抬手潇洒地往上理理头发，一点不在乎被人取乐。

"消停会儿，聊点正事！"齐国民按着指节发话，同时挨个看大家一眼。大家会意，沉默片刻，便将话题转到各自单位及国家的整体形势上来。

——李梅这里轻巧地端起金边白瓷咖啡杯，代那位女老师教导张惠："现在是信息时代，一天接触到的信息量抵得过中世纪人们的一年。所以啊，我们要加强学习，不然会被时代淘汰。"

张惠举只吸空了的盒子，不住往里面吹气。她多次听李梅这么说，却从来没像对待食物一样吃一次就记准。

"张惠，你在认真听我讲吗？"李梅正儿八经地生气。她的严肃感增强了自己对这场小范围谈话的控制力，有力地维护了自己在两人中间的主导地位。

"李梅，你总比我有主意。"张惠眼睛在食物、饮料与男生之间调换，好像一时不知该往哪边看好。

"你一个劲地看那边做什么？"李梅对这个不认真听自己说话的女伴感到无奈。她永远周正平淡的面容，像坐直在新闻直播间的播音员。

张惠急了，吐出半口饮料："我什么都没干，看常硌宝呢！"

"你喜欢他，像她们喜欢班里男生？"李梅甚至没去看另两个女生，她在心里把李为民捧上天，他的光辉把班里男生比得如同日月之于灯烛。

"我怎么会喜欢他，又蠢又坏！"张惠胖嘟嘟的脸不高兴起来，扔下东西不看李梅。

李梅本想继续嘲笑张惠，可看她真生气了，马上道歉，哄了好一阵才让对方转怒为笑。

"我知道你心里怎么想，认为我和常硌宝一样傻，是不是？"张惠红嘟嘟的脸蛋热气腾腾，眼里闪过一丝在她那种智力状况下的狡黠。

"对天发誓，我一直把你当朋友。"李梅保证。她想想，自己也就这么一个不用设防的朋友。

"能交到我这样的朋友算你走运，你又不是不知道。"

李梅仿佛听到一个五岁小孩讲出一句五十岁之人方能悟出的人生真谛，惊讶之余只好干笑几声，再不敢擅自得罪对方。

"小惠，你上门功课没考过，这回可得加把劲了。"看到对方重新拿起蛋糕小口啜食，李梅把话题转回来，像从陌生环境返回熟悉的老路。

"其实吧，李梅，我们真用不着这么认真。瞧旁边，都想着怎么嫁人。你倒好，上赶着就知道学习。"

"你后悔了吗？如果我们像她们那样——"李梅又从另一只胳膊下指指对面，"我们要做有知识、有教养、受人尊重的女性，就需要主动学习了。"

"她们？如果不是你要来，如果不是要为小山饯行，我才懒得来。"张惠噘起嘴，瞪起圆溜溜的眼睛专注地看魏小山，就像一个好故事吸引她，刺激她的食欲，不由加快手和嘴的配合进度。

两人有一句没一句地往下聊，直到没什么可讲的了，就昏沉沉地一味看男生们没完没了地闹腾。

——男生们像围坐篝火夜话，每人的脸上兴奋地进放豪光。

"北京变化真是越来越大了，从机场回家都不认识路了。"马求毛手搁在肚上，嘴唇沾着白酒，呛得直吭哧。

"话说要修四环路了，这下北京可真大了去了。"

"嚯，这架势要往河北去了。"

"房价跟着一路涨了不老少。"

"靠，就这速度，赶上东京、纽约也快。"

"马求，我看你改叫马球吧，亚运会和奥运会上都有这项目。"

"还不如叫他'盼盼'更合适！"

"假如北京申奥成功了，诸位最想做什么？"

"众人皆知的秘密：别忘给我们搞门票。"

"'开放的中国盼奥运'，盼个什么呀？"

"国富民强呗！说真的，我越来越为我们国家感到自豪了。"魏小山抓住齐国民的汗手，当大家共同谈论北京的变化时，他脑子里接连出现各个画面：到处是拆除的旧大院和兴建的新式住宅楼，长安街两边代表国家形象的高大建筑，日臻完善的辐射型道路体系，新架设的立交桥，电视和报纸上象征着供应能力越来越充足的商品广告，街头越建越多的豪华商场，大量小汽车拥挤上路、北京开始出现堵车现象，井喷式发展的国际旅游业，外国元首高密度到访，国防、科技、文化与体育战线每天取得的骄人成绩，《人民日报》《参考消息》等刊登的关于世界各国对中国改革开放成就发出的溢美之词……所有这些加起来，像突然被厚待的人前面摆满豪华大餐，而后另安排精彩的演出以供欢愉。一想到这些，他就觉得有股耿直的热劲从尾椎骨直贯天灵盖，年轻明媚的脸像圆月钻出彩云，皎洁又透亮，比大厅的水晶灯还要璀璨耀眼。话堵在嗓子眼，像等出大价钱才上场的走穴明星。"你们说，现在哪个国家的发展速度能比得上我们？我敢断定，不出五年，世界将对我们另眼相看。到那时，谁还敢小瞧中国？"

"是啊，改革有奇效。可改革为什么会有奇效？"董明利有点发蒙，他喜欢吃方糖，却解释不清方糖为什么要制成方的。

"刘明坤，你爸爸跟在领导身边，你倒解释给我们看。"

"这个啊？"刘明坤指指自己，顺便把领带扭正，带着那种抱歉和好笑的样子往两边看看，"你们让我解释什么，我自己还弄不明白呢。"

"你就装吧，脑袋大得像漏斗，平时数你知道最多。"善于出其不意的雷鸣晓，扶着黑框眼镜拿话激刘明坤。刘明坤连忙作揖求饶。

"好吧，可我未必能说清楚。"刘明坤坐直，学单位主任那样摆好姿势，"这还得从'二战'说起——"

"乖乖，这关'二战'什么事？"常硌宝咂着嘴。

"真还得从'二战'后说起，这你真就不懂了。"齐国民是个军事迷，平时十分关注世界战事和各类武器，并为这个持之以恒的爱好而自豪。别人看齐国民这么说，都安静下来。

"二者关联如何？"

"中国名义上是战胜国，失去的却比任何一个战败国都多。"齐国民痛心疾首地说，好像看到历史重现，让他痛不欲生。

"齐国民，现在我们强大起来了，我们需要——"

"让他把话说下去！"马求出面安抚齐国民，希望大家多听刘明坤怎么说。齐国民像被绑在椅子上一样不断晃荡，眼睛用力盯紧刘明坤，喉咙像饥饿的鸽子发出咕咕声。

众人都围拢向前，抵近脑门关注家国大事。此刻他们看上去都那么俊美，像被切割好准备镶上王冠的钻石，在盘子中央耀眼发光，随后获得君临天下的威严。

刘明坤受到鼓舞，厘清思路，侃侃而谈起来："打个比方！"他看到大家围上前，个个神情专注，激动得手和声音都在发抖："就好比我们国家是个有年头的人家，过去因为各种原因辉煌强盛过，再后来落败了，还受了侮辱。现在，靠自己又改善了状况，正重新赢回左邻右舍的尊重，变得有地位、有话语权了。"

"话语权是什么？"

"就是说话有人听了！"齐国民气哼哼地订正。

"说得对呀，我们国家真的好起来了，这点谁都能感受得到。"董明利宽大黝黑的脸上下晃动，眼仁上翻着，显示他在深谋远虑。

"老百姓想过好日子是天然的动力，只要国家一出台政策，他们像风信子捕捉到春天的热量一样，迅速冒出头来。家庭联产承包责任制不就是这样吗？你看，农民借此解决了温饱问题，整个国家的面貌就不同了。"

"这和国际影响力有什么联系？"总有人像幼儿园小朋友一样问幼稚问题，却是最基本、最紧要的问题。

"一大家子吃穿住用行都需要生产和供给。如果我们生产能力不足，就需要进口。如果我们生产的东西不合格、不好用，也需要进口，因为别人的工艺和质量好于我们。"

"那我们出口吗？"

"我们生产过剩的东西当然会出口，比如煤炭、稀土、棉纺织品和瓷器等。"

"唉，就这些啊，那不是卖资源吗？"

"谁知道，这个我们管不着。国家既然这么干，肯定是考虑过的。"

问话的有点失落，轻轻"哦"下专心听下去。所有人都感到不舒服，像打架吃了亏一样。

"我们有专供出口的东西，帮助国家赚取外汇。"马求从旁边补充，但发现大家看他的眼神不对劲，就赶忙住嘴。

"正因为我们人多，需要的东西多，所以必须了解国际行情和国际社会，这样才能不吃亏、少吃亏。"

"就像去秀水买衣服砍价，对吧？"常硌宝急于悟透其中道理，就结合身边的实际理解，这表明强烈的爱国心在他这样的人身上同样存在。

"没错，进口东西要尽量便宜，卖出去的东西也要贵些为好。"——这么浅显的道理，原来一直被一堆经济学术语云遮雾罩。可爱的年轻人听明白后，立刻露出大牙笑起来，这种开心像喝着啤酒看中国女排运动员赢比赛一样。

"买进卖出自有一套规则，涉及汇率、关税、交割方式和金融融资等，不熟悉规则自然会吃亏。之前我们关门搞建设，对外面知之甚少。现在开放了，只能遵守由西方国家制定的贸易规则，所以我们在国际贸易体系中处于不利地位，可以说是被剥削者。"

"我们是被剥削者。"这句话在大家嘴里多次被重复传递，声音小但异常清晰，好像重要时刻来临前，于寂静处传来的时针嘀嗒声。这又一次刺痛大家，使他们热血沸腾，眼里冒火，意志里生出桀骜不驯的东西。他们像在寒风中挨得更近了，感受着彼此的真情与热量，同时明白鲁莽行事和一意孤行没有用，并都开动大脑，共同为改善国家窘况而思考。

"好在我们国家正在改掉众多不合时宜的做法，调动了全社会积极性，大力发展生产。这样既可以满足内需，也可以反过来出口。"没等刘明坤说完，雷鸣晓接过话头："当前我们要尽快熟悉并融入规则，使我们在交易中懂得利用规则，少吃亏。"

"综合起来就是改革、开放两大国策，这就是我们目前从上至下专心在做的两件事。事实证明，我们做得很成功。你们看，农村已经发生翻天覆地的变化，粮食基本做到自给，即使再发生三年自然灾害那样的事，也不会有饿死人的事情发生。城里企业改制如火如荼，以科技促生产，向管理要效益，市场经济崭露头角。"

"还有特区建设，一个绝妙的构想，连续取得成功。这些都是未来经济社会的雏形，寄托着民族希望。建议大家去特区看看吧，就会知道未来中国是什么样。"

"我们诸位呢，就以自己实际行动参与和期待吧。"

"说得太好了，刘明坤，哥们儿为刚才的事道歉。你大人不计小人过，就当哥们儿在你面前放了个屁。"

"一个臭极了的屁！"

男生们水浒英雄聚义似的大笑，各自续杯，包围圈再次缩小，冲着彼此热烘烘的脸，端杯全力喊出："干杯！"周围的中老年人都往这边瞧，他们并不清楚这帮年轻人正在这里酝酿着理想和力量，矢志改变整个国家。

尤丝莉、肖碧辰、李梅和张惠四人听到男生们一通叫嚷后，继续打量他们。她们的兴趣依旧在各自喜欢的男生身上，而男生们则好像忘记了她们的存在，以至于连她们自己都觉得待在这里多余。酒是男性的另一种荷尔蒙，激发他们做出英雄主义事件。

"为了国家，为了早日实现共同理想，再干一杯！"魏小山的提议受到热捧，于是大家又像庆祝亚运会成功举办那样吆喝了一次。

"瞧，马求脸红到脖子根，但他像漏斗一样能喝。"远处的肖碧辰指着说道。

"还有齐国民，快看！"尤丝莉当肖碧辰是瞎子一样喊起来，"天啊，他居然把杯子咬在嘴里。"她停下，担心得变了脸色。

"魏小山还挺能耐的，看来没受他父亲的影响。"

"不要拿那事晦他了，官场上的事谁也说不清。没准他爸爸不久后又得到新任命，那时你又怎么说？"

"是啊，同学情谊最好不要掺入别的，否则日后没法相处了。"魏小山在肖碧辰眼里重新被重视，因此变得帅气迷人起来。

男生们不知疲倦地往下讨论，好像只要天不亮，他们就这么一直谈下去。他们彻底忽略了女生的存在，潜意识里好像认为她们只适合用来谈恋爱、生孩子，再没别的用处。这显示成年后的男性会变成独居动物，而女性们变作群居动物。

"我们赶上了好时代，恰逢其时！"雷鸣晓肚里的酒精越来越多，搞得他晕晕乎乎，仿佛对着朦胧的星空和大地说话，"我们一定要有所作为，不能辜负青春和人生。"

"喂，时间已过九点，该回去睡觉了。"

"急什么，早着呢！"刘明坤晃着沉甸甸的大头，喷吐着炽烈的酒气。

"找回了友谊，又谈到了理想，全身上下像着了火，恨不得马上干起来！"董明利这次竟没有结巴，撸高袖子，露出圆滚滚的上臂肌，挨个展示给大家看。

"不干出一番事业就是孬孙！你们说，谁愿意当孬种？"齐国民逐个指着问，好像如果没听到他想要的答案，就把大家从现场赶走。自然没人这么做，大家心劲都一般高，恨不得像新战士赶快上战场。

"马求，你说，你将来的理想是什么？"齐国民咽掉一大口酒，头发像柳枝那样垂在腮边，眼睛死盯马求，生怕对方撒谎一样。由于喝酒过多，他攥紧酒杯，几乎把它捏碎。常硌宝想从他手里夺杯，被他狠狠瞪了一眼。

马求翻着白眼，把雪白衬衫往裤腰外拽，漂亮的阿拉伯圆脸往两侧看，其实并不是真的看什么，只是在想怎么把想法完整说出来。

"这次回来，不打算再走了——"马求把头稍稍低下，乌黑茂密的发卷折射细碎的暗光，一边酝酿，一边宣布自己的去向，"我已在××委谋了职，下星期就去报到。"

"天哪，什么时候的事？"人群炸开锅。

"然后呢？"只有齐国民冷静地坐着没动，不断摇头晃脑，那细软及肩、略微发黄的长发，没能替他遮住满脸的嘲讽与轻视。

"日后我能当个部长什么的也好。"马求直视齐国民，胳膊动动，好像要将齐国民的脑袋扳过来说话。

"像那么回事，是男人就得有人生目标，就像从平坦的地平线上耸起万仞高山。"

"没想好就不要随便说出来，说出来就要兑现。"

"很好，借这个机会说出来，照着它实现。"

"当心想法泡汤，誓言变空话。"常硌宝自笑道。

"我的目标是当个改革家。是的，改革家！"

"说得好啊。"齐国民拍拍魏小山，用中肯、欣赏和受用的眼光打量这位新晋职的旧友。他鼻孔张得很大，好像可以吸进去很多东西。

"为什么不是政治家呢？"

"改革家也是政治家啊。听着，我就想做改革家，改变现有的一切，让这个国家变得更好。"

"你一定把领导人当榜样了。"马求捏着下巴，黑胡子与白嫩大手形成鲜明对比。

"可以这么说，但父亲也是我的榜样。"魏小山骄傲地说，第一次把父亲奉为英雄的感觉新颖而独特。

"精心设想的东西变得可听可视之后，就像你创造了一个婴儿，多么富有诗意。不出五年，我们都会做父亲，那时你们就会对我说的这番话理解得更加透彻。"

"我们要当父亲，很快。多有意思，我们要造个人出来，大脑袋、黑眼睛、白屁股，爬上我们的胳膊，管我们叫爸爸，太好玩了。"

"可是诸位，老婆还没着落呢，就想着当爸爸了？"

刘明坤这么一说，也把齐国民逗乐了，于是众人不约而同又喝起酒。齐国民打个响指，叫来侍者，于是桌上又很快码上新送来的酒类与食物。男生们头仰起，一次次肆无忌惮地饮酒，大脑中枢混乱，口齿不清，眼神迷离。饭店人员远远看着这帮寻欢作乐的年轻人，惆怅不已。

"还有谁，快说！"

"好吧，我不忌讳说出自己的野心，我想成为咱们国家未来的总理。"

"很好，没什么不可能。"齐国民像兄长激励面色鲜妍的胞弟。

"我呢，让我想想？"常硌宝眼睛对准天花板上的浮雕，很快有了主意，"我做个省长吧，既然你们当了大改革家和大政治家，我认真执行你们的政策好了。"

"也不错，总得有这样的人。"齐国民艰难地挪动身子，扭眉曲眼，头蹿前一小截。魏小山赶忙扶他，齐国民整个人躺倒，像胎儿蜷缩在子宫里。

"还有谁，不要让我一个个地问。"齐国民闭眼催促，话音大得像在旷野。

"好吧，我希望调到机关——"

"你可真会想，到那里没人能得罪你。"

"你说着了，你们个个想在北京混，非有用得着我的一天。怎么样，理想不大，却很现实吧？"

"什么破理想！"齐国民觉得刘明坤像考试作弊一样令人讨厌，睁圆眼睛瞪着他，"都他妈的让大人带坏了，能不能为国家和民族做点事，不要成天只想着钻空子、占便宜。"

"亲爱的，用人力资源的术语来讲，你那既不是精神追求，也不是人生目标，只是职业规划。"马求玩弄着喉结下的黑毛，一边回过头同魏小山小声讲他有点想吐，"女人怀孕是不是就这样？"他歪起脑袋大笑，大量气泡聚在肺部，导致整个胸部嘣嘣作响，大伙都听到了。

"你是为我的理想喝彩吗？"刘明坤笑着问马求。马求笑得直抽气，说不出任何话。

众人打趣起马求，惹恼了齐国民，伸手拍打桌子。

"屁大点事说个没完？理想呢，事业呢，前途呢，国家呢，胜利呢，还要不要，要不要?！"

马求捏着魏小山潮湿的手心，常硌宝躲到马求后面，大家都安静下来。

"你呢，齐国民？"雷鸣晓托着眼镜，吞着酒，眼神犀利地瞧齐国民。

齐国民沉默了，从他那不该是这个年纪才有的消瘦、中老年人似的脸上，看不出任何一点动静。马求托着魏小山和雷鸣晓肩膀，弯下一米九的大个子看齐国民是否醉死。不料一滴口水落上齐国民左颊，齐国民一跃坐起，诈尸似的把所有人吓得后仰。

"我嘛，要做一名将军，洗刷中国近代史上的耻辱，希望中国变成有史以来最统一、最强大的国家。"齐国民细眼瞪得极大，迸射精光，举起虾须一样的长臂，在空中有力地划出一道圆弧。

"啊，斯巴达一样伟大的齐国民，你是日后唯一能召唤我们的人。你是真正的太阳，既照亮自己的前程，也照亮我们的未来，我们愿意效忠你……"

"你们就这么闹腾下去吗？"尤丝莉终于受不了男生们的胡闹，带领另外三名女生气冲冲前来搅局。

"为什么不加入呢，尤丝莉？"

"你快点下来,当心——"尤丝莉前倾身体,冲一脚踏在椅上挥臂的马求大声喊道。

"快说,加不加入我们?"

"加入你们?怎么加入,和你们一样喝酒、打闹?"

"聚会嘛,就要这样。"齐国民躺在朋友臂弯里,像神仙倚在白云堆。

"难道就不能有点别的?说好给小山的钱行呢,还有一点影子吗?"

"对,她说得对,今晚还要有点别的!"刘明坤受到启发立刻提议。

"时间不早了,我们要回去。"李梅在人群后冷冷地说。

"女生可以回家,男生一个不许走!"雷鸣晓挥舞拳头,好像关起门守住。

"不,我们要留下。"尤丝莉挽住肖碧辰,二人结成同盟对抗。

"你们留下做什么,既不喝酒,也不聊天,难道看上谁了?"

"你说什么,谁看上你们了!"尤丝莉急出眼泪,一甩头拉女伴离开。一帮男生傻呵呵望着她俩笑。她们多希望背后响起挽留的声音。

李梅也带张惠离开,像拖走一个面袋。

"这下解放了,哥几个,接下来做什么?"

"我有个提议,我们几个结义!"齐国民站定环望大家。

其他人的表情全亮了,互相看看,使劲点头。

"常硌宝,算不算你,自己看!"

"凭什么不算,难道我不是男人?"常硌宝站高比画下面,惹得大家爆笑。

"听着!"齐国民像早晨起床把脸一抹,站得直直的,郑重道,"说好,今天我们七个结成生死兄弟,以后无论如何,目标只有一个:积极参与国家建设,支持改革开放,早日实现国家繁荣富强、民族复兴!"

"我能做到!"

"我也能!"

"过来,我们起誓!"齐国民展开双臂邀请大家,眉际像拉满一张大弓。

"换个地方,坦诚相见!"

"哪里?"

"复兴门大街上新开一家洗浴中心,到那里?"

"还愣着干什么,走啊!"刘明坤一呼百应,大家来到外面。马求结过账,披上衣服风风火火追出来,就见其他人已在马路中间又喊又叫。齐国民走在最前面,枯黑的脸像黑白照片被翻洗成彩版,赋予整个人神采。

"走着去吗?"

"当长征不行吗？"

七人勾肩搭背，横走在马路中间，谈天说地，兴高采烈，一时间仿佛全北京街头成了他们的天下。他们很快到了洗浴中心，买票进去，迫不及待脱光衣服聚到池边。这时已是大半夜，里面没有其他人，七个赤条条的年轻人，面对一汪热腾腾的池水情绪高涨。

"这就说好，以后我们七个团结在一起、奋斗在一起，如有反悔，不共戴天！"

大家不约而同把手叠摞一起，眼里、脸上同时现出由激动与庄重混合成的高度紧张，另外还有不断给自己打气的发力感。

"我们不与酒肉为伍，不与陈腐为谋，将各自前程命运紧紧相连，同走正道，共谋大事，相敬相爱，绝不食言！"

各人相继沉闷与坚定地复述，再以眼神确认，等退回原位，满脸是一同冲锋陷阵的豪情壮志。

"庆祝吧——"

"友谊万岁，我们万岁，青春万岁——"

七人争先恐后跳入池里，水池顿时沸腾了。青年男性特有的鲜活、红润、饱满和充斥着爆发力的躯体，在翻腾的浪朵里欢呼雀跃。水花飞溅，人声水声相和，像鸟儿、蝴蝶、蜜蜂、风筝、滑翔伞和战斗机，出没在他们山峦般健壮的臂膀和股间。每个人都肆意发挥，使所有理念升华与纯洁。每张脸都绚烂得像太阳，每个人都如同降瑞人间的阿波罗。他们在这子宫口般大小的空间里进行伟大的结合与再造，然后不久后诞下全新的自我，创造令世人瞩目的世界。他们振臂欢呼，为来到世上庆贺，更为从今天起明确了自身职责与使命而欢欣，并由此表现得自信爆棚。他们一会儿拥抱在一起捧头大笑，一会儿又宛如歌唱家面向苍茫山河直抒胸怀。年轻人一旦树立理想，就像从镜中观赏最中意的自己，无限喜悦情不自禁。他们牙齿鲜明，笑靥如花，碳纤维似的强韧筋骨，身体如大鱼灵活；他们羽翼丰满，似鹏鸟腾起直上云端，勇敢迎接皑皑云海中的朝阳；他们心情像清晨的鸟儿欢畅，又恰如云雾中嬉戏的众神自由快活，独享属于自己的时代与世界，从中体验来自自我的快乐……

四

时不我待！王海待在桃源村多有不甘，更受改革开放精神的鼓舞，执意要返回T市。他信心满满地打算在两月内把生意做起来。"是啊，既然继续当兵的愿望没能实现，那么我要转战商海，成就新的人生。"他已认清形势，这是经商的最好时期，更是年轻人只要敢拼敢干就能胜出的时代。——走下火车的一瞬间，他把行李放在地上，笔直站好，面对既熟悉又陌生的 T 市，庄严挺胸、立正和行礼，心里大叫道："T 市，我回来了，我要在你这里重新开始！"之后，他拎起那几件不起眼的行李，甩开胳膊，迈动双腿，大踏步离开火车站，往街道里汹涌的人群中去了。

他寻回骑楼附近，找一家地下旅馆住下。看里面设施寒陋，他激励自己："唉，伟大的人物落了难也是伟大的，不打紧，一切会好起来的！"躺在小床上，他两脚耷拉在外边，想往后怎么办，很快有了主意，开始给高中同学和朋友挨个打电话。"对啊，都是老同学、铁哥们，能不给谁打呢？"握着前台的破旧话机，受着胖老板娘鄙夷的眼神，他忐忑不安地往外打，不时心里安慰自己。电话那头接起来，每人听上去都那么真诚和激动。挂掉电话，他擦擦汗，脸上笑出来："有什么好说的，我之前不该瞎想他们！"——大家听说他回来，片刻惊讶之后，马上答应来看他。回到地下房间，他有些等不及了。"事情没有想象中的坏，大家好像都挺想念我的。嗯，如果他们真帮了我，我绝不忘恩负义，得好好回报人家。啊，我一定会成功的！"一切似乎遂心，顺利得让他有点意外。仰面躺会后，他把自己裹进单薄的床单里，不知道该做什么好。估摸两三个月要干成的事，一天内就搞定七八成，人生的憧憬好似半夜三点看到大太阳，恍惚与不真实……

朋友们陆续来了。有人瘦了，有人浑身疙疙瘩瘩，有人留起胡子，有人胖得失去棱角，反正一准认不出当年模样。人来齐后，以王海为中心，个个五大三粗，却非要挤到小床上。挤上去不说，还照对方身上打几拳，然后叽叽歪歪笑不停，那样子非但彼此不嫌弃，反而比过去更亲热。大家凑在一起耍嘴皮，在这个五六平方米的小隔间里，好似开着一台二百分贝的大音箱。王海好似回到从前，一切都没变，变的只是他们相会在这么个肮脏不堪的下等地方。但他心里畅快，任他们在自己身上摸来摸去。唉，少年时的轻松快乐久违了。大家不断闹腾近一个小时，有人掏出压瘪的香烟一根根抛出去，马上有人拿出打火机抢着点着，然后一齐躺下使劲吸，不再有人说话。王海跟着吸，但不像以前吸着玩，而是当作一件非做不可的事情，觉得这样就和大家没有区别了。

"王海，回来有什么打算？"因为脸上粉刺多而看着比其他同学更成熟的吉非凡率先打破沉闷问。

小屋里烟雾弥漫，劣质荧光灯管发出微弱的光，好像世界远在 M 河对岸。王海被烟熏得直流泪，左腿也一直被曾经的同桌压着，刚用力把它抽出来，却被另一个人从一侧抱住。雄性动物呼出的热辣口气灼伤他的耳朵。但因有求于人，他只得忍耐一时。

"我不走了，要留在这里。"王海声音大得有些发抖，整间小黑屋似乎跟着发抖。

"是呀，留下来，我们又能在一起了。"烫着雷公头的瘦个同学掐断半截烟卷，因为瞅着红亮的烟头，成了对眼。

"就你自己吗，想好干什么了吗？"吉非凡原是个小瘦猴，现在长成大海豹。他依靠破床垫的力量弹起，翻身支撑在王海上面。王海感觉小床重重晃了下，身下凸起的弹簧硌得他生疼。他盯着吉非凡毛孔粗粝的大红鼻头，有种强烈的压迫感。吉非凡爸爸目前经营着 T 市最大的地砖厂，并出口到东南亚，所以这帮人里，数他家境最好。

王海长出口气，咳嗽几下，动弹动弹四肢，横横心，一股脑把打算全说出来。说的时候，他好像真的经过深思熟虑，没打一个磕巴，没停顿一下。当说到自己要成为稻盛和夫、亨利·福特那样的大企业家时，他感觉自己浑身发烫。说完最后一个字，他脑袋空了，了然无物。他不知道如何评价自己，像在大街上突然遇到一个一模一样的自己。是的，今天，在这间破烂邋遢的小旅馆里，他仰卧在一堆破棉絮中，道出他关于未来的锦绣前程。朋友们都缄默不语，吉非凡也撤身躺回去，他则感觉自己像一群星星中间的辉煌太阳。他觉察出自己与别人的变化，就算大言不惭，也不再对未来恍惚忌惮。他好像已经下定决心，为此一往无前。

"开公司，王海，靠你自己？"

"是的，我什么都不怕！"王海望着上面笑，屋顶缝里渗出的水珠映着亮晶晶的灯光，他像被大家羡慕和妒忌一样幸福。

"现在公司多如牛毛，你要干什么？"半个身子贴上墙壁的同学问，说完朝一只快速爬过眼前的蟑螂射出口口水，然后看它拉根透明的丝钻入缝隙。

"我不知道，但会想清楚的。"王海自信和迅速地回答，觉得像今天打电话的同学都来全一样，以后也会这么称心如意的。他不时回想起自己从火车站寻回这里的过程，沿途许多道路正在翻新，到处搭起的脚手架让他震惊和兴奋。几年不见，T市发生巨变，这正契合他此行的意图，让他来时的担心顿时烟消云散了。

"大家都帮他出出主意。"吉非凡有当头的意愿，首先坐起，向大家提议。于是大家纷纷坐好，学着自己的父辈们，皱紧眉头，掐灭烟头，开始替落难的朋友想主意。

那个同学终于把腿从王海身上挪开，然后塌着肚子望着上面讲："手头有钱吗？多大灶就做多大饼。——我妈总希望我爸变成李嘉诚第二，我爸就拿这句话回她。"

"一万块。"王海想起父亲和别人多是白手起家，觉得自己比他们开始时好多了。地面的汽车和人声能够清晰传导到下面，他想着自己将来成功后，一定要首先改变这里。

"一万块？太少了吧，开个杂货店还可以。"说话的人扑打着烟气伸过脸，挠着头问。

"钱不够，你们来帮我。"王海停下遐想，认真观察大家。见没什么反应，他赶忙又说："你们投进来，算你们的股份。"

屋里最靠近门的同学躲入阴影，快速说："哎哟，这我可要好好想想。你想，父母会让我们做这种傻事吗？"大家看不清他的表情，因而他蜷缩起来不再出声。

"借给你，不过，不会多的。一千块怎么样，我手头只有这么多。"他曾最要好的同桌拍拍他的肩膀，鼻子一侧放着光说。王海迟疑了下，感激地回拍其肩膀。他有些失望，本以为一声令下，他们会支持自己，有钱的出钱，有力的出力，众人拾柴火焰高，他能一下子把事情干起来，可没想到他们这么缺乏热情与信任。这像一盆冷水浇上他的头，让他再次担心起来。

"王海，别难过，一切会有办法的。"吉非凡看出王海的心思，在一边歪头随便笑，然后盯着看谁接下来发言。

看到没人再说话，王海不由全身发冷："你们呢，能借我多少？"他强忍怒火与眼泪坐起，四顾时，再次催问大家。

"我在爸爸公司上班，拿工资给你。放心吧，王海，不帮你还算同学吗？"对面的同学抠过脸颊，捏着为数不多的胡须说。

"我嘛，只能出五百。——什么？就知道你们会责怪我。可我现在的零花钱全被女朋友保管着，哥们儿，理解我好吧。"过去王海最佳的攻球搭档，刚进门时与王海好生亲热。说过后，他被吉非凡嘲笑，于是起身反击，却被吉非凡挡回去，便生气不再理人。

"傻瓜，没出息的家伙。"吉非凡同时指着王海坏笑，王海不由跟着笑，但笑像漏气一般发蔫，"来，过来抱下我。对，我要给你五千块。"吉非凡说前把其他人都巡视一遍，然后歪嘴冷笑几下，这才转身与王海拥抱。他是这小屋里唯一戴枚大金戒指的人。

王海抱着吉非凡，感觉像遇到救星一样。他刚才甚至绝望地想，如果实在借不到钱，他就去体育场福利彩票抽奖现场碰运气。大家都激动地跟着叫喊，房间一直暗淡的灯管跟着亮几下。门外立刻传来老板娘趿着凉拖的啪啪声和难听的骂声，然后就见她忽地从外面推开门，露出半张胖圆脸。一股烟雾冲到她脸上，她连扇着手骂道："一帮小混蛋，能不能小声点，要吵翻天吗？"没说几句，被烟呛得关门返回上面。

　　吉非凡摸摸宽大明亮的脑门，粗喉咙大嗓门地说："海子，你就放手干吧，有难处尽管找我们。这世道，说来还是靠朋友、靠弟兄呢！"他学着父亲的样子，拍打着胸脯表态。

　　王海感动极了，连着把每个人抱了下。

　　"喂，你们呢，怎么还不表态？"吉非凡见还有几个没发言，就皱眉叱问。

　　"我也出一千。对不起了，海子，我只有这么多。"

　　"我吗？三百吧！"

　　"唉，你不会再要利息了吧？"

　　"那倒不用。可是，也用不着笑话我，哈哈，我从来就这德性。"说过，这位同学欠身把吉非凡撞下床，吉非凡起身也把他掀倒。两人呱呱大叫，其他人大叫着一起压上去，房间里又乱作一团。他们的吵闹声不断惹恼隔壁房客，他们一边敲打一指厚的隔板墙，一边气势汹汹地叫嚷。

　　大家你一言我一语，王海头脑被捣掇得极度发昏，滴酒没沾就觉得醉了。啊，现在的他像个万人迷，岂有什么不遂心？大家决定祝贺，便怂恿他来到一家小饭店，一起钻进去开怀畅饮。年轻人止不住一点小由头就情感失控，好像全世界都是他们的了。他们互相搂住，把烈酒一杯接一杯灌入肚里，再逼别人喝下去，然后仰头一阵大笑，再接着咳嗽一通。这样折腾至大半夜，直到个个烂醉如泥方才罢休，最后摇摇晃晃从里面出来，各自叫车回家。

　　王海醉得几乎不省人事，别人陆续走掉，他什么都不记得。老板和几个服务员趴在款台上耐心等他醒酒，同时一起笑着看他。他好不容易清醒些，费劲地把头转到另一边，盯着地下花花绿绿的酒瓶，突然想起什么。他四下打量，一起来的朋友一个人影没看到。他摇摇头，摸摸脸，慢慢回忆起全部。老板差人送上凉茶，他一口气喝掉。服务员递给他账单，不看不要紧，一看他吓一跳，一顿饭居然花掉四五百元。他彻底醒酒，带着酒气的汗液从额头、后颈汩汩淌下。他哆嗦着把账结了，灰溜溜来到外面街上。在他离开 T 市四年多的时间里，这里早已今非昔比。走在深夜雨后的街头，他很快迷路了。没走几步，他胃口一紧，当街就吐出来，感觉心肝五脏都空了。这本是他从小长大的地方，但如今黑黢黢高耸的建筑，好像万劫不复的深渊。他腿脚软绵绵的，影子孤零零的，感到前所未有的孤独。为省钱，他硬是靠一双脚走回旅馆。开门的老板娘睡意蒙眬，头也没抬放他进去。他赶忙到水房灌一肚子凉水，再回到那间不小心就磕到天花板的小客房，跌倒在床上，筋疲力尽地睡去。再当他猛地惊坐起来的时候，已近午时。他浑身酸胀，可身体的不适比起心里的难受根本算不了什么。是啊，按照昨天说好的，他们该来了。他躺着没动，告诉自己耐心等待。墙上的方形电子钟指针已过十二点，可仍旧连个人影也没有。他有点不信，匆匆赶到前台，询问老板娘上午有什么人来找过他。

"没有。"她干脆利索地回答他，肥嘟嘟的一只手正往另一只上抹开一团洁白的润手膏。

"肯定没来吗，没有记错？"王海锲而不舍地再问。

老板娘两只挤在眉骨间的小黑豆眼朝他扔来匕首，转身不理他。他眼前一阵发黑，一股寒意直泻脚底。"不是说好下午三点前吗？现在不才过午吗？啊，又是自己一厢情愿了，昨晚还提醒自己要有耐性。"他重重打了下自己的头，以致疼得缩起身子。可刚下去，他又跑回地面，忘了最重要的事，高中时最要好的女生，他应该打电话求助她的。他没经老板娘同意，抓起柜台上的话机就拨出去。

"喂，小美吗？"他尽量压低声，可声音还是很大，老板娘的眼皮几乎可以夹死他。

"小美，你找小美？你就是那个王海，还缠着她干吗？"王海听出接电话的是小美妈妈，脑子里一片空白。

"是阿姨吗？"他颤巍巍地问句废话。

"是啊，我是她妈。现在，我替她告诉你，你就死了心吧，我们不会同意你们的事。而且我们打算安排她去国外学习深造，以后不准你打扰她。"

"可是，阿姨——"他本来下面想说"我们是真心相爱的呀"，可话没说完，那头已经挂掉电话。他死鱼似的张开嘴，什么声也发不出。老板娘见他一副痛不欲生的样子，把被他撞翻在地的槟榔盒费劲地弯腰捡起，一边不耐烦地重新摆好，一边按捺住没有发火。

他挣扎着回到下面，看墙上的时间，意识到饿了。但钱的事要紧，他竖起耳朵，努力往走廊里搜索动静；再后来，干脆每过一阵就到门口，伸头缩脑地往上面瞅。时间好似停止了，指针嘀嘀嗒嗒，如一盘艰难转动的大轴。"他们不会忘了吧？或者——"后面那个字眼他甚至不敢想，便蒙起被子，缩进里面不敢露头。如果一个人都不来，他就彻底完蛋。

"咚咚！"外面传来脚步声。一会儿，门开了，吉非凡出现在他面前。他从被子里钻出来，一跃跳下床，什么也说不出，看眼吉非凡转身抹下泪。

"喂，怎么了？"吉非凡问。

"没什么。"王海笑了，眼泪比铅球还重地往下坠。

"急了吧？"

王海点点头，过去一把抱住吉非凡，好像被他拯救了一般。吉非凡拍拍他，交出钱称有事告辞了。希望总算没完全落空，就像在他将要饿死之际，终于有人施舍他一块钱，可以买个面包。

"咚咚！"门又响了。王海松口气，这次可以舒服地眨眨眼了。

"好哇，眼圈发黑，做坏事了。"另一个同学探身进来，一脸坏笑地指着他。

"快说，带钱来了吗？"王海就差扑上去翻人家的裤兜，直接抢钱了。

"当然，海子，要给我打借条啊。"那同学舌尖上玩弄个唾沫泡，但态度认真地说。

"我打，我打，当场打！"王海擦干眼泪、汗水，赶忙找纸笔给人家写借据，但心里坦然许多，"是啊，做生意都该这样。"但写下字据时，他觉得对方已不是真心朋友，而是精明刻薄的商人。他努力学着适应……

时间到了，只来了这两人。王海没什么可说的，高兴又难过。他上去打电话：第一个电话通了，"他病了……是啊，正休息呢，再见！"第二个电话，"不，我们不知道他去哪儿了……什么？你说什么？他要借钱给你？他用的可是我们的钱，真是把他宠坏了……"随后几个电话，两个没人接，一个是同学亲自接起来，却没料到是王海，支吾着很不好意思。放下电话，王海筹划下一步怎么办，很快又想起一个人来，不过不是这里的同学和朋友，而是黎红。

军营的一切很遥远了，一晃快一年过去了，她还记得他吗？他马上翻出电话，打过去，接电话的是黎红同事，用京腔娇声嗔气地告诉他黎红外出采访了，又问他是谁，是不是希望在杂志上做广告。他赶忙回绝，放下电话，出身大汗。心灰意冷之际，他想到父亲过去的朋友和生意伙伴，并且决定不管是否有把握，先登门拜访再说。当他像流浪汉似的找到人家门上时，很多人不相信他这么个刚成年的孩子能干什么。他吃着他们叫给他的饭菜，满肚子生气和委屈："凭什么看不起年轻人，我来这里可是要发奋的，而不是被你们可怜的。"人家没有拒绝他，他却坚决拒绝了人家。当迈出门槛时，他觉得自己的背影又高大又悲壮。而有人干脆连他父亲是谁都记不起来，抚头假装用力想，然后把他像保险推销员那样赶出来。他想申辩，可人家早关上门，他只得含泪转身离开。越绝望，他越心存幻想，这多少给他一些信心，让他继续支撑下去。屡次碰壁后，果真有个老头愿意帮助他。

这个瘦老头戴副老花镜，花时间从眼前纸堆里找了会儿，然后拣出一张递给王海："拿着吧，照上面的样子做。记住，月底我在这里等你。"老头冲王海慈祥地笑，他的确诚心想帮这个孩子，因为王海父亲曾经帮助过他。何况，他喜欢有闯劲的年轻人，人生总有第一次，何妨给他们一个机会呢？王海激动坏了，好长时间不敢相信自己的耳朵，脑袋迷迷糊糊的，笑不由挂在脸上。他领了任务，兴冲冲出来，脑子里各种乱七八糟的想法，走路因神志不清绊了一跤。

回到旅馆，他啃个面包，心想："天不灭我王海，终于有这么桩生意可做。"他不敢耽误，马马虎虎吃完东西，盘算怎么尽早开工。"一共需要生产三千块窗帘，尺码已在合同上注明，各个样式也不算复杂，算下来不会有多少赚头。加油啊，小伙子，打个漂漂亮亮的翻身仗。"他不打算把它转包给别人，一来利润太薄，二来自己要从中学些东西。他迅速拼凑出一个思路：先找个地方，再请几个工人；他计算好了，一共需要七千多平方米布料。料子吗，可以差一点。如果一个工人一天能赶制五十到七十块的话，那么只请三个人就够了。唉，得管理好她们，再请她们加班加点辛苦一下。现在他得心硬点，不能像往常总不忍心，过分软弱可是管理者的大忌。现在能想到的也就这些。至于地点嘛，他一早想好了，隔壁就空着两间地下室，加上自己的一间，空间足够了。事情就这么定了，他上去找老板娘商量。尽管她开始不同意，可他给她加了租金，她最终答应了。——即使三间房子，多出一半租金，仍比外面便宜很多。而且老板娘还主动提出帮他找几个失业的缝纫女工来。

几个女工找来了，都三十出头，十分瘦弱，衣服陈旧寒酸，一齐抬头小心地望着王海。王海心头一颤，觉得跟她们相比，自己一点不可怜。他在原来工钱基础价上多加两毛，这样自己的赚头更少了，可不帮帮她们，他于心不安。布料采购回来，他立即组织她们赶工。老板娘也替他想办法，赶走几个多事的客人，在走廊口钉块大木牌，把这几间房子彻底与外面隔开，又在地下室入口处落把大锁，这样不留意的人绝对想不到旅馆下面会有个地下车间。房间里，女工们拼命干活，虽然身体羸弱，但手脚一直没停过。她们都是熟练工，不用王海吩咐，像给自己干活一样卖力。王海从老板娘那里给她们订了可口饭菜，请求她们这段时间不要回家；还答应她们，以后再接到这样的活，一定先尽着她们干。她们被他打动，专心住在里面，每人头上多垂只牛毛黄的小灯泡，天天在阴暗、潮湿、泛着霉味的地下室里，没白没黑一干就是十四五个小时。她们带来的缝纫机中途坏过几次，都是她们自己修好的。王海看着那些光滑美丽的窗帘从她们指间流淌出来，觉得这样的场面真美。他帮她们从仓库里把布料找出来，再把成品收起来，一副心满意足的样子。他十分喜欢和她们一起干活，她们那么善良，那么任劳任怨，眼睛像圣母充满柔情爱意。越往后，王海越觉得自己遇到一群天使，尽管她们贫穷低贱，也没有青春美貌，却具有一袭感化世界的温暖。到最后，他几乎对她们有些不舍了，暗暗发誓，以后找更多活给她们干，让她们的日子好起来。连老板娘也对他好多了，不住夸奖他，还在夜宵里往每人碗里多加个卤蛋，算她请大家的。有一次她抱住王海亲了下："弟弟，像你这样的年轻人不多了。"时间过得真快，转眼只差三天到期限，而任务差不多明天就能完成。王海希望大家提前完工，这样好早点交货。女工们忙碌这么多天，连来时的样子也没有了，个个蓬头垢面、狼狈至极。不过这些天受王海照顾，她们拼上命也要赶出活来。终于，大家在凌晨两点时把所有活干完了，王海把最后一块窗帘收好，关上仓库，走进自己房间，她们正等在里面，一直在兴奋地说话。尽管时间已晚，但王海头脑清晰，没有丝毫睡意。是啊，再过几小时天就亮了，他会第一时间把窗帘送给那位大叔，向他证明：他能做成事情，而且做得很好。他坐到女工面前，她们都喜盈盈看着他，他说不出一句话，流起泪来，害得一帮女人也跟上哭了。老板娘开锁送饭，这是王海特意嘱咐她这么做的。今天，老板娘又给每人多放一块卤肉，笑呵呵捂住嘴连打哈欠。吃过后，王海让大家回去休息，自己也躺下来。慢慢眼前黑起来，他以为自己睡着了，而接着，他也真睡着了。

迷糊中，一阵急促的敲门声吵醒他，他惊坐起来，以为是在做梦。"怎么了，发生了什么？"他听到外面有人大喊他的名字，接着闻到一股刺鼻的烟味。他预感到不对劲，屋里漆黑一片，他跳起开门，一个女工正等在门口，结结巴巴告诉他仓库起火了。这时，老板和老板娘也撞开木牌，手拎水桶冲下来救火。王海跟着女工跑出去，整个走廊已弥漫起浓烈烟尘。他顾不得它们钻入肺里，赶到仓库外，只见暗红色的火苗正从仓库门缝里蹿出来，狭长的走廊里好像地狱火房一样。其他几个女工头上正裹着毛巾，不断用盆从水房接水出来，照门缝里泼进去。老板娘大声提醒王海救火，他却傻傻站着回不过神。——等到最后打开房门时，里面东西已经烧毁三分之二，剩下的三分之一也泡在一汪黑水中。——原因很简单，房子过于矮小，货物堆到房顶，丝质窗帘接触到老化脱皮的电线，诱发火花引起火灾。——当王海把仅剩下的又脏又皱的货物交给老头时，老头叹下气，收下所有东西，并付了三分之一的货款："孩子，先回去，过几年再说！"

王海团抱身子，头搁在双臂上，赤脚浸在水里，两眼猩红，木然盯着流动的M河发呆。一排排浊浪冲上他的小腿，他的黯然神伤与周围草长莺飞形成鲜明对比。这段M河仍保留着原始样貌，两岸浅滩上，生长着大量茂盛的野生水草。它是T市的母亲河，过去人们一度在这里消遣娱乐与欣赏沿河风景，可随着近年来人们在它两岸肆意建设工厂和大量排污，河水越来越脏，终年散发着恶臭，故逐渐遭人嫌弃。人们转而选择到港口附近的海滩度假游玩，在那里既可以欣赏到美丽洁净的沙滩，还可以看到越来越多悬挂各国国旗、像移动城堡般的远洋货轮。如今这里几乎无人问津，滩涂上曝晒着许多死烂鱼虾，苍蝇蚊子与蝴蝶蜻蜓一起飞舞在乱草丛中。据说市政府正筹划在此新建一座斜拉索大桥,但一切尚停留在传闻中。目前,沿河两岸开始形成两个新旧世界,一个是河对岸正拔地而起的新城,是T市政府立足本地经商传统和侨商优势,主打出口导向型的外向型经济带,以招徕广大华侨合资与独资企业入驻。极目望去,绵延几公里都是各式建筑工地和大型吊装机,气势几乎掩过更远处的绵延山脉;一个是王海身后的老旧城区,与河对面相比显得破破烂烂,但这里却是早先民间经济借助改革开放,在前店后厂、家庭作坊基础上,发展出的生产各类民生小商品的小型作坊与工厂区。这里生活区与厂区高度混合,劳动力密集型企业和小厂家居多,形成T市在改革开放初期的产业特色。

王海父亲就是较早受益于沿海改革开放的一批人。随着早期改革政策的出笼,王海父亲与另外一些人、家庭闻风而动,凭着苦心经营,将作坊经济迅速经营到一定规模。他们的创业资金有的是亲自到外面做别人不愿意做的苦活累活攒来的,有的是从亲戚朋友那里连蒙带骗借来的,有的则是抵押了土地、粮食、房产等从银行贷来的,有的干脆从地下钱庄借高利贷,还有冒险做走私犯法之类的事情发迹而来。这些厂子一方面很好地活跃了市场,促进了就业,方便与改善了群众的生产生活;但另一方面,由于原始资金有限,技术、管理水平不高,只能生产加工初级产品,并很快陷入业域狭窄、产品雷同、行业集中等窘境,导致竞争异常惨烈。此时大城市一时成为人们追求理想和实现梦想的首选地,也成为中国式欲望最集中、最强烈的炼炉,更成为催生创业奇迹的息壤。一批批厂店头天开张,第二天就关门。然而一家消失,多家拥入。为在竞争中获胜,有些人动起歪脑筋,包括商业欺诈、生产假冒伪劣产品等。城里每天都有行骗者和受骗者,每天都盛传暴发户与落魄者的新闻。但在致富欲极盛、头脑空前发热的时下,谁又真正关心这些?当大家对吃不饱、穿不暖的日子皆怀恐惧时,只要有活下去并且活得好的机会,谁肯甘心放弃?就像在逃难大军里,谁会在意踩死几个路人?这就是市场经济,这种情形早在十七世纪至二十世纪的欧洲上演过,如今发生在中国。这样,在T市建立健全市场经济的过程中,圈中素有"老好人"之称的王海爸爸,便不幸挨上被宰割的命运,苦心经营十几年的纽扣厂,一夜间成为别人的囊中物。

如今王海回城要大干一番,没想到一场大火绝了他的生路。他没法向谁讨公道,只能暗自吞下苦果,这点与父亲何其相似。河水滔滔向前,他顾自乞怜。离开小旅馆时,老板娘没有刁难他,反倒眼泪汪汪给他送行。他无处可去,来到杂草丛生、蚊蝇满天的河边,一坐就是半天。望着浑浊的浪花翻滚向前,他注视着远处来回往返的小舢板船,联想到自己生死不定、命运浮沉,眼睛湿了又干,干了又湿。日头过午,他看看表,又竖起耳朵听,这才记起市里已将一点五公里外的法式钟楼拆掉，他再也听不到熟悉的报时钟声了。望着令人眩晕的波光，越往下揣测人生，他就越涌起浓浓的自卑：我人生的目标到底是什么，理想与志向又如何？……他眉心肉高隆，诸多事关前途命运的问题萦绕脑际，让他深陷其中不能自拔。——高中毕业后，他没有选择继续读书，而是受南方地区常年盛行的"读书无用论"影响，与其他高中男同学一样打算学做生意。改革开放正释放出越来越多的机遇，中国经商尚处于白手起家时代，所以只要一个人有足够胆量，再有那么点经济头脑，就可以轻松将生意做起来，并且轻而易举赚大钱。因此在王海父辈们看来，既然现在就可以轻松赚钱，为什么还要浪费时间读书？有了父亲们这番天经地义并且似乎已在自身得到验证的大道理，多数本就厌烦上学的男孩子自然求之不得。"放心吧，老爸，我会跟着你好好做生意。我也要赚大钱，住郊区别墅，开桑塔纳、蓝鸟……""唉，男孩子要的就是冲劲，好好学吧，挣了钱想干什么就干什么！"但孩子们其实并没有真把心思用在学做生意上，更多时候，他们找各种借口从父亲身边溜出来，聚在一起，像父亲们那样花天酒地、吃喝玩乐，甚至通宵打麻将、赌钱。当然，这点快乐算不得年轻人真正的快乐，他们更喜欢那种像进入鬼屋似的刺激。总之，快乐像混杂着爆米花香味的街头情景，糅进对初尝爱情的美丽体验。要么夜不归宿窝在录像厅看港台欧美片，要么抽空到商场大厅打把游戏机或来盘台球，要么赶着时髦学一段风靡全国的霹雳舞。日子过得浑浑噩噩，却觉得这就是有钱后随心所欲的日子。三年前，随着父亲输了官司，这些好日子对于王海来说永远结束。他一米八四的大个头，生就一对甜美和略带忧伤的大眼睛，模样人见人爱，命运却大起大落，如今再遭不济，他像被吓坏的小兽，低头攒眉，沉浸于痛苦中，内心如有两只狮虎在恋战。

王海和父母返回桃源村时，已经一无所有，并且那里也没什么亲人能接济他们。如果不想一辈子待在山里，他就只有当兵这一条路。这与许多男孩参军的初衷不同，他们作为独生子，从小养成好吃懒做、不思进取的毛病，于是忧心忡忡的父母只好把他们送入军营，希望他们在军队接受教育改造，由此培养形成坚忍的性格品质。他的战友刘成就是这种情况。王海实是走投无路，便在返回桃源村几个月后，迫不得已做出参军决定。重返T市，他打算凭借当兵练就的过硬素质独闯社会，可没料刚登台便挨它一记闷拳，被打得鼻青脸肿，一整天没有缓过劲来。现在，一河浊水晃动白光，刺疼他的眼，他这才得良久低沉的头艰难抬起来。无处可去，他又回想起原野上的清晨与那座军营。——每天清早，原野都笼罩着一层蓝釉般的烟气。随着天光大亮，战友们在操场上精神抖擞地训练。经过长时间适应，大家都能平静地对待这片原野。王指导员人很好，对战士们很热情，喜欢用拉家常的方式开导新兵，是大家公认的老大哥。崔连长则是这里最年长的兵，把荒原当作亲爹娘。两人均以良好的生活姿态和可贵的品质影响别人，在战士们最孤独、最彷徨时，起到定海神针的作用。王海几乎到了迷恋他们的程度，效仿他们的一言一行，坚定了在这里死心塌地当一辈子兵的信念。而随着与其他人渐渐熟悉，大家互相慰藉，共同汲取力量，结下深厚友谊。不到三个月时间，他被任命为班长，不知不觉在军营中完成由少年向青年的过渡。较以前，他心路变得细腻，遇事不再害怕逃避，懂得了真正关心人，而且及时总结到：要在困境中生活下去，必须有一份来自内心的坚不可摧的力量。是的，如今他出师不利，必须让事情赶紧过去。面前波涛滚滚，他感到河水一往无前的气势。一滴汗从他眉骨滑落，在沙地洇成一个小黑影。他咬牙站起，飞快脱掉衣服和鞋子，像水鸟般冲天张开双臂，飞跃水中，劈波斩浪地快速游动起来。"男人过了十八岁，就要顶天立地；当过兵，更要经得起风吹雨打。"他心里不断重复这样的想法，直至筋疲力尽才爬上岸。望眼清晰的对岸，虽然仍旧难过，但已不似之前那般沮丧。是的，尽管在舔伤，他绝不轻易低头认输，一时失败只会激发出他更大的斗志，因为他坚定地认为，优秀的军人面对挫折只做逆向选择。

"海子，海子！"突然，有人喊他。他有些发蒙，此时的T城里，还会有谁认识他、搭理他，而且是这么热切地一声声呼唤他？他转过去，马上呆住，之后便热泪盈眶了……

五

张华仔是桃源村一个非常优秀的小伙子，十三岁起就外出打工，平时很少回桃源村，而王海后来也只在村里待了不到一年便离开，所以两人并不认识与自己同龄的另一方。他早年丧母，一直与父亲和两个哥哥过活，因排行老三，人们平时唤他三华仔。他跟人在县城干泥水活，日久天长经见多了，心思便缜密起来，常常想："凭什么他们比我强，凭什么农村人就该受歧视、遭排挤？"他不相信父亲总挂在嘴边的"生死有命、富贵在天"那一套，而是相信通过努力，自己可以改变命运和出人头地。所以，虽然人卑位贱，陈衣旧衫，但架不住人精神：一对浓眉大眼炽如醒狮，个头普通，却似铜浇铁铸，脖子粗短，说话声不高，但透着横劲。总之，很难从他身上看到一般乡下人的愚呆蠢笨，尤其意识到城乡间的巨大差别后，他目光更加深邃慑人，有种不服气与挑战一切的意味。

他家隔壁住着一对爷孙，爷爷常德利，年逾七旬，从年轻起就担任村主任兼赤脚医生。——这里插叙一段。当年王海随父母回村第一眼看到这位老者时，立刻被他的仙风道骨所惊奇。只见老人鹤发童颜，双眼睿智流转，单纯不乏深刻；皮肤经岁月打磨精透光亮，经身闪现奇智之光；整个人神采奕奕，如寿星佬赴蟠桃宴返回。更主要的是老人心地善良，忠厚公道，为人谦和有度，王海一家在村里已无亲戚，全仗常德利招呼乡亲们出手相助，一家三口才在村里安定下来。在王海看来，这位热心肠的常德利爷爷就是这方土地的代表，是未被外界污染的民风化身。所以日后不管如何繁忙，他都始终牢记这位尊者。——另一个是常德利的孙女阿桃。她长得文弱漂亮，说话像小猫叫，性子也和爷爷一样朴实无邪。她七岁那年，父母因参加爷爷组织的梯田开发大会战而突遇石崩双双身亡。这些年她与爷爷相依为命，又靠着张华仔等村人接济，这才勉强度日。

　　张华仔与阿桃青梅竹马，情感自然更深一层。等稍稍长大，他毫不犹豫地爱上阿桃，一心想着在外挣钱后把她娶过门，从此二人过上安美日子。但让他万万没料到的是，在他打工不在家的一段时间里，阿桃居然移情别恋了，对象正是王海。这连王海自己也没想到，自己的到来会在桃源村的姑娘们中间掀起一场巨大波澜。他眼黑眸亮，性子温文尔雅，微微一笑，红唇白齿，美似宋子渊，帅比赵子龙，整个桃源村的姑娘都情不自禁迷上他。其中阿桃与他接触最多，所以迷恋得也最深。当张华仔发现这个苗头时，阿桃早陷情网其中难以自拔。张华仔一下子紧张起来，自知难以同城里来的这只金凤凰相比。他想了良久，没法去与王海争辩，只好默默流了许多眼泪。但阿桃是他的命根子，他发誓要把她夺回来，为此他非得出走城市，并想方设法留在那里，最后把她也带到那里。这是他赢回爱情唯一的办法，需要他做好迎接千磨万难的准备。——而最让他伤心的事情，莫过于他亲眼看着阿桃送别王海的场面。

　　阿桃早从爷爷嘴里听说王海要返城。这天，天没亮她就起床，出来一路狂奔到王海家院子外。那时，头上的星星像老牛舌头上的唾沫星一样低垂，周围黑乎乎的，静得掉个树叶都听得见。她在门口提心吊胆站了会儿，这才瞅准院外的老树往上爬。她早想好的，为了能在最后时刻再看眼心上人，决定冒险做回傻事。她敏捷地往上爬，因为慌张衣服划破几个口子。那条最大的枝干正好伸向院子中央，她一个劲往前挪，直到梢头不能再承受她的重量。最后，她利用茂密的枝叶作掩护，尽量伏低身子，一动不动从缝隙里观察院里动静。

　　时间一分一秒过去，她像树蟒一样悄悄趴着苦等。由于体弱，加之晚上没睡好，她几次差点栽进院里。不过，此时她的意志力超强，眼睛几乎不眨一下，强忍着全身疼痛，像职业侦察兵潜伏不动。不久天色发白，山顶冒起又新又亮的云，鸟儿在边上大叫，隐约中，她觉察到房门打开，立刻振作精神，直起脖子往下瞧。只见王海一头铮铮短发，里面穿件白衬衫，外面是身草绿色行军服，太阳光刚好穿过树枝照上他，在他身体周围折射出一圈光晕。王海戎装在身，人又帅气，令阿桃更加神迷。王海转身同父母话别，声音温柔轻快，显得又有文化又有教养。三人相继抱过后，父母把王海送出院子，王海拎起行李默默离开。小路尽头，朝阳与彩霞在村庄上方砌起一堆锦绣，形成无比宏大的光艳妙景。阿桃一味瞪大眼睛，死死盯住王海背影，直到转弯看不着。好不容易等王海父母掉转回屋，她赶忙连滚带爬下了树，刚站稳，正要迈步，却见一个人从旁边闪出，吓得她花容失色。

"三华仔哥，是你！"

"阿桃，你在这里做什么？"

"没什么。"她转过身，低下头，眼睛却一个劲循着路尽头张望。

张华仔今天穿身崭新的衣服，但由于衣服不够大，做工又粗糙，套在身上紧绷绷的，感觉每块肉都要跳出来。他整个人看上去明显瘦了，脸也黑了，像熏制年久的腊肉，但两只眼睛异常明亮，像黑暗里烧起的火堆。他单肩挎只编织袋，用一种焦灼、痛苦的眼神看阿桃，一字不多说，弄得阿桃手足无措。

"三华仔哥，你要干什么？"阿桃蚊子似的问道，一边继续朝山谷阴影里张望。

"你来送王海？"张华仔一字一句地问，每个字仿佛都烙在他心头。

阿桃低头不看张华仔，想绕开他冲过去，却被拦住。

"唉，不说我也知道。"张华仔轻轻说，努力压抑住失望与气愤，"要去就快些吧，要不然看不着了。"

"三华仔哥！"

"去吧，我也要走了。"

"你去哪儿？"

"离开这里，我在这儿待不下去了。"

"你又要去县城？"

"不，我要去 T 市，正好和他一路，你也送送我吧。"

阿桃看眼张华仔，张华仔也正看她，两人谁也不说话，一起加紧往前赶。快到山口时，远远看到王海影子，阿桃眼睛又变得直勾勾，像长在王海身上一样。

"好了，阿桃，回去吧，人家已经走远了。"张华仔欲哭无泪地低语，却见阿桃大颗大颗地掉泪珠。张华仔郑重走到她面前，皱起眉头痛苦说道：

"阿桃，记住，今天我是为你离开的！"

"三华仔哥，你说什么？"阿桃眼神无限迷离，心里在想别的。

"阿桃，我会回来找你的。"说完，张华仔闭眼扭头，跑着往前面去了。此刻，他多么希望阿桃能从后面喊他一声，如果那样，他会立刻放弃离开这里留在她身边。可是，他什么也没听到，只听到身体里隆隆作响的血流，以及坡上和沟谷里的风声与水声……

是的，就在同一天，村里两个优秀青年先后离开。他们共赴T市，又各自天涯，走上坎坷蹉跎的人生路。

就在刚才，张华仔蝙蝠似的躲开人群，看着一辆满载新鲜芋头的拖拉机驶入农贸市场。菜堆上，坐着一位小眉小眼、身形似鸡蛋的乡下女人，正眯起眼望着前面笑。张华仔乘那女人发呆，猫腰跟上，一跃而上，伸手从后面菜堆里掏出两个大芋头，然后头脑异常清醒地折身往市场外跑。他瞪大双眼，一边努力看清前面，一边腾出手将挡着他的人和东西往两边拨开。一时间，迎面来的人被他撞得人仰马翻，市场里鸡跑鸭跳，他却似岩兔灵活自如。他的衣服早不裹在身上，而是被撕开几个大口子，破布片上下翻飞，露出里面鲜红的肉皮。当那对进城贩菜的夫妇醒悟过来不断大叫时，人们纷纷朝他扔东西，他也不躲避，继续昂头跑。他身上乒乒乓乓不断往下掉东西，直跑掉一只鞋，依旧紧抱芋头不肯停下。人们在他后面猛追大喊："抓住他，他是贼！"但他像个武林高手腾挪几下后就来到市场外，再一个轻盈拐弯，就消失在马路对面一处破败的平房区。进到里面，他不敢立即停下，而是继续拼命跑，最终在一个偏僻处收脚，抱着芋头大喘气。今天是1992年3月1日，是张华仔来T市的第十天，也是他公开实施盗抢的第二次。他临时落脚在T市区最边上这片逼仄的废旧房区，既与王海家老宅所在的老城不沾边，也与江对岸高楼鳞次栉比的新城毫不相干。这里不知什么时候兴起，也不知什么时候荒废，总之渐渐聚起无数外地人，给市政管理带来诸多麻烦和隐患。——等稍缓过气，他抱起东西往回走。穿过一条污水横流的小巷，踏入一间塌了半截墙的破房，窗台上立着一只毛快掉光的黄猫，无缘无故冲他喵喵叫。他把芋头放地上，这两个碧玉翡翠似的东西，将是他一整天的吃食。房前只剩一个檐角，半个屋顶发生倾斜，窗框裸露在外，他挂块塑料布挡风遮雨。人在房子前半部分抬头都困难，到里面更直不起腰来。破损的地面坑坑洼洼，沿墙根有几个硕大鼠洞，想想他并不是这屋子唯一的主人。紧靠后面墙脚，有块勉强能睡觉的地方，搭几根横木权当是床身，上面铺条又脏又旧的棉被，一个七八岁的孩子躺上都可能会压垮。另一个角落里明显被清理过，垒几块石头，石头被熏黑，中间支了口没完全变形的铝锅，看得出他在这里煮饭。再旁边堆放着各种旧瓶子、废铜烂铁、破衣旧物等，总之是能拿去换钱的东西。没什么可再介绍的了，就算是贫民窟，这里也该是最窘迫的一间。所幸的是，住在里面的这位是个又勤快又爱干净的年轻人，所以一切看着还不算糟。每件东西都显得必不可少，里面也没乱得插不进脚。此时，几缕上午的阳光穿过塑料布上小孔投射下来，正好落到两粒芋头上，于是一幅极富艺术效果的图景出现了：两粒翠绿鲜亮的芋头在整间暗屋里放射光华，一下子提升了这里的品质，令人心里产生一种明快感，萌生出对生活和生命的强烈挚爱与希望。

经过这些天对 T 市的观察与适应，张华仔不再像来时那么茫然。并且在城里待得越久，他越清楚城里与乡下的差距，也就更对阿桃恨不起来，也越着急如何留在城里。周围燃烧着熊熊的时代之火，他感受到的却是世态炎凉。"城里人山人海，唯独多我一个？"他不甘心地想。但没文凭、没关系，在这样的大城市找件正经事做，比登天还难。

又过了半个月后的一天，他回到黑乎乎的小屋，坐上半块砖头充当的小凳，再把一天捡来的东西分类放好。东西又够卖一次了，明早他就去把它们卖掉。做过这事后，他站起往里去，被绊倒的一只瓶子骨碌碌滚向一边。他从墙缝里抠出半截蜡烛，把它点燃，屋里顿时豁亮起来。他撩开上衣最大的一块布，轻轻抚摸下面的皮肤，上面赫然有道鲜红的伤疤，并往外渗着黄水。伤口有些痒痒，他禁不住挠它。接着他在石头中间生起火来，用上面那只铝锅烧水，同时凑近火苗烤伤。这是他用来疗伤的土法，可以防止伤口感染。火光一闪一闪，让他回想起受伤时的情形。他本不打算再去盗抢，发誓只做最后一回。起先都很顺利，他边逃边想买只烤鸡犒劳自己，毕竟自己来这里后就没尝过荤腥。想着美事他慢下来，当看到后面没人追时，还扭头冲人家笑。再转身，前面不远处站个面相憨厚的人，也冲他笑呢。这可是他在城里第一次遇到有人冲他笑。他往那人方向去，那人也斜起肩膀像等着他。经过那人时，他甚至有意往近靠下，那人也朝他探过身，两人脸差点贴在一起，他甚至看到对方歪咧着的嘴角微微发黑。但分开瞬间，他突然生出一种不祥之感，对方眼神里分明透着一股寒意。紧接着，没容他多想，肚子像被什么轻轻刺了下，凉凉的，再没别的感觉。他没敢放慢脚步，怀里却像揣块石头越来越重。他回头再找那人，那人已经站在边上，和周围其他人一起朝他得意扬扬地大笑。快到市场门口时，他眼前发黑，两腿吃力，完全不似往常轻松。他心里催促自己："快跑，别被人家抓住了！"还半开玩笑地对自己说："今天收获不小啊，可以好好解馋了。"——转弯来到外面，他又咬牙跑一阵，终于脚一软，一个踉跄摔倒，怀里的东西全部散落地上。"怎么回事？"他奇怪地问自己，却见一汪鲜血正从碧绿的叶子中冒出来，像口小小的泉眼。他扒开衣服看，只见肚上被刺出道一指长的豁口，新鲜的肌肉组织翻卷出来，像濒死的小动物微微抽搐。他吓得倒吸口冷气，喘起粗气，汗水顺脖子直淌而下。行人经过，只扭头看看，根本没有帮忙的意思。他害怕了，用衣服捂了伤口挣扎着往回走。回到小屋，他往伤口上喷了酒，又找出缝衣针忍痛缝合伤口，之后撒上盐粒，再躺下烤火疗伤，跟着不知不觉疼晕过去。——现在伤口已无大碍，他简单吃过东西发呆。夜深人静，他毫无睡意，又往火堆里添几块木头，于是蹿起更多火苗，好似小孩子咿咿呀呀又唱又跳。屋里亮堂许多，温暖的光将蹩脚的小屋布置得像婚房一样浪漫温馨。而掉了皮的墙壁和刻在上面的线条与图案，好似装饰在华商捐建的新式体育馆外围神秘的符号。堆在地上的形形色色的垃圾，也如同城里四面八方前来看望他的友好市民，大家挤在一起热情又真诚。各种动静不时从角落里传出，如同整个城市建设过程中的种种声响。半个天花板塌陷下来，可以把它看作骑楼的门楣，只差雕梁画栋。老鼠当然是小屋常客，也是他的座上宾。它们就如穿着灰色貂皮大衣前来中国南方城市观光和采购的俄罗斯商人既贪婪又神气。为了不破坏此时的美好气氛，他尽量把它们想得友好些。他饶有兴趣地注意它们的一举一动：只见它们刚探出头时，用灵敏的胡须进行探测，发现没有威胁后，立刻唧唧呱呱叫上一阵，然后迅速扩大领地。接着更多鼠族出现，先是个公主，再是位王子，在整间空旷的房子里上演一台精彩的鼠界情爱大剧。无数小飞虫、小蛾子也来凑热闹，在火苗上盘旋、进攻，像屋里的主人公为留在城里，做出一次次自我牺牲。墙隙里的麻雀也被光吸引，不时将一根翎羽飘送下来，轻盈得像街上播放的流行歌曲。而这时的他，额头给火光映得闪闪发亮，神情庄重，捧一本《新华字典》认真翻看，俨然是这里神圣不可侵犯的国王。他身后的巨大黑影随火光跳跃，像跟在他后面忠实与忙碌的粉丝。尽管他几乎不认识字，但将这本字典视为宝物，爱不释手。他用第一次卖垃圾所得买了这本字典，因为他十分清楚没文化不可能在这里立足。他已将残损墙壁上的空白处用得一点不剩，转而在地上练习。每翻一页，他都要盯上好一会，然后攥根小木棍练习一番。薄薄的书页映透橘红色的光，散发出诱人的油墨香。黑夜与火光如同迷惑和顿悟交替出现在他脸上，一点看不出他有伤在身，也看不出半点萎靡不振。他一会儿皱眉，一会儿孩子似的甜甜发笑；一会儿用这只手抵住下巴，一会儿换回那只手，用以支撑那个因思考而略显沉重的头颅。他周围的童话世界开始进入高潮，老鼠们的大戏上演到最精彩部分，像经典粤剧《玉皇登殿》一般喜庆喧闹。臭虫们像无数来城的打工仔和打工妹，个个争先恐后，队伍浩浩荡荡，从一堆棉絮爬入另一堆棉絮。一只小飞虫不小心钻进火里，于是火苗尖啪的一亮，冒缕黑烟，小家伙的灵魂就这样袅袅升入天堂……就这样，大家各忙自己的事情，互不干涉，和平共处，共同营造出大千世界中独一无二的生活景观。半小时过去，张华仔只把身体从一侧转向另一侧；一个小时过去，他打个哈欠，继续低着头，一边背字一边比画；两个小时过去，火光一闪一闪，像对世界宣布：一个伟人就要诞生，大家快来关注；四个小时过去，他把字典上的烟灰轻轻吹去，慢慢合上它，抬起头，睡眼惺忪，却仍不忍心马上抛开刚才的美好体验，把字典贴在胸口，再冥想一会儿。朦胧中，他听到外面喵喵的叫声，不由笑起来。啊，小黄回来了，他终于等着它了。他睁开眼，朝外面学着叫唤一声。于是小黄从窗外跳进来，又瘦又小，却像老虎抬高尾巴，扭动腰肢走路。看得出它今天很得意，一定吃饱了肚子。张华仔伸手把它揽进怀里，低头在它耳上亲了下。小黄却跳出来，径直到墙根下的草窝睡倒。老鼠们不知什么时候不见了，其他小生物也偃旗息鼓，破屋一整天的大戏即将收场，张华仔扑灭火苗，开始躺下睡觉。

这天，城市上空软绵绵、灰塌塌地垂着些云，雨淅淅沥沥下个不停，小屋外成了泽国，张华仔不得已在屋顶加盖各类材料，这才止住屋顶漏水。他哪也去不了，抱着小黄无聊地望着外面。城市建设丝毫不受天气影响，吊装设备将天空侵占得所剩无几。平房区边缘的新城地盘越来越大，估计用不了多久就会吞没这里，到时他住的这里可能面临拆迁。

"小黄，别睡觉，咱俩说会儿话。"

"叔叔，我和你聊吧。"

"小燕子，快进来！"门外站着个小女孩，梳两只羊角辫，穿件小裙子，眼睛圆圆大大，脑门上贴几缕头发丝，正往下淌水。

"叔叔，妈妈让我给你来送酥饺。"说着，小燕子递过一只包着布皮的小饭盒。张华仔接过，上面仍然热乎乎的。

"替我谢谢妈妈和爸爸。"

"叔叔，你不是想说话吗？"

"是啊，叔叔想和小黄说话。可是你瞧，它不理我。"

"我也想找人说说话。"小燕子咬着嘴唇，懂事地在张华仔对面坐下。

"小燕子，想找叔叔说什么？"

"叔叔，我有个秘密要告诉你。"

"秘密？"张华仔看到小燕子满脸严肃，不由得认真起来。

"叔叔——"小燕子刚要说又停下，抬起大眼睛从下面望着张华仔。

"喏，这个给你。快告诉叔叔，是什么秘密？"

"棒棒糖！"

"你最喜欢吃的，我猜你今天一定会来。"

"叔叔，你真好，谢谢你！"

"你可是叔叔的小老师，叔叔是你的大学生。学生当然要对老师好喽。"

小燕子接过棒棒糖，开心地哈哈大笑起来。

看到小燕子笑，张华仔好像回到童年，听到阿桃脆脆甜甜的笑。

"来吧，小燕子，告诉我你的秘密。"

"叔叔，我只告诉你，你可不要对别人说，要不然，妈妈会责怪我的。"

"好的，叔叔答应你。"张华仔歪头看着小燕子，心里直难受。小燕子其实已经十岁，但娇小瘦弱看着像六七岁。目前她在一所打工子弟学校读书，成绩很优秀。

小燕子含着棒棒糖低头想会儿，显出与年龄不相称的成熟。

"叔叔，我今天看见妈妈咳血了。"

"什么？小燕子，你说你妈妈今天吐血了？"笑容僵在张华仔脸上，小燕子的话让他大吃一惊。他连跟着问几句，"小燕子，你没有骗叔叔吧？"

"叔叔，我没有骗你。"小燕子直起身，拿出嘴里的棒棒糖，眼里泪花闪闪。

张华仔怕把孩子吓坏，连忙说："好孩子，不要哭，叔叔相信你。"他伸手给小燕子擦眼泪，"你说吧，叔叔听着呢。"

"其实妈妈一直在咳嗽，不过她不让我告诉爸爸。爸爸一回来，她就忍住了。"

"她告诉过你为什么这么做吗？"

"我问过，可她什么也不说。她抱住我哭，让我发誓不告诉爸爸。她说爸爸已经很难了，不能再让他操心了。"

"爸爸每天还出去吗？"

"嗯，妈妈劝他不要出去，他不听，还对妈妈发脾气。他的几幅画都淋了雨，他心疼得大哭，然后把它们毁掉。"

"好孩子！"张华仔听得开始掉泪，转过头擦泪、叹气。

"叔叔，我怕！"

"好孩子，不要怕，一切会好起来的。你爸爸是个了不起的人，他那么聪明、有才华，一定会有人赏识买他的画。"

"他每天喝酒。叔叔，他喝醉了像个疯子！"

"小燕子，叔叔知道了，我一会儿就去看你妈妈。"

"真的吗？叔叔，你一定要来。"

"叔叔保证。"

"不要告诉妈妈是我对你说的。"

"我知道。"张华仔哽咽地张不开口，只好不住地点头。

"叔叔，今天你学什么字？"

"不，叔叔今天不学了，明天你来教叔叔好吗？"

"好，叔叔，快点吃酥饺吧，妈妈做的酥饺可好吃了。"

……

张华仔平息了好一会儿才出来。小燕子家与他住的地方中间只隔几座倒塌的房屋。他小心绕过泥水，很快看见那个被小燕子爸爸精心修葺过的小院，在衰败的老房中像座奢华的宫殿。他每次经过这里，都禁不住多看几眼。小燕子父母从附近一个小城迁来，在家乡本来都有很好的工作，可为了实现更大梦想，双双辞职到了 T市。但事情没有他们想的那么顺利，到现在他们还没找到称心的工作，更别说发达的机会，几经辗转流落到这里。

张华仔站着冷静了一会儿，这才伸手敲门。小燕子前来开门，两人都会意地不出声。张华仔抓着小燕子手随她进去。院子收拾得干净整齐，窗户玻璃异常明亮，雨珠从上面滚落，形成独特的诗意。一些他不认识的花草在雨水里怒长，这情景让他既感动又悲哀。小燕子用力拽他，他回过神来，和她一起进入屋子。屋子被分隔成两部分，外间是生活区，支个小灶台，夹层里放着各类食材与大盆小碗、瓶瓶罐罐。再旁边是小燕子的床，搭件蚊帐，床头搁只棕色大布熊和一个旧芭比娃娃。里屋是起居室，兼画室和客厅。一张由旧台球桌改造的画案几乎占据屋中间的所有空地，上面凌乱堆着颜料、画轴以及大大小小、林林总总的排笔。屋里看不到洗衣机、冰箱等其他日常用品，更找不到新式家具。靠近窗户下面是只老式弹簧沙发，整体包在一块花布里，此时小燕子妈妈正躺在上面。她一只胳膊放在额上，闭着眼睛，不时轻轻咳嗽一下。这个正在病中的女人，是张华仔生平见过的最温柔体贴、最善解人意的女性。

"妈妈，张叔叔过来了。"小燕子俯在妈妈耳畔轻轻喊她。过了会儿，小燕子妈妈动动身子，呻吟一声，像从昏迷中苏醒。

"张华仔，你来了，快坐。"她挣扎着坐起，靠住沙发，咳嗽更重了，窗外的光映在她眼里亮晶晶的。

"嫂子，你怎么病了？"

"没事，老毛病了！"她软绵绵坐好，勉强地笑，不过依旧那么鲜美。张华仔喜欢她的笑，让他想起自己伤势复发时她给他精心换药的情形，还有她平时对他饮食起居等各方面的照应。她的微笑在他最艰难、最无助、最落魄的时候，起到最及时的安抚与鼓舞作用。她在关键时刻拯救了他，让他捍卫了理想的纯洁性。现在看她这样，他只想哭。

张华仔拿起毯子递给她，她摇头，张华仔坚决给她披上，她蒙娜丽莎似的微笑起来。张华仔静静注视着她，她有些不好意思了，用手挡开额前的刘海。

"嫂子，不用瞒我，我都知道了。"张华仔快速说出实情，不顾和小燕子的约定。如果不说出来，他会像高压状态下的容器发生爆炸。

"是小燕子告诉你的吗？"她皱眉看看瘦小的小燕子，小燕子在边上赶忙低头。她叹口气，虚弱地说道："出去玩吧，妈妈和张叔叔说会儿话。"

小燕子看看妈妈，再看看张华仔，转身出去了。

"嫂子，能告诉我真相吗？"张华仔抬起头，泪眼蒙眬。

"你怎么也哭了？"她笑了，美得像只金灿灿的鸾鸟。张华仔看着这笑，突然想到这笑是否有一天将消失。他不敢往下想，觉得脚后跟像踩到悬崖边。

小燕子妈妈把毯子往边上扯扯，又一通猛烈咳嗽，脸都涨红了。终于咳嗽平息了，她脸色恢复到苍白，不再犹豫，看着张华仔，说："好吧，告诉你实情，我得了肺癌，已经到了晚期。"

"怎么会这样？"

"两月前拿到检查结果，超不过三个月。"她垂下眼睛，头在两只膀间轻轻摇晃。看得出她瘦下去许多，迅速苍老，薄薄的皮肤像层纱笼在玲珑细致的骨骼上。张华仔奇怪有什么奇特的东西在骨子里支撑她，让她瘦弱的身体一直坚持到现在。即使哭，她也克制着，坚硬得像石人。

"三个月？你说三个月，嫂子？"

看到她点头，张华仔立刻生出毛骨悚然的感觉，仿佛看到一个可怕的魔鬼滞留在这屋里，索取一个美丽的灵魂。他想阻止，却办不到。

"为什么不告诉夷平哥？他应该知道你的情况，你不该瞒着他！"张华仔觉得不公平，这个悲惨的命运不该由她独自承担，这事一定要让夷平哥知道。

"近来他日子更难过了，事业没有一点起色，喝酒越来越凶。不喝的时候糊涂，喝得越多越清醒。喏——"她用手指指画架，"这是他昨晚的画，几乎一晚没睡，一口气画了十几幅。早上我要替他收起来，他不让我碰。张华仔，他现在样子越来越吓人，尤其是在他创作的时候，就连我和小燕子都翻脸不认。"她终于控制不住，眼泪大颗落在半新不旧的衣服上，"唉，这样下去，我想他自己也活不长了……"她用手捂住脸，十指苍白如芥，哽着说不下去。

"嫂子，为什么会这样？"

"问命运吧！"

张华仔呜地哭出来，他本以为自己是这世上最不幸的人，可与她相比，自己的痛苦不值一提。更让他迷惑不解的是，为什么像夷平这种满腹才华的人会和自己一样沦落到如此地步？他们这么热爱和向往这里，为什么这里拒绝他们？现实中的世界他刚觉得近了一步，现在却又远了，像逗他玩似的。

"嫂子，你打算怎么办？"

"打算？"她愣了一下，摇头，耷拉在一侧的头发跟着甩动，她不慌不忙把它们掖到耳后，"不知道，还没想好。"又有泪要流出来，但她没有让它们掉下来。

"夷平哥今天出去了吗？"

"他去找他的朋友，他们一起商量办法。"

"这样做有用吗？"

"不知道。可我知道他们想不出什么办法的，他们与社会格格不入，他们在一起，过不了一分钟就胡乱把社会咒骂上一通，然后抱怨生不逢时、怀才不遇。"

"嫂子，夷平哥为什么不做点别的？"张华仔不由有些负气，语气变得生硬。

小燕子妈妈吃惊地看着张华仔。张华仔知道自己说错了话，低下头不吱声，接着听到她重重叹息一声。

"那会要了他的命。张华仔，很多人不理解他，但我理解他。他有才华，一定会成名的。不过——"她停下又忍住，"恐怕我等不到那一天了。"说这话的时候，张华仔看到她有些激动，脸放出光来，好像看到那一天的到来。不过，话到最后，她声音陡然一沉，脸色又阴暗下来。

"难道就没有一点别的办法了吗？你怎么办，小燕子怎么办，这个家怎么办？"

"张华仔，好兄弟，现在，我也只能和你说说话了。今天说出来，我感觉轻松多了，谢谢你。"

张华仔痛苦地摇头，像拒绝服下一粒毒药。

"接下来嘛——"她把头扭向窗外，脸被室外的光映得更加憔悴，但眉头舒缓，神情宁静，微笑仿佛一丝曙光正难以觉察地从天际显现，"我会揣摩夷平的每一幅画，解读他在现实世界里越来越冷淡的热情，因为只有我能进入他的世界；我会每天给小燕子做好吃的，听她唱歌和大笑，观察她一点点长大，最后把我和夷平所有的事情告诉她，让她始终爱自己的爸爸……"

"嫂子，怎么独独不提你自己呢？为什么不对自己好些，为什么总想着别人？"张华仔生气地打断她，简直要对她呐喊了。她转过来看他一下，又笑着转过去，如圣母般超脱，好像完全把自己忘记了，或者说是忽略了，已然超越生死，穿一袭洁净素裙，唱支轻柔美妙的歌曲，冉冉消失于远方。张华仔觉得自己眼睛失明、耳朵失聪，他的意志生平第一次垮塌，情感失控，涕泪交横。他恨透这个城市和现实，它们冷漠无情，让他和夷平这些渴望进入的人凄风冷雨地徘徊在外，甚至殒命都毫不让步。

张华仔几乎痛不欲生，每天外出捡垃圾像丢了魂一样。每当想到善良的吴虹和可怜的小燕子，他就忍不住哭一把。艺术高于一切，夷平一心想让社会接受他的画，然后一举成名。张华仔几次找到他，他只看眼张华仔，然后不认识似的转过去继续作画。他的眼神像霓虹灯明暗不定，嘴张开一会儿又合上，苦思冥想把头脑里的东西搬到画布上。张华仔无法将夷平从其世界里抓捕回来，生气得直发抖，大声对他说："快看看你老婆吧，她为了你，已经没有几个月活头了！"可夷平只管作画，眼神蓝幽幽的，像襁褓里不足月的婴儿。"伟大的艺术，应该符合伟大的时代！"只有一次，他这么突然地对张华仔说。张华仔举起的手又放下，跺下脚叹气返回。吴虹也还是那么坚决，她几次告诫张华仔，让他不要管自己和夷平的事，声称自己会处理好的。张华仔深知她的本意，但站在一个男人的角度，他绝对容忍不了命运把全部的不幸压在一个柔弱的女人背上。这天，他终于忍无可忍，拄着杖气冲冲去吴虹家。这时不过早上六点，阳光还没照进屋里。他使劲敲门，想把那个恶棍从愚钝中叫醒。可里面回应他的是吴虹。他一听到她声音，陡高的气焰顿时一沉，手里动作跟着轻缓许多。

"嫂子，是我，张华仔。"

里面安静下来，一会儿吴虹前来开门。

"张华仔，有什么事情吗？"她又像一夜没睡，眼圈黑黑的，气色更加晦暗。

"没有。"张华仔看着她一阵心疼，不想再惊吓她，彻底泄了气。

吴虹用质询的眼神打量他，好像猜透了他的心思。

"进来吧。"她让开身子，光脚趿着一双板鞋，瘦小的脚十分光洁。

"夷平哥呢？"张华仔低声问，像是做了件很不光彩的事。

吴虹回拢散落的头发，眼里有一丝勉强但仍顽强与美丽的微笑："正好有事和你说。"

"什么事，嫂子？"

"到里面说吧，小心着凉。"张华仔随吴虹到里面，中间看到小燕子埋头抱着那只布偶熊，在被窝里睡得正酣甜。张华仔放慢动作，跟吴虹到了里面。一进屋，他就发现弥漫在里面浸骨的阴冷，没有一点人居的暖和气。

"夷平哥不在吗？"

"他昨晚没有回来。"

"他干什么去了，不能总抛下你和孩子不管！"张华仔的暴脾气又上来，瞪起眼、竖起眉毛问。

"这就是我要告诉你的事。张华仔，我们要离开这里了。"

"离开这里？嫂子，你们还能去哪里？你的身体——"

"别急，先喝口水，暖和下身子。"吴虹动手给张华仔倒杯热水，也给自己倒了，坐回沙发往外看，一边把杯护在掌心里摩挲。沙发背上搭条花毯，估计她昨晚就在沙发上度过。她修长的手指缠绕杯壁，眼仁里像有无数切割得小得不能再小的钻粒光芒："我们打算去北京。"

"北京，去那里能做什么？嫂子，我不会让你们走的！"

"听我说，夷平的事业到那里会好些。北京和别的地方不一样，那里是全国的文化中心，搞艺术的环境要好许多。至于我嘛——"她继续朝外面看，好像不是坐屋里，而是坐在野外什么地方怅然失神，"我已经告诉他我的病情，不过没说是肺癌。他答应带我去治病，那里的医疗条件也比这里好许多。"说完她转过头，轻松地笑笑，"这下你放心了吧。"

"这些都是真的吗？"

"真的，我没有骗你。"

"你发誓？"

"我发誓。"

张华仔再说不出什么了，开始流泪。不过这次不是伤心，而是欣慰。

"事情总会有解决办法的，什么事情都有到头的时候。"吴虹淡淡念叨，好像身心此刻要分离。

"嫂子，夷平哥现在去了哪里？"张华仔又变回原来的样子，像他刚认识夷平时对其充满崇敬。

"他和朋友商量这事情去了，正是朋友给他出的主意。他们也要走。"

"这真是太好了，嫂子，没想到事情会变好。"

"一切都会变好，不是吗？"吴虹呷口水，让热量融化在体内。窗外，天空渐渐放晴，梅雨结束了，他们却要在这个时候离开。吴虹慢慢往沙发里移动，又喝进去很多水。

"嫂子？"

"什么？"

"你一定要好起来！"

"我知道。"

"能对我发誓吗？不，要对小燕子发誓，不要让她失去妈妈。"

"我发誓。"她没有看他，而是暴露另一个侧面，正被一团水汽淹没。张华仔只能听到她的声音，看不清她的表情。

"什么时候走？"

"不知道，可能很快。"

"嫂子，我回去了。"

"好的，你自己也要保重。"

"谢谢你，嫂子，我会想念你们的。"

"小燕子再也不能教你认字了，她最喜欢和你在一起。"

"嫂子，别说了——"

吴虹把张华仔送出来，从门口看着他离开。张华仔出院门转过身时，见她依旧站在那里，旁边那株茂盛的三角梅正开得火红。

六

转眼间，魏小山到 Q 县挂职锻炼已一年多。他艰难和快速地适应着，逐渐有了思路与信心。Q 县位于 H 省中部的贫困山区，人口近二百万，虽然多方一直在努力，但这里仍未脱贫，人均纯收入尚不足七百元。尤其一条发源于邻省、流经这里的河流，每到夏天就泛滥，所以县里年年有灾情、岁岁要救济。再加上山高坡陡、土质低劣，每年口粮非但完不成上缴任务，还需要各级救助。这里资源匮乏不说，也没有经商传统，眼见周边几个区县利用矿产资源和地理优势发展起来，Q 县从上到下急得火烧火燎。办法想了一箩筐，优惠政策出台了一大堆，可来人一看这里落后的基础设施和贫乏的自然环境，晃晃脑袋就离开，招商引资陷入困局。所以，对于魏小山到这里挂职锻炼，全县上下高度重视，认为他一定能从北京带来各种资源，也一定有比他们更宽泛的思路解开目前招商引资难的死结。于是在他到任没几天，县里就召开常务会，把招商引资这块任务交给他。

今天，县政府召开每周———早的碰头例会，魏小山早早到办公室取了笔记本，去到二楼东尽头的县政府会议室。碰头会由常务副县长主持，各个县政府领导按排序由低到高汇报上周工作和本周安排，最后由高县长作总结布置。魏小山推门进去的时候，其他人已经到齐。魏小山不禁脸一红，赶忙坐到自己的位置。

"今年汛期提前到来，我们正在做好防洪抗灾准备。几座山区水坝正在加固，估计汛期前能完工。三条支流河道疏浚由于资金不到位还在停工，不过已责成乡镇垫资开工，确保大汛无灾。"分管农业和水利的副县长首先汇报。

"很好，一定要确保大汛无大灾，大灾无大害，这点要对他们讲清楚。"高县长正色强调，黑起脸行事。

"上周我去上海做了考察，参观了那里的一些乡镇企业，很鼓舞人心啊！这是调研报告，请您过目。"

"会后看吧，关键是怎么对接到合适的项目。"高县长暗中觉得Q县之于上海，就像算盘之于新一代计算机，二者间的差距不可同日而语。他语气严厉，对这项长期没取得进展的工作有些不耐烦。

陆续听过其他人汇报，都是老生常谈，没什么起色，顶负着巨大发展压力，高县长有些泄气，便转过来，强打精神对魏小山说："小山副县长，说说你的北京之行？"

"高县长，各位同志，我想告诉大家的是，此次北京之行非常成功。"

高县长没料到魏小山说得这么直接和肯定，当即忍不住补充："这次小山县长回北京探亲，我和滇书记给他布置了任务。小山同志，你是大前天回去的吧？"得到肯定回答后，"今天就赶回来参加碰头会，太令我感动。快，说说你的好消息。"高县长带头鼓掌，其他人连忙附和，把窗外柏树上的乌鸦都吓跑了。

"这次回去，我提前通知了同学、朋友，承蒙他们厚爱，全部准时赴约。我把县里情况向他们作了介绍，他们嘱咐我任上一定做出成绩。"魏小山激动得口舌发干，喝了口办公室姜主任亲手端来的热茶。

"小山，你的同学、朋友真好，请他们在方便的时候到县里做客，我和全县二百万人民热情欢迎他们！"

"谢谢县长，我一定把您的心意转达到。——当他们听说咱们县还是国家级贫困县时，就主动提醒我——"

"像我们这样的国贫县多着呢，上面面临僧多粥少的问题。"常务副县长摇头叹气低声道。

"是啊，依靠我们自己的力量扶贫、脱贫，哪有那个力量啊！"有人跟着叹息。

"并且头痛医头脚痛医脚的方式也行不通啊！"又有人插话。

魏小山屡次被打断，刚要开口，又被高县长截住："扶贫不是单项工作，而是综合工程。要把脱贫与发展县域经济结合起来，与全县中心工作步调一致、捆绑进行，通过产业带动走出困境，这才是可行之路。"他喝一小口茶，把吐出的茶叶梗放入烟灰缸，伸手示意魏小山接着说。

"对，要用好国家的惠民政策。老百姓最讲求实际，没有大的实际效果，触动不了他们的。用他们的话说，反正穷day年头长了，再怎么折腾还是老样子。"

"多年的贫困与自卑，把他们的信心和底气都消磨光了。"

"所以啊，过去我们的工作力度不够、方式不对，老百姓信不过我们，宁肯挨贫受饿也不愿意响应号召，教训深刻啊！"高县长一筹莫展望着穷破的天花板，想象上面有朝一日会掉下只老鼠来。

"嗯，他们和高县长说的一样，一定要先易后难，先小后大，选择一些科技含量不太高、吸引带动人数多并且群众擅长的项目——"

"说得多好，想得比我们还到位。小山和他同学的年龄大抵与我们在座各位的孩子相当，可他们已经有了这样的思想认识。改革不是年轻人的事，但改革需要年轻态。是不是，小姜？"高县长招呼正握笔微笑的姜主任。虽然对方已年届五十，仍给其前面缀个"小"字。

"县长！"姜主任听到高县长叫自己，立刻鸭子似的抬高屁股。

"原来县政府领导成员的平均年龄是五十七岁，对吧？"

"是五十六点五岁，县长。"姜主任准确奏报。他原是县水利局领导，前些年调到政府办公室，在政府大楼内以工作细致、记忆力和文笔好闻名。

"那么小山同志来了以后呢？"

"小山副县长今年虚岁二十三岁，算上他，整个班子平均年龄是五十二点九岁，下降了三点五三岁，县长！"姜主任腿肚磕着椅腿，把数字精确到小数点后两位。

"老龄化依然严重。"高县长一边摇头，一边摆手示意魏小山说下去。

"他们集中提了三点具体建议：一是尽快修通往外面的公路，这样才能方便进出；二是兴修农田水利设施，扩大水浇地面积，增加单位产出，提高农业效益；三是发展猪羊养殖，同时配套肉类加工厂。他们还向我提供了相关项目资料，我带回来了，县长！"

"什么事？哦——"高县长回过神来，"说得很全面、很系统、很切合实际。"

"我想请您和大家看过资料后再作讨论。"魏小山始终尊敬高县长，因为他要在这里有所作为，必须首先得到这个政府一把手的欣赏与鼎力支持。

"很好！各位，看到了吗？这就是效率，这就是年轻人的作风。党中央把这样的干部派下来，我们县有希望了！"

"是啊，小山同志帮我们打通了与中央部委的联络通道，以后我们起码不会在信息上落后了。"

"过去都是文件批转下来逐级申报。现在好了，有了小山，我们可以坐上直通车了。"

"碰头会就到这里，其他同志按照汇报内容开展工作。小山，带上资料跟我去见滇书记。"高县长遣散众人，带魏小山直接上三楼找滇书记汇报工作。

"滇书记，小山给咱们带回好消息了！"

"小山副县长，这么快就从北京回来了，怎么没多待几天？"县委滇书记那张宽肥的笑脸，与身后那幅岳飞红底金字的《满江红·怒发冲冠》字匾略显不般配。

"是我要求他这么做的，这边工作现在一刻离不开他。"高县长在滇书记办公桌对面坦然坐下，同时侧头对魏小山微笑。

"难为小山了。高县长担子重，你要替他多分担。"

"滇书记，这是我从北京带回的资料，请您过目。"

"哦！"滇书记坐正身体，立即把沉甸甸的黑框大眼镜扶起，表示对这个内容感兴趣，"都有些什么项目，说来听听。"

"一是重修通往国道的道路，把目前的三级公路建成双车道的二级公路，这样保证我们与外界出得去、进得来。然后兴修农田水利设施，重新规划渠网，改造现有水地，建成一批旱涝保收田，这样农民增收就有了保障。再就是利用山区草场发展养殖业，这是个短平快项目。随着城乡生活水平提高，肉类需求肯定大幅上升。依我个人而言，这是我县一个比较可行的突破口。"魏小山把刚才碰头会上的发言重复一遍，然后欣赏字画般观看滇书记的表情。

"高县长，小山带回的资料你们研究了吗，其他同志意见如何？"滇书记垂下眼睑粗略地翻阅资料，慢慢点头，再渐渐加大幅度。

"我认为应该先向您汇报为好。"

"就这么大刀阔斧地去干。高县长，小山同志可是我们争取到的宝贝，一定要好好加以利用啊！"滇书记一副义薄云天的样子，眉毛下，一对眼睛像飞机升降时亮起的灯。

"我这就回去布置，统一全县认识，把目标任务落实下去。"

魏小山与高县长分开后回到自己办公室，心里按捺不住激动。从书记和县长两人的反应看，只要项目成功实施，他就算在这里站稳了脚跟。他甚至没顾上放下笔记本，就搭起手臂来到墙边，看上面那幅几乎占满半个墙壁的大比例尺县域地图。他内心压抑已久的烈火熊熊燃烧起来，从现在起，他对上面的每个地名有了新的认知。他要在这里好好锻炼，为人生开好篇、布好局。如果说，刚开始他还曾为自己没有被派往发达地区和留在部委工作感到不公与伤心，更在到任后亲见Q县的贫困落后极为震惊的话，那么随着他在岗位上待得时间愈久，便对这里的一切产生出浓厚的兴趣与真切的情感。这里工作起点低，他只要稍稍做出些成绩，就会有目共睹，就能得到比别处更多的鼓励与关注。——现在没人看到，他悄悄把泪水擦干，在台历上又用笔重重画下一道，以记录今天这个重要时刻。他很想做个遇事不动声色的人，但这时做不到。

"咚，咚，咚！"有人敲门。

"请进！"魏小山急忙回到座位，缓和心跳。

"魏副县长，这是早上的碰头会纪要，请您看下。如果没什么不对，就发下去了。"魏小山从姜主任手里接过单子看了，在自己部分的前面加上"配合县长"四个字，又往中间加上"具体"两个字。姜主任像宰相刘罗锅似的弯曲脊背，又像用牙签撑开嘴一样地笑。

"魏副县长还有别的事吗，没有的话就不打扰您了。"

"上面的事情最好让下面部门知道，通知他们收集相关数据资料，高县长可能随时会要。"

姜主任打字机似的快频点头，眼睛氙灯一样发亮。

"对了，要提前下乡摸底，选择当地干部思想观念开放、做事热情高的地区。"

"晓得了！"姜主任用极其细致的谨慎表达激动，然后后退离开。

魏小山把暂时能想到的事情布置下去，这样高县长或滇书记问及此事，自己就不会太被动。上午他打算留在办公室处理杂务，桌上已堆满文件，有省市转来的，有转发下面乡镇部门的，大多数与推进改革措施有关。"今年的形势好于去年，但仍然极为复杂。党中央未雨绸缪、积极应对，我在下面也该大力排忧解难。改革不是一句句空话，而是造福百姓的全能途径与工具。在事实和结果已经得到基本肯定而只需加强监管的状态和过程中，我个人的能力尤为重要，而这也正是上级看重并且特别需要我强化的地方。工作中我有时过于谨慎和犹豫，这点限制了我。"循着这个思路想了会，他迅速集中精神投入工作，担心把宝贵的时间浪费掉。

他花两个多小时处理完手头文件，这才展展腰身放松下来。这时已届中午，他一上午没接到电话，姜主任也没再找他，便独自到食堂吃饭。食堂里冷冷清清，让他好生奇怪。

"魏副县长，您今天想吃些什么？"一个画着浓眉的漂亮女孩，跟着魏小山进来站好，用不大地道的普通话问候。

"外面吃什么，我就吃什么。"

"那可不行，外面吃烩面，只有这一样。"

"烩面挺好，快去吧。"魏小山自己取杯倒水，然后坐下。

女孩站着不动，脸涨得通红，抬起眼，从浓密的刘海里老实地望着魏小山："魏副县长，姜主任上午特意嘱咐，以后您想吃什么单独给您做。"

魏小山敏感的神经跳了下：以往就算滇书记、高县长等主要领导不来，也有其他领导在场，今天却像集体失踪了似的，真是匪夷所思，而且还特意嘱咐食堂单独给自己做饭。这葫芦里到底卖的什么药？

"就烩面吧，我吃得惯，记得多放点胡椒面。"

"好吧。"女孩把他的话当圣旨，赶忙出去报告。

饭后，魏小山步行回到他栖身的招待所，在大厅遇到周妞妞。周妞妞年纪不大，面容姣好，身材玲珑，原只是招待所一名普通服务员。前年高县长赴任Q县后，将招待所对外承包经营，周妞妞出人意料地当上这里的经理。见魏小山进来，周妞妞连忙从值班室椅上起身，一边往魏小山身后搜寻看，一边问："魏副县长，怎么没见高县长和您一起回来？"

"周经理，我也不知道他去哪儿了，中午吃饭都没见着。"

"他嘱咐我中午提醒他吃药，我怕他忘了。"周妞妞今天穿得有些单薄，大眼睛，小嘴巴，皮肤白皙，看着很漂亮。但她眉心始终像有座小桥连着，看起来忧心忡忡。

"高县长最近忙，你多操点心。"魏小山不把周妞妞当外人，像知心朋友那样嘱咐。——高县长与个别县领导的家都不在Q县，每周工作时间需要住在县招待所。周妞妞作为招待所经理，就顺便担负起照顾领导们的日常起居。通过接触并多方了解，魏小山感觉周妞妞的经历和性格并不复杂，只是每每见其一副愁容惨淡的样子，不由得同情她。

魏小山下午去上班，在政府大院碰到身材矮壮的车队队长郝师傅。当初他来Q县挂职锻炼，就是郝师傅开车去接的站。郝师傅平常话少，逢人总是微微一笑。现在他正端个脸盆，臂上搭条毛巾，到院里认真清洗车辆。魏小山注意到越野车下半截沾满猩红的新鲜泥浆，恍然一惊：高县长下乡了，看样子刚回来。

上了楼，再穿过漆黑走廊，魏小山突然觉得北京和Q县的区别消失了，就像他从招待所的前院进到后院，从政府大楼的楼下走到楼上。"看来，我是真真切切喜欢上这里、离不开这里了！"他脑海中陆续浮现出高县长那张又黑又正的方脸膛，红色犍牛一样的郝师傅，还有没有文化却偶尔似小鸟般活泼又胆小的周妞妞，以及其他众人。啊，一切似乎从今天翻篇了，他的人生开始了另一篇章的叙事，让他又诧异又新鲜。

是的，最明显的一点就是他知道怎么工作了，亦即做什么、怎么做。他第一时间通知科委同志来自己的办公室，然后板起面孔严肃说道："科技是第一生产力，这是我们面对发展形成的新认识。就我县来讲，种植小麦和几十年前没什么区别，仍然依靠畜力和人力，收成好坏也是老天爷说了算。加上我们偏高的人口出生率，嘴多粮少，不世世代代贫困才怪。"他迫切希望改变Q县，便想着赶紧将分管部门调动起来，让几个部门带头做出表率。会议室气氛凝重起来，他不为所动，把这种僵持视为自己与众人、潮流与传统在角力。

"从大家守土有责的责任出发，从改变百姓现状出发，行动起来，找到一两个突破口。中央给我们的政策，上级对我们的要求，群众提出的意见，再加上我们的责任心，这就是我们开展工作的动机和契机。"他把科委草拟的改革意见拿在手里，发现里面只是一些上级政策和文件精神的汇编，没有真正结合Q县实际提出针对性的思路与措施，就觉得这种现象在Q县是普遍的，所以气汹汹说了上面的话。现在基层都在谈改革、盼改革，但并没有真正吃透改革精神。为了不承担失误风险，许多干部消极观望、敷衍了事。

"我就想请大家想想，怎么把咱们县的科技工作搞上去，真正造福这里的百姓。老百姓穷了这么多年，固然与自然环境不好有关，但国家这些年的好政策哪里去了，我们完全有机会抓住解决个中问题！"

"魏副县长，这要举全县之力，不是咱们个别部门说了算的。"一个人发出感叹号似的重重叹息，好像问题把他难倒了、压垮了。

"你说得没错，就是要举全县之力，各部门都要发力！"魏小山特意冲他高声道，"依我来县里观察这么久，我们县的干部队伍素质并没有那么差，这点从滇书记和高县长的做事劲头与各部门主要领导的士气就能看出来。科委是应时而生的新部门，诸位是从县里各单位抽调的精兵强将，在Q县应该算高素质人才。所以可否带个头，率先把科技工作搞好，发挥优势，比别的部门单位更早做出成绩？"

"魏副县长，您说怎么办好？"新被任命的县科协主席，经过魏小山一番理论，早没有顶撞挑刺的架势，像泄气的老虎夹拉下尾巴。

"这就需要我们一起想办法。我们不是没事可做，也不是什么事情都做不起来。解决问题最好的办法或许不在我们这里，而在群众那边。多花些精力往下面去，既可以听取群众心声，又能够汲取民间智慧，要把科技工作当作改善群众生产生活的金钥匙。"魏小山语气柔和下来，像大人安慰被批评后的孩子。对下开展工作，真的像逆水行舟，对此他感触太深。

"魏副县长，我们——"

"所以，你们现在回去就要分头下去调研，结合市里、县里的目标任务，拿出切实可行的计划，漂漂亮亮事办几件事给县里群众看，再不能作风漂浮、根基不实了。"魏小山毫不留情地打断那位主席的插话，希望凭借组织与制度的权威将改革压力传导下去，否则改革永远像高空云系，难以转化为有效降雨。

放走这帮人后，他稍感轻松，觉得自己在过去工作中一直缺乏这种威严与气势。贯通于党中央的正气，还有改革大业的底气，加上他年轻有为的锐气，他应该在工作中无所畏惧、勇往直前。是的，面对一群长期混迹基层、习惯成自然的干部，他必须坚决与强硬起来。以往工作难有成效，症结可能就在于此。今天，他悟清了这个缘由，行动立刻跟着迅猛起来，随即动身去找高县长。

高县长正伏在桌上看资料，手里抓支红铅笔，认真标注。姜主任弓背伏在一侧，瞪大眼睛帮县长找东西，每找到一处就激动地指给高县长，高县长便抬手轻轻一钩。两人都不说话，配合得默契极了。

"高县长，您在忙？"

"来来来，小山！"高县长捏着老花镜镜柄向魏小山招手，那种亲热劲好像有礼物要送给魏小山似的。魏小山看到高县长由于过度劳累发黑的脸，不禁心里又与他走近一层。

魏小山过去，发现高县长肘下正是Q县山区行洪图，全是密密麻麻的等高线，魏小山看得眼晕，也难怪姜主任在一旁帮着高县长了。两人同时直起身，带着双胞胎似的一模一样的笑，看着魏小山。

"高县长，我待会儿再过来。"

"没关系的，小山，我这儿你随时来。"高县长用欣赏儿子一样的眼神打量和询问魏小山，魏小山顿时腼腆起来。

"也没有什么事。"魏小山借拾铅笔的机会掩饰自己。放回铅笔，他看到高县长蟹钳一样有力和布满浓毛的指节，马上联想到自己就该有与高县长治理Q县一样的铁腕。他镇定下来，一改之前直接汇报的做法，转用迂回的方式进行。

"高县长，我刚给科委同志开会了。"

"小山同志，你是他们的分管领导，给他们开个会很正常，我不干涉什么的。"高县长机智地表态。

"我觉得科技工作要走在其他工作前面，用科技力量引领全县出现创新局面。我给他们布置任务了，让他们抓紧下去调研，抓出几件群众认可的成果，让科技在全县脱贫致富中用上劲、使上力。"

"很好，很好啊，中央和省市也是这么要求我们的！"高县长转过身，对始终笑眯眯的姜主任朗声道。

"下面同志素质都非常好，但缺乏县长这样的精神。如果好好调动一下，形势和局面就不一样了。"魏小山说了句既是奉承的话，也是真心话，然后就看到高县长支棱着头，光看着前面不说话了。

"小山副县长有水平，高县长您也有水平。"姜主任又快又好地为高县长作注脚，脸上泛起泡沫般的笑。

"小山，我不仅要表扬你，还要向你学习。"高县长欠身抓住魏小山不放，好像要把情感的电流多输送一会儿，"小山，具体事情让他们办。你呢，全力以赴做好北京那边的衔接工作。你瞧，这是山区行洪图，如果重修连通国道的公路，需要新建三座桥梁，这样工程造价就不是小数目。

"要想富，先修路。提高公路等级可以让我们去往市里和省城的时间减少一半，但修路很难纳入扶贫这一块。"

"是啊，别说县里拿不出这么多钱，市里、省里也别指望。"高县长终于放开魏小山的手，在一阵冲动后回归正常。

"上午县长下去考察了，午饭都没顾上吃。"

"小山，你上午说的事县里很重视。我们扶贫工作尽管使了吃奶的劲，可仍旧走在别人的后面。这次不一样，如果做好可能让全县翻身，所以咱俩一定先要了解下面的情况。"他把两只毛茸茸的手放在资料上敲打，好像两只鹅在打架。

"县长路上反复和我强调，每做一件事情都要认真调查，掌握最新情况，了解最新想法。"

"小山，我这个人你多少也了解些，在这里有些年头了，但每做一件事还是要沉下去，因为情况瞬息万变，绝不能光凭经验意气，那就犯主观主义错误了。'出家人不打诳语'，既然我认定事情可做，就要全力以赴，争取最好的结果。"

"县长几乎把重点部门的人员全带上了，就是要造成一种声势，给他们一种山雨欲来的压力，他亲自给大家上堂现场课。"

"再不这么做，恐怕我们县还要穷上十年、二十年，果真那样，党白培养我们这些年，我也无颜面对江东父老。"高县长寥寥数语，将魏小山镇住。一个年过半百之人的慷慨陈词，一个肩负百万群众疾苦的一县之长，一个历经风雨磨砺却似中流砥柱的钢铁汉子，让魏小山触摸到基层干部的良心，也像找到自己要在这里立足的原点和重心。他不再从上下级角度看待这个知天命的男人，而是把其当生活中的偶像崇拜和参照。

"县长，我会向您和同志们认真学习的，会把这里当成家，把您和大家当亲人。"

这下轮到高县长激动了，鼻子一热差点淌下泪来。

"姜主任，一定要把魏副县长的生活安排好。魏副县长哪里有不如意的地方，我唯你是问！"

"记着了。"姜主任特意用软绵绵的声音回答，体现完美的贴心细致。

"不是尽量，是一定！小山副县长不远万里来我们这里，不照顾好他就是我们没尽到地主之谊，也没法让他放手工作嘛。"

"小山副县长酷爱运动，正好带动机关这一块的文体活动。比如搞个篮球赛什么的，大院就不至于冷冷清清。"

"体育运动不仅强身健体，还可以活跃气氛、增进团结，到时算我一个。——对了，小山，初步定在下星期二上午八点半召开常委会，讨论扶贫开发、争取资金事宜，你要做好发言准备。我刚向姜主任布置，会上所有领导都要从各自角度表态。"

"知道了，县长。"

"具体等通知，我也会把与市里相关部门沟通过的精神意见传达给大家。"高县长认为不必向魏小山隐瞒。原来他从滇书记那边出来后，回办公室立刻逐一向市里有关部门请示，了解到他们对 Q 县这次活动的态度，又向分管扶贫的副市长汇报，领过领导的口头指示，这才让姜主任迅速通知有关部门单位，然后率领大队人马浩浩荡荡赴下面调研。这次和之后的大量调研，与其说是进一步了解情况，不如说是造势，提前吹风，让下面感受到此次活动来头不小，动真格的，不能掉以轻心，不能敷衍了事，不能再坐、等、靠、要。

魏小山就此告别高县长，姜主任亲自把他送出门外。中途经过文印室，魏小山从门缝里瞧见几个女孩满脸不高兴，估计是接到加班通知正抱怨呢。但一切需要改变了，那种得过且过的日子再不能维系了，偏远地方也应该像北京、上海和广州那样发生翻天覆地的变化，下级单位应该像上级单位一样紧张忙碌起来，唯有这样，整个中国这台大型机械才能完全启动并协调运转起来。

常委会按时举行。短短两个星期内，仿佛连打两场硬仗，大家都觉得这是空前举动，仿佛翻身过好日子的愿望马上就会实现。当魏小山把连轴转赶出的材料宣读完毕时，像一石激起千层浪，会场内水花四溅。滇书记口渴似的不断伸舌舔唇，其他常委则像太平洋岛国的议员们交头接耳。他们一边慌里慌张地讨论，一边暗中对这个不知水深浅的年轻人表示怀疑。那些部门负责人好似水里被撵得惊慌失措的鸭群，毫无目的地快速摆动尾巴奔逃。可改革就是要起到这样的成效，在极端逆境中需要物种完成基因突变与进化，看谁能够成为第一条成功登陆的鱼。那些负责记录与旁听的工作人员仿佛亲睹一次火山喷发，那威力使他们失去知觉，像泥土被高高掀起又重重落下。所有人都像飞行器遇到气流颠簸感到恐慌，表情脸谱似的夸张。高县长坐得竖直，像奥运旗手擎旗入场，显示唯我独尊的心志。会前，为慎重起见，魏小山找到他，把全盘构想汇报给他。他像录音器侧耳听完，然后一声不吭看着魏小山，那样子好像怀疑魏小山窃取了国家机密情报似的。旋即他亲自取来全国地图，用放大镜在上面边找边看，中途停下又打量魏小山，又在地上来回走，好像丈量办公室面积一样。他问了魏小山几个孩子那样简单和直接的问题，好像二人之间完全没有必要掩藏了。他走回办公桌，双手摁在上面："小山兄弟，这是你之前计划的升级版，亏你想得出，这下像把 Q 县未来一百年的蓝图绘就出来了。"他热忱无比地伸手祝贺魏小山。魏小山悬着的心落下，事先怕高县长以为自己隐瞒和哗众取宠而生气。

"常委会上我能这样讲吗？"

"能，就这样讲！"高县长头点得很重，完全像父亲认可儿子那样骄傲和喜悦。

"高县长，您不觉得我是异想天开吗？"魏小山再次把担心说出来。

"异想天开？我倒盼着 Q 县有别人能这样。这里多年雷打不动，现在也该'地动山摇'一次了！伟大的事业一定发端于超前构想，何况这些意见实操性很强。"高县长像旧文人那样摇头晃脑，然后愉快地笑了。

魏小山也笑了，好像彼此都精准揣测到对方，而笑声则表明他们不会轻易败下阵来……

"我们县可以成为邻近地区的交通枢纽？"

"完全可以！"高县长说罢用眼睛示意姜主任，姜主任立刻将一张全国地图递给党办凌主任。凌主任是县委常委，样子很气恼地坐在滇书记旁边，替领导把地图摊开。

"为什么不是市或省级地图？"滇书记声音轻得只用鼻音，因为代表组织发出，有种特别意味。

"放在全国格局，会看得更有韵味。"

魏小山乘高县长说话的空，已来到滇书记旁边。滇书记像进食后的老虎，此时旁人可以靠近。"滇书记，请看这里。"魏小山故意用清扬的京腔吸引滇书记，好让他把注意力集中到汇报本身上来，"这是咱们县的位置，邻近外省两个重要地级市，而这边则是市区，算起来我们离这三个地方的直线距离均不超过七十公里。而向南向北则是另外两个市，如果以我县为中心划定范围，我们完全可以规划一个公路、铁路交通网络。"

"可凭什么我们成为枢纽，难道仅仅以我们为中心画个十字就可以吗？"滇书记语气平缓但问题尖锐，神色好像用足以难住这个京城年轻人的问题体现自身高明，而后获得一种主动，使自己继续保持一贯作为全县一把手的尊严与体面。并且他的问题，也正是大家心里同时所质疑与嘲笑的。

"另外，也没有一个县城成为一个地区交通枢纽的先例啊。"

"看看周围地形就知道了。外省两个城市目前与我市只通过一条绕行山脉的三级公路联络，而如果跨越山脉，把路通过我县修到市区，那么通行时间将由目前的九小时减少为三小时。另外，如果通过我县修另外一条公路，直接贯通夹住我县的南北两市，那么两个市不必再绕行市区，也可以减轻国道负担，这将节省一个小时的时间成本。滇书记，同志们，我们现在主要算的是时间成本这笔账，依据发达国家和先进地区的经济数据，越发达的交通网络越有利于降低流通成本，大大加强流通效率。"

"成为交通枢纽，可以增加我们的经济总量？"分管教育、文化体育的副书记愁苦着脸问道，因为他实在想不通增加交通流量与增加经济总量之间的关联。

"快速和大量的人流物流，肯定会增加社会经济活动总量，因而会创造更多价值。"魏小山好像知道所有答案似的，但其实是他下面提早做足了功课，这得益于他在大学时旁听的课程，而事后参阅了大量专业书籍与资料，"举个例子，如果许多车流人流经停我们这里，是不是会带动我们的住宿与餐饮业？"——那些人一起点头。

"那零售业呢？"

那些人又一起点头。

"那——一个地方想发展却发展不起来主要差别是什么？"

"资源。"

"有一定道理。但日本没有那么多资源，日本很发达。"

"整体规划？像建国后的很许多城市！"

"那是计划经济时代，而且——"

"到底是什么？"一个被魏小山带上道的常委急了，代表其他人询问。魏小山要的就是这种效果，这样他就更容易说服大家了。

"人！"

"滇书记，您是说'人'？"人们面面相觑，看滇书记变戏法似的给出答案。

"没错，滇书记说得对，就是'人'！"魏小山带头鼓掌，不是捧场，而是真心兴奋。

"人多了，一个地方才会发展起来。没有人，要这个世界有屁用。"滇书记笑着说，这句玩笑话一下把全场逗乐了，但人们好像又想了一会儿才明白这个问题。

"把人流、物流引导到 Q 县，Q 县的商业体系就能建立起来，之后是工业体系。这样 Q 县脱贫还是问题吗？"

"引入几个大项目完全可以稳定我们的财政收入，这样既能摆脱目前吃饭财政的窘迫，又能增加经济社会投入。最终我们要确立商业活县、工业立县的策略，只要工商业产值大于农业，我们就能摘掉农业县帽子，甚至下一步可以谋划撤县建区了。再往远看，建立一个县级市。到那时，我们就能在人面前抬得起头来，不用再像现在低头做人了。"

"可谁来修路，钱从哪里来？"

众人的焦点都放在这个最核心的问题上，一齐仰望大山似的看着魏小山。

"这就要我们一起来想办法。"

"谁有办法能让这个想法变成现实，我让出这个位子。"

滇书记冷不丁冒出这一句，然后闭眼睡大觉一样不理大家。其他人不平静了，一时猜不透他的用意。于是围绕这句话，人们迅速分化为两类：一类是赞成。这类人想：这表明了滇书记的决心，表达出他希望有识之士担当此事。这是多么高姿态啊，体现了一个主要领导面对社会潮流的诚意；另一类人盘算：这显然是书记在撂挑子，给不识相的年轻人甩脸子。如果他真心诚意赞成，为什么不直接说出来？显然他心里有疙瘩、有怨气，否则怎么会拿位子说事。列席会议的人也在想：这时候要当心。这是一场看不见的斗争，官场从来不会有休战期，接下来可有好戏看了。魏小山的反应则是：钱的问题是制约全部思路的最大障碍，不管别人说什么都属正常，难道没有异议就一定做得成事情吗？有时合理的异议反而是一种有益意见。滇书记不轻易表态，其实是在等别人提出解决方案。他的态度很明显，只要把钱的问题解决了，他就会像安检员一样放行。魏小山现在像个野心十足的将领，要吞并对方十万八千平方公里土地。面对要滑头的领导，他用迂回作战的办法消除分歧，将人们的注意力引导到另一个人身上。他调动一下自己，像运动员上场前兴奋一下，然后情绪饱满地回到座位上。

"我说的'一起想办法'，不是让大家筹钱，而是我们一起找筹钱的方式。"魏小山给大家释疑解惑，像把石头从大家身上搬下来。于是他看到人们伏着的腰立刻像风后的庄稼秆直起来，然后互相轻松地笑。

"除了找上级要，还有别的法子？"大家像刚启动的车子又被卡在石头缝里，任凭怎么想都没有思路。

"钱肯定是制约我们的大问题,但并非没有办法。"紧挨滇书记的高县长刚才一直一副冷眼看热闹的姿态,这时他觉得发言时机到了,就接过魏小山的话说开来。旁边滇书记正在以静制动,像只蜘蛛张开大网等待政府这边自投罗网。事情成了,由他拍板;事情不成,他掉头走人,政府这边灰头土脸。总之县委两头讨好,而政府这头不能有半点闪失。

"同志们,滇书记说得好,我们的发展最终靠的是人。"高县长打出滇书记旗号,接下来无论他说什么都堂堂正正,别人挑不出毛病。如果魏小山这次汇报夭折,不但Q县会失去一次千载难逢的发展机会,作为县长的他政治生涯也将可能彻底告终。但他现在心里是有底的,所以保持着刚开始时的兴头,像逃难中仍备留几个救命钱似的。他借喝口水,打量众人,大家都吃惊地看他,觉得他放了颗不靠谱的卫星。

"人还是这些人,事还是这些事,事情办成办不成都看我们这些人。"——滇书记听到眼珠悄悄转了转,觉得自己被高县长推出来挡枪。可作为全县一把手就是要承担这种风险,因为他拥有全县最高的政治权威。高县长的话像老头乐挠痒他的身子,他不由动动,心想这不是自己的错,只怨高县长太不地道、太滑头。

"我们能做什么,又不是印钞机。"又有人嘀咕道,那不情愿的劲好像从他自家往外拿钱一般。其他人也都满腹狐疑,用敬而远之的神色,瞧高县长那张得意得像高高飘扬的旗子似的大脸。

"就是这么说啊。"高县长把滇书记之外的众人再次打量一遍,看到是一张张因紧张、生气、委屈、害怕想要逃跑的脸,像寺庙里形态各异的五百罗汉,"同志们,我们今天讨论的计划在别的地方已有成功先例,绝非我和魏小山同志异想天开。这就是信息的重要性啊,也是我们多年没能做好工作的重要教训,是不是滇书记?我们过于封闭保守,在搞市场经济方面严重缺乏经验。这就应当学习那些先进地区的做法和经验,看看他们怎么把我们认为不可能的事情很好解决掉的。"高县长转而一味盯住滇书记那布满黄斑的脸,好像要把他从房间请到外面作一场公开辩论似的。这时候,他已经完全把自己与魏小山相提并论,一下让自己跃居为一个改革的弄潮人,站到一个别人难以企及的高度,使其他人都像向日葵一样微笑着将目光对准他。

"小山同志,接着往下讲。"至此,高县长这边完全主导了会场,大家像活蹦乱跳的羊群跟在他后面。

"当前,国家继续实施积极的财政政策和适度宽松的货币政策,这对于我们十分有利。并且,实际上那些成功地方的做法也不是政府出钱修路——"

"不是政府出钱，谁会为这个出钱？"周围的人眼珠子都快掉出来，就像让他们相信太阳打西边出来一样。

"他们采用了一种叫作 BT 的方式——"

"BT？"众人像孩子突然对一桩事情感兴趣，老实地坐好，眼里流露出强烈的求知欲。

"不仅有 BT 方式，还有 BOT、PPP 等。"中间一两个人小声说道。

"那就请讲讲吧。"高县长热情地邀请魏小山，带头给他鼓掌。

"所谓 BT 就是……"

会议后面，完全变成高县长和魏小山两人的主场，魏小山打前锋，高县长坐镇指挥，两人给大家上了堂既开心又开脑的大课。人们如梦初醒，滇书记像主考官手忙脚乱按下通过键，众人长时间热烈鼓掌。本次议题毫无争议地顺利通过，意味着 Q 县一个新时代的到来。魏小山梦想成真，甚至有点怀疑这是不是真的。他年纪轻轻就有如此作为，这对他是相当大的挑战，但他挑战成功了！他心情久久不能平静，会后借故没去吃饭，而是在昏暗下来的县城街道上不断绕圈走。这时整个县城在他眼里不再混乱、肮脏和陈旧，而是像完全燃烧起来，将过去所有的贫穷、愚昧和落后通通烧为灰烬，代之而起的是一座时尚发达、功能健全、创新能力强劲、发展活力十足的现代化城镇。啊，他是改变 Q 县历史的功臣，也是创造它新时代的主人。他把改革的火种带到这里，让这里像全国其他地方一样脱贫致富。他的政治生涯有了个良好开局，政治理想有了初步萌芽。

第三章 巧遇恩人

七

政府会议本就多如牛毛，现在Q县又在做一桩大事，所以会议密度史无前例，上午开完下午接着开，这个领导开完那个领导开，白天开不完晚上接着开。Q县的工作人员忙坏也累坏了，个个腰酸腿痛、喊冤叫屈，连脑子都不灵光了。可在Q县这样改革滞后的地区，就需要这种高强度、大剂量才能使工作奏效，先接受后消化，先执行后理解，唯有这样才能彻底掀翻挡在进步路上的阻碍。这不，6月份的内部财政报表刚刚上报，7月2号就召开了全县下半年经济形势分析会，侧重对下半年经济工作做出安排部署。也因为县里采纳魏小山的建议，连会场布置也与时俱进了。会场外吊飘着巨型氢气球和红色充气拱门，横幅请县里的美工店精心制作，没再用县书法协会主席的墨宝。里面经幡似的竖挂着本县酿造厂、酒厂等企业的贺联，会议伊始和休会期间轮番播放流行乐曲，这些都在Q县会议史上前所未有，让人充满新鲜感。主席台上，各位领导精神焕发，开始养成每天刮胡子的习惯，衣着也和城里人一样得体，再看不出半点乡下人的寒酸落魄。滇书记破天荒地穿起西服，头发新染过，脸上光溜溜的，一下年轻了十几岁。台下人员饶有兴趣地往上看，怎么也看不够，仿佛打量一个个新郎官。

"同志们，今天我们在这里召开全县下半年经济形势分析会暨三年基本脱贫动员大会，主要目的是总结上半年经济工作，对下半年经济形势进行分析并提出对策，发扬艰苦奋斗、大干快上的作风，用大胆改革和锐意创新的精神，引领各族人民顺利实现我县年初计划任务和三年基本脱贫的宏伟目标，确保我县经济社会持续、快速、健康地发展……"滇书记难得地戴上眼镜，用从未有过的认真劲捧着稿子读。县电视台记者扛着摄像机在他面前晃悠，后排一个人使劲从台下的椅腿间拽那根连接摄像机的电缆。

"上半年，我县全面深化改革，较好完成了国民经济各项指标。截至6月底，全县国民生产总值达 5.37 亿元，同比增长 14.7%，完成全年目标的 57%；财政收入达 2250 万元，同比增长 10.5%，完成全年目标的 54%；工农业总产值达 4.9 亿元，同比增长 17.6%，完成全年目标的 58.2%；全民所有制单位五年累计完成固定资产投资 1900 万元，新增固定资产 1331 万元，全县经济社会面貌发生了新的变化，经济实力进一步增强，城乡人民生活水平进一步提高……"滇书记越往后越懒洋洋的，慢条斯理地读出一大堆数字，像不识数似的偶尔发愁地皱下眉。

"乡镇企业和畜牧业持续发展。上半年，全县乡镇企业达到 315 个，总产值 2.4 亿元，同比增长 11.42%，缴纳税金 1050.8 万元。全市生猪年中存栏 0.95 万头，当年出栏肥猪 0.54 万头，分别同比增长 7.5% 和 8.26%；大牲畜年中存栏 0.78 万头，同比增加 5.81%；羊年中存栏 0.81 万只，同比增长 20%。肉类总产量达到 0.46 万吨，同比增长 14.67%……"

高县长听到这报告直腻味，心里嘀咕："听听这些数据吧，这就是 Q 县多少年来的家当。我没有责任吗，他没有责任吗，在座的都没有责任？可为什么没有一个人有惭愧之心，没有一个人愿意站起来表表决心？我们这些人啊，这些年来，没有一个说得上称职的。经贸局局长，一个东北人，恨不得上去打他两个耳光。每次问他都是成绩斐然，随便把空地那么一围就敢说是一家企业，骗大家说引入'中俄贸易进出口公司'，院当中堆几根当地的死榆老杨，就敢说从俄罗斯进口的木材。"

"俄罗斯木材就是这样子？"

"嗯呢，运到广州做家具。"这人睁眼说瞎话，到了有恃无恐的地步。

"这样的木头能做家具？"

"人家工艺好。"

回答滴水不漏，好像旁人是个傻子。可是撤不掉这种人，人家由组织部任命，人大那边也走过程序。还有审计局局长，县里有意培养他，给他配备了高级进口轿车，三番五次派他到广州、上海考察学习，可他借机游山玩水、挥霍无度。整个会场实则就是全县官场的一个浓缩，改革的阻力说一千道一万主要在这里。但是没办法，实施和推进改革又只能依靠他们，而现实又决定了无论谁坐在这里，都只是换汤不换药。

"虽然我们面临一些困难和问题，但完成年初目标是完全有把握的，并且有可能超额完成。为此，我们要在继续深入贯彻国家和全市常委（扩大）会议精神的基础上，按照年初县常委会议安排部署，总结我县改革开放的成功经验，形成全县上下思改革谋发展的局面，用思想大解放带动经济大发展。下半年及今后一个时期，我们要着重做好以下几方面的工作。第一，进一步解放思想，统一认识，把全县的改革开放推向新高度。当前形势要求我们继续解放思想，拓宽视野，打开思路，更大胆地破旧立新……"

党办凌主任坐在主席台第一排边上，他应该算台上最不痛快的一个。他偶尔偷看一下正念稿子的那个人，心里一个劲地胡思乱想。书记发出的每一个声音对他都是痛苦的回忆，使他想钻到桌底大哭一场。这些天他甭提多辛苦了，小包菜似的头从开始就歪在肩上，活脱脱一副小鸡将死的蔫样。他反思自己与滇书记的关系，大概由于过于接近而招其烦。可全县人都知道，他对领导多么忠心耿耿啊，就连对他自己的老婆孩子、亲爹亲娘也没这么用心过。可怎么着？人家翻脸不认人。思前想后他记起来，滇书记是在上次开完常委会对他变脸的。想到这，他猛地从座位上蹿起，把身边那位文质彬彬的组织部部长吓了一跳。

"要注重经济稳定协调发展。发展是硬道理，低速就等于停步，能发展就不要阻拦。要树立社会主义经济意识、竞争意识和市场意识，大胆发展公有制为主体的多种经济成分，在发展集体经济的同时，实行优惠政策，广泛吸纳社会闲散资金，大力发展个体、民营和股份制经济，切实保障它们的合法权益。允许党政机关兴办生产型企业。鼓励机关干部、科技人员兴办、承包生产型企业。把各项改革开放、搞活经济的政策用足、用活、用好，凡有利于发展社会生产力、有利于改变我县贫穷面貌、有利于提高人民生活水平的政策措施，都要大胆试验，敢于实行。要抓住当前大好时机，集中力量把经济总量搞上去……"

姜主任像长颈鹿似的竖起脖子，用那张笑意永不疲倦的脸留意台上各位领导。滇书记的全程讲话他一字没落地加以屏蔽，对这篇充满改革激情的发言毫无敬意，尤其看到凌主任像辆车累趴下的时候，那种尽情欣赏失败者的快乐弥漫全身每个细胞，以至于不能安静下来，挪来挪去找两旁的人说话。高县长在常务会上提出的开展机关作风整顿一事，就是被凌主任搁置下来的，所以他俩目前关系更为微妙。当他为此找上楼时，凌主任把脸拉得像对角线一样长，眼睛捉迷藏似的眯起不看人，只是客套地让他坐下，然后茶杯是空的，又将墙角的电风扇对准他一个劲吹。他把高县长的意思一五一十说了，对方垂着眼皮不答话，只是不阴不阳地笑，最后像爬虫产卵似的"嗯嗯"几下。事情传出去，有人为此编了个顺口溜："机关作风真必要，纪律整顿好不了；风吹雨过地皮湿，县长大人瞎胡闹。"现在再看高县长，意气风发地坐在台中，像匹名贵种马高扬蹄鬃展示毛色身形。他又多么欣赏风华正茂的魏小山啊："仿佛给这里带来一阵清风，把笼罩官场多年的沉闷一吹而散，让人们重窥蓝天……"

"加强市场建设。积极发展农贸、生产资料、小商品、商品批发等市场，逐步形成通畅、高效、开放、可调控的市场体系，实现企业、市场和宏观调控的有机结合，形成开放式、多渠道的流通网络。搞好乡镇所在地集贸市场建设，成为区域性的物资集散中心，要注意抓好接壤地带的市场建设，发挥吸纳和辐射作用。要采取国家、集体、个人一起上的办法，多方筹集市场建设资金，谁投资、谁受益。完成五十万公斤粮食仓库第一期工程，抓好粮食的战略储备……"

一个最偏远地区的乡长因为汛期到来忧心忡忡。在他印象里，自己常年只抓两件事：防洪和种粮。由于完全地处山区，行洪任务很重，每年都有灾情。耕地零星分布在沿河两岸，勉强提供口粮，没有商品粮生产能力。汛期他要加强防洪巡查，长时间穿雨鞋，患上严重的脚气，大拇指与二拇指之间溃烂严重，所以每隔一会儿就将脚往桌腿上蹭蹭。乡里情况县里无人不知，所以没有干部愿意长留。书记已经调走一年有余，至今无人接手。他从农牧学校毕业分配到那里，又在当地娶妻生子，如今已有十个年头。虽被提拔为乡长，却是因为没人干才轮到他。他听着滇书记的讲话，怎么都觉得与自己不沾边，哪怕滇书记提到要打通与背面邻省的公路也没让他激动。一想到绵绵不尽的群山峻岭，他就没有了信心。他坐在台下最后一排的角落里，萌生出辞官的念头，可抬头看那枚悬于台上众人头顶的国徽，又觉得它无比炫丽辉煌……

"同志们！"滇书记发出会议结束的信号。凌主任一个激灵坐好，倒数着听好滇书记的每个字，并腾手准备最后一刻带头鼓掌。姜主任也把头抬到最高，仿佛一个初学唱歌的人试着唱到 Hc。滇书记可能太激动了，念错一个字，但这事只有凌主任注意到："为确保完成我县年初各项经济指标任务和三年基本脱贫目标，希望同志们真抓实干、再接再厉，在改革浪潮中抓住机遇，迎来我县经济社会发展的黄金时期。我相信，通过我们的共同努力，我县的发展前景一定是美（霉）好的，全县各族人民过上富裕生活是大有希望的！"

坐在主席台里侧的女服务员趴在桌边快要睡着。她正值哺乳期，奶水渗出前胸，盼着会议早点结束，好回去给三月大的儿子喂奶。巨大的掌声把她惊醒，她赶忙擦去嘴角口水，把调音台的音量放到最大，于是那掌声立刻像掀起一个巨浪，把会场像小船似的打翻。后勤处老李——她的丈夫，马上从窗外露出黑黢黢的狗脸。她意识到犯错，赶紧把音量调小，会场才像小船重新驶入平流。滇书记摘下眼镜放到桌上，站起同左右和后面的人一一握手，庆祝会议圆满成功。台下各人毫不吝啬体力，一波又一波地鼓掌，像逢年过节他们孝敬长辈的礼物。女服务员听到这样的掌声不禁激动难捺了，整个胸部轻轻颤抖，眼里蒙着一层雾水。她羡慕领导可以呼风唤雨，羡慕北京下派的魏小山年轻有为，期盼孩子有朝一日走出这荒芜县城，走入北京、上海和深圳那样的都市。她心里不禁一下下呐喊：快些变吧，偏远落后的县城；快点变吧，一成不变、沉闷乏味的生活；快快变吧，眼前永远不悲不喜、熟悉得都记不住的人和脸……

凌晨五点，魏小山被电话叫醒，通知他紧急参加防洪视察。平常这时县城的天色已经亮起，大大小小的建筑尽管模糊但可以看清楚，但今天天光惨淡，惊雷和豪雨交替发威。当他冒雨走进院子的时候，见郝师傅已经把司机们集合齐，发动车子在等领导们到位。领导们穿好雨衣雨鞋，一字排开等在楼门口。相关科局人员源源不断从外面赶来，好像进行一场战前的预演。浓重的云层湿漉漉抵至人们额头，仰起鼻尖仿佛就能碰到它们。黏湿的雨雾和冰凉的雨珠像面膜敷在脸上，呼吸比平时困难几倍。高县长把魏小山单独叫去，让他与自己同行。魏小山脸上淌着水，心情沉重地看着发黑的远处。

滇书记坐进车里，奋拉着眼睛问秘书："怎么没见凌主任？"

"我们也找了好一阵，没见到人。"

"快去找啊，整院子的人都在，他不在多不好！"

秘书跳下车继续找，遇到姜主任，被支给郝师傅，好歹问出凌主任在食堂休息，赶忙向滇书记汇报。滇书记听罢，摁住鼻子一侧往车窗外一擤，同时说句："开车过去接他。"

司机和秘书进到食堂，看到凌主任趴在凌乱的酒桌上披着床单睡觉，整个人散发出一股刺鼻的酒气。司机和秘书觉得反正一时叫不醒他，就干脆扯掉床单直接把他抬上车。坐上车凌主任也没醒，头软蔫蔫歪靠在后座，对外面的雷声没有丁点反应。滇书记坐在副驾上，气恼地不出声，也不往后看，只看到前面高县长车子动了，命令司机跟上，然后一路无话。

五辆小车尾随一线驶出院外，雨声和水声完全盖过奋力前行的车队。大雨无头无尾地下，闪电密集得像快闪镜头，这时才能看到县城外围那条模糊远去的山脊。县城早被淹没，主要街道水流成河，司机都欠身开车，以便看清路况。车上的人个个心情复杂，苦恼地望着外面。不同于以往他们耀武扬威下乡的情形，今天他们将可能面对 Q 县有史以来最惨重的灾情，毫无减弱迹象的雨势占据他们思考的全部。高县长被车颠簸着，两腮不断抖动，他抓牢扶手，想象雨后全县的糟糕情形："Q 县麻雀虽小，但五脏俱全。这是中国两千多个县中的区区一个，可实际问题一样不少，个别问题比其他地方更严重、更棘手，比如根深蒂固的贫困，比如落后顽固的思想观念。尤其是后者，人心故步自封、不思悔改、不求上进，面对新形势新发展新变化不学习、不调整，本能地表现出机械性的怀疑、排斥和对抗，是典型的'庸政''懒政'，这决定了他们只会从有利于自己的角度制订规章制度，而忽视了群众和社会的要求与福祉……"

"高县长，您在想什么？"魏小山坐在高县长后面，一夜没休息好的困意已经消失。他心里又闷又乱，想说说话。

"哦，小山！"高县长神志一下没回到现实，露出一阵雾霭般的茫然。后面车灯从车窗照进来，魏小山看到高县长很好看的后脑勺，觉得他此时应该和自己一样忐忑。

"前面的路怎么样，估计什么时候能到？"高县长只能看到年轻司机眉骨上突出的黑眉毛，然后又看到黑暗里不断快速涌到车盘下的水流。司机死盯前面，不敢分神，所以过了会儿才回答：

"马上驶出县城，再过十几分钟进入山区。"司机头脑清晰地快速回答。

"前面是老郝带路吗？"

"对，姜主任安排的。"

"姜主任坐在上面？"

"对，还有政协领导。"

"哦，他和我说过的，我怎么忘了。"高县长拍下脑袋，转过来，"小山，辛苦你了！"

"县长，我是政府一员，都是本职工作。"

"嗯。"高县长转而又关注外面，因为他看到两个环卫工人正奋力挪开倒在路中央的一棵树，两张清瘦和胡子拉碴的白脸在灯光中一晃而过。他心里有种说不出的难受，面对灾情里抗争的人们，心情难以平复。没人知道他此时眼里有泪，故意把视线放得很远，想找一个没人的地方哭泣。

没人愿意再说话，话都是多余的，并且每说什么都很耗神，就像考场上别人文如泉涌，而自己神思枯竭。

"徐家良，徐家良？"

"听姜主任说，他昨天整晚没合眼。"那个最偏远地区的乡长此时正处于昏睡中，昨天他到县城开会，今天搭县领导便车返回。魏小山替这人回答，同时看到高县长犹豫着想说什么又打住。

"不知他那里情况如何？"隔了一会儿，高县长淡淡地说，眼睛盯着车前的水光。尽管不敢也不愿意，他还是往最坏的方面想。但坏到什么程度，他表现出深刻的忧虑。

后面车灯突然连闪几下，然后是一连串喇叭声。

"县长，后面有事！"

"有事？"高县长皱下眉头，赶忙命令停下。司机又给前面姜主任发了信号，然后打轮停靠路边。车子被水冲得摇晃漂移。魏小山看车下湍急的水流，感到自己产生了错觉。

"县长，我去看看什么事。"司机主动下去，一开车门，涌进一阵浪。

"小心点。"

司机答应着，弯起腰，手挡着雨，同时侧头防止灯光晃得看不清路况。水没过他的膝盖，凌乱的水面像张快速收起的大网。

一分钟后，司机回来，带入一股新鲜的雨水味道。魏小山冷得打哆嗦，高县长也打个寒战，急问后面什么事。

"哦，没什么事，滇书记有些肚子疼。"

"肚子疼？"

司机不说话，看着难为情。紧接着，魏小山和高县长看到滇书记被秘书小心翼翼扶回车里。高县长无奈地同魏小山笑笑。

高县长观察起前面不远处离得最近的几座大山，发现上面云层开始发白，就知道天马上要亮了。"平常这个时候，山上的树都能看清了，可现在只能看清山的影子。"他心想。更让他发愁的是，雨势一点没变小。近处山洪已经听得很清晰，空气中弥漫着一股新鲜泥土的味道，他担心山口地区已经发生过滑坡或泥石流。

司机互相给过信号，车队行驶得更小心了。只过了几分钟，水势又涨了不少。特别是临近山口，山路陡然增高，上面的水流更加湍急。司机不敢开快，车队像虫子爬。无论开车的人和还是坐车的人都头皮发紧，随便往外一瞧，都不禁一阵寒噤。坐落在盆地中央的县城渐渐模糊，两侧黑色山体正慢慢靠拢，从沟谷喷溅出的惊涛骇浪，像无数只野兽从笼里冲出，向下方开阔的盆地夺路而逃。县城建在河道下游右岸，浪涛冲击河堤的声音与漫天水雾撼动整个县城左翼。现在从高处看，县城像堆积木处于危险中。

"这样的速度什么时候能到？"

"大约晚一两个小时。"司机额头差不多抵在玻璃上开车，灯光照射处，汽车像船一样抵浪前行。如果不是有露出水的路桩提醒，甚至很难辨识路。

"一两个小时？"高县长差点从座上弹起。平时去徐家良那里也得三四个小时，如今延长这么多，这中间会发生多少事，他都不敢往下想，可又不能催促司机开快，因为境况已经很危险了。如果不是一种职责在身，这就是一次冒险行动。

"不能再快了，水没到轮胎三分之一处了。"司机专业地提示。

高县长默默点头，焦急变成无奈。车辆缓缓驶入山口，本来略见灰白的天空重新隐为浓黑。一股浸骨寒意侵入肌肤，因为着急焖出的汗顿时收回，大家不约而同裹紧衣服，战战兢兢往外面两侧黑乎乎的岩体看去。山区平时那种特有的宁静与美丽荡然无存，水声在山谷里被无限放大，有天崩地裂的感觉。

"一定要当心啊！"高县长抓牢车身低声嘱咐，显出迷信的倾向。

"高县长，雨还在下啊？"徐家良终于清醒，醒来的第一件事就看窗外，正好又一阵急雨打上玻璃像开了花。司机调快雨刷，瞪起眼睛勉强看外面。徐家良赶忙用手抹开结在车窗上的厚厚水汽，但雨水浇得外面什么都看不清。他不顾车上坐着高县长和魏小山，直接摇下车窗。没等看仔细，就被一阵雨水打在脸上、呛进嘴里。其实不用看，他心里明镜似的，这场雨已经给自己的乡里带来灭顶之灾。

"徐家良，哭什么？"高县长半生气半疑问地呵斥徐家良，一边攒紧五官，那张平时宽阔明光的脸因为深度忧患变得和外面天气一样糟。他明白，现在任谁也无能为力，不仅面对Q县长期贫困和发展乏力没有治本之策，就是面对这样的天灾人祸也没有锦囊妙计。

"县长，情形不妙啊！"徐家良像个孩子抹着鼻涕眼泪，不断着急抹开水汽看窗外。

"这时候我们什么都做不了。"高县长眼神空洞地回答，语气中包含歉意、痛苦和自责等各种意识形成的共同痉挛。

"县长，这次洪水过后，一定修个水库吧！我现在就代表乡里表态：只要县里同意和支持，我们就是砸锅卖铁、献血卖肉也要把水库建起来！"徐家良说话时砰砰拍着胸脯，单薄的身体像面战鼓发出激昂的声音。

"是啊，县长，帮他们修个大坝吧，每次看到那里的百姓住在跷跷板一样的陡坡上，我就毛骨悚然。"司机破天荒在边上附和徐家良。他明知这么做违反纪律，但还是挺身而出。

高县长沉默了，觉得自己正在野外被大雨浇透。"我何尝不想，可修水库是个系统工程，那里的地质条件十分恶劣，并不适宜修水库。如果能修，刚上任我就做了。"他不无遗憾地缓缓说道。

"可不可以把选坝范围扩大呢？"魏小山在脑子里回忆县域地图，觉得如果放在这个乡不适宜，为什么不考虑放在邻乡，哪怕是邻省呢？毕竟流域面积涉及周边三个省、十几万平方公里。

高县长听魏小山说完眼睛亮了下，转过身用诧异和欣赏的眼光致意魏小山，但旋即又暗下去，好像刚露出云翳的月亮又被遮住："想法固然好，可真正实施起来困难重重。大量沟通协调、报审批复会耗费许多时间与精力。尤其涉及外省市，就算对方给我们开绿灯，没有个三年五载手续办不下来，另外还有漫长的建设周期。"

"我们可以等，三年五载总比世世代代头上悬把刀强！"徐家良几乎喊出来，布满血丝的眼睛穷凶极恶地瞪圆。又一阵密集闪电，紧接着一排惊雷，然后是更疯狂和更紧致的雨。司机受到惊吓，车子打个趔趄，高县长惊出一身冷汗。

"这个事情回去讨论，现在专心视察灾情。"高县长阴着脸命令，呼吸如外面的雨声急促，反映出他此刻极为复杂的心境。

徐家良抓住魏小山一只胳膊，用乞求的目光含泪看着他。魏小山说不出什么，只用手轻轻拍拍徐家良以示同情慰问。一种与外面大雨一样强势的沉默漫延并窒息着车里的人，大家都感到体内有种强烈的炸裂感。

天色渐渐转亮，山顶甚至呈现出少许慰人的灰红色，山树和岩石形状也可以辨认出来，无数闪电像骑手跨越群山之巅，雷声则像杂乱的马蹄声渐行渐远。雨没有停，但在车队顺地形转过一个大弯后小了许多。高县长一行看天色变白，心情跟着好起来。起码沿途的危险会减少，行程可酌情加快。两面山坡上，林间有好多漂亮的白色小瀑布，从不同高度的陡坡上鱼贯而下，跌入深不见底的沟谷。同时，好几个地方山体出现了明显的裂纹或小型塌方。

"真难为老郝了！"高县长在半小时后才说了句话。因为他看见山顶云的纹理已经凌乱，并加快向东移动，预判最严重的雨情已经过去，天气很快会转好，于是稍感轻松地说。

魏小山看看手表，时针指向八点，但外面只是平时早上六点钟的样子。司机突然拧开收音机，里面正重播《新闻与报纸摘要》，播音员亲切熟悉的声音让魏小山寒意顿消："据新华社消息，在昨天结束的西班牙巴塞罗纳第二十五届奥运会上，我国体育代表团共获得 16 枚金牌、22 枚银牌、16 枚铜牌，金牌总数和奖牌总数列第四位……"

"关了吧，听着闹心。"高县长用手指敲击了下车窗，木讷地看着外面。

魏小山清楚高县长在想什么，乡村是否运转正常和广大人民群众的生命财产安危完全占据高县长的内心，对于其他，他无暇顾及。

"前面路况只会越来越差，平时本就坑坑洼洼的路面，经过雨水整夜破坏更加险恶难走，一定要当心啊！"徐家良提示司机。于是高县长让司机发信号停下，下车转告郝师傅。郝师傅在车辆重新发动时伸手竖竖大拇指，又按一通喇叭以示谢意。魏小山乘机看到沿沟一侧的路桩大都不见，幸存的也东倒西歪。所幸沿途没遇到山体滑坡和泥石流，否则整个车队只能返回。后面司机也跟着摁喇叭，一时间山谷里到处回响着汽车清亮的鸣笛，人们被暴雨挟持一夜的心情顿时开朗起来，热血回流，体温升高，身子力量增加，气氛活络起来。滇书记明知高县长听不到，仍然笑呵呵冲前面喊："老高，把车子开快些，争取中午之前赶到。别说，肚子真饿了，到时能喝上一碗漂着黄油的热鸡汤就好了。"

"滇书记，主任还在睡。"

"睡吧，睡吧，这几天辛苦他了。"滇书记眉头舒展开来，眉上鼓着两个可爱的小肿包。他对下属动了恻隐之心，便像随手拨琴一样叮咚作响地说："山里多冷啊，快给他披件衣服。等到了那里，让他好好休整下。"他像在游乐车上一样坐得绷绷直，笑眯眯看着前面。

秘书把自己的衣服脱下盖在仍躺着不动的凌主任身上，不小心碰到他的皮肤，感觉像坚冰一样阴冷。年轻的秘书不敢多看，觉得凌主任像死人没有了呼吸。

车队继续盘山绕行，头顶浓云郁结，雨滴时密时疏，两岸是悬崖峭壁，河流在咆哮翻腾。好在天色大亮，路况好转，所以速度快了不少。高县长急着了解灾情，有一句没一句地问徐家良，然后焦虑地到处看，恨不得长对翅膀飞过去。而滇书记受不了一路颠簸，双手紧握扶手，着急赶到目的地，然后下令乡政府食堂备一桌好饭菜款待自己，再让凌主任和秘书们加急写篇灾情报告，第一时间上报市政府，同时抄送相关部门，争取救助扶持。车上其他人都又冷又饿，嫌老天有意刁难他们，生着一肚子闷气，赌气似的不往外看。只有徐家良神经兮兮不断看着两面，像被抓去坐牢一样紧张。

各人脑子里均是一团乱麻，短暂的开心像小孩子放过一两声鞭炮后重归寂寥的年三十，接着仍被绵延不绝的山峦、无休止的雨势和无穷无尽的洪水惹得心烦意乱。没人愿意多想，灾情的严重程度已经不言而喻，就算神仙到场也无能为力。大家都现出十足的疲惫感，身体僵直，面无表情，陷入类似久病不治的悲哀与沉寂中。又过两个小时，除司机继续紧张开车外，车上绝大多数人倒向座椅，垂下嘴角，眼神松散，艰难地挪动眼珠，对于外界的任何刺激不作反应，不表达任何意思。

再过一个多小时，当绝大多数人在车上睡得昏天黑地时，郝师傅终于把车开到一座大桥旁的高地上停下，并把邻座的姜主任叫醒："姜主任，到了！"

"到了？"姜主任浑身酸痛地爬起，揉眼睛看到一片白汪汪的水面，其他什么也没有。他质疑地转身看郝师傅。

"姜主任，如果我没记错的话，对面就是徐家良所在的镇子。"

"不是要先过一座桥吗？"姜主任抻直身体往四下看，只见一个平悠悠的大湖，上面泛着白光。雨停了，湖心高出周围很多，晃得人睁不开眼。

"桥就在前面五米远的地方，被水淹了，所以看不到。"

"被淹了？那么高的桥被淹了，老郝你不是开玩笑吧？"姜主任说着仔细往水里瞧，看到几截黑色栏杆，上面隐约刻有上上任县领导题名的红色漆字，影子在水里像几条游动的细蛇。

姜主任手一下咬进嘴里，好一会儿才慢慢拿出来："那么，那么，对面整个镇子，整个镇子……"虽然被誉为县城四大才子之首，但他发现自己的脑子此时是空的，连说什么都不知道，只反复说着几个字。

很快，后面响起无比凄厉的哀号。姜主任回头一看，徐家良从高县长车里踉踉跄跄跌出来，一路跪着往前，一声比一声凄惨地叫道："娘啊，爹啊，老婆啊，儿啊，你们在哪里啊？"但声音落在光溜溜的水面像圆球被弹回来，除了近旁的人听得分明，远处依然是依稀和渺茫的景象，听不到山谷通常有的那种回声。

紧接着高县长下了车，目光如炬地蹚在水里往前去。姜主任立刻上去拦他，因为前面水下看不清，再走可能滑入深渊。这里已经形成一个大型堰塞湖，一夜间把对面整座镇子冲毁并淹没。魏小山跟下车，立刻被电弧一样的强光刺痛眼，不由自主流泪了。

"高县长，你看！"司机指着不远处漂浮的一棵小树，细看有个银发老妪虚弱地抱在上面，闭着眼一动不动。

"高县长，你要做什么？"姜主任看到高县长瞪大眼睛往老人那里瞧，一边开始脱下衣服，急忙阻止。

高县长厉声喊句"滚开"，一把挡开姜主任阻拦的胳膊，然后姜主任就像个翻壳乌龟在水里打了几个滚。高县长一个鱼跃跳入水里，奋力朝老妪游去。

后面滇书记半天不知道前边发生了什么，开始以为成堆的人群会迎接上来对他嘘寒问暖。可细看哪有什么人，只有一汪几乎一眼望不到边的湖。他正要询问怎么回事，抬眼见高县长跳下水，并在很久后从远处冒出头，奋力抓住水中一个黑乎乎的东西。一会儿又见郝师傅也跳下去，往另一个方向游去。那边正漂来一个洗衣盆样的东西，里面似乎有个孩子扯着嗓子大哭。

第三辆车上的电视台女主持最后补补妆，男摄像扛起机器，两人同时跳下车，对准远处水里的高县长拍起来。

"滇书记，我们怎么办？"秘书机灵地问。

"怎么办？"滇书记眼睛打几个滚，果断地说，"人家都跳水救人了，我们怎能无动于衷，下车！"

"主任还在睡觉。"

"把他叫醒！"想到没人欢迎、没人奉上酒食，滇书记早已一肚子气。现在忽然记起睡了一路的凌主任，不由得气急攻心，猛烈咳嗽一阵，把一团清鼻涕甩在车外。

秘书连喊几声"凌主任"不见动静，跳下车从另一侧开门。没等秘书明白过来，一直保持原姿势的凌主任扑通掉出车，然后顺路面哧溜滑入水中，最后悄无声息不见人影。

秘书吓得灵魂出窍，旋即大喊起来。电视台记者被吸引过来，滇书记也及时赶到出事处，腆起虽然饿瘪但仍像个孕妇的肚子，用长满黑乎乎汗毛的巨手指指水里，动情地擤着鼻涕面对镜头说：

"同志们，同志们，我们党办的凌主任一到灾区就跳入水里救人，结果，结果……"他双手捂脸哭起来，从指缝看到其他人围拢过来，赶忙松开，"这位同志昨晚就已经值了一宿班，今天早上不顾劳累仍然……对于这种忘我精神、爱护群众的人员，我们一定要表彰，一定要宣传，还要给他申报烈士，不能让好人心寒啊……"

滇书记断断续续地往下讲，没人注意到徐家良哭晕在雨里，没人注意到高县长正把老太太一点点从水里推向岸边，更没有人注意到郝师傅因为开了一路车体力不支，在即将把木盆送到安全地方时慢慢往下沉，也没人注意到姜主任就在人群后，听着滇书记的话心里阵阵翻江倒海，而渐渐一丝冷笑像他藏在怀里的匕首被悄悄抽出，然后一步步向着魑魅魍魉的人们靠近……

八

王海在 T 市走投无路之时，遇到的正是父亲当年的手下林邱仁。林邱仁比王海大十一岁，在王海父亲生意失败后，他一家人跟着没了音讯，如今却突然出现在 T 市街头，这让王海委实意外。与过去相比，林邱仁已是另一番样子。因为功成名就，整个人昂头挺胸，头发一水向后梳起，全身名贵衣饰，个子看着竟比以前高出半截。面相则是龙眉狮鼻，鲨腮象颔，且红光润面，说话声直冲人耳，抬腿迈步更是虎虎生风，哪还是之前那个羞涩、内敛和谨慎的小林子。王海猛地与这么个熟人遇到一起，无形中自惭形秽，虽悄悄调整心态，但仍被对方的相貌与气势压得自矮三分。

但林邱仁对王海相当谦逊温和，像长辈照顾幼儿一般，亲手将王海护送上车，一路照顾着他回到自己下榻的T市最豪华的宾馆T市宾馆。当王海从车里钻出，落脚抬头仰望T市宾馆的第一眼，感到做梦似的不真实。他自然晓得T市这座鼎鼎有名的高级宾馆，从小时候记事起，这里就被传得神乎其神，而上学时他的一个乐趣，就是与同学们骑车到宾馆门外，看进出这里的金发碧眼的外国人。而更为传奇的是这里的总经理梅里美，他常年管控着T市的这座人间圣殿，以至连父亲都对其充满敬畏，提及此人时眼神直直的。重返T市后，他虽与它经常近在咫尺，却依旧感到神秘和遥不可及。当往楼里去时，前面的林邱仁一边打量宾馆，一边屡屡抱怨T市和T市宾馆过于落后了，并说考虑在这里投资兴建一座真正意义上的国际酒店，以提升T市酒店服务业的整体水平。王海根本没听清林邱仁在说什么，只觉得他的声音像飞机轰鸣着掠过头顶。"如果生意做成了呢，我是不是就有勇气抬头挺胸走进这里？"刚经过没齿难忘的失败，又被带到这么处神圣境地，他只觉得自己是一介落难遭殃的寒门子弟，满脑子是羞耻、委屈和不甘。

到了门口，早有迎宾员为他们殷勤开门。进入大堂，宾馆总经理梅里美竟然亲自现身迎候他们。对方甚为谦卑殷勤，但林邱仁对T市这样一位神奇人物表现得并不热情，只似有若无地点下头，如同只是因为哪里不舒服动弹一下。但王海经过那位大人物时，非但双腿发软，眼睛不敢去看对方，甚至连呼吸都急促起来。他一溜烟跑过去，这样既防止被人家看到窘样，也为了追上走路虎虎生风的林邱仁。电梯门关上的瞬间，林邱仁正视电梯间里自己的影子，捏捏领口的同时，将身体刻意往高处提提，又把两道锋角尖锐、标志性极强的黑眉向上扬扬，接着声音洪亮霸气地继续问："海子，看到门口那个总经理了吧？"他又把影子打量一遍，嘴角一侧稍稍上撇，声音隆隆的："他以后可要紧张了，因为咱们的酒店将要取代他的宾馆，成为T市最好最大的。"王海听过依旧没有反应，林邱仁好奇地扭头看他时，电梯停了，便赶忙把门口让出。林邱仁对待梅里美与对自己的态度，让王海着实无所适从。

进了房间，林邱仁第一时间把王海带到卫生间，还亲自拧干热毛巾递给王海。在王海洗漱的时候，他又到外面打电话叫了饭菜，这才自己去换衣服和洗漱什么的。当王海伏在桌子上狼吞虎咽时，他洗漱出来，悄悄站在临街窗前，望着外面正在拓宽翻新中的整条主街，感慨万千道："海子，T市的领导们行动起来了。尤其是那位年轻的新市长，观念超前，行动大胆，雷厉风行，咱们的T市将在他手上发生大变样。"他双腿分开，双手后置，身形像座山挡在窗前，与此同时，目光锐利地穿越混沌纷乱的市区，看向新城区蔓延到远处朦胧的山脚下。

大约五分钟后，林邱仁转身，看王海已把桌上东西吃得精光，正用手抹嘴，不住地打嗝。他片刻前严肃紧张的阔脸立刻松展开来，一边轻轻叹息，一边缓缓到王海旁边坐下，替他拍打后背。"海子，当心落下叔叔那样的毛病！"他温柔地嘱咐，看到王海使劲点头，又叹气劝慰道："海子，别灰心！"

吃撑了的王海头发和脸上汗涔涔的，低头发现自己浑身又脏又乱，一下坐卧不安起来。林邱仁看出王海的窘迫，过去从橱柜里选出几件衣服让他换上。王海像孩子一样听话照做。等他转身，却见林邱仁正坐在沙发上，用一只白丝绢捂住脸，伏着身子轻轻抽泣。王海立定会儿，默默坐过去。

"海子，来，咱们好好聊聊！"林邱仁有些难为情，大鼻头红红湿湿的，擦泪坐好，笑着伸手拉王海坐到身边。王海恢复了些生气，林邱仁上下反复打量他，说话间泪又涌上来。"海子，我想兄嫂了！"林邱仁说出实情，再次攥起丝巾拭起眼窝。这次他再没半点难为情，在说出许久的心愿后，肩膀那么一垮，深灰色衬衫表面蒙层柔和的光。刚才王海进去洗漱时，他看到王海一副灰溜溜的样子，不禁想起自己初到 T 市的情景，由此进一步记起王海父母收留、帮助自己及老两口破产的情形，不禁悲从中来。都道"男儿有泪不轻弹"，何况他现在事业有成，可他还是觉得在王海面前无须掩饰。多年不见，他急于弄清楚王海一家的境况，但看到王海一副惊魂未定的模样，便没有贸然行事。

"叔叔，这些年您在哪儿？"王海自打一小时前与林邱仁相认，虽然林邱仁还没告诉他任何情况，但从其巨大的变化中，感觉其早已今非昔比。现在，吃过东西、换洗过，他神志清晰许多，连忙问出这个问题。

"海子，那天等我一大早赶去找你们的时候，发现早已人去楼空。唉，不用说，兄长蒙受冤屈，不辞而别，而我竟然什么忙也没帮上，是我的不是！"再次提及往事，林邱仁满心愧疚，掩面摇头。王海想去安慰他，他摆手拒绝，把头扭到一边叹气。王海被感动了，同时想起过去，心如刀绞。

过了很久，两人都才稍加平复。林邱仁起身煮咖啡，王海想去帮忙，却无从下手。等接住林邱仁端给他的咖啡，他紧张得被杯子重重烫了一下。林邱仁坐下，一边慢慢搅动咖啡勺，一边开始讲自己这些年的情况。原来，当年王海父亲被判破产，他跟着遭殃，当天就被粗暴地赶出工厂。第二天一大早，他赶去找王海一家，可王海一家已连夜搬离市区。万般无奈之下，他只好带着妻子与生病的双胞胎儿子回到农村老家。家里为数不多的承包田撂荒多年，亲戚们不是到外面谋生就是偷渡国外，那段时间，他一家人无依无靠，有时甚至连白米饭都吃不到。好在不久后，妻子失散多年、膝下无子嗣的叔父，突然从马来西亚托人带回消息，让夫妻俩前去打理橡胶园和被服厂生意。这成为他一生中最大的转机。靠着从王海父亲那里学来的诚实守信与精明勤快，他很快上道，悟出经营管理的诀窍。一年后，叔父病逝，他接手整个家族生意，并将叔父的被服厂一举发展为当地最大的纺织企业。而妻子阿琳身居在家，专门照顾孩子。随着这些年生意越做越大，他们时常惦念王海父母对自己的情义，便希望有朝一日找到并报答老两口。赶巧，鉴于 T 市所处的特殊位置和华侨众多的实际，国家有意将其打造成面向整个东南亚的改革开放桥头堡，便选派一个有过海外留学和从商经历、四十出头的蓊市长主政。按照林邱仁回国后的最新理解，这反映了国家自上而下推进改革开放的决心与力度。年轻的蓊市长上任前得到特别授意，即便工作中出现个别问题与失误，也不予以计较和干涉，为他大展身手腾出空间。蓊市长一到任就烧起"三把火"：一是全力开展营商环境建设，引导和培植非公经济发展壮大；二是不断推进社会领域改革，推出多项涉及就业、教育、医疗及养老等社会制度的新政；三是加强城市基础设施建设，在财力好转和社会呼声渐涨的形势下，一改几十年如一日、长期原地踏步的城市低水平建设，将其作为主政任务重点抓、抓重点。为让这"三把火"真正烧起来，市里配套出台大量政策，包括宽松的税收与超国民待遇优惠，以吸引大量华人华侨回乡投资兴业。林邱仁闻听这个好消息，便于前天专程从马来西亚回国考察。

"回到 T 市，我第一件事情就是找到老宅那里，希望奇迹出现，能够在那里见到你们！"说到这儿，林邱仁几度哽咽，痛苦得说不下去，把咖啡放一边伤心擦泪。王海跟着啜泣，自从他重返 T 市后，经常偷偷接近老宅，但到近前却只能望而却步。

"叔叔，这事暂时不要让爸妈知道的好。"王海每每回想老宅一副荒芜衰败的模样，就如同自己被作践欺负一般，几乎痛不欲生。感同身受，他担心林邱仁把这个消息告诉父母后，他们会伤心过度。林邱仁含泪应允。转而，林邱仁告诉王海，今天上午他刚去市政府见过那位著名的改革市长，返回宾馆的路上，经过 M 河，正想多看家乡几眼时，发现正萎靡不振的王海，便赶忙下车相认。

"啊，原以为这次我会抱憾而归，没想到，海子，虽过去好几年，我还是一眼认出了你！"林邱仁声音哆嗦着，大手再度伸过去把王海掇到眼前，眼睛像扫描仪似的一点不漏地打量王海。王海被林邱仁这么盯着看，终于红脸笑了下。

"好了，海子，你笑了，一切会好起来的！"林邱仁爽声笑出来，放下腿，挪动厚重的身体，疼爱地上前抱了下王海。

"叔叔！"王海用力眨几下眼，感受到被林邱仁相拥的压迫感，这才算完全回过劲来，觉得现在的一切是真实的。他像从昏厥中醒来，在终于弄清眼前情况后，不由带着激动，由衷地唤了声。

"王兄简直把我当儿子看！"林邱仁撤后，因盛年而壮实的身子压得下面沙发略咯响。他眼明声亮，端详过父子眉目相似的王海后，真诚地发出感慨。

"叔叔，这些年，爸妈也一直念叨你！"王海过去就喜欢和依赖这位叔叔，现在依然被他关心与疼爱，感觉又回到从前，说话便自然起来。他同样多次打量林邱仁，感觉林邱仁比以前更加慈祥了。

林邱仁摇晃着隆高的下颌，认真起来，深吸口气后，半张脸映在光线里，缓缓说道："海子，兄嫂都是菩萨一样的人，我们都该向他们学习。同样做生意，像兄长老实厚道、童叟无欺的，当真少见。当时我也觉得他傻，别人多以次充好、以假乱真，为什么我们不呢？后来我才明白，做生意与做人一样，要守规矩、讲信用，这样才能把生意做大、做久。王兄，他们嘲笑他是个'老好人'，可他真是个'大好人'！"林邱仁眼神坚贞地感慨。王海听着，沉缓地点头。

"可父亲也失败在这上面。"过了会儿，王海把头一抬，替可怜的父亲喊冤。

"不，王兄不是输在这上，而是输在法律制度不健全，输在全社会的商业行为不规范上。"林邱仁按捺不住地站起，似乎整个房间碍着他了，来回地走，突然转身，狮虎般地大声强调："我说他是成功的，至少我的成功受益于他。他用最好的品行教导我如何经商，他是我的启蒙老师。话说，我日后遇到的每个最终将生意做大做强的人，无不遵循这一条。而这也几乎是我们T市人能够祖祖辈辈将经商传统传承下来的关键原因。一个地方若要形成良好的经商氛围，生意人的自觉顶顶重要。王兄践行了T市商人最美好的品德，所以这种社会和历史的过错不应由他承担。我才见过T市的蔺市长，与他促膝谈心，了解他们正着手强化市场诚信建设，所以我才乐意回这里投资。"

林邱仁的话再次触动王海，他也再次意识到在自己离开T市的这些年，这里变的远不止他看到的外部，更多的其实是内部。所以，如果他要在这里扎根创业，必须事无巨细地关注这里的任何人和事，只有这样，他才能尽快融入生活与潮流。他头上冒出细汗，既为自己之前的鲁莽后悔，也为新生出的希望激动。他抬头大胆望眼林邱仁，相当于对其所说的做出承认。林邱仁早不再是其父亲的手下，而是实力超群、心怀天下的华侨外商。从河边回T市宾馆的路上，他一直对外界麻木无感，如今看到林邱仁这般重视自己，便希望重生。

"海子，你怎么会想到经商？"关心之余，林邱仁好奇王海为什么选择做生意，尽管对于T市的子弟来讲，做生意就是他们与生俱来必备的一项生存技能，而这里的男孩也在成年后几乎无一例外地投身商界，可照王海的情况，以及他作为长辈与一个企业家的身份，他想细致听听这个年轻人自己的见解。

听林邱仁这么问，王海神经立刻敏感起来。他暗中哆嗦了一下，手指连做几个小动作。一种熟悉又久违的感觉，就如他在军营接受任务的那一刻。他暗中迅速稳住阵脚，收敛身体，塌下双肩，撑开双腿，双手放至膝上，睁大眼睛说话。

"叔叔，如果不是连队意外被撤销，我宁愿一辈子当兵。当了兵，我才渐渐明白了许多……"尽管说到军营让王海感到阵阵钻心的疼痛，可他又像在荒原时变得顽强与坚忍。他目光乍明乍暗，脸上表情、身体动作与情绪律动，像把过去倒放一遍。最后，他以军人的挺拔身姿，坚定地告诉林邱仁："叔叔，对于 T 市的男子们来说，做生意不是自古有之的事情吗？靠着做生意，世世代代的 T 市人谋生度日、繁衍至今。如今，国家大力推进改革开放，这正是从商的绝佳机会，不仅对我们 T 市人，对于全国人民也都是正逢其时！"说过，他向上提提太阳穴，抬手擦汗之际，觉得人生通畅了、明亮了。

"哦！"林邱仁一直在细听，良久回过神，脸上重现亲和的笑。他身体完全靠后，老鹰展翅似的将双臂放后，富贵英气的脸放着光，眼神平淡中透着骄傲。

"叔叔，您的主要业务是什么？"王海主动询问。现在的他，眸眼明亮，神志清晰，安详得像匹沐在阳光地带的宽肩大马，等待命运垂青。当林邱仁把目前经营着两个服装加工厂、一个大型橡胶种植园和一个橡胶制品加工厂，另外爪哇岛上还有两座小型金矿的情况说出来后，王海惊得连连失语，以至失态地直呼道："叔叔，您是怎么做到的？"

"海子，你知道什么是生意，又怎么做生意吗？"

王海一下被林邱仁问蒙了，不知该怎么回答，松松领口，擦擦汗。

林邱仁再次站起，在房间中间的地毯上走走站站，一边沉吟说道："那时你还小，兄长打算让你上大学。他们两口子亲口告诉我，等厂子经营有起色后，就交由我管理。我初到 T 市，举目无亲，阿嫂亲自把我从公园椅子上接回家。日后他们又帮我娶了妻，助我在城里安居下来。紧接着，我生下两个聪明伶俐的儿子，他们喜欢得不得了，天天帮着照看。如果没出意外，事情可能就照着这么来，可中途偏偏发生了那桩事。出国后，我才发现，国内与国外差别简直是天上地下。那里资产动辄百万元千万元的人随处可见，而且许多七八十岁的企业家仍活跃在商界，同你我一样低得下头、弯得下腰，不为别的，他们一心想把事业做大。"说到这儿，林邱仁将衬衫袖口松开，纯金腕表随动作闪闪发光。

王海虽被那些亮晶晶的衣饰所吸引，但仍好奇林邱仁如何在短期做出如此骄人业绩。林邱仁的精彩人生点燃他的全新兴致，于是往事像忍痛蜕掉的皮，他重新轻松活跃起来。他再次意识到林邱仁此番出现对于自己的重大意义。他必须仰仗这人，引导自己蹚过至关重要的人生关口。——过去的一切行将远去，他候在未来门口，等待开门。

林邱仁走到咖啡机前重新接了咖啡快速喝掉，果断地说："市场经济，是当今任何国家成功发展的唯一动因。资本很好地发挥了市场的先天机能，让每个人利用社会资源为自己赚钱。这是市场经济与以往经济形态的根本区别。在之前，领主或郡主将绝大部分人局限在自己的领土上，为他们有限的几个人服务。而市场经济赋予每个人充分的权利和自由，让他们在市场中寻找机会、自我发展。另外在市场经济条件下，无论民营经济还是国有经济，二者都必须遵循投资规律，它们不仅可以共存，还可以功能互补。在中国，国有经济是国家经济的重点与核心部分，而民营经济则广泛和直接地寄存于广大消费群体中，与整个市场进行着无缝衔接。改革开放将社会和民众的积极性全面调动起来，整个社会的棋盘一下活了起来。你瞧，越来越多的域外投资者选择大陆，就是因为大陆这个市场太诱惑他们了，他们想从中分得一杯羹。"

"林叔叔，我都不认识您了！"

"说实话，有时连我自己都不认识自己。看着助手送来的收益表，我问自己：这些数字背后的财富真是为我所有吗？看着泳池、别墅、名贵的汽车和游艇，我也问：它们真的为我所服务吗？可千真万确，它们都是我的，都为我所用。财产与自由，唯这两点，才是人类社会进步的根本驱动，其他不过是围绕如何实现它们的方法、手段，乃至所呈现的现象与特点。我在为期不长的时间里，拥有了之前做梦都不敢想的东西。海子，换作你，你也会不认识自己的。"林邱仁面部潮红，人像痛风一样蜷缩，颊上紧张地痉挛，坐下去闭眼休息了。

王海听得脑壳嗡嗡响，像乍然来到陌生地方，第一时间晕头转向了。不过他相信林邱仁说的是实情，虽然难以想象，但心里什么都明白。他像树獭吃多一样，伏身不动，艰难地忍受和一点一点地消化。

"当初我一去那里就傻眼了，没想到一个国家和一个社会可以那样发展。大家都很务实，每个人都在竭尽所能地创造私人财富，而后国家再把私人财富集中起来，以公共产品和社会保障的形式反哺给他们。社会财富的良性分配与循环，使国家和社会充满生机活力，人们生活得自得其乐，人性得到最大程度上的尊重与释放。美国人和乌拉圭人在出生时价值是相同的，但后期投资的多寡与最终创造价值的能力，使二者一个天上一个地下。一个意外死亡的美国人会获得高达千万美金的赔偿，而一个被豹子吃掉的乌拉圭人分文不值。正因如此，所以你看，先进国家和地区都在千方百计改进思维习惯、提高教育水平，以保持社会持续的创造力。我们之间可以有自己的不同，但前提是拥有大部分的相同。人类无论什么种族、社会，所面临的基本问题都是一致的，这决定了整个国际社会生存与发展的本质是相同的，差别只在形式，就像谈论同一件事，使用的是不同的语言而已。"

"您说民营经济将会大行其道？"

"迟早的事，国家忙来忙去，就是为这事情。"

"您这么说我就清楚了，国家现在鼓励全社会兴办企业，就是结合国内实际发展非公有制经济。"王海似乎明白了这一点，然而就是这么一点点，好似为他开了一个窟窿眼，随后他看到更多。他搓动双手，按捺不住激动与喜悦。

"可以这么讲。全世界都在欢迎中国改革开放，这有力地说明了问题。我和那位市长交谈时，交流的就是这些东西。他真的非常有魄力，我觉得 T 市的繁荣指日可待。"

"这些年我虽在当兵，但国家其他方面的事情我也有留意。我们这里是东南沿海，在全国改革开放的版图上属于先行先试地区。既然国家和政府对此高度重视，T 市民营经济必将迎来井喷式发展。"王海见风就长，似乎已把一天前的失败与失意遗忘，开始凭自己的观察和理解厘清实际了。

"所以，接下来你有什么想法？"

又被这么一问，王海先是一惊，但眼睛马上放光，像从山顶望见日出："叔叔，我一定要抓住机会。"有了林邱仁一番不可驳辩的分辨讲解，王海马上对国家改革开放的本质与社会走向有了清晰洞察。他深信不疑，无论正面思考还是反面考量，这些观点都是成立的，论据则是最基本和最广泛的事实。他的反应就是这样敏锐与迅速，一旦判定形势，就像机器发动起来。他当即认定前期失败属于个人原因，而时代正像仁慈的天神从云端向他伸出橄榄枝。只要他有足够信心与韧劲，时势完全可以给到他任何想要的东西，并且只会多不会少。他切实看到光明，也理解了光明在黑暗后重现的意义，觉得自己像枚竖立起来等待点火发射的火箭。

"仅仅是这样吗？人人都这么想，但你会怎么干？"林邱仁认为有必要与王海多做一点周旋，以进一步见识下他的能力。他也感觉自己像个地质学家发现矿藏，所要做的就是更精细地考察。

"林叔叔，我还没想好。做决定需要审慎，尤其想在大时代中成功，如同在深海航道上行船。世界看似风平浪静，实则充斥各类风险。风暴会从远方突然冒出，而身下涌动着奔腾不止的暗流，人们很容易在长期安逸中懈怠，所以顺利到达目的地要经历千难万险。我现在说不出要做什么，但坚信自己会选择正确的道路。前期失利与时代无关，如果非要说有，不妨看作命运在千方百计成全我。当兵曾是我的梦想，并且现在也是我胸膛里不熄的暗火。如果没有这段神奇经历，我断不会以今天的面貌出现在您面前。因为裁军，我失去了留在军队的机会，但军人的性格和情怀绝不会丢掉。它们像基因长进我身体里，无论做什么，我都会以军人的严谨与勇气去面对挑战。我选择经商作为今后道路，正如您所说，咱们这里有经商传统，所以大有作为的时候到了！"王海感觉不是自己在说话，而是身体里还有另外一个大演讲家代他讲了这么多，且不是喃喃自语，而是有林邱仁这么位伟大的听众，有一方以时代风物构筑的宏大背景。

"大有作为？当个百万富翁，像很多人那样一门心思闷声发大财？"林邱仁像个狡猾的老手，用细棍挑逗这个还有点犯迷糊的年轻人。他巴不得王海多说点，这样就能对他了解越多。

"啊，我可能说胡话了，可我真这么想。"王海知道自己没说错话，于是允许里面那个自己继续大声讲下去，"说我要做百万富翁，那样的念头再自然不过。不过它不是一个目标，而是一个过程，就像男人长大后生出喉结与胡须，它不是个目标，却是个特征。又像一段路，它不是终点，只是一个刻度。"王海呷口咖啡，润下喉咙，感觉全身舒坦，像钻出密林来到大道。他害怕思路中断，不顾烫咽下去。"我要改变这里的经商传统，至少从自己这里开始。"说完，他像咬到舌头一样停下，这话连他自己都惊到了，他想收回去，可里面那个自己正扬扬得意呢。

"怎么停下了？说下去呀！"林邱仁正听得中意，王海却停下，便连忙催问。王海的话让他吃惊，他不敢打断，像担心触动花心世界里的静谧。他看到王海已完全没有来时的拘谨，而是像一个运动员适应比赛后完全放松下来，随后打出一记漂亮的得分球。

"您也说了，我也明白了，而且这事真真切切发生在父亲身上，也发生在其他许多小本经营的人身上，更发生在祖祖辈辈的人身上。我们是精明，但只会一家一户算计；我们是吃苦耐劳，却并未因此大富大贵；我们做生意只求安身立命，只做挣得来赔不起的买卖，家庭式的粗放管理，师傅带徒弟式的上下传承；行业内部只有一些江湖规矩和模糊条款，根本不能形成行业规范；我们也没有出现卡特、卡内基、稻盛和夫那样的大企业家，多只是一帮守乡恋土、自家经营的小作坊主。人家拥有成片厂房、众多员工、成套的管理体制，跨地域、跨行业像帝国般存在，而我们像幼童与大力士角力，这不是拿鸡蛋往石头上碰吗？另外，整个社会仍旧瞧不起我们这些生意人，认为我们只做一些无关轻重的事情，不像农民生产粮食，工人制造产品，大家认为我们做生意是投机取巧，没有实质性的社会贡献。可依我看，这不能全怪社会，也不能怨别人，时代在发展，社会在进步，首先我们生意人自己要转变观念，而非常重要的一条，就是要敢于挑战千百年来的经商传统，使生意人的经商观念有全新改观。当然，成百上千年形成的习惯非一朝一夕能够改变，但一切从'我'做起，而且不是我，也会是别人。但如果是我的话，一定首先朝着四个字——'大富大贵'去做。大富，就是要迅速富起来，并且富甲一方；大贵，就是积极投入社会事务，以身作则，赢得社会普遍重视与尊重！"

"'大富大贵'？"林邱仁摸着发痒的腮帮子琢磨，眼睛寻着豪华却俗气的陈设逐个看，然后点头认可了王海的提法，"这词经你这么诠释，顿觉焕然一新。我原以为自己已是大富大贵，你瞧，我是亿万富翁，不动产和流动资金数量庞大，天天与银行、担保公司、税务所等金融机构打交道，出入人前人后备受尊崇，当地督拿当我是密友，一帮社会名流与我过往甚密，员工们敬重我，社会各阶层都承让我，来这里考察，鄢市长亲自接待并陪同我，这不就大富大贵了吗？可我没意识到你说的这些。王海，你是怎么想到这些的？"

被林邱仁一表扬，王海倒羞怯起来，急辩道："叔叔，我也是顺着您的思路说的。您说得在理，我就发挥了一下。"王海再想说什么，却理屈词穷了，像跳词一样脑里一片空白。刚才一番激烈昂扬的陈词，像热胀冷缩后消失不见。

"的确是你的真实想法，你就是这么想的，对不对？"林邱仁把头支得离王海很近，像年老的人凑近说话，既为了听清，也为了看清。他全身散发着王海不知晓名字的香水味道，让王海感到甜蜜又迷糊。

王海犹豫了下望着林邱仁，用力点点头。他感到自己现在已是心眼通透了，不再像之前莽撞无知。

林邱仁什么也不说了，放下咖啡杯继续在地毯上折返，好像在想如何穿越一堵无门之墙。

"王海，知道我这次回来要干些什么？"

"您来这里考察商业环境，然后给 T 市投资。"

"没错，通过考察我发现，这里真的在改变，真的在突飞猛进。人们劲头十足，热情高涨，就像第二天要当新郎那样激动，连脚下的土地都在发烫。这就是生活的希望啊。你说出的话更让我震惊，这不代表你个人，和你一样的年轻人肯定为数不少。你们聪明活泼，有崇高的志向、美好的理想，一定会成为 T 市今后发展的中坚力量。如果昨天的考察让我见识到官方的转变，那么今天与你的偶遇，让我深入了解到民间层面的变化。所以，来这里投资一定不会错，我真是无比激动啊。作为一个商人，就需要这样的天时、地利与人和。"他将双手举过头顶，一下一下有节奏地鼓掌，每下都那么用力和响亮，然后面庞光亮好似在寻找什么，没想到最后公鸡似的昂起头，打个响嗝。

"叔叔，您的老毛病还没好？"王海赶忙上前关心，林邱仁却摩挲着胸脯让他坐回去。林邱仁初到 T 市，没找上工作，宿在室外，结果淋雨形成这个毛病。王海妈妈外出经过汽车站，看到他一副病恹恹的样子，心生教徒的仁慈，便把他领回家，让他跟着丈夫干。以后一遇到什么紧重情况，林邱仁就会像公鸡打鸣似的抬头打嗝，并且一时半会停不下来。

"不可能了，落下根了。"林邱仁喘着气说。刚才王海的一番慷慨陈词，让他这个消失多时的老毛病又犯了，但难受在身，喜悦在心，因为王海此时的表现远超出同龄时的他。

"林叔叔，接下来做什么？"等林邱仁好些，王海适时询问。他非常清楚，林邱仁此时既非常重视他，也在认真考查他。

"你有何想法？"林邱仁换个舒服姿势坐好，将双手交叠放在肚上，侧耳耐心往下听。他多么希望王海能够说到自己心坎上，那么王海真就是老天爷派给他的得力助手。通过这个短短几年内成熟起来的青年，他重新认识如今 T 市的年轻人，他们追求文明进步的决心与毅力超乎寻常。这或许就是中华民族几千年来能够历经磨难生生不息的主源，就像他猛然间从隐隐的历史迷雾中，窥见那条灰色时代大河慢慢蠕动的影子，不由充满敬畏与震撼。

"我可以跟着您干吗？"王海没有正面回答林邱仁的问题，反而提出自己的要求。他认为这是自己离实现梦想最近的机会，便有些迫不及待。诚然林邱仁有意为难他，但他不害怕林邱仁不念旧情，而是害怕林邱仁不能重新认识他。他一定要搭上这趟车，像旅客担心错过车，眼里流露出恳求神情。

"你怎么看自己？"林邱仁索性直言不讳提个刁钻问题。人最大的难题就是如何认识和评价自己。虽然他已认可王海的潜力，可还是希望王海通过扮演一个角色来展现自身的实力。

机会昙花一现。王海清楚自己凭林邱仁可以轻易走进这个房间，但出去未必能再进得来。"在商场我是个新兵，缺乏的是历练与经验。就在半月前，我做起人生第一桩买卖，也在昨天栽了人生第一个跟头。这教训像当众被人狠狠打倒，让我出了丑。可是林叔叔，没关系，我身体好着呢，没有伤筋动骨。这一跤摔得疼啊，可也摔得好，把我当初所有的幻想一下摔没了。之前，我总想着一蹴而就，急于通过成功证明自己。脑子里轰轰烈烈烧着干锅，各种念头此起彼伏，想冷静下来都不可能。但成功需要像解方程一步步来。现在，我冷静多了，知道了疼，也就知道怎么再防止受伤。我当当兵，伤好后我会重新上阵，这困不住我。当兵对我太重要了，我的身体钢打铁造，骨子里不忌惮任何困难。这就像上战场交锋一样，只要你认怂，敌人就会比你强大。在做生意方面，我的优点和缺点非常明显，可同样的困难和问题每个生意人都会遇到。是缺点，我会尽可能弥补；有问题，我会千方百计解决。所有困难不都是这样被征服的吗？只要肯踏踏实实、认认真真做，就一定能做到最好。"他双眼明亮，表现出那种被深度刺激后流露出的兴奋，像一阵带雨滴的风，在水面划出无数印痕。

"我让你自己干呢？"林邱仁对于王海的多重感情，已经不能光用喜爱和激动来形容。他像个被老天赐予过多的人，捧着手里的东西激动不已。他发胖的身体爆发出在这个季节和他这个年龄久违的燥热，就如他当初突然接到接管叔父生意的消息一般。他把问题直抛来直抛去，像打出一记拳，试探新手的反应。他大喜过望，甚至想上去拥抱王海，如同在云翳后望见一片灿烂晴空。

"做什么呢？"

"这个你自己定。"林邱仁把自己的想法全部清零，不想给这个年轻人设定任何限制，要让他完全自由发挥。这是多么大的信任，感觉他自己回到年轻时候，在与王海做同一项选择。

"您相信我？"王海几乎坐不住了，这意味着他取得了林邱仁的认可，这是他争取来的，而不是被施舍得到的。这突然多出来的幸福，使他又像长高一些，看世界需要更俯视一点。

林邱仁接连点头，出了汗的方脸神采飞扬。他体内充斥着一股难以控制的张力，心中波浪翻涌不歇，又像来到一片欢乐的人群中，情不自禁地加入他们。短短几年，国内的改革开放已是一番撩人胜景，他像洄游的鱼庆祝胜利，便真诚地眨动双眼，对两个儿子也没这样动情过。

"我现在就出去！"王海说时已站起，雄健的身姿又像到外面站岗一样。这行动力再次将林邱仁吸引了，他倒吸口凉气，像看到出世前的英雄幼稚但英武的样子。

"现在就去吗？"林邱仁倒有点舍不得立刻放王海走，想多挽留他一会儿，如同严父动了恻隐心。可他最终没这么做，那种伟大的导师心态提醒他必须狠点心，否则这年轻人会因被溺爱而早夭。他扶着沙发没动，多出来的三角眉微微颤抖，静静看王海推门出去。片刻后，他起身站到窗帘后，望见王海大步流星走出 T 市宾馆院子往市中心去了。待王海已看不到，他急忙回身拨通马来西亚家里的电话，把找到王海的消息立刻告诉妻子阿琳。没等林邱仁说完，阿琳早激动得呜咽起来。接下来，夫妻二人在电话里满怀恩情地聊了许久。

王海头也不回地来到外面，一个半小时前他还处于濒死状态，现在又精神焕发地上阵了。太阳照耀着 T 市，他感觉所有人正与他一同憨笑与仰望。是的，城市和他都在崛起与改变，彼此都因为改革而生逢其时，共同有着无限可期的未来。不打不相识，从哪里跌倒就从哪里爬起，奋斗的过程必然会艰辛万分，他们将彼此成就，一起做到百折不挠。可当真正站在 M 河畔的路口决定往哪里去时，他又犯难了。左岸是正在兴起的新城，几乎到处是高楼大厦、时尚产业；而右岸，还是狭窄拥挤的老城，仅剩些老弱妇孺，过着近乎与世隔绝的日子。可正是这里，是他打小生活成长的地方。

"我要去新城，那里是新市长打造的重点，将成为全市经济发展的引擎，带领整个 T 市和全省蹚出改革发展之路。那里氛围全变，是年轻人创业的好舞台，而且项目享受政策扶持，有利于长远发展……"他罗列出一大堆理由，像检察官不容分辩陈述证词。"可是——"他又深情地回望那片低矮的老城，一颗善良的心像鸟儿飞出嗓子眼，一股烟似的扎回那里。里面的味道他再熟悉不过，各种声音他耳熟能详，朝夕相处的情景历历在目。他仿佛重新嗅到母亲的气息，一颗冲突矛盾的心顿时平静了。与新城相比，这里更需要改变。老房子急需修缮，道路亟待拓宽硬化，需要建更多公厕、电话亭、绿地和垃圾点，需要开拓出大片公共用地，需要邮递业和公共交通与这里接驳。老城的辉煌已经过去，但绝不意味着要抛弃它，而要通过改革与现代化方式，使之再次焕发生机。这样，甚至没有犹豫，他往老城方向去了，并直接找到自家老宅前。老宅哺育过他们四代人，久未住人，房体已经严重开裂，墙壁现出根系般的纹理。曾几何时，这里是他的乐园，见证了他的成长与喜怒哀乐。往事历历在目，他不禁泪湿衫襟。

"那么，我用什么方式帮助这里呢？且不说我自己尚是个穷光蛋，我要做个生意人，首先要从商业角度考虑问题，这点始终不能变。商人和企业家为人们生产适销对路、物美价廉的商品，保障社会供给，提升生活品质，同样现实和伟大。出于我对老城的感情，这不是个两难问题，而是如何有机结合的问题。"他抹去颊上的泪，按照自己的意图进行梳理，似乎看到希望，"最好着眼于民生问题，从吃喝拉撒这样最普通的小事入手，事情就好办多了。项目不宜过大，否则我驾驭不了；经营范围也不能太窄，要不一时难有起色。是的，绝不能再任由状况延续下去，否则老城真会消亡……"他长久伫立在老宅背街一侧的院墙下，想通了导致老城衰败的症结及它的未来，虽然痛心，却非常理智。当他终于长长呼出口气后，朝老宅院墙上轻轻一吻，然后当着它的面，在心里默念许下愿望。

T 市宾馆里，林邱仁背起双手，正在听王海高声宣讲。此时的王海，眼冒金光，抑制不住满身兴奋，像台发热的机器轰鸣着说下去："这是我能想到的最好的主意了，在老城经营连锁超市，投资不大，可以最快占据市场，形成规模效应，盈利效果显著，资金周转快，债务风险极小。关键是，超市和连锁经营尚属新兴事物，这里无人涉足，及早布局无疑会占得先机。林叔叔，机不可失，时不再来。我认准了它，觉得它一定能行！"王海斩钉截铁地下了结论，尽管还有诸多疑点，但他深信自己的直觉。"房与城同，房在城在！"一个小时前，他在老宅前许下的正是这个心愿。

"你把地点选在偏僻老城，怎么保证生意维持下去？一旦经营失败，对于我们投资人是损失，对老城来说也是一种不幸。"林邱仁虽然没否定王海的思路，但对于在老城的经营风险非常在意。他在商言商，希望王海不要因为老宅一时冲动。

王海自然想到林邱仁的担心，所以来前就想好怎么打消林邱仁的顾虑："第一，我会尽快拿出一份详尽的计划书，用数据向您说话；第二，我真诚希望林叔叔给我机会，让我把超市开起来用事实说话。"他就差说：即便我定了计划书，也莫如我亲自干一场给您看。他一副初生牛犊不怕虎的架势，笃定天时，相信直觉，照着当下最时髦的项目来。他就是这样的直觉派与大胆派，一旦某事符合了自己的内在逻辑，就毫不迟疑地开干。也是，除了这个，他还能拿什么给自己作背书呢？唯有这种斩钉截铁的态度。

"我怎么相信你？"林邱仁对于王海小半天内带给他消息和态度是满意的，但他必须让自己拥有最后相信这个年轻人的完全理由。而之前，他本打算只投资T市的餐饮和酒店业，因为越来越密集的人流正带动这两个行业快速升级。他也没料到王海会把项目放在老城，因为新城那里人们趋之若鹜，而老城这边被视为将要寿终正寝。

"林叔叔，我要您给我机会！"王海绕过矮桌，几乎像要从林邱仁那里抢东西一样抵近。他实在不能错过给自己和老城的这个机会，因而急得仿佛要奔出去救火一样。

"机会靠你自己争取，成功靠你自己把握！"林邱仁故意板起面孔，转到桌椅侧边，感受王海下意识的反应。

此时的王海，像处于危险中的战马，第六感觉特别灵敏，他马上保证道："您担心我做不好，坏了您的计划，赔了您的钱？不会的，我以个人名誉保证，也以曾是军人的名义保证。因为，除了这个，我没有别的！如果您还是不信任我，我真就无路可走了。"他像演员背诵台词似的，但相信那样的故事不会再发生在自己身上。

"你在求我？"林邱仁越来越欢喜，也越来越小心，但欢喜和小心之余，依然是"步步为营"。

王海眼里的灯霎时灭了，但旋即火光又起，语气更为炽烈："难道让您念及过去的私交，念及父母对您的恩情？不，这只是为我们的重逢创造了机缘。而我要同您合作，成为您的事业伙伴。您要问我拿什么同您合作，这是我目前最尴尬的。我没有资金，没有资源，什么都没有。如果非要说有，还是您眼前这个人。您看着他长大，知道他是什么性子；他父母做生意失败，一家人背井离乡回到外省偏远乡下。他少年当自强，不甘命运沉浮勇敢做出当兵决定；他到了祖国最西陲，凭借不服输的精神，在新兵中第一个当上班长，并且第一次参加军事比武，就拿到全军区个人总成绩第一名，他没给父母和家乡丢脸；他做梦都想当一辈子兵，可赶上军队改革一梦成秋；他从战场转战商场，因为他认为好男儿战时要上赴沙场，和平时期则该决战商界。他是商家子弟，本该比别人多份商业头脑，不幸他失败了，不是因为他无能，而是因为缺乏经验。他来跟您讨合作，好人品、好性子、好耐力，他就有这几样！"王海头上像升起明月，照亮他目前所处的境地，也最终消除林邱仁的疑虑。是的，他把回来路上想好的话一字不差说出来，有点像赌徒把所有余钱押上台，剩下的就是听天由命。

"好吧，海子，给你五十万人民币，三个月内把超市开起来！"林邱仁高昂锃亮的背头，眯起眼果断地说。这同样是他的一个大手笔投资，利益之外还要求收获感恩。他甚至没和妻子阿琳商量这事，而是直接动用私人资金。

王海直直站好，神情庄重，如战士准备接受重大任务。

"开两个店，一个在老城，一个在新城。每天向我汇报一次，听取我对项目的意见。在没有盈利前，我要查你的账。盈利后，交由你全权经营。"林邱仁来回走几步，停下转身，又严肃又慈爱地对王海口授。到现在，他已经完全信任王海，哪怕王海可能再次失败，他也绝不后悔自己今天的行为，因为他更信任自己的眼光。这个年轻人绝非藏虫，而是条潜龙。

"林叔叔——"王海特意孩子气地叫了声。

"不对，现在我们是合作关系，你要改改称呼。"林邱仁表情严肃认真起来，他拧眉非常正式地要求，让王海从现在起找准自己的定位。

"叔叔，王海他是粒不服输的种子，需要宽厚仁义的土壤；王海他是棵好苗子，需要爱心培土与灌溉。谁的人生中都会遭遇第一次，都应该被充分理解与信任。您说他莽撞也好，权当您不愿意了解他；您说他厚颜无耻也罢，因为他的确到了生死存亡的关键时刻。"

"海子，因果有缘，善恶自报，经商也须谨记这一条。"林邱仁抬眼补充嘱咐道。

“林老板，我记下了。”王海现在已像运动员来到起跑线前，只要听到发令枪，他就要跑起来，但一切的前提是遵守赛场规则。他像之前参加军事比武一样，极力保持冷静，使自己尽量不出现失误，然后取得理想成绩，令大家对他满意。

“T市经商传统历经百年，诚信是其灵魂。你提出要改变T市的经商传统，但千万不能把这个魂弄丢了。”林邱仁像现场传承一样郑重强调，好像他身后站着许多人，包括王海父母，包括他的家人和公司董事会成员，以及新上任的蒯市长及T市上上下下所有人，他们正等待这个年轻人快速成长起来，轻风快马地给世界奉上殊勋茂绩。

王海在完全无意识的情况下行了个军礼。这个孔武漂亮的动作，代表了他对林邱仁的最高承诺，也是他对于老城和T市经商传统的满心允诺。这之后，他义无反顾地掉头离开。

王海没有食言，他沉下气来，苦心经营，超市终于有了起色。来年5月份的一天，他放下《T市日报》，为蒯市长主持制定的《鼓励非公经济新十二项举措》激动不已。里面的每条都正中他下怀。其中一条特别强调，政府部门要为民营企业创办一路开绿灯。王海感到面前像有条宽阔的跑道，而自己正像一架加速起航的国际航班。桌头的黑色话机突然响起，他以为是林邱仁，赶忙从旁边拿过本和笔，因为林邱仁隔三岔五打来电话，询问他经营中遇到的困难和问题，并随时给予他指导意见。可这次里面传出的却是个陌生女声，客气和认真地确认过他的姓名后，告知他今天中午十二点，准时到市政府食堂参加一个私人午宴。

王海想询问缘由，对方却只礼貌地告诉他，她只负责通知，并不知详情。放下电话，王海左思右想，终究没猜出个究竟。案头事情多，他很快忘了这事。等再次想起，已接近约定时间，他便马上起身赴约。他把办公地点选在新城，与位于老城的市政府只隔着M河。新加宽加固的一号大桥令塞车现象大为缓解，所以他准点赶到了市政府。政府大楼同样在重新装修，据说请了北京最著名的美院专家进行设计。这自然又是蒯市长的手笔，他要让所有前来T市的国内外投资人感受这里的最新气息。王海特地留意一番正在改造的院子，甚至还试着按自己的思路将这里改造一遍。——几经周折，他在政府大楼后面找到了餐厅。意料之中也在意料之外，从外观上看，政府餐厅早落伍许多。当穿过甬道似的走廊被带到里面时，他过去对于市政府的固有印象完全变了。等门打开的瞬间，他看到里面已坐满一屋人，而整个房间像只小小的午餐肉罐头盒。里面仍是十多年前粗糙的中式风格，低矮的白色屋顶垂几条时兴的塑料拉花。窗户密闭得很严实，深红色的丝绒窗帘垂落在地，使这里密不透风。简易的小型吊灯灯球早已发污，令下面的人影不甚分明，像黄昏时的电影屏幕般不真实。他迅速打量一圈，却一个不认识。就在他一时不知如何是好的时候，响起一个清风明月般的声音：

"王海，愣着做什么，快坐过来呀！"

王海循声望去，只见斜对面坐一个梳着高吊马尾辫的女子，正在人群中冲他招手。她一袭低领口白裙，双眼明厉，红唇艳丽，举动有点喧宾夺主的架势。看到她的第一眼，王海心里咯噔一下，同时倒吸口冷气：没错，是她！——今天的她，美得像只阳光下的白兰鸽，尤其那串绿宝石鸡心坠的珍珠项链，将她的下巴和下半个脸衬得更加圆润秀气。她早在自己旁边替王海留了位置，正将他殷勤召唤。王海不敢耽搁，赶忙坐过去。两人挨坐一起的时候，他紧张得不敢拧过头去看她，觉得她像夏天一块可心的冰，喜欢却不敢捧在手心里。

"毕叔叔，这就是我常和您说起的王海。"黎红把脖子灵活地转到另一边，声音婉转得如同夜莺，颈下珠串随之交动闪光。主宾位上，坐着一位领导模样的人，年纪五十有余，头部浑圆，面色红润，个子中等，有说有笑，一看便是个开朗健谈之人。听过黎红介绍，他满脸兴奋，饶有兴趣地打量王海。

"好小伙，不错，玉树临风，和外面的国旗杆一样又高又直。"毕叔叔不断点头，显得很高兴。再回头打量黎红，她却迅速扭过头，脸瞬间红到脖子根。

"王海，这是 T 市常务副市长，我的好毕叔。"稍作停留，黎红又向王海介绍。现在的她，丝毫看不出他们初见面时的那种高傲强势，而是和蔼通身，整个人像枚月下百合。她身上同时散发丝丝缕缕的雅致香味，让王海刚进门时认出她的紧张慢慢消失，也不再像刚才刻意与她保持距离了。

王海想站起向毕副市长和众人致敬，毕副市长却按按手，示意他坐下，接着呵呵笑道："她呢，是我老上级的女儿，京城著名大记者、大编辑，名字也好听，黎红，黎明的黎，红色的红！哦，忘了，她将来要做大作家的！"说毕，他哈哈大笑，行动有股干脆利索劲，没有一点架子，再随大伙一起看向黎红。王海悄悄注意到，当众人带着欢喜与羡慕的目光欣赏和打量黎红时，她对他们却像夏树之于道风，表现出生自骨子里的傲慢与随性。

"叔叔，您言过了。"黎红一半娇笑，一半严肃，靠向毕副市长肩膀撒个小娇，音色如同国庆北京街头的白菊。毕副市长隔过桌子摇头，笑得有点过劲："好了好了，还是你正式向大家介绍自己吧。"一边示意大家抓紧动筷子吃饭，一边自己带头夹块肉吃起来。桌上饭菜并不复杂奢侈，绝非社会上传闻的铺张浪费。王海亲见这一点，不由对现在的市政府信服起来。

其他人跟着动手夹菜。黎红仍按兵不动，姣好的面容像月亮巡游中天，照得山海一片澄澈。看大家轮流吃过一遍，她这才不食人间烟火似的说道："大家好，我是北京 ×× 杂志社记者兼编辑，今天前来 T 市，采访我的好友王海。但毕叔叔也在这里，我便顺便来拜访他老人家。叨扰大家了！"她平铺直叙，显示除了对于毕副市长怀有敬意，对别人均无热情。毕副市长明显感到这一点，抬起头，嘴里含着菜，挨个看大家，含糊地嗯着，随之专心嚼菜去了。黎红垂下眼，看着桌上饭菜，仍不动手。桌上出现冷场，毕副市长只好停下补充："他父亲呢，是西北军区大首长，她可是父亲的宝贝女儿，我可不敢怠慢哦！"他知道自己改变不了老上级这个美丽又执拗的女儿，何况也真心喜欢她的纯真直率，便连忙圆场。

"叔叔，不说这些了吧，好像只有咱俩聊天。"黎红又把眼光放远，不像坐在蹩脚的小餐厅里，而像看八达岭上一阵随风飘过的云。一会儿后，她终于拿起筷子夹菜，却不是给自己，而是轻柔地放进王海面前的碟里。她浅浅梨涡乍流露出的甜蜜样，只有真正恋爱过的人能看得出、体会得到。但大家都还是注意到了，接下来，他们只象征性地动动筷子，都在暗中留意这对年轻人的一举一动。

"对，王海是吧？"毕副市长吃了一会儿，放下筷子，用餐巾拭拭嘴角，转头认真看王海，满意地点头，像看到心仪的部下，喜不自禁。

王海知道该自己发言了，起身撤椅，一边向席间众人投去真诚目光，一边堂堂正正、响响亮亮地自我介绍："毕副市长好，诸位好，我是王海，黎红的朋友，出生在 T 市，也从小在这里长大。现在，我经营着三家鲟鱼连锁超市，欢迎大家多多关注并支持我和超市，乃至支持整个 T 市的民营企业。"他言语简明扼要，举止得体大方，说罢朝大家深鞠一躬，抬起头时，脸若夏日初霁。

"鲟鱼超市吗？"有人惊讶地问。看到王海点头承认，座上除了黎红和毕副市长，其他人都在交头接耳。王海没料到大家竟然知晓他的超市，一时更不紧张了，马上接着道："毕副市长，欢迎您和大家给我们的经营提出宝贵建议！"

"不错，立马做广告了！"毕副市长拧过头，目光炯炯，对王海的反应十分赞赏。王海迅速溜眼黎红，却发现她并没看他，但翘起的睫毛在漂亮的侧脸微微抖动。王海赶忙把眼挪开，她却轻瞟他一眼，那眼神好似把王海整个人都装进去了。这边，黎红看到人们对进食不再感兴趣，便把耷拉到一侧的马尾辫甩到后面，同时用纤纤玉指护住裙子前面，凑近毕副市长，玉齿微露，莞尔一笑，声音清丽得如同晨林间最会谈情说爱的画眉："毕叔叔，日后劳您多多关照他！"她神态亲昵，拧动身子，表现得无比娇羞，像风把牡丹花花头吹低一尺，令一时想说话的毕副市长居然不知说什么好了。"当然，还要仰仗各位！"她又把身子转过来，抱拳于胸前，朝大家微晃几下，然后昂起秀气高冷的脸，继续往不知什么地方望去了。

这是一场目的和意图再简单不过的宴席，黎红最终打听到王海在 T 市发展，便不顾已经排到下个年中的采写安排和请假时社长铁青的脸，立刻飞抵 T 市，并决定动用父亲在这里的一切资源助他一臂之力。但她担心自己直接找他会遭拒绝，便找到父亲的老部下毕副市长代为出面安排。毕副市长只有儿子，所以把黎红当女儿般疼爱。他问及缘由，黎红低头不语，但聪明的毕副市长又怎会洞悉不到一个女孩的心思呢？自从上次分开后，她一刻没放下他，天天盼着与他再见面，也担心他日子过得如何。所以当她结束出差回到北京后，同事偶然把王海给她打过电话的事告诉她后，她立刻把电话打回去，可王海早离开了小旅馆。好在她确定他在 T 市，便委托朋友帮她打听。这样又耽搁一年，在终于得知他确切消息的那一刻，她仿佛肚子痛似的蹲下很久。就在王海刚才出现在餐厅门口的那一瞬，她悬着的心终于放下，跟着灵魂出窍一般。别人都以为她高高在上、不可接近，哪知她一门心思都在王海身上。她当即出身冷汗，又迅速收干。"啊，我这么倔强，总忘不了他。这或许与我的经历和性格有关，越得不到的东西，就越好奇与渴望。但可能是他着实优秀，以至于任我挑剔，都无懈可击。"另据她席间观察，不仅毕副市长一眼喜欢上他，其他人也对他充满敬意。这次重逢的效果无疑是良好的，而她也微妙感受到王海对于自己态度的变化，让她觉得自己在爱情方面终于看到一丝曙光。

宴席将散之际，毕副市长用力摁着王海的手拍几下，嘱咐他好好干。王海自是满口答应，内心无限感激。大家分开时，王海再一次用余光试探黎红，却见她随意轻抬手腕，滑过光滑紧致的下巴，例行性地将头发塞到耳后，但嘴角有丝阴谋得逞似的傲气。

无须多言，王海送黎红回她下榻的 T 市宾馆。两人路上一言不发，直至在宾馆门口又看到礼貌有加的梅里美，王海这才听到黎红鼻里轻轻哼出一声。王海这次专门打量梅里美，只见他像战斧导弹立在门口，蟹壳似的下巴，抬高到几乎与额头一致的位置。此人应该早知下榻这里的这位女宾来头不小，所以极力为她留下良好印象。而王海这次再见梅里美，之前的慌张感明显减少："他也应该知道我，或者他早知道我在经营鲟鱼超市。"梅里美经理几乎没有用正眼打量这两位客人，但两位客人分明已感到自己被高度关注，乃至是一种关怀备至。王海特意放慢脚步，朝雕塑般的梅里美微躬致意，而黎红以一种世家子弟兼艺术家的高贵品质昂首阔步经过，对于基层这样的小人物，她概不加以注意。

回到房间，黎红不再如宴席上积极活泼，而是迅速板起脸。她不理王海，径直走到窗前，一袭白衣映在光亮里，像尊刚被米开朗基罗雕凿出的和田玉美人像。她恢复了两人初见时的那种刻意与严肃。

"你是怎么找到我的？"两人僵持着，王海便主动开口。站在离她五步之外，他做错事似的垂肩轻轻问。实际他并非真的想要答案，只为打破两人间的僵局。听到王海主动问话，黎红这才冷笑一下转身，眼睛里燃烧些许细碎的火苗。不过她还是不搭理王海，踢掉两只白色高跟鞋，丢下他到里侧梳妆台前坐下，开始动手摘掉两粒光泽温和的白珍珠耳钉，再花好一阵工夫从镜子里挑剔自己的脸，最后又去专心散开发辫。整个过程中，她当王海不存在似的，只坐在精致的雕花镜前，检查珠宝盒似的消磨时间。

"你害得我好找！"等黎红终于结束捯饬自己，王海简直看呆了。他头一次这么专注地看她，觉得她像枚耀眼的太阳，在世间美得不可方物。当看到她直视自己时，他慌忙低头躲避。她往前来几步，眼里怒火从弯眉下喷向王海，一瀑黑发则在双肩上火星四溅。"等我打回电话找你的时候，他们告诉我你已经闯祸离开了。这一来，害得我又苦找一年，直到我关注到你开超市。"说过，黎红咬住嘴唇半天才松开，眼里的火气渐渐变为雪粒一样的东西，"我完全没想到我们会以今天这样的方式再见面。不过，不管怎么说，终于见到你了。"她说话声小了许多，眼里泛起泪花。王海想去解释，可抬头看到她的样子，马上不忍心了。"看来你把我们上次的谈话全忘记了。"黎红有些失望，扭头抓住发梢扯着，"哦，到底是什么让我对他念念不忘，让我不顾一切地来找他。是那张单纯帅气的脸吗？果真是，连香山春色也没它这般可爱！我本该找个他的什么缺点否决他，却做不到！"

"对不起，我记不太清楚了。但我们地位悬殊……"

她想报复他，好不容易忍住。此番她像个爱情侦察兵，前来捕获一个心爱的人，但这个人好生不懂事。

"我不是白帮你，我有条件，这个你也忘了。"她生气地嚷出来。

"噢，好吧……"王海略感轻松些。但他实不敢对她有非分之想，因为她有惊人的美貌，更别说是军区首长的女儿。尽管她现在这么表白，他也该保持自己的理智。这样，他还像上次对她敬而远之、毕恭毕敬。

"你怎么连答应过我什么都忘记了？"黎红两根尖刀眉发力绞在一起，圆眼睛里尽是冲动与怒气。

"对不住，我真忘了。"面对黎红的盛气凌人，王海只能忍气吞声。无论她表现得如何强势，他都像堵缄默不语的老墙。是的，她越强势，他越后退。他惹不起这个美丽盛气的女子，只能步步退让。他踩在地毯里的脚腕有些发酸，便悄悄换个姿势继续站好。没有她的邀请，他不会主动坐下，更不会做其他事。

"我打算写本关于军人的书，你答应过告诉我你和你连队的故事。你把这个全忘了，该死！"她不满地看下房间，一边快速呼吸，一边皱起眉，手在胸前不停地扇着。

王海眼神驯服了，他没法对这个既美丽又强势的女子发火。她说什么都是对的，他要无条件服从。天知道他怎么没有一点脾气，内心就是给自己定了这么一条。"我答应过你，也一定会做到。"他弱弱地回答。她低头不说话了，顺手拢拢头发，然后给它们束只蓝色发带。

"要我现在告诉吗？"王海觉得自己像只鲁莽发笨的大熊，不该出现这个又香又暖的闺阁。但他又不能拔腿就走，所以样子很惶窘。她还是没理会，又无聊地扯下发带，一头乌发再次滑落下来，挡着半个脸，把她整体的美丽像一池宁静的湖水破坏掉。王海傻了眼，手足无措。"哦，她什么都不缺，在北京八面威风，难道仅仅为了听我讲连队故事来到这里？"他盯着壁纸上的浅色蔷薇图案，觉得它们很耐看，"等林叔叔的新时代酒店建好了，我一定邀她入住那里。"他脑子里琢磨此事，隐约觉得只有世上最好的东西才配得上她。

"别说话，等我坐好。"她摆着手，快速坐回椅上，神色有些像森林里撞晕的小鹿。王海不敢多言，转而挑起这房间的毛病。"说吧，现在怎么样？"她抬起头，双手忙个不停，好像不受控制一样。

"当兵是不可能的了，只好转战商场。我们这里有经商传统，从我父亲到外祖父，一辈辈都是这么过来的。改革开放造就了欣欣向荣的大市场，父亲着手创办了一家小纽扣厂。可他为人老实本分，一时大意被人钻了空子，结果……对不起，我和你说这些做什么，你是问我现在过得怎么样，是吧？"王海意识到说跑题了，赶忙道歉。他不愿意她发火，因为他发现她爱发火。尽管两人只有一面之缘，可他还是非常在意她的情绪。

"不，往下说！"黎红却非常感兴趣，眉头舒展着，眼睛瞅着前方。王海正好能从镜子里看到她半拉脸，发现她好像很满意地盘算着什么。

"你愿意听？"

"非常好的素材，求之不得呢。"黎红收回双腿并拢，然后握笔专注地等王海往下讲。

"哦，你要把这些写进小说？可我不想让更多人知道。"王海看黎红像个学生一样认真，有些犹豫。

"我要写的是小说，小说你懂吗？我会进行艺术处理，节选有意义的环节，自然也就没人知道这故事发生在你身上。"黎红语气又强烈起来，脸变得真是比魔方还快。

"我们一家三口随父亲回到邻省乡下，在那里举目无亲，唯一幸存的几间老屋也几近塌毁。多亏乡亲们伸手相助，我们才渡过难关。父亲遭到打击一蹶不振，妈妈也伤心过度，我呢，刚好高中毕业，之前受父母溺爱，在家过惯清悠日子，完全不知道怎么面对……"

"等等！"

"什么？"

"你谈过恋爱吗？"

"这个也要写进去？"提及初恋，王海心里一阵剧痛。

"那就是谈过喽，是吗？"黎红语气与眼睛同时流露出嘲弄与不屑，使她的美丽第一次有点丑陋。

"那不能算谈恋爱，只能算胡闹。"

"是你追求她的吗？"

"忘了，不记得谁追谁。"

"现在怎么样？"

"什么怎么样？"

"还联系吗？"

"早不联系了，从我离开 T 市就没她的音讯。"

"你不是又回来了吗？"

"我没去找她。"

"是人家不理你吧！"黎红带着挖苦说，然后轻蔑地笑个不停，笑得连脚趾都在动。

"本来也没认真过。"王海红着脸，不仅因为撒谎，更因为自己在那场爱情中颜面全无。

"你怎么看待你的初恋？"

"现在才知道初恋，如果非要说那是初恋。还是用'好感'比较合适，因为只是比别人走得更近些，差不多和男同学一样相处。"

"真搞不懂你，初恋就是初恋，有什么说不清楚。"黎红本想抓着这个问题不放，用它折磨王海并看他笑话，但见他可怜的样子又心软了，便大方地放过他。这次她没有生气，反而心情极好，把好看的双手放到下巴下，眸中映着屋里所有的光，甜美得像个东方芭比娃娃。"你生气了！"见王海不说话，她赶忙转口。

"那会儿我非常迷惘，整天无事可做。爸爸整天下地干活，妈妈把家务全包了，可能他们认为耽误了我，所以坚决不让我干活。但经过那次变故，我再不是个单纯无知的小孩了，开始琢磨起事情。不久，我听到部队征兵的消息，便偷了户口本，回 T 市报了名。接到录取通知后，爸妈傻眼了，倒不是责怪我，而是压根没想到这是我自己拿的主意。临行时，他们流下欣慰的眼泪。就这样，我离开小山村，到了西北最偏僻的军营。那里的状况你也看到了，海拔三千多米，自然条件极为恶劣。我虽然不能完全适应，却没有悔意，因为和我一样的年轻人从四面八方聚来，个个热血丹心，对部队生活充满期待。中间训练十分艰苦，可我们没一个掉队，都咬牙坚持过来了。每当我们有情绪波动，连长和指导员就会耐心疏导。我们整个连队百十来号人完全变成一家人，谁也离不开谁。那种美好的感受估计此生难再有，这也催生了我当一辈子兵的想法，并且连队每个人都这么想，尤其连长和指导员就是这么做的。这有点出乎我意料，因为来时我们其实只想通过当兵改变境遇，农村兵希望转干，城市兵希望退役时找份好工作。可到最后，大家想法全变了，都希望一辈子留在军队，一辈子守着荒原。我这么说你一定觉得我们傻，可如果你设身处地生活在那里，就能够理解我们。剩下的不说了，内情你可能知道的比我更多。连队撤销了，你根本想象不出我们当时是以什么样的心情和方式离开那片土地、那座军营。人生再不可能出现比那更糟糕、更黑暗、更悲惨的情形了。所以，就算日后遇到任何困苦，我都不会畏惧。例如经商，我本是商人后代，一定不会比别人差！"

"我说过可以帮你，甚至是留在部队，可是你没找我。"

"我凭什么去找你，就因为我军事比赛得了第一名，就因为你看我并不讨厌，就因为你命令我？不，我不会去找你的，因为那与你无关。"

"与我无关？你对我说了这么多，难道也会对别人说这么多？"黎红胸脯开始剧烈起伏，目光像歹徒拿着凶器逼目标就范。见王海摇头，她马上喝问："你就这么讨厌我？"她漂亮的眼睛瞪得像后半夜的大月亮，几乎喊着发问。

"我当然明白，否则你又怎会千里迢迢找来这里？如果真是为了小说素材，你犯不着动用你父亲关系帮我。我就是个微不足道的小兵，你完全可以命令我。"

"你接受了我的帮助，那么，我可以命令你吗？"黎红要征服眼前这个男人的同时，也希望他来征服自己，两人互相心悦诚服，让她切实体验到恋爱的滋味。她做着各种试探性的努力，就像教会对方完成一个需要两人精心配合的耐力游戏。她也觉得自己这趟没白来，与他谈得很有意思，比采访那些个官员、企业家和艺术家愉快多了。

"能谈谈你自己吗？算我的要求。"王海无路可退，决定反击。

听到问题后，黎红没有慌乱，眼睛看着别处，心里奇奇怪怪地想其他：这里一点都不好，气候潮湿，天气多阴雨；城市太混乱，没体现出格局；宾馆环境如此落后，竟然是全城最好的；最好笑的是那个梅里美经理，像只穿了西服的企鹅，站在大堂口迎客的样子着实滑稽可笑。当她最终回过神，发现王海等着她时，她直起"儿"字形的腰身，少许发丝由于静电原因飞凌空中，被光线捕捉后，形成银色空灵的效果。

"一个倔强、不服输的女子，一个不招人喜爱的女子！"快速说过后，黎红垂下头，左手松开笔记本，倚在桌边长久沉默。王海没插话，严肃盯住她的脸，意念里，仿佛推门看到，黑乎乎的门洞里，一个身影孤独伫立。——一段小提琴曲的前奏，异常澎湃与优美，听众需要有耐性听完整个过门。

"说实话，来前我拒绝了北京某位高官子弟的求婚。太可笑了，他们对我的美貌趋之若鹜，难道以为我是个没思想、没个性的躯壳吗？他们许诺让我住进亚运村别墅区，送我纯进口的高级轿车，还有别的在他们看来可以炫耀和征服我的东西，却始终没问过我真正想要什么。他们这个时候还这样羞辱中国的女性，简直是无耻至极！"她难以抑制激动，挺直身子，整个人像在火里剧烈地焚烧，"一帮从小在大院长大的朋友，居然也对我表示好感，我简直要崩溃。难道男女之间除此之外就没有别的感情了吗？他们喜欢我没错，但不能视我为玩物。"说过，她转身，脸上除了冷笑居然还有泪花，"可我偏偏看不上他们，我要寻找自己的爱情，哪怕它在海角天涯，哪怕它根本不会有！"她真落泪了，像水银那样硕大、晶莹和沉重，"这么说你明白了吧！"她拭着泪，没有之前的张扬，像受伤的小动物收缩身体，等待有人上前救助与拥抱。

王海心疼了，想扑过去，却最终只递上一张纸巾。

"我在杂志社上班，那里相对比较自由。当初选择那里也是因为可以全国各地跑，能够接触和采访到各种人。是的，我越来越对'人'感兴趣，想了解他们为什么存在、怎么生存，他们的喜怒哀乐又是什么。每当采访到别人的真实情况后，我就莫名激动，像电器连接插座一样。我了解到别人的内心，了解到他们的真情实感，觉得世界美妙极了，这个时代也波澜壮阔。别的女同事把精力放在追星、美容和服饰上，可我对那些兴趣甚少。我之所以注重穿着打扮，是因为我要去见客户，而今天，是为了见你。他们都说我单调保守得像个老古董，可骨子里，我崇尚自由、快乐和丰富。你呢，看我是什么样的人？"

"如果是这样，这和你之前留给我的印象完全不同。"

"了解我的人都这么说。可这不就是人性的多样性和丰富性吗？多有意思。父亲不也是这样吗？在我面前，他从来沉默寡言，脾气好得像只兔子。可一旦面对士兵，立刻变成能言善辩的丘吉尔。尤其上了战场，凶悍得像一辆喷火的坦克。我是一名文化工作者，也是文艺爱好者，父亲深深影响了我，所以我一定要写好这本书。我更盼着找个志同道合者，同他一起完成心愿。他要不与世俗为伍，不随波逐流，带给我无数新鲜感，像月坛公园里常开不败的月季。漫长的寻找与等待之后，我发现了你，直到今天再次面对你。我那么喜欢你，甚至是崇拜你，希望这不是一个梦。"笑容浮现于她泪水没干透的小脸上，令她美得像北极月色。她的笑也非为狂妄，而是为找到意中人惊喜。即便在最难为情的时候，他的表现也足够平静和笃定，这契合她的心意。他的稀有品质在她目前所接触的所有男子中尚无二次发现，包括京城那么多非贵即富的人物。她为自己发现这样的佳男子感到由衷喜悦，于是喜意像喷泉情不自禁向外涌出。

"可是，我们之间的差距还是大了些。"王海感觉自己像个懦夫跟跄后退一步，他真的不愿做冒险行为。

"如果你不喜欢我，当然可以这么说。但我相信你已经爱上了我，哪怕从现在起。"黎红又认真和骄傲起来，想象变身为舞台上的陈白露，扬高倔强的眼睛，在情感的境界里大段深情告白，"越是遥远的距离越值得跨越，越是不同的人生越期待共鸣。这样的感情，你不愿意尝试吗？"

"对待事业我可以像军人那样果断猛进，在感情上却优柔寡断。"王海没有回答黎红之前，心里这样想。黎红已经看透他，把事情直接挑明，如果他继续装聋作哑，那就真不值得拥有她的爱。这是个伟大时代，不讲究门第等级，他应该爽朗接受这份爱，然后再像阳光一样反哺她。他不再静观其变，大胆走过去，在她面前凛然停下。

"如果我答应了你，就要对你的一生负责，对你的所有负责。我会干涉你的生活，像只猴子每天爬在窗前窥探你，这样的生活你想要吗？"他身体的起伏与她的呼吸神奇一致，两人身上的热量同时炙烤彼此，二人都神奇地感到一同在升华。

"为什么不，我的生活里就缺少一只调皮的猴子。我们是对等的，你不必有心理压力，我也会放下伪装。我想要的那个世界，认定只有你能给我。"黎红感到自己在整个房间里放着光，而生命在全部意识里放着光，未来则在她毕生时光里放着光。她那么欣喜，那么舒展，像一棵晨光里的幼苗。

"今天你来找我，把我介绍给毕副市长，我不知道怎么谢你。我在这里刚刚兴业，但我有信心，会把自己作为一个军人的智慧与才能全部用到生意上，在商场里我同样要做一个出色赢家。"王海慷慨陈词，在一个需要他并在他面前展示柔弱的女子面前，表达作为一个男人的态度与抱负。他在取得她的信任，在赢得她的未来，然后像年轻的青羊向配偶展示一对漂亮威武的大角。

"那些官员子弟我看烦了，他们个个玩世不恭。他们到处找漂亮女孩子谈情说爱，转眼又把她们抛弃。他们玩高档进口相机与手表，但这哪里是正当爱好，不过是空虚与炫耀罢了。看的书越多，经历的人与事越多，就越加自觉不自觉地思考与深化对人生和世界的看法，不希望自己过得庸庸碌碌。不庸庸碌碌也不是一定非要做多么重大的事，而是结合自身知识、才华和兴趣，专心去做哪怕一件小事也成。小事不会毫无意义，同样可以升华自己。今天我很满足，找到惺惺相惜的人。你，父亲，我的同事和采访对象，还有许多朋友，包括改革开放时代不断涌现的众多杰出人士，你们都在我面前展示着生命与生活的不凡。下一步，由你陪着，我来完成这个宏大心愿，多好啊，使我心花怒放！"

"我会把自己知道和经历过的全部告诉你。"

"我是不是太自私了，利用你完成心愿？"她嫣然一笑，小手落入他的大手。

"难道我们要像别的恋人仅出于欲望而结合吗？欣赏和成全彼此也会让两个人在一起，那样爱情更充盈，乐趣会更多。"王海振振有词，好像已是决定效忠恋人一生的骑士。地毯深陷着一对朝向彼此的大小脚印，他往她额头轻轻一吻，她马上发出一阵战栗，恰好桌上的插花被窗外的风吹晃了下，他乘势把她揽入怀中。

"永远有新鲜感，随时需要对方，这样的恋情和婚姻是我需要的。"他深情热烈地嗅着她身上的香味，极力提着气说，"可我现在还不能为此投入更多精力，只能再等等。"他把下巴放到她额头轻轻摩擦，同时轻轻说道。

"既然已经把心交给对方，又何必束缚于形式。我们已站在桥的两端，以后就是怎样一步步走到一起。现在文化体制在剧烈变革，文化产业全面兴起，一些国有文化事业单位迟早要从财政供养体制中剥离出来，走市场化道路。无论我还是杂志社，以后肯定要经历阵痛。所以，我同样需要花时间和精力在事业上。但我们说好，一定要顾及彼此的存在和感受，并且支持对方。"

两人手拉在一起，过去坐到沙发上，深情地依偎，共同望着外面正在尘埃里喧嚣的偌大的 T 市城区。

"怎么会想到经营超市？"

"是林叔叔帮我投资的。我打小生活在老城，不想它被时代淘汰，想让它繁荣与时尚起来。超市是比较先进的商业模式，我希望老城的人们从这种先进商业模式中受益并感受到时代气息。这点很重要，落后中的人们对于超前和先进的东西更为敏感。"王海带着回报老城的满足如是说。

"你竟想到这一点？"

"不要高看我，我只是把个人意愿和老城需求结合起来。没有叔叔的投资，没有现在这么好的营商环境，我绝不可能想出这么个好主意。想法固然高尚，可我终究是个生意人，首要目的是赚钱。"

"不妨说你很善于经营，再说得准确点，你的想法是企业文化的雏形。你的思维比较超前，能够接受新事物，从这个角度看，你已经很不错了。"黎红高度赞赏王海的同时，也意识到自己缺点过于明显：眼光太高，不入红尘，容易瞧不上别人，而且瞧不上就会不客气，对人家冷若冰霜，拒人于千里之外；可若一旦迷恋上谁，身体里就会着火，既把自己烧死，也把别人烫伤。"可是，我要好好对待身边这个人，为他我要改掉毛病。"她更加贴近王海，心里觉得一定要配得上他。

"我只想把事情做好，不仅为自己赚钱，还要有益于乡亲们。"王海侧头幸福地看了眼黎红，被心爱的人赞赏是令他很长劲的事。

"我们的关系与之前不同了，是吗？需要双方更真实、更贴心地相待。"黎红把秀发向后拢去，将更多美丽暴露出来，以便让王海欣赏。这是情人间的特许，表明完全隶属于对方。

王海一下好似被夜光中的海色折服，灵魂出窍一般愣住。眼前是位他今生再难得见的漂亮女性：双眸清亮，似两潭春水荡漾；修眉渐远，如千山依稀渐逝；鼻如悬帆，在阑珊月影中驶入天海深处；宝舟形朱唇微抿，似六月荔果熟红；下颌最为生动，像从洋底刚打捞上来未被污染的白贝；迷人的躯体被质地柔和的白色织物紧紧包裹，散发出芬芳与热力；乌发一水拖于肩后，正如垂柳撩动于风。整张面孔清丽得如光影风波，令他神晕目眩。此刻，为迎合他，她正昂起头，延展身体，十指紧扣他双肩，胯部稍稍拧向外边，目光毫不避讳，女王般热烈大胆地迎候她的访客。——直觉告诉王海，黎红不是个简单的人，外表柔弱但内心刚强，别人主宰不了她。她可以掀起一次风暴，也可以平息一场战争。她是个极聪明的人，事事有主见，以自我为中心，在大多数情况下认为他人的看法和意见不足为取。她小事没有耐心，大事却出奇平静，这一刻可以毁掉世界，包括自己，下一刻却装得什么事也没发生。她做什么都有理由，所以不盲目、不鲁莽。她会哭，却不让任何人知道。她爱笑，那是她的一件武器，玩世不恭中夹杂一丝女人的柔弱与忧伤，与她的美貌同样无敌。

"你是谁，我有些看不透了。"王海慢慢说，像从昏迷中醒来不认识周围一样。

"你确定不是恭维我？"黎红欢快地笑起来，像小女孩从礁石缝中拾起好多海星。

"任何想征服你的想法都是徒劳的，就像想把月亮请进门。"王海用力捏着眉心，一边被她压着身子，一边神情抑郁地说。

"如果是月亮自己要进你的门呢？我已经动用父亲和自己的人脉资源在帮你了，希望我们都能按之前说的做好。"

"我不知道为什么接受你的帮助。在桌上认出你的那一刻，我居然安稳地坐下来，配合你欺骗了大家。虽然我不知道到底会得到什么帮助，但已经把你当作十分依赖的朋友。我完全接受了你的好意，直到现在没觉得有任何惭愧。"王海抚摸她的头发，然后是她柔若无骨的酥背。

"你都没谢过我。"黎红把手从王海胸前拿开，十分惬意地望着他，与此同时搜寻着他身上的可疑缺点。

"你要见我那位林叔叔吗？"

"算了吧，今天累了，明天还要赶回北京开会，现在单位内部搞绩效改革，整个单位大力创收，我还是先搞好工作再说吧。"

"这趟 T 市之行只为与我签这君子协定？"

"已经够了，一个坏女人就要找一个好男人。"黎红咯咯笑着，站起伸个懒腰，恢复之前的霸道，"记得，有事就去找毕叔叔，他真会帮你的。"黎红美丽的双眸里，真像有片旺盛的野芍药在灼烧。

王海在黎红的笑声中微微点头。他不知道这意味着什么，心里泛起一阵暖意，觉得自己正从黑暗中走向光明的 T 市，也即将从一个微不足道的小人物转入社会主流，成为一个受人瞩目的大人物。

做生意远比王海预期的难。尽管他带着高尚的目的做生意，但这不能马上带给他收益。他每天早出晚归，凌晨四点就起床到几个超市收货、点货，其中精力主要放在老城，然后直到夜里九点超市关门后，完成整天结算，这才拖着散架似的身子回去。回去就倒头大睡，根本没时间与黎红谈情说爱。作为一个新手，他在林邱仁面前保证过，最担心的就是经营失败，所以就算累得趴下也不敢松懈。他自认没看走眼，超市这种新的经营方式一定会被老城群众接受，因为它可以最大程度提供各种日常生活用品，而且做到质优价廉。当初他答应林邱仁后，深入老城做市场调研，赶在一周内拿出详尽的项目计划书。他要在老城首开超市，引得林邱仁热劲上头，倒要看看这个年轻人如何步步封王。在一个新兴市场搞投资，直觉的重要性远大于所谓策划书。王海选中三处店面供林邱仁选择。一处位于老城，另两处位于新城。新城多为高收入群体，超市开在那里想不赚钱都难。而老城实打实都是穷人，但他反倒在规模上比前两处安排得更大。这正是林邱仁及黎红先后有疑义的地方。

王海向他们解释道："超市建在有钱人多的地方天经地义，可也得照顾一下穷苦人。这并非没道理可讲，应该记住穷苦人也是人。他们肯定不会像有钱人那样大手大脚花钱，可也没有人穷就不买东西的道理。现在不关心他们买什么、怎么买，只要让他们每天来店里逛一遭就行了。因为地界偏，超市开在家门口，他们哪有不高兴的道理？他们感激还来不及呢。而且，一旦老城出现一家与富人区一样的超市，人们的心理会跟着发生变化，觉得自己也一下变为有钱人，就会慢慢改掉不舍得花钱的毛病。谁都知道，穷人的胃口其实比富人大得多。一旦从超市得到实惠，他们就会离不开它。并且往长了说，超市不出两年就会满城开花，到时竞争一定异常激烈。现在把超市开在那里，宁肯不盈利或者少盈利，先赢得口碑再说，这样相当于提前站住脚跟……"听罢解释，林邱仁倒没说什么，大笔一挥，在策划书上面签下同意，王海的愿望顿时变成现实。黎红后来却表现出担忧："我有点担心！"她在电话里说："你把他们和以后想得有点过头了。他们整天为生活奔波，恨不得一分钱掰成两半花。他们看什么都嫌贵，不会为了你一天刷两次牙。但凡有可能，他们一两分都会存入罐里。你是生意人，图的是赚钱，公益和商业要分开……"好在超市运行一直朝着他设定的来。超市建在老城引起巨大反响，每天人如潮涌，营业额天天创下新高。新城两个超市更是日进斗金，人们每天在固定时间逛一次超市，视为自身生活品质的提升。

　　王海给超市起名鲟鱼超市，希望它们的发展势头像鲟鱼一样迅猛。为增加供货品种并最大程度降低进价，他每样商品尽量货比三家，这样不仅跑遍整个 T 市，甚至连周边市县也跑个遍。他相信一分耕耘一分收获，付出就会有回报。起初，他夜里骑自行车赶到农田，亲眼看农民采收蔬菜，确保一早上架的蔬菜足够新鲜。后来他同那些头脑活泛的农民签订供货合同，让他们组织其他农民按时供应，以保货源稳定。他完全忘记自己身份，不惜屈尊去求那些商家，要求人家把价格再压低些，甚至为了一两分钱与人家争得面红耳赤。老城一家豆腐店非常有名，他打小就知道。为把这家店的豆腐引入超市，他三番五次、苦口婆心去和人家商谈。人家好不容易答应了，他又要求人家改进生产工艺，加强卫生监管，连续多天蹲在现场监督卫生状况。人家黑着脸，他呢，一心要把好质量关。豆腐成了超市的明星产品和抢手货，豆腐店老板这才对他没了意见。他去郊外养鸡场同人家商议供销合同，看到落后的散养方式发愁，认为这样的养殖很难达标。可几乎所有养鸡场都建在郊外，条件设施几近雷同，情急下他选出两家相对较好的亲自上阵打扫鸡舍，结果他成了主要劳力，人家在旁边配合他，直到鸡舍像人住的房子那样干净整洁。他从鸡舍里钻出来，鸡场老板连忙奉上凉茶慰问："王老板，有这个必要吗，难道你要照军营标准打造这些鸡窝吗？"王海擦掉额头和鼻梁上的鸡屎粒，却叮咛道："记得一定要消毒，千万不能把不合格的鸡蛋和肉鸡送进超市，否则消费者会戳我们的脊梁骨。"他半夜谈生意，回去的路上在公交车上睡着了，结果坐过站，这情况发生过好几回。有一次他请卫生防疫站的工作人员吃过饭骑车往家走，由于喝多酒加上夜里起了雾，结果一上桥就栽进河里。他游上岸，湿淋淋地扛起自行车，在漆黑空旷的马路上回家。因为超市经营初见成效，他一点不觉得委屈，反而大笑一通。他的性格粗粝起来，不再不好意思同人家说情讲价、总怕别人吃亏。时间一久，他了解了 T 市整个零售市场的状况，也摸出定价规律，便试图制定更细致的价格策略招徕更多顾客，保持较高盈利水平。

他就这么雄心勃勃地进入商界，每天在三个地方来回奔波，观察人流、监督员工，晚上在灯下前细细比对账簿和书写工作日志，把发现的问题及时总结出来，然后在三个超市互相通报，逼着工作人员不断改进，以最快速度堵塞管理漏洞。他与那些供货商见面时，话不过三句，就对人家的质量问题和管理瑕疵毫不客气地指出。他辛苦忙碌，给自己定下清晰目标：半年内让整个 T 市都知道鳕鱼超市的名字，两年内实现投资回收。他脑子里除了超市没有别的，他不相信自己这样努力，最后还会亏空，他倒要看看，在这里做生意是不是比在高原上当兵更难？他把这看作自己在职场上的第一场战役，心血上涌。"只要做成头一桩，其他好事就会尾随而至。"他乐观地搓着粗糙起来的手动情地想。他有点不服气："明明这里是我家，我倒成了个为留在这里奋斗的谋生者。"他憋足一口气，时时提醒自己加油、加劲，内心不时对着越来越庞大的 T 市大喊："T 市，我一定不会辜负你的！"

总之，经营超市一年多，王海像拴在磨上的驴一歇不歇，体重掉了十几斤，脸瘦下来，眼里经常布满血丝。但他没有怨言，更没有后悔，知道必须闯过这一关，而这一关就叫做敬业。他完全投身于商场与社会，学会克服挫折磨难是必修一课。过程痛苦又漫长，但不如此历练，人生就只能是夹生饭。他在军营形成的习惯大大帮助了他，让他苦不知苦，乐在其中。由于经营有方，三个店不到大半年就收回投资。鲟鱼超市就此成为 T 市的知名品牌，事后毕副市长亲临视察，当着全体顾客的面对超市和王海大加赞扬。偏远的那家没赚钱却也没赔，这在意料之中。他摸清了超市经营的门道，也想通了城市经济是怎么回事，继而明白了社会到底如何运转。良心和道义上的套解开了，他像被松绑一样痛快。过去他把一切看得太表面化，道理未能真正涉及。他欣喜地认识到这个后，就不再怀疑什么了。他撑开身体舒展下，感觉放大十几倍似的。是的，思想解放了，心路活络了，状态自由了，人生就通透了，生活中的一切随之畅通无阻。到这里，他跟着调整新区两个店的经营思路，将架上大部分中低档货物清理出去，贯彻只针对中高收入人群、经销中高档商品为主的理念。"只要质量保证、价钱公道，他们才不在乎别的。"夜晚他独自坐在 M 河边，望着里面鱼群一样密集灵活的灯光自忖："在扩大规模的同时，大幅降低生活耐用品比例，增加一次性消费品供应，以加快超市商品周转，扩大销售总量，实现资金快速回笼……"经过不断调整，新城两个店的发展远远把第三个店甩在后面。事实也证明，无论在第三个店如何加强管理，它的营业额始终停留在一个点上。但出于爱心，王海仍一心一意维护它。那个长期不变的营业额，真实说明了老城居民的收入水平与消费能力。常常是人们兴高采烈地进来，临走只留下几个瓜菜钱，店员们还得瞪大眼睛，防止一些人偷盗。就是这样，总有人把货架当作免费领物处，偷偷摸摸的事情从未间断过。十回只能抓着一回，但也当面不认账。这给超市造成巨大损失，成为屡禁不绝的老大难问题。再后来，人们也没像王海想的那样天天来，只听到有便宜货处理或者打折消息才会蜂拥而至。越便宜的东西利润越少，虽然卖出数量，赚到人气，但几乎没什么盈利。例如，与另两个店相比，那里卖出一双袜子的赚头比这里同样卖出五双的利润还多。更可恨的是，居然有人大半夜砸开仓库门抢盗，虽然报警处理，但仍有恃无恐地发生过好几回。对于这种问题的处理，除了加强防范几乎没别的办法可想。更糟糕的是，超市周围渐渐聚集了大量扒手，他们袖里藏把铁镊子，专偷顾客兜里刚够一顿饱饭的钱。这样在超市外面，经常能够看到有小偷公开行窃，被偷者发现后据理力争，双方大打出手，里面打得头破血流，外面左三圈右三圈地围观，形成严重的社会治安问题。工商部门和派出所要求超市加强联防，王海不得不增加人力、物力，应对这些节外生枝的事。他忽然觉得做一个穷人眼里的圣人，简直比见着上帝并得其赞美都难。有一段时间，他真想放弃这里，可看到慈眉善目、真正安分守己过日子的无辜人员，又打消了念头。时间一长，他觉得穷人远没之前想象的那么好，道德力量绝不会影响到温饱还没有解决的人群与地方。很多从群众利益出发的政策和好事很难落实到这里，工作对象不固定，人员素质偏低，理解与配合能力偏差，让一些部门没了辙，政策措施落了空，行政管理出现盲区。一次，他往老城超市视察，遇到两个红毛猩猩一样的胖女人，她们向他翻白眼并小声嘀咕："瞧，他就是那位经理，还真帅，可就是心太黑！""是啊，听说他还是这里长大的，却专喝咱们穷人的血！"王海听过全身发冷，站在原地几乎迈不动步。他原以为人们会感激他，却没想到她们当他的面说出如此难听的话。他发怒地盯住她们看，以为她们会像胆小的鸟飞开，可他又一次错了，她们同样眼神直勾勾地回敬他，好像压着满腔怒火，眼睛、脸蛋和胸脯全部鼓鼓囊囊的，像火鸡似的要攻击他，他只得败阵掉头走开。是的，因为他们穷，就可以天经地义、理直气壮、无所畏惧，惹急了就以命相搏。这成了他们的本钱。他们不去改变自己，做人做到了最低端，这是多么悲哀的事。现在他承认黎红说的是对的。紧接着发生的事，更让他对这里彻底心凉。

一年一度的中秋节到了，王海指示从外面调来大量廉价月饼。这是他对他们又多了个好心眼，怕他们过中秋节吃不起月饼。不仅如此，他又狠心把部分米面粮油、衣物、餐具、调味品等必需品最大限度地降价，心想着把千难万难留给自己，只图他们过个快乐节日。那天果然来了好多人，串亲访友似的往里面挤，超市满满当当像只汤圆锅。王海当天率先赶到这里，从二楼办公室窗户里看到这个热闹场面，差点感动得落泪，他相信今天的营业额会创新高。看到这个局面他放心了，于是嘱咐两个从缝纫女工中选出的负责人几句后，就前往另外两处店。经过外面时，他还特意与几个老人家嘘寒问暖，同他们亲切握手。外面的人还在往里拥，里面的人则到处转悠，见着什么就往袋里装，场面渐渐有些乱起来。管理人员开始没在意，可不一会儿就发现一部分人像暴徒似的脸露邪笑，使着坏把所有东西往袋里装、身上揣。他们没有一点顾忌，完全像拿自家的东西。管理人员上前阻止，他们根本不搭理。如果胆敢和他们理论，他们就把管理人员狠狠推开。他们拿够了东西，就拥向收款台，在人群中横冲直撞，边走边挥舞拳头、胳膊，把那些真正的顾客吓得扔下东西往外逃。一个小男孩头被卡进收银台栅栏，脸涨成紫色，哭得晕死过去。不得不说，这种刺激性的冒险具有传染性，如果开始只是几个人在捣乱的话，后面更多人是突然改变主意加入的，最后干脆变成一种全民性的抢劫行动。有个念头始终在旧城人的头脑里作祟，那就是改革开放后 T 市富人们的钱不是好处来的，是榨取穷苦人的血汗换来的。所以，他们这么做，只是在拿回原属于自己的东西。情况越往后越恶化，哄抢足足持续了二十分钟，直至警察赶来，整个超市只剩一副连毛带血的空架子。王海得知消息后当即眩晕，他不理解为什么好心总是被误解，不，不是误解，是被无端报复。作为这里土生土长的孩子，他前来报答他们，但这实在让他痛心疾首。当警察告诉他，只能对一两个带头闹事的本地老头和另两个外地青年混混加以处罚而对其他人奈何不得时，王海把脸埋进掌心说不出一句话。最后清点货物时，货架上一半的东西被抢去或毁坏。两个缝纫女士向他描述当时情况时，形容场面像蝗虫席卷稻田，一阵遮天蔽日的黑暗掠过，超市货架便空空如也。有的员工提出辞职，声称不敢留在这里工作。王海的血都冷了，甚至想不出如何把情绪发泄出来。是的，他彻底明白了，自己不是万能的上帝，或许这个世界有人愿意这样做，但绝不会是他了。他算被狠狠教训了一下，把理想凌驾于现实之上，结果电线擦火短路，烧毁他心中美好的一切。废墟请人用了整整三天才清理完毕。有了这回事，他彻底变清醒了，不再那么天真，而要在商言商了。

最终他没有关闭那家超市，而是照过去继续开着。林邱仁听说此事，在电话里安慰他，并提出可以帮助他。他磕巴没打一下谢绝，因为他已经站起来了。之后他举动更大胆，从老城招聘更多年轻人充实超市，并进行严格的岗前培训，给他们提供优渥的工资待遇。超市重新变得人气高涨，生意一天天好转，之前缠手的诸多问题几乎没再出现。林邱仁返回 T 市询问王海详情，王海如实相告，林邱仁大加赞赏，然后带王海参加市里为第三批华侨投资考察团举办的招待晚宴。席间他将王海留在身边，热情地向各界介绍。当霈市长在台下见到王海时，特意支起下巴认真注视他几秒。王海感受到宴会上所有人都壮志凌云，便相信 T 市会在大家的齐心努力下步入更为迅猛的发展阶段。"我们这代人有机会为改变国家命运而奋斗，这何其幸运。不仅老一辈，包括中青年在内，无论何时何地，都应带着神圣的家国情怀做事，以此作为人生动力。我有信心，诸位也要有信心，我们的改革发展形势只会越来越好。我向在座的各位朋友，并通过你们向更多海内外投资商发出邀请，欢迎你们前来 T 市投资并安家落户，T 市将尽一切可能为你们提供最好的条件与服务。"讲到这里，霈市长特意朝王海这边望一眼，好像也在向他间接做出保证。而事实是，霈市长随后专门召开会议，听取旧城区政府和公安、工商部门汇报，对于行政部门治安管理不力当场给予责罚。王海把这看作鼓励与鞭策，微笑着仰起头，心里接受他们的道歉与保证。席间他坐不住了，是的，在毫无准备的情况下，他突然发现自己已身处国家和社会的洪流中，融入最激荡的时代生活。他一双乌黑的眸子被辉煌的灯火映得如烛如炬，新鲜与豁达地打量周围，觉得只要敢想敢为，一切皆有可能。——这里正汇聚着 T 市的各界名流，当然也包括鼎鼎盛名的梅里美经理。尽管他的 T 市宾馆地位受到挑战，但仍然表现出足够的娴熟大度，主动与林邱仁碰杯，表达敬仰之意。总之，出现在宴会上的每个人都极具雄心，要配合国家和政府共襄改革开放大业。

"无论如何我就在他们中间，算是他们中的一员。这种骄傲自豪不能用言语形容，就如同自己是这里的无数盏灯之一，成为照亮整个 T 市天空的星辰日月之一……"正当王海满脑胡思乱想之际，霈市长站起邀请林邱仁一同走向设在大厅中央的场地，双双高举手中酒杯，共同朗声向全场发出邀请："让我们为成功合作与美好的未来干杯！"而王海仿佛来到沸腾的江河湖海中，被大河大海无边无沿的力量感染并征服。他想道："如果 T 市是艘正在乘风破浪的大船，那么我就是桨手之一！"想到这里，他脸上那种豪情壮志再次呈现出来，如同 T 市新港又一艘新出现的国际巨轮。

九

夷平和吴虹离开 T 市的四五个月后，那片老房即遭到拆除。蔚市长雷厉风行，接连签发两道文件，清理城中的流动人口，拆除城中村，要用最快速度把 T 市建成干净、秩序和美丽的国际化大都市。张华仔和成千上万号外来人口宁肯流落街头，也不愿意再回乡下忍受贫困。许多人聚到老城边的树林里暂避风头，但遭到二次驱离。幸亏张华仔腿脚利索，躲到桥墩下才没被发现。事后，他找个偏僻街角，浑身疼痛地躺下，打算凑合一夜。没想到半夜又被警车吵醒，发蒙跑起来。不知过了多久，也不知在哪里，当他气喘吁吁停下，听到一座公用电话亭后有人说话。

"请问，你们在招工吗？"当张华仔最终听明白是有人招工后，立刻激动地转到亭后。几个中老年男人被他吓到，停下说话，坐在砖头上一齐看他。中间秃顶的老头机警地打量他，他马上上前，蹲在他们身边。

"我想找工作，挣口饭吃。"张华仔赶忙重复。

"你手里是什么，干吗气喘吁吁的？"老头看他怀里抱着包袱，又不断上下打量他。

"半路遇到警察，他们要抓我到遣送站。我好不容易来到 T 市，不想被遣送回去。"

"哦，和我们一样。"有人说道。

大家都默不作声。老头继续说道："这些天天冷，工人病了不少，人手紧缺，他们愁坏了呢。所以工钱一天一结，不会拖欠大家的。事情就是这样，你们商量下，然后答复我。"老头说完，撸起袖子，眼睛看向对面楼群。几人很快达成一致意见：只要能按时发放工钱，并且能干满三个月，他们就同意去。

"好吧，就这么定了。明天晚上还在这，我接你们过去。——你呢，听明白了吗？"老头单独问张华仔。

"大叔，你还是再说一遍吧。"

"一个建筑工地招工，喏，就是对面新区最繁华地带，一个马来西亚华侨投资建设 T 市最豪华的五星级酒店，上了市里、省里报纸电视的。施工方现在招人，一天三十块，吃住在工地上。因为赶工期，一天要干十二个小时，听清楚了吗？"

"清楚了！"张华仔一听到对面新区工作，兴奋得像有酒喝一样。

"以前干过吗？"

"干过，在老家帮人建过房子。"张华仔一听是盖房子，觉得自己能行。

"反正人手少，你就来吧。给别人打下手，搬搬砖、运运灰什么的。不过比别人少拿十块钱，干不干？"

"干！"张华仔想都没想就答应。现在不但能留在 T 市，还能到新市区上班，简直是天上掉馅饼的事。另外管吃管住，他巴不得，哪敢再挑剔。

另几个人散去，老头准备离开。

"大叔！"张华仔喊住老头。

"什么事，反悔了吗？"

"不是，你现在去哪儿？"

"当然回工地上。我都六十了，要挣钱养家糊口，还能去哪儿。"

"这就对了！"张华仔心里甭提多高兴，"我现在就能跟你到工地吗？我实在没地儿去。"

"可以。"老头背着手前面走，张华仔小步跟上。

"包袱里是什么？"老头背起手走路，头也不回地问。

张华仔慢慢把包着塑料皮的字典从包袱里掏出来，递给老头看："大叔，我一整天没吃东西了，还挨了打。你看，伤口还在流血呢。"

"看你穿得干干净净，还以为你是骗子。"老头神色缓和了很多。

"我不会一辈子这么下去的，总有一天要出人头地，大叔！"

老头转身停下看他，接着点点头："好样的，年轻人，就该这么想。假如真有那么一天，别忘了你大叔。"

想到要去新区干活，张华仔信心大增，连着深呼吸几下，抬起胸膛，觉得自己终于可以光明正大地走在 T 市街头了。老头奇怪地看他，他冲老头做个鬼脸，接着笑了，擦擦汗，再次为自己感到庆幸。

半路上，张华仔乘老头不注意，急着往小本子上用指甲画一道。过年他头一次没回家，便用这种方式来记住年后这个特别日子。老头一路冲张华仔念叨个没完，他便很快得知老头姓马，脾气很大。"我都六十了，还得受这苦。从家里出来时，我五十五岁，到现在没回过一次。老婆病得只剩一口气，怕是哪天我不知道她就死了。儿子要结婚，对方狮子大开口，彩礼张口就要十万，这不是要我的老命吗！"但张华仔沉浸在找到工作的快乐中，对老头说的并没往心里去，"我摔断过两次腿、三次胳膊，最后一次才刚好上。下次我巴不得摔死，一了百了，落得个清净。自己过得猪狗不如，头疼脑热谁知道、谁心疼？"老头说过这些，垂下脑袋只管悲伤去了。"唉，迫于生计、受人欺凌的人总是这样子。"末了，张华仔听到老头哀叹一句。

不知过了多久，张华仔的眼睛立刻被亮瞎了。只见无数只巨灯从空中照下，各种吊装机、搅拌机、装载机、运送土石的车辆同时发出轰鸣，数不清的工人蚂蚁般附在建筑外的脚手架上，整个工地混乱得像打仗一样。张华仔边看边想，这么大的房子一定可以装得下整个 T 城的人。一会儿后，老头让他原地等候，不久出来告诉他，工地负责人已给他做了工资表，明天早上六点钟准时上班。

"我给你介绍工作，你得先给我二十块钱。"

"什么？"张华仔追着老头背影问，"二十块？我没有！"

"知道你会这么说，记着发了工资给我。"

"好吧。现在我们去哪里，我不得明天上班吗？"张华仔深一脚浅一脚跟他走，同时费劲地往两边看。

"别急，会安排好你的。现在去领工服和安全帽，然后回去睡觉。明早六点钟，太阳还没升起来，大部分城里人还在梦里，你就得爬起来工作。记住，每天都要休息好，要不然会从上面摔下来。"老头说着，用手指指那个被包裹得严严实实的工地。张华仔点点头。"本来我可以不和你说这么多，可发现和你谈得来。"老头踢开路上一块砖头，用张华仔听不懂的西北方言骂了几句脏话，"你是个不错的年轻人，以后叫我马老头就行。别嫌我多事，慢慢你就会知道这工地上的所有事。"马老头又恢复了开始时的认真劲。

"老板真不错，还给工服穿。"张华仔高兴地说。

"傻吧，这可是国家要求的，他不得不照做。你每天一大早就得干活，可他们呢，睡到十点还得再眯一会儿。"

"太阳都那么高了，他们睡得着吗？"

"鬼知道！看见那些网子了吗？不是怕我们摔死，是怕摔死我们他们得赔钱。快点走吧，有什么好看的。等它盖起来，我们就该灰溜溜滚蛋了。这里的一切再与我们无关，连泡尿味都闻不着。你赚了二十块觉得多，可人家从你身上赚了二三百块都不止呢。你流血流汗、累死累活，可看见人家干一点活了吗？除了肚脐眼，身上连个疤痕都找不着。你慢慢品吧。喏，到了。不是我吓唬你，我看得比谁都明白。"老头朝一间灯光昏暗的小屋里喊，"二丫，来新人了，拿套衣服出来！"过会儿，门开了，一个胖得能把整个门口堵上的姑娘从里面递出一套衣服。张华仔看到她衣服只披到一半，露出半个圆乎乎的膀子，眉毛又黑又粗，像用胶水粘上去似的。马老头从她手里接过衣服。

"要洗漱用品吗？"她声音小得像蚊子，与庞大的身躯极不相称。

"不，二丫，他什么都不要。"马老头插话进来，"小伙子，用我的吧，反正这张老脸用不着洗，谁在乎它呢？"

马老头领着张华仔往回走。张华仔回头再看，胖姑娘正费力地挪身把门关上。马老头拉他过去，接着说下去："前面就是宿舍，里面都是和你我一样的可怜人。听听吧，工地吵闹成这样，他们睡得什么都不知道，累死累活换来个囫囵觉，这样活着什么时候是个头。到了，张华仔，以后你就住这里了，和他们一样，干上一天活，连我这样骂人的力气都没有。"

进到里面，马老头领着张华仔摸到床铺前，没等张华仔脱掉上衣，他就已经赤条条钻进被窝，并把一条别人遗弃的破被子从脚下踢给张华仔。张华仔在马老头旁边的空铺把衣服叠好放在又破又臭的枕头下，这才铺开被子躺下。老头闭眼不动，不知是否真的睡着。旁边一个人忽然翻身坐起，用手使劲挠挠裆里："新来的？"接着猫腰到后面，动手挪开墙上的两块砖，再将腰身往前一挺，一道尿线便从窟窿里飞出去。几十个浑身恶臭的男人严重污染了屋里空气，再加上多余的热量，使这里像个牲畜圈充斥着腥臭。张华仔想到这里总比外面风吹雨打强得多，便不在意这些。尽管折腾一天很累，不过他真睡不着。终于找到份称心的事情干，再不用捡破烂，再犯不着被说三道四，而且很快就能攒起一笔钱，这样就可以抓紧回去看望阿桃和常德利爷爷了。他盘算着时间，过了很久才迷迷糊糊睡着……

早上，一阵嘈杂声把张华仔吵醒。他睁眼爬起，见工友一条条梭子鱼似的接二连三跳起，他们穿衣服的方式像往身上套东西一样飞快。他匆忙用马老头的脸盆洗漱完，再换上崭新的蓝色劳动布工服，走出宿舍的瞬间，从墙上小圆镜里偷偷打量自己：嚯，简直不敢认，一个多么精神帅气的小伙，经过一晚休息，脸干净得像白盘子，一双笑出鱼尾纹的眼睛充满欢喜。鼻子上沾着什么东西，他连忙擦掉，这下更完美了。他跟马老头一起去吃饭，沿途看哪儿都新鲜。整个工地完全可以用"人山人海"来形容，到处走动着和他一样穿着蓝色衣服的年轻工友。从现在起，他就是一名建筑工人，可以安心留在这里了。"人家收留了咱，咱就该好好干！"他连忙用感恩心想。

现在是早上五点半，大绿棚里坐满人，都在抓紧时间吃饭。工地上的人很快要下来，他们必须及时接替上去。马老头一坐下就埋头大吃，中间偶尔催促张华仔："快点吃，吃多点。"张华仔早已饥肠辘辘，看到满桌饭菜毫不客气地大快朵颐起来。三个馒头下肚，他觉得饱了。

"再吃，吃少了会顶不住的！"

"我吃饱了。"

"别犯傻，我都吃六个呢！"马老头伸手从筐里抓起三个馒头递给张华仔，雪白的馒头上立刻留下五个清晰的黑指印。

吃过饭往工地走的时候，上面的人陆续往回来。一个满脸络腮胡的人经过他们，瞪大眼睛看张华仔，张华仔也看着他。还有一个人飞快地绕过人群跑，懒得看旁边一下。"他饿坏了，一个人能干掉半筐馒头，喝下十碗热汤。"天光大亮，渗透露水的红土地走上去软绵绵的。可仔细瞧上面，都是刚被吐出来的唾液、绿痰以及鼻涕。唉，这是个什么样的早晨，让张华仔大好的心情蒙上阴影。当他攀上脚手架，激动万分，与仍旧昏昏沉睡的广大农村相比，与垂垂老矣的旧城相比，新城正在悄悄以最快速度变革和崛起。这里积蓄了当下最迷人的时代力量，人们满怀希望地进取和创造。从今天起，他融入新城生活，作为一个建设者豪情满怀参与其中。这时再看下面，他不再眩晕害怕，仿佛只要勾勾小拇指就能够到地面。他立即投入工作，听候人家调遣，眼见整座大厦越来越高，觉得自己和它一样在长大。

"这里建成后，是 T 市最高的框架建筑。"带他的胖师傅一边吐着舌头玩，一边往墙上码砖，中间回答张华仔的问题。

"多少层？"

"三十一层。"

"三十一层有多高？"

"一百来米。"

"陈师傅，一百来米有多高？"

"你这样问下去我也不晓得了，不过在上面能越过整个 T 市和后面的山脉，能看到远处的港口、轮船和大海。"

身材矮胖的陈师傅虽然年纪大不了张华仔几岁，可干活比张华仔熟练多了。张华仔不敢偷懒，来回搬运保证供料。陈师傅垒墙几乎不用仪器，放砖时眼睛那么一眯，然后整段墙就垒得又平又直，上面还干干净净，不沾一点泥灰，就凭这个他在工地名气最大，大家都很尊敬他。张华仔十分喜欢看陈师傅干活，发现他垒墙时喜欢噘嘴，像含只小面包圈；取灰时，将胳膊轻轻一撇，拿铲子往盆里一搅，转身就抹在垛上，另一只手则捡砖一抢一放，紧接着头一歪，用铲子往刚放上去的砖上横敲敲、竖剁剁，就这样干净利落地干下去，中途很少歇息。张华仔每次从背后看他，都会想起那个二丫，感慨他们真是天生一对。

"喂，新来的，怎么称呼？"——张华仔清楚地记得小半天后，陈师傅才问起他的个人情况。

"我叫张华仔，陈师傅！"张华仔大声回答，看出陈师傅并不讨厌自己。

陈师傅这才抬头多看几下张华仔，埋头接着做事。"张华仔，张华仔！"他一边敲砖，一边嘴里轻轻念叨这三个字，好像贪嘴小孩吮吸奶嘴一样。接下来两人又都不说话，各做各的。陈师傅干活很容易干出节奏，原来的搭档因为合不上他节奏离开，马老头就把张华仔推荐给他，并提前把他的一些情况告诉张华仔。张华仔仗着年轻，又肯动脑筋，两人很快培养出默契，天衣无缝像唱二重唱。陈师傅三小时就干出半天的活，监工头视察后很满意，爽快答应每天再加十块钱。陈师傅却说不行，还要给新来的小伙子一起涨。监工头听罢打量张华仔，点头答应。张华仔头天干活工资就涨了五块，乐得腮帮子疼。两人因为都涨了工资，所以干活更加卖力。陈师傅对张华仔的态度明显好许多，两人说话次数也多起来，都觉得少了对方活就干得不顺手。信任越来越多，配合越来越好，速度和效率自然也越来越高。所以到上午歇工的时候，陈师傅就垒起半层楼，几乎是前一天的任务量。这时陈师傅坐下休息，手上、衣服上沾着灰浆，接连喘气，举起水壶大口灌水。

"张华仔，你今年二十出头吧？"

"是啊，陈师傅，二十二！"张华仔坐在陈二冬旁边，笑着擦汗。

"别叫我陈师傅，我叫陈二冬，比你大三岁，喊我二冬哥好了！——结婚了吗？"

"没有呢。"

"二丫你知道吧，就在下面小卖店的？"

"我知道，马老头告诉我了。"

"可是，你知道吗？"——张华仔看到陈二冬脸色一沉，用手里的铲子一个劲敲打一块砖，"我们结婚三年了，一直想有个孩子，都快想疯了，可她总怀不上。"陈二冬犯错似的耷拉下头，忽而又笑了，"她是个好女人，除了不能生孩子，什么都好。"他有些失望地摇头，长叹口气，"不说这些了。不过，男人年纪大了，找个女人结婚没错。"他用膀子擦擦耳根里的汗，"有对象了吗？"

"有了，叫阿桃。"

"肯定是个不错的姑娘。"

"嗯，是个好姑娘。"张华仔带着自豪说。两人互相交换下眼神，同时笑了。"我就是为她才来这里的。如果能够留在城里，就把她接过来。"张华仔说这些的时候，感觉像坐进上档次的饭店里，请阿桃吃着香喷喷的城里饭菜。

"留在城里，你可真敢想，这里谁瞧得上咱们？"陈二冬头摇得拨浪鼓似的。

"有志者事竟成，我不信我们比别人差。"张华仔坐在一摞空心砖上，拍拍身上的灰尘说。他又往远处看，昨天他还是无业游民，今天已在工地打工。新城大部分是外地人，号称 T 市的"小香港"，吸引天南海北的人。一边英雄豪杰会聚于此，有怀揣名校毕业证的大学生，有辞职掘金的政府下海人员，有京城南下的高干子弟，有北上考察投资的香港与东南亚富商，以及广大市民与各级头头脑脑前来投靠他们的亲戚朋友，更有亲戚的亲戚，同学的同学，朋友的朋友，等等；另一边，混得不体面的也大有人在，如夷平、吴虹之类的创业者与梦想家，更多则是像他这样来自农村、大字不识、无依无靠、身无分文、仅靠出卖劳动力谋生的底层打工者。——他发现自己来到工地的头一天，就有个显著变化：他敢想了。"王海又怎样，虽然他长在这里，照样不得重新开始吗？"他想到王海和鲟鱼超市，觉得自己与王海应该是平等的。

"唉，你是新来的，我怎么忘了这一点。"陈二冬开始爬上去干活，把活干好、多挣一点钱是他的全部愿望，"唉，我真该死，昨晚喝酒打了她，我明知道那不是她的错！"陈二冬有一会儿停下，放下铲子，一滴眼泪从圆突突的颧骨上滚落，在砖头上溅成几粒。

张华仔抱着灰盆走，不留神脚下一滑，慌乱中抓住窗户垛才幸免于难，没有跟着栽下去。

"傻瓜，为什么不小心！如果掉下去，我就见不着媳妇，你也见不着阿桃了。"担心之余，陈二冬冲张华仔发火，说过转身赶忙往脚手架下瞧。还好，那块在张华仔摔倒时被踹出去的砖头掉入防护网里。陈二冬继续垒墙，再不理会张华仔。

时间一长，张华仔没了时间概念，每天只晕晕乎乎地干活。中途他关心起国家的大政方针来，得知其中一些政策会涉及他这样的进城务工人员，便一时浮想联翩、感受强烈："真是这样，我更要留下，争取早点把阿桃和爷爷接过来，我们一起住进城里的房子，一起过上全新的好生活！"他带着憧憬，带着希望，甚至不再憎恨那些驱赶过和瞧不起他的人了，反而更加注意把自己收拾得齐齐楚楚，生怕自己的形象有损于 T 市。在这种浓重氛围里，连陈二冬也一阵激动。未来的东西固然美好，但不能马上到来。现实中，依旧需要他累死累活、早起多干活。这天，天气晴朗，张华仔很快燥热起来，汗水不时掉入泥盆。陈二冬也脱掉上衣，露出里面二丫给他织的红毛衣。张华仔没事就盯着它看，好像它穿在自己身上似的。早上的七八个馒头很管用，马老头说得没错，吃得多才能干得动。楼下突然乱作一团，不用问，又有哪个倒霉蛋受伤被抬走。这样的事太平常了，每隔两三天就会发生一次。总归一句话，命是自己的，想不出事只能自己当心。陈二冬咬紧嘴唇干活，好像独自就能把整座大楼盖起来。张华仔知道二丫看病是个无底洞，所以陈二冬常为这个愁眉不展、唉声叹气。时间一久，他还发现陈二冬很迷信，比如今天他说自己右眼跳个不停，就撕下一小块烟盒纸，用唾沫粘到眼皮上，以为这样可以消灾减祸。

十二点一过，送饭号子吹起，陈二冬跳下架子，拿掉眼上的纸片，轻松地吹起口哨，告诉张华仔纸片过午就不灵验了。可当有两人从升降机里提着饭桶出来时，他的脸立刻涨红，样子异常紧张。

"陈师傅，开始休息了啊！你患了感冒，老板不知多心疼呢。"其中一个语气不阴不阳地说。

陈二冬摘下安全帽抱在怀里，头扭向一边。

"瞧，陈师傅生气了。对不起啊，陈师傅，我们错了，求你别向老板告状，要不我们会被老板炒鱿鱼的。"说话的人假惺惺装可怜，却使劲憋住笑。

"炒了我们，看谁对他这么忠心，难道我们比不上外人？说到底，这里还是我俩说了算，所以，你和二丫还是老实为妙！"

"你们有本事找老板说去，刁难我一个受苦人算什么！"

"陈二冬，我们不和你费话。你要是不把小卖店交出来，别怪我们不客气。"

"你们要干什么？"陈二冬抱紧安全帽缩起身，好像要变成一个球滚走，"你们再敢动二丫，我就和你们拼了！"陈二冬尽管声音喊得大，人却像没充气的气囊软塌塌的。

"哟，身上的红毛衣挺好看，是二丫织的吧？可当心些吧，说不定哪天她会给别人织。"

"放下东西快给我滚。"陈二冬怒吼了，却坐在原地仍没动。

"滚——"其中一个模仿陈二冬的腔调，收好饭桶后摇头晃脑地走开。

两人进了升降机下去，陈二冬气得腮帮子发抖："张华仔，我也不瞒你，老板为了留住我、照顾二丫，让她在工地上开小卖店。你知道，这里所有人只能到那里买东西，每月下来能有二三千块的收入。他们一心认定我和二丫抢了他们的好事，可又不敢找老板理论，就时时处处找我和二丫的碴儿。"陈二冬低下头，"他们还煽动几个不怀好意的家伙去闹事，二丫只好把店门关了。生意做不成，她连门都不敢出。"

"二冬哥，为什么不告诉老板，让他管管他们？"

"走！"

"干什么去？"

"拉屎！"

"拉屎？"

"对，拉屎去，拉在这个地方，就会把灾难冲抵了。"不由张华仔分说，陈二冬把张华仔拽到墙边，"我，在这儿！你，在那儿！"他伸手指给张华仔一处地方，然后自己转过去脱裤子，身子冲着外面。

"怎么还站着不动？"

"我拉不出来。"

"好吧，总能尿出些吧。"

张华仔无奈对着墙角冲泡尿。

陈二冬拾块砖头蹭蹭，把它扔向一截管子，最后站起系好裤子。"吃饭！"他像取得重大胜利似的笑逐颜开，头也不回地向前去。张华仔心里却七上八下。

再过一个月的一天，陈二冬第六次停下手里的活，眼含泪花，对张华仔说：

"昨天又有人去调戏你嫂子。"他抹下鼻子，鼻根沾上些灰。

"那怎么办？"张华仔火气噌地往上蹿，他想告诉自己冷静点，可坏脾气上来不由人。

"不知道，可现在只有一条路可走。"

陈二冬出神地望着远处，张华仔垂头丧气地挨他站着。冬天的太阳晒得很暖和，好像无数小虫子在身体里爬来爬去。到了中午，那两人又来送饭，陈二冬没像平常躲着他们，而是眼睛直勾勾盯住他们。一个人又要拿陈二冬开玩笑，旁边那个揪揪他衣角，两人放下饭，飞快地转身走掉。陈二冬快速吃过饭，点起一支烟，不断抬头看太阳，好像与它有什么秘密约定似的。他眉头皱得像小孩拳头，呈现出不安的思考状。没过多久，他扔掉烟头爬上架子，不多说什么，甩开膀子飞快干活。张华仔总觉得陈二冬不对劲，却不敢探个究竟。随着时间推移，陈二冬抬头看太阳的次数越来越多，终于等到太阳掉入地平线，天边多了几款梅花般的红霞，陈二冬解放了似的挺起胸脯，对着天空畅快地呼吸了几口。

"张华仔，跟我到家里吃饭吧。"坐在升降机里，陈二冬对张华仔说。

张华仔答应着，再说不出什么。

小卖店烟囱正往外冒烟，饭菜香味飘出窗外，偶尔还传出二丫的咳嗽声。说是一间小铺子，不过是临时用砖垒起来，屋顶盖几块粉红石棉板，四周外墙多挡了几块木板，用来防雨防风。铺子与周围建筑孤零零隔开，所以从工地的任何角度抬眼就能看到它。两人走向门口时，刚好几个人买东西出来。陈二冬打过招呼，和张华仔一起推开木板门进去。整座房子只有里屋亮着灯，外屋光线非常暗。

"回来了？"二丫从里面问。

陈二冬回答着，拉亮外屋的灯。灯光蔫黄的，像只没熟透的小茶橘。

陈二冬指指门左边刚能放把椅子的地方，让张华仔坐下。二丫弓腰端出一盆热水，分别递给两人毛巾，转身又吃力地挤回里面。乘陈二冬洗涮的空当，张华仔仔细细打量周围环境。虽说以前多次来过，却没认真留意过。离他最近的地方，也就是整个屋子的最前面，门只能朝外打开，这样才能给里面腾出更大空间。门两侧各留一个带铁窗框的窗户眼，小得像中亚人的眼睛，整个屋子白天全靠它们采光。对面一臂远的货架，用砖块和几块木板搭成，几乎占据整个屋子五分之四的空间。货架前，搁张细长桌，权作柜台。长桌后，仅留条一尺宽的过道，通向卧室并兼作厨房的里屋。各种货物林林总总码上架子，看样子都是成色最差也是最廉价的，总之一堆花花绿绿的东西在灯光下，像一个个可爱的小陈二冬和小二丫。屋里实在太过拥挤，好像全世界的东西被微缩后收集到这里。体积正常的人在这里尚且移动不便，更何况陈二冬两口子。

陈二冬洗过回到里面，张华仔一边洗脸，一边听两人在亲密耳语，此时他更能感受到这对贫苦夫妇在困境中相亲相爱的快乐，体会到艰辛中相濡以沫的幸福。没多久，就听到外面马老头的脚步声和咳嗽声，紧接着门一开，他带股风进来。屋里本来地方小，张华仔尽量往里躲，以让出更多地方给马老头。马老头今天穿戴很整齐，还难得刮了脸，比平时年轻许多，好像预感到今天这顿饭不寻常。张华仔早得知马老头真名叫马二保，是个西北回回，以前在老家做皮毛匠，本来日子过得很顺心，可后来老婆突然生病，儿子娶媳妇又要一大笔彩礼，不得已只好远走他乡打工。

"二丫，开饭吧！"

二丫答应着，转身从里屋颤巍巍端出一大盆土豆豆角炖牛骨头来，热气腾腾搁上桌。整个屋子因为这盘子里的热气，变得更模糊了。

"二丫，快拿酒来。"

"怎么，还要喝酒？他们可盯着咱们呢！"

"放心吧，马大叔，他们今天都去参加亲戚婚礼了，一时回不来。"二丫在一旁小声说。

接下来四人吃饭，中间每当有人端杯，大家都碰上一下，然后全部喝掉，一句多余的话也没有。饭桌上气氛始终有些沉闷，好像本来晴朗的早晨，忽然有云翳遮住太阳。天越变越黑，工地上所有的灯彻底亮起，小铺子暴露在四周的强光下，连个阴影都没有。四人分掉盆里最后一点食物，三个男人向后靠在椅上仰望上方，二丫则返回小屋，再出来时胸前搁只盘子，经过过道时，她在晃，盘子里的壶和杯在晃，她身后的货架全部在晃。她给每人斟过茶，自己坐回刚才吃饭的地方，双手抱紧瞧着大家。

"马大叔、张华仔，我和二丫打算逃离这里。"陈二冬终于打破沉默，看着另外两人一字一句说。

"什么，逃走？"马老头瞪大红眼睛，这可与他事前想的不一样。他过来本想劝解他们再忍耐一时，不管怎么说，看在钱的分儿上，把活干完再说。

　　张华仔也大吃一惊，没料到夫妇俩竟会冒这样的险，也清楚了陈二冬今天表现怪怪的原因。不行，他还得再替他们想想，非这样做不可吗？——他听陈二冬说下去。

　　"马大叔，我知道你们会吃惊的。可我和二丫必须离开这里，这是我们活下去的唯一办法。"

　　"往哪里逃、怎么逃，能逃走吗？这不是解决问题的办法！"

　　"可是马大叔，我们实在受不了。你知道，我在上面上班，留二丫一个人在家，总害怕有人来捉弄她。我喜欢她，我得保护她。这事我和二丫已经商量过了，那几个人一定不会放过我们。不是我们不想干，是我们待不下去了。"

　　"可是——"马老头几乎喊出来，竖起两道秃眉，头顶像盘子一样发亮，"做事要看长远，千万别赌气。唉，非得这样做吗，你们明知四处奔波的滋味。"他有些难过地喃喃自语。

　　"马大叔，你就别劝他们了。"张华仔仔细想过这才说话，"他们一定是想清楚了才这么做。"他转过去看那两人，两人抱在一起感激地望着他，"你们今天是求我和马大叔来帮忙的，没错吧？"他看见夫妇俩都一下子紧张起来，互相着急地看看。二丫又伸出胳膊，给张华仔续水。

　　"马大叔，说出来不怕你们笑话，二丫总这样受惊吓，越发怀不上孩子。"

　　"啊，什么都明白了！"马老头把桌子一拍，"都怪我多事，这等于我把你们逼走了。我都六十多了，却还干这样的傻事。别劝我，张华仔，我还问你要过二十块钱呢。我不是个好人，瞧我对你们做了什么！"

　　"马大叔，二冬哥把咱俩找过来，他信得过我们才这么做。"张华仔见马老头在那里捶胸顿足自责，连忙劝他。

　　马老头把泪擦干，问道："什么时候走？"

　　"就今天晚上，我们都准备好了。"陈二冬说着看二丫，二丫慌忙在那里点头，"这些天我已经探好路，等地面上的人一会儿睡着，我们就行动。"他又转过去命令二丫，"二丫，你现在就回里面换衣服。"二丫咬着嘴唇撒回里面去了。

　　"二冬哥，我会想你们的。"张华仔突然知道陈二冬两口子要离开，心里非常不舍。

　　"铺子怎么办？"马老头在一旁冷静地问。

　　"我早想好了。马大叔，我决定把它送给你！"

　　"真主的名义，古兰经的恩典，这可不行！圣主默罕默德说过：不义之财不可得。不管以什么方式，都无异于抢盗。我知道你们为我着想，但我不会接受，这背离我的信仰。"

"马大叔，难道要让它落到别人手里吗？这样吧，我给你写个字据，你就放心了。"

"唉，好孩子，真让我为难啊。好吧，我答应你。"

陈二冬很快写下字据，马老头没有立刻接过去，而是从怀里掏出顶小白帽戴上，面向西方，双手捧在胸前，恢复作为一个伊斯兰教徒最虔诚、最圣洁的面容，以自己全部生命、良心、道德、信仰向真主允下心愿，真心像一粒明珠在黑暗的尘世里发出微弱的光。"我现在即将接受别人的馈赠，并不是出于我的贪婪，而是我要帮助朋友。真主安拉，请您洞悉，虽然我并不富有，但会让自己所做的一切问心无愧。"说罢，他低头默祷一阵，这才伸手接过陈二冬的字条，"孩子，我全部的积蓄都在身上，一千五百块，你一定要接受。等日后卖掉这些东西，我会把剩下的钱如数交到你手上。"

"马大叔！"陈二冬抓住马老头的手捂在自己脸上，孩子似的哭出来。张华仔也低头抹眼泪，二丫一边咳嗽一边从里面探出半个身子往这里瞧。

终于到了该出发的时候，二丫把头发梳成马尾辫，婴儿般的身材局促地套在一件上面缀满亮片的黑小褂里，同时手里拎只小得不能再小的又红又亮的人造革皮包和一个大得不能再大的黄色行李箱，站在桌后等陈二冬发令。

几个人从小铺出来，尽快躲开那片照得见地上蚂蚁的灯光。来到工地背后，这里杂七杂八堆放着些物品，人走在里面，不容易暴露形迹。马老头对这里比陈二冬要熟悉，他在前面带路，陈二冬拉着二丫走在中间，张华仔留意后面，四人在阴影里快速穿梭。很快，他们便顺利摸到把工地与外界隔开的挡板下，立定庆幸地喘息，互相看看。事情这么顺利，他们都没想到。现在，只要让夫妇俩越过这几块挡板，外面就是他们的自由天地了。这里位置非常好，旁边停着五六辆大卡车，把后面工地挡得严严实实。主要问题是挡板太高，有三米高的样子，专用来防止工人逃跑和窃贼行窃，必须找东西垫脚才能翻过去。马老头指挥大家从不远处仓库搬来两只空汽油桶竖放，又找来结实的木板横搁上面。他们决定让二丫先爬上木板，于是三个男人一起努力，共同把她高高掇起，小心放到上面。二丫像小猫似的蹲在上面，不敢动弹。陈二冬在马老头和张华仔帮助下，敏捷地爬上木板。轮到翻越挡板了，陈二冬先在木板上蹲下，马老头和张华仔则在下面护牢油桶和木板，一边机警地观察周围。二丫把那只小红包套在脖子上，咬牙费劲往陈二冬背上爬。好不容易爬上后，又一点点挪动和抬起双腿，最后蹲到陈二冬肩上。一切妥当后，陈二冬小声告诉二丫抓牢挡板。二丫照做，几乎把整个身子贴上去。陈二冬两手扶着挡板慢慢起身，看得出十分吃力，中途好几次不得不停下。他首先侧身提起一条腿，然后把身子倾向另一边，再把另一条腿位置摆好，最后小心往起站。等他用力的时候，两只油桶轻微摇晃，马老头和张华仔赶忙一边一个把身子压上去。陈二冬接着往起站，木板纤维发出刺耳的断裂声。几费周折后，陈二冬终于站起，大肚皮紧贴挡板，胸脯剧烈起伏。该二丫往起站了，却见她双腿不住地打战。陈二冬不断鼓励、安慰她，她又急又怕，几乎哭出来。马老头在下面嘴里一边给她指导动作，一边向真主祷告，希望真主帮助这两口子成功脱逃。二丫始终不敢往下瞧，仰头闭眼，用尽最大力气抻直腰。等超出挡板半个身子时，她以为事情成了，侧下头冲陈二冬笑。陈二冬也松口气。是啊，只要二丫不出事，事情就成功大半，他们就可以神不知鬼不觉地溜了。二丫稍微歇息会儿开始跨越，挡板摇晃了一下，吓得她赶紧收身。离成功只差一步之遥，陈二冬翻着白眼急忙提醒她。可偏在这时，不知哪里来的一只小虫钻进陈二冬耳朵眼，弄得他慌了神。他坚持忍住，可小虫子故意与他作对似的拼命往里钻。他摇头了，跟着一侧肩膀发生倾斜，结果上面的二丫脚下一滑，跟着整个身子倒下去，之后从陈二冬身上摔下，先在木板上结实地弹了下，最后皮球似的滚落地上。这还没完，陈二冬也像二丫一样一屁股坐回地上，一只油桶被木板击倒，在深夜里哐当哐当撞到一辆卡车的保险杠上，发出炸雷般的声响，把几个人的魂都惊没了。很快，远处传来密集的狗吠声，不用说，值班人员过不了几分钟就会从四面八方赶过来。事情很危急了，怎么办？陈二冬惊恐万状地望着马老头，二丫则昏迷过去，大小两只包丢到一边，平静得像躺在那里睡着一样。张华仔细观察挡板，发现两块挡板中间有条胳膊粗的缝隙。

"看，这里有条缝隙。把它从中间撑开，就从这里逃走。"张华仔压声向马老头喊道。

事不宜迟，马老头不知从哪里寻来一根撬棍，从中间往开撬。陈二冬和张华仔见状，跑过去动手把缝隙向两边拉。挡板的根底有些松动，缝隙慢慢变大。三人互相看一眼，感觉有希望，手下动作更大了。二丫揉着眼睛从地上坐起，好像忽然想起怎么回事，扭头找到两只包，快速擦去上面的尘土，然后像亲孩子似的把它们搂进怀里。可她一抬头，看到几个人正牵着狗，顺着铁丝网和挡板向这边跑过来，手里的手电筒跟着上下跳跃。她吓得叫出声，旁边的三人停顿下，没再浪费时间，憋足气使出最大力气撑宽细缝。现在，它已经有两个手掌宽了。如果是一个体重正常的人，可以毫不费力钻过去，可对于陈二冬两口子来说，起码还得再加上一个手掌。最要命的时候到了，张华仔轻轻喊着"一、二、三，一、二、三！"三个男人拼尽全力，累得气喘吁吁。

　　不久，狗吠声更近更响了，甚至听得清来人粗重的喘息声，手电筒光柱也在卡车下面扫来荡去。缝隙还在变宽，可一松手又缩回去。陈二冬试着往外挤，二丫跑过来帮忙，两只手用力往外推陈二冬。陈二冬好不容易出去了，在外面喊二丫快点往外钻。但已经来不及了，来人已经站在他们前面。

　　"怎么办？"情急之下，张华仔问马老头。

　　"事到如今，只有干下去了。你挡住他们，我帮二丫钻过去。"

　　张华仔不说什么了，把脚下木板捡起来，直腰站好。这边二丫急忙朝外挤，马老头使出浑身解数把缝隙掰开，陈二冬用尽吃奶的劲抓住二丫一只胳膊往外拽。两条狗冲上前，围住张华仔，扯着身子龇牙狂叫。张华仔从小对付惯了狗，照准它们后腰拍下去，两只狗立刻呃呃惨叫着翻滚到一边。对方见此情形勃然大怒，从三个方向同时攻来。他们挥舞着手指粗的铁链，将张华仔步步逼退。张华仔努力应对着，刚开始还不怎么吃亏，可越到后来，他每够着人家一次，自己就要多挨三下。好在他躲闪及时，没伤到要害地方。有一阵，他甚至反守为攻，用木板狠狠抽在对方两人背上，他们趔趄着重重趴在地上。但另有人乘他不备，从侧面发动进攻，铁链带着风横扫过来，没等他反应过来，链子几乎挨到他下腹。他急忙将板子挡过去，只听砰的一声，被击中的木板从中间裂为两半。他虎口震得发麻，乘机留意下二丫。啊，糟糕，二丫被吃力地卡在缝里，黑眉毛像打了结，眼睛瞪得圆溜溜，脚尖踮得高高的。张华仔一不留神，给对方制造了机会，他们彻底将他围住，他只得且战且退，还手空间越来越小。马老头在后面拼命喊他顶住，他也努力咬牙坚持，无奈对方人多，进攻一阵强似一阵，他越来越吃不消。就在他再次提起板子劈向对方时，突然眼前一黑，接下来就什么都不知道了。身后的马老头见张华仔一头栽倒在地，立即松了手，嘴里喃喃说着："完了，完了……"二丫也停止了挣扎，被死死夹进缝隙，忍不住一阵咳嗽，在慌乱中急忙捂上嘴……

第四章　狱中改造

十

1993 年，T 市政府除了实施大规模的拆迁重建工作，还应广大市民要求，针对 T 市日益严重的治安状况恶化形势，决定开展针对各类违法犯罪活动的严打行动。蓟市长在年初动员大会上振臂高呼："一定要严惩各类犯罪活动，扼制日益严重的犯罪形势，两手抓，两手都要硬，为改革开放和经济社会发展创造良好社会治安环境。"张华仔逃过了拆迁遣返，却没躲过这次严打。当年 12 月 10 号，他被重判送进监狱。这是他来到 T 市的二十一个月零二十一天，也被他视为人生耻辱日。

一个老警察手脚麻利地打开门，将张华仔顺势一推："进去吧，年轻人，要待上一年半呢！"说过，用力关门锁好。里面很黑，张华仔低头瞅瞅身上囚服，再摸摸光秃秃的脑勺，真觉得有点滑稽。啊，从出了法庭到现在，他的眼泪还没干呢。他愁眉苦脸地埋下头，到现在仍为陈二冬夫妇担心。可最让他担心的是，如果阿桃听说他打人坐牢，会怎么看他？他痛苦得只想撞墙，便呜呜哭起来。

刚没哭几声，前面忽然有人大笑起来。他惊恐万分地停下，最后发现对面墙下坐着五六个人，正痴痴望着他笑。他们像群庙里的罗汉，长得千奇百怪。其中中间一个大块头手捏只小青梨，正啃得津津有味。有人凑近他说什么，他笑得更响了。张华仔乖乖坐着没动。

"喂，怎么来的？哇，瞧他的眼睛，像只水蜜桃，哈哈……"

"水蜜桃，哈哈！水蜜桃，哈哈！"

"一定打架了吧。快说话呀，是不是你把人家打伤了，自己也没落着好。那人进医院，你被送这里，是这么个逻辑，对吧？就是这么个逻辑。"

"真好笑，戴着眼镜，夹着书，'逻辑，逻辑……'"

"快看呢，还是个俊俏货。"

"水蛇腰，大美人，水蛇腰，大美人……"

正吵嚷着，门上小铁窗咣当被打开了，露出那个老警察的半张黑脸："安静，这可是监狱，你们的苦头还没吃够吗？"屋里人立刻端正坐好。老警察又咣当关上小窗，骂声连连地走了。

"喂，小子，你叫什么？"

"我吗？"

"那还有谁？"那人语气凶起来，眼睛也斜向一边。有人要插话，被吓得咽回去。

"张华仔。"

"噢，你叫张华仔。"

"为什么进来？"

"我不想进来，是警察抓我进来的。"

"哈哈哈——"，所有人油沸似的炸开。

"傻瓜，哪个人愿意自己进这里来。"

"为什么打人？"

"为帮朋友逃走。"

"这么说你喜欢帮助别人喽？"

张华仔低头没说话。

"那么，我让你做件事好吗？"那人盯着张华仔看，却是一副咄咄逼人的架势。

"过来，给老大穿鞋。"见张华仔在下面没动，有人朝他喊。

"咱们打个赌，我来扔草棍。"说着，喊张华仔的人从铺底抽出半截草棍，"根冲北赌会，根冲南赌不会！"他把草棍扔上去，一帮人围过来跟着草棍抬头、低头。草棍落下一瞬，他紧紧把它压住。一帮人眼睛齐刷刷转向张华仔。

张华仔猜想他们大概是在试探自己。这事丢人吗？那个老大看上去四十五六岁，论年纪该管他叫"大叔"。自己倒霉进了这里，还有比这更难堪的吗？以他目前的地位和处境，又有什么可在乎的，并且这世界有谁在乎过他呀。何况，既然大家尊他为老大，自己就没必要与他闹翻。这么想着，他挪动身子爬过去，不慌不忙拾起鞋子，轻轻弹掉上面尘土，又照着鞋面吹几下，然后轻轻握住人家一只脚，稳稳当当把鞋穿上去，接着又捧起另一只鞋照做。做过后，他安静退回墙根，看上去什么也没发生似的。

"快看看草棍。"除了老大和张华仔，其他人都围了过去。那人慢慢挪开手掌，草棍根指向偏北。于是两派人立刻扑向对方，摸爬滚打混战作一团。

"都给我停下！"老大喝止他们。

"怎么样，老大，还顺脚吧？"一个细身细腰的人伸过头小心问。

"哈，比你们哪个都强。"周围的人一听这话，都立刻缩回去。

"多好的孩子，是不是？"他回头问身后那几个人，那几个人立刻点头称是。"来吧，我要解手啦，先把那只桶拎过来，对，就在门后。——好，再帮我把裤子松开，你知道，我这么胖，做这些事情总不方便。——唉，干得不错。再近些，扶我坐下。——嗯哼，舒服极了，我已经三天没这样了。我有便秘，年轻时落下的毛病。"他闭上眼睛，头缩进脖子使劲，"好了，现在真好多了。喂，水蛇腰，手纸呢？快把它交给这位年轻人，他一定会做得很好。"张华仔接过手纸，那个叫水蛇腰的人背转身眯起眼看他。他把纸放在老大下面，老大已经大汗淋漓了。等张华仔稍碰到他，能感到他全身轻微打战。张华仔不敢多想，集中精神做事。

"完了。"张华仔在老大背后小声说。

"完了，怎么没像以前那样呢？水蛇腰，过来看看，他可不能骗我。"

那个身柔体软的年轻人绕到后面，看过回到前面点头。老大立刻满脸堆笑。张华仔随手帮他系好裤子，把木桶提在一边。

"还有什么要做吗？"

"我要睡觉了，可睡之前有几句话说给你。你是个聪明人，脑袋瓜好使着呢。我能看得出，这里面数你会做人，将来定会有大出息。"

"喂，老大，你就这么轻易相信了他？"

"那怎么样，总要给人家机会。凭我自己的直觉，他会好好听我的。"

"这太不寻常了。"

"闭嘴，你这个傻瓜。我相信他和相信你们有什么区别？我知道你们怎么想，别看当我的面唯命是从，转身恨不得杀了我。一帮祸害社会的长毛狗，把这个世界搅得鸡犬不宁。信任你们，我会吗？"他指着张华仔，"过来吧，小伙子，挨着我睡。啊，今天你可以睡个踏实觉了。"

早有人过去替张华仔铺好床被，张华仔抱着包袱一声不响过去躺下。

"老大，还没到睡觉时间。"

"你们没听懂我话吗？他累了，他要睡觉，所有人都要睡觉。"老大压声发起怒来，那些人只好都悄悄躺倒。可是，他们个个心里不服气。老大凭什么喜欢这小子，他做得真比他们好，难道他们还不够忠心？——几个人没一个睡得着，身子捂在被子里，很快闷出一身臭汗……

第二天，张华仔早早醒来，睁眼打量又黑又小的房间，觉得还是不能置信。他的右眼肿得厉害，几乎看不清东西。他没有马上坐起，把头蒙在被里悄悄哭。听到旁边有人小声说话，他连忙收起眼泪，把字典拿出悄悄放在枕头底下。他看见右边老大动弹，一个骨碌爬起来，下铺站到老大头前。老大睁大眼看他。

"好吧，穿衣服。"——他把老大扶起来，手脚利索地忙活。

"喂，一大早就无精打采，怎么回事？"老大冲独坐角落里的人发火，那人连忙赔笑，"好吧，说说你晚上梦着什么了，看看能不能让我发笑。"

那人看上去三十出头，头很小，两只大耳朵被后面的光映透，如一对薄薄软软的蝴蝶翅膀；头发几乎掉光，眼睛由于严重近视，眼球近一半凸出。现在被老大吓到，眼球更像蟹眼似的悬出来。老大让他说话，他像青蛙对着太阳张大嘴。

"好吧，我梦到——"

"说话精神点，你就这样对我讲话吗？"

"我昨天梦到小蜜蜂了。我正在睡觉，它从外面飞进来了。喏，就从那儿！"他举起竹竿一样的胳膊，朝墙上的窗户眼指指。

"唉，这会让我笑吗？不过你这样倒叫我好笑。"老大坐在铺上大笑，其他人跟着笑，"小伙子，你怎么不笑，这难道不可笑？"老大问张华仔，张华仔却看到老大口里的后槽牙全部掉光。

"我吗，老大？我笑不出来。"

"总得打发时间，总得乐上一乐，谁都知道怎么回事，装也要装出来。不急，不急，你会习惯的。就是这么回事，哈哈……"

房间又小又拥挤，空气混浊，不久变得静悄悄。有的打盹，有的发呆，老大坐着闭目养神。一会儿狱警来开门，带他们吃饭。张华仔一味看墙上的小窗，发愁怎么熬过刑期。他跟在老大后面，瞄着老大鞋后跟寸步不离。走进食堂，他一顿饭只喝了少许汤，那也是和着泪喝下去的。饭后，他们来到一处院子，由值勤警察打开门，老大领一帮人进去。老大告诉张华仔，以后他要在这里上班。房子像仓库宽敞寒湿，张华仔打个冷战。场地中间摆满十几台机器，被擦得一尘不染。老大指挥那些人干活，机器猛然间开动起来，像受惊吓的马群一般吓人。警察离开，老大转悠过来冲张华仔笑。

"老大，我在这里做什么？"张华仔迎上去主动问。

"你吗，自然不用干活喽，帮我看好他们就行。"

"可是，老大，我干什么呢？"水蛇腰悄没声来到老大背后，阴着脸问。

"你吗，这里不需要你了，从今天起，你和他们一起干活。"

"老大，我的手怎么办？"——张华仔已了解到水蛇腰是个扒手，两只手就是他的宝贝，他每天最重要的事情就是保护它们。

"那你就到别处去！"老大转笑为怒，硬声叫道。

水蛇腰脸一阵红一阵白，再不敢说什么，怨恨地看了下张华仔走开。

"对这样的人不用怜悯，我清楚着呢。你用不着多想，我对你另眼相待。——走吧，到里面说话，这里听不清楚。"老大朝车间背面另隔出的一间小屋走去，里面的嘈杂声比外面小了许多，"这里的机器是制衣机，用来生产衣服之类的东西。可笑吧，谁能想到一帮大男人在这里做衣服。可也不奇怪，监狱里有很多老弱病残需要照顾。比如你吧，一只眼睛看不清，就只能到这儿了。——明白了吗？这里所有人都由我说了算，所以谁不老实我就让他滚蛋。你现在有两个职责，一是帮我把外面的人盯紧，另外就是看好这间仓库。厂子前些时候接着一批女士高弹裤。这货现在卖得紧俏，狱里领导希望我们年前全部出货。你也瞧见了，这帮人根本不服管。这段时间，有人可能会暗地里故意弄坏机器，你得留意着点。只要我们按时保质交出东西，咱俩的日子就好过了。现在，你和我随时守住这两个地方，千万不能出什么差错。"

"老大，为什么这么对我？"

"现在不是说这个的时候，以后你会明白。不过，你要先记着，别对这个世界笑，你笑的时候就是它哭的时候。什么时候都要狠下心肠，该卑鄙就要卑鄙，该下流就得下流，别人怎么对你，你就怎么对别人。你得随机应变，把别人看低，自己就显出高明了。如果不知道这些，就只能生活在它制造的假象里，它永远欺骗与愚弄人。"

"老大，我会好好干的。"张华仔感到自己被点拨，连忙认真表态。

"水蛇腰那会儿可学得快着呢。"老大在最后加了这么句。

张华仔听后脸红，猜老大是刺激与提醒他。很快过去一星期，他每天拧着眉苦学苦记，慢慢摸到一些管人管事的方法。他问老大问题，老大耐心解答。他有时发愁，老大在旁边鼓励，他很受启发。一个月后，他掌握了大部分要领，老大几次放手让他自己做，他都做得让其相当满意。更难得的是，他还亲自上机学习操作，从中揣摩把好质量关的诀窍。有些问题他去请教水蛇腰，但水蛇腰都快恨死他了，所以他什么也没问着。不过，这没有影响到他，因为这时他已经开始有一点点自信了。由于一进监狱就忙着学东西，所以那种失意感和耻辱感慢慢淡化，只是偶尔半夜醒来难受一会儿。情绪平静了，心情跟着好起来，他重新展开眉眼。他从心里感激老大，但不明白老大为什么这么器重自己。是的，经常见老大在边上悄悄注视他，好像在想什么心事。其间他已获知各室友的情形，但有意与他们保持距离。他也得知老大名字叫申君谊，觉得这名字与其形象、做派大相径庭。

这天是星期日，由于要赶工，申君谊逼迫所有人加班。大家已经连续一个半月没休息了，都极不情愿。于是他把一个人赶到采石场，这才吓住一帮人。可每次向警察报告，他却说这是大家伙主动要求的。车间里偷懒使奸的现象几乎没有了，残次品也比以往少许多。外面的事张华仔已经完全胜任，他得意地在小屋喝茶，听收音机里的时事新闻。张华仔这边对申君谊越发尊敬起来，不仅因为申君谊照顾和保护他，更重要的是申君谊像老师一样教给他很多东西。这些东西包含丰富的人生哲学与社会经验，像件件世上难得一见的传家宝。可叹申君谊慷慨地传给这么个与自己毫不相干的人，夸张点说，一个父亲对儿子能做到的也仅限于此。"唉，哪里都有好心人，只要真心对人家。"张华仔这样想，暗自发誓一定要对得住申君谊。想到这儿，监狱对他来说不再那么可怕，心里的难受劲已忘得差不多。这会儿，他看到修边机折了针头，赶忙提醒那人接好，走到头再折回来，不厌其烦地巡查，神情严肃，目光灼灼。突然他看到有人乘他不备，用小撬棍往坏里鼓捣机器，立刻将其抓个现行。那人苦求他手下留情，他压下这事，好像什么也没有发生。如果他真惩罚了这个人，其他人一定会想着法子报复。他得保证每天生产照常进行并完成任务，这才是他和申君谊想要的结果。

"喂，116 号，过来一下！"他听到跟班警察喊，又看到申君谊冲他招手。——他的编号是 116。

"回里面说话。"申君谊又补充道。

他跟着警察进了小屋，警察从身上取出一个小玩意交给他。

"电子辞典。"

"电子辞典？"

"和字典一样，但比字典好用多了，它可以用声音教你识字。"申君谊乐呵呵地说。

"管教，为什么送我这个？"

"18 号报告了你的情况，我又向领导做了汇报，他们同意买给你的。"

"116 号，好好感谢政府，认真接受改造，出去重新做人。"申君谊在一旁说。

"你是好小伙，听见了吗？你要努力。"管教鼓励张华仔。

张华仔捧着电子辞典一次次端详，想说什么，下颌哆嗦个不停。管教拍拍他出去了，他满眼泪花，觉得警察和申君谊都是他的亲人。他坐到椅上，捧着那个巴掌大的东西看不够，过会儿再无法平静，开始抽泣起来。

"张华仔，高兴吧？"

"谢谢您，大叔，我知道这一切都是您安排的。"是的，申君谊并非表面看着那么凶神恶煞，对于别人他是魔王，对于张华仔却是父王。

"每天晚上，别人睡觉，你在背书，难得你有心为日后做打算。别人真做错事却不知悔改，偏偏你无辜受罚还不自暴自弃，想得比我还周到、长久。——你的字典快磨破了，还有人乘你不备撕着当手纸用。一个乖孩子，一个倒霉蛋，走路不小心踩上狗屎。跌倒了不要紧，站起来继续走。"

"我明白，我明白！"

"啊，我对你说这么多，你不会烦吧？有时我也奇怪，明明不关我的事，可禁不住往你身上想，让我想起自己的过去。那时我在银行工作，开始对一些事情看不惯、不愿做，可慢慢转过弯来，不到两年我贪了一百万元，变成百万富翁，但栽在一个项目上。在这里的六七年，有老婆给我在外面打点，我当上老大。她唯一的条件就是与我离婚，可这算什么，我没有答应她。我已经过了年轻时候，那金子一样的时光，可它们早生了锈，在见到你之前，我早将它们遗忘得一干二净。好孩子，我现在一心教你，忍不住这样做，好像变成你，有意避开过去的错误，通过你重新活一回。现在，我说给你这些，希望你不要嫌弃。"

张华仔知道申君谊这番话除了自己，绝不会对第二个人讲，忙不迭地再叫声"大叔"。

"我要你对我忠诚，心无杂念地待在我身边。"

"我会的！"

"再好不过。唉，不是我吓唬你，你该知道周围都是些什么人。我把你当朋友、亲人，甚至是儿子。你来这里，我好比重拾希望。你伤了我的心，我便会对你彻底失望，对这个世界彻底感到冰凉。你不要那么做，让我在余生还能微笑、死得安息。——好吧，去外面吧，让我静一会儿。"

张华仔郑重地对申君谊点头。申君谊像孩子那样流泪，过来抱住张华仔，好像抱住自己在地上的影子。

——刑期还剩小半年的时候，张华仔隐隐觉得申君谊还没有完全信任他。或许该他时来运转，一件事情的发生让申君谊彻底打消了对他的忧虑。事后，申君谊抓着他的手，说道："好孩子，由不得我不信了。你是我的恩人，看着吧，我怎么报答你。"申君谊哆嗦着，好像神志不清地说。

事情前后是这样的：

一天傍晚，工厂已经收工，人们开始吃晚饭。张华仔给申君谊取来饭菜，自己也在桌旁坐下。刚没吃几口，他无意间发现，不远处有个人正朝申君谊这边偷看，眼神犀利，像暗器一样凶险。一年来，他每天跟着申君谊，已经学得像头羊一般警惕，便不动声色继续观察。那人四十岁上下，铁一样精壮，身材和胳膊都很长，像只长臂猿。申君谊这些年在这里当老大，虽然人人怕他，但也得罪了不少人。此人一定对申君谊不怀好意。申君谊拿馒头蘸肉汤吃，对暗中发生的一切浑然不觉。申君谊掉根筷子，张华仔刚要捡起，猛地从其背后发现水蛇腰也朝那人方向看。"他们不会串通起来加害老大吧？"这是他的第一反应。自从他在申君谊这里取代了水蛇腰，水蛇腰就一直对申君谊和他不满。他把凳子往后挪挪，看水蛇腰连吃东西都不在心思，更加肯定其心中有鬼。不一会儿，那人站起往外走，眼睛往这边瞟了下。那人刚出门，水蛇腰使劲把东西咽下，四处打量后，侧头告诉申君谊要上厕所。张华仔也向申君谊告假，悄悄跟在水蛇腰后面。那两人进了厕所，他绕到后面，很快听到水蛇腰战战兢兢地说话，好像在哀求对方。

"怎么，还没想好吗？"尽管那人压低声音，但因为非常恼火，所以张华仔听得很清楚。

"再给我一天时间，等我前前后后把事情想好了。"

"他把我打发到采石场，让我断了两根手指，这个仇我一辈子会记住。你呢，不也恨透他和他身边那小子吗？我等不及了，今天星期二，星期四我就要结果。"张华仔听到水蛇腰在嘟囔，但被那人打断，"记着，事成之后，你就是这里的老二，傻瓜！"

张华仔没往下听，而是迅速溜回里面。正好申君谊吃完，两人刚出门，水蛇腰与申君谊撞个正怀。

水蛇腰脸上掠过一丝慌乱，很快赔上笑脸。

"喂，怎么回事，掉了魂似的，谁欺负你了吗？"申君谊剔着牙问。

"可能是累着了，老大！"

"累着了？真是把你惯坏了。"申君谊吐口唾沫，披着衣服走开。三人一起回到牢里，申君谊倚在被子上闭目养神。房间里开始了饭后一段时间一贯的沉默，好像大家需要专门时间消化似的。水蛇腰把头钻进被窝，只能看见一颗光溜溜的脑勺，像多长出个小脑袋似的。张华仔继续留意情况，看其他人都很正常，应该与水蛇腰没什么关系。他假装翻看电子辞典，心里却琢磨怎么把这事告诉申君谊。但今天不行，只能等到明天。张华仔生平第一次遇到这样的情况，不断提醒自己要镇定。半小时后，申君谊睁眼找人说话，大家都围坐过去，话题永远那几样，但总能找着乐子，笑得咯咯响。中途水蛇腰被申君谊揽进被子，很快发出哼哼叽叽的声音。不一会儿，申君谊把他从里面推出来，狠狠骂句："妈的，像只水淋淋的死鸡，以前的灵活劲哪里去了。"被骂的水蛇腰在墙根下把头藏起来，不停地发抖。张华仔猜他一定正在恐惧中挣扎，星期四是他的最后期限，到时他就不得不下手了。——所幸一整夜没发生什么，天快亮时，张华仔才沉沉睡去。

清早，食堂里，张华仔暗中寻找那个长臂猿似的男人，可没找到。他一时想不出怎么对付那个人，就只能紧盯水蛇腰了。水蛇腰坐下来吃饭，张华仔盯住他看，他不再嫉恨地回击，只把头快速扭到一边。上班后，申君谊发过一通脾气，回小屋喝茶。张华仔跟到里面，打算把水蛇腰的事情报告给申君谊。他递上热茶，申君谊接过去喝，不料一下子烫到嘴，便气呼呼把杯摔到地上。

"今天这是怎么啦，一大早就让人心烦。"

"大叔，告诉您一件事，您可别上火。"

"什么事？"申君谊气恼地问。

"嗯，就是——"就在张华仔准备把事情直接告诉申君谊时，不知脑子里转过什么念头，他竟然顺着申君谊说下去，"就是机器总出故障的事。"说完他站好，心里咯噔一下。可是，连他自己也蒙在里面，不明白自己好端端的为什么要停下，好像有人从背后捂上他的嘴。

"噢，我猜就是这事。唉，你越倒霉，坏事情就越扎堆。"申君谊躺在椅里说，眼巴巴望着张华仔。张华仔觉得他很无辜，但心里不为所动。

"大叔，您要是身体不舒服，我去取件衣服来？"

"不行，今天得盯紧点，总觉得有什么不对劲，订单催得紧，万万出不得错。"

张华仔不禁佩服申君谊，感叹他经见太多，对事情竟有天然察觉。

申君谊过会儿到后面仓库，在门口看到一个人躲在角落抽烟，而旁边是大包小包的布料和成品。这可是惹祸的事，他本在气头上，现在一下子发作起来，照那人头上踩下去，那人的头一会儿便血肉模糊了。

"一帮不省心的家伙，我就觉着会出什么事，幸亏被我发现了。"申君谊又朝那人腰里一脚，那人鬼哭狼嚎般爬了出去。

两人来到机修房，四个机修工刚从车间抬回一台烧得黑乎乎的平缝机，围在一起像开剥一只猎物。这么多人摆弄一台机器，申君谊当然视之为怠工。他气得像得了帕金森病一样发抖，认为他们故意与他作对，鼻子都气冒烟："看到了吧，张华仔，他们不把事情搞得一团糟，是不会罢休的。从来没人和你一条心，每个人都一个劲为自己着想，然后说这是'天经地义'！"申君谊把几个人狠狠教训一番后拆散，让他们两两一组，一组留下修理烧坏的机器，另一组到外面检修。出来时，他脸都变成茄子紫了。

"您只管放心，过了今天，就什么事都没了！"张华仔陪申君谊往外走时，悄悄附在他身后说。

"什么意思？"

"大叔，今天我会整天盯紧车间，您有事也不要找我，可以吗？"

"张华仔，你要干什么？"

"我只想让您放心。"张华仔认真看着申君谊回答。

申君谊想想，点点头。但离开时，走路的样子暴露出他的内心。

张华仔重新回到车间，一边查看生产情况，一边留意水蛇腰的一举一动。整个上午，水蛇腰没有任何动静，好像在一心干活，没操别的心思。这种反常行为反而更说明了他心怀鬼胎。如果换作平时，出问题最多的总是他，管起来最棘手的也是他。是的，其中一定有个大阴谋，他们在精心策划一场大灾难。中午大家仍加班，饭后休息不到十分钟又被赶上机器。张华仔寸步不离这些人，申君谊让他喝茶也被他拒绝了。下午，他待在车间，连上厕所也跟着水蛇腰一块去。直到快要下班，依旧没发生什么情况。他有些猜疑：难道是自己听错了，还是他们根本没胆量去做？

离完成今天任务没多会儿，张华仔几乎等不及了。水蛇腰细白的手指在机器上跳跃，他的确有双灵巧的手，并靠它们在江湖上出了名，现在真用心干起活来，别人还真不及他。申君谊出来验货点数，随手记在小本子上。人们懒洋洋等在一旁，互相扭头聊天。水蛇腰待在人群里，不时朝仓库门口张望。不一会儿，一个人推辆独轮车从里面出来，正是上午被申君谊打过的那个人，头上贴着创可贴。张华仔看到水蛇腰出去，与那人相遇时轻轻说了什么，好像打招呼的样子，但知道真相的人一下能判断出他们是在交流情报。原来水蛇腰有内应，这让张华仔没想到。两人正好在墙下阴影里，一切做得自然而然，没人注意到发生了什么。张华仔预感到他们要开始行动了。果然水蛇腰刚回来，就坐下捂着肚子呻吟起来，然后在地上来回打滚。人群都围过去，水蛇腰痛苦地叫着。张华仔不敢耽误，拉着赶来的管教快速绕到仓库门口，并躲进一个角落，示意管教往仓库里看。仓库里十分昏暗，那人正蹲下来，从裤腿里翻出只瓶子，在动手扒开衣服堆前，往四处瞧瞧，然后迅速拧开瓶盖往衣服上浇东西。不一会儿，一股刺鼻的机油味传来，惊得管教瞪大眼睛。张华仔的灵魂也瞬间出窍了，心咚咚地狂跳。再看那人，已经把衣服重新拢好放回原处，回身从怀里掏支烟叼在嘴里，随即火光在鼻子前微弱一闪，他猛吸几口，拿下哗地一挤，把整支烟头弹入衣服堆里。管教亲睹这人作案过程，迅速冲出去，把那人按倒在地给他戴上手铐。那人一下没反应过来，眼睛瞪得像要挤出来。张华仔赶去灭火，还好火没烧起来，衣服和整个厂子免去一场灭顶之灾。

张华仔快速跑到外面，水蛇腰敏感地觉察事情败露，从地上跳起，疯狂地向门口逃窜。张华仔立刻追上去，其他人跟着跑起来。慌乱中，水蛇腰忘记车间门不到下班时间是不会开的，他穷途末路，开始疯狂撞门。无计可施后，他转身想找东西帮忙，但张华仔和众人已站在他身后。看到这情景，水蛇腰起先愣住了，眼里充满极度恐慌与绝望，但旋即镇定下来，扯来一只电熨斗，脸慢慢扭曲着，肌肉轻轻发抖。张华仔迎上一步，对他说：

"放下东西，把一切说清楚。"

"不——"水蛇腰凄惨地长叫一声，"不要再对我讲这些，我什么都没有了。来吧，你们不是要抓我吗，来啊！"他猛地跳到一边，把手中的电熨斗抢向张华仔。张华仔轻轻一晃躲过。由于用力过猛，熨斗从水蛇腰手中飞出去，砸在旁边窗户护栏上。人们乘机逼上来，水蛇腰本能地后退，突然他仰头长笑一声，喊道："你们抓不到我的！"回头撞上墙去。只听"砰"的一声，他倒在血泊之中……

事后，申君谊另对张华仔讲了一段令他终生铭记的话："过去的一切已经发生，一个人往前走，不能还带着过去的瓶瓶罐罐。没人会盯着你的过去不放，除非你自己和自己过不去。你在街上打个滑，以为全世界的人注意你。你放心，谁关心你？全是你自己心里作怪。在这个世界上，人人自诩有梦，可不过是被他们大吹大擂的欲望，好像女人们笔下的爱情，把男女之事弄得比造氢弹都复杂。人人崇拜成功人士，喜欢把自己可怜的梦想嫁接到他们身上。但他们不会真的有未来，尽管现在笑呵呵，终有一天哭得比鬼还难看。无法征服外部的世界，就只能狠命折腾自己的灵魂。然而灵魂腐朽了，生活也就枯萎了。孩子，你是清泉一眼，落入浑水便将失身。如果你不想留在 T 市，现在退出还来得及；但只要你下定决心，我就有主意了！"

听到申君谊对他的承诺，张华仔感觉终于像猜拳赢了一回。他觉得自己瞬间长大，仿佛一只小猫一秒钟变成大虎，在跳跃、撒欢、轻呃和摇头摆尾。他也如一日拜着高师，在与世隔绝的境地里修炼成传奇武功。人生得以转机，他双目闪亮，按捺不住喜悦，眼神清亮，像棵不摇不动的小树。他又像跳上一部快车，好奇激动之余，仍嫌这车慢，想让它更快点。他要赶快出去，与王海一决高下，他不相信命不如人，要用成功给阿桃看，给王海和全世界的人看。是的，他不多余，好事不会总轮不到他。

于是，在他服刑整整十五个月后，终于可以离开监狱了。这时，他的鬓角居然生出几根白发。免不了一场心酸的告别与留言。申君谊像只老猫卧在铺上，双手抓住张华仔，眼泪汪汪。人老尿多，狗老泪多，说得比什么都对。

"好孩子，我们要分开了，真舍不得啊。"

"大叔，我也舍不得您。您对我这么好，世上不会再有第二个人像您这样。"

"你也为我做了很多，我全记着呢。"

"好大叔，我会常来看您的。"

"我知道，我等着你。"

"我不会让您失望的！"

"我相信，我当然相信。呜——，呜——"

"如果不嫌弃，您现在就是我的父亲！"

"好孩子，你把我当父亲，我就是你的父亲。有你这么个好儿子，这世界算是待我不薄，我要把一切给你。我很快要五十岁了，没想到还能有今天。人往往错在一念之差，也皆因为急于一时。放心吧，我会好好的，总不能让人家笑话你有个没出息的爹！"

"父亲！"

"儿子！"

"您无愧我的父亲！"

"十分荣幸！"

两人紧紧抱在一起。

张华仔要离开了，送他走的还是那个老狱警，已经掉了两颗门牙。申君谊把一封信交到张华仔手上，张华仔有些发抖，扑通跪地。申君谊要扶他起来，但张华仔长跪不起。老狱警也为之所动，红着眼袋催促张华仔离开，一边感慨连连。

"我知道你的心，走吧！"

张华仔腿脚软绵绵地站起。

"走吧，寻找你的花花世界吧！"申君谊把手一扬，好像撒出一大把钱似的，然后待在铺上大声说。

十一

接下来的时间，王海继续乘势而上，采用连锁、加盟等方式，再先人一步地将超市营业点迅速布局在全城各处。而上自国家，下至省里和 T 市，一轮轮的新政策犹如一场场及时播洒的春雨，其中对于非公有制经济"毫不动摇鼓励、支持、引导"以及要继续"健全现代市场体系"的表述，都随之落到实处，见到实效。民营经济一日千里地发展，不仅很好地满足了国内人民群众日益增长的物质需要，也展示着国家雄厚的经济实力。鲟鱼超市应该算是这种导向下 T 市最为生动的案例。它果真像王海当初设想的那样形成规模。当超市建到第七家时，它以网点遍布全城、经营理念超前、商品种类齐全、设施高档便利、价格低廉合理、服务热情周到赢得信誉，成为广大市民日常购物的首选，如同公共汽车、道路交通、银行借贷、电信邮政等成为大众日常生活必不可少的组成部分。王海统计过，截至1994年年底，鲟鱼超市全部雇员321人，每天供应各类蔬菜12吨、各种肉类4.5吨、保鲜奶1200公斤、禽蛋1000公斤，日营业额451万元，毛利润为4%—7%，满足城区1/15人口的日常生活需求。当其他超市陆续开张的时候，鲟鱼超市已稳占全市零售业的头把交椅。鲟鱼超市作为民营经济在全市零售业中的出色表现，让本已线断网松的市属国有商业系统更不堪一击，也因此招致忌恨。在林邱仁的斡旋下，蔚市长两次亲往鲟鱼超市调研。他在认真听过王海汇报和现场考察后，果断地将鲟鱼超市定性为"全市民营经济发展标兵""冲在T市商业改革前面的领跑者"。当然，他也褒奖王海为"全市中青年创业者的带头人"，末了，还特意嘱咐有关部门"务必把这个改革品牌保护好、宣传好、服务好"。有了蔚市长和日报、电视及晚报面向全市五百六十万人免费做广告，加之随后全市开展的民营经济的学习讨论，鲟鱼超市又在T市火了一把。而这也是一次具有分水岭意义的事件，民营经济和民营企业家的存在感在T市被明显放大，局面令王海备受鼓舞。

鲟鱼超市的一举一动都影响着T市居民的日常生活，这表明民营经济确与T市的整体运行紧密相连。一旦意识到关联的重要性，王海便慎重起来，做企业家的职责促使他重新思考当初做企业的动机。如果开始他只求在T市立足，那么今天他算成功了。接下来该怎么办，他需要重新审视，校正企业下一步的经营方向，而这绝非一味地扩大规模、增加营业额那么简单。发展中的企业像一列越来越长的列车，他是司机，要切实规划与操控好每一步。归根结底，企业不应只成为企业家赚钱的机器，更要服务于民众与社会。T市经济发展的主力正由国有、集体经济让渡给民营经济，这股宏大的时流使得民营企业和民营企业家必须承担起部分国有集体企业卸下的社会历史责任，也只有那些公然觉悟、认清形势、有公德公知的民营企业家，才会被时局选择与栽培，而只图一时之快、挣钱供个人挥霍的商人注定翻船折桅，成为时势中消失的诡异烟云。于是，在T市经济繁荣的外表下实为暗流涌动，各种势力悄然进行着搏杀。T市商界新的王中王呼之欲出，但唯有确实具备社会与历史的担当者方有资格胜出。英雄天时造就，人心亦该符合天意。王海生性善良，又具军人禀赋，这二者可以助他在这个风起云涌的大时代行稳致远。他生长在T市，对这里的一草一木充满感情。当看到新城蓬勃发展而老城日薄西山时，他那颗善良公正之心立刻被唤醒，就算连遭打击，却始终坚持从社会与民众需求出发坚守信念。他靠超市起家，却没顾只往兜里搂钱，而是时时处处为社会分忧，尽量让利于民。他从关心他们的日常起居入手，努力为他们提供各种实用和便利。这看似最平常的举动，却是最务实的行为。曾有晚报记者在做实际调查后写下这样的文章：如果哪天鲟鱼超市物价温和上涨而居民反响不大，那么物价改革政策就可以顺利推进；一旦民众反响较为激烈，那么有关部门就应该重新对改革措施进行评估与调整了。

　　王海前期遇到的最大问题是资金困难。他在商场上是新人，尽管有林邱仁一手带着，可眼见超市发展势头一日千里，规模扩张便提上日程。林邱仁的新时代酒店早已建成营业，依托国际运营模式，迅速进入稳定经营期。林邱仁紧接着北上天津、沈阳等地，将视野放到更广阔的祖国腹地，开始在内地排兵布阵。按照他的商业扩张计划，将来在内地每个省会城市和重点地级市，都会建造一座四星级以上的涉外酒店，从而实现他自己的酒店帝国梦。这样，林邱仁不可能把资金投给王海，这也是有一次尽管王海向他提出借款请求却被他一口否决的重要原因。他同时提醒王海，T市的市场空间巨大，但鲟鱼超市不能通吃通占，这是商场的丛林法则。他还指出，既然王海雄心勃勃地提出扩张计划，就必须在计划书里详尽列出问题解决方案，而不能含糊其词、一笔带过。他另外建议王海加强休息，例如他自己就经常到一些著名的度假胜地放松。他开导精神不济的王海，休息是人的一项重要权利，因为"高级的工作需要高级的休养，高级的休养促进高级的工作"。这也成为王海日后增加健身和休闲活动的主要原因。林邱仁对王海前三稿的融资方案次次否决，他严厉告诫王海稳扎稳打，切记将准备工作做充分再谈其他。他还希望王海加强业务培训，提升管理水平，要多招聘专业人才，加强中层队伍建设，为扩张计划提供人才支撑。受到林邱仁的点拨与帮助，王海更加勤奋与钻研了。

　　有一次，黎红来看王海，王海把融资难的烦恼也向她说了，她当即俯身大笑，说道："现在哪还有自己拿钱做生意的！"她把王海晾在一边，自己在一边笑得直不起腰。

　　"那怎么办？"

　　"找毕叔叔啊！"她好像镜头前摆动的一朵花，让王海急于看清那张多日不见的脸。

　　"毕副市长？"王海说话像闪了舌头一样张开嘴。

　　"让他帮你找银行啊！"黎红又一阵笑，明媚的脸像海平面涨潮似的升高。

　　王海还在犹豫，黎红却直接将他拉出门。于是，在黎红的二次引荐下，王海羞答答地去见毕副市长。毕副市长爽快地抽出时间接见王海，因为二十分钟后，他要主持召开全市本年度第二次非公有制经济联席会议筹备会。他要求王海长话短说。王海连忙坐好，把烦心事一股脑说出来，然后心里七上八下地观察面色鲜泽的毕副市长。没想到毕副市长听过汇报，用灰色聪睿的眼仁灵活地望着王海，好笑地说道：

"你又何必让黎红亲自带你来呢？这样的事，市政府非常乐意帮助解决。"说着，毕副市长摆摆手，示意黎红不要再说什么，同时将身子往高抻抻，显示两人所说的是件再小不过的事。毕副市长的直接坦诚让王海意外，尽管他已是全市知名的青年企业家，但对官员仍保持惯有的敬意。毕副市长看出王海的心思，仁厚地笑笑，摊开双手说：

"在T市政府和领导的眼里，任何经济体都是平等的，我们一视同仁，都尽可能地提供帮助与服务。"说着，他来回看了下王海和黎红，黎红当即明白他的意思，借着看外面躲开了。王海看黎红的反应，有些上头，但他关心的还是毕副市长接下来的话："我有过了解，你的问题不是你个人的问题，而是全市中小型企业的共性问题，民营企业尤甚。T市不像别的地方有那么多大中型的国企、央企，所以我们把T市经济的未来放在促进民营经济发展上，这里将来会是民营企业的天下。"毕副市长看看表，离开会还有些时间，便安稳坐好继续接待王海。

"毕副市长，当真如此吗？"——这股来自政府与社会的温暖来得有点突然，让王海感到自己进一步被T市接纳和善待。他如同坠入幻境，一如高中时打破学校尘封几十年的跳高纪录而激动自豪。

毕副市长歪起身子，手指敲打皮椅扶手，镇定地望着王海，然后语重心长地说道："改革就是要辟出一方新天地。事实上，蓊市长来了以后，就是这么做的。目前，我市民营经济从数量、规模、效益、机制上，已走到全省、全国前列。但这不是我们的目的，我们的目的是让我市民营企业独步天下，乃至走出国门！"毕副市长虽然长得算不上帅气，但脸盘周正，全身仍旧充满军人的一身正气，"对了，你是哪年的兵？"

"1989年的。"

"这就对了。就要像军人那样勇敢决断，千万不要婆婆妈妈的。"毕副市长点着头，像对下级做思想政治工作一样讲真心话，深深打动了王海。

就这样，王海见过毕副市长的第三天，接到其秘书打来的电话，告诉他某银行已经同意与鲟鱼超市长期合作。而王海之前也找过这家银行，却被拒绝了。现在由政府牵线，关键是毕副市长的个人信用发挥作用，于是这家银行的高层亲自过问此事，决定对鲟鱼超市予以特殊照顾。这样，王海的鲟鱼超市借助与银行关系的建立，得到第二波助力发展。鲟鱼超市继续蒸蒸日上，而王海不仅在T市成功立足，更成为家喻户晓的年轻企业家，也拥有了远远超越父辈奋斗一生所积累的财富，实现了人生逆袭。

儿子的好消息接二连三传到王老头那里时，开始他是怀疑，再就是担心，直到看到王海被 T 市市委、市政府表彰的证书，这才放心下来。眼见败在自己手上的事业经儿子之手兴旺起来，他觉得这是老天开眼，便专心侍奉起关公来。他过生日那天，妻子强迫他留在家里，并提前请了常德利爷孙。整个上午，王老头与常德利在堂屋喝茶聊天，妻子带阿桃在外面厨房准备食物。妻子心情大好，穿件压箱底的蓝底红花丝质旗袍，进进出出，手里要么端只大盘子，要么拎只小酒壶。时近中午，饭菜上桌，夫妻两个背对背，一个朝东给关公上香，一个冲西向圣母做弥撒，把旁边的一对爷孙看得云山雾罩。完事她又点上蜡烛，非让年近五旬的老头子闭目许愿，一对没见过世面的爷孙在旁边看得更是直眉瞪眼。

"老头子，生日快乐！"等老头许过愿，妻子仰头把兑了红颜料的糯米酒一饮而尽。

"阿桃，快帮你大叔吹蜡烛啊。"她动作优雅地用手帕沾沾嘴角，向常德利老人颔首致意，又对傻乎乎坐着的阿桃说。

阿桃本以为这次能见到王海，可从进门起就失望了。随着王海离开的时间越久，她心里像养大一只老鹰，整天用利喙啄她的心。王老头吹灭蜡烛，妻子带头鼓掌。常德利跟着鼓掌，接着是阿桃。

"来呀，大家别客气。"妻子先是撕下一只鸡腿递给常德利，另一只给丈夫。阿桃得到一只鸡翅，她自己呢，先是抓起鸡爪津津有味地啃，然后是小小的鸡头，再后是竹筷似的鸡脖。一顿饭下来，她把王海的事向爷孙俩重复了三遍，又剔着牙，从手后小心说道：

"常大叔，今天有件事向您宣布。"

"什么事啊，侄媳妇？"常德利明明没吃饱，可碍着主人过于热情，就推辞不吃了。他不敢看对面那幅袒胸露乳的圣母像，从进屋起就把头扭向一边。

"眼见王海生意有了起色，再过些日子，我和王海爸爸就打算回城住了。一来全家人团聚，二来可以帮帮他。说到底，这可真要感谢圣母玛丽亚呀。"说着，她站起，朝圣母施个万福礼，画十字架时，口中念念有词。

"婶婶，你们真要离开这里吗？"阿桃脸色苍白地问，感觉身下椅子被恶作剧似的撤掉。

"我怎会骗你呢？说实话，我也没想到这么快。"妈妈垂下头摆弄手，即将返城的幸福让她心旌荡漾。

"你们还会回来吗？"阿桃像雏鸟看到妈妈回来又走，只恨自己没长翅膀。

王海妈妈把眉头一抬，望望常德利又望望阿桃，画得跟豇豆一样长的两只眉毛像魔术绳似的动："回来？当然会，我和你大叔会时常回来看望你们的。"她又往心爱的衣服上弹弹，总有可恶的灰尘落上去。

"是啊，要不是常大叔和你照应我们，我们在这里肯定吃不少苦头，这份恩情我们永远不忘。只要我和你大婶得空，一定回来看你们。你们要是想我们，就随时往城里去。"王老头也乐呵呵地说，丝毫没留意到他和妻子所说的每句话，都像一把把飞刀扎向那个可怜的女娃。

王海妈妈把自己创新的芦根姜黄汤端来，她自己在平底布鞋底加上的小木头跟，踩在石板地上发出咯噔咯噔的声音："常大叔啊，外面世道变了，我们还真希望回城里住。王海好样的，自己做起了生意，混出了个人模样，做爹妈的除了高兴，哪有不在身边的道理！"妈妈忍不住笑，连喝几大口汤茶都没中断。

那边常德利点头称是，但阿桃的头像藤架上长大的瓜越垂越低。好不容易熬到最后，她一个箭步蹿出去，跑到半路才停下喘大气，整个人发大病一般，眼泪跟着不计其数地落下。爷爷走得慢，她却狠心抛下他一路不管。

只剩老两口时，妻子小心坐好，机警地问丈夫：

"老头子，发现了没有？当我说咱俩要回城的时候，阿桃的脸色难看得很。"她尽量避免完全坐下，因为那件五年前的衣服现在尺码变小了。与此同时，她的一对小脚也很难受，感觉它们要在鞋子里暴动和越狱一样。

"唉，肯定是舍不得咱们了。她是个好孩子，简直把我们当父母对待。"王老头揪着自己的几根黄须，愣愣地出神说。

"可我总觉得不是那么回事，她一定有别的想法。"妻子停下扇扇子，站起又坐下，坐下又站起，在那里用力猜。

"她是个单纯又胆小的姑娘，平时都没对我们大声讲过话。"王老头看门外一角的蓝天，想象远方天空下的儿子正在做什么。

"但愿吧。如果常德利大叔愿意，我倒想带她和我们一起回城。"妻子说过想想，想想又笑了，笑完再摇摇头。

"我也想着给常大叔养老送终呢，可不用说，他不会跟咱们进城的。"王老头回到眼前现实，真诚想起那爷孙俩对自家的好，慢慢说。

夫妻两个一直讨论到后半晌，却始终没想到阿桃暗恋王海已久，并且为这对夫妻要离开桃源村而自己再难见到王海而难过。王海彻底把她的心俘虏了，现在他的父母要回城了，她再没机会见到他了，她难受得死去活来，却无人安慰，夜里在屋里嘤嘤啼哭，以至于多年相依为命的爷爷捋着白胡子，想不透这个孙女到底怎么了。

王海全身心投入超市运营，带着拼死一搏的心态，没日没夜地干，希望在人生中一举制胜。为了实现这个诉求，他除了干活，几乎放下和忘记一切，包括时间、健康、父母、军营，以及他与黎红那点不切实际又藕断丝连的爱情。他心里再无其他，对待事业像哺育一个嗷嗷待哺的婴儿。而此时的全国，突然进入发展加速期，改革像不断执行新运行图的提速列车，载着人们穿梭于有形或无形的时空。人们连身边的四季更替也忽略了，个个带着幸福或幸运的眩晕感，感到一切时不我待，一切一日千里，一切风驰电掣。大家的生活中只有早上和晚上、上班和下班、工资收入与营业收入。过去人们习惯以年为计算单位，现在则改成小时，乃至分、秒，连睡觉也像随时处于倒计时状态。而明明年前发生的事，却分明觉得就在昨天。不知不觉三四年过去，时间如同转个身就倏忽不见，也如与他开玩笑、捉迷藏一般有趣。这样，当他看到《T市日报》一位著名记者，将一篇花了半个月跟踪他写出的专访整版刊发在日报第二版时，看到里面对于他的描述与肯定，看到鲟鱼超市在全市民生领域及经济行业所发挥的重要作用后，他豁然清醒于世，觉得自己这三年多原来是这样度过的，并且对自己的处境终于松了口气。而在他返回桃源村与父母团圆过年时，也才有心情第一次留意几年来快被他遗忘掉的外部世界，并惊喜地发现其中诸多变化。在重新领略过新天地后，他作了反思，感到这时光飞驰的三年，像他人生中撑竿一跃而起的瞬间，头脑是空白的，身体是机械的，唯有精神是自由的，灵魂是快乐的。这三年多，他既忙忙碌碌，又两手空空；既好像得到无数，又有怅然若失或严重的患得患失之感。醒来凝神的一刻，好像撑竿跳落了地，站稳了脚，取得了有效成绩，被官方正式认定，然后到处是为他欢呼的人群，一切又依稀回到他参加军事比武撞线的那一刻。是的，无论客观上时间有多久，到头来不过像随手翻一张旧日历而已。一切都结束了，一切又迎来诸多新开始。"啊，仿佛一切发生在一夜间，女大十八变，转眼连自己都不认识自己，何况这瞬息万变的时代与社会！"面对新城市、新世界，他仍觉人生在建的王者大厦尚有众多不完善、不完美之处，仍需他处心积虑去建设、去完善。而他身上的这股强大动力，不只与他的争强好胜和追求完美有关，更与整个时代、整个形势带给他的巨大压力相关。整个时代被高质量、大力度的改革带动起来，社会发展呈现高强度、快节奏的特点，而这又很现实地要求人们必须忙碌起来，时间的密度就是付出的刻度，忙碌的程度就是收入的计度，人们以收入和效益为先，从而达到实现人生价值的充实和最大化。

王海在连续拼搏奋斗中既积累了经济实力，也锻炼出经商才能与本领，自然受到方方面面的关注与重视。这样，1995 年，他的事业再获发展良机。这次，由毕副市长亲自授意，他通过拍卖方式，接收了两家濒临倒闭的集体企业。在这之前，王海从不觉得自己会和国企沾边，也没想到国企需要民营企业去接收它们的烂摊子。之前老城外围一带出现了破产一条街，原来神气得低不得头的国有、集体企业，在市场大潮中一夜失势，大批职工下岗失业，改革进程中的新旧矛盾终于在特定节骨眼上爆发。这是遗留到目前没有完成改制的为数不多的几家企业，T 市政府打算在年底前彻底解决这些遗留问题。市里经过多方考察，在当年 4 月终于确定王海等五个人选，并指定分管工商业和企业改制工作的毕副市长具体操作此事。

当王海就此事再次征求黎红意见时，他强调以自己目前的实力，并不能接手这么大的盘子，何况后续还要大量输血。黎红也再次以那种居庙堂之高、见多识广的大无畏精神告诫王海，现在是做大企业的最好时机，如果错过这次机会，将失去一次绝佳的扩张机会。王海征求林邱仁意见，林邱仁刚看过秘鲁地方歌舞团访问吉隆坡的演出，他开始着手研究当地风土人情，准备在那里新购进一座铜矿，将来将矿石运往中国。挂掉王海电话，他旋即把电话打到翦市长那里核实情况。翦市长立刻中断会议发言，回到办公室接起这个密友的电话。在亲耳听到翦市长的确切实证后，林邱仁心里有了底。

"当然可以这么做，这相当于全社会的资产重组。国家要剥离不良资产，包括不应属于国企承担的经济职能，这正是民营企业的机会，也是他们的明天。市里这样的做法，符合市场经济的要求。"他给王海作如黎红一样的利弊分析，促使王海下定最后决心。并且林邱仁主动提出帮助解决部分资金，让王海当即有了底气。王海另找到一些朋友，大家都觉得机不可失、时不再来，但皆因自身实力不够不敢贸然行事。既然没能力独自胜任，那就大家合伙干。王海这么一提，大家想法不谋而合，于是马上草拟合作协议，决定共同出资做成此事。

毕副市长听说王海落实好了资金，立即拨通电话告知翦市长，翦市长听到闷声"嗯"了下。毕副市长了解翦市长，虽然他没有直接说什么，但实际已经同意王海做此事。他总是外冷内热，实质上这是"每逢大事有静气"。王海日后接触翦市长多了，也有意向他学习这一点。毕副市长对王海的各方面越来越满意，事情自然不会到此为止，他还继续扶持王海一把，再次协调银行单位给王海发放一笔专用低息贷款，以王海的几家超市作抵押担保。此外，毕副市长还把市政府督查处一个多年怀才不遇的老海归介绍给王海。此人名叫吴铎，是毕副市长一个远房妻侄，八十年代中期留学英国，专业为宏观经济管理。回国后，他所学的西方经济理论在 T 市完全用不着，这令他万分痛苦，只好常年待在办公室，关起门来擦皮鞋和磨指甲。现在机会来了，如果由其出面帮王海制定一套投标方案，并在此后帮王海进行企业经营管理，可令他们双方各达其成、各遂心愿。王海心领神会，在一个星期六上午，找到吴铎位于市政府旁边的简易家属楼。

开门的是吴铎的妻子，样貌温柔善良。从她身后，王海看到吴铎正在客厅中间的一小片光亮里擦拭一支渔竿。见有人来，他头也不转，继续不惊不乍做自己的事。吴铎妻子难为情地笑笑，侧身把王海让进去，奉上一杯茶后退回里屋。吴铎看似仍坐着忙手里的活，实际上早用眼睛余光打量过王海。啊，尽管屋里光线不明，但这个身形健硕、面容英伟的年轻人骤然出现在这里，令他阴冷狭小的家里顿时变作一间宽敞豁亮的暖室。王海主动上前，他只得放下渔竿。听过王海介绍，又握到一只力道十足的大手，他浑身像通电一般麻酥酥的，又觉得自己像辆老爷车被发动起来。王海提到毕副市长和此行的目的，吴铎平静地点头。王海应其伸手不语的邀请，坐入对面一只臃肿的旧式沙发里，感到他那种与众不同的留学人员气质。王海被一双曦亮的眼睛盯着，非但没觉得半点不自在，反觉得像与多年的旧相识身处一室。他自知无须与这样一位高智商知识分子绕弯子，便等对方过去把窗帘拉大，并将几株吊兰抚弄一番坐回后，直接说明来意。听到中途，吴铎把眼睛和头都侧起来，一会儿看下王海，一会儿看往别处，始终没插话。他保持一个姿势听完，神情安宁得像冬天湖面上的深雪。王海暗中观察他，迫不及待地盼他点头同意。并且直觉强烈地告诉他，此人会在自己人生中起到至关重要的作用。他无条件地喜欢上吴铎，其相貌、衣饰、学识、身家与教养，完全让他心悦诚服。他想多待一会儿，但对方似乎并无此意。他最后客气地询问自己该怎么办时，对方还是没有立即说行或者不行，只答应考虑。王海起身走人，临走前两人约定两天后见面。王海预知对方已经答应了自己，但出了门就觉得一刻也等不及。这样到第三天晚上的七时，他们如约坐进林邱仁新时代酒店的西餐厅。吴铎很正式地出场，拎只阔口宽体酱黄皮包，踏双干净明亮的黑色系带皮鞋，笔挺的灰色英伦西服，里面配件雪白衬衫，外加一件深褐色贴身马甲。进入酒店后，他神安气闲地看下环境，之后在王海陪同下入坐餐厅，同样不慌不忙打量几秒后，这才优雅十足地点餐。之后，他从包内取出一沓厚厚的稿纸递给王海。王海接过认真翻看时，他不加寒暄地直入主题讲解起来。这是他这两天内连夜赶出的企业收购初步方案，结合了许多国内外同类企业成功收购案例的做法和经验。在王海许久没再提出问题、专心往下看时，他揉揉肿胀的眼睛，捏捏发酸的鼻根，等王海的最终反应。王海看完放下方案，又问了些许问题，吴铎都耐心解答，直到王海完全没有了疑惑。这天，王海罕见地喝多了，全程兴奋得像吞下咖啡豆的小羊。吴铎虽然很绅士地饮酒，可脸也潮红了。两人都有种相见恨晚的感觉，身体挨得越来越近，话说得越来越多，正所谓"酒逢知己千杯少"，他们都在最短时间内为对方在心里预留下中心位置。事后，黎红得知此事，她发愁地在想："在那些事业心极强的男人生命中，总有一份友谊会比他的家庭、妻子或情人更受器重。女人嘛，永远只是他们生理上不得不需要的那个人。"她心里既感动又甜蜜，为王海这个世上最优秀的男子为己所有而兴奋。

　　市里要拍卖的是两个企业：一个是电机厂，原依托于一家央企，两个企业只一墙之隔。五年前央企实施剥离改革后，便将电机厂交归 T 市管理，可时移世易，厂子早已资不抵债，工厂开不了工，上千号人等米下锅。另一个是机床厂，当初从苏联引进设备，厂子名声很大，谁能在这里上班像家里三世为官一样。可现在到了举步维艰的地步。厂子有这么档事沦为笑柄：由于从建厂到现在，厂子一直没能完全消化吸收外来技术，所以常年养着几个老毛子。苏联解体后，这几人从苏联佬变成俄国佬。直到三年前的一个黄昏，几个俄国佬才背起帆布包，灰溜溜从工厂后门消失，结束整整三十年的援助。——但吴铎在方案里特意多加了一个，就是木器厂。这个企业与刚才那两个企业毫不相干，但听过吴铎解释，王海明白了其中道理。他们接下来要走集团化的路子，突破口就在木器厂，因为当下基础设施、楼堂馆所和住房建设突飞猛进，必然会对木料、家具和办公用品形成强势需求，所以拿下木器厂非常重要，将在很大程度上决定整个方案的实现程度，也决定集团企业未来的生死存亡。据内部消息，很多人都盯着行将倒闭的木器厂，想在它身上做手脚。但他们这边的考虑是，如果让他们接管另两个普遍不被看好的企业，那么同时拿下木器厂就是他们的条件之一。

　　但要让整体收购这么大的事情顺利进行谈何容易。中途工人上访、罢工游行以及政府内部、企业内部各种力量交锋，让这事整整拖了大半年，王海在此期间几乎没睡过一个踏实觉。所以，市里最终拍板做决定的那天，他记得格外清晰。当晚也正好是西方平安夜，第二天便是圣诞节，他很早就与黎红约好，二人要在 T 市共度良宵。赶巧的是，这时一股历年少见的寒流越过长江直扑华南，造成 G 省和 T 市等地持续低温。企业拍卖就在这样一个特殊又平常的日子，在市政府会议室从下午一点开始，到夜里十二点方才结束。会上，王海宣读了反复修改了十一遍的集团化改制方案，并接受了领导小组成员的苛刻质询。不知什么时候起，外面阴沉起来，会议室不得不提前开起灯。气氛并不轻松，参与竞拍的代表亦互相激烈地辩论不休。会议室外面，天很快下起雨，夹杂着细小冰晶。闻讯赶来的几百号人，静静站在市政府大院外淋着冻雨，焦急地等待结果。这是他们命运攸关的时刻，他们个个心急如焚。市拍卖小组最终采纳了王海的方案，把三个企业整体打包出让，出让后的企业将组建为民营性质的集团公司，各项资产均无偿转让给接收方，另由市、区政府出面担保从银行借贷三百万元，作为集团组建后的启动经费和流动资金；接收方必须无条件接收目前在册的所有人员和部分债务，同时以上年度全市月人均工资水平，先行支付所接管人员一个月的工资；市里另行提供三到五年的税收减免优惠，另外再减免部分债务；市拍卖小组会后将以会议纪要形式下发各有关方面。市里一锤定音，外面凄雨飞零，寒风刺骨，人们生起火堆聚在周围取暖。消息传来，有人忍不住放声痛哭，更多人则默不作声，悄悄往回走，虽然黑暗中看不清表情，但能够听得出他们步履沉重。王海心情同样沉重复杂，会上的情况异常激烈不说，三家企业的实情远比他想象的更为复杂和糟糕，甚至可以用凶险来形容。尽管吴铎的方案看似无懈可击，但真正操作起来亦非易事，接下来注定是场异常艰辛漫长的战斗。照现在情形看，最快也得经过两到三个月才能初步理出个头绪。与会上振振有词相比，现在的他来到外面，头缩进衣领里，丝毫没有丁点成功的喜悦和激动。"平安夜不平安啊！"以后每当他回想起这一天，都发出如是感慨。是的，他需要带领将近两千七百人走出逆境，可现在他连自己这关都没过。接过重担，他双腿发软，不知道接下来将会发生什么。至于那个方案，它不过是几页纸、一些思路和一堆数字，里面千头万绪，需要他一步步厘清。他抢在别人之前挑起担子，开弓没有回头箭，要卸下已然没有可能，只能硬着头皮往起扛。他在会上向市政府承诺，要用三年时间带领集团走出困境，五年内实现盈利和缴税目标，而这也正是市政府要求和希望的结果。说出去的话，泼出去的水，现在一切要看行动，而不是提前想退路。将近三千人，也就是上千个家庭砸在他手里，不能裁减他们，不能把他们抛向社会不管。这既是市里的第一要求，也是他从良心上对自己做出的庄严承诺。他理解工人们失去工作的心情，就像自己一家三口被迫从 T 市连夜离开，就像连队被撤销他的当兵梦就此中断。这个冬天在他心里格外冷，连这个夜也格外黑。打在脸上的冰晶和霰，融化后顺两颊淌进脖子，他感觉浑身被冻僵。一些人围过来，跟在他旁边，边走边流泪看着他，好像在祈求，也好像在寄希望于他。还有人从外围骂他、扔垃圾，他没有发火，只是不断提醒自己，下决心把他们带出危机，用实际行动消除他们的忧虑。他理解他们此时的心情，但现在不是对他们说什么的时候，他要先回去，好好从头到尾把事情想周全。就在他要钻进车的那一刻，市领导差人从后面追上他，告诉他领导有话对他讲。王海收拾干净头上、身上的垃圾，跟随那人去见蔚市长。蔚市长听过毕副市长和王海等人汇报后，语重心长地再嘱咐王海一番，并提出请大家一起吃夜宵。王海拒绝了，近三千人没饭吃，他吃不下。

　　黎红早已停在马路对面的车上等王海，尽管夜雨模糊了他的身影，她还是一下认出他来。她亲自下车开门，安排他坐上副驾，然后将车子开动起来，随路拐入光影阑珊的雨夜。今天对他来说是个极特殊的日子，作为他生命中最重要的人，她绝不可缺席。街上的车和人都已不多，沿途几棵美丽的圣诞树孤零零闪耀在 T 市宾馆、市购物中心和几座银行大楼门前，路过时王海竟看得目不转睛。如果不是发生收购这样的重大事宜，如果不是市改制领导小组把会议定在这天，他一定会陪黎红认真度过这个浪漫之夜。然而经历过今天漫长的整个下午和晚上，他已经完全没了心情。不知什么时候起，他抓起黎红的一只手，默默贴到自己胸口。他从路灯里看到她苍白无神的小脸，猛然间生出无限内疚和孤独，不由把头转向外面，悄然流泪了。

　　王海送黎红回到新时代酒店，却没有留下过夜。他分明看出黎红对自己依依不舍，却依旧狠心把手从她那里抽出来，毅然抛下她转身离开。他内心正承受着千万帕斯卡的压力，万难纵容自己此时寻欢作乐。何况他曾对自己下过命令，心里没有完全接受这桩恋情前，绝不做过分之举。王海在凄风冷雨里独自驾车回去，黎红没有追出来，甚至站在原地没有挪动脚步。她把身上衣服往紧裹了裹，低头良久地看着脚下，随即痛苦地闭上眼睛。她理解他承受的压力与痛苦，本打算把自己当作他宽心的礼物，可他那么果断地拒绝了。望着门厅外夜雨中迷离的城市，她觉得自己像缺失了灵魂一样空落。回到房间，她伤心地流下泪，走进浴室放满水，毫不犹豫地滑入浴缸。在钻出来之前，她憋了有生以来最长的一口气。

　　第二天一大早，王海放心不下，早早赶来。他一口气跑进房间，却只在房间内找到一张黎红留给他的字条。她不辞而别，字条上字迹凌乱，王海看着难受至极。她声称不该在这时打扰和影响他，另鼓励他要敢于面对挑战，尽快想办法找到出路。房间窗户敞开着，海风早把她的体温与气息吹得荡然无存。他立定一会儿，最终悻悻而出。当他来到院子里时，抬头见一架飞机正从头顶掠过，一条烟线远远连接到地上。他艰难地闭上眼，只当黎红在上面，心里轻轻对她说句"对不起"。而后，他驱车驶往木器厂，里面冷冷清清，几个负责看守厂房的人有一句没一句地闲聊，见到生人也不拦下询问。另有一人在空旷处赤膊打拳，呼出大团白气，皮肤冻得发红。整个厂区再见不到其他人，干净的地面上残留无数小鸟的爪痕。他独自来到一堆霉烂的木头前，从这里能看到对面矗立着一座红砖砌成、外表简陋的厂房，窗户玻璃碎得只剩碴口。厂里几个原来的中层负责人闻讯赶到，跟在王海后面一声不出地走。从昨天起，他们不再是这里的领导，今后的命运将由眼前这个年轻人安排。王海就在外面听取他们的情况介绍，随时问随时打断。一个留着斯大林式背头的瘦削老头，原是这里的副厂长兼工会主席，他态度还算诚恳，王海听他念账本似的介绍："难呢，现在的人都喜欢港式拼装家具，可好看不中用。我们呢，用的都是真材实料，做工虽然差点，却实打实地耐用。昨天还有人向我夸咱厂的东西好，一张桌子用了二十年都没坏。你说，这是我们的问题吗？"王海听到他最后埋怨，也渐渐明白了厂子的症结所在。一个厂子搞好搞不好，说到底还是人的问题、观念的问题。厂子到了这些人手里，只要他们不犯严重错误就不会被赶下台。如果他们这辈子只有一个想法，全厂几十年就只能照一种样子生产下去，这极有可能是：或许他们小时候用过一件东西觉得特别好，于是就以为这个东西永远好，或者别人都应该认为这个东西好。他们会习惯性地把这种固执想法转化为一种策略，变成一种千年不变的祖宗家法，说不得更动不得。他们守时上下班，不违反工作纪律，生活作风良好，谁也说不出个三三四四。顾客不满意，挑三拣四，好嘛，他们意见比顾客还多。现在企业效益不好，他们比谁都委屈，丝毫没意识到这是典型的封闭思维，固守在过去的框架里，脑筋转不过弯来。王海一下子在这些人身上找到企业的症结，时代前进了，社会进步了，他们却顽固不化。临走他对那个老头嘱咐，明天上午召开全厂中层以上管理人员会议，宣布一些事项。老头点着头，脸被地上的雨水映得青白。

　　王海离开木器厂，又驱车半小时来到电机厂。大门虚掩着，用一根生了锈的铁丝拴住，他用力推开进到院里。之前他来过一次，但现在，薄薄的一层雨水像张洁白的单子，把肮脏、混乱和破败的一切掩盖在下面。这里同样没什么人，他踩着雨水往前走，鞋里倒灌进更多积水，又冷又湿，极度不舒服。天蓝得晃眼，好像无辜者对他发出善意的微笑，他不讨厌，却觉得多余。一颗小螺丝钉被埋在泥里，弄疼他的脚，他把它找出来，盯着看了好一会儿，然后擦干净放入口袋。他脸发烫，头沉甸甸的，身上冒寒一样难受。他没像在木器厂想那么多，对于这里暂时没有具体思路，只能再等等看。说到底，还是缺乏资金，机床厂同样如此，要从引进先进设备、研发新技术重新起步。只有过了这两道坎，两个厂才会真正起死回生。他拍拍脑袋，闭眼站住，感到天旋地转。忽然，他听到远远有喊叫声，睁眼见一个人正弯腰往前跑，手里抱只脸盆大的齿轮，后面一个人提着棒子越追越近，一边冲他这边大喊：

　　"快截住他，他偷了厂里的东西，别让他跑了！"

　　前面那人一抬头，见路中间站着个黑衣大汉挡住去路，速度立刻慢下来，眼里流露出恐惧，同时闪过一丝凶光。

　　"躲开，快躲开，否则我不客气了！"他撕心裂肺地叫嚷。

　　王海不说话，眼睛逼视那人。

那人来到王海跟前，抱着齿轮气喘吁吁。

"我让你让开，你听到没有？"他浑身打着哆嗦，不知是因为着急还是因为冷。

"把东西放下。"王海定定对他说，语气带有不容违背的威严。

那人有些慌乱，手里齿轮一下滑出去，幸亏他及时跳在一边，这才没砸到脚面上。后面的人已经赶上来，举起棒子要朝前面的人背上抡下去，吓得那人抱头蹲在地上大声求饶。王海大喝"住手"，对面两人同时惊愕地望着他。

"你是谁，来这里做什么？"

"我叫王海，来这里看看。"

"哼，你一定也想把这里买下来吧？没门，只要我在，谁也别想碰它！"那个高举棒子的人，冲王海瞪圆眼睛喊道。

王海不理他，接着问："这是怎么回事？"

"他偷厂里的东西。"抢棒子的人把棒子扔到地上，愤愤地对王海说。

"我也是没办法啊。但凡有点办法，何苦做这种丢人的事。唉，女儿明天要过生日，她问我要件生日礼物，我们已经好几年没给她过过生日了，这一次我实在于心不忍。"

"你家的事再大也是自家，这里的事再小也是公家。公家的东西你不能偷，这样做你对得起谁？现在大家都难，个个像你怎么行？"

"放了我，我知道错了。求你们不要把这事说出去，否则我没脸做人了。"

"放了你？放了你还会有别人，正好杀一儆百，让别的人死心。让他们知道，厂子是倒闭了，可不是想怎么着就怎么着。你也不想想，怎么就做出这等昧良心的事。在这里工作这么些年，她就是我们的衣食父母，就是我们的家，是她养育了我们。现在，她遭难了，别人欺负不说，我们自己也反过来糟害她，我们还是人吗？不行，今天说什么也不能让你走，一定要在大家伙面前承认错误。"

"求你了，这么做，让我以后怎么活啊。"说着，地下的人扑过去抱住工友的腿哭起来。工友把头扭在旁边，气哼哼不理他。

"让他走吧。"

"让他走？凭什么，就凭你一句话？"那人又冲王海嚷嚷。

"你可以走了。"王海过去把地下的人扶起，又从衣服里拿出二百元，"这些钱足够你给女儿买只书包，拿去吧。"

"什么？"那人攥住钱不敢相信。

"我是这里的老板，昨天已经定了，这两天就要召开全体职工大会讨论厂子的事。放心吧，一切会好起来的，以后在这里好好干活就是了。"

　　地上的人站起，流着泪千恩万谢地离开，另一个人愣在那里，直直地望着王海，牙关轻轻颤抖："他们还是把它卖了，还是把它卖了！"他喃喃自语，慢慢蹲在地上，小声呜呜哭起来。王海发会儿呆，也转身离开。当他走出厂门回头看时，那人仍蹲在地上。一阵风吹过，迷了他的眼，那人还在哭。现在是上午九点半，他的心情越来越沉重。他下意识地抬头看天，却像脚一下踩空一样没着落。他顾不得什么了，两个厂的状况深深触痛了他。他不打算回去，索性再走走看看。

　　机床厂与电机厂离得不远，大概只隔着两个公交站的距离。刚建厂时，这里位置还算偏僻，近年城区迅速扩张，实际已成市中心。街上雨水已变浑浊，人们小心在里面走着，脸上都是厌恶的表情。王海很快到了机床厂，刚进厂门就发现不对劲，昨晚的雨地一片狼藉，奇怪的却是看不到一个人影。他纳闷地往前走，总觉得周围有许多双眼睛盯住自己，但转身什么也看不到。他一直走下去，拐向更里边，地上仍是乱糟糟的，一些雨水从房顶高处流下，像一挂挂塑料珠串起的帘子。阳光明亮温暖，水声十分动听。又转过去时，一座方方正正的房子兀立中间，应该是主厂房，看上去有些孤单，外表与平日没什么差别，但门上封条被撕开了，正在微风里摆动。就在这时，他听到里面传出阵阵人声，虽听不清楚什么，但是异常激烈。他快步移至房下，外面没人把守。他悄悄贴上门，听到里面一阵吵嚷，好像正在讨论昨天晚上的事，其间有怒吼、痛骂、哀叹和哭泣，还有敲打机器的梆梆声。他害怕起来，却是另一种害怕。他担心自己一旦进去当着他们的面说出事实时，会立刻被他们冲上来撕成碎片。他犹豫着，低头看自己的泥脚，最后还是决定面对他们。随着他哗地推开铁门，一团光气直冲而入，里面一下像消了音，人们纷纷抬起头或抬起胳膊躲避骤然而至的光。王海立于门口，身躯映在庞大的光里，像尊天神出现在众人面前。里面的人过了好一会才适应过来，而这时，王海也看清里面大约有四五十号人，有老人也有年轻人，还有一些妇女、孩子。在光线里，他能看得清脸上表情的有二十几个人，其中七八个年轻人要么踏在机器上，要么坐在上面。个别中年男人蹲在地上，中间两个头上已经谢顶，几个裹在厚衣里的妇女站在他们身后，应该是他们的妻子。中间地上笼团火，三个老人围成一圈，最里边的叼只烟斗，另一个缩起手放在膝盖上，最左边的坐在轮椅里，腿上盖条毯子，眉毛和胡须不甚分明。更里面的机床上，坐着一个大概刚做了母亲不久的女子，正给怀里的小孩喂奶。现在，整个厂房里能清楚听到小孩喝奶发出的微弱喷喷声。还有很多人王海没来得及看，但能够感觉到他们的目光都朝向他一人。

　　"他是王海？对，他就是王海，昨天我见着他了，就是他把我们的企业买去了。"那个叼着烟斗的老头突然拿掉烟斗站起来，指着王海对周围的人说。

"对，没错，他就是王海。"旁边有人应和。

听到他们的话，大部分人站直身体，目光由刚才的惊吓、疑惑变为尖锐、刚强。"不能让他得逞，不能让他们把我们的企业抢了去。企业是我们大家的，永远只能是我们的！"一个身材结实的光头男人站起，振臂对所有人呼喊，其他人眼睛都像灯球似的全部亮起。一个年轻人一下登上一台机器，对下面所有人喊道："工友们，谁要是咽不下这口气，就要同他们闹啊。我们怕什么？别的我们已经什么也没有了，但有的是力气。只要我们团结一心，谁也不能把我们怎么着。你们愿意这样吗？"

"不愿意，不愿意！"下面的人被煽动起来，一起高呼，像要掀起一场风暴。

"你们说，现在该把这人怎么办？"

"赶走他！"

"狠狠揍他一顿，让他再也不敢上这里来！"

"剥光他的衣服，让他从泥里滚出去！"一个女人尖锐的声音超过其他人，说后得意地哈哈大笑，同时也招得其他人讥笑。

"这个主意不好。"有人反对，"我们可是工人阶级，不能干这么没素质的事，还是把他赶走吧。"

"好的，把他赶走，就这么定了！"

年轻人说完从高处跳下，大家都已经准备好，拱在他周围，作为一个整体向门口移动。大家之前从没这么干过，既兴奋又害怕，但仗着人多势众，一步步往前去。王海脑子里迅速想着对策。撒腿跑吗？往哪里跑？他对这里的环境并不熟悉；和他们理论吗？怎么能让他们平静下来，又怎么一下解决他们头脑里根深蒂固的成见？对，他没有退路，即使今天死在他们手里，也只能待着不走。他纹丝不动，身后是强大的光，看见他们逐渐从阴影里走出来，眼睛里有怨怒、得意、理直气壮、幸灾乐祸，但他的眼睛里什么也没有。人们逆着光看不清他的表情，但能感受到他的强大存在，令他们不得不在意。年轻人的脚好像被什么绊了下，后面的人依旧拥搡向前，他只得继续带路。他们终于来到离王海不到两米远的地方站定，双方对峙着、僵持着。

"为什么不动手？"后面的人叫起来，尤其是年轻人和妇女，好像特别生气。

带头的年轻人对着王海看会儿，慢慢举起胳膊，又回过头看看，好像在这个过程中下定决心，之后猛地大叫起来："动手啊，打跑他啊，不能让他溜了！"一边说，手已经伸向王海，王海迅速把他挡开。王海的这个举动激起他更大怒火，他没料到王海非但没逃，反而还手。人群压上来，王海倒退几步，手里同时从地上抄根木棍。但那些人没有退缩，手里操着各种家伙，狞笑着，向前压过来。妇女们已经闪开，站在两边给男人们煽风点火，男人们的眼睛都红了，好像眼前这个人正是抢走他们妻子和孩子的强盗。门已从后面关上，房里突然陷入一阵黑暗，王海已经无路可退，只好横着棍子挡在身前。已经有人冲上来，被他狠狠还击一下。对方手里的棍子飞出去很远，噔楞落到人群后，女人们发出尖叫。其他人一点没被吓着，继续围攻过来，把王海逼入死角。只要他们一齐出手，王海肯定凶多吉少。眼看一场恶战要开始，这时人群外响起一个特别清晰的声音：

"慢着！"

人群听到这个声音停下不动了。

"怎么回事？"他们一边奇怪地互相看着，一边问。不一会儿，人群分开，那个坐轮椅的老者从里面出来："倚仗人多欺负一个人不光彩，我们没做错事，也不做没头脑的事，我们做什么都要光明正大地做，不能让他小瞧了我们。"

"可是，就这样轻饶了他吗？"

"既然他来了，为什么不听他说一说呢？难道我们怕他成这样？听他怎么说吧。"

人群扔掉武器，哀叹着，陆续回到原来的位置。

早有人重新把门打开，王海身子继续笼罩在强势的光里。

"现在可以说说你的来意了吧？"轮椅里的老人问。

王海鼻子里淌着鲜血，他把它擦掉，并扬手把棍子扔在一边，然后走到场地中间站好。"没什么好说的，我只是来这里看看。"他又擦下鼻子，仰头停一会儿，"市里的决定想必你们已经知道，现在不是闹事的时候，而是怎样把厂子救活！"

"说得轻巧，连市政府都救不活，你凭什么能救活！"

"我既然接手，就要对它、对大家负责。我已向市里做出保证，一是不会精简任何人，除非他自己选择离开，二是三年内让企业恢复生机。我也以个人名誉发誓，对企业会尽心尽责。大家的心情可以理解，但企业如果照之前下去，大家依旧会没活干、没饭吃。无论是谁，我们都希望这个企业好，只有企业发展壮大了，个人的日子才会有保障。现在是最难的时候，但也只是现在，过了这段日子，一切会好起来的。我这么说可能有人怀疑我，可光怀疑有什么用，我们得一起干啊！如果有时间在这里怀疑，为什么不给我、不给它、不给你们自己一个选择、一个机会呢？与其在这里抱怨、难受，为什么不肯信上我一回，我们一起亲自试试呢？有时就是因为走上一条绝路，才能找到新的出路。你们想一想，现在我们是不是需要找到一条新路？如果我们成功了，就救了企业、救了自己。你们没人知道我的痛苦，只知道我白白拿到三家企业，可如果换作你们，要把目前的烂摊子拾掇起来，要养活近三千口人、一千多个家庭，这样的责任有多大、多累？总有人要出头扛，现在我来扛、我来做，我想让大家支持我，一起扛、一起做，怎么样？请大家理解我、支持我！"

王海说完，人们依旧低下头想他说的话。是啊，确是一番肺腑之言，触动了他们的内心，让他们依稀看到生活的曙光。

"他说得不错啊。"一个老头对旁边的年轻人小声说。

"是啊，是这么个道理。当务之急是保住我们的企业，这样才不会散伙，我们才不会流落街头。"

"可不是，这里就是我们的家，不能让它荒废了。"

其他人听到，眼神柔和了许多。

"可是，现在怎么办？肚子还饿着呢。"

"明天或者后天，补发大家一个月工资。"

"什么，这么快就要发工资了，是真的吗，你没有骗我们吧？"女人们听到这个消息首先叫出来，她们激动得互相握手。年轻妈妈怀里的婴儿哭起来，她轻轻安慰他："乖，别哭，明天就要开工资了，妈妈给你买进口奶粉吃。"她的话把大家逗乐了。

"那以后呢？以后每个月都能发工资吗？"一个中年妇女支着身子问。

"我不敢保证，但开始时至少两个月给大家发一次。"

"噢！"那个女人失望地叫了声，不仅她，大家都有些失望。

"不要为难他了，现在是最难的时候，大家都应该体谅他。不管怎么说，要开工资了，心里总算踏实一些。至于以后，大家这段时间不也熬过来了吗？况且他答应两月发一次，这已是很难得了。"

人群里没人再说话，不过看得出大家眉头都舒展不少，脸上也露出少有的欢快。

"刚才真对不住你，你不要往心里去。大家这几年过得太苦，一天天熬到现在，谁还能没些脾气。"

"我理解，我知道挨饿的感受！"

"这就更对路了，我们相信你。你的伤势不严重吧？"

"没什么，皮外伤而已。我很快会召集全厂职工大会，会上将宣布一些事项，希望你们提前转告大家。如果有什么好建议不妨提出来，厂里会认真考虑的。"

"放心吧，我们知道怎么做。只要能让厂子活起来，让我们做什么都行。"

"现在快中午了，大家都回去吧，孩子也该放学了。"

"你呢？"

"我也要回去了，我不能辜负大家对我的期望。"

"你这么说，真让我们感动。"一个中年男人严肃地望着王海说。

说话间，大家都站起往外走，王海亲自把那个为他挡架的瘫痪老头推到外面，并表示了感谢。旁人告诉王海："他可是厂里的首席工程师，从建厂时就在这里了。他在厂里的威望很高，解决了好几个连苏联人都解决不了的问题，是厂里的大功臣。前年他退休了，可仍然十分关心厂子的发展，这不今天正好在这儿和大家商量怎么办，你就出现了。"王海立刻上前抓紧老头的手，希望以后进一步得到他的支持，老头愉快地答应了。接着王海又认识了几个人，都是厂里的中层干部，大家边走边谈，不知不觉来到厂门外，然后分手告别。看着他们远去，王海回到车上。现在是下班、下学的高峰期，街上的人、车猛地多起来，王海不敢把车开快，此时的他心情不错，耐心地边等边开。

是的，王海为自己的表现自豪。经过刚才惊心动魄的一幕，他反而觉得放松很多。好像自己和自己干了一仗，打败了先前那个苦闷烦恼的自己，现在的他自信多勇，期待着成功。那一刻，他好像铁了心，无论发生什么，都不会退缩。他清楚地知道此劫可躲，以后呢？只有先战胜自己，才能战胜别的一切。他又向着解决问题迈出一步，事到如今，他比谁都清楚，只要事情没出现根本性转机，他心里永远像扎着一根倒刺。好歹银行贷款今天到账，这次风头可以避过去了。他再次拷问自己是否有能力担当，"可是，不是我，就是别人，总要有人翻过这个景阳冈。而且，不只是我，还有这些厂子的广大职工，还有市政府，还有全社会！"这么想过后，王海马上接着对自己说，"静下心，先找到突破口！"

奋斗者永远都辛勤，也永远在迎难而上。接下来，王海经历了有生以来在 T 市最为艰难的时期。说起木器厂，他首先通过高薪招聘的方式，找到一个名叫本明的人。这人身高一米八五，三十出头，整个人看上去像皮划艇队员一样有气势，说话办事特别有魄力。他本是香港一家外资公司的销售主管，业绩相当不错，但因为受不惯外籍主管歧视，一怒之下辞职回乡。王海和吴铎分别与他深谈过，感觉他的经营思路既清晰又超前，便决定把木器厂交由他打理。当王海发出邀请时，感受到王海真诚的本明第一时间答应了他，并保证三年内再交出一个木器厂。不过他也提出自己的条件：全盘放手让他经营；根据业绩每年另拿一定股权，以百分之二十为上限。王海同意了，本明站起大声说道："我不会让你失望的，等着分红吧。"次日，王海在木器厂的干部职工大会上宣布了这项人事任命，木器厂平稳完成了交接过渡。王海之所以把厂子放心交到本明手上，是因为他深信这里面不只有个人利益问题，还有他们彼此共同的理想、信念与抱负。剩下的两个企业是铁疙瘩，他暂时没有别的作为。工资发下去后，三个厂子算是平静一时，但后面怎么办，就算每人最低二百五十元的生活费，加起来也是一个庞大总数。他多次深入两个企业做调查，与原来的管理和技术人员一起分析原因、研究市场，重新制定和推行管理制度，还跑到外地了解同行经验，考察回来发现自己的思路并没错，关键是企业硬伤太多。他感到自己被卡在这里出不去了，叫天天不应，叫地地不灵。他希望政府再帮一把，但毕副市长表示，无论自己还是市政府很难再帮到他了，他听后身子凉麻一半，当晚做了一整夜的噩梦。他找到吴铎，希望其加入集团，吴铎笑笑否决了。

"真的不能再考虑考虑吗？"王海黑着脸、红着眼恳求。他已经连着一个月没睡过囫囵觉了。

"我的衣品、言行，必须配得上这里，这是我的尊严，类同我的信仰！"当王海在对面难受时，坐在新时代酒店里的吴铎却在心里这么强调。"我会替你考虑的，给我点时间，我好好研究一下。"他一身周正，把皮包搁在腿上，举止温和，同时放眼酒店大厅里一丛丛茂盛的盆植，感到它们生命力着实旺盛，好像正将他的灵魂召唤。

"我邀请你做集团副总，负责企业的战略规划。"王海错误地理解了吴铎的本意，想让吴铎对自己的窘况生出同情心，为此甚至装出一副可怜样。虽然名义上他是T市一家大型民营企业集团的董事长，可其中冷暖只有他自己知道。而现在他即使身处全市最现代、最热闹的高档酒店，也觉得好似独坐在郊外的山顶，背后被凉飕飕的山风吹着。

吴铎出神许久，这才掉过脸，神情像无风的天空空旷宁静。"我并不是冲这个来的，只觉得你这是做好事才帮你。"他轻呷口咖啡，又弹弹衣服上的褶皱，显示自己一贯强大的自尊心，"我没有任何私心，现在没有，以后也不会有。"临了他补充一句，然后又往人来人往的大厅里看，好像里面的每个人他都认识与喜爱。

"我现在该怎么做？"王海抱头揉搓头发，没去顾忌这里是公众场合，也不担心惹烦吴铎。他已经完全没了主意，被逼得走投无路，只能像个小学生不耻下问。他那么急迫和惶恐，像待在一个永远不会天亮的子夜。

吴铎目光柔和起来，像兄长那样仁慈地想了会儿，再把身体坐直，看着王海认真说："作为企业负责人，你一定要懂得点专业知识才行。"他最终把自己最在意的问题说出来，希望这时候王海能真正认识到自己身上最大的弊端。"王海，国外有位经济学家说过，企业家是市场经济的'原动者'。而我们现在的企业家，面对新兴的市场经济普遍缺乏的就是企业家才能，这同样是你最大的缺陷和短板！你要对自己有信心，但这是信心的来源之一。"吴铎伸手同情地抚慰王海，王海吃力地干吞下几口唾沫。吴铎的大实话似一盆冷水泼上他的头，受此一激，他有所觉悟，不敢说什么，但注意听下去："这倒不是说技术方面，而是管理本身就是一门科学。具备专业素养使你显得训练有素、八面玲珑，轻视知识、单凭热情去干，无论做什么都会茫无头绪、顾此失彼。相信知识的力量，它比你交到一百个、一千个高级朋友都管用。这段时间，你正好可以看看书，会发现很多答案就在书里……"

吴铎说出作为知识分子的见解，让王海灰溜溜地回去琢磨他的话，并觉得这是自己继参军入伍后，心灵又一次被真正触及。是的，这些年他总隐隐感到有什么东西在妨碍自己，现在经吴铎提点，这才猛地意识到知识与学习的重要性。一回去他就马上反省过去"读书无用论"对自己的影响，而且对于自己目前的成功，也认为侥幸可能占据大半。是的，没文化，不学习，问题一旦来了，只能急着四处找人求人，唯独不能自助、自救。恍然大悟后，他赶紧行动起来，根据吴铎等人的推荐到处搜寻书籍，给自己定下规矩，只要有空就马上学习，而且每天学习不少于三小时。一时间，他的家里、办公室，还有车里、包里，到处放着书，只要方便，随手捡起翻阅。开始味同嚼蜡，但时间一长就见到成效，一些疑难慢慢澄清了，一些问题渐渐有了思路和想法。就像他真正学会了游泳，不再瞎扑腾，动作变规范，形成节奏，不慌不乱，臂膀一下一下地有力向前划动。正当他准备在某个时间感谢吴铎的时候，两个月后，吴铎却突然造访，一见面就把一沓稿纸从包里掏出，放到王海明亮的办公桌上，疲惫中带着欣慰，说道：

"王海，这是我为你量身定做的另一套方案，你看看！"他满面放光，看上去踌躇满志。王海迟疑一下，立刻打起精神，像历经无数个颠沛流离之日后，终于发现脱离苦海的希望。

王海拿起方案加急看，很快明白了其中核心要义，简而言之就是"异地搬迁重建"。他越看越激动，感觉终于从黑夜来到黎明，又从黎明来到清晨，再从清晨看到太阳高高升起，最后霞光披满全身。最后，他把方案往桌上一拍，大喊一声："太好了，吴兄！"

"提高质量和效益是国家今后对经济发展的整体要求，也就是说，我国要把经济发展从重速度、重数量、重规模，逐步转到高质量和高效益上来。我们要重视这一点，要在遵循这种思路的基础上，提出企业发展的具体策略。"吴铎兴奋地介绍，然后大口喝咖啡提神。

"通过土地置换方式，既解决了资金困难问题，又能乘机对企业进行技术改造，一举两得的好主意。如果成功，我们就算积极地参与到国家的战略里。"王海激动地复述。

"没错，国家继续提高开放水平，适应经济全球化形势。强化贸易政策和产业政策协调，形成以技术、品牌、质量、服务为核心的出口竞争优势，这非常有利于我们！广阔天地，大有作为，我们一定不能气馁！"吴铎用国家的事实和前景，激励王海，也鼓舞自己。

"还可以通过吸收股东的方式增加对企业的投入，很多人已有这样的意向。唉，我怎么没想到这么做！"王海拍着脑门，边高兴边遗憾地摇头。

"如果有可能，集团要及早上市。这些都是下一步要做的要紧事。"吴铎精神恢复了，整个人气质出众，吸引着王海和餐厅众人的注意力。看得出他非常享受自己营造的氛围，所以更加愉悦地看王海与周围，觉得现实的一切都那么写实与美好。

王海难再说什么，站起来到吴铎前面，要给他鞠躬。

"不，我还要谢谢你呢！"吴铎连忙制止王海，让王海坐过去，爱惜之情像对待市民广场上新添的市政设施。

王海倒疑惑了，动手给吴铎咖啡杯里加块糖。

"你让我苏醒了、复活了！"吴铎微笑着侧向一边，自身像极了一株春天里被阳光照亮一侧的凤凰树，"整个城市、整个国家都在改变，我不能再无动于衷。我终于等到这一天，重新回归时代中，参与进火热的、富有朝气的社会生活里。王海，我不是一个坏掉嗓子不能再纵情歌唱的歌手，我要面向世界重新放开歌喉、激情地歌唱！"他优雅地仰起身体，脸上沁出鲜亮的粉红色。他难得这么放开，第一次在王海面前轻笑出声。他不再像过去努力克制自己，而是有意让自己回归年轻，身体和意志同时变成想象世界里一座生机重现的春山。

二人欢喜地对视一眼，目光一起穿越新时代酒店大厅的玻璃幕墙，也越过修葺一新的 M 河道，再飞越星罗棋布的高低楼宇，直达朦胧远处的广阔田野，又仿佛并排走入 T 市妙不可言的美好未来。在意念里，他们共同升华着崇高的理想，豪气地张开双臂，齐声喊道："美好的新时代，我们来了！"

十二

时过境迁，黎怀远身体大不如从前，但他还是在 1995 年 3 月 17 日下午，坚持回京参加了一个内部研讨会，并在会后紧急去见一位分管领导。他一路匆忙赶到那里，却被告知领导正在研究一个重要事项，不能马上抽空见他，要他在接待室等会儿。来前路上塞车，现在又要在接待室等，他有些懊恼，一身汗没干透，又窝出一肚子火。时隔半年回京，上级机关的工作制度大变，让他感慨万千。"可这不是好事吗？自己成天琢磨的不就是要加强新时期军队建设的事情吗？难道就因为受了点冷落，自尊心就受不了？"他怀里抱紧皮夹，蜡像似的坐着思考。鼓起的公文包里，正是被他视为后半生心血、写了近半年、足有四五十页、涵盖十几个方面的意见书。

"麻烦把腿收一下。"

"什么？"

坐在值班室桌后的小伙子，不知什么时候站在黎怀远面前，像提个拖把在地上练毛笔字一样地乱动。黎怀远看到他软塌塌的带鱼身板，打心眼里厌恶。

"麻烦把腿收下，我要出去涮墩布。"小伙子说话毫不客气。

一会儿后，小伙子回来，像突然发现屋里闯入陌生人似的吓了一跳。

"你在这里做什么，找谁？"他好像不记得有个人在他屋里已经待了足有十五分钟，用大惊小怪的眼神打量黎怀远。

黎怀远血压蹿高，像在西直门大街被当成贼一样，却只得强忍怒火。

"小伙子，我要见领导，晚上我要赶火车！"

"找领导吗，外面排着长队呢。"小伙子回到座位，握笔写一下停一会儿，再往别处看一会儿，像川剧演员变脸那样不停地变换表情。

"小伙子，你不认识我吗？"

小伙子不听黎怀远说什么，歪起头想到什么中意的措辞，不禁笑出来，低头咬着嘴唇，继续在稿纸上快速往下写。

黎怀远"哦"一下，把欠起的身子撤回去。他摸着表看，发现离火车开车不到五小时了。

"西铁城吗？我在香港免税店看到过。"小伙子一下认出手表牌子，搁下笔，像金鱼看到食物游过来。

"女儿送我的生日礼物。"黎怀远下意识地擦擦表盘，难得现出做父亲的柔情。这情感当着女儿的面不曾流露过，今天却意外展示给一个陌生人。

"太有范了，瞧那针走得多脆响。"小伙子抓起黎怀远胳膊仔细看，丝毫不管黎怀远愿不愿意。

黎怀远不好说什么，任小伙子抓住自己胳膊看。

"你是来找领导吗？"

"是的。"

"什么事？"小伙子放下黎怀远胳膊，把脸凑过去，这时才重视起来人。

"小伙子，把风纪扣系好，这是穿军装的基本要求。"

"我才不喜欢这么堂堂正正。如果我的嗓音条件好，早去当歌星了。我会弹吉他，演奏小提琴，《那不勒斯舞曲》我最拿手，架子鼓也会一点。出名后，成天生活在鲜花掌声里，多么惬意与浪漫啊。"他把双拳抱在胸前闭上眼，仰头沉浸在美好想象中。

"我来送一份报告。"黎怀远把声音放轻，蹙眉不忍心伤害这个年轻人。

"放下吧，我抽空交给领导。——你说我会待在这里一辈子吗？"刚才他还是一副冷淡的态度，现在却把这个年过花甲的陌生人视为知己。

"你与基层的同龄人相比幸运多了。"黎怀远感叹，眼前里又浮现出基层的士兵们。

"人和人不同，各自的痛苦也不同，干吗拿我和他们比。你们把所有人看得跟没有区别似的，就像砍光世上所有的其他树只种上松树一种。我反对，坚决反对，我就是要做一棵与你们种的树不一样的树。"

"小伙子，我不是那意思。"

"那是什么意思？你们只希望让他们晓得打仗，而不去管世界上还有艺术。喜鹊在景山上唱歌你们不懂，从承德坝上吹来的风像双簧管吹出意境悠长的曲调。艺术具有神奇魔力，热爱艺术的人都是生活中的高人，生活在他们眼里就像玉泉山那样漂亮，一点草动虫鸣都引得他们心动不已。"他边说边配合行影动作，像素装演员走台步一样，"改革年代大家不该墨守成规，每个人都要有个性、有活力，整个社会才会生机盎然。一个年轻人不活跃的社会能有生气吗？不会，绝对不会！让一个国家和民族永葆青春的秘诀并不高深，就是让他们的年轻人活跃起来。给他们为所欲为的空间与自由好了，让他们爱干什么就干什么，想追求什么就追求什么，那这个国家就离无敌不远了。"说完，他像累了一样瘫在椅里，抓起笔在虎口熟练地旋转起来。

"艺术？"黎怀远觉得这就像与一个坚定的马克思主义者谈论休谟的经验主义一样，也像让他在这个年纪咬碎一粒炒蚕豆那般吃力。他愣下神，黯然答道："我不懂艺术，所以不知说什么。"

"艺术使我们眼中的世界又多了一种颜色，对生活格外多了一层理解。"年轻人冲到窗前，看外面灰色云气里鱼群一样凑在一起密飞的鸽子，兴头十足地咏叹，"艺术是审美的科学，用来掩盖我们的功利与俗气，就像使用香水与香粉使女士们明媚鲜妍。艺术本质上令我们的精神芳香洁净。或许正有赖于艺术，我们才喜欢上这个动荡不安和充满危险的世界，觉得她像推辞不掉的恋人，除了可恶之处更有可爱之时。我们就是靠这么一点点对于新鲜事物的贪念与怀旧情绪在生活，这个世界之于我们像蚕农匾里的白蚕，彼此形成共生关系。"说罢，他把略显肥大的军队衬衫从裤腰里往上提提，端手耸起那副瞧不出臀部的排骨身板作势。

"大爷，请您跳个舞！"

"小伙子，现在能见领导吗？"

"探戈怎么样？"他把黎怀远揽前一步，侧头甩动头发，下巴像键盘上的手一划而过，"探戈，探戈，三步一回头。"

"小伙子，快放开我，我这把老骨头经不起折腾。"黎怀远被这个年轻人拖布袋似的带着走。他头上很快渗出汗，吃力地跳着，像以目前的年龄跳过一条两米宽的壕堑。

"这才哪跟哪啊，乌兰诺娃六十岁还跳《肖邦组曲》呢。你们这些人，为什么一上年纪就总强调自己的岁数呢？——对，就这样跳，往左再往右，多容易啊。"

"这不合适吧？"

"干吗那么严肃，当工间操不行吗？"说着他一转身，把舞伴拖至一米外，再一个转身，又扔回另一个方向的两米开外。

"小唐，你这是干什么？"外面突然响起一个声音，黎怀远下意识要挣开，但被年轻人控制得动弹不得。只见一个容貌秀丽、妆粉浓重的女子从门框后探出半个身，一头齐耳根的黑硬浓发，下巴白白尖尖，眼睛会说话似的眨动不停。

"刘姐啊，事情办完了？"年轻人顺势俯身，把黎怀远用力往后下压。黎怀远感到腰椎几乎断裂，完全没有气力挣扎叫喊。

"是啊，谢谢你！"

听到一个好听的声音，再看到女子一张美丽熟悉的脸，黎怀远血一下涌上头。接下来，他连那两人说什么都听不清了。

"跟我还客气，改天送我两张演出票呗。"

"行啊，只要你喜欢，现在唱都行。"

黎怀远刚合上年轻人的步子，对方突然放开他，赶过去把女子从门外请入，关门前不忘往两边瞧瞧。

"这是著名女中音歌唱家，歌舞团的台柱子，歌声醇厚得像法国绵羊奶酪。"小唐近前像欣赏玉雕似的上下打量，小脸露出公子哥天真的浮笑。

黎怀远视线模糊了，他想坐下，却觉得是一种失礼。他手心里全是汗，刚跳过探戈的腿不由要往下蹲。

女子像午后的一阵风，在两个男人面前掠过，手指往桌沿轻轻那么一滑，随后轻盈一转，似坐非坐倚在桌边，窗外映透的阳光把她曼妙的身材映衬得精巧有致，像杨柳在护城河中的倒影。

"说吧，想听什么？"她用迷人的声线遥远地说，加上刻意修饰，像往痴情男子的额上轻轻一点。

"你最拿手的，《在那遥远的地方》。这首歌除了你，谁还会唱得缠绵多情？"

女子不再推辞，睁大又圆又黑的眼睛，迅速把画风转到散发草原清香的辽阔地方，向着神思中的远方唤出一片温情。她没有纵声高唱，只是微微压着声音，像条解冻的小河悄悄钻出地层，波光粼粼一路向前。大概是临场发挥，唱完一段她停下来，撩起低垂的丝巾，望着愣神的两人咯咯笑起来。

"听到了吗？'此曲只应天上有，人间能得几回闻'。"小唐甩动宽阔的裤腿，神情紧张地说，像有特别的东西熬煎他。

"小唐，我要回去了，听说改革马上要开始，这次可动真格的了，记得帮我留意啊。"女子像金丝鸟扇动灵巧的翅膀，每下都那么婀娜多姿。

"升衔是吗？放心吧，我会的。不过，你要抽空教我唱歌哦。"小唐像欣赏云彩一样昂高头。这是他生活中本来的样子：从来都高看自己，即使关注他人，也是一种依稀格调。

女子离开一小会儿后，小唐才回到座位，皮肤像蒸过桑拿轻薄透亮，身子仍随心中的旋律轻微摆动，像只氢气球脱手就会飞掉。

"小唐，我能去见领导吗？"

"你真扫兴。"小唐变脸了，仿佛自尊心受到伤害。

"我不是不喜欢艺术，而是现在有更重要的事情做。"

"不就是见领导吗，不就是要发表你忧国忧民的见解吗？你以为别人会在意你的意见吗？你来这里如果不是为沽名钓誉，那么也像她是来邀功请赏的。"小唐刻薄地说，似乎喜爱用这种方式显示自己的深刻，并以此揭露人们身上越来越普遍的虚伪。

这话严重伤害到黎怀远，他没想到这批新成长起来的年轻人，变得如此粗俗无礼。北京变化太快了，不仅是街区与道路，还有生活其中的人。时代变迁一方面赋予城市律动与崛起，另一方面那些曾令人激动与怀念的东西正在消失和沉陷，难见碧空如洗的晴天与明朗真切的阳光，也再闻不到整条街巷飘香的油条和酸豆汁。

"我的那些兵才是真正的男子汉，和边陲大山一样雄伟高大。"黎怀远内心骄傲地想，挺高胸脯，把衣服上的小褶子全部拽平，恢复战场上的那种胆略豪气，决计不理会这个嚣张难缠的年轻人，直接去闯领导办公室。

"再见！"他歪起鼻子，压低军帽，收起小腹，极力保持做将军的威严。

"你不打算见领导了？"小唐右手中指在光洁的脸上摁出个酒窝，仍不把这个老人和别的放在心上。

"我自己去，不劳烦你。"黎怀远往外走，步子不大不快，注意压低重心，像座塞外的孤城，把悲壮留给这位京城小爷。

"你生气了？"小唐仍坐着没动，大笑着挠脸。

黎怀远不理他，三下两下到了门口，如战场上那样敏捷。

"你就没猜出我是谁吗？"小唐把头一歪，冷冷地问黎怀远。

"就是天王老子，我也管不着！"黎怀远此时不把任何人放心上，男人的血性使他耿直，加上凛然的正气，更把任何人与事都看得渺小了，音量大得好似能摧毁整座大楼。

"嘿，就凭你这样还想见领导，领导也不会待见你的。"小唐自认说了实话，出于好意，他打算劝止这老头的鲁莽行为，便上去要拉住黎怀远，却被不客气地推开。他真的生气了，脸上现出那种简单明了的怒气，像被冤枉的小狗叫唤起来。

"伯父，您怎么在这里？"黎怀远正担心如何处理这事，就见对面走来一个瘦瘦的军官，帽檐几乎压到鼻尖上，粗犷发青的下巴尽力抬高，阴郁地平视前方，黎怀远没认出对方，对方却笑起来，"伯父，是我，齐国民，还记得我吗？"齐国民并拢脚跟，漂亮地行礼，然后摘掉帽子端放左臂，殷勤地伸出右手。

"齐国民？哦，好久不见，你已经是上校了？"黎怀远留意到齐国民的肩章立刻微笑起来。再看他消瘦尖锐的骨骼把略显肥大的衣服撑得服服帖帖，立刻改善了对这个年轻人的印象。他抓住这个年轻人的手试试，感到其手上很有力道。

对于黎怀远的试探，齐国民并没有难为情，他以平等姿态回应这个长辈。两人因此有了默契，变得亲近起来。

"齐哥，你们认识？"小唐凑到门口，瞪大眼问齐国民。齐国民大他许多，在楼里一帮年轻人中间早早树立起威望。他敢于当众揍自己看不起的人，所以楼里的同龄人都害怕他。

"问问这楼里的人，谁不认识他！"齐国民竖直眉毛训斥小唐。他刚才从走廊远远听到吵闹声，近前认出是黎怀远，便知黎怀远在这里遇到麻烦。

"算了，算了，见过领导我就走了。"黎怀远想息事宁人，不愿为一点小事耽搁正事。

"可领导的确吩咐了，让来人等在这里啊。至于领导忙什么，我就不知道了，就是知道也不能说。"小唐再不敢得罪黎怀远，忙请他入座。

"快去通报，说黎怀远同志有急事求见。"

"其实也不能说急事，但很重要……"黎怀远深思着说。

"到底怎么说？新来的秘书天天被骂，这个你总该知道吧。"

"那就说'要事'。"以齐国民的了解，黎怀远绝不是为个人的事情等在这里。他替黎怀远回答小唐，感觉黎怀远是个比保尔·柯察金还要正直的人。

"好吧。"小唐答应着去了。齐国民从后面看他松松垮垮的衣服直摇头，心想如果他是自己的部下，早就一枪崩了他。齐国民陪黎怀远坐下，见黎怀远没有说话的意思，便掏出一支烟在唇边慢慢蹭。他几次想问黎红的情况，可看到老人神思邈远的样子，便停住口。不一会儿，小唐快步回来，黎怀远抬起头，眼焦得发黑。

"怎么样？"

"让我说中了吧，说中了吧，领导正在发脾气！你看，就这样！"小唐把手叉在腰上，绕桌子转两圈，然后把脖子用力一抻，"哎呀，不对。"小唐又模仿一回，仍不像，挠头犯起难。齐国民将桌子一拍，吓得小唐一哆嗦。

"到底行不行？"

"还行呢？你没看那阵势，像要把人活吃了！"

"怎么回事？"

"前段时间军演好像有人作弊。"

"该，这帮小子！"齐国民恨得咬牙切齿，手死死攥住桌角，眼睛向外冒火。

"也就是说今天见不着了？"黎怀远整个身体塌下去，收回之前的骄矜盛气，变得低迷失望。

"如果我进去，肯定这会儿出不来，那边火气大着呢。"小唐像束手就擒那样高擎两手，又把额前头发往上一撩，好像对自己的明智做法很中意，然后用眼睛打量另两人，希望他们也这么认为。

"我们需要改进的东西太多了。"齐国民两根手指轮流搓着额头，眼睛好像转不动似的，有种绝望与悲愤。

"是啊，改革责任重大。"

"嘘，你们在这里胡说什么，我们可是号称'全世界最强的陆军'！"小唐没脚似的蹿到两人面前，用吓唬人的语气瞪着眼睛说。他粉白的脖子上，青春痘和粉刺粒粒格外鲜红，显出简单又复杂的冲动。

"滚开，你这个混蛋，就是你把这里害惨了！"齐国民差点要伸腿踹这个在机关里混日子的小子。如果今天不是遇到自己，这个委身基层的老将军不知会受怎样的屈辱。他暗暗酝酿，从自己做起，有朝一日一定要彻底改变这种状况。小唐灰溜溜坐回座位，像在笑得最得意的时候被抽了耳光。

"算了伯父，今天铁定见不着了，我送您走吧。"齐国民说着站起，同情地望下黎怀远，希望他不必空等下去。

黎怀远不再坚持，老老实实跟齐国民一前一后往外走。整个楼道寂静无声，只留小唐在那里继续思考，像个雪人等暖风来融化。

太阳已经偏西，一弯提早现身的月牙搁浅在天边，几抹泛黄的晚霞映在护城河波澜不惊的水面。街上行人不少，如同缓慢流淌的黑色黏液。齐国民端详黎怀远，发现黎红真的极像他，连出神的样子都神似，都喜欢脸朝着侧面，神情像天坛公园肃穆的早晨。如果黎红接受他，那么身边的黎怀远就将是他的岳父。他想利用黎怀远影响女儿，考虑再三放弃了。黎怀远挤上公交车，匆匆赶往火车站，齐国民朝路旁的小土堆狠狠踢了下，顺便带出句京骂。他不知道自己骂谁，抬头不忿地看眼景山上被树枝排挤掉的一小块天空，眼睛和鼻腔同时生出热乎乎的东西。

返回单位的时候，那些庄重又凌乱的想法再次像极轻极少的云徘徊在齐国民脑际。倒是痛快地下场雨或雪啊，让他发上一通火！他越往下想，内心越狂躁。这里曾是一个清朝的王爷府，但时至今日，已与那位王爷毫不沾边。他陆续经过凉亭、回廊和月亮门，脑子乱哄哄地走进办公室，拉出椅子咣当坐下。他辗转不安，想去训斥小唐，却又提不起神，觉得这是件多么小的事，而明明有更重大的任务摆在面前。他对于周围完全没有了兴趣，细听走廊里，还能听到领导发火的声音。他不由冷笑下，敢把演习当儿戏？如果自己是领导，会毫不犹豫地把他们送上法庭。他把一支烟咬在齿间，两片单薄的嘴唇因为精力消耗过多而呈现暗紫色，侧颊上的痤疮也令这张脸并不英俊，但神情让人觉得他是个走正道的人，尤其两只坚毅中带着刻薄的细眼，让人笃信他在关键时候敢作敢为。他想喝茶，拿起水壶却是空的，就披起大衣到后院打水。在那里又碰到小唐，小唐正弯腰接水，朝外面努努嘴："口渴了，要喝水。"又用眼睛补充示意。

"那些人走了？"齐国民明白小唐的意思，拂起袖子看看时间，"怎么处理了？"

"还能怎么处理，写份检查不就结了。"小唐饶有兴趣地看水注满瓶胆，一边愉快地听水响。

"这就样处理了？"

"齐哥，不，齐处长，这事可和我没关系，别冲我发火！"小唐塞上瓶塞抱起暖水瓶要走，抬头见齐国民凶巴巴瞪自己，以为自己又哪里说错话了，连忙改口。齐国民却身子一横，挡在门口。

"站住！"齐国民的臭脾气又上来了，明知这事与小唐八竿子打不着，但心里一时不痛快，准备拿他出气。他边瞪小唐边放下水壶，朝小唐靠近。

"你要做什么？"小唐见势不妙，大叫起来。

"说，前面的事你做得对不对？"齐国民从后面拽住小唐衣领，凭小唐手忙脚乱退回水房。齐国民要借题发挥，替黎怀远出心里的恶气。

"什么人啊，怎么说翻脸就翻脸！"小唐挣扎叫嚷着，水壶失手摔到地上。壶水炸开，溅到齐国民腿上。齐国民先没有知觉，接着越来越疼。当他意识到自己受伤时，照着愣在那里的小唐眼眶上就是一拳。小唐立刻捂起脸吱哇叫，在地上打个转，转身跑向门口。他张口正要骂，见齐国民狮子似的扑来，趔趄一下逃出去。齐国民提腿追几步，看小唐狼狈逃窜，干脆放声大笑起来。

回到屋，齐国民卷起裤腿，看没什么大碍，就跳着给自己泡了茶，闷好盖子，专等茶沏好。他忍不住笑，觉得之前所有的不快都被这次蛮不讲理的打闹冲散。茶沏好后，他捏着盖子在杯沿轻轻滑动，看碧绿的茶叶上下翻滚，便得意自在起来。"如果黎红在场就好了，让她看看自己是怎么替她父亲出气的。"想着这个，他眼前出现黎红那张异常美丽的脸，感到浑身难受，呼吸紧迫，茶香变作她的味道，禁不住闭眼凑前嗅。

"哎哟，齐处长，您这是干吗？"

齐国民一下惊醒，见小唐蹲在自己下面，受伤的眼睛像只美国布朗。齐国民顾不得疼痛秃噜着嘴，脸烧得像着火："你怎么在这，谁准许你进来的？"

"齐处长，您别生气，我不是放心不下，过来瞧瞧您嘛。您门没关着，我就——"小唐蛙泳似的摊开四肢趴着，"我打算瞧瞧您怎样，没想到——"他尴尬地笑着，把脸像小狗似的挠。

"真他妈多事，迟不来早不来，搅了老子的好事。"齐国民气不打一处来，让小唐马上滚出去。

"齐处长刚才做什么，能告诉我吗？"小唐闪在安全距离外赖着不走，齐国民竟然看到他左手小拇指染了蓝指甲，更恶心起这个泼皮。

"走不走，信不信我打折你的腿！"齐国民要站起来，但伤口疼起来，举到中途的胳膊只得放下。

"我信，我当然信，可您要答应我一件事我才走。"小唐扒着门框，摸着被齐国民打过的地方说。

"你他妈的把手放下！"齐国民压着声音喊，好像小唐摸那地方是一种亵渎。

"不摸，我不摸。"小唐连忙拿下手藏到后面，"您瞧，说不摸就不摸。可是您还没答应我的事情呢。"

齐国民把杯子像鸽子似的抓在手里，喝口茶润润嗓子，斜起眼打量小唐。

"其实也不是什么大事，单位这几天不是分大米了嘛，您知道，五十斤那么大的袋子我运不回去，所以齐哥您顺道帮我捎回去，我把最好的茶叶送给您。武夷山大红袍，是从我老爸那里偷的，反正他喜欢拿去送人。"

"武夷山大红袍？这可是你说的，不过少了半斤我可不干。喏——"齐国民指指自己的肿腿，然后点点头。

"齐哥我错了，这次算我欠您的，让我怎么做都好，就是别再找茬揍我。"小唐扑上来抱住齐国民，好像这样可以免灾似的。

齐国民嫌恶地推开："少他妈套近乎，刚才碰了你，老子悔得肠子发青，回去得用澡巾搓三天。"

"您不生气就好。"小唐贴上去给齐国民捶背。齐国民没有拒绝，身子随小唐动作摇晃。

"你说的大红袍算数？"

"齐哥，怎么敢唬您呢。"小唐捏得更细致了，表面上这样，心里却嘀咕这个齐国民身上没多少肉，怎么打人那么大力气。"您呢，说话算话不？"他反问。

"捎大米的事？多大点事。"

"不是，您真的不生我的气，不记仇？"

"记仇，记什么仇？"

"其实吧，那种事还少吗？见怪不怪。"小唐小心嘟囔，然后对齐国民察言观色。见齐国民没什么反应，接着说："现在的事，大家不都睁只眼闭只眼吗？改革嘛，我看就是往墙上晃影子，最后也没什么效果。还能改到哪里去，无非是强化一下纪律，难道不是年年在做这件事吗？反正我没觉出什么实质变化，连我老爹也这么看。"

"你说些什么？改革是你这般人能晓得的吗？你混吃混喝，每天吊儿郎当，有个当兵样吗？成天油头粉面，活像个贾宝玉。"

"齐哥，说白了，您不也凭老子进来的？真凭本事，你我谁也轮不着！"

"就算我凭老子进来，可我没混日子，这点我敢拍胸脯讲。我对得起这身衣服，对得起手里端的饭碗。"齐国民义正词严地反驳，觉得除了这点理亏外，其他方面都堂堂正正。与其他人不同，他有远大抱负，甚至想等自己把宏大的构想设计得完美无缺后，就请命到下面亲自带一个连队，把自己那套军事理念全部贯彻到实践中。他为自己的高尚情怀感到自豪，与这些碌碌无为的人相比，他轻视他们的存在。

"齐哥，我又说错话了，您打我几下，消消气。"小唐说着故意把身子支过去，拿起齐国民的手照自己脸上假装扇几下，却装出比齐国民还痛苦的模样。

"你大爷的，难道我齐国民在你眼里就是这号小人？那么丁点事放在心上，我还算男人吗！"齐国民的话像炮弹落在水泥地上，震得他自己耳朵都发麻。

"这我就放心了。"小唐用肘子擦擦头上的汗，又不敢停下，继续往齐国民身上上上下下用力，同时又不敢弄疼他，怕惹得他变卦。"下班我来找您？"十几分钟后，小唐腰酸背痛，佝偻身子，停下问齐国民。

"要不怎么着，你看我自己能走利索吗？"

"是是是，下班我来找您，咱们一道走。"小唐边说边往外退。齐国民瞪大眼睛往外撵他，不禁想起这院里百年前侍候主子的奴才，往地上啐了一口。

现在是下午五点半，离下班还有半小时，他再次翻出一篇文章看。里面的观点与他不谋而合，让他兴奋不已，所以一直保存在桌面上，想到就随时拿出来看。现在天黑得早，很多人都会准点下班回家做饭，只有他这种单身汉又怀揣齐家治国平天下的人才会延迟下班。环境静下来，他仔细品读文章，愈加发现身上责任重大。"改革需要有人担当，如果不是他们，那就由我来吧！"他比之前瘦了好多，不断想到黄继光、董存瑞等战斗英雄，那是他的精神榜样。

"真是一篇力透纸背的锦绣文章！"直到驾车驶上路，他脑子里仍然琢磨那个文章里的内容。夜色已经弥漫京城，越来越漂亮的北京夜色快赶上巴黎和伦敦那样的国际都市了。这么美丽的国土，这么雄伟的首都，绝不容任何人亵渎与伤害。他默默开车，因为专注于思考，只是不时往外看一眼，好像用眼睛求证自己的想法，然后每次都得到证实。

到了一个十字路口，他猛地刹住车。一个老人正倾斜身子，吃力地推着一垛垃圾，从他车前慢慢经过。他片刻升腾起的怒火，在看到老头稀少飘零的白发和光秃秃的红嘴唇后熄灭。这时，老头回过头温柔内敛地冲他一笑，像个犯错误的小囝囡害羞又腼腆，然后转过去继续慢慢往前走。崭新宽阔的街道，繁华绮丽的城市，没能遮盖住这个佝偻身子、瘦弱得像蝼蚁的老人的光辉，就好比一个一万米宽的天堂门口，横卧着一个嘎嘎欢笑的婴儿。这情景深深打动了齐国民，严重唤起他的怜悯心。原来所谓民族，正是由从他面前经过的这些形形色色的人组成，他们不起眼、卑微，有着自己简单的快乐与无形的烦恼，同时与他同宗同血、同根同脉。

小唐听到后面司机摁喇叭，连忙催促齐国民。齐国民却胳膊架在方向盘上，一直目送老人到达对面。

"齐哥，快开啊，后面堵着呢。"

"急个毛，这不就开了嘛。"齐国民发动车子，往相反方向打转方向盘，急得小唐嗷嗷叫。

"齐哥，错了，错了，往左开才对呀。"

"就是这边！"齐国民脸上闪过狡黠的笑，不看小唐，只管盯紧外面，路灯和路边小店的灯光将他的脸映得明暗不定。

"齐哥，您还要捉弄我啊，您在单位可是答应我了的。"小唐想阻止齐国民，却只能在后座上叫嚷。

车子拐进一个小巷，开得不紧不慢。北京的夜晚不再冷清，形形色色的商铺与高档酒楼、饭店繁荣了经济，增加了人气。齐国民小心绕过路边一辆三轮车，中年小贩戴一顶茶色绒帽，用粗糙的手挨个擦拭小山包似的金色橘子。齐国民很受用他的叫卖声，仿佛在成都体验一回掏耳朵。

"齐哥，我们到底去哪里？"小唐放弃争执，只想弄清楚齐国民的想法。他肚子有些饿了，没力气地靠在座上，看进进出出饭馆的人，心里直犯嘀咕。

路越来越难走，齐国民的车也越开越慢。不是道路太窄，而是里面堆放了太多杂物，加上摊贩、行人和车辆，需要耐心和车技。

"快，帮我盯住那老头。"齐国民朝后提醒下小唐。小唐不情愿地坐直。

"什么老头，哪个老头，盯他做什么？"小唐嘟囔。

"就是刚才路口那个差点被我撞到的老头。快点看，别给我弄丢了。"

"您认识他啊，您要做什么，难不成要帮他运垃圾，您这车上也搁不下啊！"

"让你盯住就盯住，少废话。"

"瞧您说的，我没一点好了。"小唐鼻里哼着，起身往外看老人背影。只见老头在车前不远处欠身往前倾轧，用微不足道的体重顶住大车不后退，在人流里走得很慢，也很艰难。

大概两三百米后，老人在一处没有灯光的巷口停下，然后从矮墙上一个门洞似的豁口钻进去，很久没再出来。车子搁放一边，像只养熟的老马乖乖站立。没有动静，没有声音，与旁边的车水马龙相比，这里简直像荒郊野外。

"喏，就在那里。"小唐伸手指着，像完成一项任务似的激动。

齐国民小心把车停过去，不理小唐，直接拉门跳下绕到车后。小唐从车里看到齐国民打开后备厢，从里面抱起一袋大米扛在肩上，大步流星朝矮墙走去。到了跟前，齐国民有意放轻脚步，肩膀一斜，滑下袋子，小心放到门口，又照原样退后，站在车旁边拍拍手，最后盯住门口会心地笑。

小唐下了车，守在车后备厢处。

"谁的大米？"

"我的。"

"你不要，送人了？"

"嗯，有问题吗？"

"没有。"

"没有躲一边去。"

"还要干吗？"

"不干吗。"见小唐站着不动，齐国民眼睛一瞪，用手扒开小唐。小唐到了车门处，想扑过来，但看到齐国民身强力壮不敢妄动。齐国民二话不说，把另一袋米也扛起放过去，临走往单薄的木板门上轻敲几下，再转身一溜烟跑回去。见小唐盯着米袋，他压低厉声道"上车"，然后将小唐连拖带拽拉上车，并迅速发动车子，倒出一段距离后停在暗处，熄火关灯，激动得不断吞咽，一脸的幸福，探头静静观察远处的门口。

"您送您的我没意见，怎么没经我同意，把我的也送出去？"小唐在旁边不高兴地质问。连问几次没被理会，他下意识地提高声音，当即被齐国民杵下胸，疼得抱起身子弯下腰，看牙似的张大嘴。

"看，出来了。"齐国民尽力往阴影里躲，从方向盘后观察情况。就见老人慢慢挪开门板，身子遮住里面射出的光，地上有个车轮大小的黑影同时蠕动。他先探出全白和毛茸茸的头，小心往左右看看，确认没有情况，再斜出半个身子，扩大观察范围，最后整个人从门里出来。大概他刚在屋里脱掉上衣，只穿件旧式红袄，下身是条肥如戏服的旧裤子，腰带几乎勒到肋骨上，整个人从脸到身上都脏乎乎的。前前后后寻过一番，他终于发现门后垒着两个袋子。迟疑会，用脚踢踢，仿佛检查是动物还是别的。齐国民看到不禁扑哧一笑，小唐也顾不得疼，直起脖子往那边瞅。

"瞧他那小心样，像排查地雷似的。今天可算他遇上好事了，偷着乐吧。"还想说，看眼专心致志的齐国民又闭上嘴，扭头再继续看。只见老人双手彻底松开门板，木箱子似的笨重移出来。"他腿脚腰身不好，真不知道他怎么移动那辆拖板车的。"齐国民低声说。"那倒是，那重量连我都够呛。"小唐看看那辆拖板车，车上的东西足有两米高。想到这么个瘦小老头推得动这么大一车东西，他当看蚂蚁搬家一样津津有味。

老人弯腰在袋上摸摸，把本已佝偻的身子压得更低，又凑上去用鼻子使劲闻闻，然后像正要下口的动物察觉到威胁后马上抬头。齐国民刚想再往阴影深处躲，就见老人侧头朝里面喊几声。不久，同样浑身肮脏凌乱的一个老妇人，颤巍巍从里面握个手电筒出来。到了老头旁边，两人像两棵老树同时弯下，老妇人对准袋子给老头照明，老头动手撕掉袋口封线。没一会，袋子被打开了，老两口一边用手扒拉米，一边互相看着说话，好像确认东西是哪里来的。随后老妇人直起腰，往左右惊讶地看看，确认前后没人，这下激动起来，吃力地笑着，和老头互相孩子似的庆祝。紧接着，两人像抬伤员似的把两袋米快速拖回去，临了不忘再往两边仔细瞧瞧，最后赶忙关上门。齐国民专心致志看完整个过程，在车里拍着大腿笑得前仰后合，好像做成一件心仪已久的大事。

"齐哥，您这学雷锋做好事不留名啊。"小唐酸溜溜地说，把那件机关统一发放的皮衣衣领翻利索了。

"想说什么就说，别吞吞吐吐！"齐国民开心地发动车，像去郊游似的往外看。

小唐说也不是，不说也不是，扁桃体发炎似的吭哧着，不过终于还是忍不住还口："齐哥，咱以后能不能不这样？"

"心疼你的米是吧？"齐国民不留情面地揭穿小唐。

"齐哥，不用您送，我自个回去。"小唐突然变脸，对齐国民态度发生了转变，心想就算齐国民是只狮子，也是孤军奋战的狮子，不值得害怕。

"得，还想请你吃涮羊肉，那就改日。"齐国民觉察出小唐的冷漠，自己也不想再搭理这浑猴。

小唐推开车门下去，三步两步没进人群中去了。齐国民没管他，自己看看表，已是七点一刻。"什么是军民鱼水情，这就是！"他再次暗笑，默默吸完一支烟后方才动身回家。

第二天下班后，齐国民穿件夹克，头缩进衣领，双手插入兜里，在冰冷的护城河岸边焦急踱步，中间不时往路口对面的斑马线上张望。夕阳刚好落在西岸两座楼的中间位置，给他一米七五的全身镀上金色。一顶俊俏的军帽更让他显得硬朗与富有生气，同时也正好忽略了那张缺陷较多的脸。河道弯曲宽阔，两侧栽满年久的杨柳，树干粗壮但千疮百孔，不堪重负似的往河心里垂下稠密枝条。几只野鸭或别的小型水鸟零星地在排污管道口附近游弋，偶尔把头扎进水里，片刻后钻出来猛烈晃动身躯。这里作为北京的旧水系得以恢复，按照风水学观点，这条河关系着一个城市的兴衰。可是，根本看不出它与国计民生有何关联，倒是齐国民，把自己的幸福系在这段河边。他等的不是别人，正是倾慕已久的黎红。

黎红下午接到齐国民打到杂志社的电话时，正在誊抄一份采访稿。她本想挂掉电话，但想想还是见面把话说清楚，让他彻底死心。她印象中的齐国民，是个脾气倔强的纨绔子弟，而她要找的是个通情达理之人。她要求见面地点不要离单位太远，也不必去什么茶楼咖啡厅，免得遇见熟人。并且，她顺便也想听听齐国民对于父亲的评价，因为齐国民向她提到了他。

她来了，夕阳勾勒出一个俏丽身影，全身装在一款葱绿格子的显身套裙里，头发束在脑后，东张西望会儿后，从对面赶来。她站在齐国民面前时，脸如剥壳鸡蛋，身似俄罗斯少女，眼里有几簇明艳的冷焰火花。她把手放在身前，十指不断灵巧地搓揉。齐国民连问候都忘记了，倒是黎红先笑起来，觉得和她平时接触到的齐国民不一样。

"怎么了这是，倒是说话呀。"黎红倚靠栏杆，身影比春天返青的杨柳条更婀娜娇美。

"把你叫到这里，没打扰到你吗？"齐国民望着近在咫尺的心爱姑娘，脸发烧地问。

"你是要向我表白吗？如果那样，我明确告诉你，我有男朋友了。"黎红直来直去，说后幸福满满地望向远处，甚至不去管齐国民的反应。她是座花园，没有围墙，尽可让人旁观，但绝对禁止闲杂人等入内。

"他是什么人？"齐国民舌根发僵，黎红的话像扒去他的棉衣。

"有这个必要吗？但有一点毋庸置疑，他很优秀。"她大声宣布，然后在光线里拿过丝巾安静地抚摸。

齐国民没有力气说话了，从她的神色中相信了她说的是真的。他痴痴望着她，嘴巴像被塞进东西一样。

"怎么不说话？"黎红转过来笑笑，小巧的脸恰好镶嵌到柳枝后，眸齿闪亮。

齐国民攥紧衣兜，手心冒汗。他立定原位，担心自己任何一个多余的动作都会破坏现场的气氛。现在，只要能同她待着，对他来说就是奢望。"说什么？"齐国民滑动粗大的喉结，粗声低气地问。

"说出来对你好，这样就不耽误你追求别的女孩子了。"黎红又看到久违的夕阳，认真地享受这个黄昏。

"可是，我只喜欢你。"齐国民说这话时，心里充满某个邪恶的想法。但他不觉得那是一种耻辱，而是一个真正的男子汉所为，在困难面前绝不轻易让步服输。

"好吧，随你，反正这话我听多了。"她摊开手，一副无所谓的神态。

"我希望你能快活。"他深沉认真地说，眼里有种哀求。

"谢谢！"她声音婉转地回道，"你是男人，也是个军人，应该有这点度量。"

"那不同！"他发着抖，艰难地说。

"好吧，齐国民，说正事吧，我想让你谈谈对我父亲的看法，因为他越来越古怪了。过去他习惯拿枪，现在却拿起笔放不下。我不清楚他想做什么，你或许可以从一个军人的角度好好解读他。"

"他嘛，我心目中的老英雄，可现在不是他那个时候了。"

黎红点点头不说话，换上疲惫的笑，用圆眼睛瞪着齐国民。

"你有过很多像我这样的追求者，是不是？"齐国民猛地把头转向一边，恨恨地说，甚至没有张开嘴。他顺势扯下一截树枝，把它远远掷向河里，受到惊吓的水鸟立刻飞起来。

"你和我认识这么久，应该知道我是怎样的人。恕我直言，你和你周围的人——"她停下看他一会，"你们没什么区别。"

"我和他们不同，我钟爱自己的事业，愿意把感情专一地投向一个人。我不喜新厌旧，更讨厌拈花惹草。"齐国民激动地捧出双手给黎红看，急于证明自己。

"算了吧，什么'十佳'青年、先进工作个人、优秀企业家，我打心眼里瞧不起他们。原谅我，改变不了对这个环境里的人的坏印象，我至今没发现他们中间有过一个诚实的人。"

齐国民无奈地笑笑，欲开口却无从说起。"快说吧，我还要赶稿子，否则这个月的绩效没法完成。"她催促道。

"改革期嘛！"

黎红显然不愿听这样的话，瞅了一眼齐国民不搭茬儿。

"昨天我见到你父亲了。"齐国民发现黎红不乐意，马上转入正题。

"他过得不好，我知道。对了，谢谢你帮他解围。"黎红泄了气，淡淡地说，然后眯眼看柠檬黄的天边。

"形势在大变，而且既变将变的时候最令人困惑。"

"我只能在电话里安慰他。除了这个，别的我做不来。他很少对外人说自己的事，即便我是他的女儿。"黎红的视线越过河岸，脸上闪烁河面的反光，这使她的美更多了些新意。

"如果我们结婚，我可以照顾他。我和他有共同语言，在军队改革上我们的想法非常一致——"

"你还是想和我在一起！"黎红近乎愤怒地喊道，把身子背过来，牙齿咬着右侧下唇。

"为什么不能折中，这是最好的办法。"

"如果牺牲我的幸福，别说是我，就是爸爸也不同意！"

"只要你同意，他就没有意见。"

"可我没法相信你说的，更不信任你这个人。"

"你见过谁像我这么一心一意地追求你这么久，我身边的朋友都陆续结婚生子，而我一直在等你，你应该看得到。"

"可我已经有喜欢的人了呀，难道因为你我去伤害另一个人？"

"你对他倒死心塌地。我能打听这个人吗？"齐国民冷笑着斜起下巴，好像面对一场决战自己胜券在握似的。

"一点不奇怪。"黎红把身子彻底面向齐国民，用那种怀恨在心的眼神与他对峙，"我早猜你会这么做，而且我还知道，接下来你会处心积虑地诋毁他。"

齐国民拳头一下砸在栏杆上，声音大起来："我没那么卑鄙。"他又一次抬高头，鼻翼在夕阳与河面的辉光中熠熠生辉："我倒真希望他真的不错，能够让我服气，可事实会那样吗？"

"对不起，我得回去了，社里催稿子了。"黎红腰里的 BP 机响了，她接到总编言简意赅的几个字。

"总得吃饭吧。"

"食堂有饭，再不济有面包。"

"你不能这样对待自己的身体，这样会——"

"谢谢你，我知道，可我得走了。"

"我们还没说到你父亲。"

"都怪你，说了那么多没用的。下次我找你吧。"黎红说着跳离河岸要往马路对面去，齐国民敞开衣襟迈大步赶上去。

"我没骗你，伯父情况真的不好。"他从她身后大声喊，一边替她留意脚下。

"他就一直没好过。"黎红停下，转身看着齐国民，"我把你当朋友，说了实话。可是，有的事别人代替不了，就算身边最亲密的人，就算我是他的女儿。"

"他的想法很好，是个值得敬佩的人，一个默默无闻的英雄，如果不是年龄问题，他会继续得到重用的。"

"那些我不知道，我只知道他在做自己喜欢的事。他没有生不逢时就是最大的幸事了。至于他的痛苦，就是他对现状的迷惑与不满。我对他比较悲观，认为他有生之年难以好转。"

"会的，上面已经确定改革的方向与步骤，一切在朝着好的方向发展。"

"和我说这些有什么用，我不是他的上级或幕僚，帮不到他那些方面。"

"你的婚姻他难道也不放心上？"

"怎么就绕不开这个，我们在谈我的父亲！"

"好吧，你的父亲。"齐国民刹车一样停住，手重重扒着马路边的护栏，"难道我们在谈别的？你不想让你的父亲拥有我这样一个知心朋友吗？"

"好像你们真能成为知心朋友似的。"

"我们有过交流，完全有可能。"

"你是他的上级，他当然要尊重你。"

"他才是我的上级，你弄错了。"

"我弄错了？怎么会。"她把私跑出来的头发拢回脑后，转身用不信任的眼神打量齐国民。

"我真的没有打动你的地方？"

"没有。"

"如果有，而你只是没去想呢？"

"那还是没有。"黎红准备过马路了，前面的电话亭、报亭、小摊和小吃店都已亮起灯，她专心看两边的车辆，等待机会穿过去。

"那人和你就不是一路人，你们长久不了的。我说实话，你有点浪漫过头了。"

这次她真的打量他了，好一会，慢慢说道："我爸爸可没这么说过。"她一下子冷漠得好像来自冰河世纪，把齐国民从头到脚伤残了。

齐国民眼睁睁看着黎红飞快穿过马路，消失在人潮汹涌的地铁口，站在原地好一会儿没醒过神，最后揉下鼻子，流出眼泪："妈的，怎么回事，事情又办砸了。"他生气地挥下拳头，回头看那条地堑似的河道，里面完全黑起来，什么都看不清，强烈的臭气随风翻越上岸，直钻入他的大鼻洞。头上不甚规则的天空依稀现出启明星，与周围气派的写字楼相比，就像他寥然空远的爱情。他真的希望和她好好谈谈她的父亲，但她根本不理会他，从开始就认定他动机不纯。"可是，如果因为黎红不接受我，我对黎怀远另外怀有恶意，那我就真没资格追求这个姑娘，更不配这军人的身份。到时不用别人说我，我自己跳到这河里淹死自己。"齐国民心里耿直地对自己说，脸上呈现出以己为傲的激动。今天他没开车，而是沿河一路走回去。

同年4月，李为民双喜临门：一是顺利晋升为正处级，二是李梅终于怀孕。前者他摆了五次酒席仍意犹未尽，后者虽高兴一时，却很快觉得无论自己还是未出生的孩子，遇到李梅都是他们共同的不幸。所以得知消息的当天，他略微向妻子表达过激动后，第二天照样抛下她在外面忙碌。李梅则把怀孕视为婚姻战胜爱情并使自己在家庭中地位得以巩固的至宝，所以倍加珍惜并万般小心。

三个月后的这天，李梅正从镜里仔细端详肚子，它明显鼓起来，上面出现无数个细小的妊娠纹。她之前到医院做例行检查，从B超里看到这个豆芽根似的小生命，不禁发出无限感慨。她开始不化妆也不禁食，清秀的脸完全被破坏了，密密麻麻地生出许多雀斑，如果不是因为要做母亲眼睛显得特别明亮，别人会以为她老了十岁。这段时间她的体重像施了化肥一样迅速增加，整个人比过去胖出一圈，走起路来十分吃力。她穿着妈妈从香港代购的孕妇服，感觉又回到婴儿时代。那种做母亲的幸福和辛苦像晨昏线轮流交替，她需要大量睡眠。她在镜子里幸福地笑着，觉得自己越来越适应做母亲了，只等年底，就可以诞下小生命，现在则成天腰酸腿疼。

"哦，她又动了下！"她激动地摸着肚子，眼睛顺着手往下看。

"别乱动，快坐好！"母亲已经办了提前退休手续，专心上门服侍女儿。她几乎掉光所有头发，所以不得不把为数不多的头发在头顶绾成个小髻，露出粉红色的粗糙后脖。她正系着围裙削水果，满足女儿大得惊人的食量。桌上摆满各种国内外食品，花花绿绿好似机场专卖店。"吃粒糖，话梅味的，我怀你时就喜欢吃。"她把一尘不染的屋子又瞅一遍，生怕没把哪个角落打扫干净。如果感染到她的宝贝女儿和未出生的外孙，她罪过就大了。等再次确认屋里已经非常干净安全，她才重新让女儿坐下，把堆积如小山的水果和点心推到女儿面前。接着她又抢斧砸核桃，又怕惊到女儿和肚里的小孩，所以轻拿轻放，好不容易砸开缝，又到灯下一点一点剔出来，放入手边常备的小碗里，以备女儿不时之需。

"妈妈，这可什么时候是个头啊，我都等不及了。"李梅咯吱咯吱咬着东西，眼睛盯着食物作选择，她一点不怀疑自己十分钟不到就可以把盘里所有东西吃光。之后她端起杯子要漱口，妈妈见状，立刻抢过，亲自端给她。

"快了，快了，离预产期还有六个月，到时候生个金猪宝宝。"母亲一边手忙脚乱，一边不忘回答女儿问题。在照料儿女方面，所有母亲都是全能的。

"妈妈，还有一百七十天是吧？"

"别动，当心动了胎气，怎么不知道保护自己呢！"见女儿动作猛了些，母亲吓得叫起来，"哎哟，过一天就记不起来，一会儿再好好算算。"其实她们天天都在计算临产期，可每天都会重新计算一遍。

"妈妈，爸爸怎么样了。"李梅靠在妈妈怀里闭目养神。

"他能怎么样，死老头子，成天喝得稀烂才回家，他长什么样我都快忘了。"

"爸爸外面忙嘛，不要怪罪他。吃吃喝喝他未必愿意，不得已而为之。"李梅轻轻拍拍妈妈的手，然后睁眼冲妈妈笑。母女俩遇到不快时，就这样彼此安慰和达成一致意见。

妈妈马上像张飞那样瞪起眼睛："什么哟，他才高兴哟。一见那个酒，就没了魂。"母亲身居北京多年，仍说一口四川话。

"现在都在改革，爸爸肯定非常忙乱。"

"你老子我能不了解？见个女娃就来神。算了，过几年他就退休，除了我，哪个稀罕他。"

"这就对了，除了您，谁还会对他好？说实话，妈妈，我们做女人的总要多牺牲些。您瞧，自打为民当上处长，回家不也越来越晚了？他越是这样，就证明他越有前途，我心里就越踏实。"李梅脸像礼花绽开，看得出她沉迷此事。

"乖闺女，对妈说实话，他对你还是那个态度吗？"妈妈那颗红皮蛋一样的脸蹭到女儿鼻前，眼神像觅食小鸡不断用爪子刨地。

"妈妈，现在我们更加了解对方了，他是个可靠的人。"

"嗨，哪看得准。"妈妈直起身子说真话，可说完后悔了，好像她盼着女儿有个背信弃义的丈夫似的。她担忧地看着女儿，生怕伤害了她。

"不会的，妈妈，我是个给别人留余地的人。我不相信我们一家对他好，他还会背叛我们。何况，您瞧，我已经怀上了，这足以说明问题。如果他不爱我，这个小东西不会这么快来到世上。"李梅指肚温柔地划过肚子，觉得这肚子是她幸福的全部保证。

"说你没心没肺好呢，还是城府深呢？得，反正你自己总有主意，心里有话也不对我讲。"

"妈妈，为民对我很好，或许因为他工作忙做得不够周到，可不能否认他关心我、爱我。我要努力维护他，成全他的事业，保全这个家庭。而且，他不会遇到比我更知冷知热的女人，时间会证明这一切的。"

"你都像个演说家了，我还有什么好说的。"

李梅不再理会母亲，心里为目前完美的生活而陶醉。当她再睁眼看到母亲褐红的头皮时，就觉得母亲应为自己不幸的婚姻承担一半责任，而不是全部怪罪到丈夫头上。"这也是一种女性的担当，她们除为家庭负有生育和服侍责任外，还包括主动承担起家庭关系的建设。"她信心满满地想着，像走上一条两边长满高大绿树的平坦大路，前方笔直遥远，她是个打伞拎篮去郊游的主妇。

京西一处经营徽菜的高档酒楼里，一个隐蔽的房间内部，五六个人正在推杯换盏。

主宾以外的人都擅长用他们最智慧的办法调动桌上氛围，于是大家纷纷入戏一样进入角色。这些人心如明镜似的清楚自己只是配角，主角的戏份需要他们陪衬和附和，于是桌间一时回响着用媚骨家乡话说出以示亲密的种种酒辞与段子，酒席便像家宴一般融洽热闹。主角被众星捧月地突显出来，与刚落座时的紧张不适相比，现在的他像走上主席台俯阅各省赶来的参会干部一样。房顶和柱子都做了石膏线装饰，壁纸泛着水印金花，几幅精仿的中外名画，一只被搁在墙角的仿古留声机，它像个随时张大嘴要献唱的女高音。大圆桌覆盖金质垂地白绸台布，桌下安装一个自动旋转装置，上面叠罗汉似的码着这个饭店乃至整个京城都算一流的菜品。喝下酒好像交过门票一样，大家可以登堂入室，气氛随之活泼自在。

"李部，今天您能来，真是给足莫某人面子。"主宾旁边的光头中年人一对一找主宾席上容光焕发的李为民交流，内侧手擎杯，外侧胳膊下意识抓住对方椅背，形成一个围合之势。他声音很低，像踩在泥上那样轻微，脸像晴朗早晨的太阳那般真诚。听到他的亲切耳语，李为民客气摆手，然而这只是个形式，对于人家的夸奖他早受用了。就算对方有意为之，难得一场盛情难却的老乡聚会，他没打算矜持。他把发红的耳轮贴近对方，眼看着桌边刚被加满、正微微荡漾的酒杯，专心接收那套奉承之词。

"哪里啊，今天让莫总破费了。"因为喝得多，李为民说话和笑都有点吃力了，但作为对宴会见怪不怪的官员，他仍能保持清醒。

"李部，乡里乡亲还需要您照顾。"莫总把话像诱饵一样放出来，却不急着放长，而是一点一点地放，这样既显出自己的用心，又考验对方的耐心。见对方轻轻仰起下巴，莫总知道对方心里是愉悦的，于是立刻判断他动了凡心，却狡猾地不立即下钩。

"这次专程来，是有事情要反映的。"莫总把饵线扯扯，果见对方眯起眼睛，神思拉远，撤后身体，在飞快地琢磨他话的含义。

"什么事情？"语言毫无感情色彩，像法官念诉状。那感觉一边像对分内的事情呈现出一种关心和热情，同时又需要对事情全程进行一次长期和艰难的预见。

"李部，它既是我个人的事，又绝非我自己的事。"

"哦？"李为民把下巴撤开，神情好像被别的什么吸引去，但其实只是官员们惯用的防身小招，像一条蛇同时处于进攻与防御状态。

"李部！"莫总动真情似的诚恳，虽比李为民年龄大一截，却像两人反过来，对于刚才李为民的吃惊他一点不意外，但赶着说下去，生怕李为民的兴趣像烟气散了，"就是建钢铁厂的事。"

"这个我知道。"李为民摸着生就少须的下巴，好像刚才只是玩笑，现在才重视起主人所说的话，"发展钢铁工业，振兴传统产业，需要上下发力啊。"他想起目前国内为数不多被国企垄断的钢铁厂，像看到西部地区没钱上学的孩子一样心酸难受。他为此自豪，认为自己内心充满正义感。一个人的爱国心就像他对于父母的情感，是不会弄虚作假的。

"您瞧，我一说您就什么都明白了。"莫总正要把酒倒进嘴里，却像卡到鱼骨似的往下咽，"您瞧，我又喝一杯，我就是这么个实在人。"他把酒杯倒过来，脸上像长疱疹一样粗糙。垂下头，一个大男人居然像被什么伤着似的抹起眼泪。

"老兄有话好好说，快别这样！"听莫总这么说，其他人都停下劝莫总，然后看着李为民。

"莫总，您这是怎么啦，您这么伤心，我们倒没关系，李部坐在这里呢，您可别让他难为情。"

"我，我……"莫总用手挡住额头，抽咽得说不出话。

"没事，莫总一时激动。"李为民为莫总救场，仍觉自己占据主动和上风，"'男儿不展风云志，空负天生八尺躯'，莫总就是想干番事业啊，可敬可赞。"他赋诗一句，一下提升了品位，也化解了尴尬场面。莫总抹泪干笑起来，像一阵阴云过去，脸上又迎来大太阳。

"瞧我做什么，你们继续，我和李部有话说。"

"莫总，别一口一个的'李部'叫了，我还只是处长，差一大截呢。"

"迟早的事，叫着就成了。"莫总笑了，露出里面银汞合金材质的假臼齿。李为民本来对莫总很大好感，却全让他一口假牙毁了，觉得自己实在难以喜欢上他。

李为民不再争辩，偷抹开袖口看表，发现要到九点半了。他像突然想起什么似的对莫总笑几下，表示自己很无聊，提醒对方早点出牌。他这个举动立刻被莫总注意到了，一旦鱼儿被引诱得失去耐心，捕鱼人的真正机会就来了。莫总又一次求偶似的凑过去，晶亮的眼光掩饰盯上猎物的冲动，决定摊牌了。

"李部，我的事您可要全力支持啊。"

"支持？当然，当然支持。"李为民声音越说越小，好像在危险路段上小心控车。

"您处在对我们十分有利的位置上，我们厂子需要立项手续。您知道，下一个十年，钢铁行业将迎来井喷。"

"我知道你有这样的心愿，你之前说过。可是现在钢铁产能——"

"先不要'可是'，我就想问您，到底怎么看我？"

"一个好老乡，一个知冷知热的好兄长，一个事业心十足的男子汉，一个精明能干的中年企业家。"

"又怎么看中国钢铁行业的发展？"

"正像你说的，吃穿问题解决了，下一个就是大工程、大项目建设。你看得很准，这是千载难逢的机遇。不过——"

"所以我在 ×× 省建一个钢铁厂有问题吗？"

"嗯，理论上的确谁都可以。"

"为什么是理论上？"莫总把身体撤回去，像变个人似的，慢条斯理地取支大前门烟卷，在桌上夯夯，咬进嘴里。还没等他动手，早有人替他点上。"我缺的不是钱，而是你们的政策。"他咀嚼剩留在嘴里的烟丝，声音从发黑的唇间慢慢发出，然后咧下嘴。

"政策？我们有这样的政策，鼓励民间资本进行投资。"

"所以啊，我这不是找您来了吗？"莫总像早等在这里似的跳出来，晃动假牙的冷光。见李为民还在那里皱眉思考，他补上一句："当然我会给您考虑的时间，李部。"

"我们需要从国家和行业的整体考虑问题。"李为民试探着咬饵，不急于一口吞下。两人要从老乡、朋友变成某种高度默契的合作伙伴，像马上拉开帘子看清对方的真实面目。

"多好的事啊，李部您一定要支持莫总，支持莫总就等于支持家乡啊。"中间一个面前堆满碎蟹壳的人说，他这话完全暴露了他是个托儿。

"是啊，莫总专程从老家过来，还带来家乡水果，以表一番诚心。"

"哦，李部，忘了说，来前我去探望过令尊令慈，他们都很好。以后您安心在京工作，他们由我代为照顾。"

"这怎么好！"李为民一下急起来，好像被人摸到软肋。这像家里突然闯入一个陌生人，来者绝非善类。父母就他一个孩子，从上学留京，他再没回去过。父母一直是他的心病，昨天他还想着等条件好些就把他们接过来。如果让莫总插手这事，无异于人质落入人手，让他彻底陷入被动。再看周围那些人，就觉得他们像一起罩在他身上的一张韧性十足的网。他本能地想挣扎，松开手里的酒杯，酒洒出不少。

"还有个东西送您。"莫总放下烟卷，那东西像架起钢炮指着李为民。李为民见莫总从包里找出一张照片。

"这是什么？"李为民努力稳定情绪，汗液顺脊柱流下。他盯住那张照片，好像看到卖身契。他明白，只要收下它，就必然失去什么。那不是具体的东西，而是灵魂中的某样东西。

"李部，这是您家里的照片。您有些时候没回去了吧！"

李为民接过照片，是一只高档坐便器。他松口气，事情既非他想的那么坏，也非他担心的那么严重。莫总只是给家里装个高档坐便器而已，自己何必紧张过头。说到底，是自己手握大权人家才这样，何况事情刚刚开始，他有回旋的余地。

"人家养儿为防老，我却不能身前尽孝，倒让你们操心，真是惭愧。"

"这话不对，国人哪个不盼子成龙、女成凤？你能在部委工作，是光宗耀祖的事，代他们实现了最大愿望。"莫总说话间点头，好像代李为民父母训话一样。

"莫总，什么都不说了，这酒我喝。"

"李部，我陪上。"

两人赤膊相见，充满豪情，连干两杯。

"我国的钢铁行业大而不强，这里面有历史原因。过去我们偏重数量，在品质与技术含量方面始终没太重视起来。现在各方面建设都在加快，并且标准也在提升，所以对于钢材品质提出很高要求，特别是特种钢只能依赖进口。"李为民防止自己说套话显得虚伪，就把专业东西抖出来，这样既能显示自己的位置，又能把话题引开。他很快看到众人的反应，莫总又似个小学生拱在自己跟前，其他人也托腮抱手盯住他，好像他是太阳把八大行星吸附到身边。他因为酒多有些头痛，但看到大家这么虔诚地听，激动得有点结巴。没咳嗽几下，莫总递上茶水。他一边润喉，一边感慨莫总心细，于是那种心照不宣的喜爱重新归来，像把硫与铜放一起生成硫化铜。这样一来，两人又似乎无话不谈，一切稀里糊涂，一切凭直觉行事。

"国家应当鼓励民间资本进入钢铁产业，因为国家在一些领域缺乏自有资金和技术。"

"这就是我们为什么要对外开放的原因。"

"对，我们自己做不来，只能靠进口。白白地丢掉一个大市场，钱都让人家挣了。"——李为民见莫总低下头，头顶像有个大个的金属陀螺在旋转。

"我们引入了一些设备、资金、技术和管理，并在消化，我们在大力追赶！"

"那是因小失大。"

"市场不会等我们。我们只能先利用再考虑别的，时间和形势都不容我们犹豫。"

"那同样需要时间，再说人家岂会拱手相让？一纸合同签下保密协议，吃亏的仍是我们。"

"所以，莫总，您要做的事情是有意义的！"李为民话赶话说漏了嘴，悔恨地偷偷拧下自己的大腿

"看来我今天没白来。"莫总笑得再次暴露出假牙冠。

"这个我不敢保证，但国家这方面是有考虑的。"李为民做好守势，加强城防。

"我在国内的竞争者有三个，我知道他们是谁，要怎么搞。"

"大家的兴趣和能力是一方面，我们则要从地域和行业布局通盘研究部署。"李为民想着这么说没错，仍然放慢语速，有意加重语气。他现在的每句话都谨慎与严密，以防日后成为别人口实。

"你们有时间表吗？"

"这个我暂且不能告诉你。改革时期，千头万绪，能列上议程的都比这个更急重。"

"也就是说没有了？"莫总拿起烟卷看着，像盘死猎物不松动的蛇。他两只胳膊撑在桌上，眯起的眼像关严实的门。

"现在还没有很具体的东西，一切只是在酝酿与筹备。情况很复杂，我们有些被动，但非做不可了。"

"等你们的规划出来了，黄花菜都凉了。到时外国产品一统天下，哪还有我们什么事。"

"这个由不得我们，部门工作就是这样。外界以为一个行业的事，其实就那么几个人干。但我们成立了跨部门组织机构，开始紧锣密鼓地筹备了。"

"李部，我说过，这绝非我个人的事。我真希望制造高技术含量的钢铁产品，现在为时不晚。"

"你有几成把握，能保证研发的新产品胜出？如果不是，这个市场还是人家的，消费者不会因为你是自己人买你的账。不能仅看当前的前景与利益，还要想好会不会栽在里面。"

其他人随风向把头掉转莫总，像少先队员向队旗行礼。莫总好久不说话，眼睛看着亮晶晶的烟头，独自盘算和给自己打气。李为民也为这种事棘手，有些轻微的不耐烦。用过去的经验无法应付新情况时，他就明显感到吃力。他现在每天要做和在做的事情都前所未见，每个事情的结果都前途未卜，他只能硬着头皮去做，就像看到国外精心设计的动力机芯图纸，雄心百倍的同时也特别加重他内心的挫败感。

"有人说过，总要有人第一个吃螃蟹。做总比不做好，决定做了就一定要做好。"莫总像把猎物吞下去一样舒展身体，能听到里面骨骼细碎的碎裂声。他把烟头掐灭，意味深长地笑下，心里想：毕竟这个市场太大，蛋糕太诱人，值得冒死一拼。为了创造更多财富，为了能做一个成功男人，为了创下多个第一，大不了一死，死不是早晚的事吗？就是这百八十斤，一定要折腾出个大动静。人活着图什么，不就是戳天捅地豪爽一番吗？我不是冲动做事，是把一切已想好。

"我不会从这山头直接跨越到那山头，我会打通两个山头之间的路，实现现状与目标的平衡。"他信誓旦旦地保证，好像已被成功的朝霞映红脸，有种大放光彩的豪情。

桌上所有人都在紧张后放松地叫出来，像等到他们翘首企盼的好消息般激动欢畅，发自肺腑地给予莫总称道。

"说得多好，国家就需要这样的人站出来。"

"大老板的口气啊，胸有成竹的气派令人赞叹。相信您一定能够振兴民族工业，成为一个优秀的民族企业家。"

"大时代造就大英雄，但大英雄一定要是莫总这样的人。如果莫总首先把我们的好钢好铁造出来，绝对是各级领导听了都拍手叫好的大喜事。"

"也只有莫总这样的人敢想敢做。怎么说呢，前无古人，后无来者。别人怎么着也是集体和国有企业，就莫总一个民营企业——"

"民营企业怎么了，我就是要做顶天立地的事给大家看。中国的民营企业也能做大事，也能制钢造铁、为国争光。"莫总把手往桌上一拍，好像从人群里站出来大义凛然地扛鼎。

"莫总，我不是那意思——"说话的人身子拧成"S"形，像大象犯了错要躲到一片小树叶底下。

莫总不理他，却眼冒精光地看着李为民："李部，我今天就是为这事来求您的。如果真的按之前那些条条框框来选，我这家民营企业真的没法同那几家比。可我还是决定要做这件事，没有别的，民营企业现在的发展势头您看到了，国家出口，人员就业，中央和地方五级财政，社会稳定，包括特区在内，哪里民营企业发达，哪里就生机一片。社会主义经济是市场经济，国家对任何市场主体都须一视同仁。在这种情况下，如果仍不给我们和集体企业、国有企事业一样的待遇，那么经济改革就只是阴阳水、夹生饭。所以，如果您这次能帮上忙的话，一定给我和民营企业预留个机会。这不是我个人请求，算我替民营企业向你们提一个要求。"

唯一的中年女士被莫总的诚心实意感动了，竟然哭起来。

"李部，我就是心里憋着劲使不出来。"莫总拉着李为民的手破涕为笑，"是龙你得盘着，是虎你得卧着。可不是那时候了，国家有好政策，咱就要大显身手。"

"李部，莫总不止给您家装了坐便器——"

"唉，说那些做什么，好像我拉李部下水似的。"

"莫总，你还做什么了？"李为民耳朵热起来，觉得让莫总参与家事真是一种耻辱。他没把这看成快事，尚且保留心中为数不多的清白，却已分明感到一种可怕的、看不清的东西正越逼越近。他心灵自由活动的空间越来越小，原有的纯真善良不得不退却和让步。

"没什么，没什么，顺手一搭的事。"莫总像捧着花去见情人一样好心情，细致观察李为民的眉眼，最后款款接近于微笑。

"莫总前几天差人重修了您老家的祠堂与祖坟，尤其是坟地，深山幽景，树高林深，风水绝佳。"

"我父母早搬入城里了，老家也没什么人，修祠堂做什么？"

"唉，话不能这么讲。中国人讲究什么？光宗耀祖！过去像您这样进京做官，那一定是祖上蒙荫的。"

"莫总，这事传出去对我不好。"

"放心吧，富裕了的乡亲们家家户户都在修，而且这也正是老爷子提出来的呢！"

"他让您帮着修祠堂？"李为民有种被胁迫的无奈，一种势力把他半推半就与执守多年的操守隔开。如果他拒绝或反抗，两边他都将一无所有。万般无奈之下，他只得选择一方。现在他只有弄清楚事情真相的份儿，没有任何讨价还价的余地。

"没有，但话里有这个意思。我问他有什么心愿，他就说想回乡把老宅修好。年纪大了，总觉得还是乡下住着好。当然我听出另一番意思，他老人家培养出您这么个状元郎，乡邻们居然不知道，他想接受他们的道贺。"

"爸爸真糊涂啊！"李为民暗暗叫苦。他之前听父亲这样提议过，但坚决反对，爸爸答应他不再提此事。现在爸爸却把这事和外人说了，无意中出卖了他，弄得他骑虎难下。李为民暗恨父亲搞砸事情，像看到肉上蛆虫一样令他反胃。

莫总看到李为民细微的脸部表情心里直笑，就像太上老君把孙悟空收进乾坤袋一样得意。"不是我愿意这么做，我也是万般无奈啊。我若不这么做，我在你们这里还有机会吗？你们口口声声大力鼓励与支持民营企业发展，可到了关键时候，根本没把我们放在眼里。在你们看来，我们不过是陪着国有集体企业看戏打酱油的，没进门就被你们撇出去。我不得已出此下策，剩下的你自己掂量着办。"莫总像摘掉面具一样，一张疙疙瘩瘩的糙脸青红瓦亮。

"莫总，爷爷的坟地又是怎么回事，也是爸爸提出来的吗？"

莫总摸着鸭蛋青的下巴，只摇头不说话。见李为民盯住他不放，才恍然笑出来："事情都过去了，就这么着吧。别的我也没做什么，只是事先没和您商量。也没有恶意，只是想表达对您的诚意。何况，总得备份见面礼吧。"莫总的笑像河流在宽坦处变得平阔起来。

"李部，您要不休息下？"中年妇女把小角巾从脖里摘下，挤巴着大眼问李为民。她像是莫总提前安排好的一个小角色，不失时机地露一下面。

"不用，可能白天有点累了。"李为民用工作遮掩被动与狼狈，这样的小招数管用和救命。

"把老板叫来，看看李部还需要什么。"

"好了，感谢莫总招待——"李为民还想说别的，但话没说完就打住了。事情到此，他连多说一个"谢"字都嘴麻。他想像来前那样硬气，却被人家掀了老巢一样狼狈，那个叫作"尊贵"的东西像处女膜被嫖客粗暴地捅破。

"李部，李部？"李为民听到甜蜜亲昵的呼唤，他以为是莫总，可细看是店老板。

"什么事？"李为民不想和这种人说话，觉得像在满是尘土的大街上走路脏了皮鞋。但他不得不走上这样的大街，因为他无路可走。

"还需要别的吗，我们竭诚为您服务。"

"现在几点？"

"不到十点。"

"我要回去了，明天还得上班。"

"李部，要不找个地方娱乐一下？"莫总像食人鲨似的张开血盆大口笑，李为民心跳加速，肢体绷紧，只想找个地方躲起来，以至于突然坐直身子，两腿下意识地朝桌后抽搐。

"李部，恭敬不如从命？"

李为民想回家，毕竟老婆有孕在身，而且进门还得看岳母黑脸，但他张不开嘴，于是被前呼后拥地请动，往饭店内设的娱乐间走去。李为民被让到中间坐下，其他人各找地方坐好。

"哇，比我们县里不知好到哪里去了。"有人张大嘴感慨。

"你们县？"李为民心里哼下。自从他上学离开那个地方，就以北京人自居，那个县城像他从云端往下瞭望一个海岛那样遥远了。他斜了下眼睛，好像在自己与众人间画条横杠线。

殊不知李为民脸上的厌恶表情深深触痛莫总，让他觉得这个年轻人一点情面不讲。一个容易忘记自己出身的人，就像暴雨之后的洪流，就算当时来势汹汹，过不了多久就会无影无踪。刚才他在桌上就已经看透这年轻人的骨骼，觉得他是个轻浮之人，满肚子学问没用到正处。他把失望和怒火压下去，坐近李为民，问他喜欢什么歌。

"随便吧。"李为民觉得在这种地方唱歌与天桥卖唱没什么区别。他宁肯到剧院里欣赏完全听不懂的咏叹调，也不愿意在这里浪费时间。"人是有层次的，根本是贫富，然后是兴趣，决定了人的高下之分。"他心里冷笑着总结。

年轻人变化之大让莫总吃惊，他像走路被伤到脚一样心痛。不妨容这匹架在辕上的小公马最后尥尥蹶子，然后用鞭子狠狠抽打它。

"他没那么容易收服我。"李为民扫视这间富丽堂皇的屋子，心里赌气道，"如果我轻易被他们用卑鄙招数拿下，那就愧对我的智慧与身份了。如何体面地接受他的好意，又不为他控制，我必须保持冷静。我不能被他的一番精心安排迷惑了，这一系列步骤会把我送上断头台。所幸我胆子壮，才撑得住这场面。他这样的人太多了，野心膨胀，妄想扼杀对手，独霸市场，获取垄断利益。国家希望一些人先富起来，之后带动其他人致富。但我没从他们身上看到这种耶稣般的美德，就像让我相信老虎会同羊们一起吃草。假若没有政府和我横在中间，他们会造反，社会跟着会倒退。我不能让他们得逞，可同时又要给他们丁点好处，让他们的胃口在一定程度上得到满足。我要在两者之间做到平衡，这样我既没有失职，又仍然是个好人。"

"李部，就咱们几个唱没意思。"莫总看着李为民，心里笑这个年轻人居然和自己斗心眼，因为他看到李为民坐在沙发中间，正翻看BP机里的留言，就猜他一准会借事走人。他冲老板眨眼，老板立即出去。等李为民再抬头，两个浓妆艳抹的女子朝他走来，没等他说什么，其中一个已坐在他旁边，然后崇拜地望着他。

那个中年妇女率先唱了，坐着唱不上去索性站起，像跳高运动员要一跃而过。她收获大量掌声和叫好，莫总送她假花，她不忘行屈膝礼。李为民偷偷看表，觉得不能再等下去了，可偏偏莫总敬酒，他只得相陪。中年大姐唱第二段时，莫总起身带一个女子出去，其他男人交头接耳发出笑声。李为民打定主意要走，不理身边那女子，她居然沉得住气，也不理他，搭起腿耐心听大姐献唱。中年妇女唱到副歌，猫着腰，发着力，紧张得一手提裙角，一手举话筒。

"雪山，青草，美丽的喇嘛庙，没完没了地唱，我们没完没了地跳……"中年妇女的嗓门像过电门一样打战，整张脸痛苦得像被用力扯歪。"来吧来吧……"她闭眼刚唱这句，突然整个房间陷入黑暗，手里的麦也没了声，剩下她自己在那里干号。

房间里顿时陷入混乱，人们惊慌失措，手忙脚乱往外跑。李为民想站起走，却被一个软绵绵的东西拘得动不了身。他刚要喊，屋里灯光重新哗地亮起，于是他看到刚才那个女子正浑身精光地伏在自己身上，一只手还插进他衣服。情急下他想躲开，却被她水蚺似的匝住。他手指碰到她光滑冰凉的皮肤，下意识地缩回去。就在他不知所措的时候，门开了，莫总率领一行人回到里面，看到眼前一幕，全部愣在那里。时间像遇冷的树脂凝固，李为民丑态百出暴露于众人面前，感到神思化为颗粒物飞没周遭。那些人夸张的样子让他受不了，就像他们看到博物馆里已经灭绝的动物匪夷所思地复活。

"原来，李部好这口。"莫总回过头对大家讲，干笑几声。其他人纷纷像电驴玩具似的点头。看到李为民一脸惊慌，莫总心里一阵得意。他终于看到这只自命不凡的猎物落网了，以后就为己所用了。事情看到结局，他准备离场。

"走吧，别打扰了李部的好事。"他回身把大家往外赶，坏笑像翻浆一样往上涌。

李为民要向大家解释，那女的拾掇衣服捂起脸跑了，一边呜呜大哭。

"什么情况，她不愿意啊？"中年大姐从莫总胳肢窝下往里瞧，把其他人挤得往两边倒。

李为民僵在那里，脑子咕嘟成糨糊。他知道自己栽倒，之前的得意与骄傲像酒醒后的美梦一风吹罢。他振作不起来，像个重回一无所有的人，以后一切只能听从于命运。他想上去打莫总，可人家还是那么和蔼可亲，让他觉得像对待领导一样下不了手。他想说什么，可嘴唇动动，被全身一阵战栗破坏。

"李部，回去吧。"莫总上前拍拍李为民肩膀，叹息着转身走开。屋里只剩下李为民，他跌落沙发，不知名的泪水夺眶而出。

回去的路上，他坐在出租车里，无声地看外面，一边听收音机里的深夜访谈节目。新鲜热闹的身外世界，生龙活虎的时间与自由，热烈奔腾的时势与潮流，此时他却像与它们告别，独自走向无人处。泪水再次滑落，他忍不住哆嗦。司机点烟递给他，他接住安在嘴里。突然他手臂蹭到上衣兜，里面有个硬邦邦的物件，他连忙取出，借着外面灯光打开看，却是个银行存折，内页上有串醒目的数字。"现在要这个有用吗，这不是我的卖身钱吗，难道我一生的前程就值这几个钱？"他冷笑着，用烟头开始往上面烫个洞。外面，一个背光处，几个人正推搡着往一个人手里塞东西，那人笑呵呵接住放进汽车后备厢。"这种事在京城见多不怪，只是发生在我身上时，我不情愿而已。以后怎么办，就这么硬撑着，还是和所有收到礼物的人一样开心？我不高兴、不接受这一切，是因为我不想和这些人在一起。但他们费尽心机把我拉下水，我的后半生将在痛苦中度过。现实的冷酷性在于：每个人都不是世界的主角，只是其中微不足道的一部分，无权决定自己，更选择不了他人。怪就怪我不甘心这样，自认优秀并凭借这个登上权力高台，想做全世界的主人。一切与我期望的东西越来越远，我必须放弃什么了，与别人混同在一起，他们吃我也吃，他们喝我也喝，他们做坏事我也做，他们昧良心我也昧，否则能怎样，他们要的就是把我变成和他们一样的人。好吧，我就是和他们一样的人，那也需要和他们一样卑鄙才好。他不是想要优惠政策吗？好吧，我给，但一切要优先满足我的条件。"他像大病痊愈一样清醒，全身又湿又冷。感觉好些时，他重新打开存折，低头默数那些个零："一个，两个，三个，四个……"

下车时，他多给了司机十块钱，司机连声道谢。进家的瞬间，他嘴里一阵发苦，扶在门外干呕了好一阵。岳母听到开门，见他的样子立刻黑了脸，把门留下自己折回里面。

他前脚进门，李梅后脚就把拖鞋放在他面前。岳母急了，连声阻止。李梅不理会，宽厚地冲李为民微笑，又帮他把衣服脱下挂到挂钩上。

"我回去了，你爸那个老鬼不知回去没有？"妈妈不满意女儿腆着肚子照顾李为民，决定回去，一边不怀好意地瞅瞅女婿，戴上粗黑笨重的假发套。

"妈妈，别生爸爸的气，他也辛苦一天。"

"难道我一天闲着发霉，伺候完小的伺候老的？"岳母又瞪李为民一下，心想自己回家他也不懂得关心一下，真是太不懂事。再看女儿，眼里快把丈夫吞下去，温顺得一点原则与志气都没有。她心里窝着火，但碍着女儿怀孕只能忍受。

临走母亲嘱咐几句，可李梅看她脸色不对，立刻笑着把她推出去。母亲恨得抓耳挠腮。送走母亲回来，李梅见李为民坐着发呆，立刻给他倒杯蜂蜜水过来，又在他旁边坐下。李为民难得乖乖接住水杯，温柔地看眼李梅，什么也不说，默默把存折本拿出递给她。李梅接过看后，一言不发把它放在茶几上，丝毫没外露出任何想法，安静得像屋角里悄悄工作的海尔冰箱。李为民突然心潮澎湃，把头伸进李梅怀里，如同袋鼠把头埋进沙丘一动不动。李梅愣了下，低身轻轻揽住丈夫身体，不久感到孩子在里面动弹了，便拿起李为民的手放上去，而自己像圣母玛丽亚一样，抬头美丽圣洁地微笑起来……

第五章　留任县长

十三

1995 年 12 月底，北京北部山区下了场大雪。在丛丛裸树掩映、白雪皑皑映衬之中，山腰处一座青砖红瓦的独栋老别墅静静矗立。尽管外表不怎么起眼，可进去大不一样，立刻有股强劲的暖风和名贵木器独有的树脂香味扑面而来，然后那些耀眼的家电、家具、器皿、字画和花草等，像宫廷仪仗一样闪亮登场。且不说这，若是热火屠城的夏季，透过窗户看外面遍地生凉的树林，听潺潺流动的溪水，又是如何一番惬意享受。特别天气晴好之际，由近及远可以看清整个城区，包括安然注入京城的渠水，直立未名湖畔的博雅塔，外星飞碟一般高悬的中央电视台信号塔，以及沙盘般密密匝匝、直往通州去的一望无际的楼宇。能在此偏居一隅，莫不是身份与地位的象征，就如生活在圣彼得堡的人都向往巴夫洛夫斯克，长居巴黎的居民喜欢十六区的蒙莫朗西别墅村。

现在，轻盈的雪花正悄悄落入这处百年庭院中，一些小鸟争相钻入墙缝取暖，而刘明坤妈妈正在儿媳王艳茹的陪伴下，坐在沙发上打瞌睡。王艳茹大概是这里唯一讨厌雪的人，因为如果大雪封了路，她将不得不整晚留在这里陪伴这对退居二线的公婆。她头发乌黑刚硬，烫着欧式大波浪卷，套件薄薄的白色丝织衫，远远捏着婆婆的三根手指尖，不时抽空望眼旺盛的巴西木和窗外纷纷扬扬的雪，同时留意桌上盖着一只手帕的精巧话机。对于这位婆婆，她早失去耐心，便常乘其不注意，后撤些身子，以免沾上老年人不祥的泪水。她本与大家约好，今天一起去看怀孕的李梅，然后商量跨年夜怎么过。若不是刘明坤苦苦相求，她决计不愿从热闹的城区赶来荒凉的这里。如今被雪困住了，她忍不住皱眉和觉得腻味。

"妈妈，爸爸他们在书房谈什么？都整整一个下午了，两会中场也要休息吧。"

"我怎么知道，他们神神秘秘，像搞地下工作一样。"婆婆病重一样，小声哼唧着回答儿媳。

"妈妈，您消消气。连您也承认，住在这里并非易事，以后就别提这事了吧？"王艳茹疲倦地坐好，擦拭文得像埃及艳后似的眼角。她同样不喜欢这处里面空旷得像篮球馆的房子，便尽量不动，一味想象即将到来的聚会，好抵消这里沉闷的乏味。

"艳茹，你瞧，咱们住的是什么地方，荒山野岭的，天天只能与喜鹊和野兔打照面。"婆婆说着又要哭。她保养有方的皮肤，藏在短发梢里的细白耳垂，微微隆起的小巧下巴，都增加了她的富态，即使哭也显得造作。王艳茹本想说什么，可又担心引发婆婆一通牢骚，便假装同意她的说法。——婆媳俩说的事源起于刘明坤爸爸，也就是刘光耀，根据国家新推进的干部人事改革，他于上月退居二线。为体现对国家新政的支持，他主动提出搬来这里，因为他认为这是对党绝对忠诚的一种表现。但妻子不这么想，一想到离开繁华的城区，恨得像手被乌鸦啄了一般。自打搬来这里，她就没完没了地发脾气。无奈之下，刘光耀只好让儿子出面安抚。可刘明坤单位事多，又把这事委托给妻子，于是就有了现在这一幕。

书房里，刘光耀正同几个与自己一同卸任的老伙计聊得正酣，并且热度始终有增无减。他们有的展开双臂瘫倒在厚厚的椅垫里，有的手捧文件对照着听其他人讲话，有的抬起眉毛有力地声明或辩驳几句，还有的习惯性地快速记录，本上凌乱但有章法的黑色字体既流畅也耐看，也有的站在窗边，一边聆听一边欣赏外面难得的雪景。刘光耀则坐在一只老桃树巨根雕成的茶海后，尽主人之谊给大家泡茶，一遍遍地清洗杯子、浇热、倒茶、续水，用这种不厌其烦的方式展示真诚好客，中途听到合意的内容就频频颔首。那只他手里的主角、名家亲制的茄形紫砂壶，搁在油黄的茶海上温润放光，四周杯子、茶勺、漏斗星罗棋布，每喝一轮茶就像论证青藏铁路图纸一样繁复。这五六个头发花白、身形彪满的尊贵人物，一举一动透露出职责与地位长久以来对他们的雕琢，就像文件上一个个标准的楷体字，没人会说它们难看。他们的老到不是比谁对话语的反应速度快，而是像提前等在那里准时赴会一样。他们的脸前轻轻飘过茶气，再很快消失，就像他们时断时续的无形意念。在这间窗明几净的大书房里，民间难得一见的稀有书籍、古董字画、精美物件以及高端电器随处可见，它们一起见证这个特殊环境里有一群特殊的人。

"我那口子啊，就是不喜欢这里。"刘光耀摇着头，脸上长出更多丘陵般的猩红大疙瘩，那是酒精肝的严重症状。但他不以为然，脑子里从来没把这当成一种病，而是一种象征，表明他是个或者曾经是个很重要的人。

"我的内人也不理解，可我不糊涂。退下来有什么不好，重新获得了自由。那会儿咱哥几个哪有这闲工夫喝茶聊天。"另一个老者摆弄一只黄龙玉把件，晃着干瘪的头乐意地说。

"大势所趋，既然这么规定，我们只得执行，谁让我们这么快就成了老同志。"说话的人原来做保健工作，他喝口茶，但只是做做样子，接着跷起二郎腿。

"想不到，眨眼就退下来了！"说话的人眼圈红了，拿出手帕捂住脸。任何人在年龄面前都会脆弱和无奈，哪怕曾是呼风唤雨和不可一世的人物。所有人都低头沉默，仿佛同时听到沉重的哀乐响起。刘光耀脸上的红疙瘩也因一时激动更加红亮了，一些茶汁溅到他的袜子上，他打算事后找保姆换掉。

"仅仅是失去职位和工作这么简单吗？不，还有我们的自尊心与好胜心！"好久，曾经负责外勤的老同事打破沉默，不仅用他的这句话，还有他拍打干巴巴胸脯发出的巨大声响。

"对啊，这就是今天把大家请来的原因。你们看，外面的景致多么祥和美丽，如果我们真的就此告老还乡，抱着事不关己的态度，对现在和日后的一切泰然处之，那我们就不能算是一个真正的共产党员，就对不起党、国家和人民对我们的精心培养，就不配在单位工作过这么多年，更不配享有现在这么好的离休生活。虽然我们各自影响力有限，但一旦我们大家共同形成某种正确认识，我想我们还是能做些什么的。怎么样，老伙计们，今天的谈话还算痛快吧？"刘光耀眼睛晃过众人一遍后，半擎着茶杯，平和地说。

"这也是我退下来后首先思考的问题。"那个一直拿着杂志的人说道，他塌着鼻梁，戴挂带链眼镜，翻开早已做了标记的那一页，"这篇文章讲得多好。"他清清嗓子念道："'但是不能不看到，在当前的政治思想领域，一股鄙弃淡漠理想之风正悄然滋长。一些人只讲利益，只图实惠，而忘记了对崇高理想的追求。因此，理想问题在今天又更加突出地提到了人们的面前。'这说的是什么，就是现在很多人开始失去理想追求。所以我想说，我们现在退下来，还要不要坚持理想，又如何坚持理想？"他舔舔指肚，翻开下文，指着另外一段念下去。大家全神贯注听着，好像集体坐在一艘船上，任凭风吹浪打，都不动声色。只在那个人念完一会儿后，这才先动起来，相与着进行发言。

"去年的 9 月 25 日至 28 日，中共十四届四中全会通过了《中共中央关于加强党的建设几个重大问题的决定》，把党的建设提到新的伟大工程的高度，明确了党的建设的总目标和总任务。党的建设历来是我们党的生命线工程，党中央从来不会放松这一点的！"念报纸的老者满意地张开大嘴笑，露出的假牙几乎脱臼似的掉出来。

"诸位，诸位，我们的三峡工程也已经动工了，这可是圆了中华民族几代人的梦想。'高峡出平湖，神女应无恙！'如果咱们都能长出一对翅膀，现在就一起飞过去看个究竟！"

"还有京九铁路呢，上个月的 16 日，已经全线铺通。"

"那可是'八五'计划的头号工程，如期建成指日可待！"另一个老者挥舞着手臂，站起又坐下，好像亲手触碰到那条大动脉，然后亲自当导游带领大家神游全中国。

"说到大工程，可一定不能忘了大亚湾核电站。它的一号机组去年也顺利投入商业运行。这对于我国的能源建设同样具有划时代意义！它就建在我的家乡，让我自豪无比！"那种由衷的兴奋与高兴令此人难以抑制，大笑着接受别人的道贺，于是整个屋子好像变成人声鼎沸的礼堂。

"还不要忘记，我们在 5 月 6 号将五星红旗插到了北极点上！"

"而我们在南极的科考活动也进展顺利！"

"有领导说过，'改革人心所向，后退不得人心'！"

"是啊，这些都是改革开放所取得的实绩！"做过保健工作老者的话又一次赢得大家点头赞许。

"同样是今年的 5 月 6 日，中共中央、国务院作出《关于加速科学技术进步的决定》，提出实施科教兴国战略。同月召开全国科学技术大会。这些信号传递出改革作为系统工程在全面推进！"

"所以说改革就是第二次革命，它是全局性的，而不是局部性的；是长期性的，而不是临时性的；是根本性的，而不是表面性的！"说话的人很为自己的这串"套话"感到骄傲，而事实上大家也认可和喜欢他对于改革这样的定性结论。

"可圈可点的东西多了去，就像《西游记》电视剧里的特效镜头一样多。诸位应该都留意到了，去年的 7 月 1 日，国家教委发出《关于重点建设一批高等学校和重点学科点的若干意见》，谁都知道，21 世纪的竞争是人才的竞争，我们已经站到这样的起点上。"说话者因亢奋而声音发抖，挨着个在大伙中间绕一圈。

"科教兴国，功在当代，利有千秋！"说话之人的声音好像在屋里回响了一百遍，但人们听得不厌其烦。

这边刘光耀连忙假借一阵只有他自己知道失手的忙乱，掩饰体内一浪高过一浪的激动，同时努力侧头避开水壶的蒸气。其实他是被感动哭了，却抱歉地笑着看大家一眼。——大家继续，不把积压多时的情感释放出来，他们就觉得一切不切实际。

"同样，去年的 3 月 25 日，国务院常务会议通过《中国 21 世纪议程（草案）》，确定实施可持续发展世纪战略。"另一个南极仙翁似的老者，左侧上衣兜插管金质钢笔，显示他一如既往的文字特长。他生怕这种场合说话漏了自己，于是赶忙插话。其实大家都一样，争相说出有价值的重大消息，以显示自己仍在关注时局，对家国社稷依然抱有热情，并证明他们的身体是健康的，精力是充沛的，思维是活跃的。

"也是去年11月，中共中央、国务院印发《关于当前农业和农村经济发展的若干政策措施》，指出以家庭联产承包为主的责任制和统分结合的双层经营体制，是我国农村经济的一项基本制度，要长期稳定，并不断完善。原定的耕地承包期到期之后，再延长三十年不变。"——听到这儿，大家都不言语，光频频点头，因为谁都知道农业和农村问题对于中国意味着什么。

"十亿人口啊，张口就吃掉一个昆明湖大小的饼。"有人沉浸地看着地面说。

"农业兴则国家兴，农业稳则国家稳，这是中国千百年来颠扑不破的真理。时至今日，虽然中国在迈向工业强国，但农业问题仍然是首要和最基本的。"

"中共十四届三中全会召开，通过了《中共中央关于建立社会主义市场经济体制若干问题的决定》，确立了社会主义市场经济体制的基本框架。"

"如果没记错，应该是去年11月11日至14日召开的吧？真正的谋划开始了，社会主义市场经济的雏形呼之欲出。"

"摸着石头过河，如今终于看到对岸了！"说话的老者穿着时髦的呢衫，白净无须的脸在一盆君子兰苞花上亲密微语，好像他最无限接近到仙岛秘境。

"国务院《关于进一步深化对外贸易体制改革的决定》，提出了我国外贸体制改革的目标，统一政策、放开经营、平等竞争、自负盈亏、工贸结合、推行代理制，建立适应国际经济通行规则的运行机制。"

"我们的经济改革在大踏步推进！"

"这是我们对外开放、对外交往最务实的步骤，是把我们与世界真正结成一体的实际行为。"

"去年的11月2日至4日，国务院召开全国建立现代企业制度试点工作会议，确定在百家企业进行试点。"

"最具实质性的一步，计划经济彻底要转向市场经济。"

"实际上，社会的主体有很多，包括企业，政府只是其中之一。党政分开、政企分开，都是其中之义！"

"嗯，企业经营终于摆脱行政干预，成为社会活力源泉之一。"

"今年的9月25日至28日，中共十四届五中全会通过《中共中央关于制定国民经济和社会发展'九五'计划和2010目标的建议》，提出要实行经济体制从传统的计划经济体制向社会主义市场经济体制转变、经济增长方式从粗放型向集约型转变这两个具有全局意义的根本性转变。"

"对，一切已经清清楚楚出现在我们面前，不再是设计图纸或概念，而是实打实的施工图。"

"在此过程中，要'正确处理社会主义现代化建设中的十二个重大关系'。"

"谁说不是呢，高度辩证和统一地对待这些关系，使之成为指导我们实践的指南！"

"伙计们，我再补充一点：国务院作出的《关于金融体制改革的决定》，提出我国金融体制改革的目标，那就是建立在国务院领导下，独立执行货币政策的中央银行宏观调控体系；建立政策性金融与商业性金融分离，以国有商业银行为主体、多种金融机构并存的金融组织体系；建立统一开放、有序竞争、严格管理的金融市场体系。现在，这项工作已经取得重要进展，金融业务市场化，这是一个非常重要的信息，资本市场正在形成！"

"这可是市场体系建设最重要且华丽的一笔，资本是市场经济的主导因素，那么资本市场在市场体系建设中必然发挥主导作用。"

"啊，无论说起哪件事，都具有开天辟地的意义，让人眼花缭乱、应接不暇！"

"还有呢，国务院去年召开全国扶贫开发工作会议，部署实施'国家八七扶贫攻坚计划'，要求力争到20世纪末最后的七年内基本解决全国八千万贫困人口的温饱问题。"

"这就是社会主义制度的优越性，无可比拟！"

"始终坚持共同富裕，这气度天下无二！"

"经济社会不发达不是社会主义，不共同富裕也不是社会主义！"

——此刻真的不必为刻意强调什么，在座的皆身为高层，对于国家和社会各方面的关注和认知远比普通人更敏锐、更深刻。

"我们仍是五千万里的一员，我们仍然负有责任！"有人慷慨地站出来，收起刚才的满脸笑意，变得像会场响起《义勇军进行曲》那样庄严。

其他人也仿佛同时听到指令一样迅速站起来，尽管个别人站起时只是臀部往上提提，脚后跟往起踮踮，但他们都感到自己义薄云天。

"我相信，我们的党完全可以把这个国家带领好、治理好。历史给过我们一次殊遇，我们抓住了，成功砸烂了旧机器建立了新中国。现在，历史再次给我们打开一个窗口期，我们能不能胜任、怎样胜任，这又是一次艰巨考验。"

"所以，我们这些老同志并非无事可做，而是有太多的事情需要我们做，就看我们愿不愿意，也就是看我们的理想是否尚在！"手握杂志的老头就差登上书桌振臂高呼了，他像只湿身后笨重的蛾子，飞起坠下，坠下又飞起。

"更要看我们的理想与信仰是否一致，是否与党和国家的宗旨目标一致！"刘光耀用他过去一贯的表情严厉扫视大家，大家重新感受到他作为要人助手的威慑感，于是赶忙冲他点头回应。这使得刘光耀之前任上的威严感马上回归，不顾一切喝下一杯烫茶。

"就这么办！我们可能不再跳到河里激流勇进，但可以站在岸上为那些年轻选手摇旗呐喊；我们可能不会再像盛年的歌手唱出雄伟饱满的歌声，但可以在幕后为他们敲响边鼓！我们人老心不老，身闲心不闲！"

"伙计们，就这么着！"

一帮人互相应和着，其中那个插钢笔的又道："今天不仅喝了茶，还了了一块心病。说实话，退下来的这些天，真不知如何打发时间。一方面，看到改革开放形势一片大好；另一方面，发愁改革新老问题不断、困难重重，两样都让我夜里睡不着觉。以后大家定期见面，有什么想法一起讨论，然后形成意见，如果找到机会，把意见反映给有关方面。"

"我同意。这是为了我们党和国家的改革事业推进得更健康、更顺利。"

刘光耀觉得这次聚会因为这场谈话算是成功了，手不禁有点发抖，之前娴熟的泡茶程序继续有点凌乱，手里的小刷子几次刷错地方。一帮老伙计都能开诚布公、积极畅言，更重要的是很快彼此在老有所为上达成一致，让他从心里变得更加谦逊，像受人恩典一般，自愿满足他们提出的任何要求。过去种种攸关利益的东西都放下了，像他刚与新情人约完会一样双颊绯红。

"今天应该庆贺。"刘光耀举起茶盏邀请大家，不顾水簌簌洒出，声音热情明丽。

"我们又将战斗到底，宗旨是为改革提良策、敲边鼓，确保这项堪比修长城一样伟大的事业永葆生机活力。"

"值得我们自豪的是：我们可以放下平生一切利益纠纷，用人生来在这时期的高度，对正酣战于大潮中的同志们提出合理建议和忠告。我有个提议：从此以后，我们不要再向组织和上级提出个人要求，要减少党和国家对我们的照顾。我们要两袖清风做表率，不居功自傲，不倚老卖老，不做改革事业的拖油瓶。"

"干杯吧，都等不及了。如果我们真能做到上面说的，即使没人把我们写入历史簿，我们也会像外面漫山遍野的青松翠柏一样留给世间一种精神。我们好似亲手提笔为自己写下墓志铭，就像《国际歌》中唱的：这是最后的斗争，团结起来到明天，英特纳雄耐尔就一定要实现！"

"多畅快啊，像到北戴河度了一次秋假。"说者站起手舞足蹈，向大家展示他从这次谈话中获得的活力。

"改革应该成为我们党治国理政的新经验，成为我们党和国家建设的第四个法宝。你们怎么看？"

"当然，完全可以这么认为。啊，我们又有事情忙了。"说着，这人往嘴里扔粒坚果，用新装的假牙发力咀嚼，然后点着头冲大家强调。

"好吧，为后续的事情赶紧做准备！"一直待在窗户边、右上唇长粒大瘊子的人从椅里站起，轮流拍打着两个膀头说道。

"仁兄，您要做什么？"刘光耀疑惑不解地问。

"先把身体调理好，才能胜任新工作啊。"那人大脑门抵在窗玻璃上，向外面车里的随行人员发信号，"我得早点回去做理疗。"

其他人看到，也都纷纷站起告辞。

"别价，让你们嫂子备饭，咱们好好喝一通！"刘光耀急得站起来。

"你还是先搞定老嫂子吧，进门时就瞧她不开心。"

刘光耀大嘴一咧，不好意思说道："妇道人家，别和她一般见识。"突然左侧眉梢发痒，连忙用手去挠。注意到他这个动作的人都立刻笑出来。

"床头吵架床尾和，看你的本事啦。"熟人间开个玩笑，连带大家哄堂大笑。

刘光耀不好意思地指指侧腰："不行了，不行了，人老不中用喽。"

"我们这就算形成机制了，下次还是这个时候。"第一个提出走的人费劲往身上穿羽绒大衣，披挂好后，像沙皇时期的一位大地主兼猎人。

"真心请大家留下来，让老婆子弄几个菜，再开瓶陈年茅台，庆祝我们今天的聚会。"但看到大家都没有这个意思，刘光耀只好跟在大家后面往外送。就在他要出门的时候，又是那个第一个提出要走的人却故意磨磨蹭蹭留在最后，见别人都出了书房，他快速把刘光耀拉到一边，又机警地往外看一眼，这才伸前身子冲刘光耀耳语道：

"老刘，今天来，实有一事相求！"他卑微地笑，根本不似刚才说话那么大劲头、高姿态。

"什么事？"刘光耀自打离休后，第一次有人这么低声下气相求，他视为一种甜蜜的快乐。

"嗯，说出来你别见笑，就是我儿子的事。"

"他怎么了，不是已经提拔处级干部了吗？"

"不是为这个，是因为我。我在外面的事你嫂子知道了，她天天和我闹腾。儿子、儿媳和我们住在一块，我这张老脸没地儿搁啊。你看，明坤接了你的位置，这样我就——，不是我，你嫂子她——，也不是你嫂子，我儿子他——，也不对，是我儿子两口子——"说罢，他指指脸，不好意思地圈起嘴笑。

"这——"

"你一定要和明坤好好说说，你的话他不会不听。我们都退下来了，可儿女们还是要相互走动的——"

刘光耀过去拉开门，准备把老头请出去，可抬头瞬间，发现其他人都滞留在客厅一个没走，正似笑非笑望着他俩，用老猫一样狡猾的眼神告诉他们：你俩说的我们都听到了！"

"改革开放的伟大之处无处不在，它再次将中国扳回国际社会发展的主航道。现在越来越多的国际会议放在中国开，越来越多的外国人开始喜欢上中国。随着国家与国际社会的交流日盛，我们接受新鲜事物的能力也在迅速改善。中国人从来没有这么自信！"

刘光耀把大家送出门外的时候一路侃侃而谈，好像他是被公选出的一个义正词严的代表。他像跟随领导会见外宾时的样子，板直整个后背，轻软又柔韧地甩动双臂，脚步轮换着沉稳地踩下去。

客人全部走光后，刘光耀在巨大凌乱的茶台后孤独地坐下来，回味整个下午的谈话，先还露出可喜的微笑，而后就非常苛酷了。他把视线慢慢转向窗外，外面还在下雪，但他已经没有刚才那么激动了。他把别人遗落椅上的文件捡起，随手丢进垃圾桶，便站起往外面找保姆换袜子。刚出书房，他就听到妻子在卧室训斥那个唤作小玉、只有十六岁的她的侄女，同时立马心疼起这个胸口长个米粒大小朱砂的小女子来。

王艳茹终究没完成好刘明坤交代的任务，抛下心绪不佳的婆婆不管，坐进一个老爷子的车里，迅速逃离山区别墅。车子启动后，她胸口仍憋得难受，暗叹道："唉，这世代折磨人的婆媳关系，什么时候到头啊，就像让吉娃娃喜欢上吃菊苣。"到达目的地后，她同咳嗽了一路的老爷子告别下车，然后踏着薄雪兴冲冲找到李梅家。

"李梅姐，李梅姐！"她站到李梅家门口敲门时，神情激动，好像打开门的一瞬间，所有愿望都会实现。她有许多话堵在嗓子眼，像双开门的冰箱塞满东西关不上门。她希望整晚可以与大家像参加《快乐大本营》那样畅谈。可当李梅打开门时，她失望了，里面乌烟瘴气，像挤满偷渡客的集装箱。李梅疲惫不堪，穿着像家政市场的外地女工。

"艳茹姐，你来了，倒是评评理。"还没等王艳茹站定，常硌宝媳妇蒋丽就哭花了脸，朝她跑过来。对方足有一米七八高，是个瘦得只剩骨架的玻璃美人，其标志性的倒三角小脸上，一对眼睛干巴得只剩大眼眶。"蒋丽，怎么回事？"她刚问，就见对面扑上来的常硌宝被大伙拉住，愤怒得像被抓捕的黑人歹徒。

"艳茹姐，他外面有人！"蒋丽把身子一转，伸出马鞭一样的胳膊甩向常硌宝。"结婚不到半年他就这样，以后日子还怎么过？"蒋丽抛珠滚玉似的落泪蛋，大衣架似的杵在原地。没容王艳茹再问，常硌宝已然挣脱马求，上前撕扯蒋丽。房间里混乱无比，马求、刘明坤、齐国民、雷鸣晓、董明利在内的男士们，以及尤丝莉、肖碧辰、张惠在内的女士们，争相把持一方，费好大劲才把这对当众出丑的夫妇分开。

李梅吓得躲在众人后面满脸煞白，她快速摩挲肚子，安抚临产期的胎儿。下午她把妈妈早早打发回去，然后接待提前到访的蒋丽。没料到常硌宝随后赶到，两人起初还经劝，不久蒋丽得理不饶人，没完没了、天南海北地数落常硌宝。常硌宝脸上搁不住，两人当着李梅的面干起仗，直把李梅和母亲精心打造的爱巢弄得狼藉一团。李梅瞅着凌乱不堪的家里，中途逮着常硌宝上卫生间的机会打电话求助刘明坤，让大家提前赶来。之后她听到常硌宝在卫生间哗哗地冲水，担心如果李为民回家发现尿液溅上便池，便会像雷神一样震怒。几个月来，他的嗅觉变得不亚于一只警犬，连岳母请来修下水道的物业老头借用厕所留下的味道都能分辨出来。李梅害怕不知道什么时候便得罪他，说话处处透着小心。连岳母也不敢轻易惹这个女婿了，因为他越来越密集地往家里拿钱，然后一声不吭放进那个隐藏在马桶水箱后的木匣里，并亲自掌管钥匙。有时他望着李梅肚子，面无表情地说："儿子，这可是爸爸和妈妈备给你用的，有了这个，咱就一世无忧了。"他希望李梅怀的是个儿子，并且就这么一厢情愿地认为。

"这日子没法过下去了，我要和他离婚！"

"什么，拿这个吓唬我？说真的，爷不吃这套，有本事现在办手续！"

"你们瞧，他早这么想了，怪不得天天没我这个人似的！"

尤丝莉听到眼皮都没抬，她怀里的小婴儿正从嘴里拿出小手朝父亲晃悠。马求看到粉雕玉琢的儿子心软了，带着慈父特有的讪笑凑近，不料却被一下打开。这一打，让做父亲不久的他惊喜减少大半。然后每隔十分钟，就对这个天真无邪的孩子瞪上一会。

"说什么呀，常硌宝，人家可是上过知名杂志封面的名模呢，配你小子足够，你别学猪八戒犯浑啊。"马求本想开个玩笑，没承想话音未落，尤丝莉的无影神脚就从桌底下扫荡过来。

"大家别听她一面之词，今天我还真不怕丢人了，把家丑说出来，让大家评评理。"常硌宝瞪圆姜黄辣眼，跳到场子中间。

"说就说，难道你还有理？"眼睛和阔唇各占脸部二分之一的蒋丽虽然瘦，却比常硌宝高出一头，挥舞着节肢动物一样的手臂抗议。

齐国民歪歪嘴不说话，专心在手心里敲打一支国产香烟的屁股。

"你们说，谁家夫妇结婚不住在一起？我俩就不是。"常硌宝这话出口，连李梅也竖直身体，护紧肚子想弄个究竟。

"谁没和你住一起，我只要求一年内不同房。"蒋丽站起来，晃动流苏似的身段，"我答应过公司参加国际比赛，他们告诉我，我这样的条件如果不去拿个国际大奖，职业生涯就等同零。人家一番好意，我怎能拒绝！"

"你们一次没在一起？"

"有过一次。"

"那是婚前。"

"天哪！"张惠沉重的玉手镯没有因为捂嘴从腕上滑落，而是卡在原处没动。她的叫声像单簧管最为响亮。

王艳茹同时被身边的肖碧辰所吸引，回头发现她身后坐着一个年轻帅气的男人。但他的心思大概不在这儿，而像仰望苍穹的近代天文学家。她兴奋地张下嘴，男孩也望她一眼，但又转过去沉思什么令他纠结的事情去了。

"你别结婚啊，更别找男人啊。"常硌宝在房子中央不断转悠着说。

"瞧，他竟然说出这种话。"蒋丽小脸变色，像落霜后的雏菊，"我太傻，婚后他就露出了狐狸尾巴。"

"这种问题你们还是私下解决吧，我倒更关心俄乌间的《明斯克协议》执行得怎么样了。"齐国民把烟卷夹在上唇与鼻子之间，对这样的场面表现得极度不屑。

"你们绝对想不到，他做那事真的很无耻。"

"别听她胡说，她是个疯子！"

"到底怎么回事？"齐国民真生气了，提脚踹下一旁客厅旁边昂贵的按摩椅。李梅嘴瞬间张大，惊恐地望着齐国民。她决定了，只等蒋丽公布出那个令她好奇的答案后，就毫不犹豫地下逐客令。

"他卑鄙！"

"这个不用强调，我们比你清楚。"

"快说出来呀，要不怎么帮你。"王艳茹已知今晚讨论无望，就以某种报复心态怂恿。刘明坤打眼看有点不正常的妻子，知道她只嫌事情不够大。夫妻俩早商量好，组建丁克家庭，坚决不把时间浪费在多余人的身上，所以二人暗中一直议论正在怀孕的李梅。"事情明白了，也就无趣了。不就是夫妻间那点事吗，还拿到这里说。"王艳茹垂下厚重的肩膀睃睃大家说，然后觉得边上李梅的肚子顶到自己的侧腰很不舒服。

"还有必要待着吗，打算闹到联合国安理会？"齐国民弯腰站起，准备随时离开。

蒋丽附在王艳茹耳边说出实情，王艳茹马上对常硌宝怒目而视。常硌宝胆怯了，快速眨着眼睛，往人群里躲。

"在这点上，我不得不表扬刘明坤。"王艳茹快速溜眼丈夫，认为他在所有男生中最具气质和风度，"我想他被提拔的事情你们都知道了，常硌宝你要向他好好学习哦。"她利用这个时机将丈夫表扬一番，并将此变成此行的主要目的。大伙听后，果然立刻对她和刘明坤流露出赞许之色，而她幸福得像捧得年度金鸡奖的最佳女主角。

"常硌宝，不破费你几两银子，你也不长记性。"马求用外交家的仪态显示自己的尊荣得体，说完又转去关照妻子臂弯里的孩子。孩子正快速吮吸奶嘴，看到他微微皱眉。

"天已不早，我就不挽留大家了，请便吧。"李梅说话间发现自己腰疼得厉害，没能一下站起。而就在她为难之际，一双大手从后面托过来。她转过去看，原来是齐国民。

"哎哟，真是比看省队间的曲棍球都费劲。"肖碧辰站起捶腰，然后捅捅旁边的小伙子。小伙子乖得只差一声令下做倒立动作了。

"怎么不说像中国足球呢？"

"中国足球和你们这些男人都一个德性。"肖碧辰觉得自己这句话非常精彩，把嘴藏在手里笑。

蒋丽把随身带的巧克力分给大家吃。李梅把自己的那块让给张惠，张惠红着脸说声"谢谢"。随着张惠把更多家世透露给李梅，李梅对她比以前更照顾了。

至于本来说好商讨这个元旦怎么过，大家都没提及。接下来，蒋丽邀请女士们去看今晚一场小型法国春夏时装秀，而常硌宝被男士们逮着请客。张惠激动地想邀请李梅同去，却被拒绝了。她有些伤心，因为之前无论她提什么要求，李梅都会满足。

"我有个特别请求，带他去。"肖碧辰撩下呢裙，宽眼距的眼睛眯成缝。那个男孩想说什么，却像中咒语似的不能开口。

"他是谁呀？"尤丝莉那成事不足、败事有余的蔫劲又使坏了，故意大声问。

"我的男友，市冶炼厂工人侯胜利。不许你们笑话他，他胆子比女孩子还小。"果然，男孩在她说这话时，又往她身后躲。

"谁都不许走，十分钟内清理内务。"齐国民向所有人喊话。

大家先愣了下，马上开始找活干。常硌宝与蒋丽迅速和好了，蒋丽抢到一块小抹布，和丈夫一道去清除之前她失手泼脏的娃娃画，于是那个胖娃娃又重新露出甜甜的笑。肖碧辰拉起恋人的手，她害怕弄脏她今天第一天上身的呢裙，便一味指使恋人做这做那。齐国民麻利地扶凳子、摆沙发、扶相框，雷鸣晓护着眼镜，与董明利过去抢活，被用背拒绝。刘明坤从张惠那里夺过扫帚，像小学生大扫除似的张扬卖力。王艳茹乘机找那个男孩谈话，抓紧时间了解他的一切，好像这是一件非做不可的当紧事。尤丝莉抱起婴儿踱到窗边，凌厉地看着众人，好像谁偷懒她就会赐他死一样。

齐国民指挥大家迅速恢复了房间布局和整洁豁亮，李梅这才放下心来，并暗自感激地望眼齐国民，心想："找丈夫就该找这样的人。"这是她对自己婚姻的定论。但有的事情不可逆转，就像她已背负起的政治婚姻的使命。她拒绝了王艳茹单独留下陪自己的虚情假意，但等他们一走，房间冷清下来，一种带有严重悲伤感的悔意立即袭来，令她默默流泪不止："他们那么热闹，难道没有烦恼吗？他们的烦恼为什么可以克服，而我的快乐非要花血本才能得到？"她摇摇头，加重妊娠反应，干呕好一阵才作罢，"我抗拒不了父命，更割舍不下李为民在未来将达成的目标。那像一座伟大的城市，里面应有尽有，除了缺少一点情爱，其他一切都能如愿。"她抽咽下，摸摸育着生命的肚子，转泣为笑，"可也不必劳神，他不是说过今后的一切属于我和孩子吗？这就够了，哪怕名义上如此，我也甘心做个虚荣但以此为乐的女人。"她微微笑起来，感觉与李为民松动的情感现在更加牢固了。

几个男人把常硌宝拘到一个去处，正是刘明坤监管的一座新建成不久的培训中心。院子规模不大，但在新发展起来的寸土寸金的环路边界上，显出只有官方才有的奢侈气派。一帮人全部进去后，门被从后面悄悄关严实。

"行啊，刘明坤，官不大，谱不小！"常硌宝一边打量，一边言不由衷地恭维。

刘明坤主人似的脱了上衣扔到沙发上，又招呼其他人"随便"，这才对常硌宝说："里面有按摩浴缸，可以按摩全身。"

常硌宝瞪着驼眼到处乱摸，嘴里不老实地说："你大爷的，给我找个日本女优才好。"他端详万宝格上的一件瓷器，看上面的题款。

"不用看，明朝万历年间的官窑真品，假一赔十。"

"嚯，哪来的钱，像宣统帝的暖阁。"常硌宝像观摩满天星斗似的抬头看。

"从别的地方搞的，找个名义就有了。"

"真没人管得了你们！"

"我们每年的一些系统会议放在这里开。"

"这等于把日常开销给你们解决了。不行，今天的钱你出。"

"大家说。"刘明坤胳膊搭在沙发上，跷高腿，换上房间里备着的软鞋，宝塔一样的大方头意气风发地昂起，脸上大度与诚实地笑着。

"只要日后你老实些，这次就让刘明坤做东。"马求舔着嘴唇说。

"这点事你们也关心，真他妈比纪委还多事。"常硌宝最终在齐国民旁边坐下来，眼睛仍像蜥蜴似的骨碌碌转着看。

"原以为我们那里很过分，没想到小巫见大巫。"董明利唏唏地说。

"有这个必要！"刘明坤把桌上一只白草莓汁液四溅地咬进嘴里，又拾起两个就近扔给董明利。

"现在不比从前，做事都竞相往大了做。"雷鸣晓继续意犹未尽地打量个不停。

"修长城的时候秦始皇挨过多少人骂，现在长城不是成了民族骄傲与人民智慧的结晶吗？京杭大运河呢，同样我们不是引以为傲？怎么着，难道还照以前做，那还要改革开放做什么，要时代进步做什么？"刘明坤歪着头，即席讲话似的言明真谛。

"喊，有这么不讲理的吗，很多同胞的温饱问题还没解决呢！"

"常硌宝，你说什么话？"

"我就一小干部，将来也没想着往上爬。"常硌宝伸展两条腿，一手抠鼻孔，一手吃香蕉。

"谁信！"

"嘿，我也没指望过我爹，他也快没我这个儿子。"

"你就有一出没一出地整事吧。"雷鸣晓在一幅当代名家的《双鹿图》下仔细端详后，冷冷地说。

这时有人进来上菜，大家都心照不宣地停止讲话，直到盘子摆满一桌。

"常硌宝说得对，你们忘记几年前的誓言了吗，那时各自说了些什么？现在看，刘明坤，你敢说你现在还那么想，又那么目的单纯地做事吗？"

刘明坤没料到齐国民提到这个，花了点时间想了想，然后用那种大人物惯用的办法，以一种潜移默化的长笑掩饰复杂心情："没有忘，只是没那时候的激情了。"刘明坤直接坦白，没用官场上那一套话应付大家，表明他是重视友谊的。齐国民却不安了，把眉头皱起来，眼里有一种见到白化狮子的惊奇。

"人家都说年轻人像喝多酒一样喜欢说大话，我也觉得是这样。有时想想，真是不自量力。"

"你们呢？"齐国民更加吃惊了，仿佛用手电筒照几个蹲在地上的人，而他们有极大的作案嫌疑。

"我们不就在做这样的事吗？你瞧，刘明坤没把话说清楚，结果我们就成了背信弃义之人。"

"那你做了什么？"齐国民对董明利穷追不舍。

"齐国民，不在于我们做什么，而在于我们做事的出发点。今天除了魏小山，不多不少还是哥几个。所以，齐国民，千万不要做破坏友谊的事。"

齐国民还要说什么，又被服务员上菜打断。他面色阴郁地来回看大家，像潜水运动员似的沉下去了。

常硌宝接过酒瓶上下颠倒。刘明坤笑道："看来没少喝啊。"

"那是。"常硌宝又看向服务生，"是这里最贵的吗？"

服务生冲他点头。

"知道我是谁吗？如果不是最贵的，我砸你的场子。"

"好大的口气。今天不说实话，往死里灌你。"等服务员出去，刘明坤一边把精致的餐巾摊在腿上，一边强拉着常硌宝坐到自己身边。

常硌宝一把推开刘明坤，鼻里轻蔑地哼下："我可听小山电话里说了，现在吃不饱穿不暖的大有人在，坐在你旁边，哥们不自在。"

"你哪里不自在？"马求要小聪明地笑起来。

"少插话，跟我贫没用。"

"你搞的破事路人皆知，小心我通报第三国！"

"你他妈欠揍！"常硌宝站起时胳膊肘碰到桌子，上面的盆碟咯咯作响。

"好不容易聚一起，说点实在的不行吗！"齐国民冷不丁怒斥。

"老齐，你脑袋成天琢磨什么，每次见你都比上次奇怪。"

"奇怪吗？恐怕是你们变了吧。"

"变了吗？是有点胖了。"马求摆动身子，检查自己的变化。

"想到从前，你们肯定觉得好笑是吧？"

"没错，幼稚，狂妄，目中无人，心比天高。现在觉得自己就那么点能力，还是先把自己和家庭照顾好。"

"别的都是顺便的事。"

"我可不是，每次酒醒后，像欠了谁似的。"

"算你有良心。"齐国民指着董明利对大家说。看大家坐着不倒酒，马上又生起气来："倒上啊，他妈的没喝就尿了。"

"我倒没忘，可真不是那回事。比如说，我尽心尽力工作，想把工作做好，可由得了我吗？现在做人做事，讲究说一套做一套，讲原则会被当成傻子。"

"可不是，单位里一人一个想法，让我们改变他们，比登天还难。"

"吃菜，吃菜，别光顾着说话。"刘明坤冲齐国民使眼色，想表明自己是理解雷鸣晓的。

刘明坤接下来讲了好些段子逗大家开心，酒桌上的气氛随之热烈起来。现在看这几个徜徉于酒色财气的青壮男性，很难再与之前那几个凌云壮志的年轻人联系到一块。那些笑话一会让他们笑得像珠颈斑鸠一样连串发出低沉的声音，一会兴奋得像天鹅振翅离开水面冲上云霄。露骨的内容着实让人不愿将他们端正的五官与高贵的职位联系在一起，更不能与党员身份联系在一起，使他们的品位像暗中盛行的投怀送抱一样俗不可耐。齐国民头朝下痛苦地喝酒，感觉一股势大力沉的漩涡正吞噬眼前这几个好友，更吞噬掉他们身上的朝气与未来。改革已渐入佳境，全新的气象让一部分人迷信起其中有自己的功劳，于是社会兴起贪图享乐之风。这一切用中央的说法，就是资产阶级腐朽思想入侵与毒化，导致意志薄弱的人失守道德阵地。这仿佛整个中国朗朗乾坤的一角里弥漫起乌烟瘴气，给人们愉快的心情蒙上阴影。最让齐国民感到难过的是，他的这帮朋友就在其中。他心急如焚，却不知道如何劝说他们，之后又如何与他们交往下去。然而这才不过是几个，还有看不见的千军万马的年轻干部，如果都如他们一样，那将是一种多么可怕的局面。他不管别人提议，不断给自己倒上，一杯接一杯地饮下去，胸部膨胀起来，谁看到他都会吓一跳。

齐国民酒已上头，显出端正的五官与正义的红色。他来者不拒地喝，很少吃东西，之后好像睁眼睡着一样发呆。

"齐国民，你不要命啊！"

"少废话，有种继续喝。"见常硌宝放下酒瓶，齐国民一把夺下给大家和自己倒上。溢出的酒洇湿台布，散发出刺鼻的味道。

"老齐，听我一句劝，事情不是你想的那样。"马求把酒杯端到鼻前又放下，小心用绢子擦过杯上的汗，转过来再劝齐国民。

"你太急了，也太悲观了。"刘明坤用白巾抹着嘴角，慢条斯理道。

"我着急是因为我担心你们！"齐国民手捂起脸伤心得要哭出来。董明利真被齐国民打动了，老实安静地坐着看他。

"老齐，不就是吃顿饭、盖个招待所嘛，用得着这样吗？你怎么不说我们经济增长率达到11%，广东省的经济总量直逼新加坡，我们的进出口增速世界第一，我们的贫困人口减少到七千万人呢？"

齐国民先听到没反应，突然扑哧笑出来，然后真哭了，因为不由自主的喜悦。

"雨过天晴，走一个。"刘明坤捏捏雪白的衬衫口提议，酒桌的主人就是这么有实力。

"不带这样的，都换大杯。不管怎么说，你们不能变，要记住之前的话，谁变谁孙子。"

"齐大上校，你一晚上骂了二十个'他妈的'了，到底谁惹着你了？"常硌宝就是这么心术不端，看别人鞋面干净专往上踩，然后再看笑话。

"滚你大爷的，我他妈的用枪崩了你，信不信？"

"信！"常硌宝面无表情，那种经常捉弄人的习惯使他非常沉得住气。

"对了，这就对了！"齐国民摩挲着脸醒醒神说。

"他没枪，瞧你那尿胆。"雷鸣晓抚弄着常硌宝的头发嘲笑。

"他有。"常硌宝一副特别认真的样子。大家等着看一只狐狸怎样激怒一只小道上慢悠悠的大象。

"在哪里？"偏有人与常硌宝天衣无缝地配合。

就见常硌宝把大铲子头一沉，逆时针那么一拧，下巴往上一捅，再往下一滑，运动轨迹像英文字母的"Q"，随后眼珠往下一落，蜂鸟似的锁定目标悬停半空。

整桌人除了齐国民都爆胆似的狂笑，马求拍着巴掌，刘明坤敲打桌子，雷鸣晓按住胸口，董明利挡住眼睛，霎时把房间变成一个会跳舞的大音箱。

齐国民被要了，绕过去抓住常硌宝往桌底摁。常硌宝坚持不住，一截一截往下溜。众人看他丑态更笑得前仰后合。齐国民还要加力，突然手下一空，正奇怪呢，却见常硌宝从对面露出头。齐国民恨得咬牙切齿，却跟着笑。朋友间乐见这种无厘头的闹剧，可以巩固和升华友谊。

大家停下再笑，一身酒气因此消散。

常硌宝与齐国民冤家似的干上了：齐国民指指酒，常硌宝摇摇头；齐国民伸筷子夹菜，常硌宝抢先从对面夹起放入嘴里，然后闭嘴夸张地咀嚼；齐国民把常硌宝赶进卫生间，里面的人带上锁不让外面的人进去，外面的人守着不放里面的人出来，二人僵持十几分钟，直到众人把齐国民拖回座上。齐国民长叹一声，双手扶桌，赤脸高唱起来："太阳跳出东海，大地一片光彩，河流停止了咆哮，山岳敞开了胸怀……"等唱到最高音时，他摇摇晃晃站直，挥动胳膊，激动得声音嘶哑，"鸟在高飞，花在盛开，我们伟大的祖国，进入社会主义时代！"只见他一只手全力向上高擎，另一手将精瘦的胸脯拍得嘭嘭响，像在房间击鼓一样。所有人侧耳倾听，末尾真心鼓掌叫好。

常硌宝从卫生间跑出来加入，齐国民不理他，酒气熏天但异常清晰地说了下面一段话："谁是我们的朋友，谁是我们的敌人，这个问题首先要搞清楚。凡是赞成、支持和参与改革的人就是我们的朋友，凡是损害改革、假改革、利用改革的人都是我们的敌人。我们要团结所有关心、支持和拥护改革的人，拆穿、打击、改造所有反对改革、破坏改革的人。"

大家老实听着，从齐国民的话里汲取能量，各自的精神面貌使他们五官特别干净漂亮，像新结在树上的红石榴一样。

"齐国民，没人忘记之前的话。就算平时再忙，闲时总会想起，就像定时给身子洗澡一样。"

"我把它们当作日月星辰悬在头上，抬头便能望到它们。它们便是我眼里的光明，让我看清身边的一切，包括自己留在地上的影子。"雷鸣晓动情地在眼镜后诵起诗来。

"你怎么看待自己的影子？"齐国民像敌情缓解一样松弛下来，那双显著长于他人的腿，预示着他性子里喜欢冒险与挑战。加之现在意志方面的原因，脸上阴影部分的线条加深，使他更像个野外战训队员。

"我喜欢它，这是唯一能让我看到自己、知道世上还有我自己的东西。"

"哟嗬，上升到范·本特姆哲学高度了。"常硌宝发现大家都不注意他，来回扭动头，"怎么了，我就不能知道范·本特姆吗，就像我不关心巴基斯坦搞核试验？朋友们，你们一直小瞧我。"

"还以为你只喜欢胡同口的盗版光碟。"马求露出宽黑齿缝，冲常硌宝隆起的上颌骨说。

"德性！"常硌宝骂句，不说话了，像老政治家闭眼养神。

"除了性事，什么最快乐；除了死亡，什么最严肃；除了竭尽所能，什么最有意义。莫要笑，男人们，女人们，君子们，小人们，你们都要回答。"齐国民说着话，借醉不愿意睁开眼睛。

"人只能从缺点里发现优点。"雷鸣晓跟着抒情。

"去、去、去，什么乱七八糟的。"刘明坤掸掸衬衫，为说话方便，把椅子往后挪开。

"难道我没说明白？好了，我不说了，马求，你来说。"

"香港的事情你们听说了吧？"马求抬起浓眉毛，有意卖关子，吸引大家注意。

"最新消息？"

"再过一年多香港就要回归祖国怀抱，但我们同他们的斗争从未停止。他们百般阻拦我们，我们推出'一国两制''港人治港'。这样的创举，世所罕有。很快，全国人大香港特别行政区筹备委员会将成立，与预委会一起为实现香港平稳过渡和主权顺利交接作准备。"难得齐国民对这事感兴趣，马求几乎要像鞍马运动员似的飞旋起来。接下来，他又讲了几段中英关于香港回归交手的花絮。齐国民挠着痒得钻心的左鼻翼，不真切地看马求模仿，暗想："这是我们由来已久的自卑感引起的误会呢，还是真实情况？"

"马求，看不出啊，今天你不把话说出来，大家都还以为你天天灯红酒绿、跳舞跑马呢！"

"外交人员是腰里不别枪的战士，照样保家卫国。"马求回归常态，然后细细擦去脸上和头发里的汗。

"香港回归一洗中华民族百年耻辱，使我们的民族自豪感大大提升。一切缘于改革开放带给我们的底气，提振了我们的士气。"

"爽快！"齐国民用力搓手，像绞碎一件他仇恨已久的东西。

"二十一世纪是东方世纪，将是中国世纪，敞开胸怀迎接激动人心的时刻吧！"雷鸣晓和董明利两个说着都站起来。

"我们都要赞美歌颂这个时代，因为这个时代将由我们创造和发展！"

"改革其实就是，我们用实事求是的态度和创新的办法最有效地解决当前问题，使社会现实呈现出最好局面，让最大多数人得到最多的实惠。"

"好吧，改革开放是我们为国家建设和民族复兴找到的一把万能钥匙，是一条通向美好未来的必由之路，也是唯一正确可行的胜利之路。"

"我们既是具体的劳动者，也是改革任务的承担者。当我们在认真完成自身工作的同时，其实就是在履行改革的使命。"

"这样我们就把自己放在一个格局里，我们的工作层次就提高了，做人做事就会有一副磊落心肠，就不会落入俗套，更不会误入歧途。"

"我再说一次，我们是男人，不仅要对所做的事负责，更要对所说的话负责。这几年，我就怕大家失去初心、忘记誓言，被那些肮脏的东西侵蚀与污染。可我今天很高兴，我们当中没人变心变节，你们还是我当初的朋友。没有什么幸福能比这种友谊更让人欣慰。"齐国民许久耷拉着脑袋、揉着眼睛说。

"放心吧，我不会！"常硌宝大声叫喊。

"说，是不是真在外面找女人了？"齐国民扣住常硌宝手腕低声问。

"找了。"常硌宝疼得直吸气，不敢不点头。

"哪儿？"

"灰指甲店。"

"真他妈的恶心。"

"难不成像你？黎红把你的魂都勾走了，旁人你谁都看不上。"常硌宝以为击中齐国民要害，独自在那里幸灾乐祸。齐国民听到这，一下不说话了，沉默像夜色涌起，表情恍惚迷离。

"喂，你俩嘀咕什么，大伙正聊得起劲呢。"

"老齐要喝敌敌畏。"常硌宝斜眼看齐国民，大有不赶尽杀绝不罢休的势头。可话没说完，又没到桌下不见了，紧接着下面传出鬼哭狼嚎的声音。"老齐，还让不让我接着改革啊。"常硌宝扯着变了调的嗓子喊。

这时马求腰里的BP机响了。大家正打算起哄，刘明坤的也响起来。"老婆们的活动结束了，喊我们回去。"马求说过，一脚把一个空瓶踢到角落。

"今天谁也不准回，回去就不是人养的！"

"常硌宝，你骂人。"

"我没骂人，就是想看看谁是真男人。"常硌宝胸一挺，手一叉，像只好战的瘦公鸡。

"不行，家里有孩子呢。"马求瞪眼常硌宝，他自己就像个大婴儿。

"老齐，我和你留下。刘明坤，给我俩上好酒。"

"都走，少废话，只是记住今天所说的。"齐国民看着大家开始动身不忘提醒，心里同时又像白天过去、夜晚来临那样低沉下来。

众人答应着，穿好衣服逐个往外走。马求第一个，仿佛足球比赛开出第一脚，然后是雷鸣晓，个个快得像从砖缝里渗走的水。

"刘明坤，你结过账才能走。"常硌定一下从后面抱住刘明坤，刘明坤挣不开。

"真服了你。"刘明坤摇摇晃晃，文质彬彬的干部发型分了叉，和齐国民单独打了招呼离开。

齐国民和常硌宝出来，常硌宝把服务员叫到一边问："这顿饭多少钱？"

服务员狡猾得像懂读心术的马，根本不会随意向人透露实情，只一味地笑。齐国民只得拉常硌宝到院外，两人进入一片婆娑的深色树影里。远处有高楼在施工，像西郊钢铁厂永不熄火的炼钢炉。

"早点回去吧，记着以后别胡闹了，好好过日子。"齐国民往手上哈着气，感受京城沁骨的夜寒，之后望着面前河流一样穿梭而过的车辆出神。

"齐国民，也就你他妈的在那儿瞎较劲，谁还把你说的当回事。这年头，不净想着做坏事就不错了。"

前面突然蹿出一辆车，齐国民吓一跳，脑子当即一片空白。同时，就像这次意外的遇险，常硌宝的话让他严重怀疑自己的判断，到底哪个是时代主流，是改革还是日渐兴起的奢靡风气？这个问题他一度回避，今天又遇到了。

"难道今天你们对我讲的是假话，是在骗我？"齐国民嘴唇发抖，任由常硌宝把自己的衣服脱下给他披上。

"他们当然没对你说假话，可就算真话也要当假话听。他们中间哪个能做到，我做不到，率先承认了，所以你最讨厌我，把我看成你们中间的败类。事实上，就像他们说自己不喜欢女人一样，他们都没说实话。"

"假话，酒话，我却当成真话？"齐国民心头一沉，在这漆黑的夜里，那种繁荣景象好像一张虚假的画贴，他一戳，便裂开一个窟窿。"事实到底如何，我该怎么办？"他盯着常硌宝，胃狠狠抽搐一下，像报复他以往的错误一样。他努力站直，以示抗争，但不得不抓牢常硌宝。他烦透了，看夜色中的车流，觉得它们与自己一样茫无所踪。

"齐国民，你滚，别以为只有你烦恼。"常硌宝抹着大珠小泪，难听的哭声像一把小刀正一点点割烂北京完整华美的夜幕。见齐国民站着没动，他自己往远处走，然后大嚷道："去你的吧，我才不跟你们过苦行僧的生活，我要去找女人，和她们整晚喝酒、聊天、打游戏机……"没等齐国民来得及阻止他，他已经搭上出租车没入夜色，嘴里的骂声被嘈杂的城市声音迅速掩盖。

齐国民几乎迈不动腿，像犯了胃溃疡似的伏身栏杆，脑子里则像刑警费劲地拼凑出一方被破坏的现场，之后渐渐听见十几米之外，响起一个苍老含糊的声音，但不是冲他，而是冲着整条街道、整座城市。"毛鸡蛋，刚出锅的毛鸡蛋，五毛一个，童叟无欺……"一个老汉出现在深夜里，满世界回响着他清凄的叫卖声。

十四

同年年底的一个晚上，大约九点，魏小山在县城最高建筑——七层高、新开业的盘古大酒楼，宴请从南方城市前来投资考察的客商后，又亲自把人家送回宾馆。客商席间非常感动，爽快答应投资三百万元建一家染色剂厂。又一桩招商引资大事落定，魏小山带着成功的喜悦与疲劳，对下属更温和有礼了。他没有回招待所休息，而是独自到办公室，准备趁夜里静下来，抓紧时间完成另一件重要的私事，就是给黎红回信。无论出于友谊还是曾经有过而现在正冷淡下来的倾慕之情，他都觉得这事不能超过两天，否则就是对这份纯真感情的亵渎。在工作顺心之际，穿插完成一件私密的事，他非常愉悦与兴奋，就像功成名就后，亲往与老友叙旧。他挂职锻炼本该到期，可看到Q县的改革刚有成就，而且Q县上下知道他挂职期限将至，都极力争取和挽留，这促使他下定决心，继续留在Q县再干三年："不，不在Q县搞出个名堂，我决不离开，否则就愧对党中央和Q县上下对我的信任与喜爱了，并且我资历尚浅，需要继续在基层岗位加以磨炼！"于是，开春三月，经县人民代表大会选举，他成为一县之长，也是Q县有史以来最年轻的县长。他在会上郑重进行个人宣誓，踌躇满志地许诺，再用三年使这个县彻底脱贫，经济产值进入全市前三甲。他在台上激情地演说，台下之人的脸像一枚枚太阳能面板，几乎没人不相信这个英俊面善的年轻人，因为他强大的背景和之前在这里的表现，足以使他们信服。成为县长后，随着他对工作内容的熟悉到位，在高级岗位与实际磨炼中培养出的能力和信心，俨然让他具备了成年男性的社会担当。而现在他要热情地给友人回信，则显示另一番担当。他给自己沏了壶当地所产的浓茶，放在一边，这才坐下来，细细思考，在柔和的灯光下，在丝丝缕缕的热茶气息里，开始动笔。因为想着怎样用最妥帖的语言回复，更因为做一件过去从未达成而盼望已久的事情，他在情绪上既非常饱满又有些急躁。桌前各悬挂一枚小党旗和小国旗，被窗缝里的小风吹拂摆动，节能灯无声而黯亮，这些都没能让他分心，反而使今晚的回信更富有一种回忆性的情趣。他原来修长秀气的指节已变得结实粗壮，坐在新配备的办公桌前，飞快地写下一行行文字。中途偶尔停下，在找到更恰当的措辞或者有了新的灵感后，马上动容地笑下，继续接力跑似的写下去。

　　黎红你好，听到你的杂志社要从现在的主管单位脱离，我一点没感到意外。因为文化体制改革酝酿已久，文化事业与文化产业势必分开。大部分文化单位已经这么做了，并且成功调动了人们的积极性，取得了良好的经济效益和社会效益。这既能使人们获得更多文化产品与服务，也能为国家和社会减轻负担。用现在常话就是，把属于社会的交还给社会，政府只做政策的制订和监管者。这在过去多么不可思议，可国外一直如此，只能说我们过去对一些东西认识尚不清楚。你的态度令我赞赏与欣慰，因为你一直是个喜欢接受新鲜事物的人，甚至是个观念与做法超前的人。齐国民告诉我，说你太有个性，我认可他的看法，因为你甚至比我们一些男孩子还要敢作敢为。这样的性格让你只按照自己的方式行事，这在现在恰恰是受鼓励的。改革需要创新，而创新需要人们有鲜明的个性，所以对于你说要搞承包经营，我认为你一定能做好。至于我能提供的支持，除这些溢美之词外，剩下的就是多替你在朋友们中间宣传，找机会向你多推荐几个客户。广告业在市场经济永不过时，这是由商品的社会化属性决定的，因为"尽知才能做到尽买"。只要抓住这个机会，你一定能让部门顺利运转并取得成功。至于你提到事情太忙，没时间照顾伯父，我也深表理解。难道我不一样吗？父母把我们培养成人，现在他们老了，我们却不能陪伴左右，这就是我们没有尽到孝道啊。可转过来想，他们生育与培养我们，不就是让我们成才吗，不就是想让我们在社会上成功立足、取得一番丰功伟绩吗？我们在外面打拼，抓住时代机遇开创个人事业，推动社会进步，促进民族强盛，这正是他们希望看到并引以为豪的。并且，你提出的广告创意方向和思路，也让我对你刮目相看。

写到这里，他觉得已把想要表达的意思完整写了出来，她应该受到鼓舞，并感受到他一颗火热赤诚的心。他希望开诚布公地向朋友说真话，释放他的善意与良苦用心。但接下来他有些头疼，也多少让他隐隐不快，就像他完美的身体上长了一块不明显的斑痕，总归破坏了他本该有的完美，而且在他特别在意的时候，甚至可以用耿耿于怀来形容。他喝口茶，舒下气，看几只轻巧的蛾子像微型演员玩高空杂耍，但他有更关心的事。他有点激动难耐，真正深入内心的时候到了，这感觉崇高且美好，令他紧张不安，如同到了富丽堂皇的外事接待室，他必须表现出礼仪与小心。

接下来，还是想对你说几句知心话。其实你一直知道我对你的感情，就像过去问你借《纪伯伦诗集》却始终没还，那是那个年纪我最大胆的举动，现在想来都觉得浑身燥热。可鉴于你的反应，你从来没把我们的关系往那上面考虑，所以那段感情成为我永远摸不到的高度。现在情况更加明了，你有了意中人，并且是你主动追求对方。我并不了解那人的情况，但觉得以我们目前的情况找一个差距较大的人，就像人家都抬头挺胸往坡上走，你却迎面往坡下来。爱情可以不讲究出身和地位，但婚姻需要，就像恋爱可以在公园和电影院里，但结婚就必须在婚房里。那个战士的确优秀，但这种优秀放在我们这群人中间就相形见绌了。我知道我们这群人有自己绕不过去的缺点，通常比较自私、傲慢、懒惰和冷酷，但这些都是一种秩序的表现。我来县城多时，时髦漂亮的女子见过几个，可难道因为她们漂亮，我就愚蠢地牺牲自己的前程吗？我没有贬低谁的意思，但山高水低自有安排。既然我们出生在这样的家庭，就该遵守约定俗成的东西，而不是苟且随性。的确，一些世俗的快乐远比我们的快乐来得欢悦些，但我们的快乐也是他们难以感知的。我再次请你慎重对待，但如果你坚持，我也只能向你表示祝福。假若有一天你觉得乏味了，也不要伤心，那正是觉醒的开始。真的，就算你选择齐国民，我都不会说这么难听的话，因为他可是我们中最用心追求你的人。你的胃口让我们不知道你到底喜好什么了，难道山珍海味满足不了你，非得去街头巷尾品尝街头小吃？你不会只在乎相貌吧，那他可能就有优势了。但话说回来，果真这样，我就怀疑你的性情与品位了。然而我深知你不是那样的人，只觉得你像在房间里待久向往室外的新鲜空气一样。——你放不下现有的一切，就算你的工作也需要你当前的这帮朋友。如果我的竞争对手是齐国民，我肯定不会这么激烈地反对你，可对方偏偏是个名不见经传的小人物，这我就不得不提醒你。就算不为自己考虑，你也要为你父亲的名节与光环考虑，再次为后代考虑，否则一代代艰辛维持的联姻又算什么，生理上单纯的欢愉就像我们笑逗一场罢了。我再次强烈建议你慎重考虑下，这等终身大事于你我宁缺毋滥。妈妈为我物色了众多女子，可我宁愿再等。你像有意把自己打扮成清洁工人去清扫垃圾，不要玩耍，这种清高是没有用的，帮不到你。你把下层生活简单化和诗化了，他们过着怎样的生活没人比我更有发言权。我现在供职的地方是全国上榜的贫困县，上下扶持力度不可谓不大，但几十年仍没摘掉帽子。现在所有中国人都争着做人上人，无数贫困家庭勒紧裤腰带、省吃俭用供养大学生，希望借此改变家庭命运。再看看，身边每年多少外地人拥入北京，北京作为首都人人向往，各地的人只要有丁点办法都争相进入这个核心地区，以此获得向上通道。你走了一步别人看不懂的棋，可让我这个知情人来讲，你是做了件傻事。

魏小山皱起眉，想着把知心话说过头就成了对朋友的一种谴责与伤害。他反复衡量用语，觉得非如此不能撼动朋友不英明、不理智的做法。考虑再三，他保留了原有措辞，觉得她陷得太深，非用这样的猛药才能解除她的重疾。他如释重负地直起腰，如同意外地完成一件棘手的事，正如今天顺利拿下招商引资任务一样。窗外，忙碌一天的县城生活已归平静，但城西炼铜厂的高炉与烟囱却火光冲天。县城及周边上马了好几个这样的重化工项目，所以空气中弥漫着刺鼻的味道。虽是这样，几家厂子给县里上缴了近二分之一的年度税收，解决了近两千人的就业，带动了县城繁荣。他自然知道污染的坏处，但为了尽快使这里脱贫，不得已而为之。从去年起，到县医院就诊的人数明显攀升，但连同他在内，几乎没人关心过这个。

天气已入冬，但气温仍像仲秋。鉴于县财政的好转，魏小山准备给全县所有机关单位办公室配备电风扇，算他上任后为干部职工搞的一次普惠性福利。他目前在筹划明年的两大任务，就是新城扩建和给干部职工调高地方津贴部分。前者解决人口增加、减少污染两个突出问题，后者让广大干部职工切实感受到改革发展的好处，使大家安心工作，配合他搞好各项任务。他心满意足地做好铺垫工作，前景一片光明，并嘱人私下先放出风去，再及时降下甘霖。所以，这时候无论他给黎红的回信中说如何过分的话，他都觉得是自信和明确的，像一个手术中很少出错的主刀大夫对于危重病人敢于下重手。

　　说到这里，我也有个个人方面的消息告诉你，那就是我正在接触一名女子，并且准备和她往下交往。没错，她是"我们"中的一员，然而没有像我们大多数人那样留在体制内，她更为大胆放任，在法国普罗旺斯做葡萄酒生意。我从母亲一位朋友那里获得她的资料，听说她对我也表示出兴趣。至于她为什么不辞辛苦出国，现在又回头找一个中国人，这点我尚不清楚。但从已掌握的情况看，她对国内的消费环境非常看好。如果可能，我倒希望她到我这里搞个葡萄酒基地，让这里少接纳些污染企业。现在东部省份的劳动密集型、资源消耗型企业大量向中西部省份迁移，而中西部地区为了扩大经济总量，不得不接纳这些省份转移来的产业。这些产业与企业虽为我们带来一时的繁荣和发展，却也造成诸多现实问题与巨大隐患。我虽一万个不情愿，但上上下下的意愿和客观形势不容我反对。所以，假如能和她见面，我将抓住机会向她建议。如果她接纳我的建议，那这桩婚姻对于我和我所担任的职务，将起到帮衬作用，为此你还能否认门第与地位的重要性吗？让一个一无所知的人进入国家这部高级机房的核心，就像放一个赤脚汉走入铺着金羊毛毯的宫殿，重要的是他来做什么、能做什么？我还是要继续奉劝你，好好思量前因后果，不要做出令自己后悔、让别人反感的事。——她俨然是位成功的国际商务人士，熟悉投资与生意，正是我们这样的贫困地区所急需争取的。也许你会说，我对一个尚未谋面、更没有结果的爱情抱有热望是一厢情愿，但据母亲朋友反馈来的信息，她看过我的照片后点头默许。至于她心里到底怎么想，只能交往后得知了。但从她作为一个国际投资人的角度揣测，一个拥有十多亿人口的巨大市场，对她具有足够吸引力。

他停下，被自己感动了，觉得呼吸不过来，急忙去关好窗户，然而很快眼睛被某种辛辣的气体熏得泪流满面，再看时间已晚，便赶紧收尾。

　　说到底，我会尽力替你拉广告，也希望你能助我实现改革与升迁愿望，我们都有这样那样的影响与能力。至于我对你有过的个人感情，虽然违背了当初暗誓，但可以归咎于年少无知。

他终于卸下这个包袱，鼓足勇气与过去告别。他又把信从头至尾看了一遍，没发现什么不合适的地方后，把它装入信封仔细封好，又带它关灯锁门出来，投到院外不远处的邮筒里。这时他努力直起腰，幸福地看着灰蒙蒙的天空里那个不甚清亮的月亮微笑起来，而后加快脚步回到宾馆休息。洗漱时，他看到第一下就在毛巾上落下一个清晰的黑印，而镜子里的自己，除了牙齿和眼睛发亮，其他都黑乎乎的。

魏小山刚上班就进入状态，在办公室里精神抖擞地迎来送往。他带着京城子弟特有的雍容霸气，以及自身日渐强势起来的心态与丰盈起来的智慧，穿着干净整齐的西服，两鬓和下巴像修剪过的高尔夫球场，端正的仪容与周正的身形，很好地帮他树立起威望，使大家加倍爱戴这个年少有成的领导。他亲自严格执行制度，使它们不至于形同虚设，另外夹带由中央而下的权威，使得整套班子一下高效运转起来。县里经济发展了，社会繁荣了，疏远的党群、干群关系改善了，人们的干事热情被充分调动起来，在各自岗位上各谋其事、各司其职。

听到敲门声，魏小山抬头看，是自己新来的秘书，手里抱着几个厚厚的夹子，便料定今天又不会是轻松的一天。秘书是个年过三十的青年人，说话像朗诵《再别康桥》一样低沉。他是这个县城至今唯一在北京读过书的大学生，在县农业局办公室一待就是七年。原来的姜主任已于年前升任县纪委书记，离任时向魏小山举荐这位新秘书。另外，魏小山还将徐家良调至身边当办公室主任。目前，三人形成稳定的"铁三角"关系。

魏小山低头继续看市政府关于加强土地流转的来文，在上面签下转发意见。

"孩子没事了吧？"魏小山停下，关切地问耿直。

"昨晚就没事了。"

"别把孩子耽误了，抽空多关心关心。"

"知道。"

"这边也离不开你，咱们要抓住时机，好好干一场。"

耿直转身差点掉泪，因为魏小山从年后就没再回过北京，也没好好休息过一天。当翻看县统计局报来的数据后，魏小山眉心马上打起结，说："统计局报表有问题，口径上出现了偏差。"耿直迅速跟上魏小山的思路，将自己了解到的情况进行反映。

"现在各地都出现了虚高虚报现象，攀比情况越来越严重。"

魏小山从文件上缓缓抬起身，沉重地说道："这正是我担心的，如果不掌握真实数据，经济过热就无法降温，中央宏观调控的政策就难以发挥作用。县域经济体是国家经济的基本盘，必须用全局观念统筹县域经济，才能使全国一盘棋。'九五'规划编制已接近尾声，里面的经济社会发展指标与统计上来的虚高数字相距甚远。全县的经济数据你我心里有数，不可能有那么大的增幅。我们不搞新的大冒进，今后五年的经济增长必须在一个合理区间。但目前统计手段落后，方法混乱不科学，数字虚高，我要和他们好好谈谈。"

"我去做安排。"

"放到下午吧，现在先通知计委、财政局、乡企局与酒厂的负责人到我办公室。"说话间，魏小山仰起英气勃勃的脸，多看了几眼像多挂了层纱帘的窗外，心情像生病似的忧伤。

耿直出去了，魏小山慢慢收回情绪，集中注意力往下看文件。耿直已提前替他分好类，他只需要根据层级和密级看下去就行。他每天上班几乎都是这样开始的，静静把全天事情梳理好，然后逐件安排落实，需要集体开会研究的就开会，需要个别强调的就差徐家良以政府办名义通知，如果事关全县大局，则要向头上的黄书记亲自汇报，然后由两人共同决定如何推动落实。今天的来文一点不出他意料，仍是从中央到省、市及各部门的来文，大量法律和政策以前所未有的速度制定出台并要求基层贯彻落实。这样的东西不能一看了之，需要耐心消化吸收，尤其作为领导干部，如何培养法治意识并自上而下带头形成一种风气，中间需有大量环节支撑。他深知这些文件所包含的信息容量，正是改革的具体教纲。这样在等待耿直返回取文件的过程中，他已经相继阅过《关于加强文化体制改革》《加强青少年学校周边环境整治》《对于××煤矿事故的通报》《县民政局转发市民政局对于老红军进行优待的通知》等十几份文件。——工作时间，他的办公室门从来都是开着的，这样，当耿直再次进来时，他头也顾不上抬地告诉对方：

"通知徐主任参加，你来做记录。"他话音刚落，徐家良已敲门进来，明显比以前胖了，衬衫扎进裤腰，肚子挺出半截，不过因为失去亲人不久，眉宇间仍有忧虑之色。

"徐主任，计委、财政局、乡镇企业局和酒厂的负责人马上到，魏县长通知您参加会议。"

"耿直，给魏县长更换丝绵被了吗？天气转冷，魏县长不适应咱们这边的气候。"徐家良手里拿着刚收到的保密文件呈给魏小山，一边交代耿直。

"已经让出纳去县百货大楼买了，估计上午就会送到招待所。"

"不行啊，我们县城的东西花样品种太少，让他们到市里买。"

"家良，换个被子这么兴师动众，传出去多不好。这样吧，你下班帮我在县里买，别让其他人忙活了。"

"我担心县里东西质量不过关。县城居民但凡采购衣服、电器呀什么的也都到市里，况且县城百货大楼的东西也从市里买。"

"我们县的商业流通太不发达了，人们购买日常用品还要跑到市里，多不方便呀。这就体现出我们观念不够开放、信息闭塞等问题。"魏小山靠后身子，保持见到徐家良后既重视又轻松的姿态，使这场对话不具有对外性质。

在耿直去取徐家良笔记本的间隙，魏小山简要把这次会议的意图告诉了他。等耿直回来，三人刚碰过面，屋里相约走入四五个人，个个都是精壮汉子，仿佛冒着热、透着光、放着亮，令刚才还算宽敞的房间顿时显得拥挤不堪。这帮人进来争先恐后喊"魏县长好"，魏小山刚才有点丧气的心理因为看到这帮人转忧为喜。

"魏县长，为什么不在会议室？"

"只是事前讨论，就在这里吧，委屈大家了。"徐家良坐在魏小山对面，热情替魏小山回答。

魏小山用愉悦的心情扫视众人，努力发现他们每个人在新一天呈现出的新变化与新气象。结果令他非常满意，因为每个人都脊背挺直，毫无疲惫冗赘之态。这正是他一心想看到的。耿直搬来椅子，一群人以魏小山为中心呈扇面坐下，那种气势像上午九点涨潮的水围涌而来。刚坐好，有人急要说话，被徐家良阻止了。那人也不生气，孩子似的笑，痒痒似的在衣服里蹭蹭膀子。魏小山之前的忧心忡忡现在被这阵清风净浪驱散，呈现出朋友聚会般的亲近随和，显示他与这几人非同一般的关系。

"魏县长，拿到资料了吗？"那人还是抢在徐家良之前说话了，徐家良无奈地摇头笑笑。看来这种简洁明了的办事风格，连主持人和必要的开场白都不需要了。

"魏县长已经拿到了，大家听徐主任安排。"耿直坐在最后面，竖起脖子对大家说。

"对啊，再不让徐家良说话，他要失业了。"有人开玩笑，像好朋友那样奚落徐家良。

徐家良揉揉鼻子，用有些劳累过度的哑嗓子开场："昨天，染料厂的事情已经落停。接下来要进入具体施工阶段。我们仍不能马虎，要做好相关服务，跟好进度，争取厂子提前建成投产。如果这个厂子顺利投产，那么我们县的财政收入将大为好转。"

"也就是说咱们贫困县的帽子真可能摘掉了？"马上有人激动地问，其他人也像凳子发烫似的坐不住，瞪大眼睛转向魏小山。魏小山温和地笑而不语，这等于给了大家答案。

"没那么快，至少三年后吧。"徐家良再次替魏小山回答。

"不能光指望一家厂子，还要引进更多企业，并且重点放在培养我们自己的本土企业上。"

"对，绝对不能把脱贫当作最后目标，更要大干快上、争优创先，把Q县打造成全市乃至全省的经济强县。"

"魏县长，你说怎么做，我们跟着来。"年轻的计委主任叫出声，其他人跟随积极应和。

魏小山之所以能在这里如鱼得水地开展工作，依靠的正是这帮人。这些人的出现，不由让他回想起与齐国民等人在浴室盟誓的情景。如果说他以往多数时候看到的是Q县改革进程中的消极派与钻营者的话，那么现在看到的则是觉悟派、先锋派与实干家。他不能把改革成绩算到自己头上，而要归功于这一张张面容鲜活的无名英雄。应该讲，Q县的美好未来仰仗他们谋划与实现。他们有着绝对纯净公允的品质，与底层有着千丝万缕的联系，相信可以凭借社会改革和个人奋斗彻底改变家乡现状，从而成为Q县社会进步最有力的推进者。

"不对，党中央怎么安排，我们就怎么贯彻落实。改革不能按个人意志来，一定要服从全国一盘棋的思想。我们要做的就是，结合县里实际，把上级要求认真落实下去。我们的任何工作都要放在这样一个高度看待，这样才能不盲目、有实效。"

"魏县长，明白了，改革要有章可循、有规可依！"

"党中央最英明的做法就是先搞试点，然后在试点成功的基础上由点及面推开。这应该是推进改革、少犯错误、少走弯路最好的办法。作为中西部地区，我们的很多工作落后于东部沿海，他们的好做法正好拿来为我们所用。"

"魏县长，我们听你的。"

"魏县长说了，不要听他的，要听党中央的，听法律的，听政策的。"

大家又开心一笑。

魏小山觉得像开个舒心愉快的民主生活会。他十分愿意与这帮志同道合的朋友交流，希望大家站齐阵线，统一认识，形成更好的凝聚力与战斗力。

"魏县长，开会吧，今天又有什么新任务，都等不及了。不知大家怎么样，反正我现在干工作像上瘾一样，一会儿手里没活就六神无主，连看老婆的兴趣都没了。"这话一出口，计委主任后背就挨了一拳。旁人冲他使眼色，他突然看到一旁低着头的徐家良，立刻意识到失语。

徐家良继续主持会议。他喜欢魏小山主持全县工作后的高强度、快节奏方式，他自己每天都把精力放在工作上，夜里一睡到天明。如果说什么是对死去亲人最好的祭奠，他认为就是尽快彻底地改变这里，让那样的悲剧不再发生。

"好的方面就不说了，今天找大家重点谈两方面的问题。"徐家良清楚魏小山一直沿用两种思路工作：如果找那些浑水摸鱼的人谈工作，一定是强调工作重点，突出要求与细节，确保工作落实下去；如果找谈得来的人谈话，一定是主谈问题与困难，然后大家共同探讨摸索出路。这是他任办公室主任以来，对魏小山如何履职的一个发现。

"环境与债务问题。"

大家盯住魏小山，猜这个年轻一把手会往下强调什么。连续几个大项目的引入，让全县上下充满豪情壮志。原以为他会鼓励大家一鼓作气，再多拿几个项目，没想到他却提出这两个问题，让他们百思不得其解。

魏小山满脸忧苦，先不说什么，绕过大家打开窗户，立定注视外面，一会儿后才问道：

"告诉我，你们看到了什么？"

大家面面相觑，依次摇头。魏小山关好窗户，回到座位，胳膊撑立桌面，也不卖关子，语重心长地直言："前年这个时候，我打开窗户，外面还是蓝天白云，今年却是烟囱林立和浓烟滚滚。很多同志把这视为我县经济发展的成绩，看作是我们脱贫致富的希望与象征，却忽视了另一个问题，那就是我们盲目引进项目造成的环境污染。你们闻闻，现在的空气还是不是以前那样？"他停下，等大家醒悟过来。

一帮人站起，过去趴在窗前往外看，只见县城顶上平悠悠悬一顶"大灰帽"，十几根高高低低、粗细不一的烟囱，在一片灰蒙蒙的烟气中悄然直立。烟柱像动物粪便一样沉默与费力地排泄，并在升到一定高度后，融成最丑陋、最平庸的红灰色。天地失去分明界限，各种事物杂糅，毫无主次重点，混乱了整个世界。

"有股呛鼻子的味道。昨晚我儿子做作业时问怎么回事，我还说你小子以后有福气了，再不用像爸爸在你这时候饿肚子了。"

"之前光想着如何引入尽可能多的项目，却把这个忽视了。"

"企业的确多多益善，但不该是这样的企业。"

"可只有这种企业愿意到我们这种地方，别的我们也没有那样的条件啊。"

"不是我们发展思路有问题，是不得已而为之。"魏小山痛苦地点头同意，再度把目光投向窗外，感觉那些东西就升腾在自己心里，"不能再这样下去了！"过了一会儿，他颤抖着声音，像又一次熬夜那样面色发黑："要转换思路，不能以牺牲环境为代价求得一时发展。"

"怎么，取消现有项目？"——大家都以相同的悲哀和不幸望着魏小山，仿佛看一列沐在连绵阴影里的荒凉山丘。

"现在连呼吸都困难，难道不是吗？"

其他人听后频频点头，并且立刻有人咳嗽起来，加重当下的悲哀氛围。

"魏县长，怎么解决这个问题？"

"说白了，愿意到我们这里来的多是高耗能、重污染企业，对于这点我们不必抱有侥幸心理。即使这样，大家看到了，各地竞相出台招商引资政策，几乎只要有企业来，政府都很欢迎。这么做无可厚非，但后续管理一定要跟上，在把企业留住的同时，想方设法让它们服水土。所以接下来我们的任务不只是引进大企业、大项目，更要维护好关系。"

"这个简单啊，多吃吃喝喝拉关系，保管让他们满意。"

"我说的不是这个。"魏小山说到这里，自己也有些激动，想到那些大企业、大项目给地区带来的好处与变化，同时也看到它们带来的可怕弊端，更由于想到一个妥当的解决思路，他不得不平静一时再说下去，"我是说，在与他们成为知心朋友的过程中，一方面宣传我们的优惠政策与诚意，另一方面也要逐步申明我们的政策与底线，向他们提议进行技术升级改造，尽量减少对当地环境的污染与损害。我相信绝大多数企业家是有长远眼光的，也一定能够接受这样的建议。这也是时代趋势，企业做大做强迟早要靠提高技术水平这一步。"说到这儿，他看看大家。大家都在思考，不过面露难色。魏小山知道自己说的还没真正打动大家，于是又用事实加码。

"难道让这些企业继续污染下去吗？用不了两年，医院里就会充满病人，政府背上巨大负担。那时再说这个问题，就晚了！"魏小山真的动容了，想象眼前这些人正是那些前来县里投资的企业家，他要说服、打动他们，要求他们能够接受一件对于他们完全不可能接受，但又非接受不可的任务，这没条件可讲，"所以，长痛不如短痛，与其到时刮骨疗伤，不如此时忍痛割肉。"

"魏县长想得长远啊，他真把这里当家、把我们当亲人。"乡镇企业局局长松软下来，像说出一个秘密小声地快速传递。

"魏县长真的不像个别官员，他们只为自己打算。"

"今天我只是说出自己的观点，至于怎么做，还得征求大家意见。"

"您不是说了吗，长痛不如短痛，晚干不如早干，我们会后就去见那些人，把您的意见转达给他们。"

"基本是这样的做法，但时机不对。"徐家良直直地坐着说。

"时机不对？"

"你想啊，他们才到这里不久，如果我们马上提出这样的要求，他们一定疑心我们的诚意。不过，等等中央政策如何？"

"不，一刻也不能等。"魏小山听得直摇头，他现在满脑子都是污染和污染的可怕后果，与其等中央开药方，不妨自己先动手一试。

大家都开始苦思冥想。魏小山同样没想出好法子，便把头转向窗外，看到柏树蒙着灰垢，无精打采露着梢头，里面常年住着的一窝乌鸦早不见踪影，半个县城像烧在焚炉里，就算隐约听到酒楼与商店传来的流行音乐，也很难令他振奋了。他下意识地松开衣服，又担心领口、袖口变脏，嗓子、眼睛也不舒服，这些小问题直接影响到他办事和说话的心情，让他难以集中精力。

"这样好不好？"徐家良眼睛看着脚下，表明他心里没底，"把情况先向市里汇报，由市里统一开展专项检查与整顿，毕竟这种事不光发生在我们县，其他地方可能比我们更严重。"

"是啊，条件好的地方引入这样的企业比我们多了去，他们的问题肯定比我们更突出。说不定，他们也正为污染的问题犯愁呢。"

"徐主任说得对，环境污染不是一城一县的事，让市里再报省里统一行动。"

"这样做我们就不得罪人，与企业家们沟通起来也方便多了。等着瞧，到时候他们一定会重视。"

魏小山认真琢磨徐家良的建议，徐家良感到一阵自豪。每当这时候，他都为自己发挥魏小山参谋助手的作用感到骄傲与幸福。这是他对魏小山重用自己的真心回报。

"徐家良的意见可供参考，但事先要与其他领导同志沟通。"魏小山这样说，大家便明白这事就算议定，于是纷纷又像刚进门时那样愉快。这种民主作风让他们真切体会到自身的存在感与重要性，在接下来的执行过程中，他们不再疑惑和怠慢。

耿直暗中向徐家良额首微笑，徐家良也用旁人看不出的笑意回应他，两人现在真像魏小山的左右手配合默契。

"下个问题也非常棘手，是财政局的事，大家都听听，一起想办法。"魏小山看到大家轻快起来，接着说下去，"现在上面下来的很多项目要求政府提供担保。可我县的财政没有钱，提供不了担保。怎么办，就让县酒厂作担保。我们县的国有企业本来寥寥无几，现在正进行'抓大放小促中间'，烟花厂、烟叶厂和粮油公司相继以承包方式转让给个人，县酒厂成了目前唯一正常经营的独苗。前天酒厂厂长向我汇报时吐露实情，希望借着现在势头扩大生产规模，但去银行贷款碰了壁。我让耿直了解情况，银行方面解释说酒厂经过多次担保，已无可用资产对新贷款进行担保。我想这既是个老问题，也是个新问题。老问题是这些县国有企业真要'一刀切'、一个不予以保留吗？而新问题是，生产经营活动日益活跃后的金融问题，怎么让金融更好地服务实体经济，解决他们扩大再生产急需的大额资金。酒厂这样的国有企业一定不能再让县政府绑架了，一定要把企业自主经营权交回企业手里，让企业遵循市场规律经营，这才是企业发展壮大的根本出路。单纯依靠县财政投入和税收减免，只能坐吃山空。"

"这可是个无解难题。谁愿意接手表面上一团红火、实际负债累累的累赘？"酒厂厂长不避魏小山的面抱怨起来，眼圈有些发红。

"一篇文章对我启发很大，他们提出债转股。"

"债转股？"大家又一次从魏小山嘴里听到一个新名词，和他们之前陆续听到的"公司上市""股票交易""证券市场"，以及其他新名词一样，感觉晕晕乎乎的。

"这又是怎么回事？"乡镇企业局局长搜肠刮肚地想，努力把这些个名词纳入自己的认知体系。

其他人也面露难色。现在新名词太多，他们只好以囫囵吞枣的方式紧跟形势，形成一套模糊理论消化贯彻。

"对，债转股。"徐家良在一旁从容响亮地回应。

"就是把酒厂目前所有债权人的债务转化为酒厂股份，这样既削除酒厂的债务风险，也帮助酒厂减轻财务负担。"

"闻所未闻啊？"计委主任下颌脱臼一般张大嘴，太阳穴和肚子同时鼓起又瘪下。

"这就把问题解决了？"酒厂厂长疑惑地问，像看到一头病牛被注射了针剂后，站起摇摇尾巴没事了。

"这只是我的思路，但别的地方的确这么做了。"魏小山也在思考这个方案的可行性，但目前为止，似乎没有比它更好的办法了。

"真是眼花缭乱，感觉费了九牛二虎之力跟上形势，但离要求还差十万八千里。"

"让银行成为股东？"酒厂厂长斗胆这么提出来，又是在质疑，又是在肯定。

"天哪，这就像让我从一楼往五楼上跳！"

"出了错怎么办？"正所谓一群正直善良的人总是单纯至极，用直接代替委婉，使谈话最容易激发胆气豪情。

"在我们的时代，只能用当下的最好智慧解决现实问题，至于以后，是后人的事了。毕竟如果现在不改变，我们连这会都不可能支撑下去。就像我们上面提到的环境污染，如果一时不付出环境代价，就不可能走向下一个山清水秀的未来。我不害怕因此有人诟病我，因为现实就是这样一个残酷现实。"魏小山平心静气说完，也像把一个困扰自己多年的心结打开。现在，在与这些亲密伙伴谈天的过程中，他突然发现自己已然登上一座山峰，并在他们力量的簇拥下，产生那种类似领袖气概与风范的东西。他似乎看清了前方与远方，生出更多信心勇气，在想象中以一种罕见的从容冷静权衡取舍当下未来，而不再畏首畏尾、踟蹰不前。

"这又会在全县引发八级地震！"

"就算天翻地覆，只要对厂子有利，对社会有利，就值得去做。"

"魏县长，我们几个你就放心吧，就算一时想不明白，也会第一时间执行。"

"嗯，每次不都这样吗？开始不懂，做着做着就明白了。"财政局局长挠着头皮说。

魏小山同几个得力助手一一握手，然后微笑着听他们聊天，感觉像辛苦一天后回宿舍洗热水澡一样畅快。等几个人出去，他又嘱咐徐家良与耿直几句，就转向窗外，看着那些仍然孜孜不倦冒出浓烟的烟囱与徘徊不去的雾气定定出神。就像在大战前，一个将领总会利用一个空闲重新梳理下思路，确认没问题后，剩下就是放手一搏了。

魏小山正想着怎么去与黄书记沟通上面说到的两个问题，电话突然响起。号码显示是黄书记办公室，魏小山赶忙接起。电话里，黄书记请他上去一趟，找他有事商量。放下电话，他边取笔本边思量，不知黄书记要和他说什么。"不会自己刚与几个部门负责人讨论的事已被透露给黄书记，而黄书记因为这两件事没先与他沟通就往下布置而生气吧？可明明这是自己职责范围内的事，如果事无巨细向他请示汇报，自己这个一县之长岂不形同虚设？"出门前，他照例整理衣着，"要沉住气，不论他说什么，要相信自己做得没错。"他边往外走边给自己打气。上楼没用两分钟，但各种念头已在他脑里闪过上百个。敲门时，他无意间抬下头，仿佛碰到体制的天花板。

"小山，快坐下。"黄书记，果真连手指和牙齿都是暗黄色，应该与他浓重的烟瘾有关。上任滇书记退休后，黄书记从另外一个县调来。虽与魏小山同时到任，但显然比魏小山更适应这里。他那乌黑稀有的头发显然染过，很正式、很柔顺地倒向右边。两只眼袋松松的，像低能儿下垂的黑色睾丸。嘴唇宽阔单薄，说话间喜欢向后抽搐一下。

"小山同志，最近辛苦你了，接二连三为县里引进一大批项目，可谓'功在当代、利在千秋'。"黄书记用对待老熟人的方式示意魏小山坐下，热切激动地对他说。

听黄书记这么说，魏小山仿佛上山遇雨、下山遇风一样紧张。他猜不出黄书记找自己做什么，只是赶忙摆手推辞。"黄书记，您找我什么事？"他抓住机会问，一副大公无私的姿态。

"是有事情商量。作为县里两个主要负责同志，咱俩无论做什么都要事先通气。所以呢，我这里无论有什么事，都会先和你商量沟通的。"说过他停下，好像斟酌说出的话是否妥帖严密。这对魏小山是一种煎熬，让他陷入深度思考。

"两件事，我要说的是两件事！"

魏小山脑袋轰地炸开，先是盯着幽深的水泥地面看里面脸盆架和黄色铁皮柜的倒影，之后视线转向外面，虚拳掩口大声咳嗽几下："黄书记，您说吧，我听着呢！"

黄书记欲言又止，笑得好像舌头都要吐出来。这加重了魏小山对他的反感与危机感。如果听到对自己或改革不利的事情，他会下意识做出应激动作。

"小山，咱俩一起主持工作大半年了。我呢，初来乍到，工作也熟悉得差不多了。你呢，正年轻，所以……"黄书记撤后身子，把身体歪得像支老桨。

"黄书记，有话但讲无妨。"魏小山随时注意黄书记的嘴巴，像防着偷袭一样。

"你看，得益于咱们这段时间的努力，几个大企业大项目落户县里。别的区县都眼馋咱们呢。"黄书记笑着点头，神情似乎是真实的，甚至略带羞涩，"不出今年，我县的工商业产值肯定远超农业产值。所以呢，我就想，是不是把县改区提上议事日程。你想啊，现在很多地方在做这个。这么做的好处你我当然知道。"

魏小山迅速把这个建议在脑里过一遍，确认这么做是公允的，这才松口气，觉得可以与黄书记正常沟通了。

"当然了，我沾了你的光。所以小山同志啊，你不要多心，如果这事做成功，功劳算咱俩人的。"黄书记说时笑得很厉害，好像用这笑极力讨好魏小山。

魏小山坦然了，甚至不那么讨厌黄书记了，因为黄书记这么做，表明他也是谋事的。"作为年轻领导，我要避免简单地看人。"魏小山暗自检讨，同时脸色柔和起来，恢复平时待人的涵养。

"黄书记别这么讲，没有您和县委的大力支持，政府工作不可能这么顺利。县改区我认为是件好事，是我县历史性的大事件，意义深远。不过工作量不小，需由县委牵头，县委办具体负责，您看可否？"

魏小山顺理成章把任务推给县委，那么这件事的首要功臣就是黄书记了。这是他有原则地做出让步，以便腾出更多时间开展实质性的工作。何况县委与政府的分工也是很明确的。

"那就这样定了，算老弟成人之美。"黄书记从椅子里拱手作揖，像最柔软的杂技演员。

"黄书记过谦，我全力做好配合工作。"

听魏小山这么说，黄书记心里舒坦很多。在与一个和自己儿子一般大的年轻人搭班子过程中，他一方面感到对方激情如火，另一方面，这个有中央背景的年轻人作风过硬，让他不得不事事三思而后行。他早已过知天命年纪，眼见富裕县的同僚纷纷迁入城里买楼置产，个个把子女安排进市级机关部门，他有严重的失败感。他之所以提出县改区，是由于几个大项目落地后，他觉得时机成熟，到时不仅"区委书记"叫着比"县委书记"好听，关键是实惠多多。于是，在听到魏小山用年轻人的激情爽快回复他后，他一颗老谋深算的心就格外满意了。

"第二件事呢，就是县里今年工作全局不错，是不是多邀请几个市领导下来看看，让上级对我们有个好印象，这样有利于日后争取支持，小山同志？"他额外在后面称呼一下，以示在平等协商，不想让这个年轻人对自己过分介意。他身后水缸里的几条大锦鲤游得格外沉重缓慢，让魏小山看得有点忧郁。

"这个黄书记您决定，不过我觉得也有必要。"魏小山不假思索地脱口而出，之后发现自己有点口是心非了。难道仅仅因为黄书记没提到自己担心的两件事就对他感激？他原以为自己立场坚定、原则性强，但在这个真正的官场老手面前露出了稚嫩。

两个主要负责人在各自期许的问题上迅速达成一致，显示了民主与团结，实现了共和局面。以至于不久后魏小山怀疑，自己把黄书记划为拖改革后腿的一类人，到底是错误还是不公。现在，他再次留意起黄书记被外面光线映衬着的黄脸，发现他就像古人写就的一部无字天书，里面透出中国历代为官的要义真谛。

"那就这样定了。"黄书记把头略微抬高些，额纹居然像气根一样多。

魏小山合上本子要站起的瞬间，突然冒出个念头，于是又坐下，用一种热忱负责的态度说道："黄书记，我也有个想法不知当讲不当讲。"

"我们两个不存在什么当讲不当讲，县里的事终究你我说了算。"

"这事仍属于您的职责范围，我只做个提议。"

"想到就说，不用给我打预防针。"黄书记觉得魏小山好像把一只脚迈进自己的安全范围，眼睛的笑不由停下，仿佛被房间里的小蝉虫叮咬到敏感部位。

"我县进入新发展阶段，面临诸多新困难、新问题和新任务，这就需要大批思想进步、热心改革与锐意进取的干部执行任务，开拓局面。但我县现有干部队伍仍未能完全适应形势，这很不利于各项事业的开展。所以，一是继续派干部到先进地区学习，另一方面考虑通过招考方式继续从别的领域和地区引进更多人才，这样我县的发展才能像汽车火车那样跑起来。不知您怎么看？"

"是啊，现在全国的铁路都在提速，我们的工作自然也要加快进度。小山同志，你的提议与我不谋而合，可我担心这会对本地干部造成一定冲击，所以没敢提出来。现在既然你提出来，我们就这么做，给干部队伍注入新鲜血液。"黄书记嘴上这么流利地说，心里却盘算起来，觉得这个主意正好可以为己利用，"我们会制定严密的招考制度，确保招考过程和结果公开、公平、公正。干部是我们事业的根本，小山同志，我会马上落实的。"

魏小山从黄书记那里告辞出来时，激动地想：如果面向全市乃至全省，把那些能人志士通过优厚政策吸引过来，Q县就真有希望了！他就像每天沉着身子醒来，看到火红的旭日冉冉升起，就觉得整晚困扰身心的疲劳神奇消失。县城似乎只有他一个魏小山，而他盼望有无数个魏小山，与他一起形成牵引整个县的力量。

十五

仅过去一年多时间，T市已变得让张华仔认不出来了。他一路浮想联翩，像踩着筋斗云往前赶。人生最重要的转机来了，能否在T市混下去并出人头地，就看今日这一遭。下车驻足时，他立刻看到自己亲手参与建设的新时代酒店，早已竣工并营业，一柱擎天，成为T市的最高建筑，五公里外就能一眼看到。他按捺住激动的心情，辗转多次后，找到临近市政府的一处高档住宅小区。这里居住着全城最显赫的权贵阶层，他们既直接主宰城市，又间接支配全市人的生老病死。隔着繁华阔气的中轴大道，他心中翻江倒海，不断擦去鬓发里的汗，感觉从未有过的虚弱。不知什么时候，后面蹿出只浑身肮脏的小狗，嘴里叼根骨头。它先停下抬头看他，继而转过去再看前面。他刚想打个招呼，它却跳着横穿马路。他正想提醒它，可话没出口，一辆速度奇快的轿车已从它身上轧过，活生生将它从中间斩断。它身体与内脏完全分离，腑脏炸裂，白色皮毛被血浸染，嘴里的骨头飞到很远的地方。小狗没有立即死去，嘴角还在轻轻抖动，喉咙间不断吐出血沫，眼睛瞪得大大的，看样子在向他求救。他顾不得危险，冲过去到它旁边蹲下。他从心里永远记下这一幕，觉得自己和它一样，在这世间命运多舛。他抱起小狗，放入路边树坑，落着泪离开，唯愿厄运不要降临到自己头上。

他腿脚发软地上前找保安，递上写着地址的纸条。保安斜眼琢磨会儿，带他往里去。路上保安问他与业主什么关系，他支吾着回答"是父亲介绍来的"，保安不再多言。半路迎面驶出一辆黑色小轿车，保安偷偷告诉他这是毕副市长专车："毕副市长主张把这片老小区拆掉建成文博广场，但遭到业主们的强烈反对。他算捅了马蜂窝，就算他是副市长，能怎么着，看吧，这里将有一场大变！"他听后点头哈腰。不知怎么，一从监狱出来，刚才又遇上小狗遇难，他怎么也硬气不起来。保安说话，他诚惶诚恐地听，出了汗，甚至还有些内急。终于来到一幢独栋小楼前，保安再核实一遍地址："喏，就是这了。"他正不知所措，保安突然立正向他行个礼，吓得他额头差点磕到栅栏上。保安甩动手臂离开。

"是的，36号，没错。"张华仔对着门牌号默念三遍。如果把离这二百米不到的外面看作城市热闹的客厅，那么这里便是它隐密的床笫。他打量这座三层高的白色洋气小楼，直觉告诉他，自己已深入T市的心脏部位。一个激灵后，他登上台阶，按下门铃。

过了很久，紫铜大门张开一条缝，伸出一个又瘦又小的脑袋瓜来，头发已掉得历历可数，却在当顶束个李子大小的髻；两眼枯黄透明，鼻子高隆，占据颅骨三分之一的体积；变薄的嘴唇自然抿成一条直线，怎么看都像个刁钻古怪之人。老妇人把两只布满蓝色筋络的小手抓住门边框，谨防外人闯入。

"你好，我叫张华仔，是父亲让我来的。"

"父亲？谁是你的父亲？"她半掩门后，谨慎询问来人。

"是申君谊，他让我来的。"张华仔连忙把信递上去。

老妇人犹豫了下接过信，说句"你等着"之后，便快速关上门。

张华仔垂下双肩等待，他有种往人家门槛里爬的难堪与困惑。但同时，受着内心强烈欲望的驱使，他放弃投机取巧的念头，老老实实等候命运转机。

门再次开了，老妇人老鹰似的犀利瞪他："她让你进去呢！"——听得出她要么对里面的人不满，要么就是关系非同一般。

老妇人在前面穿针引线似的带路，屋里静得像座空房。张华仔踮起脚走路，生怕发出唐突的声音惹恼人家。房里有股特殊气息，只有有野心的人方能嗅得出，这让他绷紧神经。经过一个令人眼花缭乱的晶莹大厅，绕过楼角一个褐红大肚摆瓶，二人走上楼梯。回头时，他看到大厅正面墙上挂一幅金框肖像画，里面的女人身着黑色晚礼服端坐高背椅上，一头乌黑及肩的烫发，修身瘦肩，弓眉刀目，窄额青颊，下巴倔强得好似要从画里伸到外面，低胸黑裙配着耀眼珠宝，模样华美至极，但美丽面孔后总藏着诸多尖锐可怕的东西。他一眼记住这个画中人，再看其他陈设，包括尺寸大得惊人的电视、音响、冰箱及其他从没见到的新奇家什，一切让他自惭形秽。如果不是不得不用脚走路的话，他宁愿脚不沾地。老妇人后脑勺长眼睛似的，走会儿就停下等他跟上。二人来到二层最里面的一扇双开门前，老妇人停下，等张华仔跟上后，也不敲门，径直推门而入。一片白花花的光像大水冲到张华仔身上，他仰后身子，感觉站不稳，像双目失明一样。

"怎么未经我允许就闯进来？"

"你不是已经从床上爬起来了吗，丽娜！"

"好吧，你倒比我更像这里的主人，大表姐！"

大表姐转身朝张华仔叫道："快进来呀！"

张华仔忙进去，乖乖站在大表姐旁边，同时一下认出横卧床上的女人正是下面画像里的女人，她那副轻佻霸道样，像极了一条盘桓在领地的雌蝰蛇。

"每天睡到中午才起床，传出去不怕人笑话——"

"你可以走了！"——门被重重带上，慌得床上人手不停摩挲乳间。张华仔低头不敢多看，更不敢说话。过会儿，对面传来阴柔尖厉的声音："喂，过来呀！"当张华仔第二次听到"把头抬起来"时，他老实照做。

女人不说话了，仔细端详张华仔。张华仔羞怯之余，用余光看清整个屋子和那个女人。房间似乎完全用黄金、白银、丝绸、乙烯、玻璃、晶石、铝钛、名贵木料及其他最新材料构建而成，连空气都仿佛人工合成，弥漫着一团贵重奢华的光华，笼罩在一个不真实的梦境。这是个极为隐秘的私人禁地，全部以极端拜金方式表现出来，以最大化满足欲望与极度虚荣为目标。是的，一堆光的泡沫，梦幻的影子，只要灯光一关，它们就会归于破灭。锦绣灿烂的雕床对面，超大的嵌入电视里，正播放央视二台的节目，里面股市评论员正对全球白银行情做预报分析。女主人眼睛离开电视，转身从床头柜上端起一只小巧白瓷杯，这才再专门看了下张华仔。另外窗帘的天花板上垂个小金属架，上面落着一羽漂亮的长尾白鹦鹉，隔会儿就在上面跳下。

"有什么话快说吧，我一会儿要出去。"

"妈——"张华仔绷不住了，扑通跪在她脚下，用尽平生最大力气喊出，然后鼓起勇气，抬头大胆看她。

她一下坐起来，杯子在手里使劲晃了下，差点把奶昔洒到床单上，同时一张传统的美人脸由于受到惊吓更加楚楚动人。惊慌中张华仔看得仔细，发现她整张脸看不出一点皱纹，双胸紧包在束胸衣里，一双小三角眼纤细但神采飞扬，鼻子小巧挺直，盘起的头发像黑色波浪翻滚至脑后，然后留两缕风情万种耷拉在脸颊两侧；头被脖里的筋腱有力牵引着，亢奋地呼吸着。两人都在睁大眼看对方：一个满面堆笑，后面隐藏居心；一个表情僵硬，中了蛊术似的惶恐。

"一定是那个老鬼作祟！"她重新拾起边上的信封，窸窸窣窣打开，没看一会儿便头疼起来。

张华仔听她这么说，眼泪汪汪冲她磕了个头。

"你这么做我可受不起，别折了我的寿。"她恶毒地瞅了眼张华仔，"我凭什么被那个老鬼骗了，如今再信你这么个年轻人。"说完，她把信掷到他脚下，不冷不热地看他，"他害得我还不够吗？"她浑身在抖，连假睫毛都在抖，张华仔瞪大眼睛惊讶地望她，"这个挨千刀的，他要折磨我到什么时候？"

张华仔跪前几步，把她拖到地上的睡裙像鸟类整理羽毛似的理顺。她更加惊讶了，眼睛像狐狸捕捉天空小鸟似的到处张望。而张华仔无比平静，样子极其温顺，像只吃饱了的小羊。

"他平白无故给我送个儿子来，我偏不要！"

张华仔才不理她，伏身把她抖落地上的一个发卡捡起捧在掌心。他现在完全是沉船心态，凭她狂风暴雨，全当不见。她手一伸，架上的鹦鹉立刻飞绕房间一周，落在她胳膊上，抖动羽毛。她把它抱到胸前，用一只手轻轻抚摸。

"他到底搞什么名堂？"她又一次烦躁并痛不欲生的样子，闭眼晃动头颅。

张华仔抬起泪光盈盈的双眼："母亲，如果我的出现惹您生气，我向您道歉并赎罪。"

"道歉，赎罪？一文不值的谎言！"她轻蔑地撇嘴，"你来找我做什么？"

"出人头地！"他直言不讳地说出这句话，像为自己出口恶气似的，这个理由完全可以为他所有的下贱言行买单和正名。

"得了吧，男人不论什么年纪，都改不了一个共同的毛病：在女人面前吹牛皮。好吧，你先留下，至于做什么，听姚姐吩咐吧。"

少说为宜，张华仔马上站起，过去恭敬地把女人扶下床，然后像在监狱里做完事收工一样乖乖站到墙边。

"你出去吧，帮我把姚姐叫上来。对了，这屋里就住着我们两个女人。"她把胳膊一抬，将手臂上的鹦鹉送回去。

"好的，母亲！"张华仔心跳得厉害，但一直忍到外面，这才往自己头上狠狠砸下，"啊，她接纳我了，我可以留下了！"他按原路下楼，姚姐在看电视剧，但面无表情，也不理睬他。

"您好，姚姨，母亲让您上楼找她。"

这下轮到姚姐瞪大眼睛，像看到一个死了的人又活过来。

"一会儿没见，到底发生了什么？母亲?！"姚姐连遥控器都没来得及放下就上楼去，攀上楼梯时不忘回头再瞅眼张华仔。"屋里这两个女人，关系真微妙啊。"张华仔再次浑身燥热难耐，眼见一年半 T 市所发生的大变，他一颗心莫名激动，就好比见到阿桃一样。这种感情是天然的，根本不受理智控制，让他屈尊愿做一切。他从玄关一侧的仪容镜里看到自己尘埃满身，眸上生了一层荫翳，面目就像个溺死鬼。客厅异常安静，一切似乎得到，一切又可能过手即失。他像小狗似的绝望，看透世人心思，习惯了世态炎凉。

"回来，你要干什么去？"他不自觉地往门口去，却突然听到姚姐从背后叫住他。他一个哆嗦醒悟过来，流泪转过去，见姚姐正站在楼梯阴影里冷冷望着他。"快到里面洗洗，别让你的满身臭味熏脏房子。"姚姐抱着一堆东西，远远扔给他。张华仔鼻涕流到了嘴里。"你骗得了她，可别想骗过我。胆敢对我耍花招，我让你怎么来就怎么走！"姚姐显得比女主人更盛气凌人，眼神像支钢锉，把张华仔吓得像小狗要躲起来。到了卫生间外，姚姐把门一开，顺势把他一推，张华仔就跌到里面了。

这时，乔丽娜花枝招展地下楼了，除了那条暹罗鱼鳍尾似的大红裙，耳鬓和脑勺还别了夸张的艳丽绢花。

"大中午又出去找情人，真不知害臊。"姚姐低声骂道。

乔丽娜立刻抬起挎着黑色鳄鱼坤包的圆润小臂，像举起一支狼牙棒。姚姐追着乔丽娜背影，不依不饶："等我那兄弟出来，知道你和姓梅的丑事，不打断你们的腿才怪！"乔丽娜站在门口停下，转过来满脸不屑："这些年没有梅经理帮衬我们，我们怎么活到现在，你比谁都清楚！"姚姐还想还嘴，可理屈词穷。

"晚上熬好马蹄汤,我晚点回家。"

"滚!"姚姐干巴巴地叫嚷。乔丽娜腰肢袅娜地走了,剩下姚姐用围裙擦泪。

张华仔洗过澡,从里面出来,脸上有了血色。看到姚姐在客厅心不在焉地擦家具,他赶忙上前叫声"姚姨"。

"你要吓死我,一张抹了蜂蜜的毒嘴!"姚姐把抹布一丢,不住地拍打胸口。

"姚姨,我帮您干活吧,以后什么脏活累活都交给我。"说着,他也不管姚姐脸上一万个嫌弃,弯腰拾起抹布忙活起来。姚姐本想阻止,见他回头憨憨一笑,露出一排可爱的牙齿,不由停住。再看他干活一点不毛手毛脚,便坐回沙发。

张华仔有意在那里卖力,刚才他躺在热乎乎的水里,兴奋之余想道:"我怎样做才能让她们喜欢上我?我不能吃软饭,否则就不是我自己了。"现在,他察觉姚姐对自己不像刚才那么凶了,就把刚才姚姐擦过的、没擦过的地方全部仔细擦拭一遍,然后像打了胜仗似的神采飞扬。可也在这时,重重的饥饿感突袭而来。姚姐过去挑张华仔的毛病,实在没什么可说的。

"姚姨,有吃的吗,我饿了。"

"得,又养只狗,从此要照顾它的饮食了。"

姚姐去冰箱拿了罐头和肉,张华仔厚起脸皮笑。一老一小进了厨房,姚姐一边做饭,一边询问申君谊的事。当听到水蛇腰要暗害申君谊时,她放下铲子大骂水蛇腰,然后不住地唉声叹气,并推算申君谊什么时候可以出狱。

"这么说是你救了他?"姚姐把一截骨头利索地扔进汤里,用铲子不断在锅里搅动。

"姚姨,父亲真是个好人,世上再没有比他更好的人了。"

"你能糊弄得了他们两口子,可别想糊弄我。"姚姐用铲子敲着锅沿喊道,"自己养儿都靠不住,更别说半路冒出个假儿子。"

张华仔一紧张又不饿了,眼泪扑簌扑簌往下掉:"姚姨,我坐监狱不是因为我做坏事,而是因为帮工友;我能提前从监狱放出来,也是因为我戴罪立功。我无依无靠,愿意接受您和母亲的任何调遣。姚姨,您要是不答应,我给您跪下。"

"真是遇上比梅里美更不讲理的无赖。看你的刁钻伶俐劲儿,赶得上骗人钱财的黑老千。"

"姚姨——"

姚姐扔下铲子不做饭了,坐在旁边哭起来:"你自己做吧,我可不伺候你!"姚姨说着罢工出去,坐在客厅里伤心地念叨。

张华仔感觉又一次躲过风暴,赶紧从地上爬起,没等肉和米熬烂,就把它们盛出来，刚要自己吃，突然想到外面的姚姐，就先端给她。没想到姚姐探身看了下碗里，忍不住笑了："真是个傻孩子，看来真饿坏了，还没熟透呢！"然后又不理张华仔了。

张华仔端碗喝光汤，返回又把整锅汤一口气喝掉，这才大大舒展一下腰身。可肚子刚饱，浓烈的睡意又从脚心蹿到头顶，于是他赶忙到外面寻个角落，随便一倒，昏天黑地睡死过去。

半夜醒来，他发现自己睡在客厅楼梯下的小储物间。他从一堆货物中爬出来，再小心往楼上摸去，到了白天见乔丽娜的门外。门微微开着，从里面透出电视屏幕不断闪烁的亮光，同时传出姚姐与乔丽娜低低的对话声。

"趁早撵走他，时间一长，他翅膀硬了就赶不走了。"姚姐急切地劝乔丽娜。

"那你对他说好了，我懒得开口。"乔丽娜懒洋洋地回答。

"不行，你去说，他叫你'妈'！"姚姐斗嘴似的嚷道。

"怎么是我去说，明明是你要赶他走。"乔丽娜争辩。

"可你刚才明明说不喜欢他。"

"可我没说要赶他走啊。而且，你也说过他帮你干活，人也长得不赖。"

"我不过顺嘴一说，你还拿这个堵我嘴？"姚姐的脾气好像比乔丽娜的大，却在软蔫蔫的乔丽娜那里没占上风，"怎么，和姓梅的见面不痛快吗？"

"轮不到你教训我。说正经的，毕副市长今天又找梅经理说这事了，让他做大家的动员工作。看来鄷市长非要拆这里建 T 市博物馆，有什么好处，不过是为自己歌功颂德；又有什么可展览的，难道要将恐龙复活后请过来吗？"

"消息可靠吗？"

这次张华仔没听到乔丽娜说话，大概她不屑和懒得回答这个问题。

"那会把我们打发到哪里去？"

"你问我我问谁，连梅经理都不知道。"

"那不是正合你心意，从此连我也打发了，你可以为所欲为了。"

"别拿这个威胁我，好像我离开你活不了似的。"

"我住我兄弟的房子，谁敢把我怎样？你这么说，我偏不赶他走，就让他留下来帮我干活。"姚姐明显无理取闹。

张华仔听到松了口气。尽管她俩谁都没把他放在心上，可还是互相妥协了，他渔人得利。

"好了亲爱的表姐，你我成天吵来吵去，有意义吗？快，把马蹄汤端上来，我饿了。"

"那小子怎么办？"

"这也要问我，难道不是你在替我打理这个家吗？别说这个了，我在琢磨梅经理说的事。"

"依我看，他不怀好意。你为讨好那些男人又减肥又塑形的，快成一把老骨头了。"

"你要么现在去端汤，要么从这家里离开！"

张华仔听到姚姐生气地出来，慌忙躲到窗帘后。等姚姐下楼，他快速跟下去，然后等姚姐从厨房端汤出来时，他从旁边跳出来抢在手里。

"姚姨，我来帮您。"

"你醒了？"姚姐好像一点不惊讶，"她要赶你走！"她虚张声势地说。

"姚姨，求您让母亲把我留下吧！"张华仔装出担惊受怕的样子，夸张的表情堪比春晚上的小品演员。

"我为什么帮你，非亲非故。而且我在这里也是外人，她怎会听我的。"姚姐嘴里这么说，却让出地方，让张华仔端东西走在前面，"小心点，羊毛毯洒上汤很难洗，得送干洗店。"

"姚姨，这家里您主内，母亲主外，你们两个相依为命。"张华仔摸着姚姐的喜好说。

"你倒会察言观色，这样我们更不能留你了。"

"是父亲告诉我的。他在里面没事就唠叨你俩，并且为自己帮不到你们难过自责。"

"我那个兄弟哟！如果她那时劝阻他，他就不至于坐牢里了。"

两人来到乔丽娜房间外，乔丽娜在里面听到他们的谈话，高声质问起来：

"他自己鬼迷心窍，怎会听我的！"

姚姐霍地挡在门口，叫道："只有你能让他悬崖勒马！"

乔丽娜也不在榻上躺着了，拉起滑到下面的披肩坐直："可你还是他表姐呢！"

"你真是什么话都说得出口，是你们俩天天睡在一张床上，你们是两口子！"

"母亲，姚姨，你们在这里争吵没用。父亲在里面最牵挂的就是你们俩，说你们两个是他活下去的理由。"

"他真这么说？表姐——"乔丽娜张开双臂，等姚姐过去。姚姐也悲戚地喊声"丽娜"冲过去，两人抱头痛哭，好像前嫌尽释，哭了好久才松开。"表姐，以后你要对我好些。"乔丽娜满脸泪痕，像个孩子等待安慰。

"丽娜，我要照顾好你，否则他心不安呢！"姚姐一边表忠心，一边动手关掉空调。

两人还想说什么，突然意识到对面站着张华仔。

"站着做什么，快把汤给你妈端过来呀！"

张华仔听到，立刻小跑进去，把汤放在乔丽娜旁边的桌上，然后轻手轻脚，放下盘子，用掌心试过温度，掀开汤壶盖，拎勺子搅匀，捧起精细小碗，专心把汤盛入碗里，再放只小匙，提前把餐巾摆好，双手捧过去，放在乔丽娜伸手就能够得着的地方。

"丽娜，自己端着喝，你都多大了，还要别人喂。"看到张华仔打算亲自喂乔丽娜，姚姐一边痛恨张华仔，一边厌恶乔丽娜，就像她经常看乔丽娜在录像里看那些恶心玩意。

"姚姨，就让我喂母亲吧。这些年她一个人过得苦，让我代父亲为她做点什么吧。"张华仔手没哆嗦一下，给乔丽娜呈上第一勺。乔丽娜像昏迷中的病人完全自己不能自理，等着张华仔将汤一勺勺送进嘴里喝下，全当姚姐的话是耳旁风。但张华仔做得专心致志，丝毫不管姚姐黑着脸离开。

等张华仔下楼，见姚姐正等着他。他咧起嘴笑，但姚姐脸色难看。

"姚姨，您别让我走！"

"没有我的允许，不准瞎转悠！"

姚姐把张华仔带到客厅最里侧的一间屋子后离开，张华仔站在里面激动地打量。昨天他还与申君谊及其他室友挤在监狱的通铺上，今天却睡到柔软的床垫上。这时他猛然放松下来，赶紧脱光身子钻进被窝，却丝毫没有睡意，而是在床上一边舒适地体验，一边慢悠悠打起主意来。

第二天天没大亮，张华仔就起床了。他听到姚姐在厨房干活，便来到厨房外。

"你醒了？"

"姚姨，有什么事您吩咐。"

"我倒忘了——"姚姐上下看着张华仔，"把你的衣服一并扔了，回去换上这个。"姚姐指指椅上一身干净宽松的衣服。张华仔犹豫下，拿去换了出来，有些害羞和忐忑。

"姚姨，您和父亲一样是好人。"

"少在我面前油嘴滑舌，上桌等着吃饭吧。"姚姐把案板剁得当当响。"等等！"她又把张华仔叫住，"你挺像他年轻时候，尤其穿了这身衣服。"

"这衣服是父亲的？我想他了！"张华仔鼻子发酸，眼泪同时要落下来。姚姐撇撇嘴，继续忙手里的活。张华仔到外面坐下，想乔丽娜为什么没下来。

"要叫母亲下来吃饭吗？"张华仔问。

姚姐端盆蛋花汤出来："接手——，嗬，她一大早就出门了。"这才一边揪耳垂，一边回答张华仔。

姚姐又往桌上加不少菜："丽娜只爱吃我烧的菜，所以她离不开我。"她盯着饭菜，满心陶醉地说。张华仔正要动手，被她喊住："不许碰那套碗筷，那是她的！"

"母亲不是出去了吗？"张华仔不解地问。

"万一她要突然回来了呢？看到了吧，这些年我就是这么照顾她的。"姚姐自己坐下不吃，看着张华仔吃。张华仔努力保持吃相，生怕被她挑刺。"如果不是隔着兄弟这一层，我们会相处得像姐妹。快吃吧！"姚姐最终只吃两块卤鹅，再喝一碗汤。张华仔得到允许后索性不装模作样，彻底放开肚子，把所有盘子、盆、罐、碗、碟里的东西全部吃精光，然后抱着肚子打嗝，眼睛满含愧意地望着姚姐，讨巧模样让人联想到过去年画上的福娃娃。

"说实话，她虽独当一面，终究是个女人家。"姚姐望着桌子，情深意长地说，"女人一辈子有两样东西不能碰：一是爱情，一旦动了真格的，就输得一败涂地；另一样是钱，贪上它，就会人不是人、鬼不是鬼。你母亲这两样都碰上了。小子，第一眼见你我就不讨厌，所以才放你进来。你要多帮帮她，她再不服老，也上年纪了。"张华仔点头，原来自己之前的担忧都是多余的。

姚姐回她多年如一日战斗的厨房去了，张华仔在外面帮她剥青豆。他这时才细致打量起这座气派的房子，也很快明白，自己接下来所有的喜怒哀乐，都将与这里产生关联。但现在，他立足于此，仍需委曲求全、伺机而动。

以后一段时间，张华仔再没见到乔丽娜，据姚姐说她正打算代理一款美国畅销产品，前去上海考察了。上海和北京一样，这时才在张华仔脑子里有了切实的印象，而之前这两字于他像天上的星星。周围和城市的一切他正接近与熟悉，在城里稳定下来带给他的感受与刺激无比猛烈，他像惊蛰时分被春雷震醒的小虫，迅速扭动身躯并爬出潮湿地层。他的新鲜劲非但没有消失，反而与日俱增，这与他急于在城里大干一番和把阿桃尽快接进城有关。所以，从这幢屋里三人间微妙相处的原则与方法，到房里各种电器的功能与操作，这片别墅区的来历，住在这小区里业主们名目繁多的称谓与身份，政府官员间的级别与隶属关系，T市在全国行政区体系中的位次与影响，更重要的是现在政府与社会一波波的行为是在做什么，对每个人的具体影响又是什么，他逐渐掌握，然后如梦方醒。这是他新一轮的脱盲。所以。他着急早点见到乔丽娜，让她交给他一些事情做。

大约一星期后，乔丽娜回来了，一进门就冲姚姐嚷嚷："我拿到那款美国产品在全市的总代理权了，我要召开代理人大会！"乔丽娜甩着胳膊，踢掉靴子，好像已经大功告成。

"不就是买了东西再向别人推荐和拿提成吗？"姚姐前前后后听多了，言简意赅地概括。乔丽娜瞪眼姚姐，在由姚姐帮着换好衣服后，把挡在她面前的张华仔一把推开，因为她想从外面樟树在客厅茶几玻璃上形成的茶灰色阴影里看到自己。

"什么时候？"张华仔远远退在一边小声问。

"他们马上就到，你们快点做准备！"乔丽娜本来要命令张华仔，却马上把脸转向姚姐。姚姐一生气，扭头走掉。乔丽娜刚要跳起发作，看到姚姐走进厨房，便一边大声嘀咕一边上楼去了。张华仔稍后悄悄追上去，从门缝里看乔丽娜正腆身教白鹦鹉说话。他撇身发愁地瞅着外面的樟树枝，想像长颈鹿一样把它们撕下来吃掉。

不久，陆续有人来，说好三点到齐，可直到三点半才来了十几人。乔丽娜脸色难看地坐在客厅沙发中间，好像嫌立领衫没选合意一样不开心。

"可以开会了吧？"姚姐在乔丽娜身后端着一盘火龙果说。她不敢把它们放到桌上，担心一下被吃光，因为她刚才目睹这帮人怎么在不到半分钟内消灭掉她精心削了一个中午的整盘菠萝和苹果。如果再吃光这个，桌上就瞧着寒酸了。何况老城两家鲟鱼超市的物价越涨越贵，她正寻思以后打发张华仔到远点的民生市场买蔬菜水果呢。

"好吧，开会吧。"乔丽娜极尽友好地笑，但那笑怎么看都是一副魅相。

"对了，这款产品叫什么来着，是营养保健品吧？"一个满脸皱纹的老者坐在临时放好的前排椅子上说。他退休金微薄，又生个智障儿子，今天来找挣钱机会。他时刻惦记儿子，所以记忆力很差。

"对，这个产品在国外卖得可火了，我们这里却无人知晓。关键是它的商业模式，不仅大家可以自己买来吃用，用好了还可以推荐给亲戚朋友。它最大的特点就是绕过经销商渠道，省去流通环节费用，最后这个钱返给用的人和推荐者，这样大家不仅能用到世界最好的产品，还能挣着钱，一举两得。"乔丽娜说这个的时候很来劲，脖子几乎比平时伸长两倍。

"啊，简直不敢相信。"一个老太太趁说话机会，从桌上抓起最后一块菠萝放进嘴里，然后含糊其词地对乔丽娜和其他人说话。

实际上从这些人进门起，乔丽娜就不愿意再把眼睛挪向他们。这些人实在太平庸，吃没吃相，坐没坐相。更可恶的是从他们身上传来的阵阵馊臭味，把她原本备好的话熏得全忘记了。她想吼他们几句，可又怕连这几人也离开。她看着他们风卷残云地把桌上东西吃完，眼睛又在留意背后姚姐手里的火龙果什么时候放下来。

"是的呀，这是趋势。你想，连外国人都在用的东西能差到哪里去？现在我们中国人的生活水平也提高了，也相应注重品质了。你看，人家的牙膏，每次只要米粒那么点大，牙齿就比以前洁净多了。"乔丽娜张大嘴逐个给大家看，人们看到她一口好牙后，纷纷赞叹。"还有啊，自从换成人家的洗涤灵，我的手不用保养都这么好。"她又伸前一双莹润泛光的手给他们展示，其他人再看看自己的，立即被烫着似的收回去。姚姐则在后面生气，因为乔丽娜何曾动手做过饭，更别说洗锅刷碗，那双手就像她的第二生命，就差神似的供起来。"还有各种保健品，帮我们补充各种维生素，特别是中老年容易缺钙，那就服他们的钙片，保管恢复到二十岁时的腰身。"

"老刘，你站起来，让大伙看看你。"戴眼镜的中年男子对旁边那个老树桩似的同伴说。

"要我站起来干吗，我站着不会比坐着高。"

他的话把大家逗乐了，因为他的背实在驼得厉害，站时嘴巴几乎啃到地上。他因以前破产一条街上的企业兼并被精简下岗，一直打零工无稳定职业。日子过不下去了，他急着找事情干，就跟着邻居，也就是他旁边的后生来了。这个后生来自东北，原系一所名牌大学讲师，两年前被T市一家自动化研究所引入。市里推进改革，把研究所调整为差额事业单位，结果研究所连人员工资都成了问题。这个东北老弟每月还得寄钱给老家父母，否则他们的生活难以维系。东北是国家老工业基地，被誉为中国现代工业的摇篮，但在这些年，政府为打破计划经济体制，实施了一场几乎涉及所有大中小型国有企业的改革。希望与阵痛交织，美好的前途和黯淡的现实相映，成为一代人最不堪回首的记忆。

"他腰身不直，完全是由于钙元素流失过多所致。你们看，快成一个句号了。排队买东西，被人误以为前面没这个人。"

老头笑着点头称是。

"可吃了这款产品，他的情况就能改善不少。当然，完全恢复到以前不可能，但是——"

"变逗号就行。"老头自己打趣，像拿个桃子的土地公公跳舞逗人开心。

"这款产品送你，别忘记向外人宣传。"乔丽娜从脚下袋子里拿出个漂亮铁罐，上面是一堆弯弯曲曲、花花绿绿的英文。

没等乔丽娜怎么着，老头已像只铁环快速滚过去，把罐子抱在怀里，又照样滚回去，乐得像章鱼吐泡似的嗤嗤笑。

"他成为会员了。"瘦巴但有劲的东北汉子代老汉高兴地宣布。

"会员，我成会员了？"

"对，因为你消费了呀。这就是两位美国人理岔（查）·狄维思（士）先生和鸡（杰）·温安骎（洛）先生提出的商业模式。你用了厂家产品，再向别人推荐，厂家就会返利给你。所以，现在，你是会员了。"东北汉子行云流水地向老汉解释。

"我们这样的人，连最老的鲟鱼超市都逛不起，哪还能用得起这些洋玩意儿。乔经理，感谢你让我们来这里，否则我们这辈子不知道 T 市有这么好的房子，更别说坐在这里面。至于你说的这个生意，非得是你这样住在这里的主用得起，我们自己哪有这样的能力，也没有这样的亲戚朋友。"

"这种东西穷人不买，要买也买便宜的国产货。而且那也是别人，照我，一辈子不刷牙。"一个白发老头说着话，张嘴向众人展示他的满口烂牙。

东北汉子再好言相劝，可没人听他的了，纷纷打算离开。眼见好不容易动员来的十几个人要溜之大吉，乔丽娜赶忙提着裙角站起。她头上别只蓝色发卡，用深黑的眼睛请求东北汉子。东北汉子用眼睛告诉她，他无能为力。前排老头嚷嚷着撅屁股挪动身子，姚姐立即向门口的张华仔眨眼，示意他快开门放这些人走。张华仔却偏偏把身子一横，挡在门口。姚姐一下急了，隔着客厅向张华仔打手势，他却不动神色，视而不见。

"各位，我说几句！"张华仔在众人前面突然喊一嗓子，把众人愣生生镇住，抬头看，发现门口有个夜叉似的人黑黢黢把住，那架势告诉他们：今天没经他同意，谁都甭想从这里出去。

"嗯呢，听听这位先生怎么说。"东北汉子急盼着项目快点运作起来补贴家用。他消息来得快，上海等大城市有人做这个项目，一月内成百万富翁。

大家都立定不敢动弹，毕竟他们或多或少听说过乔丽娜的一些背景和手段。他们纷纷变乖了，那个句号似的老头有一会儿悄悄把小罐子放回乔丽娜脚下，又抽空把它偷了回去。

"都什么年代了，人人都想着法挣钱。可好事来了，你们却不认，推三阻四，难道一人给你们一台印钞机？"——一干人赶忙摇头。"这就对了！乔经理有心带你们挣钱，她花大价钱把这项目的代理权拿到手，又苦口婆心讲给你们，这样的好机会你们不把握到底想怎样？既想挣大钱，就要打起精神头，准备拼上老命。只做绵羊咩咩叫谁不会，成虎成豹震慑八方才威风。外国人把这个项目做起来了，外地人也做起来了，为什么我们不能？说到底，就是没想着真正做富人，看人家有钱眼红一时，饿不死又苟活一日。这样过日子，不如找个冬瓜撞死算了！"

"可有人说这是传销！"

"胡说，我们卖的可是实打实的产品！"乔丽娜像要跳桥似的提起裙子站起，又犹豫不决地坐下。

"小伙子，你说得容易，我们没钱呢。"另一个头脸长得像吊瓜的老头掰扯道。

"开家小卖店投资多少钱，开家小饭馆又要多少钱，贩菜又要多少钱？不管做什么总归要投资。你瞧，现在只要从乔经理这里买点东西就算投资，而这个投资不过是三天饭钱，比你正经干一桩大生意不知少多少，更主要你用到的还是外国的一流好产品。你只消动动嘴皮，把这番话照样说给别人，哪个会拒绝这样的好事？既然今天都来了，做这么个一本万利的小投资，你们怎么就想不通呢！"

"三天的饭钱，五十块够了吧？"

"唉，放在新城就不够。"

"在老城足够了，早晚一个青菜和白饭，晚上喝些汤水，还有的剩。"

"我被说动了，你呢？"

"我也是。"

"你买点，我买点，就算买的不多，可人多力量大啊。"

"小伙子，你可真会说话！"

"因为我也是穷人，不瞒你们说，我和姚姨已经是你们的上线了。"

"是呀，是呀，我们用的正是刚才那款中老年钙粉。"姚姐忙把手里的火龙果放过去，并接过乔丽娜及时递上的罐子说，"你们瞧，就是用过的罐子拿去做别的也合适。我就把那些豆子、白糖、米啊什么的放这里面。"她把罐子展示给大家看，大家品尝着火龙果，像马戏团被喂到食物的动物一般做动作。

"我从一个你们没听说过的偏远乡下来。多亏母亲发慈悲收留我。刚来时，我营养不良，样子和路边的小猫小狗差不多。多亏母亲和姚姨收留并精心照顾我，特别是用她代理的这款产品，仅过三个月，你们瞧，我变成现在的样子。"张华仔兜个圈，对于有人怀疑装没看见，继续往下说，"你们都应该了解我的母亲，她什么样的为人你们一清二楚。她能收留我，说明她有副善良心肠，在我看来她就是活生生的妈祖。现在她把你们召集到自己家，好吃好喝供你们，发善心帮助你们。她比你们有钱吧？"众人点头，"她比你们在这城里有威望吧？"人们继续点头，"别人有过像她这样，把你们这样一群人请到自家热情款待吗？"

"别说到人家家里做客，就是多说句话，人家都嫌我们碍眼。"

"这不就对了吗？母亲为什么把你们叫到这里，还不是因为她心地善良，愿意做公益事业？不瞒你们说，她一直在资助几个城里上不起学的孩子呢！"

乔丽娜这时完全把头低下，用耷拉下的头发掩盖发烫的脸。她现在彻底把主场交给张华仔，因为同这帮穷人打交道实在不是她的强项。刚才局面失控时，她心里不止一次骂他们死狗扶不上墙。现在听张华仔在那里无中生有地添油加醋，脸上着实挂不住。

"是吗？太了不起了，乔经理真是活菩萨啊！"

"是啊，她的朋友们都知道这些事，连市里领导都知道。"

"她的朋友可是全城的人尖呢。我们能和乔经理共事，大有福气啊。"

"话都让你们说了，道理你们也都懂。可今天她一番好意你们却不领情。她何苦风里来雨里去，一趟趟往老城的泥水巷里去，还不是诚心想帮你们？"说时，张华仔偷偷望下乔丽娜，只觉她委屈得要哭似的。而姚姐正从后面轻轻拍打她的背，三个人像提前说好的那般默契。张华仔放下心来，起先他担心自己喧宾夺主胡说八道会招她俩厌烦，可现在看，她们真是一对站在树梢上可以搭伙唱歌的鸟儿。

"是呀，话都说尽了，乔经理的用意你们也都明白了，现在加入正当其时。你们看，我从东北奔到这里谋活路，这老弟从乡下投到城里觅新生，T市是改革前沿阵地，创新示范窗口，乔经理是时代弄潮儿，你们跟着她发展，前途指定一片光明。"东北汉子接着张华仔讲，激动得像个烙饼师傅，急着把热锅中的饼一个个翻个个。

轮到一群人激动了，他们争相翻自己的衣兜，把随身所带的零钱整钱凑出来买东西，临了还出现了哄抢现象。他们互相你问我、我问你借钱，堆在乔丽娜裙子下的东西没两分钟便被抢购一空。

"匀我点呗，这里数你拿得最多。"

"不行，我花了钱的。是吧，乔经理，我给你的钱都点清了吧。嗯，一分不少，没什么的，大不了我十天内不吃肉。能用上这好东西，我算没白活。"他像西游记里的金池长老摸着唐僧的宝贝袈裟似的说道。

"记得回去向亲戚朋友宣传，大家可是有提成的。对，叫劳务费。"乔丽娜踮起脚尖嗓子高叫道。

"放心吧，保管叫他们也来买。"

"我们都放心，乔经理可是全市大名人呢。"

"再说拿着东西才付钱，哪个能占你便宜，哪个又能骗你？"东北汉子在一旁忽悠。

大家一听更觉有道理，恨不得把衣服脱下来当出去买东西。乔丽娜笑得像看日本滑稽剧一样，左顾右盼觉得有意思极了。姚姐回去切水果和端茶水，可等她出来，一群人早就一个不见了。

"人都哪里去了？"她惊讶地四下看着问。

"都回去宣传产品了。"张华仔还站在门口，不过看起来有些羞涩，英俊的脸好像做了好事、自我兴奋的一个大男孩。

"你是没见到他们离开时的样子。那个老头，对，前面最中间那个，像足球似的滚到别人前面走了。"乔丽娜笑得说不下去，那排美好的洁齿在张华仔砍掉屋外的树枝后，像只白鸽停留在空中。

"这次多亏了张华仔。"姚姐把水果放下，满意地冲张华仔笑，"快过来坐，今天你立大功了。"

"姚姨您见外，我是母亲的儿子，是这家里的人，我有义务帮助母亲和这个家里。"张华仔望一眼乔丽娜，对着脸色苍白的她机智地说。

"嗯，你倒让我意外，没想到是你把他们说服了。唉，不找这些人又去找谁呢？那些个阔气朋友平时看着亲热，可等你把这等好事送上门，他们倒觉得你没安好心。"

"说到底，是刚才那帮人傻。"姚姐摇着头，攥着心爱的花围裙笑。

"母亲，您需要上楼休息。"张华仔不说还好，一说乔丽娜马上感觉自己站不稳了，于是张华仔一个箭步蹿上前，抓牢乔丽娜那一点点手指甲，像将一件华丽的衣物挑起搭上小臂，然后将错就错把那位虚弱得快要昏倒的母亲牵引上楼。

姚姐从下面望着这对假戏真做和装腔作势的母子，过去开窗通风。只见冬天城市的天边，灰白云絮仿佛一辆辆运送货物的大型卡车，而面前新城的天际线远远超出樟树的树冠。带咸味的海风将阵阵清凉吹拂到她脸上，中间似有一两滴湿漉漉的东西从云端飘落。她的内心活动戛然停止，像一只钟表莫名停下，时间永远定格在那一刻。傍晚时，她把另两位服侍吃过饭，就见小的抬举老的出门了。她收拾好餐桌，耳鬓白发闪耀，身子发烫，像风寒感冒一般无力。她知道自己没病，但停下手里的活，软软卧进窗前的躺椅上，一味地往外面的远处痴痴凝望了。

路上，乔丽娜看上去有些紧张，除了责怪张华仔几句很少说话。她交代过司机后就不再言语，可越往后神色越不安，好像心事越来越大。

"母亲，您脸色难看。"

"闭嘴，不用你管！"乔丽娜裹着昂贵的衣裙，外面不冷，却脸色苍白，身体瑟瑟发抖。

"母亲，披上我的衣服吧。"

"我在冒汗，傻瓜！"她对好心的张华仔恶语相向。不过并非真的责怪他，只是通过这个缓解内心焦躁与恐惧到极点的情绪。

司机把车停在一条偏僻大街的尽头。那里住房和灯光都很少，离繁忙的海港很近，却是新城的最边缘。临下车，乔丽娜往颊上狠劲拍拍，猫似的叫一声。下了车，她勇敢地往前走，表现出平时惯有的霸道样，以至于张华仔都追不上她。

"真是个胆小鬼，连个娘们都不如！"她没好气地骂，眼睛凶狠地往两边看。登上一座简易的铁皮楼时，她的高跟鞋把铁板踏得梆梆响。她一路没闲着，像赴约后嫌人家招待不周而大发牢骚。

进入一个敞开门的房间后，当头一盏大灯泡，下面一张大木桌前围聚着六七个彪形大汉，正嬉皮笑脸望着进来立在门口的乔丽娜。他们歹毒邪恶的目光像炸开在乔丽娜身边的冲击波，让她难以站安稳。但她不得不装得更强势些，把由恐惧引起的剧痛强行压下去。

"动静真大，没上楼我们就听到了。"居中一个人手指在裤兜里蠕动，阴森森地说。

"是啊，我光明正大，不用像你们躲在这种见不得人的地方。"乔丽娜感觉做错了决定，悔恨当初答应他们前来谈判。

那人笑了，将食鸟蛛一样的浓毛巨手放在桌上，脸像逆光里的岩画："论做事，你可是我们的榜样！"一帮人的狂笑像强盗的毛手，将果子不分青红皂白从树上晃下。

"我不是找你们打斗的，是来和你们讲理的。唉，我只是个女人，能有什么居心，不过想活命而已。可你们偏偏为难我，害得我深更半夜跑到这种地方。"乔丽娜冷笑着，主动走过去，在一张空椅上坐下。

那人往乔丽娜身后看看，又往自己两边瞅瞅，双唇噘噘，道："好吧，你怎么说都可以，只要答应我们的条件就好。"

"如果我不答应呢？"乔丽娜想像平时那样站起拍桌子，但手拿起又轻轻放下。

"你必须答应。你不答应他们，他们就不答应你！"

那些人地动山摇地附和，蛮横得像群狮虎啸。

"你把港口外的整条仓储街霸占了，还有新城美食一条街和老政府墙外的文体用品市场，那可是全市店铺最集中、人流量最大的三个地方。你也要替我们考虑考虑，我这个老大不好当啊。"

"有胆就杀了我！"乔丽娜跳格子似的往前蹿下，同时觉得自己像该为飞机要出事做准备了。她瞥眼张华仔，他被挡在门外，头像脖子被拧断一样垂下。她感到今天凶多吉少，不由得像副不堪重负的钢架要散下去。

"不许你们欺负我的母亲！"

"大姐什么时候多了个儿子，爹是谁呢？"

"恐怕得登个寻人启事了。"

面对这样的极端羞辱，乔丽娜像被悬吊起来动弹不得。

"母亲，你不能答应他们！"张华仔急眼了，就像有人从他手里抢东西一样。时至今日，他再不是以前那个张华仔了，属于他的东西他绝不撒手，不属于他的东西他也要极力争取。所以尽管身处险境，他丝毫不忌惮，嘱咐乔丽娜不能妥协。

"毛头小子一个，你吓唬谁呢？"

"母亲，是他们不讲道理，还和他们费什么话！"张华仔认定正义在自己一边，丝毫没有被对方的嚣张气焰吓到，表现出惯有的临危不乱。他的这种禀赋可以让他在关键时候挺身而出，并且帮他出奇制胜。自打在监狱走一遭，如今又住进富豪家里，他对于社会有了突飞猛进的了解。眼见王海把自己越甩越远，他实在等不及，而他把阻拦自己最大的障碍归结为性格与操守。乔丽娜今天带他到这儿，他悟透她的用意，便站出来为她壮胆、护驾。

"怎么着，还是个亡命徒？"那人扶桌子站起，把粗重的呼吸喷向门口。但张华仔上前一步，用厚实的胸膛抵住那人。

"不属于你们的就是不属于！"

张华仔看到他们一起来，立刻想起帮陈二冬两口子逃跑的情景，精神变得高度紧张。看到为首那人低头和同伙说话，他眼疾手快，抢起金刚岩一样的大铁拳，就朝那颗晃在他眼前的头上狠狠砸去。那人像只布口袋似的沉闷倒下去，两旁的人吃惊之际，同样相继倒地，然后屋里大乱了。

乔丽娜在一旁看到张华仔犯浑打人，想叫胸又紧得叫不出声。这时张华仔冲她喊"母亲快跑"，还没等她迈步，早被他弯腰掇起，倒栽葱式地扛下楼。她难受得眼冒金星，想挣扎却意识模糊。张华仔虽然扛个大活人，却当以前抱个芋头往农贸市场外跑。他沿街足足跑了三百米，这才放乔丽娜下来。一时找不到司机，连忙叫辆出租车往回赶。

乔丽娜回到家，回忆起整件事情，一下子从床上坐起："完了，完了，他们人多势众，我们这下真完了！"

"母亲，有我呢，犯不着怕他们！"张华仔因为保下乔丽娜的资产而兴奋得意。现在，他绝对是个亡命徒，不惧怕任何威胁报复，而是害怕失去现有的一切。

"丽娜，喝些水。"姚姐在边上尽责地劝告。屋外世界对她的吸引力越来越大，以致让她虚弱得不想再说什么。

"你逃走吧！"乔丽娜从被子里钻出头，惊恐万状地说。

"母亲，我哪里也不去，就在这里保护你！"

"你不走，他们会找上门要咱们的命！"乔丽娜说这个的时候，声音非常虚弱，就差翻白眼断气。

"这样，我杀个回马枪，料他们没防备。"张华仔打算回去刺探一番，让乔丽娜放心的同时，也让自己心里有底。

"张华仔，以后这个家全靠你了。瞧她不中用的样子，我——"张华仔即将走出外面时，姚姐在客厅中间这么嘱咐他。

看到张华仔回头真诚地点头答应，姚姐感到一阵欣慰。她没像以前急着上楼陪伴乔丽娜，而是关掉灯，又像白天坐在客厅沙发里，看窗户外一览无余的天空，从没觉得星星如此之多，如此新鲜可爱。大约半小时后，张华仔回来了。姚姐第一时间迎住他，看到他笑眯眯的，赶忙细问究竟。"他们都散了，连个人影都没有。"看到姚姐有些泄气，他马上补充道，"我还没说完呢！"他来回赶得急，口干舌燥。"警察把他们全带走了。"姚姐更迷惑不解了。他只好再说："是咱们的司机报的案。他之前和母亲约好，一旦超出时间就报警。这些人那里有走私物品，所以被一锅端了。"

姚姐迅速带领张华仔上楼，乔丽娜在房间里早哆嗦成一团。见二人进来，立刻紧张得缩回脑袋。

"丽娜！"

"别叫我丽娜，也别叫我弟媳妇。我刚才昏过去了，你居然留我自生自灭。"乔丽娜噎得说不出话，双手狠狠攥住金边玫红缎的被角。

"丽娜，你说这话太伤人心了。"姚姐委屈地哭出来，这是她多年来从未有过的。

张华仔一脸轻松，上前解释："母亲，我刚才折回去打探情况，他们全被警察带走了，不判个十年八年不会出来的。"

"可他们还有一帮喽啰！"

"母亲，一切有我！"张华仔真是吹破牛皮不害臊。

"你？"乔丽娜马上警觉了，狐疑地上下多次打量张华仔，觉得这个乡下年轻人委实是太狂妄，"我能约束他的只有一个名不副实的假母亲身份，以及他口口声声要报答我的良心。"她权衡矛盾，只希望自己变成男人，而过去她已经习惯依附他们。"姚姐！"她向姚姐求救似的喊，可姚姐没理会她，只将张华仔召唤到跟前，平静地说："家里以后多指望你了。"

"表姐！"乔丽娜无比愧疚地喊，还想像过去一样与姚姐重归于好。但让她万万没想到的是，她听到了今生最令她悔恨的话："丽娜，我要离开了，你要保重。"

"表姐，我饿了，给我拿点吃的来好吗？"

姚姐摇摇头下去了，乔丽娜的嘴角马上流露出无所谓的笑。似乎所有危险和不快都消除了，她不穿鞋子，哼着曲子下了床，到了鹦鹉那里，咬碎一块饼干喂它。鹦鹉通身雪亮，盯住主人的手，快速争抢食物，中间它突然说声"谢谢妈妈"，逗得乔丽娜弯腰咯咯笑个不停。见此情景，守在一旁的张华仔立刻悄悄凑了过去。

第二天，乔丽娜等不到姚姐上楼叫她起床和用早餐，故意使性子赖在床上不起。她肺都快气炸了，单等姚姐一开门，便对其大发雷霆。但门开了，冲进来张华仔，手上举着一张纸，没等乔丽娜脑袋离开枕头，便伏在她面前。

"母亲，大事不好，姚姨离家出走了！"

乔丽娜慌忙抓过字条看，上面留有几行字，大意是姚姐向她告别，感谢她多年来的收留，如今她自己要到外面过自己的生活。

"搞什么鬼！"乔丽娜慌乱起来，像衣服里掉进了老鼠。看到张华仔，立刻朝他叫嚷："快去找啊，车站，码头，火车站，飞机场，一定把她找回来！"她蓬头垢面，一副痛不欲生的样子。张华仔跑出去，她双腿拖在床边泪眼滂沱。她不相信这是真的，拿字条看了又看，直到下厨房找吃的，什么也没找着，这才有点信了。直到中午时候，眼见张华仔独自疲惫回来，她才明白姚姐彻底把她抛弃了，于是眼前一黑，脑子里什么都不知道了。而就在这时，一阵激昂的鼓乐声穿越小区的树丛与房子，从忘了关好的窗户飘进来，原来是翦市长亲自挂帅的第二届轻工产品国际博览会在当天开幕，并在 T 市宾馆举行招待晚宴。整个城市为这场国际性的盛事欣喜与庆祝，而仅一步之遥的乔丽娜却在她的豪宅里痛心彻骨、泣不成声。

十六

张华仔一转过山路，看到魂牵梦绕的群山，立刻腿一软跪下来，伏在地上泣不成声。四年过去，家乡的山水风物无时不印刻在他心里。每当极度煎熬之时，唯有对这山山水水的回忆可让他稍作喘息。现在，它们终于重新出现在他面前，比之前更雄伟、更高大，他几乎想上去抚摸和亲吻它们的每一寸表面。村外山道上不时有牵着白嘴黑身驴子的乡亲，在薄薄的山雾里悠闲自在地走动，对现有的一切既知足又快乐。张华仔停下哭泣打量，感受乡亲们与世无争地安然度日，何尝不是神仙生活。再想到自己进城所受的苦，不禁悲从中来。

他靠在村边一棵树上哀恸，抬手擦眼间，突然发现远处一个熟悉的身影。他赶忙揉揉眼，没错，正是阿桃。只见她扛把锄头，深一脚浅一脚有气无力地走在山坳里，下身正好笼在一团即将消失的正午光线里。在张华仔的眼里，此刻的阿桃就像七仙女下凡。他看直了眼，片刻间跑起来，惊动了正在野外觅食的狗。当它们看到一个陌生人匆匆经过村边，立即追起来，然后整个村子的狗都跑出来一起又叫又追，平静的小山村顿时像爆发了什么惊天动地的大事。张华仔见阿桃心切，跑得比那十几只瘦狗还快呢。其实根本不用他专想阿桃在哪儿，两条腿自动把他带到她家田畔。到了跟前，他扶住树喘会儿。身后一群狗远远停下不敢靠前，张华仔朝它们瞪一眼，它们立刻转头跑了。张华仔迅速找块石头隐藏起来，担心吓着阿桃。

　　阿桃身影出现在小路上，扛把锄头，背挎只草编筐，边走边往两边打望。风吹起她的额前头发，掀开她的衣角，让她走路的样子比电视上的时装模特还好看。唯有那张俏丽的脸并不开心，与周围新鲜明快的景色很不般配。张华仔立刻往里面再躲进些，既怕吓着她，又想给她个惊喜，心里像有只架子鼓敲打个不停。阿桃到了田边，放下筐子，挽起裤脚，就着锄头跳进田里，伏身茂盛的白薯叶里挥锄松土。张华仔没有马上站出来，决定先看个够，以解多时的相思之苦。他看到阿桃身处翠绿的白薯叶中间，娇弱但倔强地挥舞锄头，心里又喜爱又心疼。很快，她那莹白如玉的皮肤上沁出细密汗珠，两条乌黑发辫垂落下来，随劳动晃动不已，衣服下的美丽曲线若隐若现，以及那朦胧光线中绯红如霞的双颊，微微用力噘起的可爱嘴巴，都把他看得心醉神迷。他像藏起来捕捉蛾子的螳螂屏住呼吸，任凭旁边发生什么都不在意。

　　终于他看不下去了，以一个体操运动员般的空翻跳到阿桃面前，把她吓得扔了锄头，一下坐到地上。张华仔要去扶她，阿桃认出他来，赶忙躲向一边。张华仔犹豫过后，马上捡起锄头，一刻不耽误地干起活来。阿桃从地上爬起，过去寻了筐子，到一旁抓住一丛白薯叶，想把根茎使劲拔出来。张华仔侧头看阿桃瘦弱得像只没奶吃的小羊，一走神锄头差点刨到自己脚面上。阿桃白薯没拔几个，手里的叶梗一下扯断，狼狈地翻滚在地。张华仔大惊失色，扔下锄头过去扶她，还是被她一把推开。张华仔连呼几声"阿桃"，她都不去看他。张华仔转到她正面，她把头迅速扭开。张华仔还要说什么，只见阿桃满脸泪痕地跑去捡起地上的筐，把拔出的几粒白薯塞进去，然后挎起那只又大又沉的筐，费劲地攀上田埂，在山路上连跌带撞地往回赶。

　　张华仔立在原地不知如何是好。他本想喊住她，可任凭张大嘴也发不出声。和他预料的一样，阿桃仍喜欢着王海，把他越来越当仇人。他试着追了一会儿，可山坳里的阴影很快把她的身影吞没了。他没再去追，而是坐在高处的石头上吹风，一边流泪，一边继续把家乡的山山水水好生看个够，这才悻悻往村里走去。回到自家院子，只见门窗紧闭，没有半点烟火动静。正纳闷怎么回事，忽见父亲怒气冲冲回来，没等他迎上去，一个巴掌就扇到脸上。

"混账，回来也不先回家，倒急着去见那个女娃！"

"爹，阿桃像我的亲妹子，常德利爷爷也对咱们有恩，您怎么能这么说？"

"什么恩，我怎么不记得？我只和他有仇！"张华仔老爹对于多年前自己与常德利竞争赤脚医生培训被刷掉而耿耿于怀。他一直认为是常德利背后搞了鬼，害得自己一世无为。每每想到这个，他就气不打一处来，还调唆三个儿子不许与常德利爷孙来往。当后来得知张华仔喜欢阿桃，更是坚决反对、暴跳如雷。

"爹，爷爷年纪大，阿桃年纪小，您和哥哥平时多帮衬着点。"张华仔对父兄的许多做法不认可，可念及亲情，仍对他们毕恭毕敬。而这也是他受常德利爷爷教导学来的。

"自己的田自己开，干吗非要别人帮。再说了，我有我的事。"父亲坐在柴垛上卷旱烟，不忘左一下右一下白眼儿子。

"哥哥们呢，他们哪里去了？"

父亲眼睛瞪得比院里的磨盘还大，嚷嚷道："谁知道他们野驴似的到哪里发情去了。你倒懂事，四年前我起床睁眼就不见你了，活不见人死不见尸。"

"爹，有话回屋里说，当心外面受凉。"

父亲生气地望眼张华仔，往地上狠劲掐灭烟头，由儿子扶回屋里。屋里一成不变，既没多出一件，也没少下一桩。地中间桌上摆着三只剩碗，其中两只烂了沿。

"爹，您还没吃饭吧？"张华仔把父亲扶到凳上，连忙收拾家里。先把凌乱的桌凳摆好，又拿起笤帚清扫地上和四处的垃圾，最后收拾脏兮兮的碗筷。

"吃饭？全家连个娘们都没有，哪里吃得上饭。你那妈妈死得早，她倒省事了，剩下我受你们连累，想再婚都不成。"

"哥哥们也没成亲吗？"

"他们能找上对象，我就把桃源村的星星摘给你看。唉，别说他们了。你呢，几年不见，回来也没给我带东西。怎么着，是不是外面混不下去才想着回家了？"父亲一点不留情面地讥讽儿子，儿子装没听见。张华仔掀起米缸盖子找米，结果在缸底吱吱刮半天，才找出小半碗。

"哼，你不在，家里连个种地的人都没有。你那两个哥哥，自己饱了，哪管我这个老东西死活。你也不孝，这些年不惦记我。但凡想着我，也该寄些钱回来。"

"爹，是我的不是，我没能好好孝敬您，心里很愧疚。"

"愧疚能当饭吃，能当女人使？别说没用的了，快去做饭，肚子饿大半天了。"

张华仔取柴生火、淘米做饭，等火光亮起，粥味飘来，家里才有了些热乎劲。张华仔望着家徒四壁，心里阵阵难受。好歹自己这次算是成功归来，以后家里的境况将会改善。

正在这时，外面响起一通脚步和说话声。张华仔知道两位哥哥回来了，忙起身开门迎接。只见黄昏中，两个哥哥搭着膀子，热乎地聊着进院子，好像有什么事意犹未尽。抬头看见张华仔，同时高兴得像小孩子叫出来，进屋又像蝴蝶、蜜蜂围着他转。哥仨有说有笑，一旁父亲厉色喝道："还知道回家，你们老爹饿死你们都不管。"

"爹，大哥带我到后山去了。"

"不是的，爹，二弟不知怎么打听到那里有个女人守了寡，非缠上我一起去。"

"做你们的春秋大梦，就是那寡妇八十岁也轮不到你们！"老头照二儿子头上敲个响栗，然后为公平起见，又往大儿子头上敲一下。两个哥哥立刻疼得躲到张华仔后面。

"大哥，二哥，饭快好了，洗洗一起吃吧。"张华仔看到两个哥哥邋里邋遢，比自己在 T 市流浪的样子还辛酸。"唉，以我两位哥哥的模样，如果生在城里，不知受多少女人稀罕。"张华仔心里替两位哥哥鸣不平。这时再看父亲和哥哥，觉得自己简直是衣锦还乡。

"三华仔，我们路上吃过了。不过，吃坏了肚子。"大哥抱着肚子难为情地笑。

"我们遇到萝卜地，就偷了两个吃，就把肚子吃坏了。一路走一路拉，这会正好里面空了，能喝你熬的热粥了。三华仔，以前有你，农活不用我们操心，做饭也不用我们操心。现在你回来了，我们又有热饭吃了。"二哥早坐在桌旁，双臂搁在桌上，等张华仔盛粥过来。

"没良心的东西，养你们不如养条狗有恩情。你们三个都是我屎一把尿一把拉扯大，好嘛，现在说起来与我没有一点关系，还是不是我的亲儿？瞧，我还没上桌呢，你们两个先稳排大座，怨不得我抽你们。"

两个儿子怕父亲打，只好站起来。父亲生气地瞧着两个儿子，坐过去，然后同样急等着张华仔盛饭上来。

两个儿子分左右靠父亲坐好，头却伸到父亲后面，相互指指点点捂嘴笑。张华仔盛饭进来，好奇地往父亲身上看去。

"怎么着，这么大眼睛看我干吗，几十年没看够吗？"父亲接过碗，拿起筷子，连吸带喝地问张华仔。

张华仔没发现什么端倪，却见二哥给他指指父亲下面。张华仔探身细瞧，见父亲跐双破旧黄胶鞋，上面缀块新的黑色小补丁。

"爹，您的鞋坏了，我给您换双新的吧。"

"那敢情好，还是你懂事，我都十年没穿新鞋了。"老头呼哧呼哧喝着粥，看样子好多天没吃着正顿饭，胡子上沾着米粒和米汤快速说。

"爹，鞋子是谁帮你缝的？"大哥在二哥调唆下问老爹。

老头一下放下碗筷慌了，红着脸结巴地说："你们管不着，反正指望不上你们！"然后用袖管快速蹭去胡子和嘴唇上的粥汤。

"你不说我们也知道。"两个傻儿子仰头击掌大笑，把老头臊得屁股从凳上翘起。

"老子就是找女人去了，怎么着！许你们年轻人浪，不许我这一把年纪的人找个人热乎下？"

"爹找的哪个女人啊？汗衫又是谁帮你洗的，领上的黑泥还在呢，人家是不是又糊弄你？"

"再胡说，今晚别想睡屋里头。有本事，找个娘们睡到人家炕头上。我没本事？没本事我能找了你们娘生下你们三个？"老头说到这就有股英雄气概，凭这个他在光棍成群的桃源村骄傲了一辈子，"可惜她死得早，没福气的臭女人！"他骂句丧气话，然后坐下继续吃饭。

说到妈妈，哥仨同时难过起来。如果他们能像别人从小有个知冷知热的妈，日子可能就不是现在这个样子。

张华仔默默给两个哥哥盛饭，两个哥哥伤心得吃不下去。屋里就听到老爹独自大声吸溜烫粥的声音。不到半分钟，他又有一碗下肚。

"三华仔，你不在的时候全凭常德利爷爷和——"

"你俩再乱说，当心我打断你们的腿！"老爹这下真怒了，鼓起腮帮子像野猫要跳上桌。

两个哥哥专心吃饭，张华仔也坐下吃。他很清楚，照现在的情形看，父子仨能相安无事地过日子，常德利爷爷和众人肯定帮了忙。他越发从心里感激淳朴的乡亲们，尤其是常德利爷爷，生来一副好德行，乐善好施，不仅治病救人，还带领乡亲大规模开发梯田，解决了全村人祖祖辈辈的吃饭问题。多少年来，他身体力行践行着金子般的美德，把一生奉献给桃源村和乡亲们，甚至献出了儿子与儿媳的宝贵生命。他是全村人的主心骨，如果没有他，这些年全村人早作鸟兽散了。一家人吃喝完毕，老爹这才把张华仔和另两个儿子唤到跟前，在那盏小如芸豆的灯苗前，问张华仔这些年到底干什么去了。另两个哥哥也好奇，像两只夜里盯眼的鸟耸肩凑在一块。张华仔在火光中望着对面三张熟悉的、与自己相似的脸，重温亲情，百感交集。他自是拣好的说出来。

当他说到认了干爹与干妈，在城里顺利留下的时候，那个早兴奋得像头发情公猪大喘气的老爹用力往腿上一拍："我的儿，你能啊，认城里人当干亲，简直是猴子傍上香蕉树啊。"他笑得合不拢嘴，然后朝着二儿子发号施令，"快，老二，把灯芯挑亮些，这下三华仔替咱家出息了，再不用担心吃了上顿没下顿。"二儿子急忙把灯芯挑亮，家里顿时亮出一大截，老头举起灯上下照着张华仔，越看越喜欢，最后干脆把这个宝贝搂过去，"三华仔，一会儿跟爹睡，好好给爹讲讲你的事。"

"爹，放心吧，儿子一定要让咱家率先富起来。"

"弟弟，那我和大哥是不是就能娶上媳妇了？"

"凭两位哥哥容貌堂堂，定能娶回两房好嫂嫂。"

"三华仔，我和你两个哥哥跟你进城如何？我们也见识见识那里的大楼马路、商场别墅。"

张华仔听到这个为难了，摇摇头，望着父亲："爹，二位哥哥，等我在城里稳定些，一定常带你们去住。"

"就这样，三华仔，你在城里好好发展，等过些时候带我们过去。爹都在这山里待腻味了，低头抬头就那几个人。听说王老头儿子王海也在城里混得不错，嗬，你没看他妈那得意劲儿，好像王海是头能产一百八十斤奶的大奶牛。"

"爹，不要这样说人家。"张华仔忍羞含恨劝父亲，"我也会发达的。"他口气软塌塌地说。

"嗯！"老爹动身拿笤帚清扫床铺，又铺好被子唤张华仔睡觉，"三儿，躺着和爹聊，给爹好好说说城里的事。啊，想到再也不用见常德利和别人那些老脸，爹就像娶你妈入洞房那会儿一样激动。"

"爹，我和老二也想听。"

"滚，床上哪有你们的地方。"

"我们就睡在床下。唉，有了三弟，我们俩就能娶着媳妇了。爹，就让我们睡到床下吧。"

"好吧，可有一点，夜里不许打呼噜。吵着你兄弟，我就把你们扔出去。"

哥俩连忙保证，把棉絮铺到老爹床下。四人熄灯，问问答答又聊了很久，这才合眼沉沉睡去。半夜，老爹大概过于兴奋或者做到什么好梦，身子翻来滚去，练武似的一会抢拳一会踢腿，把张华仔逼得贴在床边收起身腿不敢动弹。而床下两位哥哥鼾声如雷，加之白天生吃了萝卜响炮不断，张华仔捏住鼻子也不管用。而山乡夜里凉，身上盖层破烂的单被，还被父亲扯去大半，张华仔回村的头一天就感冒了。

第二天他腰酸腿疼地起床，面对三个精力如昨的父兄，黑脸乌眼把他们吓了一跳。

"怎么着，三华仔，是不是病了？"老爹眼尖，光着瘦骨嶙峋的身子坐起，问地下溜达的张华仔。

"是啊，弟弟，昨天看你精神焕发，今天怎么像霜打虫咬？"

张华仔连打两个喷嚏，摆手解释说没事。

"唉，进城就变娇气了。"父亲挠着象皮一样的肋下，伸个懒腰说。

"弟弟，今天做什么？"眼见外面太阳丈二高，两个哥哥仍裹紧被子不起身，倒像老鼠从洞里钻出头问。

"喂，哪儿也不许去，更不许去找常德利，还有那个阿桃。别以为我不知道你的心思，你脑门上几根毫毛我都清楚着呢！"老爹仿佛要把身上挠个洞似的，伸手使劲够后背，外面射进的光线把他身子映得像老蚕一样精白。

"爹，阿桃是村里数一数二的好姑娘，弟弟若娶了她，咱家至少不全是光棍了。"

"哼，放在以前我或许还能通融，可现在三华仔在城里混出名堂了，她就得靠边站。三华仔，一定给爹娶个城里媳妇回来，把全村女人比一比、气一气，谁让她们瞎了眼，不找咱家的爷们！"

"爹说得对，让她们好好眼馋我们的弟媳妇。"两个哥哥像蛹宝宝似的蜷身动弹。

"爹，哥哥们，时候不早了，吃过早饭，我要往各家走走。"

"说好了，去谁家也不许去常德利家。如果当初不是他和我争，咱家也不会过成这个样子。"

张华仔知道劝不动这个又滑头又顽固的老爹，转身去做饭。那边老爹穿好衣服下床，关照地上两个懒儿各一巴掌。两个儿子又吼又叫爬起，老头喊他们吃过饭下地干活。哥俩没用一秒，戴套似的把衣服一通笼穿上。老头因为得着张华仔的好消息，特意梳洗打扮，还专把胡子撩清水洗几下，精精神神往院里走几遭。遇到经过门前的乡亲，不像平时当没瞧见，难得热情地打招呼，还请人家有空来家坐。四人喝过和昨晚一样清淡的白米粥后，老头各一脚把两个儿子踹出去干活，自己又义正词严地嘱咐张华仔一番，抬脚风似的不知刮哪里去了。

张华仔这次回村前，最惦记的就是常德利爷爷和阿桃。常德利正坐在堂厅擦拭镐头，见张华仔进来，愣了一下，这才激动和费劲地往起站。

"爷爷！"

"快坐，快坐！阿桃，三华仔过来看我们了，快沏茶哦。"常德利又扭头朝旁边喊，然后高兴地摸着张华仔。

"阿桃！"张华仔轻轻叫一声，心咚咚跳。

阿桃过了好一会儿才出来，张华仔感觉时间都有自己进城那么久了。这个日思夜想的好姑娘近在咫尺，却如同仍隔着城市与大山。她碎步走，低着头，脸红得像山腰的木芙蓉。虽然粗衣布衫，但端着茶壶，拎着小杯，体态袅袅，举止比城里女子不知强多少倍。张华仔看痴了，也让阿桃更窘了，忙把脸偏过去，而张华仔越想看清她模样，两人捉迷藏似的一个躲一个找。

常德利坐过去，仍然喜爱地对他看个不停。阿桃过来把杯子放桌上，一手拎壶一手按盖倒水。张华仔从侧面看她红艳艳的脸颊，再往下是单薄蓝布衣服下凸起的双峰，以及如同风中芦苇似的身段，觉得有什么东西顺着头发丝嗖地往外去了："她非我莫属！如果她以前迷恋王海是个城里人，那么今天我要理直气壮地告诉她，我也是城里人，而且不久后就可以把她带到那里。假如她为以前的事愧疚，我一点不为难她。这不是她的错，我也会以亲身经历告诉她，城里的确比山里好上一百倍，不，是一万倍。就算那里瞧不上乡下人，但那里有改变命运的机会，有各种意想不到的事情发生。"

"阿桃，你还好吧？"问这个时，张华仔耳朵里嗡嗡作响。昨天他没能和阿桃说上话，一直感到身体里空空的。

"我挺好的，三华仔哥。"阿桃声音小得像灰尘落地，转身把茶推给张华仔。张华仔接过的瞬间，全身汗毛都倒立起来。当无意间碰到阿桃手指时，连头发都燃烧起来。

"阿——"张华仔刚要说"谢"，就见阿桃甩开步子跑出门外，一边说着"爷爷，我过婶婶那边了，她今天要教我做衣服"。话音刚落，她已经飞身出院，再一转，连个影子都看不着了。

张华仔瞠目结舌，端着的杯子像焦炭烧进手心。他脑子完全乱了，平时那么有主意的人，现在六神无主。眼睁睁看着朝思暮想的心上人一溜烟跑掉，他像没留神摔下山沟。

"爷爷！"张华仔几乎是哀号地叫了一声。

"三华仔，你们长时间不见，阿桃认生了。"

"爷爷，我苦啊！"张华仔到这时再难控制情绪，失声倒在常德利脚下，万般辛酸委屈一并沉渣泛起，一刻不停地把所有经历一件不落地讲给常德利。常德利听到中途泪崩，泪水翻落在雪白胡子上，搂住张华仔心疼得嗷嗷直叫。

说完，张华仔仰起脸，痛苦万状地望着常德利："爷爷，您不会也认为我是个罪人吧。我偷抢人家东西，打了人，被判坐了牢，还做了许多其他坏事，您、阿桃和乡亲们是不是从此看不起我？"

"好孩子，你是爷爷从小看着长大的，你什么样的为人爷爷最清楚。"

"爷爷！"听到常德利爷爷说这番话，长期积聚张华仔心底的种种负担解除了，像得到神灵原谅一样宽慰了许多。

"三华仔，找个空和阿桃好好谈谈吧。"

"爷爷，阿桃还会接受我吗？"

"阿桃是个懂事的孩子，你应该相信她。"

"可我怕她喜欢上别人。"

"不会的。即便她喜欢上别人，你可以把她争取过来呀。你是谁，聪明又能干的三华仔啊！"常德利仍蒙在鼓里，捋着胡子天真地说。张华仔一下子破涕为笑，冲常德利点点头。常德利又问了张华仔一些外面的事，张华仔一五一十地说了，常德利不禁再次老泪纵横，也觉得自己应该对桃源村的贫穷落后负主要责任。

张华仔最终没找到机会和阿桃好好说说话，阿桃不是想方设法躲着她，就是问死问活不说一句话。她暗恋王海的心思连爷爷都瞒着，这可苦了她。自从王海去了Ｔ市后，她盼那边有王海的消息来，为这个几乎熬干精力。常德利一直以为她是思念张华仔呢，看她像霜打的茄子无精打采，却又没法子，只好跟着唉声叹气。她感叹命运不济，小小年纪就死了爹妈，只能与爷爷相依为命，靠众人接济为生。她希望老天能对她慷慨一次，让王海喜欢上她，这样她第二天死掉也情愿。但不久她就听说王海在城里找着个北京女子，对方漂亮能干，是位军官的女儿，也是位大记者。王海妈妈说这个的时候，稀罕得口水都流了出来。爱情转瞬化作泡影，她伤心欲绝，双肩拢在一起，夜里常常哭醒。可任凭她哭死，王海绝不可能爱她。

张华仔到最后实在无计可施了，便决定趁早离开。临行前他去告别常德利，但常德利帮乡亲扎篱笆去了，屋里只剩阿桃。阿桃瘦成一层皮，站在角落里，像件单衣挂在衣架上。

"阿桃，王海是城里人，他瞧不上咱们的。"张华仔想争取阿桃，对她如实相告。

"三华仔哥，你诬陷他，叔叔婶婶也不是你说的那种人！"阿桃竟冲着张华仔大声叫喊，样子像要拼命。

"阿桃，我俩才青梅竹马，我俩最般配！"

"三华仔哥，你别说了，就算王海哥不喜欢我，我也不会嫁你的。"阿桃站起来，掇起锄头绕开张华仔要走。

"阿桃，我到底哪里不如他？"张华仔痛苦不堪地问。

"三华仔哥，我就是喜欢他呀！"阿桃用尽平生最大力气哭喊出这句话，然后大胆地看着张华仔，不再掩饰自己的情感，同时也向那个若有若无的事实发出宣战。

"那我呢？"张华仔面如死灰，像一夜受冻的叶子紧紧蜷缩起来。

"我不知道，我不知道！"阿桃说着狂奔出去，而她的影子也在张华仔的泪眼中再次模糊不见。

阿桃不仅没有选择他，还公开承认自己喜欢王海，让张华仔痛不欲生。更要命的是，那个王海根本不喜欢她，并且还有了自己的对象。这算狠狠地把张华仔伤着了，他之前的人生梦像座大厦顷刻间颠覆为废墟。他机械地摇头，麻木地拍打脸，想迈步却不知往哪里去，他在没人的家里哭得死去活来，在空旷的山野里像失群的公羊奔来奔去，始终不相信这是事实。情急之下，那种作为失败者刻骨铭心的羞耻和不公感，让他想立刻回城找王海报仇。但理智依旧战胜了莽撞，他现在不但住在T市富人区，而且凭借乔丽娜信任，正跻身T市的上流社会。他的未来一点不会差，就算现在仍败在王海手下，有朝一日他定会翻身。

遭阿桃无情拒绝的第二天一大早，张华仔要离开了。他多么希望阿桃出现啊，但这几乎是不可能的了，因为常德利一大早带她给人接生去了。父亲和两位哥哥也不在，他提前把他们支走，并打定主意，下次再回来，一定要让家里发生大变化。一咬牙，一狠心，他踏出院子，迈开腿往村外走，没承想与迎面跑来的父亲撞个满怀。

"儿子，有件大事告诉你！"父亲像提在手里的木偶一样乱动，脸上带着诡秘的笑。

张华仔没心情听父亲说，想必他又欠下什么风流债，继续往前走，却被父亲一把揪回。

"快，跟我到后山去！"

"到后山做什么？"

"那里来了地质勘查队，听说咱这山上有大铁矿呢。全村人都去了，没准你回来可以开矿呢！"老爹这几日总听张华仔念叨做生意的事，就把这个记住了。

张华仔一听，冥冥中有根针在心里扎了下。话不多讲，他迅速跟父亲往后山跑去。

事后他了解到，自己家乡有座小型铁矿，但储量不大、含量不高，国家没有开采意愿，便放弃了。全村人为此空欢喜一场，但张华仔眼睛一亮，计上心来，接下来就知道怎么做了。

"你这个白痴、小傻瓜，真就这么走了，和那个老家伙一样不中用，活活要气死我！"乔丽娜从贵妃榻上跳下，赤脚冲到张华仔面前，用手指着他，"你给我听好，我不会让你为所欲为，既然你住在我这里，一切就得听我的！"当张华仔回到T市，把自己想在家乡投资采矿的事透露给乔丽娜，乔丽娜并不同意，认为那里地处偏远，投资回报难度大，所以断然拒绝。张华仔想了很多方法不奏效，于是他便用离开威胁她。这已经是第二次了。

"可是，往山里修条简易公路就能解决问题，而且直线距离不到一百公里的外省省城里就有冶铁厂。"

"那又怎样，别人往发达地方跑，你却要我跑到那种人鬼不见的地方投资？"乔丽娜又开十指，生气地要用它们扎向张华仔，却下不去手。"关键是我说过了，我没有钱！"她大喊出来。对于她，这才是问题关键。

她说别的张华仔可能信，说到没钱张华仔就冷笑："可咱们的生意不错啊。现在形势这么好，咱们该拓展业务才是，难道要到此为止吗？"长时间跟着乔丽娜打理生意，他一边观察学习，一边摸清了她的全部底细。她名下产业遍布半个T市，涉及房地产、借贷、租赁、旅馆、中药材收购、直销等，还有大量现金、金银首饰、股票、国库券等。那些财富扑通进账她没反应，但只要多支出一分钱她就紧张了。

"什么钱，哪来的钱？我们的状况一直入不敷出。"明知说谎，但乔丽娜这样说才感到踏实心安，就像她守在钱堆上才放心。

张华仔和乔丽娜沟通几次后，才晓得她对于钱财有多么贪恋与顽固。他一边佩服这个瘦弱得像只麻雀的妇人，竟能在短短数年内积累下惊人财富，另一边也深为这主人小气而震惊。自从姚姐离开，乔丽娜不愿再雇人，结果所有家务都落在张华仔身上。他做得稍不称她心意，她就拿姚姐说事。唉，他头都快炸开了，没想到乔丽娜是这样的人。

"这样我没法待下去了。我没事情干，都快闲出毛病来了。"张华仔委屈无奈地说。他现在一点不害怕她要花招，因为已经吃透摸准了她。她就是孤家寡人一个，连猫狗都嫌弃她。

"你不能忘恩负义，口口声声喊我母亲，却接二连三拿离开吓唬我。钱是硬头活器，没有就是没有，你让我从天上给你变出来呀？再说了，回你老家投资，打了水漂怎么办？"乔丽娜不理他，摁住白鹦鹉用剪子给它修剪爪子。

"好吧，既然您不相信我，那我待下也没什么意义。"

"你走啊，走了就别回来！"乔丽娜把手一扬，鹦鹉飞一圈后马上又落回臂上。她脸上又鄙夷又凶狠，丝毫看不出曾是个眉开眼笑的美人。

"母亲，您真忍心我走？"

"如果你忍心抛下我这个一无所有的母亲，我就同意你走！"乔丽娜捂着眼睛假哭起来，结果误伤了鹦鹉，那精灵呜呀一声飞上天。

"母亲！"

"别叫我母亲，我没你这样的儿子。我一个孤苦可怜的女人，为什么几十年来受这样的苦？即便我做错什么，难道没人同情我只是个柔弱的女人？为什么不放过我、原谅我?! 我每天忏悔，求上帝饶恕我一千回。你们呢，为我做了什么？啊，我一生毁在你们手里了，像被你们握进手里的一只鸟，你们一下子就能要了我的命。申君谊辜负了我对他的感情，这个挨千刀的，把你打发过来是什么意思，到底要我发善心帮助一个陌生穷小子，还是让我见识世上另有一个负心贼？我恨死他，后悔答应了他！——不准你那样看我，你以为我是在讲疯话，是个疯女人吗？你这个他派来监视我、窥视我的叛徒！说吧，你们到底怎么串通一气，要对我使诡计，把我的好心在脚底踩成稀巴烂？你们这些男人啊，为什么这么残忍，无情对待世上一个善良的女人？"乔丽娜大倒苦水，把自己生平缺乏男性关怀的怨恨情绪通通发泄出来。

"母亲，您怎么啦?! "张华仔上前抱住乔丽娜，像救起一个昏倒在地的人那样晃动她。乔丽娜使劲推开他，对他怒目而视。"母亲，这家是您的，所有生意和钱也是您的，一切您说了算。"张华仔软下来，起先的咄咄逼人变成后退一步。

"唉，姚姐在就好了，她会替我数落你。过去坐吧，详细说说你的想法，没准我会同意你的请求。"乔丽娜向上仰起鼻子，鼻尖红红的，露出蝴蝶卵一样好看的鼻孔。当听张华仔说根据目前市场行情，这个矿可以挣到二百万到五百万时，她立刻摸出一副塔罗牌开始忙碌起来，同时眼睛因为专注思考而倾斜起来，这是由于态度急转所致。

"我收回刚才的话！"她看到纸牌预测的结果大吉大利，"这副牌很灵验，它是梅经理送给我的。"

"母亲——"

"我们把方案折中一下，先投三分之一。"

"这么少的投资刚够把路修过去，而且——"

"保守一点好不好，我不是年轻人。你没了什么可以从头再来，我就彻底一无所有了。"

"可是，母亲，再投一百万，我们就能顺利启动——"张华仔已经站起走向乔丽娜，脸红得像烧久的木炭。

"我挪不出那么多钱。"

"卖掉那些房产吧，现在房产兴旺起来了，可以卖个好价钱。"他在她面前蹲下，仰头恳求。

"急于出手卖不上好价钱。"

"我已经找好了买家，一个国外寻根回来的老华侨，他看中了我们的老房子，愿意出高价。合同我已拟好，就等您签字扣鉴。"说过，张华仔朝乔丽娜梳妆柜的抽屉看了下。乔丽娜马上意识到了什么，跑过去打开抽屉把小匣子抱入怀里，转身要躲开。

"母亲，您就给我吧！"张华仔站起往乔丽娜那边去。

"你别过来，我绝不同意！"张华仔随在乔丽娜身后，乔丽娜在前面跑起来。可房子太小，张华仔又靠近门，她没法冲出去。

"母亲，您就给我吧，这对您绝对有利可图！"

"放我出去。不，现在，你就从这个家里离开，我宁肯一个人过！"

然而张华仔像闻到血腥就绝不放弃的恶兽，当听到乔丽娜改变主意同意投资时，就知道这次无论如何不能丧失机会了。乔丽娜鹞子翻跟斗似的跑在前面，张华仔鹰鹫一样左左右右地追随，先是卧室，然后是走廊，再是楼下，最后是房子外，终于在房子边的回廊里，身强力壮的张华仔一个饿虎扑食，将弱不禁风的乔丽娜压在身下，用力将那只小匣子抢到手里……

这里插叙一下乔丽娜的个人史。申君谊从市师范学校毕业，分配成为一名体育老师。但他游手好闲，名声一团糟。怎奈他有副好皮囊，在电影院偶遇参加工会活动的乔丽娜。乔丽娜干部家庭出身，从小阅读了大量国外名著，加上人长得漂亮，所以一贯心高气傲。申君谊对她一见倾心，立刻发起爱情攻势。乔丽娜开始并不搭理他，奈何他脸皮厚，又天生会哄女人，见面就给她天南地北、古今中外地讲，从姜子牙、百慕大三角，到飞碟、外星文明，从北爱尔兰分裂运动，再到东西德统一进程，以及古巴导弹危机，几次下来，把好高骛远的乔丽娜整得晕晕乎乎，觉得自己认识了一位时势英雄，于是对于身为市商业局局长的父亲为她物色的一个叫卫平伦的人，坚决不予理睬。两人认识不到三个月就结婚了，婚后申君谊很快凭借酒量和三寸不烂之舌搞定岳父，并通过岳父运作，调至一家国有商业银行担任信贷员。当时金融业开始兴旺，他跟着发达起来。乔丽娜生活中习惯衣来伸手、饭来张口，申君谊便把仍是老姑娘的表姐姚姚接来操持家务。其间乔丽娜流过两次产，伤及身体再不能生育。而两人的个性也很快暴露出来，大事小事争得水火不容，比冷战中的美苏斗争还要凶恶。再后来申君谊犯事坐牢,少了他经济上的来源,乔丽娜方幡然悔悟。紧接着父亲退休,再没人帮衬她。她试着开过衣服店和鲜花店,可哪里受得了那个辛苦,没过两月统统倒闭;又筹资与人开饭店,但负责经营的人得罪了厨师,所以饭店没挣到钱不说,还赔光老底。万般无奈下,她找到市经贸局任科长的卫平伦,二人重修旧好。可巧卫平伦得到赴海南投资的机会,二人便成行踏上海南岛。卫平伦开了家歌舞厅,在整个 K 市赫赫有名。两人公开以夫妻名义出入,卫平伦负责外面业务,乔丽娜做内部管理,时间一久,卫平伦提出让她与申君谊离婚。乔丽娜回去一趟,可一日夫妻百日恩,看到申君谊的一瞬间心软了。返回海南后,她告诉卫平伦婚没离成。两人抱在一起伤心了一阵,之后该干吗干吗,但比以前更温存了。

可好景不长,大冒进的海南经济突然冷却。国家出台严厉政策,包括禁止机关单位创办经济实体从事经营活动。卫平伦的单位勒令他转让歌舞厅,并将他调回局里。经卫平伦周旋,局里以极低价格把歌舞厅转给乔丽娜。可形势越来越不好,乔丽娜在岛上坚持不到半年,只身返回 T 市。她重开一家歌舞厅操持旧业,但事实严酷地告诉乔丽娜这类习惯靠走后门和搞人情经营的人,过去的一切行不通了。乔丽娜又气又急,恨不得割腕自杀。她多次找到卫平伦商量,表现得楚楚可怜。可卫平伦也在为自己的事情发愁。他所在的单位马上要进行机构与人事制度改革,他每天在为自己能不能待在位子上担心。他能做的就是不断安慰她,然后接济她一些钱。并且真应了那句"福无双至、祸不单行"的老话,就在她一筹莫展之际,卫平伦为保住现有位置,竟然答应娶一位市委副书记的女儿。那女儿几近四十,是副书记的心头病,多年的执拗使其性格畸变。副书记早听说过卫平伦,对他和乔丽娜的事也略有所闻。为此,一个星期日的早晨,他差人找来卫平伦,两人在办公室足足谈判三个小时,最后达成交易:卫平伦娶他的女儿,而他答应把卫平伦调到另一个单位当一把手。思前想后,卫平伦决定与乔丽娜恩断义绝。当晚,乔丽娜跪地苦苦相求,卫平伦念及两人好过一场,把她介绍给当时 T 市宾馆的总经理梅里美。梅里美经理倒不讨厌她,不仅把一些生意交给她做,还亲自关照牢里的申君谊。"她表面上得到的尊重与荣誉都是假的,她陷入这种虚荣里不能自拔是真的。"姚姐曾这样对住进别墅一段时间的张华仔讲过。梅里美把乔丽娜当小狗养,但她不过是他情人里最喜欢的一个。有段时间,T 市的城市基础设施建设进入高潮,钢材、水泥、玻璃等建材空前抢手,价格随之飙升,一时间倒买倒卖基建材料成风,单位、个人只要能找着关系靠上边的,都往这条道上挤。经梅里美推荐,乔丽娜要见的就是这么位"大角儿"。他平时非常难见,在市里像只深居简出的老虎。但乔丽娜相信自己的姿色在 T 市的男人堆里吃得开，于是为见他，精心修饰一番。关键是她打听到，他就好这一口。她端庄地坐下，打量房子正中一尊高大的屏风。屋里只有他们两人，一个年富力强，光头大肚，壮如狮虎，穿着中式汗衫绉裤，倒在椅子里用电动剃须刀刮胡子；一个心怀图谋、眉来眼去，情场商场皆风流，是全市数一数二的女强人。两人你看我，我看你，片刻后都笑了。她知道，这一笑，事情就有了眉目，预示着好开局。这成为她人生与事业新的转折点。她发现了做生意的秘密武器，并且屡试不爽。等几笔买卖下来，她的公司业绩成倍增长。她名声日隆，很快大半个 T 市都有她的业务与房产，同时沾染黑白两道，在业界如日中天。谁都知道经济形势往往好三天坏两天，她的生意跟着起起落落，她的心也跟着起起伏伏，但有两点不仅没变，而且越来越严重了，那就是她的钻营和小气。

第六章　阿桃与阿易

十七

审查过 Q 县庆祝建党七十五周年的庆祝活动日程安排后，魏小山下午立即驱车一个半小时驶往 P 市。到了市里，他直奔最高档的五星级涉外酒店，特意选择一处可以临窗俯瞰全新市容的总统套间，并亲自检查房间舒适度，以便让来客充分感受本地改革开放后的巨大变化。他这种像男人做了父亲般的耐心细致，是在做了领导后，与形形色色的人接触交往过程中强化形成的，何况今天来人非同小可，从三天前确认她要来这里，他就为此劳碌不停。订好房间后，他即刻赶往机场。路上看到这里与几月前相比，又有诸多新变化。他没法拿这里与北京比，但承认这里的建设速度并不慢。

魏小山要欢迎的客人，无论对于 Q 县还是他本人，都意义重大。这个人从法国来，经北京转机后飞抵 P 市。她对外身份是法国一家葡萄酒厂的董事长，可在极有限范围内，她为人所知的身份却是一位著名资深人士的外甥女。他的家世根本无法同她相比，但作为一个想改变地位的年轻未婚男性，如果争取到她，那会令他的命运彻底扭转，难怪他兴奋得像公鹿嗅到牝鹿的气息。一个星期前他从母亲那里得到消息后，就一直想入非非。所有能唤起他本能的东西，皆因这个女性蓬勃而起，以致他不介意对方比自己大五岁，而且已知有过三段婚史，性格还有点古怪。如果能赢取她，他就好比得到一把通往理想王国的密钥。他自信可以迷住她：自己样貌不丑，有符合西式审美的宽颌美髯、精壮脖颈、饱满躯干，更重要的是，他正处事业上升期，这些都是让那位传奇国际商业女性可以敏锐抓住的不凡特征。

提前在机场外透气的时候，魏小山突然觉得身心疲惫。情绪像一场雨后的河流涨势不停，维持着超高水位。他抬头，太阳偏西，像个大白气球悬于中国中部五月平原苍绿的棉田上。田野与杂草深处，无数鸟语虫鸣细密地轰响，让他难以集中思绪。另一侧，偶有银色的飞机爬升或俯冲，轰鸣声打破乡村宁静，也拉近荒芜与现代文明的距离。

"魏县长，到了！"终于有一架飞机准时出现在视野中，司机激动地提醒魏小山，声音浑厚悦耳。魏小山跑入大厅，飞机还没停靠过来呢。等候时，他手捧花束，不时往墙壁里打量自己，幸福得喉咙发甜，感到整个世界流光溢彩。司机也很兴奋，脸上现着红晕，对头一次见外国人新鲜不已。

当边民民现身出口的时候，仿佛一枚硕大月亮照亮大厅。她穿款粉蓝搭配的修身短裙，脖下两根大筋直撑起那顶夸张的大帽子和里面又小又精致的头颅。发卷从两面用卡子别起在耳后，长度刚好及肩。因消瘦而线条坚硬的脸涂抹着浓厚妆粉，然后在尖厉的锁骨里闪动一条光泽动人的红珊瑚项链。魏小山一眼认定这就是自己要接待的客人，迅速挺直腰身，好让对方注意到自己。楼内其他人主动避让，像现场来了位港台大明星。

边民民看到机场大厅里人员稀稀拉拉，再打量这个中部省份简易的地级市机场设施，心里顿时凉了一半。好在她一眼认出魏小山，朝他走去，藏到厚粉底下的嘴角纹悄悄变深。"在这么个地方找另一半，真是头脑发热。"她有意嘲讽自己，化解内心尴尬。

"您好，边女士！"魏小山笑迎上去，奉上手中花束。

边民民没急着欣赏魏小山送上的花，而是快速打量他：这张脸已算熟悉，身材结实，衬衫雪白，领口干净，明媚的国字脸，浑身透着淡淡的谦和，尤其挂在嘴角的明亮微笑，好像可以把黑夜变成白天。总之，他本人比照片更生动。

边民民把花转身交给随行的助理露西卡，她满头扎着小辫，一边抱起花，一边用雪亮的眼球打量四处。边民民此行带来两个人，一个是露西卡，另一个是卢卡斯。卢卡斯是个白人，像只石膏模具，整张脸毫无生气，长满枯黄胡子。与好动的露西卡相比，他更像根会移动的木桩。

初次见面，魏小山没有让边民民失望，但她不会因为他的英俊谦和就马上接受他，而是继续一言不发，像看中一款 Rene Caovilla 女鞋，不会因为价格高而被吓到。她的完美妆容从头到脚诠释了她的贵族精神，但这种人最大的毛病就是挑剔，对此魏小山倒有心理准备。

"边女士，这边请！"魏小山暗中承认，在他接触到的女子中，除了黎红，没有第二个能让他这般动心。

边民民这才愿意搭理眼前这个求偶者了。她先把头发往后掀一下，用最冷静的神色克制最激烈的思想，接着扭过头去秀气地打了个喷嚏，仿佛受不了这里的空气，实则是对自己此次不冷静的行为给个嘲讽。一个人突然喜爱上另一人，往往是从一个其自身没有的优点开始，然后覆盖他的全部。

司机接过露西卡手里的行李，当碰到她黑乎乎的硬手后，立刻烫伤似的闪开。露西卡从北京到这里一路吸引无数人注意，她自己很惊喜，但老板很不满意。

"能见到这么一张漂亮的脸，来这里也值得。"边民民被簇拥着往外走时，仍给此行加码。但看到露西卡伸出黑爪子向人们致意，她粉底下的气色比露西卡的天然黑还要阴暗。坐进车里时，卢卡斯头碰到车顶，缩着脖子很难受，但仍不愿开口，甚至没与魏小山对过眼神。

"祖国变化很大哟！"边民民开口盛赞，但同时保持着高傲与冷漠。她打量到机场外悬挂的迎接香港来年回归的招贴画后，感到体温有所回暖，这才格外地愿意从余光中观摩这位至今最让她心动的男子，甚至恨不得乘机坐进他怀里。

"这里和全国一样，是一片热火朝天的改革局面。相信不久的将来，这里会像世界先进国家一样发达。"魏小山骄傲地望着外面的原野、村镇和沿路矗立的各式战天斗地的标语牌子，加之旁边坐着心仪万分的女子，心里热乎乎的，暗自涌起阵阵潮汐。

"可惜舅父已不在世，要不然——"边民民挡住眼睛，压制马上涌起的悲伤。

"前辈们开创出的伟业，后人们不会忘记。"魏小山在前面副驾饱含热泪、唾沫横飞地讲，既为了安慰边民民，也为了炫耀，更打算以此增加她对于他和国家的好感。

"我称呼您魏先生还是魏县长呢？"边民民虽然觉得魏小山说话声音很好听，仍然慵懒和果断地打断魏小山的话。她悄悄抠抠发痒的脸颊，对于这里包括环境、气候与人文迅速产生出诸多不适应。

"叫小山不好吗？"魏小山回头半开玩笑地建议。他的提议没得到回复，他试探着又交流几句，仍没得到热情回应，便知难而退。年轻司机额上的皱纹由于一味注意路况全部攒起来，魏小山偶尔关注下他，觉得他像个默契的配角。

入住酒店后，边民民就觉得完全不可忍受了。但魏小山告诉她，这是目前全市条件最好的涉外酒店。她差点哭出来，替自己的胃、衣物和护肤品叫屈。

临近傍晚，司机陪露西卡和卢卡斯下楼吃东西。露西卡吃得很少，还在瞪起眼睛打量和回应众人。卢卡斯埋头吃得很多，似乎对一切身外之物皆不介意。

"这是炸鹌鹑，很受欢迎的！"——这是他妈妈从她的一个远亲那里打听到的。

然而时过境迁，特别是边民民现在心情不好、食欲不振。"最好不要滥杀动物，它们与人类一样，平等地活在这个星球上。"作为动物保护主义者的她，替死去的鹌鹑哀伤发声。

魏小山一怔，刚夹起的鹌鹑腿从筷子中间溜下去。

"再说，食入过多油炸食物对肠胃不好。"

"祖国依旧在大力推进改革开放，希望早日变得强大——"

"还是先从生活方式改起吧。想想啊，它们被煎炸时多么痛苦。"边民民挑起一点点蛙肉，蹙着眉心看。

"蛙属于冷血动物，没有疼痛感的。"

这下轮到边民民吃惊了。她对魏小山这么交谈受不了，就像初次见面就被他直接抓到手一样。她把那点肉放下，然后痛苦地来回扭动腰肢。

"对不起，没什么胃口。"她放下刀叉，四下审视。

"边女士，不知您对我印象如何？在这之前，家母已让人把我的情况向您做过介绍。"

边民民瞪大眼睛："您年轻有为，在这里挂职锻炼，前程似锦！"——又到了她擅长的撒谎环节，就像她小时候在什刹海旁边的草丛里抓蚂蚱一般娴熟。

魏小山有点急躁，如同赶时间却总差那么几分钟。"我倒认为您很好。"他放低声音，略微羞涩地等她的反应。

"您说什么呀，我们才刚见面。"边民民大笑起来，双唇像被水缸放大的鱼身。

"可是，我对您感觉很好。"魏小山把话重复一遍，然后郑重大胆地注视边民民。

"哦，我这次主要是来考察的。至于您说的事，我想令慈一定是误会了。"

魏小山觉得被愚弄了，坐不住了，放下筷子，想到外面吹吹风。他盼了三天三夜的约会，原来竟只是一次寻常见面。对面坐的不是情人，只是一个客户。他之前的美好揣度像精心塑起的沙雕被冲垮，内心生出仇恨，这仇恨源于他急于向上攀爬的心理和当其遭到破坏的绝望。

边民民则像把一个动机不良的人从身边推开，这种事情她做得太多了。"我不可能喜欢他，他沉不住气。"她调整对魏小山的看法。

"那么，欢迎您前来考察，这里欢迎任何一个投资者。我们优惠政策很多——"

"这要看考察结果。当然，我会优先选择你，毕竟你正在招待我。"边民民端着一杯酒，努力把头颅抬得很高，好像它会脱离身体似的。

"要把市领导引荐给您吗？他们会全员出席，欢迎您的到来！"爱情没谈成，但生意要搞定。魏小山用主政后掌握的谈判技巧同边民民打交道。

"以后再说吧，我是冲你来的，毕竟我们是自己人。"她呷口红酒，皱皱眉，然后吐到绢子上，"这酒怎能放到桌上！魏县长，红酒是个大产业。如果我们有幸合作了，我要让十二亿人喝到优质葡萄酒！"

"那一定会是国人饮食的一次大革命。接下来做什么？"

"你带我考察啊，然后获取土样、水样以及其他什么的。"边民民举过两手，有意展示它们的美丽似的。

"那么，今天——？"魏小山没有被那双手吸引，有点有气无力。

"好吧。"边民民眼睛看着那些食物，身子迟迟没动。

"难道就没有一点可能吗？"魏小山红着脸，再次哀婉央求。

"我已经拒绝您了。"边民民没经大脑反应就这样情绪激烈。这种激动足以代替其极致的情欲，让她今晚能睡个好觉。她拎起包，加速走出餐厅。

回到房间，边民民睡到沙发上，关掉灯，觉得自己被伤害了，体验那种人造的、夹杂痛苦与喜悦的错综情感。

魏小山来到广场上，几乎落泪。他不时抬头望向她的房间，里面黑乎乎的。现在已经入夜，他幻想与她同床共枕。他入住到对面的酒店，多次站到窗前打量，痛苦不时袭上心头。"如果她喜欢我，我们现在应该在一起了。"他昏昏沉沉想着，最后窝在沙发里，看了整晚的古装武侠剧，始终没有关灯。

第二天早上，边民民自觉脸色很差，不时在镜子里观察自己。露西卡不高兴，厌恶被人们当动物看。两人一起不悦地下楼到大堂，边民民把自己像颗娃娃菜包在一袭绿色套裙里，脑后挽个蓬松发髻，戴顶荷叶大檐帽，多余地拎把小伞。当她踱在门口，让露西卡用便携式喷雾器往自己脸上补充水分，这时又围上许多人。

"露西卡，快带我离开这里！"她慌忙举手，用法语求救。

露西卡跳着驱离众人，一边用喷雾器对准那些人，一边用法语大喊："离开，离开！"可是没人听得懂她，更多人围过来看热闹。关键时候，卢卡斯走出电梯，在矮小的中国人中间像个巨人，用他的铁臂护送边民民来到包围圈外。

边民民护着帽子，遇到刚好赶来的魏小山后，立刻像只兔子跳进他怀里。

"小山，你终于来了。"她年届三十，依偎在魏小山怀里瑟瑟发抖。

"对不起，让您受惊了。"魏小山心中一下升腾起希望，感到边民民在自己臂弯里轻飘飘的，最多只有十八斤。"发生了什么？"他明知故问，把边民民送回房间的过程中了解原委。

边民民摇着头，用香水纸巾点点额上，暴露出深重的额纹。魏小山看到马上敏感地想："我要娶这样一个女人吗？睡在一起，等她卸了妆，发现她是个老太婆。"他旋即用她的缺点平衡自己昨晚的失意，觉得她像隔夜饭一样不鲜美了。"可是，我现在充其量是群众，是的，一个群众！"他的暴躁因为想到这个冷静下来，继续缤密地照料她。

边民民一副完全被吓坏的样子，小鸟受伤似的虚弱道："今天哪里也不去了，行程改在次日吧。"

魏小山慢腾腾赖着不走，要去扶她，刚伸手，她睁眼了。

"小山，有露西卡陪我就好了，你回去吧。"

"我就不能爱上您吗？"

"你小我太多，我们差不多有代沟了吧。"

"这是问题吗？"魏小山用肩膀扛住边民民，防止她倒下去。

"希望你尊重我。"边民民不看魏小山，用这句话敷衍。

"可我就是冲这个来的。家母明确无误地告诉我，您也是为此来的。"魏小山不再羞怯，像不持证的警察擅闯他人领地。

"你说些什么呀！"边民民看着对方心软了，却仍不松口。

"边小姐，我不比别人差，求您接纳我吧。"魏小山将身靠上门，彻底断了边民民出路。

"不可能，我定居国外——"

"可家母从别人那里明确得知，您此行的目的是寻找另一半，这——"魏小山差点脱口说出后面的话，发现于自己不利后马上打住。

"那是我糊弄母亲的。"边民民急中生智搬出母亲，让自己的母亲对付魏小山的母亲。

"您的母亲？"

"对啊，您母亲和我母亲还不是朋友吧。"边民民拿这个进一步击退魏小山，然后从指缝里瞄他。

这话像小刀捅伤魏小山，这等于他被明白无误地告知：绝不要妄想！

"可人总要结婚生子的，这是大自然赋予人的本职。"魏小山拔高谈话的高度，仿佛回到大学同老师和同学争论。

边民民激动起来，擎起双手拢上脸："我们这是做什么，我们这是要干什么？"她像一个劲往远处跑，但很快迷路了，于是停下往回找。

魏小山一下坐倒，觉得这场争论毫无意趣。他扭脸看外面，觉得它像张乞丐的脏脸。

"不要说下去了，我再次想到了舅父。"边民民一下哭出来，像棵被伐倒的树慢慢倒下去。任何未婚女子在她们惊慌失措时，首先想到的是自己的亲人，亲人于她们就像所有甲壳类动物身上透明和坚硬的壳。

"正因如此，我们更不能撒手不管。"

"什么撒手不管？"边民民质疑地停下，泪水在眼窝里闪动。

"事业不能没有接班人！"

"什么接班人？"

"我们都得结婚，不能让事业后继无人。"

"哦！"边民民惊呼一声，摸着太阳穴，也往上面看。

"非常现实的问题，没有后代就什么也没有了。"

边民民怔住了，她难得清醒过来，感到一阵轻松，这似乎意味着：接下来无论发生什么，她都不属于放浪形骸。"是啊，他说得对，这就是男人与女人的区别，男人们一万年前就比女人看清一万年以后的事。"——他把她搀起来，她脸红到脖子根。他对她下手了，她没再提出任何异议。

接下来的两天，魏小山陪边民民赴县里考察。他像中了状元一样神采飞扬，全程独揽了对边民民的所有接待工作。走在乡间小路上，他亲自给她撑起花伞，驱走飞近的蚊蝇；她要跨过一个小坎，他立即上前掇她过去。她天天喊着离开，却拖了半个月没动身。她试探魏小山，魏小山装聋作哑，好吃好喝供给她。县歌舞团举行"庆祝建党七十五周年汇报演出"，三个法国客人嗤之以鼻："总不如巴黎带包厢的剧院演出闻名遐迩吧！"晚饭后，边民民一定要拖住露西卡聊到很晚才放回去，她用这个掩人耳目，然后匆匆装扮一番，迎候情郎的到来。卢卡斯只专注采集样本，一天到晚捣鼓那些玩意。母亲多次打电话催问边民民何时返京，她敷衍着摁掉电话。这天，她肚子不舒服，魏小山觉得这是天大的事，立刻将她送到县医院。院长把脉后，直言她可能有喜，她一下晕了过去。清醒后，她赶紧让露西卡订回程机票。临行那天，正值星期天，不知谁走漏风声，半个县城的人赶来送行。露西卡冲人群笑个不停，边民民始终面色阴郁，从头到尾不说一句话，弄得魏小山不敢吭声。车子出发了，黄书记亲自在前面开道，魏小山陪边民民、露西卡和卢卡斯坐在后面车里。路两边人头攒动，男女老少争送一程，直到过了县城白石桥。

登机前，边民民只与黄书记寒暄几句便转身离开。魏小山立在众人后，神情无比落寞。

"小山，事情有把握吗？"黄书记等客人离开，背过手来问魏小山。

一股苦水涌入魏小山口里，他什么也没说，艰难地摇头。

黄书记看魏小山这样，父亲似的拍拍他肩膀，转身走掉。

"魏县长，该回去了！"司机从后面提醒魏小山。魏小山默默转过去，看看表，皱皱眉："赶在十点前回去，二轮研究干部招考方案。"看到乖巧的司机跑出去，他欣慰地出口气，感激这个年轻伙伴这些天为他守住人生中最龌龊的秘密。

返回驶过大石桥时，魏小山注意到河水的颜色发生了细微变化，同时伴有淡淡的氨氮气味。司机从反光镜里看到他的表情，想想说：

"魏县长，这条河也被污染了。上游乡镇引入的企业往河道里排污，再往下，河滩上经常能看到死鱼。"

"这可是全县城的饮用水源啊，难道我们一直饮用这样的水？"

"是的，从去年就是这样。"司机看着魏小山的苦脸，如实相告。

"县自来水公司没做过处理吗？"

"肯定是做过，要么这水怎么喝。"司机把车速放慢，好像有意让魏小山问自己问题。

魏小山悬着的心稍微放下，但进城后看到街道两边脏乱差的市容市貌和人们不文明的举止，仍然高兴不起来。他刚为自己与边民民的事情挠头，现在又为饮用水安全与城区建设烦心。市容市貌确需改造，老旧平房条件极为恶劣，一些重点区段为招商引资不得不建起围墙。县城主干道虽然前年才翻修，但道路已经严重破损。店铺陆续开门经营，各种音乐和叫卖声此起彼伏。一只漂亮的红公鸡逃出鸡笼，扑腾着跳上挡风玻璃拉了泡屎。它的主人认出魏小山，吓得赶忙躲进邻居家。交警赶来为魏小山保驾护航，魏小山视而不见，脑子里对全县工作快速盘算着，最后得出结论：改革者头上都顶着雷，只能硬着头皮往下走！

进了大楼，魏小山直接去找黄书记。黄书记正戴着老花镜最后一次修改招聘方案，这是很少见的。黄书记案头还多了个石头摆件，上刻"泰山石敢当"，魏小山深为感动。

"是招聘好呢还是招考好呢？"黄书记停下来抬头问。

"这个参考了省里的文件。"新党办主任在边上回答。

"他们就叫招聘？小山，我认为我们不是招聘，招聘有聘期对不对？去，找找依据去。"

党办主任出去了。魏小山只想着自己的事，一时没去接话。

"小山，你清瘦了许多。"

魏小山暗自尴尬。做了不齿之事就是这样，总觉得别人讲什么都含沙射影。

"没什么，过几天就好了。"

"搞党政工作就是这样，干起来没白没黑。可如果不干呢，也说得过去，但那就不是我们了！"黄书记抬手捋捋水草似的发丝，慢条斯理地不愿意动弹。

"黄书记，占用您几分钟。"魏小山抓紧时间说事，把局面一笔带过。

黄书记点头。

"黄书记，我想近期带领相关同志，就城建工作外出考察一次，学学外地的经验，争取短时间内让县城市容有个改观。您应该也注意到了，我县的环境面貌实在过于落后，不仅不利于招商引资，更满足不了群众和社会的需求。"

"打算去哪里呢？"

"这个我还没想好，但一定要去沿海的大城市。"

"是要去看看，我们的城市建设水平太低了。"黄书记摸摸虚火过旺的猩红鼻头，接着说，"北上广深就别去了，推荐你去D市，经验现成的，拿来就可用。"说着，从资料里找出一份报纸推到魏小山面前，"人家的目标是在下世纪前十年，建成北方中心城市和国际化新型大都市。咱俩想想，我县城市建设的目标与定位是什么。"黄书记说话的时候，魏小山翻开报纸的第二版，看到一篇采访录已被黄书记做了特别标注。

"那我安排去了，到时向您汇报。"

"小山，葡萄酒厂的事情务必抓紧，算我这个一把手给你压担子。如果真能落户我县，绝对是这届政府的工作亮点，可以写入我县县志，所以一定要与边女士对接好。"

魏小山点点头，认错似的笑了下。

党办主任取资料回来，黄书记接过认真翻了翻。

"小山啊，一定要加强对下面同志的管理，会影响党政工作的效率与形象。要坚持'德才兼备、注重实绩、群众公认'的原则，选用干部应坚持事业为上，格外关注那些作风正派、勇于干事、锐意进取的干部，及时发现和提拔那些想改革、谋改革、善改革的优秀人才，促进我县大发展、大繁荣！"黄书记语气平淡，眼神像配合特写镜头一般。

"黄书记，我回去了，干部选录的事会上研究决定吧。"

黄书记转身竖起眉毛，正色道："看吧，人家魏县长就知道是选录而不是招聘。"这才转过来，脸黄澄澄的，用一种形容不出的仁慈柔软说，"去吧去吧，小山同志，一定要跟紧边民民同志，建葡萄酒厂的事对我们意义重大。"

魏小山回到自己办公室，没办法集中精力办公了。边民民的葡萄酒厂、干部选录、招商引资、污染治理、城市建设这些事，或快或慢，或顺利或滞后，让他一下失去动力，有种极度不适的感觉。徐家良请示工作，他简单交代几句让他出去，剩下自己梳理糟糕透顶的情绪。到晚上回到招待所情况仍未好转，像有无数鸦雀盘踞心头，发出聒噪的声音。

"对，是一种势力！"他意识到这个，像房间突然亮起盏灯。他从椅上噌地坐直，为终于悟出其中道理而激动，这就像他终于锁定一个恍惚跟在身后许久的影子。他甭提多高兴和多兴奋，站在桌前的文竹前，看它强力地撑开枝叶。

"政府理论上是为人民服务的政府，应当高效、廉洁、公正。但实际中，政府在基层并不能发挥应有效果。一些人据有公权后，对其公然窃取并滥用，并为掩盖与包庇而结党营私、联成一体。他们暗中操纵政府，使政府成为他们升官发财、谋取私利的机器。这不是个别人，也不限于一个层级，而是在纵向横向上同时形成一个体系与网络，将现实中的政府活活架空，造成政府与民众的隔离。这样，日积月累不仅危害国家，成本也由社会和民众买单。比如说社会矛盾的加剧，最终转嫁成为越来越强的维稳力量，却有利于利益既得者本身。"

"这远远不是贪污腐败可以概括的。"他高声说出自己模糊的猜测，"这个该叫什么好？"他抓耳挠腮，准备给这个发现取个准确的名字。他披着衣服来回走，为了集中精力关掉灯。"对，该叫'影子政府'！"这词实在太形象了，像在纸上画个完美的圆，"对，就是影子政府。现实中，在广大基层政权中存在一个与理论政府相悖的影子政府，它按照自己的逻辑运行，侵害政府的肌体，消磨人们对于政权的信任与喜爱。"他激动起来，漂亮的大眼睛像太阳从满天云彩后闪身出来，洞开一个光明世界，他把椅子拉到边上，以腾出更多空间舒展身体，"许多干部丧失信念，贪图享乐，懒政无为，贪腐无度，不担当进取，都是影子政府存在的表征。影子政府会像一时没有天敌的寄生体，假以时日将导致实体政府和上层政府名存实亡，不但让改革变得虚弱无力，也将制造一套极为保守与专制的体制。"

问题认识到了，如何对待这种局面？"问题是真实存在的，我却不能公开这样说。"他刚经历过喜悦又发愁起来，"之前我和大家都没正视过这个问题，直到现在我才意识到它的存在，并且实际上它已经非常可怕地控制着基层实体政府。如果我想把官做大，是小心为妙不得罪它为好，还是胸怀大无畏之心反对它？如果是前者，我将适应目前的方式；如若是后者，我将以事业为中心，追求我的人生价值。选择前者我不甘心，而后者困难重重。但显然，既然我追求入党，又选择从政，就必须按要求来，不能有任何犹豫。而如何改善目前局面，既不使之恶化，又令其熄灭，我得提出自己的见解与思路。"他愉快地往下推导，由于在主导思想上非常坚定，所以甚为欣慰与骄傲，"同样需要用一个确切好听的名词概括这个新见识。"他像小狗在野外衔起一块骨头跑，"既然实体政府可能已被污染，而治理和消除这样的污染我视为理想，不妨未来建一个理想政府。"想到这，他有些苦恼，因为不能一下判断自己的这个想法是否必要，又正确与否。可在房间来回踱了几次后，他马上挺起脊背放松下来。"理想政府本是正常念头，每个从政者都有一套自己的概念与标准，只是社会日益污浊，衬得这想法越发高尚。"他就像游吟诗人吟出一首颇令自己满意的诗作而面露喜色。

"可是，仅仅是理想政府吗，仅为消除那些隐形的破坏力量吗？"他像亲自设计与构筑一座大厦一样，不断地发现问题和完善处理，"在理想政府的基础上，建成一个理想国度又该多好！"他像第一次亲密接触边民民那样浑身发烧，并灵机一动将其精简为"理想国"。他被它吸引到了，像奔波中的鸟儿落到一个泉眼上。"对，理想国，一个一切符合社会需要、满足人民全部合理愿望的国度。自觉改革与调整是这个社会最大的特征，全社会形成良好的自我更新机制，所有事务都由成文法律与制度规范和保障，并且的确提供了最大限度的公平。政府走下神位，回归机构本身定位，整个社会内部气氛活跃，不断创新与健康运行，不存在法律与制度空白，没人僭越与乱作为，黑社会和潜规则没有市场。"他顺着思路往下贯通，在黑暗中摸自己发烫的额头，快速走动时，居然没撞到任何东西。

"那么它和欧美国家有什么不同？"他像往洞穴内部进一步探索，既小心又坚定。他认为自己正来到一个新境界，如果可以，从现在起，他可以称得上一个政治家了。"当然有！"他自信和响亮地回答，"我的这个理想国，既不依赖也没有宗教，全社会崇尚真善美。也没有政治分立和抗衡，完全依靠社会自行调整与完善。健全制度与全民守法，像设计了完整的交通管理规则，大家依法执行就好。"他喝口水，滋润燥热的体内，接着分析："达尔文理论是西方治世理念的基础，推崇自然法则，本质上强调弱肉强食、适者生存。但在中国，早在两千六百年前就提出'不患寡而患不均'的思想，这正是我们民族治世的精髓，即：世界和谐，统一共生。"一时间各种念头纷至沓来，他来不及深究细想，而是不断跳转，但清楚日后一切会自动清晰起来。"乌托邦又是怎么回事？"他像夜里飞渡星空的鸟，用力拍振翅膀，"理想国应该比它更高级。乌托邦不需要政府，而在理想国，政府继续发挥引导作用。并且，乌托邦是自在世界，而理想国是自由世界，前者是感性的，后者是理性的。另外，它不只是全中国的，还是全人类的。对，没错，乌托邦的社会更像动物世界，而理想国完全由人类打造，对整个世界具有塑造力。"他陶醉地想，像个好性子的人发自肺腑地赞美世界。"这就是我的理想国，个人梦与国家梦相统一。个人梦汇聚到民族与社会主体中，集结为强大的国家梦与民族梦。"他有所担心，害怕越界，"可是，从政是我的行业，为官是我的职业。个人梦想必当受到鼓励，无数小星星汇聚一起才能形成整条星河。"他进一步向开阔处探究，"我在陈述一个政治家的梦，对于国家和民族的未来做出探讨。我有资格也有义务，处于改革开放这样一个自信、独立和担当的年代，不仅是我，也是所有人应该具备的个性与气质。对国家道路与前途的探讨没有终点，不可以说已找到终极之路，仍需要群策群力和一代代、一辈辈摸索。"他沉住气，将轻飘飘的念头压实，"我不必害怕什么，我将向世界上所有的权威挑战！"他的政治敏感性陡然增强，仿佛看到有什么东西正向他窥视或悄悄靠近。可一切只是幻觉，如同他深夜独走野外，对周遭总感到疑虑。

"我的理想国会实现吗？"忧惧之余，他吃惊自己思想所达到的深度。这是他从政后第一次梳理思维。人生经历赋予他灵性光芒，将整个世界照亮和远远扩大。"当然会实现！"他像拿枪的士兵豪气地表示，"但前提是实施好这次改革。有人希望利用这次改革谋取私利，而我要通过它在基层建立新的社会管理模式。"他愣住，整张脸辽阔轻盈，"影子政府里的人腐蚀和破坏改革，他们一边为所欲为，一边收编意志薄弱者，打压冒头反对者，势力越来越庞大，造成贪污腐败、官僚主义和骄奢淫逸盛行。"他抚着厚实手掌，黑暗中打死一只叮在身上的蚊子，"我就是这样想的，也会这样做。我要在县长位置上做些事，回到北京，我更要这么做。我要用长远思维和大局意识对付影子政府，等到战胜它，最终建成我的理想国。"到这里，他终于把思绪理顺，而后浓浓的睡意也光临了。看看墙上，已到凌晨一点，他害怕影响明天工作，赶忙上床睡倒。很快，房间里响起响亮均匀的鼾声，而那张年轻疲倦的脸不经意间露出满足的笑意。

第二天，魏小山找到徐家良，表达对黄书记那边的担心。他开始完全以一个政治家的姿态工作，尽管这里平台不高，但他把胸怀放到一切事务的前面。

"现在怎么办，我们能做什么？"

"干部选录是干部选拔的重要形式，干部调整也是再平常不过的人事变动，没必要大惊小怪。"

"静观其变？"魏小山想想也是如此，便决定把这当成一次经历和见识记住。

"世上没有纯粹的人和事，您不能抱有太大希望。"徐家良用那种知己与智囊的角色，跳过许多中间环节，与魏小山隔空对话。

魏小山也决定把昨晚的想法透露给徐家良，以验证它的正确性。

"家良，政府应当是规则的制定者和执行者，致力于打造一个规则社会。但从长远看，政府将没那么重要，社会和公民将实现自我管理。"

"但短期内仍需要强化政府管治，这个过程短不了，估计我们这代人难以实现。"

"但这不等于我们可以不做。家良，你我都有个人梦想，这会让我们对待事物积极又热情。比如改革，我们正通过改革发现与变革自己，我们与过去大不同了。"

"个人梦想？谁没有——"

"家良，我想到个问题。"魏小山见徐家良凝视自己，更加激动，"说到底，改革是自上而下进行的，依靠的是几百万上上下下的干部，正是他们在实施和推动各项改革。当改革雄心勃勃、大刀阔斧铺开时，我们更多关注的是社会与群众呼声，却很容易忽视干部们自身的权益，忘了他们也是社会和民众的一部分。"魏小山发现自己可以迂回地想问题了，这又是一个进步。而换个角度看问题，也一下让他对官场的现状不那么极端与感性了。

徐家良在魏小山面前自由起来，头靠在文件柜上认真听。

"如果干部权益不能得到合理保障，那么干部作风问题就不是一个简单的纪律问题。我们应该把干部们还原为常人，作为血肉之躯对待，这或许是破解问题的突破口。

徐家良若有所悟地点头，默默想自己与周围的人，觉得贪腐问题真没那么简单。

"难道不是吗？我们的基层干部队伍总体上忠诚可靠，但长期以来，如果总沿用极端思维对待他们，就不能很好调动他们的积极性、主动性，这或许正是造成队伍出现一系列问题的重要原因。"

"我们需要做的太多了！"

"我们所做的每件事都朝着完美目标接近，在人生中画定一条经典的正则曲线。"

"魏县长，我会跟着您干下去！"

"当然，家良，你正直善良，是我可贵的兄长。你的很多提醒对我帮助很大。我要把我们之间的友谊发展下去，直到实现我的理想国。我想，用不到五十年，对，少则三十年，理想国便可初见端倪。"魏小山一口说出自己的预测，眼眶和鼻孔张大，身体震荡不已。

"我们国家已经制定了整体战略，与您的思路目标大体相同。到下世纪中叶，我们将循着中国社会社会主义道路，实现现代化强国之梦。"

"我为自己能有与中央一致的想法感到自豪，这表明我跟上了中央的步调。但我希望通过自身努力实现个人目标，毕竟我个人的目标也是为着实现我们民族和国家的目标确立的。是的，它是世界大同的梦想：改革延伸至世界各地，各国更好融入全球。共存、共享、共爱、共和，这是理想国的特色。这样的理想国必将能够实现。"说话间，魏小山又觉攀上一座高峰，这时提到的理想国已经超出国界，被他塑造为一个全球概念——理想地球。而且他特别地认为，当中国发展到与其他先进国家一样强大时，大家完全可以共同主导全人类实现那样的社会。他仿佛进入一个意念高地，有了人类与全球意识。"我不甘心做个平庸之人，不会白白浪费掉在这里的机会。理想国最终依赖的是一套永远自我调整的完美机制，既不同于道家的无为而治，也不同于西方政府组织的相互制衡。理想国里没有绝对主体，各部分依靠机制发挥职能，像蛛网的各个节点。这就是我的理想国，家良，你理解吗？"如果昨天晚上他还不能将理想国阐释得很清楚，那么现在，他和徐家良陈述时，却突然把全部构想逻辑清晰和完整地表达出来。这超出他的预期，让他惊异于自己的能力。他相信越来越多的人会产生与他一致的想法，会随着改革开放获得全球视野，运用普遍法则解决共性问题："建设和运用全球机制解决世界问题，这是跳出国家逻辑解决国家问题。我的个人理想将从现行社会中衍生出人类理想，这是一个国家可以提供给我的最大可能。"

"影子政府是横亘在当前的拦路虎……"魏小山像一位开山筑路的工程师，双腿叉立于轮廓渺渺的青山翠峦前。在能够完胜人生所有问题与困难之前，他以这种姿态表达雄心。那些意想不到的困难与问题，不会因为他有这个宏大理想就不复存在，它们将继续接踵而至。徐家良算是他团队中的一员，尽管他远没有齐国民与刘明坤那样的水平，却是他最忠诚的伙伴。过后他不再说话，一只胳膊撑在腹前，长久端望窗外正被一阵强风吹偏的健壮老柏，在意识里自觉胀大，像晃头晃脑要撕碎敌人的人猿泰山。时至中午，热焰逼人的太阳升到高处，整个县城正进入一天中最为嘈杂的时候。——改革就在人们居家过日之时悄然进行，同时也深刻影响着他们的生活，在各自的人生中留下鲜明印记。

魏小山在边民民离开没多久就想她了，那种思念像春夏之交的云朵，不经意间无声地占领天空。他浑身乏力，连早上的跑步也取消了。他眼眶出现黑眼圈，体重迅速减轻，手臂和指节上的汗毛更显旺盛了。一个月后，他冲澡出来，意外发现除了眼睛周围因失眠出现眼袋，上下腹也连为一体，后臀下坠，矫健的身形全无，神采减去大半。他胖了，这把他吓坏了。

在魏小山魂不守舍的时间里，黄书记明里暗里通过许多事项，全县势态完全依照他的意志推行。魏小山虽在徐家良和耿直提醒后注意到黄书记的所作所为，却没有分心，因为他认为争取到边民民的爱情，比抵制前者重要不止十倍。他深知门第是阻止二人交往的最大障碍，便放下县长与男人的尊严，写信向她袒露心迹。这种观念在他脑子里根深蒂固，比他上次写信给黎红，对于她喜爱上王海更有微词。现在，轮到他自己，他也试图打破这个隐形的天花板。

"重要的是，选择一个用生命热爱您的人……"好几次，半夜他从床上爬起，把突然想到的佳句记下来，然后精心连缀，炮制出洋洋洒洒的长文，将其誊抄后寄往北京，再由马求找人转送给她。他亟待回音，也知道男女一旦发生那种事，就是转个身、掉个头都嫌费事。他往北京和国外的长途电话明显多起来，两个多月的电话费超过去年全年。徐家良拿到话费单，非但没心疼，反而觉得现在县里与北京、国外的距离不断拉近，偏远的地区心理距离更加缩小。加之今年招商引资任务繁重，他多次向县财政局提出临时申请，而由于相继引入不少企业，县财政一时间是宽裕的，便对政府办以改革名义提出的申请一律批准。跟着政府大楼内外重新装修，一派全新气象。全县城议论纷纷，但没传到魏小山耳朵里，他完全被边民民迷惑了，无论是办公还是开会，都像在海滩上等待配偶出现的愚蠢海象。黄书记听到消息，只是抠抠鼻孔，根本不把这当回事，继续每周五下午提前一小时离开县城回城，与豁牙少毛的老伴一起无聊地包韭菜鸡蛋馅饺子过周末。

对于魏小山通过北京朋友转交来的信，边民民拿到后，像嗅到荼蘼花粉一样打个喷嚏，顺手丢入垃圾篓。

魏小山终于在外出考察前得到边民民投资县里的决定。从机要室拿到传真的耿直一路小跑到魏小山办公室，把传真摁在魏小山手心里。魏小山没像之前想的那么激动，而是像跑到终点的长跑运动员瘫痪在地，额上渗着汗，脸白得吓人。耿直忙去叫徐家良，等二人再次出现，却见魏小山靠在椅上默默流泪，那份传真就落在他腿上。

"魏县长，成功了！"徐家良扑过去，抓起魏小山的手臂摇晃，魏小山却像病中昏迷那样一动不动，"拿毛巾来，倒杯热水，关掉空调。"

耿直满地转悠地忙活。

"别烫着他。"徐家良小心扶起魏小山。

"愣着做什么，帮县长擦掉鼻涕，让外人瞧见多不好。——摘下手表，当心蹭坏链子。"耿直像手术台上的大夫，处处透着小心。

"这是干什么，我又不是孩子。"魏小山突然坐好，接过水咕咚咕咚喝下去，"我在想事情，你们当我生病了吗？"他拿过毛巾自己擦拭，然后仰脸快活地望着二位。

"县长，我们成功了！"

"嗯！"魏小山含笑点头。

"县长，我们还以为您乐迷糊了。"

"这是全县人民锐意改革、勤于拼搏的结果，是县委英明领导和各大班子齐心协力的结果，是我县改革进程的重要节点，是县域经济实现超常规、跨越式发展的重要标志。"

"县长，你又给咱们县扔了个原子弹啊，我这就去通知市报社发消息。"徐家良手脚不知往哪放，完全乐晕了头。

"选个吉利日子签合同。一定要办个有史以来最盛大的签字仪式，邀请市里主要领导前来主持动工仪式，相信这也是全市难得一见的场面了。"魏小山像盛装在身、准备登上庆坛的将帅般色气鲜妍、春风得意。他已经完全相信了这个事实。"我亲自撰稿，你们安排黄书记做一次专访。"魏小山乘胜追击似的发出指示，感觉自己说出的每句话都像一阵时节的新风，将对世界造成影响。

"这是县里目前吸引到的最大一笔外资，把这比作成功的中法经济联姻也未尝不可！"

"从原始社会一跃进入社会主义！"

耿直和徐家良盯着魏小山的一举一动。魏小山抹抹两鬓，又平平衣襟。

"拿好东西，走！"

"什么东西，去哪儿？"

"传真，向黄书记汇报去！"

徐家良恍然大悟，连往脑门上响亮地拍几下。三人同时大笑。

魏小山带徐家良往外走时，像大战来临前似的边走边不回头地下命令："耿直，迅速通知爱卫办与环卫局，让他们马上开展市容市貌整治活动，直到签字结束后方可停止。"说着嫌怨地往外看，像看一个他厌恶已久的同性。如今事情有了着落，他有种如释重负的深度喜悦。

一场空前的环境整治在整个县城开始了，县爱卫办得到县委与县政府授权，把环境整治当作县城当下头等大事抓紧抓好，任何部门须无条件服从县委办和爱卫办指挥，务必在签字仪式时让整个县城面貌焕然一新。县环卫站从公路段借来各种推土机和铲车，不间歇地清理县城街道内十几处积压多年的垃圾点。县工商部门和建设局联合牵头，对两个农贸市场与沿街摊贩进行整治，一时间长久非法经营的小摊小贩被鸡飞狗跳撵回家，顾客不得不拎着菜篮绕道很远去购物，于是县城内很快传出与政府不一致的杂音。沿街商铺的占道经营行为被戴着红袖章的工作人员严厉取缔，市民私自散养在室外的猪、鸡、牛全被限期遣散农村，每天都能听到牲畜被抽打的痛苦嘶鸣和主人又哭又嚷的吵闹声。畜牧局和兽医站的人扛着枪到处寻找流浪狗，一些狗主人跟在车后呼救不已。任何挂在公众视线之内的衣物都要求收回去，这点特别被党办主任定性为一种落后与丑陋的生活恶习。公厕更被列为重中之重，目前整个县城仍在使用旱厕，没有标准化冲水公厕，是这个地区难以启齿的素质症结。单位、公园围墙、街道电线杆的牛皮癣小广告屡治不除，这次县里下了大决心，发动全城居民开展群众运动，每人每天发两块钱补助和一顿免费盒饭。很多居民喜欢吃盒饭，视这种简便就餐为一种新式生活，报名人数飞涨，场面壮观，让人想起田野里人们应对稻苞虫与棉铃虫的盛大场景。从市区到县城沿路的环境也在整治中。一些重要路口和地势宽阔地带，悬挂着鼓舞士气的红色横幅与标语，刺激着工作人员忘我地付出。环卫站车辆直到晚上十一点才收工，将垃圾全部运送到离县城五公里外的乡下焚烧与掩埋。当地农民跑到县政府门前闹事，县公安局出动警力把带头人请到城关派出所好生一顿教育，并饿了他们一天肚子。县城大桥的栏杆在两天内粉刷得雪白，到时外宾进入县城还要在这里组织秧歌队等欢迎人群，另要给两只镇桥的石狮披红挂绿。街道上不许乱吐痰、乱扔杂物，处罚动了真格的，连一个局长的岳母都没被放过。此次活动影响力瞬间扩大，横亘县城多年的脏乱差终于销声匿迹。人们睁眼发现一个完全不同以往的县城，心里都感慨万千。为保证整治效果，徐家良被魏小山留下督战，每天早上不到六点就起床到街上巡查，然后一大早上班点名整改。——黄书记那边传来消息，不仅四五位市级领导出席剪彩仪式，省里也要派一名分管副省长参加。活动规格之高空前，徐家良丝毫不敢懈怠，努力不辱使命地做好工作。也就在这期间，周妞妞走入他的生活。那天，他下乡检查道路整治情况，半夜回到小区楼下，不知什么时候，她已经等着他，避在一棵梓树下，被半夜的雨淋得精湿。看到他一下车，她冲上前，从湿淋淋的发丝里盯紧他，好似一只无家可归的小鸟。她闪着火焰的眼睛和被夜雨勾勒出的饱满身躯，一下唤醒一个单身男人压抑许久的情欲。他二话没说带她上楼，她抱起衣服仓皇跟上。一关上门，两人就迫不及待却又那么熟悉地搂抱在一起，接下来发生了男人与女人最平常的事情。完事后，她躺在他怀里睡着，他抚摸着她像鲇鱼一样冰冷黏滑的身体，意识到这个县城最美艳的妇人从今天起归他所有了。

魏小山在签字仪式的前两天从外地考察回来。这是一次收获颇丰的行程，他和队员们彻底开了眼，对于接下来天翻地覆地改变县城充满斗志。他受到的最大启发就是"拆"和"建"。为这两个字，整个中国和他一样发愁了好多年，同样为这两个字，他兴师动众花了近一万元和两个多星期的代价才搞明白。他清楚记得自己满头雾水询问对方城市建设经验时，听到人家用"zh、ch、sh"和"z、c、s"不分的北方方言只回答他一个字"猜"。他又第二遍问人家，人家仍笑着回答"猜"。当他第三次想问同样的问题时，自己都不好意思了，尴尬地把目光转向眼前那片被拆得七零八落的城区。这一看不要紧，他马上意识到人家给他的答案，也顿时拨云见雾似的明白接下来整个城市建设怎么搞。同行的人当晚回到宾馆面面相觑，没弄清楚对方葫芦里卖的什么药，直到魏小山吃饭时道出其中奥妙，才恍然大悟，当即在饭桌上进行了一场大讨论，于是一个新县城在这帮主事之人的脑海里迅速成形了。徐家良接魏小山回县城，听到他们在车里继续争论，商量将县城中心的机关大院推倒，建一个全民休闲健身广场，里面配备娱乐健身设施；以广场为中心再将周边平房全部拆掉，改造为大型化、标准化的高档楼房小区，配备物业实行精细化管理；在县城边缘征地，大兴土木兴建现代化的商贸基地，带动县城扩容。此外，新建体育馆和剧院，这是城市功能现代化的标配。说到底，"人民城市人民建，建好城市为人民"，几个人甚至连城市建设口号都想好了。魏小山一行的出色表现为他赢得了人心，原来追随黄书记的人心里发生微妙变化，开始思考如何认真做一件事、做一个官。

经过一番人海战术，魏小山回到县城时，发现原来又破又旧的地方已经被围挡上了，还在主要道路中央上方挂出欢迎横幅。整个县城像洗了个澡。这是目前最好的状态，这样迎接法国贵宾也算尽心尽力了。但他仍有个悬念，那就是边民民对他的个人态度。他乘人不注意悄悄叹息下，而后又突然担心起天气来，望望外面那片灰蒙蒙像永远睡不醒的天空，希望提前备好的标语、横幅，届时不要被雨水淋坏。

签约日期选在8月8日，而这天的签字与开工仪式毫无疑问也是顺利和成功的。签字桌上，摆放着魏小山特意嘱咐徐家良从省城订购的漂亮花篮。这是魏小山一个别出心裁的设计。就在前天他检查会场时突然发现这个疏漏，立即把徐家良叫到一边，要求他一定要在当天早上六点前将鲜花摆到桌面上。县城没有像样的花店，市里也没有魏小山要求的那种高档鲜花，徐家良只得请一起参加全省秘书长培训班的朋友帮忙，再急遣司机连夜赶往省城取货，这样终于在签字这天，把花按时摆在现场。他要求所有机关干部以单位到场，一律穿西装打领带和戴白手套，军队一样列阵。所有流动商贩不准上街经营，从乡下进城的菜车均在离大桥三里外设卡拦截遣返。县城内任何人和车无事不得随意外出，以保持街道干净畅通。为不妨碍签字仪式后赶往开工地点，学校要延时半个小时放学。县剧院顶上的大喇叭全天播放乐曲，为活动营造氛围。参加桥头欢迎仪式的锣鼓队与秧歌队在欢迎仪式后不得解散，继续沿县城主要街道游进，直到人员离开县城后方可停下。总之县城今天其他所有活动都要让位签字仪式，以确保签字过程顺利周全。一些企业家也被邀请到现场，见证Q县最伟大的时刻。徐家良接到楼下司机打来的电话，光身子从被窝里爬起来，周妞妞还想让他睡会儿，他穿好衣服亲亲她，赶下楼去与魏小山碰面。

于是，无论签字仪式还是开工仪式，在台上领导们的欢声笑语中，在台下观众、沿街群众以及邋里邋遢的农民亮晶晶的眼神注视中顺利进行。魏小山如英雄一般受到关注，那种万人景仰的感受难用言语形容，就像他一念咒语，整个县城会悬浮起来。拜托当天是个好天气，也由于各大企业接到停产一天的通知，人们从早上就看到一粒金灿灿的大太阳和刺眼的朝霞，于是争相到户外呼吸新鲜空气。全新的市容、明媚的太阳、蒸蒸日上的生活，还有被传得神乎其神的葡萄酒生产项目，县城人民一大早像被注射过麻醉药似的迷迷瞪瞪，以至于过节一样买好鸡鸭鱼肉庆祝。当天上午十一点半，那支浩浩荡荡的车队从县政府院子驶出，整个县城鞭炮轰鸣、鼓乐齐奏。小学生组成的仪仗队手持花束和三角纸旗沿车队两侧行进，在班主任老师的指挥下整齐划一地表演。魏小山不时用那种情人在蜜月里的怜爱打量边民民，然而边民民不仅受到他一人热捧，连副省长也全程伴随左右，仿佛父亲怕女儿走失一样加以看护。这种公然的接近甚至不避讳场合，让见惯官场习气的人亦感到汗颜。然而事情发生在这样一个隆重热烈的场合，来人又是这么一位手眼通天、声名显赫的人，自然谁都不敢怠慢，于是这个为人不齿的小插曲很快被这场席卷全县的浪潮抹平了。魏小山努力从边民民那里寻找两人不久前发生过关系的蛛丝马迹，对她所做出的每个举动都付诸想象，就算被冷眼相待，也努力替她辩解。他始终觉得边民民是冲着他才来这里投资的："只要有点智力的人都会这么想，她来这里是由我们的一段情缘而起。如果她不喜欢我，之前的一切又作何解释？只要我们结合在一起，世界就是我们的。"——露西卡与卢卡斯也来了，见到这般阵势兴奋不已。农民们被警察挡在外围，但他们几乎不看台上领导，只管盯住黑炭似的露西卡取笑。卢卡斯严谨地打量众人，被无边无际的人海震惊了。他像参加漫长繁复的婚礼，好在这里的人非常友好，他觉得他们像教徒一般谦卑。

　　边民民被众星捧月地簇拥着，双唇紧闭，全程不多讲一句。当别人凑上去要同她讲话时，她只仰起雪白小脸，把身子略偏一点。只有魏小山可以挨近她，用令大家羡慕的姿势与她攀谈。仪式实在太冗长了，就像给喜欢跑步的她穿一双铁鞋。天气非常炎热，周围的人全在淌汗，她几乎晕厥过去。她想嚼粒冰保持清醒，可工作人员偏偏送上的是热毛巾。奠基仪式现场，大家拿起系着红绸的铁锹往场子中间走，她也拖把大铁锹往前去。副省长殷勤陪伴左右，她只点头不应和。县城的一个婚礼司仪被请来主持仪式，好像离了稿子他就说不出话。当大家一起停下时，远在一百米外的礼炮齐发，震得地面瑟瑟发抖。外围农民在听到第一声礼炮轰响后，试图突破警戒线。他们的脸上又悲伤又愤慨，情急下大喊起来。卢卡斯不懂汉语，皱起眉头问：

　　"他们在干什么？"

　　"他们在感谢政府呢！"黄书记机智地回答，旁边的省市领导含笑不语。

　　"为什么把他们拦在外面？"卢卡斯格外关注那边的情况。

"哦,大概因为他们过于激动吧。葡萄园和酒庄项目占用了这里的土地,他们将得到一大笔补偿。今后他们可以像城里人那样上班挣钱,这个项目将带给他们莫大的改变。这也意味着身份的转变。"黄书记说完,听翻译流利地译话,眉骨在日午强烈的阳光下像只笨重的蛾子在挣扎。一边的边民民鞋子陷入土里,费力地拔出,拒绝众人同时伸来的手。

"我不能理解!"卢卡斯吞下黏稠的唾液,汗流浃背地冲着黄书记摇头、摆手。

"这意味着他们将从农民变成市民。"

"我还是不明白。农民不是一种身份,而是职业,与公关经理、投行业务员、汽车组装工是一样的。"

"是的,卢卡斯先生,我们正在改革,一切会变成你说的那样。"

"这个项目在法国只是一项普通的商业活动,完全是公司行为。在这里却变成政府行为,连我们这种微不足道的人物都享受元首般的待遇。"

"我们的政府就是这样鼓励发展经济的,这就是我们称为'改革'的原因。"

"卢卡斯,你来对地方了,这里信仰马克思,他可是你了不起的老乡。"露西卡笑得合不拢嘴,好像大日头只对她开恩似的。黑人与生俱来的快乐天性,就是遇到狮子也在笑。

卢卡斯仍旧迷惑,把目光投向远处朦胧的山水间。

"露西卡,你觉得这有趣吗?"

"你的德国病又犯了,为什么不享受这种氛围呢?如果万小姐允许,我会把 Linkin Park 的歌曲放在这里唱。"露西卡冲卢卡斯翻翻白眼。卢卡斯最受不了她这一点,她连做爱时也这样。

这时主持人告诉大家可以开始了,声音激动得颤抖,通过话筒传出来,好像在空旷的绿野里颠簸过一辆破车。领导们自觉站成一个标准圆,几级电视台争相上前,混乱中透出严格的级别顺序。礼炮响后,所有人静下来听主持人说话。机关干部阵形整齐,统一佩戴的白手套里拽紧拎着彩色气球的线。徐家良在他们中间维持秩序,不时提醒个别人站直或不要说话。卢卡斯捏着发痒的鼻根感到失望,他想同那些跃跃欲试的农民握手,因为他们才是他接下来的生意伙伴。天空似乎也收缩了,好像这里是湖盆的中央。

"尊敬的边女士,各位领导、贵宾们,女士们,先生们:8 月的天气格外迷人,8 月的鲜花分外明媚。今天,我们怀着激动的心情,迎来 H 省 P 市 Q 县一千亩葡萄园暨五百吨葡萄酒厂动工奠基仪式,请各位领导嘉宾上前一步,一、二、三,培土!"话音一落,领导和客人先是相互谦让,然后同时挥锹往提前埋好的一个水泥桩上培土。翻译快速凌乱地翻译，同时努力不挡住领导的镜头。机关干部应声放飞气球，在徐家良带领下拼命鼓掌。农民中的小孩们追着天上的气球跑，大人则欢蹦乱跳，将棚子下音响师换上的《运动员进行曲》彻底压下去。一帮十二个身着红色旗袍与绶带的女模，在领导身后往空中喷射彩色纸屑，刚才领导在台上左一轮右一轮讲话时，其他人就盯着她们打发时间。培土象征性地持续三分钟后，领导们就回头互相握手道贺了。卢卡斯十分不解，为什么不把坑埋平？几个重要领导和边民民被围住采访，卢卡斯独自挥锹把坑填平。等众人散去，一个工作人员过来夺下卢卡斯手里的铁锹，热情恳切地请他速回县城用餐。露西卡回头看农民们已经爬上凉棚争抢桌上的水果和鲜花，张牙舞爪好似食人蟹。其他所有人，包括领导、警察、模特和机关干部，蟑螂避光一样争先恐后往车里钻，然后由警车开道，队伍一骑绝尘，消失于朦胧天际。露西卡从依维柯里向卢卡斯招手，卢卡斯暴露在外的皮肤像喝过血一样殷红。他气喘吁吁跑上车，这时整个场子只剩下他了。车上，边民民、露西卡和魏小山都不说话，口渴似的眯起眼，被外面不诚实的炎热扫了兴。

　　午宴算是活动的又一个高潮。政府的组织效率不可谓不高，是一次从面子到里子都得分的胜局。宴会约消耗黄牛肉 60 公斤、成年大羊 5 只、鸡 45 只、鸭 50 只、鸡蛋 30 公斤、带膘猪肉 4 扇以及各类蔬菜 100 公斤，另外喝掉县酒厂的白酒 38 箱，合计 227 瓶。从这里升迁出去的高副市长为让家乡出彩，钦点市里大酒楼的名厨前来掌勺，于是厨师们像参加厨艺大赛般争相亮出绝活，惹得食客一片叫好。宴会地点因为政府食堂容不下 300 多人，临时安排在县高中食堂。高中生们只得排队到县政府食堂吃饭，吃完后垃圾丢弃一地，气得食堂师傅破口大骂。全县副科级以上干部接到通知必须出席宴会，结果其他干部下午乘机溜号。后勤老李一边骂一边捡拾被高中生折断的花枝，之后用蛇皮管给院子中间的花坛浇水，多余出来的水像群蛇游到马路中央。县歌舞团难得有机会为省市领导和外宾表演，团长即使没有节目，也把自己打扮得跟仙女一样，当别人在台上卖力表演时，她带着长相出众的年轻女演员给来宾一一献酒。当轮到为这次活动特地编创的《走向辉煌的 Q 县》时，她亲自披挂上阵指挥。演员们上下整齐站了三排，把慷慨激昂的歌声像瓢水似的泼下去。当最后一句收尾时，女团长猫腰往上一耸，然后几十个人以同样动作像往天空喷火一样乍然大喊，整个宴会厅便像被烈火点燃一样。合唱巨雷似的响过后，留下一片狼藉盘盏。

　　如果不是天气那么好，活动又这么成功，魏小山想见边民民的心情不会这么急迫。黄昏中，偌大的市民广场像个精心布置的豪华剧院，四周高大的梧桐树像大理石立柱，有力挺拔地支撑起一个蔚蓝穹顶。晚霞就是从这样的天上，穿越冰块似的云彩投放五彩光芒，喷泉像娇羞的少女和着乐章低语。一处多么适合表白与赞美的地方，能邀她到这里走走，该多么惬意啊。——魏小山把边民民送回市里，还住原来的酒店，但副省长特意嘱咐一切费用由市里承担。露西卡回房间洗澡，湿淋淋地唱歌，同时希望天黑后卢卡斯到床上给她读菲莉斯·惠特莉的诗歌。卢卡斯酒气熏天，能一口气喝下五加仑啤酒的他，酒量竟然输给比他矮小许多的中国人，让他非常丧气。魏小山不甘离开，看华丽如宫殿的广场，觉得不能错过这样的良辰美景。他强烈希望两人把恋情确定下来，认为现在是攻陷她的最神圣时刻。明眼人都能看出他在攀高枝，所以就算出点洋相，对于野心勃勃的他来说，就像厚脸皮应对一个嘲笑而已。边民民声称要换衣服，不管年龄多大的女人，总是怕热。魏小山细听屋里的动静，幻想一开门便冲上去抱紧她，用最深沉热烈的激吻致晕她，然后顺势跪下向她求婚。他把怎么抱、怎么吻和怎么解释等各个细节都想好了，像一个工程师在图纸上标出建筑构件的功能与数据。

"谁呀？"边民民明知故问，对魏小山的纠缠既感到厌烦，又想不出不搭理他的理由。

"我，小山！"魏小山望着门微笑，好像它就是边民民。

"哦，你没走？"

"我有话说。"

"我累了，不想见客。"她的声音因为生气没加修饰，所以听着沙哑和苍老。

魏小山却坚决认为边民民是故意这么说的，有如游戏开始的前戏。他重新整理下衣服，情欲催动得他想入非非。他不再多说，专待门一开闪身而入。

边民民反身靠门，知道男人一旦情欲萌生便会做出各种傻事。窗外天气十分迷人，她却好似在享用一盘没有蛋黄酱的沙拉。

"你走吧，改天再说好吗？"她用最大力气喊，想象像暗红的光中，一颗马头诡异地出现在空气中。

魏小山听到里面乌鸦一样的叫声，但那声音于他如同天籁，他将整个身子贴上门去："五分钟，五分钟可以吗？"魏小山知道自己在说假话。但沉溺于情欲的男人哪有什么道德观念，可以把一整夜当作五分钟。

边民民不是小女孩，知道床笫上的男人毫无信用可言。他们的目的只有一个：哄女人高兴，让自己满足。这唤起她的野性，盯在外面，眼眸中燃起火苗。

"五分钟？好吧。"边民民犹豫着，动作缓慢。然而既已答应，就不能不开门。

可门还只是开了条缝，魏小山就像公牛似的强闯进来。边民民连忙往回跑，好像假若受到侵犯，她就要跳楼。

"你要做什么，小山？"

"我不小心跌进来了。"

"你一直在门外？"

"我——"魏小山膝盖发软，支吾着说不出话，眼睛不知往哪儿看。

"小山，怎么回事？"

"边姐，嫁给我吧！"有一股神奇的力量，将魏小山猛地往前一推，单膝跪在边民民身下。

"你说什么呀！"她耸高半截身体，防着什么似的要躲开。

"民民姐，上次我们不是……"

"小山，我是来做生意的，上次就说清楚了。"

"可是……"

"没什么可是，我就是做了一回好人，让你误解了。"边民民迅速扯高胸口衣服，将两只小桃似的东西藏好，然后幽怨地看着外面。

"边姐，我和别人不同。"

"什么不同，难道你多长出两个指头？"边民民不耐烦地走到一边，镜子对面是仿制俄国画家伊万·尼古拉耶维奇·克拉姆斯柯依的《无名女郎》，正严酷审视整个房间。据说这女郎就是列夫·托尔斯泰原著中安娜·卡列尼娜的原型。"她通过一段风流韵事留下美名，我亦不甘心平淡无奇的命运。"她拱起毛茸茸的嘴唇想，内心有一股子狂野。

"边姐，我不同于别家子弟——"

"你凭什么这么说人家！"

"我要让这个国家成为大家的国家，每一个人的！"

"你说的我一点不明白！"

"我要实现自己的理想国。"

"什么理想国？"边民民停住，把小脚从桌边收回，深色瞳仁放大，闪身挨近杏黄的丝质窗帘。

"我要好好施政，用改革思维建立一个全新的社会典范。"

"唉，对我一个女人说这些有什么用。你要向她求婚，就该送她喜欢的东西，这比说一万句'我爱你'管用。你说要建一个理想国，改革不就是要建设一个全新的中国吗？"

"可改革只是一个思路与途径，未来社会到底怎么样，每个人可以期许。"

"摆脱贫困，建成小康社会，'三步走'战略，实现民族复兴，建成现代化强国，中央在这方面是有所作为的。现在每个国人都被调动起来，像战士一样冲锋陷阵，国际社会也感受到这股力量，所以他们研究和重视中国。身为海外华人，我最清楚这一点。"

"我的理想国不是凭空捏造，它是一整套社会体制与制度，最大特点是自我循环与更新……"

"不就是法治社会吗，不就是公民社会吗？小山，这暴露出你读书太少、见识太少。说白了，你的想法如同读过别人著作后的二度创作。"边民民一边很同情这个跪在地上的年轻人，一边嘲笑他的幼稚，"快起来吧，我可受不起。"

"改革是我们民族实现永生的唯一的也是最好的办法，可以避免全部悲剧。而理想国就是它的愿景，由此上至全人类的愿景。"

"我只关心生意与投资。你能给我更多优惠政策这或许能打动我，可你谈的偏偏是我不喜欢的政治，这我就难以苟同了。我相信大多数人和我一样，一万年以后的事情不是我们要考虑的。如果你真的喜欢我，就应该多帮帮我。"

"我就是在帮助你，让我们一起为那个大同社会而改变。这是全人类意识，超越一般人性。"

"你没懂我的话。"边民民失望地将手腕一垂，像没把持住自尊心一样。

"我怎会不懂，您就是嫌我的家世不如您！"

"多俗套啊，连吃夜宵粉肉的欲望都没有了。"边民民瞅一眼，痛苦地想。

魏小山以为说动了边民民，继续向前逼近。

"回去吧，小山，你的事，我会帮忙的。"边民民慢慢坐回床边，等魏小山自动离开。她寻思一遍，发觉自己欲望大得像虎鲨，找到的却是一尾梭子鱼。

"边姐，那之前算什么？"

"我说了，小山，你的事情我可以帮忙，你还要我说什么。我倒是想求你，为什么不把土地再便宜些转给我，因为按照中央最新的三农政策和扶贫政策，别的地方可能提供更廉价、更肥沃的土地。"

"可您之前也承认 Q 县有最适合种植葡萄的条件呀！"

"这不是必要条件，小山。"

"我们不是已经签订协议、举行动工仪式了吗？"

"总之，小山，你欠我一笔！"说到这个，边民民兴趣浓厚，从床边站起，主动到魏小山面前，眼神变得既善良又聪明。

"哦，这个农民们不会答应。"

"那好，税收呢？"

"我不是给您最优惠的税收了吗？您享受的是我这边从没有过的力度，你们整个建设期免税。"

"那么进入经营期呢，是不是可以给我们一定的返税额度呢？我这是农业项目，前期投入和运营成本多大呀。"

"露西卡和卢卡斯告诉我那是五年以后的事了。"

"所以这五年我完全是给你做公益，把钱撒在你们这穷乡僻壤。小山，你说，我是不是在帮你？"边民民讲得滴水不漏，小心地看魏小山的反应。

"这不是我说了算。"

"好吧，现在你能做什么？"

"什么？"魏小山彻底被边民民弄蒙了，他不再把她看成一个贪婪爱情大饼的蠢女人，而是一个精明到骨头的伶俐鬼。

"唉，你不会揣着明白装糊涂吧。"边民民脚底无声。"你还是起来说话吧！"她冷冷地说道。

魏小山扶着桌角站起，不免有些狼狈："边姐，再听我说说理想国吧。"魏小山仍觉得这是自己争取爱情的撒手铜，不肯放弃使用它。

边民民立即把脸扭到一边，指尖摁到翡翠鸡心项链上，胸脯剧烈起伏。房间昏暗安静，隔壁又响起露西卡没心没肺的歌声。

"只有您这样的人才关心和体会得到这个，只有我们这样的人，才热衷于一个国家乃至全人类的事业。对不对？"他往前蹭，想抓住她，没想到她早有戒备，像商场旋转门似的转到别处。屋里闷极了，外面半透明的天空像咸丰年间的蓝釉彩瓶。

"小山，到底让我说你是高尚还是幼稚？为什么不务实，好好干点实际的。你不要撞了南墙才回头。"

"我要确立雄心大志。它不是凭空而起，如果我对别人讲，他们一定会说我疯了。但如果对您讲——"

"外面要下雨了。"边民民彻底失望了，甚至懒得装腔作势，用疲惫乌黑的眼睛僵滞与迟疑地看着魏小山。

"边姐，我不会让您失望的。改革不仅适用于中国，更适用于全人类。"

"不要把所有改变都称为改革。开始你让我看到过希望，但很快因为不是那么回事令我失望。"

魏小山还要说下去，被边民民坚决制止。她已经走动起来，魏小山从她冷酷的脸上分明感知到这一点，觉得通往权势的门朝他徐徐合上了。

"边姐，我们算结束了吗？"魏小山浑身乏力，站着发晕。他苦着脸，难看得像垃圾桶里霉坏的水果。

"去冰箱里取支冰激凌给我吧，感谢你和市里的周到安排。"当边民民转而成为事态的主动方时，娇滴滴的欲望马上重现了，背过去悄悄上下打量魏小山。

"再见了，您早点休息吧。"魏小山像满嘴沙子说不出话，又像路上抢劫却无功而返。

"你还没答应我的要求呢。"边民民打开灯，让自己在这个豪华总统套间像座印度女神一般辉煌灿烂。她睁大眼睛，宽怀清纯，和蔼可亲。

"一切不是已经结束了吗？"魏小山边说边开门，看到电梯里出来一帮说说笑笑的客人。他本能地想躲开，觉得自己是个人流中的无人问津者。

"你要帮我申请农业补贴。"边民民说得直截了当，挪身堵住魏小山，"国家部委的产业政策里有这一条。"

"这些不是提前沟通过吗，能做的我们都做。"

"尽快行动，抓紧落实。"边民民大度地甩出手，抓住他没放，嘴角的笑像攀高的泰坦魔芋。

"她想干什么？"魏小山意念里一阵电光石火，伸手掐起边民民的小蛮腰，打算一溜烟将她掳上床。可她踮脚提臀往后一跳，用头抵住他胸口，像愤怒的小羊把他一气顶出门外。

魏小山独自爬起，垂头丧气地乘电梯离开。

边民民最终确定魏小山离开，这才回到镜前细观自己："人类的智慧为什么一定要与年龄与生理衰退相伴，以至自己不能做个完美女人。"她想起卢卡斯，便往露西卡房间打电话，果然没人接。盛怒之下，她光脚跑去敲卢卡斯的门。

"谁呀？"露西卡充满淫荡的声音让边民民想变成喷火龙。

"露西卡，开门，我要同你谈工作！"边民民好像嫌恶自己头发多似的摆弄不停，劈腿叉腰站着，并打算用红指甲的脚踹门。

门好不容易开了，里面的露西卡装扮得像里约狂欢节上的女郎，就差背上插几根羽毛。边民民进去，在卫生间一眼看到一丝不挂的卢卡斯，浑身毛茸茸的，像只巨型猪仔，内裤褪到膝盖处，伏在坐便器上发愁。

"我来照顾他，他拉肚子。"露西卡搔首弄姿地解释。然而没等她说完，就被老板从地上捡起一件胸衣扔过去。露西卡一路狂奔回到自己房间，剩下边民民和卢卡斯面面相觑。突然卢卡斯底下发出一连串怪异声响，然后如释重负地直起腰，脸上泛起幸福红晕。

"这下舒服多了。"他轻松笑着，一边按下冲水键。边民民看到这一幕，稍前欲望顿时随卢卡斯身底隆隆的水声流走。她再没有任何想法，捂住鼻子逃回去，剩下卢卡斯轻轻摇头。

十八

高副市长应约前来 Q 县出席二级公路竣工通车典礼。这个困扰当地多年的老大难问题终于在魏小山就任县长两年后完工。这个项目作为戴帽子工程，前年就被省政府列入重点项目清单。公路全长 49.8 公里，总投资 320 万元，利用上三级专项扶贫资金建设，由于山区地质条件差，耗时近两年才建成，终点是徐家良原任乡政府的所在地。它将位于深山的四个偏远乡镇与县城连通起来，令先进的生活方式和文明行为迅速从县城传播到乡村，带动全县民众从生活面貌到精神面貌发生改变。路名由黄书记钦定，请高副市长题词，刻在从县城进入山区的入口处。此外，水库建设也进入报批阶段，由魏小山亲任领导小组组长，办公室主任由徐家良兼任，县政府大楼专门腾出一个房间作为办公地点。这次公路的贯通，在某种程度上为顺利推进移民安置创造了条件。魏小山的一次次大胆尝试取得了成功，让他的威信大增，虽然鬓角生出些许白发，但信心满满，干劲十足，觉得这是极具沧桑感的魅力。一个多月前的求婚被拒，现在他像个没事人一样，陪高副市长参加完竣工庆典，有说有笑地返回县城。

"小山，我没看错人，干得漂亮！"高副市长坐在副驾位置，魏小山坐在后面。与以前相比，高副市长的脸变得细腻白皙，头发也乌黑浓密起来，整个人散发出精致气息。

"老领导过奖，是国家政策好。"魏小山由于劳累，双颧和下颌棱角分明起来，但因为保持着高昂心志，所以仍像件金属熠熠生辉。

"是啊，要抓住机会出成绩。"高副市长带着重返故土的喜悦，兴致很高。"不要超车，让我好好看看两边。小山，不容易啊。"他参照路两旁的新旧对比，激动得频频点头。

"说到底有各方面的支持，才有 Q 县的今天。"

高副市长不说话了，此时他的情感像斟满的酒杯，顶端颤巍巍凸起，随时要溢出。他由衷为自己战斗过的地方而高兴，为培养出魏小山这样的干部而骄傲，也打心里为县城的神奇变化而欣喜。当他看到新扩建的变电站闪着银光和到处穿越城乡空中的电缆，看到田野里开始丰收的新品种庄稼，看到沿路村庄不断盖起的民居小楼，各类饲料、化肥、家电广告密集出现在沿途，以及午后微风中两旁被密植的银绿泡桐树，等等，他感到国家力量已经对接到基层每根神经元上，社会管理再无遗漏与死角，改革蔚然成风，形势蒸蒸日上。

"高副市长，高副市长？"魏小山连续多次从后面轻轻呼唤。

"什么事？"高副市长在被魏小山温柔唤醒后，清醒和知足地询问魏小山。

"高副市长，回城歇歇吧？"魏小山始终对高副市长怀有崇高敬意，便真心挽留。高副市长喉咙里呃一下。车辆正经过一个忙着收秋的村庄，金灿灿的稻谷被割下铺摊在公路上，由过往的机动车辆顺带脱粒。一些色彩夺目的鸡，眼神凌厉地盯着在路边玩耍的小狗。刚放学的孩子，结着伴高高兴兴回家。四五辆长着蜻蜓头的红色拖拉机不断把货物拉来卸下，然后又奔赴疆场。远方明净的天空与虫体般柔软的山峦，把天地舞台的纵深延续到视线最远处。但有人在收割干净的田地里焚烧秸秆，浓烟随火势升到空中弥漫开，污染了晶莹的天空。唯独棉田仿佛被整整齐齐切割出来，褐色叶子卷起，棉桃粒粒饱满，点缀其间。

"又是个丰收年。"高副市长缓缓说道，一边请摄像师把这些熟悉的画面拍摄下来。

"是啊，今年粮食产量应该创历史新高。即便整体上价格有所下降，但产量增加，所以农民总体上是增收的。"

"小山，这就是做与不做的结果。小山，我现在的心劲和你们年轻人一样高。想想过去，我们浪费了多少时间与机会。"

魏小山听后沉默，既欢喜又忧伤地看着外面。

"对了，葡萄园项目进展如何？"车子走出一段后，高副市长问道。

"喏，您看外面。"

"巧啊，刚说它，前面正好到了。"高副市长应声往外看，只见远处最高的几座山丘上，竖起几块白色牌子，每块牌子上写着一个巨型黑体字，连起来正好是项目名称。在这些牌子下面，一辆辆耀眼的推土机与卡车分散在坡地上缓慢、奋力地作业，新翻出的泥土像橙色的波纹线从远处扩散至路边。其间插有许多彩色小旗，在微风里猎猎招展。仔细看，一个戴安全帽的人举一面小旗指挥，嘴里好像还吹着只哨子。

"过去看看吧，请您提提意见。"

"可以看，但不提意见。"

不久后，高副市长率众人来到高处，搭手往下眺望。他很久没欣赏到这种乡野景致与山河气势，只见新鲜的泥土在午后阳光里放着光，新开挖沟壕的阴影与上面的亮光形成非常漂亮的斑马纹。无数小虫子像一团团烟雾四处飞聚，明亮的远河如同丝带蜿蜒至远山下。

"同志们，看，这就是人家做事的水平，值得我们学习和改进啊！"身处一览无余的天地，高副市长声音像只扑棱棱飞起的大鸟。

大家频频点头，赞叹与感慨。

"是啊，我们把离县城最近、最好的土地交给他们。您瞧，由副省长关照，这里已经划入重点农田保护区，解决了他们的后顾之忧。"这里的乡干部殷切补充。

"哦，你什么时候调到这里当乡长了？"高副市长认出这位老部下，斜起头问。

这下尴尬了，老部下脸憋得红红的，头发里长出虱子似的不断挠，像有话不便讲。

"是这样，上半年县里进行干部调整，把他安排在这里了。"魏小山在一旁作答。

"哦，我看简报了，搞得不错嘛，在全市带了个好头，很有魄力。"

魏小山嘴里说好，心里一阵叫屈。上次招考黄书记瞒天过海骗过他和全县人民，招来的几乎都是与其有裙带关系的人。他虽是副书记，却没能说上一句话。更不幸的是，他手下几个非常得力的干将也被黄书记乘机换到下边，毫无悬念地印证了徐家良的担心。他无力回天，只好从心里凄凉地宣布：此次活动以自己完败告终。

高副市长意识到其中问题，但装起糊涂。

"小山，怎么没见小周，她也调动了？"高副市长快走几步，魏小山跟上，于是高副市长一边环视远山，一边压着声问魏小山。

"没有，还在这里任常务副乡长。"

高副市长仿佛没听到似的又往前走，登上一个小土坎，冲后面的人大声道："我们身为领导干部，一定要在其位谋其职，千万不能愧对时代和人民。"跳下来，他把沾上泥土的皮鞋跺了跺。

"她怎么没来？"

"这个我不清楚？"魏小山红着脸说。他没想到高副市长仍惦记着周妞妞，之前还以为他们彻底了断了呢。他把徐家良叫到一边，让徐家良向乡长了解周妞妞今天去哪儿了。

"她今天肚子疼，在家休息了。"

"你知道？"

徐家良红着脸不说话，默默点头。

"好吧，一会儿回县城叫她来，陪高副市长吃顿饭。"

"我说了，她不舒服。"徐家良突然变个人似的语气生硬，对魏小山都不客气起来。

"家良，怎么回事？她是这个乡的领导，高副市长也是老领导，一起吃个饭很正常。"

徐家良被魏小山顶得没话说，脸生病似的苍白，看天高云淡的高副市长，像被踩在脚底一般萎靡。

"高副市长，家乡父老有些日子没见您，都想和您叙叙旧。"

高副市长点头同意，大家立刻群情振奋。

距土路三四十米开外，一个农民老汉将近中午也没回去休息，正揪着一只低头吃草的大母羊。母羊两侧各一白一青两只小羊在玩耍，不时对母亲咩咩唤几声。高副市长俨然被三只畜生间的亲情感染了，饶有兴趣地多看几眼，一种身为父母官的心意像酒劲攒上头。

前面到了刻着"永久基本农田"的水泥碑牌，老部下请高副市长与大家合影。高副市长不假思索地同意了，神采奕奕地站到石碑前，其他人见状围上。对口他的市日报社摄影师早习惯抓拍他的最佳动作，只等他下一秒做出最亲民的举动便按下快门。就在大伙在烈日下努力保持亲密与激动时，高副市长突然叫停，吩咐老部下把远处的放羊老汉叫来一起拍照。老部下赶忙跑去，和那个老汉交涉一番，就见老汉拽着那只死活不肯挪窝的大羊往这边来，两只小羊也拼命叫着追上来。

"来来，给老人家挪个地儿。"高副市长让老部下给老汉让地方，老部下眼巴巴看着位置被占去，心想事后取消刚答应老汉的五块钱照相费。摄影师蹲在大伙前面，提示大家注意队形，然后调整焦距。大伙都乐呵呵的，生怕照得难看让高副市长生厌。可能受摄影师指令的惊吓，伏在老农膝下反刍的大羊突然挣脱缰绳，像马似的立起身，俯冲撞向旁边的高副市长。亏得高副市长眼疾手快，踢键子一样抬高腿躲过。老汉吓坏了，大声呵斥，将手里的缰绳抓牢。但母羊得了魔怔一般不依不饶，瞪着高副市长后退几步继续冲撞。两只小羊抽空想往母亲身下潜，却遭狠心的母亲重重刨两蹄翻倒在地。慌乱中，老汉也摔倒了，阻挡了其他人救驾。一时间这里像发生交通事故一样混乱，有人上前阻止羊，有人张开胳膊保护高副市长。那只羊仍不气馁地一下一下进攻高副市长，任凭老汉咒骂它祖宗也不管事。高副市长一把推开那些保护他的人，单枪匹马想抓住羊的两只角，没料到羊狡猾地退了回去。

就在众人无计可施时，徐家良突然横刀立马冲在羊与高副市长之间，用那种完全的土话扯嗓子骂："畜生，嚣张你了，当心爷爷抹你脖子！"没想到这话居然起了作用，那羊悄悄站下不动，听懂话似的，眼泪汪汪。

"家良，你这一嗓子堪比张翼德长坂坡吓退百万兵啊！"高副市长怔了下，旋即竖起大拇指夸赞徐家良。

"市长，这就是只羊啊。"徐家良没了刚才的气势，扭头不看高副市长等人，退回人群。与别人猛劲巴结高副市长不同，他对这个老领导不冷不热，让高副市长觉察哪里出了问题。大羊跑走了，率领两个孩子飞奔而去，老汉在后面手里晃根空绳子，急着往上赶，很快一起消失在对面坡下。

"高副市长，喝口水压压惊吧。"秘书递上保温杯。高副市长一把挡开："走，回县里。对了，怎么没见着对方项目负责人？"

"在那儿！"老部下指着远处那个正在推土机前面指挥的小黑影说。

高副市长脸色顿变，下属们纷纷感到害怕。魏小山上前一步，同样面色凝重。"高副市长，他叫卢卡斯，之前与边民民女士一起来参加开工仪式，之后主动申请到这里工作。"

"一定是我们的真诚打动了他。小山，你尽管放手干，你的成绩市委、市政府心里有数。"

"高副市长很快要调任省里了。"高副市长的秘书在魏小山往远处看时附在他耳朵上说，但声音非常响亮，其他人都模模糊糊听到。高副市长拍拍魏小山肩膀，用这种传统方式表达告慰之情，然后意味深长地冲魏小山笑了下。

"我这就把他叫过来！"——老部下更急于表现了。

"算了，就由你简单汇报一下吧。"

"中国人各方面的素质都有待提高。"徐家良冷不丁冒出一句。

"哟，徐主任终于肯说话了。"高副市长听到徐家良说话，便开起玩笑。

老部下汇报后，高副市长未做任何指示，带头回到车上，一帮人忙跟着他回县城。

徐家良早在一家南方老板开的海鲜饭店订好雅间，高副市长在大家簇拥下往里面去。魏小山见徐家良仍不怎么正视高副市长，忙把他拉到一边。

"小周到了吗？"

"到了。"徐家良冷冷回答。

"到了怎么没出来迎接领导？"

"在里面呢，里面总得有人招呼吧。"

"家良，你怎么了？"魏小山连连觉察徐家良不对劲，却猜不透原因。

"没事，魏县长，我突然有点累了！"

魏小山觉得是自己的问题。自打当上县长，自己没好好休息过一天不说，害得徐家良和耿直也跟着连轴转。如今听徐家良这么一说，他拍拍徐家良后背，表示明白了下属心思。

高副市长进了雅间，抬头看到周妞妞，见她剪成短发，身着双排扣大领上衣，正毕恭毕敬站着，神态似有几分难为情，双手放在身前不断搓着。

"嚯，像香港酒楼。"一段时间没来，Q县变化之大让高副市长吃惊。

"欢迎高副市长，先到里面洗漱下吧。"周妞妞小声说，但话语紧张，神情别扭。

房间里吹着凉风，回响着钢琴曲。高副市长去洗漱，其他人解放了心情，愉悦地交谈。高副市长出来后，心情看着比任何时候都好。跟在他身后的周妞妞面红耳赤，显得有点僵硬。

众人吃着空运来的热带水果，神情坦然又崇高。高副市长被家乡的热情款待感染，彰显一副高瞻远瞩的面容。他接受大家的敬意，却不肯多说什么。当菜陆续上齐时，魏小山猛地发现徐家良不见了，再看一圈人里，轻衣罗纱的周妞妞也不见了，于是借口上卫生间去找徐家良。

出房间左转，在走廊尽头的楼梯口，他听到徐家良与周妞妞的对话。

"你到底承不承认？"徐家良尽管压低声音，但仍然很愤怒。

"家良，我怎么说你才肯相信，我们真的什么都没做。"周妞妞哭着争辩。

"我就是个没用的人。"徐家良悲哀地说。

"他只是问我这边的情况，家良你要相信我。"

"还骗我，你回来时上衣扣子都系错了。"徐家良抹着泪。

魏小山听得一阵慌乱。

"家良，他答应过些时候提拔你任县委宣传部部长。"

徐家良冷笑下，朝旁边呸下，怒气冲冲离开。周妞妞捂脸失声痛哭，她真不知该怎么办了。刚才在雅间看到高副市长的那一刻，她真想找个地方躲起来。可魏小山钦点她接待高副市长，她只好硬着头皮来。一见面，高副市长连朝她眨三下眼睛，这是他俩私下联络的暗号。她本想装没看见，可想到魏小山与徐家良，只得陪对方去洗漱。现在，她苦心经营多时的平静生活又被摧毁，觉得天塌地陷，软软靠在墙上生无所恋。

高副市长视察当月不久后的一天，魏小山一路淌着温情泪水从乡下回到县城。

此番称其为一次私下拜访更为妥帖。魏小山带着全部诚意去见那位远道而来的客人——卢卡斯。魏小山觉得更像去膜拜一个圣人，因为农民们几乎快把这个卢卡斯神化了。当他走进房间，看到卢卡斯正戴着一双白手套，巨人特斯拉似的伏身桌上忙碌，整个人看上去乱糟糟的，根本没有一点常人印象里跨国集团高层的派头。耿直要提醒卢卡斯，被魏小山拦下。不想卢卡斯发现魏小山，立刻合上古铜色的册子站起，同时像被发现房间秘密的孩子一样歪歪肩膀，腼腆笑笑。他汉语有些生硬和拐弯，但已经非常流利了。

"县长先生，您什么时候到的，怎么不提醒我？"他扯下白手套，抬高摇橹一样的双臂，把一双有温度的大手递过去。

"没打扰到您吧？"

"说实话，有一点。再晚点的话，我的案头工作就做完了。不过没关系，我正需要有个朋友好好聊聊呢。"

"我可否知道您刚才在做什么？看您那么投入，我非常感兴趣。"魏小山非常好奇，他刚看到卢卡斯舌头用力抵着上颚，双眼睁得大大的，把一张张粗劣的纸片夹进精美的硬皮册子，动作比一个乡下绣娘还要轻缓。

"当然可以，这些都是我拍摄下来的农民朋友。我相信此生再不会见到比他们更勤劳善良的人们了。我要把这样的资料珍藏一生。"说着，卢卡斯重新戴上手套，用镊子打开册子。魏小山看到他一脸神圣，也马上庄重起来。"就是这位先生，他对我说想自己造一台马铃薯种植机，我不认为他是开玩笑，希望他有勇气去尝试。"卢卡斯指着照片里一个年轻瘦削的青年说，"这个呢，就在我的葡萄园里帮忙。她是个可怜的人，愿上帝保佑她。"卢卡斯在胸前画个十字，然后向魏小山与耿直解释，"她丈夫在南方一家制胶厂上班时腹部受伤，她不得不养活全家。等葡萄园建成后，我会给她丈夫安排一份工作。他的手完全没有问题，可以坐在轮椅上工作。"卢卡斯仿佛在说自己的兄弟姐妹一样饱含深情，真情实意比珠宝更楚楚动人。

"卢卡斯先生，我很惭愧！"

卢卡斯摇头："这是我非常喜欢的一位老人，他给儿子、儿媳看孩子，他们到外地打工。他身体很差，却一直向孩子们隐瞒实情。我很敬佩他，他把这里的许多风土人情告诉我，还有他自己的一些爱情小故事。"卢卡斯不经意流露出笑容，显示他的思想进入到一个单纯美好的境界。

"是的，信仰不稀有，我并不孤独！"魏小山坚定地抬起头，心里感激卢卡斯让他确信了信仰的存在。

"卢卡斯先生，这里面是什么？"耿直全程关注这个比自己小五六岁的同龄人，当他再次打量卢卡斯兼作卧室的办公室时，发现最里面摆满瓶瓶罐罐，每个里面长着一棵新生的嫩芽。卢卡斯这下更加小心起来，避开家具与杂物，从桌子与床的空隙挤过去。

"哦，这是我根据这一带土壤、水文和光热条件培育出的葡萄新品种。瞧啊，它们多么可爱，像一个个小小的婴儿。"他甚至不敢动手去碰，喜爱又克制地凑前观察。耿直不禁脸红了，他暗自对比：自己衣冠楚楚，混迹官场虚度年华；人家虽胡子拉碴，却身居国外造福一方；自己遇事每每灰心叹气，而人家一派朝气十足。近有魏小山，远有卢卡斯，他要从他们那里学习的东西太多太多。卢卡斯愉快地回答完所有问题后，掀起窗前的一块布，露出下面一架乌黑发亮的钢琴，然后什么也不说地坐过去，晃动身子望着外面专心唱起歌来。一曲过后，他转过生气勃勃的脸，好像疾病痊愈一般。

"每当累了或心烦的时候，就坐下弹奏一曲。音乐是人类最好的朋友，喜欢音乐是人类的天性。它帮我更好地留在这里，日后我也会把这段生活谱成曲子，记录这段不平凡的经历。中国有许多让我意想不到的东西，我愿意在这里度过余生。你知道吗，每天早晨和黄昏，我都会在这土地上来回跑几遭。"

"卢卡斯先生，感谢您前来帮助中国人民！"

"是的，我喜欢这里。感谢边民民女士给了我这次机会，我也觉得这是自己做出过的最正确的选择。"

"当下中国，没有比让群众尽快富裕起来更现实的目标了。必须承认，中国的很多方面还落后于世界，我们需要像您这样的国际友人帮助我们。中国正在融入世界，您向我们树立了国际友谊的典范。"

当卢卡斯弄清魏小山的语境后，行为变得更加端庄了。几个月来，他除了整修土地，所做的完全超出职责，当然也远远超出边民民的期待。回想起那天清晨，边民民在充满玫瑰香的办公室接见他，对他临时决定前往中国大为吃惊。之前她打算委托魏小山找个本地人进行管理，没想到卢卡斯自告奋勇，她有点想不透。

"你不清楚中国国情，搞不定那里的。"

"您为什么带我去那里，难道不正是这么打算的吗？"

"噢，难怪你这么想了。"边民民放下咖啡杯笑道，同时用小拇指钩钩唇角，好像这样就可以肆无忌惮地笑了，"我带你到那里完全是工作需要。"她坐下搅动咖啡。但她另一个没有透露的意图是：带两个外国人回国可以彰显身份。

"您同意了吗？"

"我要想想，说到底我是个商人，就算那里是我的祖国，我也不想白扔一笔钱过去。如果你能对我承诺什么，或许我可以改变主意。"

"您无非想让我承诺带给您更多商业价值。可这个您比谁都清楚。这个项目绝不会让您吃亏的。"卢卡斯坚定地认为自己之前撰写的商业报告没有任何纰漏，一个十多亿人口的红酒市场拥有不可限量的收益前景，所以他对于边民民这样问迷惑不解。他铁了心要争取这次机会，同样有一点他没有讲出来，那就是他同情那些农民，想真正帮助他们。

边民民最终同意，与其说她是被卢卡斯身为一个德国人钢铁般的意志所打动，不如说是被他紧张到面红耳赤和结巴得说不出话给惹烦了。当然她坚信卢卡斯可以胜任工作，因为德国人既然可以把一个"二战"后千疮百孔的国家经营得风生水起，自然也可以把一个葡萄酒项目经营得红红火火。她把任命书递给卢卡斯时，卢卡斯兴奋得像只粉红色小猪，当即在办公室里手舞足蹈，即使她没同意他要求带露西卡同去的请求。而事后不久，露西卡同一个邻居老头同居并迁居美国，他时常回忆起他们在一起的旧情。——卢卡斯就这样来到中国，全身心投入这里的事业，尤其在接触到当地农民们的各种真实苦难后，更单纯与专注地做手头的事。"如果她肯帮助改变这里，肯定可以做得到。"卢卡斯在田里咬着狗尾草，用孩子般幼稚的心灵想。

魏小山与卢卡斯惺惺相惜，默契地谈了很多。他第一次直接从外国友人口中听到他们对于中国改革开放的评价，感到非常舒畅自在。当然他也对一些国家不友好的做法表示不解，就如同赴晚宴因为没穿礼服遭到歧视一样。"中国人迟早会堂堂正正走进国际大家庭，让世界为我们喝彩。"魏小山带着强烈的民族自尊心强调。而卢卡斯更关注中国内部的一些事务，希望中国各级政府切实改变一些内在办事逻辑，赋予人们更多权利，为民众提供发展机会以及社会福利。二人虽在各自认定的中国当下急需解决的核心问题上有偏差，但很快达成谅解，因为他们共同看到了中国的进步。于是当魏小山告别出来时，天地仿佛变成一座紫铜浮雕，又像一个怀抱众多舢舰的港湾拥挤和热闹。魏小山用满足的神情打量世界，听身后传出潺潺的琴声。他和耿直回头再看，黄昏的辉光中，卢卡斯端坐窗前，镶金边的头颅侧仰向上，转过胡子拉碴的脸，富有深意地冲他俩微笑。远山与夕阳，模糊的田野，以及光线中正收工回家的农民，所有一切被一阵优美的琴声所吸引，全世界显得安详而耐人寻味。

《帕格尼尼狂想曲》！"魏小山告诉耿直。

"伟大的灵魂都是白天休息、夜里赶路。我能和他成为朋友，我也是进步与高尚的。"车子走出很远，魏小山依旧热烈地想，"一个外国人尚且如此情深意重地参与中国现代化建设，身为中国人，特别是领导干部，有何理由懈怠气馁？是的，他是出现在我生活中的真正巨人，从另外的角度给予我信心力量，让我觉得改革开放魅力无穷。"——这之后，他把向卢卡斯学习列为生活工作中一项重要的内容，每每想到卢卡斯的所作所为，就觉得他和这方土地上所有自诩为"公仆"的人，都应像卢卡斯那样，真正走入农民的内心。

十九

继经营超市、接手两家濒临倒闭的市属企业之后，王海做的第三件大事，就是成立"红英社"。

王海用了五年多时间把超市做起来，被冠以 T 市的"超市大王"。对于他，这是个个人奇迹，但创造类似奇迹的不止他一人，因为 T 市其他领域同样新人辈出、"大王当道"。比如一个年纪不到二十五岁的小伙子，看着个头矮小，貌不惊人，却控制着 T 市 1995 年全年钢材销售量的三分之二，为此付出的代价是他几乎全年"飞"在天上，头发开始谢顶，没谈过女朋友，有整整半年没与父母兄妹见过面。还有一个"化工大王"，年届四十却看不出一点苍老迹象。他坐镇新城园区，开着全市最大的化工用品商店，所有客户都不敢得罪他，因为如果他有意晚发半天货，对方企业因此可能歇工半月。还有"律政大王"，专替实力雄厚的大公司打官司，是市里多家大型企业的法律顾问，有人骂也有人求，T 市 40% 的企业官司由他打。他的业绩年收入达到惊人的七位数，比一个中型企业一年的营业额还要多，以至于他傲气冲到脑门上，对政府行为也敢说三道四："追求公平正义的时代到来了，这是现代社会的本质特征之一。"还有"钢化玻璃大王"，在高科技园区内开办了一家浮法玻璃厂，借助国家扶持建材行业，生产势头不减。这不，新产品还在图纸上，订单已下到来年 3 月。当他把货物从港口发出时，连南海都觉得只是个湖泊。再如"陶瓷大王"吉非凡，正是当初借钱给王海的同学之一，事后王海把钱还他，他只收了本金，两人关系自此更亲近。他接手父亲生意，引进德国生产线，生产工艺精湛的新型瓷砖，销售网点已覆盖全国。另有丝绸、珠宝、文化用品、门锁、美食、医疗器械等，都是新人辈出、秉性各异，但共同之处在于他们聪明机变、敢想敢干。他们如同一波波钱塘江潮，在 T 市经济领域呈现蔚为壮观的新气象。当国门大开，作为年轻一代的拳拳爱国心被刺激与唤发出来，将视野投向国际市场，在心里发下宏誓：经商立世，改变国家！这样，当"中国制造"的概念在举国和世界呼之欲出的时候，中国经济便在万众期待中一次次实现着更大更快的赶超。在此背景下，T 市与全国各地一道步入全民创富阶段。

王海的个别同学发展不理想，但王海不计前嫌，向他们提供力所能及的帮助，在大家中间同样落个"老好人"的名声。但像吉非凡这样的同学，他们之间产生了合作愿望。当他提出把更多T市年轻的企业家集结在一起成立共同的组织红英社时，两人一拍即合。红英社成立日期是9月8日，没什么特殊考虑，只是事前大家都已经沟通完毕。这天清风和煦，T市少有的晴空万里。成立会议在位于新城金融街对面王海集团公司的总部内举行。大家共同约定，杜绝大操大办习俗，走简约之风，因而此次活动并未邀请官员和媒体记者在内的任何外人，只希望保持组织的纯洁性、私密性。活动正式开始前，王海先组织大家进行了一场篮球赛，既放松身心，又增进友谊。

"啊，王海，好久没有这么痛快了！"回去路上，吉非凡穿着球衣，瘫靠在座上，大口喝着可乐，大声嚷嚷，眼睛却不住机警地斜视正在前面专心开车的王海。本来出发时还有几个人想挤上车，但被吉非凡恶狠狠阻止了。王海到现在右肩膀还有些疼，因为比赛结束后，吉非凡那边输了球，便在做完五十个俯卧撑爬起后，半开玩笑半不服气地朝他肩上狠扛一拳。王海当吉非凡开玩笑，忍痛了事，但见吉非凡拒绝其他人搭车，有些不快。好在大家都挤上车，他便不予追究。自从吉非凡当年对他伸手援助后，他就视其为在T市最要好的朋友，认为他虽有不少富家子弟习气，但为人终究尚有单纯的一面，所以多年来与其过从甚密。包括王海上次收购三家企业，吉非凡亦曾慷慨出手。而王海没注意到的是，自打吉非凡接手父亲公司后，社会习气日重，虽豪爽大气，却也多了心机。前些时候当王海向他提议组建全市年轻企业家社团时，他第一个念头闪过"这是件好事"，而后白多黑少的眼睛迅速滚元宵似的转起来。"如果组织成立，谁当它的头？因为组织将集结T市当下新一代的优秀企业家，一旦成为它的头，就意味着可以取代梅里美等老一辈，成为T市新一代的商界之王。"想到这，他浓密的连心眉绞在一块，似两只黑色野兽在野外打架；平时白牛卵似的脸由白变红，两只拳头攥死，一旦谁的名字出现在他脑海里，他即刻想象着把他"消灭"。没错，王海一定是他最大的竞争对手，因为这本来就是毕副市长交给王海的任务，其用意再明显不过。"好在他'无心'，而或老天专恩赐我，让我来当这个头。"他暗自揣测，就这么决定，当仁不让要争下这个头。红英社筹备期间，他私下多次找到各成员，软硬兼施、恩威并重拉拢他们，乃至提前许下好处。"王海说到底只是服务行业，岂能与我的实体产业相比？政府也不是不知孰轻孰重！"他鼻孔哼着冷气，告诫那些犹豫不决的人。红英社成立这天，他一副志在必得的样子，事事表现得当仁不让。

红英社成立的议程进行得很快。首先，由王海宣读毕副市长代表市政府发来的贺信，大家听后热劲上头、干劲倍增；其后，宣读、讨论和举手表决红英社章程，由于事前大家已酝酿多轮，并交相关部门严格把关，所以此过程同样顺利完成；第三项是选举产生社长、副社长和秘书长等人选。按照通常流程，投票采取无记名方式，结果不出意料，吉非凡顺利当选社长。当即，他站起巡视大家，一边又重又慢地拍巴掌。这让事先没被他"关照"过的人十分意外。但投票程序合规合理，所以尽管被质疑，大家只得尊重选举结果。王海心里也犯嘀咕，但考虑到吉非凡自身及家族在整个 T 市工商界的影响，以及自己与其平时的交往，也就心悦诚服地接受事实。他和本明及另外的"塑料制品大王"等人同时当选为副社长，本明同时兼任秘书长。会议另外产生副秘书长及内设机构各人选。随即，红英社召开成立后的第一次办公会议。作为新当选的社长，吉非凡亲自主持会议。大家围在宽敞明亮的栗木圆桌周围，正墙上别着白色美术字的红宽条幅，靠墙四周则密集摆放一些组织和个人赠送的花篮。热气腾腾的年轻人似山里最新鲜的毛竹，纵是岭南国画大师亦难捕捉此时他们的灵动神采。根据红英社章程规定，日常活动不设固定场所，每月由会员选址轮流举办。但吉非凡早想好，日后要找机会变更章程和机制，这样尽早把"大家的"红英社转变成他的红英社。红英社还约定"不浪费""不铺张"原则，省去一切不必要开支，大行廉洁务实之风。但吉非凡同样认为，这不符合生意人的"实力原则"。会议还在进程中他就想道："如果银行个个寒酸简陋，哪个还去它那里存贷款；如果每个企业老板外表普通得跟修鞋匠一样，更有哪个银行放心把钱贷他，又有哪个企业愿意与他合作。哦，他们就是群傻子，难怪成不了 T 市新一代商王。这是经验，也是传统，一辈辈这么传承下来，百试不爽的！"但当他发言时，他却说："过去的东西我们不能忘，但仍需要创新一些东西。"带着成功当选社长的喜悦与热情，他有心情与大家愉快地往下谈论。

"对，我们要学习西方企业的经营管理模式，建立法人主体责任；要引入现代公司制度，将公司决策、执行分开来；要利用股市融资，拓宽融资渠道，只有优质企业才有上市机会。"

"可不是，改革前是政府向企业拨款，现在集体和国有公司都不这样了，何况咱们这些民办企业。"

王海坐在吉非凡旁边，双手放在桌上，饶有兴趣地听下去。他觉得一定要维护好会场氛围，令吉非凡等人感到自己的善意与大度。吉非凡应该感受到了，当然受用，不时点头回敬。

"对，另外的不同是：过去我们的企业和公司，要么属于个人或家庭，要么属于集体和国家。而现代企业则是独立和平等的社会组织单位，是受法律规定与保护的社会主体之一。这理解起来比较困难，毕竟与我们过去的认识完全不同。但如果这样执行，很快就能体会到其中的奥妙与好处。"本明因为坐在王海对面，更多冲着王海而不是吉非凡说话。

吉非凡大概察觉到本明等人与自己理念相左，眼神开始跳跃，想努力弄明白本明所指，就像努力去摁住手背上一个乱动的光点。他心境开始不安，就像大家都在谈论外国人，但他说的是非洲，而别人指的是欧洲。再看众人，都顺着王海和本明的话题深入展开，并且那么积极和认真，细致谈着各自的见解与打算，态度和决心绝不含糊，说话既对自己负责，也对别人负责。一人讲众人听，相互吸收借鉴，受到启发或遇到相似观点，马上颔首致意。对，王海要的就是这种气氛和效果。这种开放性的话题，别开生面的聚会，对于在座每个人都是重要的学习机会。红英社的组织制度是松散的民间机制，没那么多条条框框，全部集中于实际领域，不跑题，不攀比，像建立公平赛制的舞台，每个人都可以上台，但前提是熟悉赛制，并以切磋交流为目的。大家都是正在创业的年轻人，无论年龄还是阅历，都有极大的共通性，所以这样的交流更直率和充分，也具有比拟性。

除了吉非凡等人，其他鸡雏样的同龄人，个个笑靥盈盈，共同激动着，散发热量与蒸气，嘻嘻哈哈分布四处，让会议室变成像热泉齐涌的暖池。大家讨论停不下来，无休无止，互相夸赞与鼓励，一副完全放松和自由自在的样子，却又不是懒洋洋的那种。场面偏离吉非凡的预期，他开始用刁钻的眼神提示或警告大家，但没一个人看向他。他不小心咬到下唇，倒入后座，把渗出的血全部吸进肚子。生气之余，几乎要把椅子扶手掰下来。

"对了，本明，之前说哪儿了，接着往下说啊。"一个相貌堂堂的年轻人兴致盎然，探身找本明，希望他把话题引入深处。

"瞧他们说些什么胡话。如果他们说得对，为什么这些年几人家业加起来不到我家一半！他们罔顾事实，好自高自大！"吉非凡没好气地想，接着觉得王海的这间会议室，远不如他的办公室宽敞豪华。一些最大、最基本的事实构成他的底气，让他从心里多了恨大家的理由。

"没错，最好的不在我们这里，最好的在国外。这个我们要承认、要学习！"本明双掌撑桌，双眼近视似的紧盯大家，就像之前他抢头球的样子，把大家逗乐了。

"那还用说，经常有人问我我家的陶瓷工艺如何，我便说实话，没什么可隐瞒的！"吉非凡坐直故意说，把大家瞅一遍。见大家都不吱声，他吸瘪一只易拉罐，再把它捏成团扔地上，不忘踢到旮旯里。

"对，技不如人就得心服口服！"王海插句。大家听后都沉默，像早晨郊外树林里的情形。

"这不是我们自身的问题，咱们国家目前几乎所有重要工艺都落后于国外。"一个肤色像栀子花的小伙子，将左手手指朝上几乎掰成九十度，但抬头很硬气地看大家。

"至少得追赶几十年，但那一天迟早会来！"说话的人压低额头，眼睛从下面射出凌厉的光。好在那一天在可预期之内，大家又都年富力强，所以片刻后，众人神色都缓解不少。

"他们总提及创新，现在他们中间流行这个，全社会也流行这个。可是，把记账方式改为计算机，把座机电话改成大哥大，同样不属于变化吗？"吉非凡不解的同时鄙夷，对于大家不断提到现代公司制度、法人治理结构等，觉得就像让中国人生下外国娃。他虽年轻，对此却充满亡国亡种的忧伤。因为按照他的方式，自己的企业经营得可谓无懈可击。所以正如他觉得玩几个洋妞不成问题，但吃里爬外决不行。他不由轻视起王海这帮人，觉得他们远不如自己高尚。

"我们在国内做到一流，这就代表国家水平。某种意义上讲，我们在座的每位都代表国家实行赶超。"本明再次重申和郑重宣布。他蓑羽鹤一样的投影，在光滑的桌面里随说话快速移动，甚至像要飞起来。

吉非凡目不转睛盯住那个影子，恨不得让自家厨师把它抓了红烧。他再次目光凶狠地投向众人，危机感再增，急切地暗忖："虽然他们选了我，却不臣服我。"他侧头注视王海，难受得喘不上气，羡慕与仇恨等高又等长。

"责任重大！"有人把带入会场的篮球扔高在指尖悬转一会，然后爽声笑着说。恰好一架飞机掠过窗外，人们一齐扭头看，脸上进一步呈现激情。年前刚投入使用的 T 市国际机场已建成十五条国际直达航线，这是她朝着国际化迈进的重要标志。飞机消失后，大家再一齐回身，互相望着笑。那笑仿佛近海海面永远闪耀的银蓝色。

"真的是，不说不知道，一说吓一跳。"有人巨蛛似的摊开四肢，大梦初醒似的笑。

"就像运动员，他自己拿到世界冠军，就代表国家在这个项目上达到顶尖水平。"

"说得对，就是这么回事。"本明把毛巾挽在腕上擦汗，形成不乱丢东西的习惯。由这些微小细节，可以将他们与社会中大部分青年区分开来。

"我们已经成功举办亚运会，2000 年的奥运会虽申办失败，但我们向世界证明：别人能做到的，中国人同样敢于去做！"有人含着热泪申明。——这时，王海敏感地注意到，当别人说话时，一旁的吉非凡面露失落，同时怨恨痕迹越来越重。他递过去一块巧克力，吉非凡接过，扔进嘴里胡乱嚼起来。

"他到底何德何能，让这些人信服他？难道他做得真有我好、比我强？面包和金币哪个更值钱，他们傻吗？"想到这些年聚会都由他买单，还不时送礼给他们，他怪这些人不通情理，"他给过他们什么，又能给什么，能同我相提并论？哦，他们全忘了，这个社会真的变坏了。"想到这，他一个激灵，内急了，起身去卫生间。完事后，他从镜里愤愤地望会自己，这才返回。"各位，各位，我刚出去安排好，会后咱们聚一聚，庆贺红英社成立！"他想好用这招拉拢大家。从现在起，他要树威信、保位置。"如果我当不成，别人也休想！"大家同时抬头看他，有人感动，但多数人没做反应。吉非凡微微冷笑："怎么，以前我一说请客吃饭，你们都欢天喜地。就算红英社有规矩，可以例外一次嘛！"他把椅子抽出，大摇大摆坐进去，再将肚子填入底下，半笑半怒地看大家。大家把目光齐刷刷投向王海，这让吉非凡阿勒泰羊似的大屁股被扎到一样动动。他努力不去正眼看王海，好像那样算他投降。

"原来只想做T市老大，现在一不小心就有可能成世界老大。今天经大家这么一提醒，就这么决定了！"本明激昂地说。鉴于一直讨论的话题，他的心早不在会议室，而是沉浸在集团未来发展的愿景里，沉浸在T市和全世界赋予的希望里。吉非凡发狠撕掉指甲盖下的皮刺，他再次流血了，海狗样的身子风囊似的轻轻抽动。

"对，时势造英雄。一方面是我们的愿意，一方面是时代造就和成全我们。"王海若有所思地应和。他同样来到未来深处，意念像只快鸟提前飞走，把同伴远远抛下。

"是这样。不管我们怎么想，循着现在路子走下去，就能做到世界第一。"吉非凡急跟着说，说完看下王海，显示他与王海永远能想到一块、说到一块。——他及时调整思路，这是他的战略！"谁还敢说我是个落后和愚蠢的人！"他心里瞪大眼，对众人居高临下地审视和叱问。

"所以嘛，在座的将来都有可能成为世界领军人物！"本明拍手道，然后与王海来个眼神交会。大家听过各自美滋滋的。年轻人容易激情勃发，这是他们难能可贵的品质。

"可也不能骄傲，踏实方能长久，不能折在自己手里。"吉非凡自认自己所说的也是王海想说的，便抢在王海前面说。说完又搂上王海，巴结地大笑。"我的战略！"他暗中又得意地把这话回顾一下，然后像重新混入队伍一样兴奋。

"我们的优势在于：一是我们拥有天然的巨大市场，这给我们赶超腾出超大空间；二是我们的企业就像我们一样正处于旺盛生长期，而我们的成长速度一定不会慢于对方，时间会很充裕。不利之处大家也都明白，我们对于市场经济经验不足，学习效仿别人的同时也会被牵制与误导。比如现在我们很多企业的海外违规行为，就是对国际法律法规不熟悉所致；还有，虽然我们的企业越来越频繁地购买海外资产、实施跨国并购，但国际认可度并不高；另外，所谓最惠国待遇，也是一年一个坎，更别说个别国家总以'国家安全'为由，对我们实行技术封堵，我们所面临的国际商业环境并不友好。这些问题让我们吃了亏，但还得忍气吞声。"

"我们就应该像今天这样团结起来，依靠自身解决许多问题。"——王海感觉今天的场景非常熟悉，没错，现在这帮人都是他的新战友。

"总有一天我们要夺下他们的鞭子，把失去的夺回来！"说话者义愤填膺，嫌热似的看下"人满为患"的会议室，然后在纸上用力地画着。

"已经有人这么做了，他们身为企业家，立志做世界一流企业；国家也在加快人才培养步伐，所以我们不会是头一批这么想、这么干的人。"回应前者的人透着坚定和骄傲，眼神和脸膛在壁灯衬托下异常清晰。他所说的正是一批已在国际崭露头角的中国企业家，他们已然形成势力，代表国家征战国际商场。

"我们把自身企业做大做强就是为国家作贡献，就是配合国家实现战略。我们不能游离于改革之外，恰恰都是改革船上的水手。我们年轻有为，正当其时，需要各就其位！"

"我们被迫让出巨大的国内市场，比如汽车与飞机制造，可羞可恼。"

"不让出又怎么办，舍不得孩子套不着狼。搞这么大基盘的建设，我们没资金、没技术、没机制、没人才，只好忍一时之痛。这相当于我们花大价钱外请个老师来，尽管这老师有点可恶，但我们还得谦虚耐心。"

"对呀，如果我们能研发出领先世界的陶瓷工艺，我们就在这个领域打破国外垄断；如果在感光材料方面取得突破，我们当然也就步入世界前沿。这样看来，我们可以打败全世界。而且不止我们这些人，全省全国不知多少像我们这样的年轻人热衷于此。不敢想象啊，一旦各领域都开了花，中国富强不就指日可待了吗？"吉非凡兴奋快速地说。他感觉与大家重新和解了，这间会议室像一阵风雨后迎来天蓝风清。王海动容地冲他点头，让他隐隐感觉找到了获胜的办法。

"今天成立红英社，让我想到群狼机制。大家一起合作，发现并捕捉机会。"

"群狼机制？这提法好。虽然我们当下在T市做出声望，但论起实力，仍旧单薄。但如果这么做，实现目标就可能快许多。"

"对，刚才打球我就这么想。"吉非凡很取巧地补充。

"在座都是T市的子弟，也都是炎黄子孙，都有责任和义务改变我们这座城市、这个国家，大家能做到吧？"

"当然！"大家众口一词，兴奋地互相激励，身上各自投放青年锐气，使他们个个光芒璀璨，像新诞生的恒星，往全宇宙释放光和热。

"好吧，我们就是这样一群年轻人，是 T 市新一代的企业家，在改革年代担负起企业发展、行业进步、振兴国运的使命。我们都遵守红英社制定的规章制度，并发誓表态，我们爱岗敬业，守家卫国，一生奋斗拼搏，直到攀上人生最高峰，向世人证明我们是继往开来的新一辈，也向世界证明，我们是优秀的中国企业家。"王海说完前两句，大家跟着他复述后面的话，声音越来越大，也越来越整齐，越来越昂扬自信，那种声势好像对外展示力量与示威一样。大家相互鼓励，每个人都仿佛是个能量源，在那里发光发热，照亮自己，也感染别人，如同一条灿烂星系横亘当空。

"我们这里没有美酒，没有香槟，没有前来助兴的歌手，没有预示彩头的吉祥物，只有我们这些个人、这些思想、这些激情、这些意志，但足够了。我们幸福地相遇，欣赏彼此的成就，即便到了成功那一天，也只用掌声和祝福表达祝贺。"说过，大家一齐有韵律地鼓掌，"啪啪啪，啪啪啪……"拍得又干净又洪亮，同各自明媚的脸结合在一起，好似晴朗早晨一朵朵朝阳盛开的龙葵花。

本明隔桌拉住王海的手，两人目光像两团小火相接变成大火。他接着王海说下去："作为 T 市经济领域的新生力量，我们的队伍只会越来越庞大。和我们一样的年轻人不断出现与崛起，与我们信念一致的人越来越多，各领域、各行业正出现群英荟萃、奋勇争先的局面。我们诞生于改革开放，是改革开放中出世的新人新力量。实现上述目标并非易事，因为我们的整体实力仍需强大，要求我们务必排除万难、继往开来，在竞争中抱团合作！"

"一定不能忘了我们加入红英社的初衷，要拧成一股绳，对内坚决摈弃旧商业传统，消除阻挠我们的旧势力；对外不断学习创新，利用弯道超车实现大超越。我们的胜算机会虽大，但也仅此一次。如果中国再如之前错失机遇，日后的困难和代价将是目前的百倍、千倍。那会是什么样的结局，参考百年前的中国就能知道。"

"为了红英社越来越好，会后一定要庆贺一番！"吉非凡不失时机地重点强调，这次他真心地望向王海。

"听社长的！"王海向大家发出信号，大家齐声应和，气氛又像球场上那样激越起来。

会后，大家来到外面，每个人都觉得自己像是四轮驱动、油量加足的新型越野车，一脚启动飞驰驶入宽朗的天空之下。新鲜的海风，绵延的群山，越来越壮美的M 河，四处拔地而起的高楼，高速增长的人口与亲身可见的社会繁荣，整座 T 市仿佛见天渐长。T市与她的人民一道奋发进取，更与其中的年轻人共同经历与成长。处于改革开放中的他们，都那么富有朝气和新美，好似长出全部羽翼，未来就在前面，他们要努力飞进去看个究竟。

这里，再次重申下红英社的这些年轻人：这几十个人全部来自T市的民营经济领域。他们平均年龄只有二十四五岁，却在各自经营领域取得骄人业绩。他们中多数人像王海一样，没有任何背景，也没有专业特长，多半靠白手起家，凭借敏锐眼光和机缘巧合，居然把事情做成了。一些在他们父辈想都不敢想、做都不敢做的事情，他们年纪轻轻就能办到。而且他们都明白，生意不只是养家糊口，还与社会形势深切相关。一业成败涉及全行业，一桩生意得失可能影响全城。现今做生意与以往完全不同，生产和经营必须遵照社会化大生产方式，务必做到规模化、机械化、股份化与社会责任化。企业是生产经营主体，要依法经营，产品要经过质量体系认证。在此前提下，如果企业家将自身追求与国家前途和民族命运紧密关联，就会形成极富正义感的思路，进而帮助企业找到长久生存之道。历史终将证明，这段始于20世纪后期中国经济社会大破大立、大进大取、大新大变、大得大成、海海漫漫的根本性革新，注定是华夏民族重铸辉煌未来的必由之路。而此时，这些初出茅庐的年轻人，将同全国千千万万的同龄朋友，共同成为这个伟大进程的光荣参与者，也将成为整个历史事件的亲见者。

成立红英社最初由蓟市长倡议，这个意见通过毕副市长转达给王海。因为毕副市长多次接触王海并看到他的不俗表现，既欣赏他身上的军人风度，又赞许他的领袖气质，便将机会送给他。毕副市长一交代完，王海当即浑身冒火，之前那种孤军奋战的孤独感与恐惧感顿时一扫而空。

"政府对你们年轻人充满信心。除了政府，社会上还有千千万万的年轻人也是改革的重要力量。尤其涉及市场主体和商业力量这一块，政府只是抓手，你们才是真正的推手。但是——"毕副市长说到这里，眼睛转往别处，最后缓缓说出，"有一点要特别说明，T市的民营经济虽然蓬勃发展，却没能很好地体现出来，这既不符合实际，也很不公平。市里非常重视你们的自我规范与自我发展，而且下一步要将你们这些新鲜力量充实到各级工商联中。所以，这也是一个步骤，希望你能把市里的年轻企业家召集起来，以后尽快参与到工商联改革中来。"分开时，毕副市长将一份提前拟好的名单交给王海，让他务必把这些人纳入其中。

"就是民族企业家喽？"王海清晰记得当他把想法透露给本明时，本明这样准确地阐释。所有接到王海邀请的人，脸都似新月般发亮，由内而外透出自豪感。红英社正式成立前，他们集结起来，先后召开四次预备会议，最长的一次有三个小时，最终草拟出章程，将红英社的活动宗旨确定为：爱国、互助、民主、创新、奉献。然后大家共同在发起人位置，庄重神圣地签下自己名字。大家对于成为红英社会员一个最基本的要求就是，他有志于做一个了不起的民族企业家，即首要的是爱国，这是最基本、最核心的要求。事后，王海把情况向毕副市长做了详细汇报，毕副市长听罢非常满意，一边点头一边欣慰地上下打量王海。但当他得知王海没能当选红英社社长时，格外吃惊，但亦尊重选举结果，决计不以政府名义干预，因为T市所有年轻人都有资格竞选，也都前途充满希望。事实也证明，成立红英社的确是王海事业与人生的一个新踏板。即便他不是社长，但他勤奋、专业、热心、公道及其与相关部门高效的沟通协调能力，令他证明自己的同时，也令多方受益。

　　进入11月，天气转凉。一个夜晚，梅里美悄悄把这些天收集到的资料放入密室后，回到地面巡视酒店时又挑了通毛病、发了通火。之后，前脚刚送走张华仔心情好些，后脚又在办公室门口撞见又黑又瘦的乔丽娜。她嘴角生着疮泡，着实把他吓了一跳。

　　"老梅，你要为我主持公道，他几乎眼里没我了，做什么事都不通过我！"一见到梅里美，乔丽娜就从角落里扑过来，带冤情似的报案。梅里美害怕她惊吓到客人，赶忙把她请入办公室。对于这个老情人，他的大脑越来越不灵光了。乔丽娜打进门起就在地上溜冰似的转个不停，他很快被转晕了。

　　"老梅，收留他到底是福是害，我该怎么办？"乔丽娜终于累倒坐下，并觉得自己与梅里美关系特殊，甚至可谓这酒店的半个主人，所以丝毫没注意到对方老而决绝的样子。她强挤出几粒泪，挂在下眶边缘，使劲向他卖惨，却不知惹得他更不开心。她抓老鼠似的举起手，学给他看："他是只老虎！"

　　梅里美黑起脸。"你以前不知道吗？"他冷冷问。

　　"梅大哥，我头痛死了，这是自找罪受。"乔丽娜收回手，开始挠平坦的胸脯。

　　"如果我是他，这么做也没错。"梅里美哼哼着说，陷在椅子里像团海绵。

　　"老梅，你居然向着他说话，我成多余的人了！"乔丽娜双手放在颊侧，代表被伤得已无话可说。

　　"哈哈，一出现代版的擒虎戏，可惜这次被擒的是你。"梅里美扶着椅子使劲笑，直至笑出眼泪，同时不忘吹掉乔丽娜毛领上飞到他面前的一根细绒毛。

　　乔丽娜双手挪回身体，拧身硬气道："那也不能说是失败。"是啊，她怎会轻易认输呢。

　　"一天加一夜，你却说有一千零一夜，骗了自己还要骗别人。"梅里美无聊地伸手敲打两下电脑键盘，说着愣住了，像温度过高电脑死机一样。

"梅大哥，不要再挖苦我了吧，我现在想赶走他！"乔丽娜松散头发，它们像都连着电极一样飞在空中。

梅里美在桌子下脱掉皮鞋，让自己关了一整天的老脚融通血液。同时他想闭上眼休息，但老情人根本不体谅他。"难得你是个女人，美丽却不见得坚强。"他连一个字都不想多说。

"你快说呀，我该怎么办？"她虚弱地叫，像鱼摆动身子。

梅里美明明护着张华仔，却两边不得罪："晚了，连我也不知道怎么办了。"其实他早发现这个年轻人胆子越来越大，可这也正是他看中其的一点。就像培养一个杀手，需要的就是其冷酷无情。他双目夹紧，有一介魅影快速闪进又闪出。

"现在只有你能对付得了他。自从认识你，他就完全变了个人，越来越胆大妄为。"乔丽娜伏身从下面看梅里美。

梅里美则斜眼瞧下，道："他手脚不干净了吗？"

"这倒没有。"乔丽娜身子像弯竹弹起。

梅里美又像脖里安了弹簧似的扭过去："亏了你的生意还是钱？"

"也没有，反而一天比一天好。"乔丽娜笑出来，意识到失态后，马上噘起嘴巴。

梅里美像什么都知道似的问："他没把账目和钱如数交给你，或者找借口拖延不交？"

"更没有，他花每一分钱都向我支出。"乔丽娜甚至为这个有点得意。

"那么，他因为事情做得好就对你放肆和粗鲁了，也就是对你这个母亲有过任何不尊重的行为？可据我所知，他在外面很注重维护你的名节，凡事必称'受母亲嘱咐'。你对这个也不满吗？"梅里美声音陡高起来，把他的影子压上乔丽娜的头。

"老梅，他就这点不好，架着我的名义做了许多事。他不和我商量，不向我汇报，我是拿到了钱，可不知道它们的来历。"乔丽娜像少女那样装委屈，让梅里美目不忍视。"把他杀了！"梅里美梦游似的喊出一句。

"这就是你给我出的主意？"乔丽娜噙着泪、咬着牙。

"那怎么办，你事事不满意他。"梅里美无意调解这对母子，因为他知道俩人间的矛盾都是虚张声势。

"哦，我忘了你们是师徒了。"乔丽娜护着下巴，咳得脸都白了，"小区终于要拆了，我想扛着多要几个补偿款，他倒好，擅自代我签字。结果我在小区里第一个签字，别人都指着我脊梁骨骂，他反倒成了政府那边的红人。"

"他对我说过。"

"你知道？知道为什么不阻止他！"乔丽娜不顾形象了，立身站到梅里美鼻前。

"可他没告诉你，他们正谈拢一件事。"梅里美突然睁开眼睛，向乔丽娜射出两道寒光。乔丽娜一哆嗦："这正是问题所在，他瞒着我做事，越来越没规矩。"乔丽娜恨不得找东西打人，可看遍没找到。她凑近梅里美，像辨别气味似的上下识别他。梅里美无形中透露的事，让她好像找到一个理直气壮的证据，然后上前声讨。

"他打算承包他们的工程。"

"哟，他真敢想，做得来吗？"乔丽娜更加吃惊，觉得像让一个山西人讲客家话。

"丽娜，放手让他干吧，别拦着他了。你捡了个好儿，别在这里犯傻。说实话，我没见过比他更聪明的人。虽然他打乡下来，可他的作风和气派我们都比不了。这个时代出产这样的人物，他们雄心勃勃、志在必得。听我的，把位置心甘情愿让出来，你以后会感谢他呢！"

"他不听我的，总和我对着干。前天，他告诉我想接手外贸公司，这怎么可能？他入行才几天，就敢这么狮子大开口。他摸准了我的心思，得寸进尺，和我玩鬼把戏。这次我下决心了，不能再任由他这样，要赶他走！"

"丽娜，如果你再任性，我们以后就彻底断了吧！"梅里美终于对乔丽娜失去耐性，要同这个老情人翻脸，以至于对方不知道如何是好了。

"梅大哥，梅经理！"她摇着头，晃动两只长长的耳坠，好像身子往水里沉。

"再能干的人也要懂得退位，何况你是个女人。你已经出够风头了，把机遇让给年轻人，看他怎么营造出一个更大世界。"

"梅大哥，难道我在你眼里这么不中用？"

"五十岁，正是人生风华正茂之际。可不幸的是，你身边出现了更优秀的年轻人。你要成全他，退下来就是帮了他。"

"你呢，不也为了保住工商联主席位置进行垂死挣扎吗？你为什么不让给那个王海，那个鄢市长心尖尖上的大红人！你作为一棵老龄树，不也开始腐朽了吗？"

这话把梅里美彻底激怒，他再保持不住身体平衡，也失去往日稳重，像被绑着火药桶一样惊慌，眼睛眨个不停，汗从大脑门上往下流，下身痔疮复发一样来回挪动。乔丽娜毫不留情地击中他的命门，让他痛苦到几乎血崩。

"丽娜，就凭你这句话，我要了断同你的联系。从此以后，你的事情我一概不再管。所以，你只有一条路可走，就是极力维护好他，他才是你日后的依靠。这算我最后的忠告！"他捏紧两只拳头，像隐忍又一阵突如其来的脾痛般汗流浃背。

"梅里美，你就是老了，你不中用了！"乔丽娜一旦决定不再倚仗这个同她一样失势的男人，就放肆起来，把他看得一文不值，她夹起手包，靠近门口，手摸门把手，像调戏她的鹦鹉一样刺激梅里美，"不仅你那玩意不中用了，你整个人也不中用了！"她脸上的表情像猴子啃桃一样缩巴着。

"我怎么不中用了？"梅里美转身咆哮，与其说他是憎恶乔丽娜，不如说是对所有不再看得起他的人发火。

"看来你真是老年痴呆了，与其这样，用不着你赶我，我自己先溜为妙。"说过，乔丽娜敏捷地闪到门外，临走不忘探进半个身子，冲梅里美"拜拜"。又一阵恶心与晕厥，梅里美剧烈晃动几下，从抽屉里摸出小镜子，看里面上星期刚染过的黑发下面，又长出新的白茬。他悲悯地闭上眼，在不断叹息中，倚在墙上那幅身姿微侧、春风得意的巨大肖像下，失去知觉似的淌下老泪。

而此时的张华仔，正双手插入裤兜，摇摇晃晃走在一场秋雨里。他正往相反一条大街上去，浑身被淋透，脸上淌着雨水。他的目标是新城最大的餐饮娱乐区，那里一到夜里就变成花花绿绿的不夜城。雨下得很大，一粒粒往下砸。他加快脚步，从路旁栅栏上一跃而过，抄近道赶往目的地。但他不是去花天酒地，而是要见个人。在一处名为"野玫瑰夜总会"的门口，他停下抬头看霓虹灯的名字，随后进入里面。早有人上前支应，带他上楼。

"能向你打听她吗？"他从钱包里翻出阿桃的照片递过去。

"噢，是阿易呀，你要找她？眼光不错，她刚来不久，漂亮聪明，很多人找她，老人们都在吃她的醋。"

"帮我找她来，如果有客人，我会在这里等。"

小伙子浮夸地笑着去了，一会儿返回，远远见着张华仔就不住躬身道歉："实在对不起，她现在有客人，劳你久等吧。"

张华仔脱下衣服，要壶黄酒一边喝着暖胃，一边听外面淅沥的雨声。——实情是上周五上午，他带乔丽娜到市中心医院看病返回，经过这一带时，突见几个花枝招展的女孩从车前经过。她们旁若无人地说着、笑着，像二月里灼灼闪烁的杏李花。而让张华仔惊愕不已的是，其中一个竟像极了阿桃。是的，如果不是她右唇角有颗小黑痣的话，连他也误以为这就是阿桃。当时乔丽娜倚在他怀里睡着了，医院第二次确诊她患上了中度忧郁症，以后要靠药物才能维持正常。他迅速把乔丽娜送回家，再返回沿街搜寻，可两遭没找着。"如果她真是阿桃，我该怎么办？"他不敢往下想，"即便她不是阿桃，如果她在歌舞厅、酒吧或夜总会上班，也让我如鲠在喉。"他越这么想，越着急找到她。他判断：这里是全市最大的餐饮娱乐区，如果不出意外，她一定就在这里某个地方上班。他把车停在对面路口，摇下车窗目不转睛

盯死人群，希望奇迹重现。果不出他所料，两小时后，她又和伙伴们出现了，还像
之前前仰后合地说笑，满世界响着她们的声音。他驱车悄悄跟在她们身后，一路尾
随来到现在他正坐进来的野玫瑰夜总会。一到门口，她们便像小鸟返巢似的飞入。
他连忙下车跟进去，里面黑黢黢的，什么都看不清。他正发蒙，突然响起一阵剧烈
的吵吵声，紧接着灯亮了，正是刚才那几个女孩，每人手里分别拿着瓢盆锅勺拖把
扫帚什么的，摆好架势，把他围住。他举起手，笑着看她们。她们相互看过，弯下
腰大笑。张华仔一点不害怕，也跟着她们笑。几个女孩都不理他，个个笑得刹不住
车，身子晃得像楹树。最后她们好不容易停下，一边用手擦着笑出来的泪，一边上
下打量他。

"喂，你跟我们进来做什么，还没到营业时候呢！"一个女孩大胆指着他问。

"是啊，你以为我们没看见你，我们早发现你啦！"另一个笑出一串迎春花。

"说吧，你想干吗？要不老实说出来，瞧见了吧！"那个像极了阿桃的女孩子
冲他扬扬手里的一把铲子，"我们几个会把你揍扁。"

"我就是来找你的。"张华仔却单独冲她说，声音温柔得像细浪扑上沙滩。

"你们听见了，他是来找我的！好吧，找什么事，说出来听听。"

"想和你聊聊。"

"大白天来找我聊，真是笑死人！你该不会不知道这里晚上才上班吧。"

"我只想同你说几句话。"

"姐妹们，还要听他胡说吗？来呀，快把他赶出去！"

没等张华仔再说什么，几个女孩又是叫嚷又是挥舞家伙，从四面一拥而上。张
华仔赶忙护住头，接着听到自己身上乒乓乒乓一阵响，倒没觉得怎么疼。看到他狼
狈的样子，她们开心得不得了，打得更凶了。张华仔也不躲闪，反而十分乐见她们
这样调皮捣蛋。他被困在中间，好一会儿才冲到外面，刚站好，被太阳刺得睁不开
眼，紧接着一些东西接二连三从后面被扔出来，他只得撒腿逃跑，直到自己的车前
才停下。这时再回头看，她们在夜总会门口乐得连蹦带跳。哈哈，张华仔虽然挨了
打，却一点没生气，反觉得全身舒坦。他看到那个阿桃一样的女子，正侧过身捂起
嘴同别人取笑他呢。

现在，生理欲望的煎熬，对于阿桃的妄想，诱使他重新寻到这里。来前，他去
了梅里美那里坦白，却受到了鼓励。梅里美像做了新郎官一样面庞崭新，因为他已
经成功派人在红英社里做了手脚，带着小胜一筹的喜悦，对张华仔开脱道："你已经
达到了目的，这个世界上，没谁能拦着你了。你只用了一个名分，就盗取了人家奋
斗了一生的成果，你该知足了。她现在够可怜了，就算给她一口吃的也好，让她活

下去……"

不知什么时候，门一开，阿易浓妆艳抹地出现了。看到她这个样子，他的心像被电击到一样。她呢，瞪大黑乎乎的熊猫眼叫出声：

"是你！"

"是我！"

"你还敢来！"说着，她抱着自己的头大笑。

张华仔跟着笑，仿佛世界上所有的沉闷都被她的笑驱散："有客人找你，难道不高兴吗？"

"高兴，当然高兴，欢迎前来赏光啊。"她笑归笑，说归说，在他面前坐下，歪头拧颈，极尽扭捏之态。

"不怕我报复你？"张华仔望着她的脸，像检查上等瓷器一般仔细。

"报复？哈哈，你会同我这样的女人计较，真是天大笑话。"

"你知道我是好人？"

"不，只不过我谁也不怕。你不知道吧，我打小练过武功的。喏，你来试试。"她摆弄架势，膝盖以上的裙子差点撑裂。

张华仔拍拍旁边的垫子，示意她坐过去。她灵巧地从他面前跨过去，坐下首先攒头发。

"说吧，找我做什么？"

"你想我做什么？"

"你没挨够打吗，问这么傻的问题。"她又昂起身子笑。

"我是认真的，我喜欢你。"

"喜欢我？好呀，让我做什么？喝酒？我晚上没少喝。唱歌？我不会，除非你肯听我唱家乡的山曲。"

"你就会这些？"

"我还会说话，还会笑呀！"她点头冲他继续笑。

"你能好好回答问题吗？"张华仔对她的兴趣越发浓烈了，那粒黑痣在他眼里仿佛是个精灵，把他的注意力全部吸引过去了。

"问吧，我听着呢。"她把玩头发，不时看下他，再笑一次。

"你叫什么，哪里人，为什么来这里？"

"你问这些干什么？对不起，这些都不能告诉你。"她停下来生气，嫌恶地瞅了他一下。

"可我想知道，我真心喜欢你。"

"所有找我的人都这么说，你以为我是傻子吗？"见张华仔还要说，她马上伸手堵上他的嘴，"你等了我一晚上，不会是为说这个吧。快点吧，不就想干那事吗？我累了，咱们痛快点吧！"

"什么？"

"你来逗我呀。把灯关了，再把衣服脱了。"

"你要干什么？"

"别假惺惺了，完事我要补觉呢。"话没完，她跳起关了灯，最后黑灯瞎火往他身上扑，一边用嘴堵他的嘴，一边用力开剥他的衣服。他要推开她，没想到她力气大得很，两人纠缠了好一阵，他重新开了灯。她赤条条坐在地上，像条明晃晃的大鱼。由于刚才一通乱扑腾，已经面目全非，两只胳膊抱着腿，一边喘气一边奇怪地看着他。他脸上红一道、黑一杠，却脸色发青，看得出非常生气。他从地上捡起衣服穿好，掏钱扔在地上，转身愤然出门。阿易很不理解，最后耸耸肩，心想今天捡了大便宜，赶紧过去捡钱塞进内衣。

张华仔碰了一鼻子灰，但没走多远便返回去。这次，他想好了怎么做。但她已去接待别人了，又让他等了很久。再次见面，她有点吃惊，很快现出不屑："你怎么又来了，这次想好了？"

"让你离开这里，你愿意吗？"张华仔没搭理她的奚落，直接给出条件。

"离开这里，你让我到哪里去？"她都懒得笑了，疲倦的黑眼睛看人看得有点不耐烦。

"只要愿意离开跟我走，我给你一大笔钱。"

"这就怪了，我反过来要问个为什么。"

"你不就是为挣钱才到这种地方的吗？"

"哟，'这种地方'？你会不会说话啊，这种地方你不也来了吗？"

"我是真心的，你应该看得出，我不想让你在这里遭罪。"

"你无非是看上我，要包养我呗，还说得那么含蓄。"她咯咯地笑，同时用手想把眼角的皱纹抚平，"告诉你，我喜欢这里，我很快活，喜欢过这种日子，无拘无束多好啊。"

"我知道你不信任我，我现在就把钱开给你！"

"多少？"她停下笑，挠着脖子后面。

"你要多少？"

"妈呀，我不是做梦吧，居然真有人愿意为我出大价钱。"她仰头又一咕噜笑，好像喝下一大杯苏打水。

"五万块怎么样，够你在城里挣两年。"

"可我不是光爱钱的主，怎么办？"她烦乱地应付他，笑纯属伪装出来。

"不为钱你来这里干什么？"

"你倒是很了解我们啊。是啊，我们来这里是为挣钱，可也不是什么钱都要。不要把我们看扁了，钱我们自己会挣，那样才花得舒坦。尤其对于我，不管这钱挣得怎么辛苦，巴不得自己乐意。"

"你到底要怎样，不是人人都像我这么喜欢你。"

"这就更奇怪了，总得有个理由吧，就是一句'喜欢我'？你想包二奶明说。我也直接告诉你，我不会去的。"

"你愿意留在这鬼地方，让那些不认识你的人糟蹋你？"张华仔被激怒一样不耐烦，就像拿根竿子却捅不到底。

"哎哟，你来教训我？我可不吃这一套，我在这丢自己的脸，用不着你操闲心。我没时间和你磨嘴皮子，和你聊天算我歇着不挣钱。"

"八万呢？"

"多少都不行。"她坚决要走，却被他拦下。他冲她瞪眼睛，她瞪得比他还大。

"十万。"

"你疯了吗？"

"只要你同意。"

"如果你想给我也不嫌弃，可明天我还是会在这儿。"

"是你把自己变下贱的，正经人把名声看得比什么都重要。"

"我不是同你来吵架的，也不要你的钱。如果你愿意留下呢，我会好好服侍你；如果你在这里无理取闹，外面还有人等着我呢。今天生意好得很，我心里高兴，累也无所谓了。"她跷跷细白的脚趾，两只眼睛弯起来看他。

张华仔蒙受羞辱，脸红一阵紫一阵，说不出一句话。就看她伸手一推门，晃荡着身子出去了。看她那副幸灾乐祸的样子，他几乎气吐血，只好悻悻离去。

但他不死心，以后又几次找到阿易，依然次次碰壁，凭他说死说活，她就一个"不"字。他把条件加了又加，她却像对钱免疫。张华仔最后算明白了：她就是他上辈子的宿敌，来这里专门为难他来了。思前想后，他隐约觉得有个办法可行。于是当这个念头从脑际闪过时，他呼地从躺椅上坐起，偻着身子往下想了会儿，最后一咬牙：对，就这么定了。

这晚，将近十一点钟的时候，三个黑衣人来到野玫瑰夜总会。他们随便招来几个女孩，邀她们一起坐下又喝又唱。他们待到很晚，直到夜总会冷落下来，然后一起溜到楼下一个包房外左右观察一番，见没有其他人，便按照预先分工，留一人在外面看守，另两人看准时机闯进去。里面阿易正高高跷起双腿，一个男子光脊在她上面颤动，两人都气喘吁吁。房间里突然闯进人把他们吓坏了，一时僵在那里。可等反应过来，上面的男子被一把掀下，接着另一个人扑向一丝不挂的阿易，将她用一只提前备好的毯子裹紧夹起往外走。倒地的男子刚想喊，被一只大手狠狠掐住脖子。三人不出声地抱着阿易躲过几个客人，从夜总会后门出来，登上一辆提前等在那里的车子，神不知鬼不觉地离开。车子开起来，三个男子才把阿易从毯子里放出来。阿易脸憋得通红，看自己莫名其妙躺在车里，被旁边两个男子劫持，正要呼救，却见张华仔从副驾上转过来，对她说：

"没吓着你吧？"

"救命，救——"她还没喊出第二句，嘴又被捂上。

"放开她。"张华仔对那人说。

车子很快到了目的地，正是老别墅拆迁后置换到新城的一处高档公寓。张华仔认为这样的居住环境，足可让一个乡下打工女子回心转意。他为自己自豪，同为沦落者，他成为 T 市的成功人士。"时势是改变人命运最重要的动因，然后才是人们的性格与才能。"他泛着微微的热意想，觉得自己正在拯救这个愚钝的女子。阿易徒劳无益地四处瞧，到现在不能理解张华仔的用意，至少她没把他往好上想。

"放我走，否则我会报警。我的 BP 机——！"她往下看，这才记起光着身子，赶忙将毯子往上提提。

"你性子太倔强，喜欢同人作对。"张华仔嘴角歪歪，却出于内心高兴。

"是同你！"

到了目的地，另两人把阿易推推搡搡弄到卧室。张华仔留在客厅，等另两人出来告诉他阿易已经昏迷，他这才松弛地笑了下，带着那两人转身走掉。

第二天一大早，他来了。阿易还在睡，姿势很不雅。他注意到花毯下她露出的小部分洁白上身，还有船桨一样的漂亮大腿，以及最幽处焕发出的迷迭香一般的芬芳，不禁心旌动摇。但就这么一具年轻美好的青春胴体，成为城里男人泄欲的坑渠。"她乡下人张狂无知，我不能放任不管。"他用正义逼退醒龊的想法，替她惋惜人生。她翻个身又睡着了，他耐心等待，动手收拾起屋子。如果阿易就是阿桃，就睡在他一旁，他替她收拾家务，这该是多么宁静美满的城市小康家庭生活啊。

她终于醒了，看着窗明几净、华光绽放的房间，揉揉眼睛，赤身裸体坐起来。

"我给你带了衣服，快换上吧。"张华仔把衣服放过去，然后转过身。阿易随手把衣服穿上，尺码有些大，可衣料、做工和款式让她满意。但她进一步错解了他，冲着他宽阔的后脊冷笑几声。

"怎么样，休息得好吗？"过会儿，张华仔转过来，笑盈盈地问。

"托父母大人的福，睡得好着呢！"她把两臂高高举起，伸个懒腰，同时打了个足有一公里长的哈欠。

"怎么是父母大人？"

"他们生下我我就天不怕地不怕，所以我怎会连觉都睡不好呢？"

"喜欢这里吗？"张华仔用眼睛扫视房间，自信满满地问。

"喜欢，可惜不是我的。"

"只要你喜欢，它就是你的。"

"可惜它不是我的！"她鄙夷地看下他，低头吸溜鼻子，"能不能帮我倒杯水，睡在这里太舒服了，中间被你吵醒了。"她真的喜欢这里，所以眼神比昨晚安定明亮许多。他非常乐意，体会着家庭氛围带来的舒心，感到人生很完满。

"我从外面叫些吃的吧。"——他担心冰箱里的生冷食物会伤及这个弱女子的胃。

"我早上从不吃东西。"她把他递来的水一口气喝掉，然后回答他。

"那怎么行？"

"你傻啊，等我起床就直接吃午饭了。"她笑了，觉得他像其他男人一样发呆，他们见到她，就专往那桩事上想。她一点不喜欢他，即使他强壮英俊，但同时虚伪、狡猾乃至野蛮。她出身偏僻山区，为减轻家里负担，同老乡一起来到这里，被骗入夜总会失身后，就变得随性又厌世。

"今天天气不错，带你出去转转。"他想带她到市区看看，感受城市发展，以规劝她重新选择正确的生活道路。

"好哇，还以为你会把我看得死死的，哪儿都不让我去，我都快憋死了。"

"那你收拾一下，我在外面等你。"张华仔自觉到外面等，觉得她这么愉快答应，相当于变相地证明改变她有可能性。结果她在里面磨磨蹭蹭，又把他唤回去，像待产蜥蜴似的在他面前晃荡。

"你是包养我吗？"

"不，不是！"

"那我们算什么关系，你要囚禁我？"这话对张华仔是极大侮辱，可他照样受得了。

"朋友，兄妹，甚至还是——。"

"哈哈，夫妻？你想和我结婚，这辈子不可能了。"她绞着乌黑的浓发，重眉重眼地嬉笑。

"我的钱也是辛辛苦苦挣来的，你这样不好。"

阿易收起嬉皮笑脸坐回去，样子既像生气又像想事情，总之不搭理张华仔。"放我走吧。"她呈现出完全不同于阿桃的神情，倔强、蛮横与骄傲，"我还要挣钱供养一家老小，你把我关在这儿算怎么回事？"

"如果你不嫌弃，我家里正好缺个用人。工作很简单，陪一个上年纪的女人聊天并给她洗衣做饭什么的。她是我的母亲，得了抑郁症，我希望有个合心思的人照顾她。"

"那能挣几个钱？"她摇头，舔舔口红所剩无几的嘴唇。

"我付你比市场高两倍的工资。"

"我不会多拿别人的钱，别以为我是乡下妹子就爱占人便宜。每次男人哪怕多给我一毛钱我都还回去。我不靠媚术赚男人的钱，我凭的是义气。"

"你吃的是青春饭，没人会心疼你，你要考虑将来、一生！"

"我要他们的真心做什么，我要的是钱！"她抖下肩又想笑，但马上没了精神头，"和你说话真累，我猜不透你要干吗。绑我来就是为了让我侍候你母亲，还有你？"她完全把他想歪了，就像他本是棵直直的树，她看到的却是地上一个弯曲的影子。

他思前想后觉得不能把真实原因告诉她，否则不仅遭她耻笑，还会破坏阿桃在他心目中的神圣印象。

"你挣钱也不容易。"

他震动了下，觉得她有颗善良的心。他乐见和自己一样在 T 市改变命运的人："我们的命运不该受出身限制，我们也有选择在这里生活的权利。"他等于在精神上兑换了自己，就算他做过很多对不起乔丽娜的事，但没有挥霍一分钱，尽数把它们用到家乡矿山开发上。邻市冶铁厂与村里签订长期供货合同，以 49% 的比例入股参与矿山开发。这事对村里最大的震动倒不是矿山开发本身，而是因为矿山开发，桃源村的村民们头次见到了许多世外形形色色的人和事。一段时间以来，张华仔要与市里谈妥别墅区拆迁后的事宜，所以没跟踪矿山开工进度，只与建设方保持电话沟通。他们反馈过来的消息是一切顺利，村民们整天为这个唱歌跳舞，且对他感恩戴德。听到这个他喜不自禁，觉得已经把王海比下去了，而阿桃也羞答答地回到他身边。

可他的后续努力仿佛撞在海绵墙上，均对阿易不起作用，她一如继往地顽固和抵抗，他几乎没招了。

"你要把心思放在正经地方，我怎么会把你当坏人？天底下该你们这些大男人们做的正经事多了去。比如王海，你不会没听说过他吧，沙漠植树、捐资助残、参加脱贫……他和红英社就是这么干的。"有一次她反驳他，顺嘴提到王海。

"你怎么知道他？"

"我们有空也看电视、看报纸啊，你以为我们一点没有自己的思想啊？还有，王海还把钱捐到我老家，其中受益的就有我的弟弟和妹妹。"她蹭掉那条画歪的眉，重新把它画得长长的，好像一条彩虹从湖泊延伸到山顶。

张华仔不服气但泄气了，这好比一个比他更强大的人上来缴了他的枪。他惊讶王海有这么大的影响力，一无所有便俘获阿桃的心，如今连阿易也站其一边。而自己呢，无形中作为他的对立面存在，好像上天有意这么安排，让自己做他的陪衬。他刚有过改过自新的想法，不料又遭伤害，心里初愈不久的伤势又复发了。另外，梅里美也亲口告诉他，自己正与王海作为 T 市新老两代企业家展开竞争，并提示他及早排兵布阵，以图将来自立为王。他愁闷得像吃了苦果子一般，接连几天往通想这个问题："如果我出生在市长、省长家呢？如果我父亲是城里的大企业家呢，我是不是现在也像他们的子女留学国外、在境外创业呢？我来时一无所有，抛家舍命才有今天，非但没被奖励，还遭人憎恶耻笑。如果我真是个十恶不赦之徒也就罢了，可明明我生活在虎狼群里，焉能不使点手段？这就怪了，他们都堂堂正正，独我成了卑鄙小人。如今就算我想做点好事，连阿易这样的人都嫌弃我，我又是何苦？"他闷闷不乐，回去见过梅里美，说了些乔丽娜的事情后，独自找个地方喝了通宵的酒。

第二天傍晚，他又来到阿易住处。拧开门，他没看到上午安排的家伙值班，并且房间里呈现一种奇异的幽静。他陡增个激灵，抽抽鼻子，跟着知觉灵敏起来，似乎闻到阿易在哪里，甚至在干什么。他腿肚打战，右手摁胸，感到天旋地转。客厅桌上的大肚弥勒冲他憨笑，他没像平时顾及它，而是鬼鬼祟祟，像个前往抓奸的丈夫。他来到卧室门口，听里面发出轻微声响，顿时血往上涌。啊，他预测的事情正在发生，可他必须打开门亲眼见证。"或许又是错觉呢，要么她正在看 DVD 呢？"他心存最后一丝侥幸，手放上门钮慢慢拧动，随之看到阿易正与两个男人毒蛇般缠绕着，一起发出野兽吞咽猎物般的粗重喘息。他两眼被戳瞎似的一黑，随后吐出一大口带咸味的东西，彻底失去意识。

等张华仔醒来，阿易连同那两个看管他的男人早逃走了。这相当于向他宣告一个末日的来临。然而，想到自己在老家的作为，想到他将给阿桃创造的美好未来，他仍旧情绪高涨。这年的 11 月 12 日，矿山开工一周年，他盛邀地方领导与商业合作伙伴前去，并在庆祝仪式后陪同他们离开。他至今记得开业之初，当大型机械第一次进驻山里的情景，仿佛一支天外战队莅临地球，而桃源村的人们对它们敬而远之。祖祖辈辈生活在山里的乡亲们，默默看着各种大型机械一刻不耽搁地爬上山坡，把苍翠的森林连片掀起，将他们早年间费尽千辛万苦开发的梯田彻底轧碎。之后炸药在山体内部沉闷爆破，几股淡黄色的土气蹿起，随风融释于天空。看到环境被破坏，大家闷声不响地回到家，先是自家人之间小心议论，然后找到别人，把心里的疑惑说出来。但说来说去，大家还是集中到张华仔事先告诉他们的那番话，那就是矿山开发对这里有百利而无一害。

一旦大家统一了认识，并受到金钱强烈的诱惑，干劲就夹杂着蛮力释放出来。仅一年时间，当一批批村民被通知上山干活，他们像仇恨这座大山似的要摧残它。那些没机会上山干活的人在山下瞭望，盼着矿山扩大开发规模，把自己雇进去。大部分乡亲不再像过去起早贪黑地务农活，而是穿着矿山免费发放的工衣工帽，按点上下班。当他们每月拿到过去三年也挣不着的百元大钞后，搭着运送矿石的大型卡车，开始频繁出入镇上，到后来是县城，最后一对夫妇居然不请假进省城逛了三天。苦日子到了头，这么大一座矿山摆在眼前，怎么也够吃十年八载，于是多数人大手大脚起来。王海妈妈也不回城了，在村里开家小卖店，可她卖的东西只有极少人来买，原因恰恰不是因为她卖的便宜，而是村里人不再像过去在乎块儿八毛。村民们每天上下班顺便从矿区门口的临时商店采买东西，尽管那里比王海妈妈的东西贵三五成，可大家一图方便，二来别人买了贵的而自己回村买便宜的，担心被笑话。攀比之风开始盛行，比吃比穿成为全村的寻常事。初期，矿山附近形成一处相对独立的聚居区，生活着一些外地矿工及少量技术管理人员。由于几乎是清一色的单身男性，所以不知什么时候起，山外的野女人搭车来这里招揽生意。起先她们是固定几个人，也不在这里过夜，可不出两星期，更多人接到通风报信入侵这里，公开住在山上，于是那里很快成了山上山下最热闹的区域。常德利的权威受到挑战。刚开始，人们还听得进去他的话，可尤其是山上那个聚居区形成变大后，眼见村里一片乌烟瘴气，他挨家挨户苦口婆心试图感化他们，希望他们迷途知返，可哪个听得进去。他去找矿山经营者，可人家哪会瞧得上他这个年迈迂腐之人。餐馆外，他从窗户看到人们吃着从山上打来的野味，眼里是泪，心里是血。就是这样，他也没有怪罪张华仔，坚信张华仔也没料到今天的局面，只等他回来商量怎么办。王海父母始终站在常德利这边，他们眼见村里变得一团糟，同样感到匪夷所思。王海爸爸观察好多天后给出结论，整个桃源村要毁在这帮人手里。终于有一天，坡地上两个外地男人因为赌博闹翻，其中一个把另一个用刀挑出截肠子，矿区报了警，于是多少年来桃源村第一次出现了警察与警车。人们追在警车后，警察高举着枪冲上陡峭岩石抓捕逃犯，大山村民们有幸生平第一次听到枪响，然后那一刻都被吓呆了。

如果说开矿让村里哪个最开心、最受益，非张华仔老爹和他两个哥哥莫属。张老头被全村视作大恩人、大救星，不免扬扬得意。他把过去与自己交好的人安排到矿山里，对那些自己不待见的人故意从中作梗。他已经进了好多趟城，出进村学起城里人戴着墨镜。他彻底看不起常德利了，对这个记恨了半生的老头不再怨恨，而是极尽能事地挖苦嘲讽。他日子天天过得有酒有肉，除了风湿性关节炎疼痛偶尔发作，其他一切都好。张华仔的两个哥哥也像冬眠前的熊迅速胖起来。父子三个大约一个星期只有两天能够碰面，剩下的时间都各自寻欢作乐。

又过两月，张华仔返回桃源村过年，却一点高兴不起来。除了撒开人马找阿易无果，还有就是自从开矿后，当他每次归心似箭地赶回村子，下车往山上眺望时，看到的却是一次比一次更糟的情形。曾经葱茏的群山已变得像乱坟岗，矿山上的滚滚烟尘把一度蔚蓝如洗的天空污染得像肮脏不堪的幼童尿布，家乡曾经熟悉的美景早如良家妇女被糟蹋得面目全非。于是，每次一刻钟前他身上还异乎强烈的亢奋劲立即消失，紧接着脸色苍白，双腿发软，口里发苦，两眼发黑，有万念俱灰之感。父兄不省事，让他没好气受，好不容易挨到过完年，他战场受伤一样返回 T 市。这时的他心里没有一点热乎劲，甚至懒得出去，只得把事情临时委托给助手。他忘不了常德利爷爷既痛苦又失望的神情，一个年过七旬的老人向他诉说起村里的各种怪事时，几乎要哭起来。阿桃更是躲着不见他，因为她觉得他更加比不上王海，他在她那里彻底名誉扫地。只要闭上眼，他就满耳朵响着村民们的骂声，眼前是村里那些垃圾遍野、肮脏不堪的画面。说假话的公司管理人员，弄虚作假的技术人员，以及钻管理漏洞的工人们，还有花销惊人的账面，一切与他想象的是两回事。尤为可气的是，父亲竟与两个哥哥同矿上管理人员合伙骗自己，在电话里一个劲向他吹嘘一切都好，可实际只是因为矿上经理白送他们几条烟抽，还替他们出了嫖资。矿山经营还未兴盛就现出败落景象，让他觉得愧对乔丽娜，不敢去房间见她。他也不敢去向梅里美说出实情，因为梅里美对于他寄予厚望。这天，他在房间里昏昏沉沉、茶饭不香，便到外面循着过去在 T 市的生活轨迹绕一圈。他漫无目的地走着，不知不觉来到 T 市长途汽车站。这里正在进行大规模翻新，以满足迅猛增长的客运量。"从终点回到起点，物是人非，我须从头再来，勇于开创人生境界。"他努力暗示自己振作起来，以笑对这个生龙活虎的城市。可在他看到 T 市最新发展局面而激情澎湃时，随意一抬眼，猛地愣住了：在汽车站门口，一截凸出来的水泥台上，在那个高大门垛的阴影里，坐着一个弱小与熟悉的身影。"没错，是小燕子！"然后他的下一个念头就是：怎么是她，她怎么会出现在这里？一连串问题飞旋上他心头，他赶忙将车停到路边，然后以最快速度下车，穿越马路跑向正向四处惊慌张望的小燕子。

二十

越是物欲横流的社会，信仰与忠诚的品格就愈显珍贵和高尚。黎红平时忙着采访与撰稿，偶有闲暇才能琢磨小说的事。她期盼自己的小说可以改善当下盛行的庸俗现象，使文学保持一贯的高雅纯洁，而不是一味迎合人们的低俗情趣。她认为自己在做一件激浊扬清的事，使世人重新变得富有爱心，使社会重新变得富有温情："现在的文学作品使人们变得浮浅、冲动和狡诈，会导致社会认知的混乱和错误。而没有鲜明的立世思想，一个民族注定是不会走远的。"在王海集团公司举步维艰之际，黎红打算邀请他来北京看看，这会开拓他的视界增加他的信心，也能让他稍稍放松一下。

接到黎红邀请，王海同意到北京一聚。现在的他焦头烂额，一则几个企业经营起来依旧困难重重，新老问题交织，让他须臾没得空闲；二则红英社有人利令智昏，私下进行海上走私和非法集资，并且吉非凡是主要涉事者。其勾连一些人，妄想通过走私、集资等非法手段，达到最快、最大化占有财富的目的，并认为这是一夜暴富的最好捷径。这事被媒体捅出来，警察轮番前来调查取证，红英社一下子从众星捧月成为众矢之的。另外涉事人员忙着找门路脱险，其他人态度也谨慎微妙起来，社员们对红英社普遍持观望怀疑态度，因而红英社也不能再像以前那样定期聚会。毕副市长把王海叫去狠狠训斥一顿，王海无言以对。红英社被勒令整顿，声望严重受损。王海每每想到几个同龄人折戟江湖，惋惜又难过。虽然市场经济历来大浪淘沙，可亲睹这样的惨事，他还是良心难安；三则也让他最莫名其妙的，就是他在老宅先后收到两封匿名信，威胁他交出十万块保护费，并不得参加任何与政府沾边的事情。让他感到困惑与气愤的是，在如今的社会和年代，竟还有人这般嚣张。他立刻报了警，警方正在调查中。这些事都让王海心烦意乱，也因为他早答应过要向黎红进一步讲述军队里的事，便没加犹豫地接受邀请。当然，还有一层，他内心一直盼着与黎红见面，为此一直在寻找适宜的时机与理由。如今水到渠成，他名正言顺前往应约。黎红亲自驱车到机场接他，把他带入大望路边上的一栋柱形大厦，又寻到顶层一家著名的咖啡品牌店。

坐下后，黎红整理被风一路吹乱的头发，但看得出她心情很好。王海仍旧不敢多看黎红，尽管路上他一直从后视镜里偷瞄她。两人现在独处，都激动又不安，但交流仍很少。点餐时，黎红乘机多看几眼王海。他来了，专程为她而来，现在一步不离待在她身边，让她感觉终于找到了依靠，整个人没那么紧张、没那么累了。王海脑子里却仍回顾从机场一路而来的情景，心潮荡漾不宁。北京日新月异的变化和香港即将回归的喜庆气氛，现在完全反应在沿街及座间每个国人脸上、心里，并掺入他们各自的喜乐哀愁，结果让他有身处二月的冷暖不均的感受。此刻，这座大厦及其所在地区，正所谓当下中国和北京现代化与国际化的最新成果，领先性的事物横陈于他鼻尖与眼前，雍容、大度、磅礴与威严，少了让人动急似的追赶感，而呈现出一种松弛状态，进而是无比的舒适度与虚幻感。是的，他正处于全国的行政、经济、金融、科研、教育和文化中心，让他振奋不已，像从高寒地带来到富氧区。如果想成为行业领头人，身上一定要有统领万物的气势，而北京这样的地方，可以让人汲取到这种强大能量，觉得自己可以处理任何难题。"党中央就在这里，香港回归的百年问题正被成功解决，所有发展中的问题也都在排队解决，我不该这么揪心的，只是我还没找到好的解决办法。哪有过不完的黑夜，白天总会来临！一个国家、民族，包括个人，不会永远沉睡不醒，总有清醒和强大的那一天，我也是！嗯，这次来北京很及时、很正确，不仅是一次访友与休息，也令我从精神和意志上校准方向。只有在北京这种地方，才能感受正确与准确的时代节奏，我该不时来这里回回炉，这样才能跟得上中央与时代步调，不至于迷失和犯下大错。"他倚在宽大的椅子里，心安理得地享受黎红为他所做的精心安排，找回当初自己军事竞赛胜利时的那种感觉，一张脸因此灿烂得好似河上霞光。坐在他俩旁边的多是密友或情侣，他们小声亲密和热烈地交谈。黎红总不由得瞥眼他们，感觉只有他们二位像上课似的认真坐着，所以时间一久，她有些疲倦，甚至昏昏欲睡。

"只有身处北京，方知国家力量多么强大，把每个人都能调动起来，然后变得信心十足。"王海看着室内到处悬挂的紫荆花和香港区旗图案，又看着巨大、凹凸不平的城区状貌由衷感叹。

"是啊，这里最能感受改革开放和现代化进程的速度与激情，谁在这里都不可能无动于衷、无所事事，会变得没有年龄感，会永远不老似的精力充沛。你瞧，那个老年侍者六十岁的样子，但和二十岁的人一样手脚麻利。"黎红指着一位头发已全白的女侍者说，对方正穿着溜冰鞋，穿梭着为客人提供服务。

"所以你有激情、有精力，用这么久准备你的小说。"王海第一次带着欣赏与崇拜的神情望向黎红，觉得她像只耀眼的巨大星环。这让黎红脸红了，低头搅动咖啡，同时说道："我是带着情怀去做这事的，没准备好之前我决不动笔。我希望把当代军人写好一点，让人们见识并以他们为榜样。过重的功利化不利于社会生态，去功利化也是社会改革与文化改革的方向之一，让人们在和平与繁荣时期仍能坚守道德底线，提高境界修养，这也是我的一项职责。北京是全国改革开放的信息发散中心，在这里可以捕捉到最灵敏的时代信号。我要把我不喜欢的变成我喜欢的，但首先要从我喜欢的人开始。你能放下手里工作到北京赴约我很感激，我希望我能成功，我在为这个国家和社会找到道德楷模，军营战士我最熟悉也最喜欢，当然——"她摇摇头不说了，幸福地抿啜咖啡。

"军人是世间最伟大的职业，有最吃苦耐劳的精神。现实社会讲究收益，可军人连生命都肯献出，他们当然最应该受到尊崇。当兵的人即便退役和转业，也仍以做过军人为傲。他们穿上军服，从心里永远就不会再脱下它们。"王海真心热忱地回应，身子不由挺直起来，眼前又像出现那座军营、那片操场及原野。

"所以我选择你。"黎红重新来了兴致，脸像液晶电视上的高保真图片。

"不，比我更优秀的大有人在，比如您父亲，还有我的连长、指导员。没有他们，就没有现在的我。我一度是个不谙世事的男孩，在某种意义上，是他们让我变成了男人。"王海避让黎红的目光。他目中有泪，想让自己尽快隐没于前面那些背景事物之中。

"你是我见过的最优秀的男子之一，现在中国太需要你这样的人。"恋爱中的人，对于对方的一言一行都异常敏感。黎红发现王海动了情，便坦率地赞美。她美丽的圆眼睛刚才因为他否定自己优秀而稍稍睁大，现在重新含情脉脉。可惜对面的人对于爱情既严肃又过于胆小，她只得动用理智不断把自己拉回现实。

王海坚决地摇头，眼前浮现出偶像的音容笑貌，像军区颁给他的金质勋章，图案永远至贞完美。是的，崔连长才是世上最优秀的人，如果自己的人生中没有了他，就像生活中缺少了光："不，我绝算不上最优秀的人，但世间的确有能担得起这一称谓的人。如果没有他，就没我的今天，至少我可能还是个半大孩子。另外，如果没有他，我不可能安心待在荒原，也不会刻苦训练，更不会明白责任担当。而正是这般品质，让我毫不含糊地成长为一个男子汉。如果我把自己视为最优秀的人，那就有意贬损他了。"

"他是谁？"她差不多猜中他说的是谁，还是特意问了一句，同时仔细回忆起来。

"崔连长，你见过的。"——崔连长像荒原中的丰碑，无人光顾却绝对有地图标注。王海骄傲又激动地怀想。

黎红点头了。连父亲都知道崔连长，这人在整个军区都是传奇人物。只可惜她喜欢上王海，就觉得别的任何人无法超越他。"他现在哪里？"连队遣散后，她没打听过崔连长等人的下落。她拿出采访本，喝几口咖啡提神，然后等着他。

"他留在了部队，不过到偏远哨所去了。那里的条件比荒原更艰苦，入秋就冰雪封山，直到来年冰雪消融，半年内得不到任何补给。在荒原尚可以看到老鹰、兔子，但那里长年只能面对几个战友的脸。"王海说时，想象着冰天雪地，一边为崔连长担心，一边相信他可以带出比自己更出色的兵。"条件越艰苦他越能扛，任何困难艰险压不垮、吓不倒他，他总能对付得了它们。"王海越是强调艰苦，心里越是充满对崔连长的崇敬之情。

"你要和我细谈他吗，他对你的具体影响是什么？"黎红看到王海整个人变得极其庄重，自己也不由严肃起来。邻座的人看到他俩正襟危坐的样子，觉得不可思议，于是低声议论。黎红不久后注意到这个情况，不过没搭理他们，因为她仿佛正经历一次人性的漂染，整个人进入天空中一团虚幻的银白雾霭。

"每个人的孩提时代都要借助父母的双手才能站起，而在完成从少年向青年的过渡中，也须有这么双手加以扶持引导。父母是我的童年榜样，崔连长和王指导员则是我从青少年过渡为青年的导师。"说到这里，王海完全进入回忆，乘着时间的直通车回到过去，而一双眼睛像高清镜头，掉转方向对准时间深处。

——在他正式参军的当天，T市武装部在火车站举行了盛大的送兵仪式。新人们整齐列阵，像块块漂亮的秧田。车站檐顶插满各色旗子，晨风猎猎，它们一起噼啪摆动。乌黑的车头擦拭一新，前面扎朵朵喜庆的大红绸花，静候一边，像将去迎娶的婚车。军官在站台上踱着步，像仙鹤在水中行走，同时满脸严肃地来回打量。站台边缘与雨棚间悬挂着崭新的标语，一个送行军官通过话筒慷慨激昂地演讲。亲人们都想方设法赶来，拼命往前挤，都想再看自己的孩子一眼。旅客们停下往这边观望，满眼羡慕之情，嘴里发出赞叹之声。每个新兵因人生中第一次被关注而兴奋，不由把身子站得更直，努力比别人做得更好。他们都为当兵而自豪，期待生活和命运就此改变……

"你带着人生的所有愿望去参军，假如与你想的不一样呢？比如让你上战场，你还会期待它是个美好经历吗？"

"为什么不呢？当然，那时没想那么多，只想让自己快点变得像个男子汉，一个真正的男人。——人不能喜欢上战争，更不能鼓吹战争。战争会死伤人的，这很残酷。我会害怕，可是不会躲避。"

"父亲也和我说过，他第一次听到枪炮声非常害怕，直到现在偶尔还会做噩梦。"

"我要向你说的正是这样一个过程。当一个军人被训练得面对生死都无所畏惧时，他面临其他问题就会看淡许多。不要神化军人，他们的胜利建立在敢于奉献自己血肉之躯的勇气及老天格外垂青的运气之上。"

"往下讲吧，崔连长和你怎么样了？"黎红把因为入迷而忧郁起来的黑眼睛藏到另一半头发后，纤手在纸上沙沙地做起速记。她的姿势那么优美，声音那么清脆，让王海很难做到不分神。他感觉她像被自己请入屋的客人，担心她看到屋里的一切后脸红。

接下来的几天，王海和其他新兵乘坐火车驶向目的地。一百多个年轻鲜活的躯体挤在一节狭小的车厢里，告别时的热情很快冷却下来，沉闷的车厢渐渐使人昏沉。两个日夜后，他们换上卡车，继续摇晃向前。条件所限，吃住都在车上，中间几乎一半人发生呕吐，车厢里气味难闻。空气渐渐干燥，风沙越来越大，南方人娇嫩的鼻黏膜因不能适应气候很快破裂出血，于是很多人鼻孔里插着白纸管。车子中途停下休整，他们这才注意到外面已完全不能同家乡相比了。四周一望无垠都是沙土，没有山，没有树木，没有花草，只有沙漠石砾，在强烈的光线下反射出淡淡的焦黄。土很松软，踩下去就留下深坑。风一吹，原野像有许多野兽逃窜。这大大超出大家之前的认知，把来时的想象像没用的日用品一样丢掉。车队在荒原里像逃生的虫子，每个人都明白了事情的严重性，变得忐忑起来。当最终到达目的地时，正值黄昏。大伙跳下车，看到前面三个孤独的小山包挨在一起，然后在山脚下有两排红砖垒成的平顶营房。凛冽的大风从山后不断吹来，吹到身上像针扎一样疼。温度也降下来，一种特别干爽的凉意像清凉河水溢过全身。王海这才感到呼吸顺畅些。他随人群走动，和大多数人一样，以沉默表达内心的不满与失望。是的，这就是他未来要待满三年的地方，万儿八千里之内，绝对的一片孤独荒凉之地，绝对的一个死亡地带。由于与想象反差太大，之后他就记不起什么了，只记得简单吃了些东西，便被带到营房宿舍，卸下重重的行李，倒在床上沉沉睡去。

第二天醒来，王海头一件事就是打量房子。沿墙整齐一溜通铺，上面睡着七八个和自己一起来的小伙子。不，从现在起，他们之间该互称战友了。屋里仅有一张绿色木桌，围绕它四周摆放着八只木凳，桌上有八只印着红色字体的白瓷茶缸。三面墙上张贴"全面建设现代化正规化的革命军队"和"注重质量建设，走精兵之路，切实提高战斗力"等宣传画，应该是由上面配送下来的。室温有些冷，他试着像出发时那样高兴起来，却像小个子往高墙上爬一样屡屡失败。透过带玻璃格的小窗可以看到，一个巨大操场与一片无边的原野混同在一起。不远处几座大炮炮筒冲天，孤零零地整齐排列着。其他人陆续醒来，遥看到眼前场景几乎要哭出来，王海跟着伤心得说不出话来。——说到这里，王海为自己有过那样的思想波动羞愧地低下头来。

黎红倒觉得自己成功地深入这名男子的生活地带，觉得非常迷恋他的每个过程。她抬起身，盯住他白中泛红的皮肤，想象它的质感与温度，认为如果不能理解为他对她的喜爱与信任，他就不会这么直接和毫无保留地向她透露以上秘密。他在她眼里越发没有缺点了。

"重点说崔连长吧。我第一次见他，是到连队的第二天下午。当王指导员在会议室给我们做完动员讲话后，他正巧从军区赶回来，进门时甚至可以看到他身后吉普车轮胎下还涤荡着尘土。"王海说到这里停下，特意吞咽一口唾液，表明他马上要讲到记忆中最深刻、最激动的部分。黎红停下记录，歪起精巧的下巴，打算详细了解崔连长如何给王海留下人生中至美的印象，然后深受其影响。

崔连长是九十年代末的老兵，是大巴山区来的苦孩子。初到连队时，他还留着锅盖头呢。他从小渴望像爷爷一样成为一名骁勇善战的军人，为了荣誉可以奋不顾身。老连长一眼看出他是当兵的好苗子，明里暗里护着他。他聪明刻苦，精力旺盛，训练过一段时间后，大家送他绰号"飞将军"。这样，有一次，老兵们不干了，他们选出一个块头大得像苏联坦克的人来挑战他。这人名叫巴特尔，蒙古族，一代天骄成吉思汗的后代。新兵们都为崔连长捏把汗，因为两人往一起一站，巴特尔几乎能把崔连长整个人装进去。巴特尔在军中许久以来无人能敌，当老兵们找到他说明情况后，他身上蒙古民族的血性立刻高涨起来。过些天的一个傍晚，老兵和新兵齐聚小山包下。老连长和老指导员也来了，战士们委托他们当裁判。老连长赛前特意嘱咐巴特尔不能伤人，巴特尔点头答应。场子上，巴特尔脱掉上衣，露出浑圆的膀子，像泰森上场那样挥拳叫嚷。崔连长这边也收拾停当。比赛开始了。老兵吼得地动山摇，鼓动巴特尔早点发动攻击，但巴特尔非常小心，反而没像平时那么性急。崔连长呢，始终一言不发，与巴特尔对视着，眼里没有一点惧意。转着转着，巴特尔突然抬起两只牛腿似的胳膊，惊雷般吼一声，一下子扑过去。说时迟那时快，崔连长闪到巴特尔身后，把巴特尔拦腰抱住。巴特尔没有慌，马上分开双腿，展开双臂，直起身子朝后倒下去。崔连长被重重压在下面，老指导员及时吹响哨子，老连长宣布：第一回合，巴特尔获胜。第二回合开始后，双方变得更加小心。巴特尔还采取刚才以守为攻的策略，而崔连长并没被上回的失利影响到，脸上仍保持着惯有的笑容。崔连长连转两圈，还是决定采取主动。两人都抓着了对方，但形势依旧对崔连长不利，他的一只手被巴特尔死死钳住，没有办法挣开。巴特尔又一次出击了，把腰一转，准备把崔连长整个人抱起来。可就在巴特尔打算弯腰抽底的时候，崔连长突然好像缩小一截，从他胳膊下唰地钻到后面。巴特尔捞个空，身体随之猛然轻轻往前一晃。这下给了崔连长机会，从后面又是一扑，巴特尔应声倒地。老指导员愉快地第二次吹响哨子，老连长一本正经地宣布：第二回合，崔俊平获胜。巴特尔从土里爬起，转了半场回到老兵那边，低头想了一会儿。老连长宣布

第三回合开始，两人变得更为谨慎。巴特尔瞪大眼睛，里面放着光，苍蝇叮在头上也不理。突然，崔连长感觉一阵小风刮来，紧接着巴特尔像架三叉戟来到他跟前。崔连长暗忖不好，惊得凉气飕飕。巴特尔已经出手，仗着人高力大，将崔连长往前一掼，崔连长整个人飞起来。与此同时，他另一只手用快得几乎看不清的手法，把崔连长抓到手里，然后狂吼一声，将崔连长整个人举到空中。崔连长慌了，但在巴特尔在空中松开他的瞬间，闪电般抓住巴特尔的一侧肩膀，稳稳落在后面。说话间，巴特尔来个虎卧平川，但崔连长泥鳅一样从他胯下溜走。两人你来我往，比赛高潮一波未平一波又起。周围的人忘记了你我之分，不管谁使出好招，都会大声叫好。最后，还是巴特尔赢了比赛，双手死死抱住崔连长，将他轻轻放在地上，然后直起腰，用半个车轮大的手掌抹把脸，甩掉手心里的汗，一声不响走出场子。崔连长输掉了比赛，却为新兵们赢得了尊严。

"还能更详细些吗？"

"没见到他之前，大家都灰心极了。虽然刚到那里一天多，却觉得度日如年。再想到接下来都要在这里度过，大家都不敢往下想。老兵们普遍要比外面同龄人显老三到五岁，哪怕他们当天下午兴致勃勃地欢迎我们，我们都不感兴趣。王指导员在上面兴高采烈地动员我们，我们在下面苦着脸心不在焉。直到崔连长进门站住，也不说话，大家都像有第六感觉似的回过头看，瞬间忘记所有的难过和悲伤，就像缺水的禾苗浇到清流，又像一群动物找到首领，大家一分钟前还懒洋洋的身子马上坐直了。"

"我相信他有这样的魔力。对，只能用'魔力'这两个字来形容他。"黎红点头截断王海说话，同时也记起崔连长留给她的印象，虽然次数不多，过程很短，但感觉他有股强大的气场，能瞬间改变一个人对于世界的看法。现在听王海这么说，她一点不奇怪王海为什么推崇他，但也好奇他为什么有如此魔力。

"如果非要用一句话来形容他，那就是他是这个荒原的魂。"王海重新笑傲起来，在这座无比时尚与举足轻重的大都市里，他的这种感情比所有发光物更加璀璨。

"荒原的魂，那又是什么？"

"当大家由对荒原的极度恐惧转为极端厌恶时，他像只雄鹰出现在天际。这个伟大的生灵用它的存在告诉你：这荒原不是你的克星，而是会造就你、成全你！"

"唯有智者才能悟出这样的道理。"

"不，只因我们当时处于那种绝望境地，所以他的出现才带给我们那样的希望。他站着的身影岿然不动，眼神像父兄的大手安静地抚摸过来，让我们焦躁不安的心情立刻得以平定。我们的心马上聚拢到他身边，像躲避暴风雨的雏鸟藏在他身下。"王海边摇头边笑起来，像回忆孩提时代的趣事，"其实，一个人对另一个人的影响，是从对方那里得到帮助并获得力量开始的，又在后来得到种种强化。"王海总结过去，得出"能对普通人施加影响的人，一定是他比普通人更普通过"的结论。

"只有荒原上才有这么凌厉的雄鹰；只有艰苦的环境和严苛的条件，才可能孕育出这么神奇与伟大的生命，因为它具备了应对大自然一切刁难的本领。它稀有和珍贵，必然会受到世人的讴歌与赞美。"黎红若有所悟地说道，觉得自己找到了崔连长魅力根源的所在。

王海肯定黎红的话，觉得她做到了与自己心心相印，而这也可能是他明知配不上她却依然执意赴会的原因吧。他剥下一层层自己不愿承认的伪装，发现核心是：他离不开她了。他终于大胆地看她，为她的美所惊骇。他立刻分心了，像走路不当心碰上墙。可他还要说下去，因为把崔连长的经历告诉她，是他此行最重要的任务。他装得很平静地说下去，把自己对崔连长的感激全部融于记忆中。崔连长像涂了蜂蜜的糕点，让他这只嗜蜜的蜂虫不能飞离。崔连长的经历充满戏剧性，但不失为一段佳话。知道他过去的人并不多，只有少数几个老兵。王海也是在最矛盾、最困惑的时候，王指导员找到他，向他透露了其中秘密，至此在荒原安心待下来。

"后来怎么样了？"

"这片古老的原野方圆几百里内没有人烟，寸草不生。在这种地方，只有有水源才能生存下去。为此人们找遍整个荒原，才将营地选在这里。——又说远了。"王海好像又喝到小井里的咸水，表情无比幸福陶醉，"刚才我说过，这里没有水，因此没有人家。可是，就在崔连长来这里的第二年，那时他已经当上班长，突然一夜大风之后，不知从什么地方刮来一户人家。这是一户少数民族人家，不久男主人找上门，要求老连长同意让他用井里的水饮牲畜。老连长发愁，但还是答应了。男主人千恩万谢，临走邀请解放军到他家做客。这里先说下这一家三口。老头名叫赛玉甫，维吾尔族，五十五岁，由于常年风吹日晒，脸膛呈暗红色。他的眉毛跨过眼睛，一直垂碰到高高的颧骨上，眼眶像罗布泊湖床一样深陷进去。他下半边脸长满灰白胡子，整张脸的皱纹像羊肠一样多。身板生就硬朗，头上服帖地扣顶月白四楞小花帽。他老伴阿娅钦，哈萨克族，头上包块鲜艳的花头巾，灰白发打着卷，为省事，她把它们梳成两根大铁棍似的辫子搭在肩膀两侧。虽年过五旬，但皮肤洁净白细，双眸深似山壑。由于年龄与长期劳作，她身材已经臃肿，走起路来有些吃力。不过她是一家之主，一会儿提只铁桶钻出帐篷打水，一会儿把捡来的骆驼粪翻晾一遍，一会儿又支起锅忙着为家人熬热茶、做手抓饭。至于他们的女儿嘛，名叫巴哈尔古丽，刚满十六岁，上衣经常穿件艾德来斯花绸做的对襟短上衣，下身搭条蓝色牛仔裤，把皮肤和身材衬得无与伦比。她在 M 市财经中专学校学习会计，赶上第二学年暑假，便陪同着父母游牧。若论长相，她简直算世上最美丽、最梦幻的存在。

当天，赛玉甫挑了最肥壮的羊杀掉，热情招待老连长和指导员等人。原来他们一家放牧转场，突遇大风迷路来到这里。酒酣之际，老人闭上眼睛，开始低吟一段歌声，那是从喉咙深处袅袅传来的肺腑之声，中间好像融汇了一个民族从黎明出生到婚丧嫁娶整个过程的快乐与悲伤，既再现了大河之上泛滥波动的氤氲，又表现了勇往直前、无所畏惧的暗水深流的气势。他像先知一般坐着不动，全然忘记左右，长而粗硬的眼睫毛轻轻震颤，苍老的声音似循着时间之河现身又消失。唱过后，老人脸上放光，但神情比稍前沉默许多。刚好阿娅钦端着煮好的肉过来，赛玉甫捋着胡子弹起冬不拉，并招呼她为大家跳舞。听到熟悉的旋律与令人怦然心动的节奏，本来走路不大方便的阿娅钦，立刻眉目活泼，变得如小鸟和蝴蝶般轻盈，随节拍挥动双臂，扭动腰肢，挪转脚步，一张脸兴奋得红通通的，神情好似回到青春时代。随着赛玉甫琴声节奏的加快，阿亚钦双手和步子的变化也越来越多、越来越快，一会儿俏皮地移动脖子，一会儿飞花落雨般地欷歔抖肩，在帐篷咫尺之地腾转有余，做出一个个高难度的优美动作。老连长和指导员早撤到后面，把场子完全让给阿娅钦。最后随着赛玉甫琴声戛然而止，阿娅钦一下侧身仰地，两只胳膊拥抱天空似的张开，眼睛痴迷地望向上面。老连长等人在边上忘情地鼓掌，不忘按照少数民族方式向二人致敬。赛玉甫过去扶起阿娅钦，带着醉意竖起大拇指，连连喊着："解放军，亚克西！"

赛玉甫一家与军队的交往随即多起来。他多半会在晚饭后过来，还没进门就被战士们抢去围坐在中间。战士们有问不完的问题，他就用半生不熟的汉话耐心回答，逗得整个军营充满笑声。老连长和老指导员也会找他聊天，他就吸着烟主动谈历史故事、时事话题、人物秘密，显示他虽是一介牧民，但博学强识，知道不少国家和国际大事哩。阿娅钦则在每天上午十点钟忙完家事后，提一桶酸奶摇摇晃晃往操场这边来。她肥胖不便的身子，令人眼花缭乱的裙子，成为战士们每天生活中必不可少的风景。这时她坐在操场边炮身下的阴影里，一边看战士们训练，一边度过寂寞的上午时光。中午该休息了，她扶着膝盖站起，拎着空铁桶摇摇晃晃回去。巴哈尔古丽只会在早晚饮羊的时候出现在军营，每次战士们看到她就会忘掉眼前的一切，等她转身一离开，脑子变得一片空白。是的，他们只能承认她是美的，那种美永远说不出来，也记不起来。军民之间和睦相处，成为彼此生活中不可或缺的部分。赛玉甫经常会送些肉过来，老指导员都按份计价，老人每次推辞不要，让老指导员很为难。但连队也会把多余的粮食、蔬菜和罐头送给赛玉甫一家，赛玉甫不好拒绝接受了。这样几次之后，惹得阿娅钦对他又竖眉毛又瞪眼睛。

"解放军的一片心意嘛。"赛玉甫低头削着一支新羊鞭杆，一边小声回答。

"解放军同志多不容易呀，你还要他们的东西，你老糊涂了吗？"

"是啊，爸爸越老越财迷了。"巴哈尔古丽在一旁预习着下学期的课程，笑着说。

"连你也说我，唉。"赛玉甫把鞭子搁到一边生起气来。

这样大概过了一个多月，表面上看一切与过去没什么不同，但首先与崔连长一个宿舍的人发现，崔连长每天早上天还黑就起床溜出去，然后过上好一阵才回来。起初他们并没在意，因为崔连长总爱帮助别人。但接着，大家发现井口边多出一个用石头砌的水槽，每到晚饭后，崔连长就会提前往水槽里打满水，专等巴哈尔古丽的羊群一到井边就能喝上水。老连长和老指导员为此还专门在会上表扬崔连长。军营里很快传出风言风语，但老连长和老指导员不相信，因为崔连长做的好事太多了，而且他们认为他也没时间与巴哈尔古丽单独相处。他们为此专门向赛玉甫与阿娅钦打探，两人都说巴哈尔古丽从来不会一个人离开家。老指导员又找崔连长谈话，问他到底有没有这回事。他憋红脸，过了好一会儿摇摇头。老连长放心了，回头把告状的人狠狠批评一顿。崔连长也和大家一起翻杠子，同巴特尔在土窝里摔跤，丝毫看不出什么不对劲。生活维持正常状态，没人再留意他。直到有天晚上，赛玉甫突然跌跌撞撞跑进老连长宿舍，告诉他女儿一天不见，现在天越来越黑，他担心她出事，就来找解放军帮忙。

"大叔，你不要着急，我这就派人找。"

"解放军同志，她可是我们老两口的命啊，一定要帮我们找到她啊。"老人开始呜呜地哭。

"她早上没和你一起放羊吗？"

"没有，她说今天身子不舒服，要在家里休息。阿娅钦上午来这里送羊肉，回去她就不见了。阿娅钦没当回事，还以为是去找我了呢。等我回家，阿娅钦问起我，我才知道她不见了。"老人的皱纹和胡子里全是泪水，"连长，她可不要出什么事。唉，要是找不着她，她妈妈会把我吃了，女人就是这么不讲道理。听见了吗？她在外面喊呢。"——黑暗里远远传来阿娅钦悲痛的呼唤声。

老连长连忙叫来几个排长，通知他们各自带人负责一个方向分头找。赛玉甫则坐在老连长这里等。两人都不说话，赛玉甫边抹泪边偷偷朝老连长看。老连长以为他担心，于是用言语安慰他。赛玉甫突然放声哭起来：

"连长，我知道她和谁在一起！"

"什么，你知道，是谁？"

"崔战士。"

"崔班长？"老连长脸色立刻变得比铁还难看。

"我和阿娅钦都知道这件事，她和崔战士都快好上一个月了。自从巴哈尔古丽见到崔战士，凭直觉我就察觉出来，她像刚露头的婴儿眼睛里进了风，表现得六神无主，看书都不在心思上。崔战士我也早见过，一个精干帅气的小伙子，我很喜欢。不久，阿娅钦也知道了此事，她比我还中意这个姑爷，所以，我们老两口对这件事睁一只眼闭一只眼。巴哈尔古丽小时候就说过她将来一定要嫁给解放军，你瞧，应验了。"

"大叔，你糊涂啊，怎么不早说！"

"连长同志啊，你别怪我，他们可真是很般配。"

"军队有纪律，战士不许谈恋爱，否则会受军法处治。"老连长沉着脸斩钉截铁地说。

"哎呀，那可怎么办？连长，你可要宽恕他啊，他受了罪不说，巴哈尔古丽也受不了。"

"不行，我要亲自去找，你回去照顾大婶吧。"

"不，她会要了我的命，我跟你们一块去找。黑天半夜的，他们肯定又冷又饿。"说着他又抹眼泪。

老连长另找几个战士，带着赛玉甫从营房出来，一头钻进荒原深处。夜黑得伸手不见五指，月亮不知躲到什么地方了。老连长知道这是两人精心预谋好的，心里这个气呀，暗地里好几次差点骂出声。几人深一脚浅一脚地往前找，一边往前面晃动手电筒，一边用力大声喊。越往前走，赛玉甫越是害怕：

"连长，可全靠你们了。依你看，他们会出事吗？"

"放心吧，大叔，那个兔崽子鬼着呢。"老连长一想到崔连长竟把自己和所有人骗过了，气就不打一处来。

几人保持着距离，继续往前找。原野静悄悄的，星星像奶油花那么稠密。赛玉甫可怜巴巴，像猫那样睁大眼睛，生怕漏过眼前的什么。突然他听到前面有动静，仔细一瞧，哟，地上有什么黑乎乎的动了下，立刻朝老连长大叫起来。老连长拿手电筒晃过去，地下光圈里卧着一只惊恐万状的野兔。赛玉甫捡起石头扔过去，一下击中它的头部。兔子倒在血泊里，赛玉甫跑上去拎起它："连长，等找着两个孩子，正好给他们压惊。"——可惜赛玉甫看不清老连长的脸，善良的老人现在还护着崔连长，他肺都快气炸了。不久，他们与之前的人会合，大家的手电筒光柱在天空交织、碰撞。赛玉甫有些吃不消了，由两个战士扶着走。老连长怒容满面，没人敢和他说话。这样，当天蒙蒙亮时，前方地平线上出现两个移动的黑点。战士们跑上去证实，果然是崔连长和巴哈尔古丽。很快人们全部赶上去，看清巴哈尔古丽正躺在崔连长怀中，胳膊紧紧抱住他不放，像受伤的小羊在发抖。赛玉甫推开两个战士，扔下手中的兔子，扑过去："傻孩子，你们怎么能做这种傻事啊。出了事怎么办，你们这是要我和你妈妈的命啊。快起来呀，坐在地上会着凉生病的。"——大家静悄悄返回，天幕在身后徐徐拉开，原野像个巨大空旷的舞台呈现出来。老连长阴沉着脸，一言不发。

大家晌午后才回到营地。老指导员此时已等在营房外。崔连长背着巴哈尔古丽，面无表情，脸上肌肉僵死一般。别人要替他，他生硬地推开。不一会，阿娅钦远远地跑过来，一把抱住女儿边哭边打量。崔连长低头要离开，一旁的老连长拦住他去路。崔连长想绕开，老连长又跨出一步挡住。他的脸已涨成紫红色，眼珠子都快瞪出来了。老指导员劝老连长冷静，老连长连老指导员的面子都不给，解下皮带，恶狠狠地盯住崔连长。

"说吧，怎么回事?！"

崔连长不吱声，也不看老连长，好像已为这样的教训做好准备。

老连长脸上一阵痛苦痉挛，再说不出什么，抢起皮带朝崔连长狠狠抽去。皮带在崔连长身上发出清脆亮响，他躲都不躲，脸上没有任何表情，好像打在木桩上一样。老连长被他这种傲慢无礼激怒了，再不顾忌什么，皮带雨点般地落在他身上。赛玉甫和阿娅钦吓坏了，大声乞求老连长快停手："快住手啊，你会打坏他的！"阿娅钦喊着："崔班长，替巴哈尔古丽想想吧，她看着你这样会死掉的。"

"说呀，你这个浑球，为什么这么做？"老连长一边打，一边大骂。老指导员在边上轻轻叹息，此时他已经无力劝阻两人中的任何一个，这是领导在训导下级，父亲在惩罚儿子。

崔连长身上很快鲜血淋漓，皮带每抽下去一次都溅起一阵血雾。两个老人抱着吓得昏死过去的巴哈尔古丽，坐在地上号啕大哭。其他战士也傻了眼，好像经历了一场噩梦。老连长彻底变得疯狂，好像只有这样，才可以将崔连长彻底征服。时间一分一秒流逝，两人相互折磨越趋残酷。老指导员的眼睛不禁湿润，周围战士不停地抽泣。

"不，不，不要打他！"巴哈尔古丽忽然醒来，扑过去抢老连长手里的皮带，老连长躲开她，她重重摔在一边。她心如刀绞，开始绝望地哀号，用尽生平最大力气，跑上去替心爱的人挡皮带。"啪啪！"皮带落在她身上，雪白的皮肤上立刻出现几道血痕，同时剧烈地摇晃着倒下。在场所有人惊呆了，个个屏住呼吸，连老连长也放下皮带，场子里静得好像每个人的心脏都停止跳动一般。巴哈尔古丽头靠在崔连长肩上，鲜血渗过她薄薄的衣服滴到地面。

"巴哈尔古丽，巴哈尔古丽，你说话呀，你怎么了？"崔连长在她耳畔大声呼喊。

"我不允许他再打你。"巴哈尔古丽勉强睁开眼，看着崔连长虚弱地说。

"我不怕，巴哈尔古丽，为了你，我什么都不怕。我爱你，我要和你在一起，没有人能阻止我们。"

"真的吗？"巴哈尔古丽苍白的脸上露出笑容。

"巴哈尔古丽，你要好起来啊。"

巴哈尔古丽点点头。赛玉甫在地上瘫着，摇着头说："真是两个傻孩子，这时候还说这种话。"

"连长，放我们走吧，我和巴哈尔古丽要去过幸福的生活。"

"什么，你还在犟？你个执迷不悟、不争气的东西，要气死我吗？"老连长再次被激怒，伸手一下把地上的两人分开，不容分说再次朝崔连长抢下皮带。崔连长掉过身，把巴哈尔古丽护在怀里，巴哈尔古丽也紧紧抱牢他，两人同时承受着暴风骤雨，下决心谁也不离开谁。

"你会把他们打死的。"

"今天我就要打死他，我宁肯上军事法庭！"说着，老连长冲上去继续打。

巴哈尔古丽愤怒了，她一下从崔连长怀里挣出来，发疯似的冲到老连长面前，把老连长吓了一跳。

"来呀，冲我来呀。我就是爱崔班长，他是我的眼睛、我的生命，谁都别想拿他怎样！"巴哈尔古丽还在使劲地叫喊。"啪！"巴哈尔古丽重重挨了下，身上裂开一个长长的口子。她笑了，笑声好像蓝天里年轻的雄鹰，飞得又高又远。

所有人都在为崔连长求情，老连长仰天长叹一声，发出一个比失去亲儿子还要痛苦的惨叫，把皮带扔在一边……

而接下来，崔连长被关在仓库里，老连长派两个人看着他。崔连长不吃不喝，说不定什么时候就会撕心裂肺叫唤上一阵，直到筋疲力尽。巴特尔来看他，两人对面无语，眼泪只管往下淌。赛玉甫这边，女儿昏迷了两天两夜，他心疼地守在一边，说道：

"何苦呢，找个合适的时间我会向他们提亲。巴哈尔古丽啊，都说爱情会让人心迷神乱，可大家都要像你俩这样，还不闹翻天？"他坐在昏睡的女儿旁边，眼睛肿得像牛膀胱，有气无力地说。

阿娅钦在一旁又生起气来："为什么不去看看崔班长怎么样了？女儿醒了，她要问起来，怎么回答？"

赛玉甫从地上爬起，到锅里舀碗冷奶茶咕咚咕咚灌下去，然后走出帐篷。一会儿后他回来，把情况向阿娅钦一说，阿娅钦当时拿起头巾捂起脸哭了。

"真是个好女婿，巴哈尔古丽嫁给他准错不了。"

"可不是，可他们还拿铁链子拴着他呢。"赛玉甫嘟囔一句，闭上嘴不说话，开始一下一下地扯眉毛。

"可怜的孩子。"阿娅钦又转过去看女儿，"一对可怜人，他们相爱，为什么不成全他们呢？"

忽然巴哈尔古丽身子动起来，嘴里不住地喊："住手啊，快住手啊，不关他的事……"一会儿又喊："打呀，打我呀，我什么都不怕，打呀，快来呀……"她同时伸出两只手胡乱地在空中抓。阿娅钦上去按住她，她安静下去。又过个把钟头，巴哈尔古丽清醒过来，妈妈急忙给她饮了些骆驼奶，她乖乖喝掉，挣扎着从地上坐起。

"孩子，你要干什么？"

"我要去找崔班长！"

"不行，你身子骨还没好起来呢。"

但巴哈尔古丽不听，摇晃着起身，到了外面，跌跌撞撞往前走，可没多久，又猛地倒地昏死过去……

这样过了四五天，这天天气出奇地好，风不大，像小马驹在野外练习跑步。老连长从房间出来，叉腰一望，突然觉得崔连长今天可能会想开事情，便高兴地从赛玉甫那里买来两只大羊，打算炖了让战士们大吃一顿。但中午刚过，外面起了风，并且地面地震似的轻微颤抖。战士们向窗外望去，只见天边像有堵黑压压的高墙快速移来。它行进速度之快，令人咋舌，眨眼间从十几米长到上百丈高，连太阳都不能幸免。老连长跑出宿舍，立即大惊失色道：

"沙尘暴！"是的，连他也未见过这么大的沙尘暴。

"沙尘暴？"有人低头自语，有人抬头琢磨怎么回事。

连队乱成一锅粥。老连长站在人群里指挥，抬头看见赛玉甫家的帐篷，暗叫一声不好，正要派几个战士去帮忙，可人还没找齐，沙尘暴就已气势汹汹到了跟前。沙尘暴的风头像推土铲，不顾一切将挡在它前面的东西连根掘起，而后面像跟着挖掘机，将所有的战利品高高扬起、打碎、搅拌、吞咽。它可真像个万丈深渊啊，混同上亿吨泥土，无数飞沙走石，连同万物万象的残骸与尸体，以及能掠来的一切，在短短十几分钟内，囫囵吞进肚里混搅、腐蚀、消化，直到它们完全变为它自身的一部分。

这样直到黄昏时分，当人们再次看到太阳时，大地上已经千疮百孔、伤痕累累，像活生生被剥皮的大兽，倒在地上一动不动。而赛玉甫一家曾经落脚的地方，一切荡然无存。不久，大家听到身后剧烈的打砸声，原来是崔连长，他发疯似的要冲出去，喉咙里发出公狗挨打般的呜咽。老连长跑到库房，亲自为崔连长打开铁链。

"去吧，去找你的巴哈尔古丽吧！"他一边把铁链从崔连长身上拿开，一边流着泪说。

三天后，崔连长回来了，几乎没人能认出他来。他站在老连长宿舍门外，一动不动，脸上没有任何表情……

王海讲到这里，早已泣不成声，黎红也哭成了泪人。

"事情过去好多年，已经没几个人知道它，但每个听到过的人，无不痛心疾首和泪流成河。今天，我把这件事讲出来，就是想告诉你，我和他相比，简直不值一提。荒原里的军人，愿意把他的一切慷慨无私地奉献出来。每当我有过不去的坎，就想到崔连长，就获得了启示和力量。"王海说到这儿，很自然地将自己比照崔连长，又将黎红视为巴哈尔古丽，二人隔着桌子，彼此的手像风暴中的丝带紧紧缠绕在一起。

黎红被王海出乎意料的举动惊到了，这不正是她想要的吗？她再次验证了眼前这个人的传奇经历，果然他受到过人生淬炼，堪当任何重任。所以，如果能成为他的另一半，她也一定会像巴哈尔古丽那样坚贞赴死。此时，大厦地区黑夜渐渐降临，但她感觉整个世界正照耀着盛午的阳光，一切如天山下的雪山和草原般清晰豁亮。

第七章　王指导员一家

二十一

　　听过崔连长的故事，黎红悟出许多东西。即便一个身处偏远地区的人，也会影响到繁华富庶的都市。道理很简单，就拿崔连长和他的连队举例，如果不是他们矢志戍边，如果不是他们肯于奉献，就不会有内地的安宁稳定，也不会有全国改革开放的大好局面。更何况，他们还影响造就了王海这样的人，让他们共同成为这个社会具有高尚灵魂与不朽精神的非凡之人。想到这，她心里为之一颤，为之前自己漠视与瞧不起普通人而感到脸红。王海接着又给她讲了王指导员的故事。她同样记得这个人，也对其怀有敬意，便带着同样的辛酸劲听完。

　　——那时荒原上的冰雪还未完全消融，王海抓紧时间读书，中途偶尔停下，脑子受到启发，产生各种念头。他已经完全爱上身下的土地，期待自己像种子在这方贫瘠的土地生根发芽、破土而出。他仿佛看到战友隋心安并没有死，而是通过自己得以复活。不知不觉，当他这天站在营房后的小山上远眺时，发现操场边上停了一辆军区补给车，旁边站着王指导员一家和崔连长等人。看样子，王指导员妻子要乘车离开这里。他心生疑虑，王指导员妻子明明前天才带着儿子来这探亲，怎么过一天就要离开？他连忙跑下去。王指导员和妻子已经坐上车，同大家告别。看到父母离开，王指导员八岁大的儿子明明突然放声大哭，篮球从他手里滑落，滚出很远。旁边战友哭出来，王海纳闷怎么回事，就听崔连长叹气道：

　　"这个老王，为什么要瞒着我们？"

　　"连长，指导员怕影响大家。"别的战士回答道。

　　"可是，说出来大家可以一起帮他！"崔连长非常懊恼，用力拍打自己的脑门。

　　"连长，到底怎么回事？"

　　"这几天明明就由你来照顾。记住，不能有半点闪失！"崔连长以罕见的严峻神情命令王海。明明跑去捡球，战友小声告诉王海，王指导员妻子患了尿毒症，此次前来探亲，可能是一家人最后团聚。王海立刻觉得五雷轰顶，正待张口细问，就见明明已经抱着篮球来到跟前。崔连长再看他一下，背过身悲痛地走了。他抱起明明往宿舍去，中途一边安抚明明，一边往车辆离开的地方久久凝望。

随后，他从小胡子等人那里进一步得知，王指导员妻子现在的情况很危险，医生建议她换肾。但那需要一大笔钱，这对于全家来说无异于灭顶之灾。她做了决定，放弃治疗，只争取时间与家人团聚。崔连长得知后，坚决要求王指导员陪妻子去军区医院检查治疗。可惜王海沉浸在个人世界，对周围发生的一切浑然不知。

王指导员是 A 省 BS 市人，他比崔连长晚一年来连队。至于他的妻子，是他的邻居，自他参军离家后，一直帮忙照顾他家。两人在他正式留在军队那年结了婚，真正没过几天夫妻生活，但她给他生下个又聪明又漂亮的儿子，取名明明。由于常年劳累，加上郁郁寡欢，她忧劳成疾，患上尿毒症。她本不想告诉他，可为了这个家，为了孩子，探亲时，她提出多住些日子。

死亡，王海又一次要面对它。在这之前，他在这里最好的战友隋心安死了，这让他几乎悲痛欲绝。刚到军营的前几个星期，他萌生了离开荒原的念头。若不是崔连长，他几乎有当逃兵的想法。但有一天，他在操场烈日下快熬不住的时候，一个动听的声音在耳边响起：

"喂，你就是王海吧？"

王海转头，发现一个头发剃得很短的小伙子正坐他旁边，眼神明亮，热情洋溢在脸上。

"对，我是王海。"王海同样报以微笑。

"我叫隋心安，是你邻省的。"对方亲切地伸出手，等候王海回应。

"怪不得口音相似，我们算半个老乡。"——由于那场家庭变故，王海不愿多提及家乡。但对方的热情令他无法回绝，只好伸手去握。

"我叫隋心安，我早知道你。"隋心安激动地说，虽刚从操场下来，却不见半点疲倦的样子，"我刚来这里就注意你了，可惜我们不在一个排。怎么样，还受得了吧？"他关切地问。

"你呢？看上去很好。"

"当然。"隋心安有意展示下，"这里比在家乡好多了，我要好好干一场。"

"你说这里很好？"王海对隋心安的话感到疑惑。他仔细打量，见隋心安脸上的笑容渐渐没有了，轻轻皱起眉，盯住地上瞧。

"你是从城里来的吧，肯定没受过什么苦。瞧！"隋心安伸手让王海看，上面布满陈旧发黄的茧子，又随手抓起一块干硬的土坷垃，一下子捏得粉碎。看到王海惊讶的样子，隋心安又一次笑了，像玩了个热身小游戏："没什么，闹着玩的。怎么样，我们交个朋友？"

"做个朋友！"隋心安前额像精瓷一样光洁，显得聪明和精力旺盛；眼睛虽因强光眯起，但清澈见底，似有鱼在溪中喧闹不休。由于对人生持有积极态度，所以连他的两只鼻翼也神采奕奕。他好像随时准备喜欢上任何人，这种快乐传染到王海身上，让王海觉得他是个可信赖之人。

"王海，我正想着做一件事情。"

"什么？"

"现在还不能告诉你。"隋心安又神秘地对王海一笑，然后盯着操场那边看。休息时间差不多了，大家都往操场中间去。两人不敢怠慢，同时起身离开。

"王海，有空找你去。"

"没问题，等着你！"

自打结识隋心安，王海就在操场认真留意起这半个老乡来。隋心安果真在操场上表现得与众不同，被教官公认为最能吃苦却最没怨言的人。王指导员几次公开表扬他，要求新兵们以他为榜样，要向他学习。他遭到妒忌与奚落，却仍旧天真无邪地笑，还主动找上人家，要帮助人家。天气和训练把大家折磨得萎靡不振，他却生龙活虎，操练起来旁若无人。有他在，整个操场就像有了灵魂。有时，他也会远远向王海这边望过来，当发现王海也在望他时，笑容更加灿烂了。如果说这里除了崔连长和王指导员，还有谁更让王海感动的话，那就是隋心安了。

这天，下午训练刚结束，隋心安找到王海，二话没说就拉他跑起来。两人一直跑到军营后面那座最高的小山包上，在小型风力发电机下面，隋心安激动地指给王海看。

"王海，你看！"

王海顺隋心安指的地方看去，不禁一怔，一幅让他内心无比震撼的图景出现在眼前：一轮孤独硕大的红日兀自悬浮于一条脆弱发亮的地平线上，万籁俱静，大地像张粗糙的老脸被涂了一层红色油彩，天地沉淀着，亦可说飞扬着一种宏大无声却沧桑悲怆的美。这种美，像无数美丽鲜红的带电粒子飞掠过他俩周遭，甚至径直穿越他们的身体，让他们变得空洞与无我。王海不禁感到整个人、整颗心、整个生命都被这种力量赤条条地征服。他不自觉地往前几步，不知是被它巨大的旋涡吸卷进去，还是自愿纵身一跃，跳入这蓬勃壮烈且无声的光焰中。他不知是自己被毁灭，还是期待一种更加无畏的解放，像凤凰涅槃那样获得新生。他全身心都静止了，喉咙发不出任何声音，沐浴在万顷光彩中，形散了，神散了，任它们燃烧自己，像飞舞在空中带翅的火龙……

王海在那一刻什么都不想了，直到隋心安来到他身边。

"这是我见到过的最美的日落。"王海定定说道。

"知道你会喜欢的。"

"总觉得在哪里见到过它，熟悉，感动，磅礴！"

"活着需要力量，没有力量，就去寻找力量！"

"心安！"

"怎么？"

"你是最懂我的朋友。"

"我有个提议！"

"什么？"

"一起赛着跑一场！"隋心安走上前，看着王海，无数光好像从他牙齿豁口处涌入体内。"跑呀，还等什么！"说完，他已甩动双臂，在前面飞奔起来。

两人飞快跑下山包，冲入一望无垠的原野。两人尽情追逐，不时你超越我，我超越你，要么伸手去抓住对方，要么干脆跳起去够太阳。夕阳又红又亮，红色光源源不断从天际涌来。他们好似两条脊背光滑的大鱼，游弋于波涛汹涌的光海之上。不知跑了多久，他们终于累倒在地。太阳渐渐没下，他们激情重归平静，隋心安趁机向王海讲起自己的故事。原来他与王海不同，从小生在乡下，对于参军，一直抱有崇敬之心，也希望通过参军改变命运，所以来到这里后，格外珍惜机会。——两人自此成为形影不离的好友，以至于小胡子公然妒忌他们的关系。

时间一久，王海一边感到庆幸，一边却隐隐担心会失去这个朋友。他经常目光深远地望着隋心安，觉得与他相比，自己有些渺小。是的，就像面对晨雾中的一座大山，他突然发现自己只是其中一株小草。他心灵受到震撼，进一步加深了对生活的认识，它远比看上去更深奥复杂。一个人，如果动不动就说自己看透了生活，那只能说明他涉世未深。他以自己的无知代替生活的智慧，是他过于肤浅了。而经常地，他突然生出某个不好的念头，为此不断责怪自己。偏偏怕什么来什么。一天下午，大家正在训练的时候，操场里突然发生了一阵小骚动。"怎么了？""有人晕倒了！""有什么奇怪，不是天天晕倒几个吗，谁知道今天是谁？"新兵们停下朝那边望，然后小声议论。"继续训练，要我用皮带抽你们吗？"老兵吓唬他们，一边自己也朝那边看。不一会儿，人群中抬出个人来，大家都急着看是谁。等那些人经过，他们发现那人口吐白沫、浑身抽搐，好像犯了癫痫，整张脸扭曲在一起，脸色发黑。"他怎么了？"有人轻轻问正抬着他的人。"不知道，突然倒地不省人事。""是累晕的吧？""好像不是，不过现在不能肯定。""要去浇井水吗？""他在出冷汗，身上汗珠有黄豆那么大。""得遮住他头上的太阳。""队医来了，大家让开些！他在哪儿？"远处，一个穿白大褂的军医提着棕色药箱跑过来。人群把位置让出来，队医伏下身子，用听诊器仔细听会儿，对周围几个人摆摆手，示意把他抬进屋里。操场恢复了原有样子，新兵支起胸脯继续冲锋陷阵似的训练。老兵们很满意，对他们频频点头。屋里的人很快出来，观察他们的表情好像很平静。人们松口气："真是虚惊一场。""喂，他没什么事吧？""大夫说再观察一下。""一定会没事，都是这该死的天气和……"

由于事故发生在操场另一头，所以王海一直没注意到晕倒的是谁。他继续训练，好像周围正站着崔连长、王指导员和隋心安等人，而他要好好表现给他们看。另外，他一早就从教官那里得到消息，晚饭后崔连长要找他单独谈话。虽不知道谈什么，但想到崔连长单独会见他，脑子里像跑着一群马，始终懵懵懂懂的，绝不会想到出事的是隋心安。

晚饭后，他正与刘成等几个室友围在一起读报纸，一边不时往外看看，等隋心安像平常那样在晚饭后找自己，然后把崔连长要见自己的消息告诉他。可是，这次隋心安迟迟没有现身。

"王海，王海在吗？"

王海放下报纸，循声问外面："什么事？"

"快跟我走，出大事了！"

"发生了什么？"王海边穿衣服出门，边急着问老兵。

"王海，隋心安快不行了。"

"心安要死了？"王海眼睛一黑，打个趔趄。

老兵扶着他跑起来。

"崔连长、王指导员已经在那里了，送军区医院已经来不及。"老兵路上告诉王海，王海跑得磕磕绊绊。

王海从没感到身子这么沉。路不是很长，却像永远赶不到头。他满脑子都是隋心安的笑脸和两人在一起时的快乐碎影。他不相信隋心安会死，没有隋心安，他会缺失半个灵魂。他一边想着，一边泪水已如洪流狂泻。等来到隋心安宿舍外的一瞬间，他猛地站定，打个冷战，开始记起自己这些天那些莫名的感觉。啊，它们像一团黑色的乌云，正邪恶地爬上他的天空……

转眼进入冬天，荒原更加寂寞。为减少对隋心安的思念，也代他完成心愿，王海自愿替别人站岗，然后有意无意地朝荒原深处打量，因为他一直相信隋心安没有死，而一定在某个地方顶风冒雪地进行训练，或者正静静望着军营向他真诚地微笑。快要过年的前几天，下岗后，崔连长把他叫到办公室，向他介绍隋心安的哥哥。大家相互沉默许久后，隋心安哥哥开口说道："心安曾写信说，连队长年吃不到新鲜蔬菜，所以想在这里试种蔬菜。"说着，从脚边布包里取出一个口袋，"这就是他要的种子，我带来了。"哥哥眼睛一热，"唉，可惜他不能把它们种下去了。"哥哥说完扭过脸哭。

"早年间我们也搞过试验，可这里的条件实在不适宜种植，试验没有成功，我们就放弃了。军区每半个月会为我们补给食品，其中包括蔬菜，虽然种类不多，也不很新鲜，但比过去有保障多了。"王指导员红了眼，低头擦眼泪。

"既然带来了，我就没打算再把它们带回去，就把它们留在心安身边吧。"哥哥忧伤地说。

"指导员！"王海从旁边站出来，"心安是我最好的朋友，我来帮他完成这个心愿。"这时候，王海猛地意识到这就是隋心安那个没来得及向他透露的秘密，他也立刻明白自己应该怎么做。

王指导员有点为难。

"指导员，我保证不会因为这事影响训练的。"

"唉，我并不是反对你做这事，只是担心事情失败了，你会更难过。"

"指导员，我知道这很难，但我认为心安的想法很了不起，我一定要试试。"

"好吧，既然你们是最要好的朋友，我没什么意见。"

"啊，这下我心里好受多了。"隋心安哥哥看着王海说。

一行人来到埋葬隋心安的地方，没有风，天空有几丝黑云。崔连长带头行军礼，所有人立正致哀。

如今，王海又要面对死亡。他好不容易挨过隋心安这一出，现在又要面对王指导员的妻子。奇怪多于恐怖，死亡传递出种种信息迷惑着他，他的心情再次变糟。人为什么会死，隋心安为什么会死，王指导员的妻子呢？自己的父母呢？世间所有人呢？平凡的人说它是睡着了，信仰宗教的人说它轮回了，而伟大的无神论者认为这是物质的周期代谢，深刻的哲学家说它是活着误差最小的镜子。啊，灵魂是袍下骨，肉身是租来的。如果说隋心安的死，自己替他讨到了说法，那么王指导员妻子呢，该做何理论？随着时间推移，他愈来愈洞悉到这荒原的内部，不经意间态度大变，自然而然地联想到：终有一天，自己也将葬身这里。

原野的春天来了，王海禁不住要呐喊。这时节他好像等待多年，憋闷了许久。时间如同受着巨大挤压，分外用力地朝外喷涌，仿佛对人们说：多的是呢，浪费一点无所谓。世界变成一座高过一座、用以象征征服世界的摩天巨塔，不断冲击人们的视觉，牵引人们的头颅抬得越来越高。固执的观念仿佛低熔点的晶体被太阳照透，从固体变成液体，令一切畅行无阻。人们终于可以心情愉快地走出待了整个冬天的房间，露出比蒲公英还要灿烂的笑容。这是适合达成心愿的日子，什么样的愿望都可以实现。不会是做梦吧，还会有比这更好的？天宽地广，好像秩序初建的社会，线条仍旧粗犷，人心比较简单，因简单而快乐。一切都在酝酿，一切都自有主张，一切都独立出来，头不属于躯干，手脚不属于四肢，心脏脱离胸膛，思想跳出大脑，单个人分化出无数自己，无数人重叠成一个身形，萌萌动动，影影绰绰。生命是春天神话的开场表演，一切可以复活，一切被拟人化，每粒泥土，每枝树条，每缕风息，每豆芽苞，都拥有色彩与生机。大自然的创造力不枯，把万千生命悉心呈现。一切像有新安排，即使过去犯过错，现在也可以从头再来、为时不晚。这是个完全被光明统治的王国，连黑夜也热乎乎的，像强壮的男子在新婚夜有使不完的劲。一切从心愿出发，由自己精心挑选，像喜爱的物件经禅师开了光。是的，原野的春天来了，世界的春天来了，不得不爱，舍之不得，喜悦从心里、身上像新芽或羽毛长出来，令人拥有博爱与和平的使命，带着特定的目标与希望飞进蓝天。

是的，春天就在眼前，王海恨不得把一切扔到一边，去追、去迎。他勇敢地对自己说：这里真的不凡，这里是美的，自己羞辱过它，但也羞辱了自己。他满怀歉意地再次打量，有的只是感动、惊奇与赞叹。他意识到之前自己多么狭隘，把自己当成十六岁的羊倌，管一群听不懂人话的羊群，不老实就抽它们一通鞭子，哪管它们吃没吃饱或是否生病。现在他以仁心与智者的眼光看世界，认为过去的做法没有人道、缺乏民主。他必须重新濯洗眼睛，用新视角、新思维对世界放宽放大认知，同时要饱含感情。他一边思考一边解决问题，很快感到这貌似一览无余的土地上，其实盘旋着一股不可扼制的势力，在热切召唤、吸引他。他好像重新变回一个婴儿，天人合生，呱呱坠地，转瞬见风就长……于是在军营一个再普通不过的中午，前排军营宿舍的一扇门打开，紧接着，从里面走出一高一低两个人。高的牵着低的，低的挽着高的，手里各拿一只铲子，相随朝操场边上的小井走去。尽管强烈的光线让他们的身影变模糊，但仍可辨认出那是王海和明明。两人一前一后，不紧不慢走着，王海不时低下头对明明小声说些什么。小家伙昂起头，冲这个长得和太阳一般高的叔叔开心笑。两人来在小井边，小井周围不知什么时候被开辟出一小块地，周围垄着土埂，里面新翻起的泥土正晒着灼灼的太阳。

"叔叔，今天我们就把它们种下去吗？"

"是呀，今天就可以种下去了。"

"它们什么时候会长出来？"

"很快，它们很快就能长出来。到时候，你就能天天看见它们了。"

"是吗？太好了，叔叔，我们赶快把它们种下去。"

"好呀，真是个好孩子。"

明明挣脱王海的手，跑进田垄，蹲下来专心瞧。

"明明，看到什么了？"王海在明明旁边伏下身子，望着他问。

"叔叔，你看，一只小虫子。"

"小虫子？"王海顺着明明指的方向，果然有一只铅笔头大小的虫子，"啊，真的是只小虫子。明明，我们该怎么办？"

明明想想皱眉，把虫子捡到手上："叔叔，它怎么也在这里？"

"是啊，它怎么也在这里，你说呢？"

"叔叔，它一定和爸爸一样，也喜欢这里。"

"可是，明明，爸爸也喜欢你和妈妈呀。"

"我知道，爸爸最喜欢我，他亲口告诉我的。"明明转过头，两只大眼睛又明又亮，表情甜甜地讲。

"没错，爸爸最喜欢明明，叔叔也最喜欢明明。"

明明使劲梗起脖子，小嘴咧得更大了。

"瞧，小虫子爬走了。"

"叔叔，还是把它放回去吧。"

"好哇，叔叔听你的。"

明明小心地从胳膊上抓住虫子，把它轻轻放回原处，然后看它急着刨开泥土钻进去。王海也低头看得出了神，直到小虫子钻进去好一会儿，才起身对还在盯着看的明明说：

"明明，我们现在把种子种下去好吗？"

明明转过来，点点头。王海把明明抱起放到一边，用铲子从边上开挖一个个小坑。

"明明，把它们放进去。"

明明从衣兜里掏出一粒粒种子，逐个仔细放进小坑里。王海接着挖，明明就跟在后面认真播，完全没有一点调皮样，好像懂得这种子的珍贵，并且明白这么做的意义。他身子弯下去，细小的影子正好落在王海一双大脚上。王海疼爱地望着这个有些早熟的孩子，有种说不出的滋味。两人不到十分钟就种完了所有种子，明明起身望着王海。

"现在给它们浇水。"

"好的。"

明明高兴地跳起来。王海去从井里打上水来，明明舀着往一个个小坑里浇。王海满意地看着，明明不时抬起头朝王海笑。太阳温暖地晒着两人的背，两人专心地做眼前的事。

"水浇好了。"明明浇完最后一颗种子，抬胳膊像大人一样擦擦汗，从地里跳出来，用快乐和欣赏的神情检查自己的工作。

"干得好极了，明明，谢谢你。"

"说什么呀，叔叔。"小家伙受到表扬不好意思起来，把身子往后靠，却不小心摔倒了，哎哟叫一声。

王海忙上去把他抱起："怎么样，没事吧？"

"叔叔，把我放下，把我放下。"明明在王海胳膊里挥动着手臂，他的胳肢窝被王海弄痒了，忍不住笑着要下来。

王海把他放下，"没摔疼吧？"他又关心地补问。

"叔叔，哪那么容易摔坏呀。"

"啊，叔叔还以为你会哭鼻子。"

"才不会呢。妈妈和我说过，我是男子汉，我不会哭的。"

"是的，明明是个坚强的小男子汉，明明不会哭的。"

"可是，我想妈妈、想爸爸。"说到这儿，明明脸色顿时阴暗下来，嗓子有些嘶哑，眼泪吧嗒吧嗒往下掉，同时开始抽泣。

"刚才还说不哭，现在怎么哭上了？"

明明哭得停不下来，王海不断替他擦眼泪、鼻涕，把小家伙揽在怀里。

"好孩子，不哭，叔叔带你回去讲故事好不好？"

"什么故事？"明明停住问，问完之后接着哭。

"爸爸和这里所有叔叔的故事，你最爱听的。"

"真的吗？"

"真的。不过你得先笑一下。"

"叔叔，我不哭了。"小家伙机智地停下来。

王海用鼻子轻轻蹭下小家伙的脸，把他抱得更紧了。王海为方便照顾明明，住进王指导员房间。崔连长又特地找到他，要他在王指导员两口子不在的这段日子里，务必保证孩子的身体健康并过得开心。王海在与明明单独生活的两个月里，深深体会到抚养孩子的不易，也真正理解了为人父母的艰辛。他懂得一个人为什么会为另一个人操心，明白了什么是无私和无怨无悔的付出。无论在困难和挑战面前多么刚毅坚强，但在孩子面前，他会低头和放下姿态，变得温柔多情。他开始变得细心，没有了之前不切实际空想的毛病，从现在起，想的办的都是实事、小事，都是他过去不曾留意或不屑一顾的琐事。他变得耐心起来，像老人那样不容易发脾气，对什么都小心谨慎又泰然处之。他不再过多担心与害怕什么，首先为自己树立起一个行动榜样，让自己学会心平气和。他好像一下子有足够时间与精力应付一切，不再过多指望别人。不是他不需要，而是更多依靠自己找到方法。他懂得了默默去做，只有踏踏实实去做，才能把一件事情从头到尾做到极致。一个小孩竟会带给他如此巨大的变化与影响，这让他始料不及。很快，许多事情他就晓得怎么做了，像只灵敏的老母鸡，只看明明一个眼神、一个举动，就能准确猜测出这孩子怎么了、需要什么。孩子身体结实，皮肤放出健康明朗的光，这倒好像他另一张理想的成绩单。

转眼一个星期过去，原野一片生机盎然。走出屋子的那一刻，王海感到外面竟比屋里暖和，这多少与他和明明现在的心境有点类似。春意驱散他们心头的阴霾，为他们阴冷麻木的心情解冻。明明眼睛亮起来，被一片活力四射的光景打动，忍不住在王海怀里伸展身体，神情明显比在屋里开朗好多。

"明明，下去吧！"

明明从王海手里滑下去，毫不犹豫地全速向前跑，几次差点摔倒，但没有停下的意思。王海没急着喊停，任由着孩子跑，只愿孩子把这些天里的不快最大程度减少。

现在，种子已经长出地面。几百个幼芽虽然只有米粒大小，却像金色耀眼的星星，在深色的土壤间放光，如同刚出世尚蜷缩着的新生儿，引得人们无限怜爱。这之前，王海天天领着明明给幼芽浇水，把它们当成自己在这里最大的希望，好像只要它们能够顺利长出来，他就从这片土地获得了人生最大的收获。种子没长出来的那些天，他急得上了火，嘴里生着溃疡，时刻提心吊胆，生怕出什么意外。但他相信，如果隋心安活着的话，也会这么做、这么煎熬。是的，他必须尽力做好这件事，即使没成功，至少不会为此内疚。每次他到小田里干活，都感到不只他一个人在这里，隋心安同样伴在身边，或者从一旁望着他这个好友感激地笑呢。种子发芽了，而且长势良好，王海大大松口气，他甚至听到隋心安从天空传来的笑声。他现在做任何事情更专心了，甚至常产生幻觉。王指导员和妻子乘坐吉普车从路上回来了，明明像阵风似的扑向他们，一家人团圆，好像从来没有发生过任何周折与不幸一样。

　　而后来，崔连长也终于在返回连队时，带回王指导员妻子的好消息，她病情得到控制，神奇逆转，身体正一天天康复，用不了多久就能平安回来。崔连长的消息让全连沸腾了，大家流泪奔走相告，春天真的创造了奇迹，让战士们充满力量，说话声比往常都洪亮。就在王指导员和妻子要回来的那天，王海与明明提前来到原野深处，不经意间发现到处盛开的蒲公英。这些蒲公英连片长在一起，随地势起伏，纵目望去，像一件明黄色的织衣，又像金色朝霞悬浮于地表。两人一齐奔入里面，被耀眼的光刺得睁不开眼。明明蹲下去采花，小手上很快就拥有了无数黄花。蒲公英味道清苦，吸入身体却令人振奋。跑累了，他们一起坐下看花，好像未来即在眼前，于是两人都昂首带笑面对。王海动手给明明编了顶花帽，明明戴在头上，露出豁齿美美地笑，比太阳更灿烂。明明让王海抱他起来，他要飞。王海托住明明身体，问他："准备好了吗？"明明不说话，咯咯大笑。王海大喊："我们要飞了，我们要飞了！"说着他飞跑起来，大地向后滑动，如波光仰伏，似丝绒跳跃。明明也叫着："飞起来了，飞起来了！"他们不知跑出去多远，但始终没跑出去那片连天接地的黄色。直到两人都累了，躺到地上打滚，天也转，地也转，身上沾满花瓣，变成金黄色，变成漫天遍野的蒲公英……

　　王指导员在连队解散后，回家乡担任镇武装部部长，一家三口过起安心的日子。王海收到过他的信件，他鼓励王海不忘军人本色，当好商场上的新兵。黎红总结王指导员的故事，得出关于王海进一步的结论：一个人的成功一定不是偶然的，总是受多方影响的结果。王海之所以如此完美，首先是家庭成就了他的主要性格，但同学、朋友、学校、军营、战友、领导、商业伙伴、电视广播、社会事件、改革创举、国际氛围等众多因素也都起到关键作用，而这一切因素皆可包含在"社会"和"时代"这样的称谓里，由此令他达到对生活的高级领悟，良知始终没出现偏差，在关键时刻都做出了正确抉择。这正是他看着总比别人更成功、更完美的重要原因所在。

　　"这样一个男子不仅是世人学习的典范，同时令我也不能忽略了自己。"黎红羞惭地想道，"我大而公之地耕耘天下，却独忘了耕织自己的心田。我的心田一直荒芜着！"她第一次感到面对王海泄了气，"我好为人师，不思进取，却对世人摆出一副清高模样，像全世界欠着我什么似的。可说到底，我有什么自命不凡的勇气与资本，不过是无知无畏罢了。"她喝一口咖啡，觉得借劲可以让自己勇敢面对现实，也敢于想下去："我没法和他比较，在他那里微不足道，却想和他结合在一起，真是自不量力啊。所以我应该去学习、去改变、去提高自己。那么，我先从哪里开始呢？我过去之所以发现不了别人的长处，就在于我憎恶他们，总揪住他们的错误不放，或者干脆把个别人的错误牵连于全体、整体。美貌不是我的过错，但爱慕美貌也不是他们的过错。可我为什么可以原谅自己，却不能原谅别人，并把那份美好的情感在我这里当成他们对我人格的亵渎呢？真是太有意思了，我自己贬低了自己，却让他们远离我，敬我如神。或许，王海顾忌的正是我这一点吧！"想到这里，她觉得导致自己孤离于世的症结终于找到了，这也正是她多年来失群的原因，于是浓浓的悔意更加不请自到，"是我自己拿枪对准别人，却不准别人对我探头探脑。"现在她终于明白这个了。

也很快，黎红变了，连父亲也发现了这一点，之前那个古怪挑剔的女儿悄悄变得有了女人味。齐国民再见她时，也仿佛看到一位走国际路线的影视明星，那种蜕变来自她骨子里，是她与周围、社会和时代积极互动的结果，不自觉地处于舆论与潮流的前沿地带，引领一种由她主张和倡导的人生风气。因为"一切变化的背后皆系情感所起的神秘作用。毕竟，它首先改变了我，之后我才做出后续行为"。她越发爱王海了，联想到崔连长与王指导员给他的影响，他又影响到自己，便认为整个社会就应该这样相互影响着，然后共同形成积极向上的风气，让人们对于自己所犯的错误及早改正过来，从而推动和促进社会与时代进步。

二十二

随着时代变迁，T市宾馆已鲜有人光顾，它的档次与名声早被新时代酒店和其他几家国际著名酒店品牌代替。但它仍旧桀骜不驯，像被夺去位子的帝王，继续穿起仪服一丝不苟地行事。这时T市的常住人口已激增到510万，加上外来常住和流动人口200多万，全城常年生活着700多万人口，短期内已从一座无名城市跃居为带动全省、辐射华南、在全国具有一定影响力的较大城市。作为老的政府接待馆所，T市宾馆由于体制和思路没跟上时代步伐落后了：装潢过于陈旧，房间太小太少，院落空间局促，停不下大量车辆，最要命的是，工作人员多与各级领导沾亲带故，所以改制和转换身份实无可能。更为现实的是，客源情况彻底发生变化，但酒店仍按原有的步骤方法提供服务，尽管也在着力改变，但总觉气数已尽、无力回天。最终，1997年4月，梅里美诡异霸气地占有了宾馆，且打算赶在7月1日前将它翻新完毕并重新营业。他首先将它更名为梅里美酒店，开始拆除外墙，在门垛外竖起两只威武的雪白大石狮；又把楼体外墙整体刷成最艳丽的赭红，每层楼之间镶嵌了金黄耀眼的琉璃瓦；还拓宽进口与门厅，悬挂从北京专门定制的八角彩色宫灯；又将宾馆顶部的金属字体全部更换为霓虹字体，晚上还打上灯光，营造出一派皇家气象；

再将内部原有地面刨掉，更新为米灰色瓷砖，将个别房间打通装修成套间，在廊口垂挂奢华厚实的锦帘，为走廊铺上现代几何图案和流行色系的地毯，两侧悬挂西式油画，更换掉全部旧式桌椅床具；等等。总之，梅里美一心想重塑酒店荣誉，再现昨日辉煌。他很满意这种传统布置，觉得作为 T 市的窗口形象，过于前卫与全球化会失去本色，终有一天人们会回过头感激与怀念他。他特意增加了门卫、门迎以及值勤和安保人员，给他们换上天蓝或火红的制服和白色圆顶硬帽，肩膀斜挎橙黄绶幅，腰扎紫绿纹带，袖子和裤子外侧饰有两溜黑纹。这些人不苟言笑，举止庄重，透着神秘劲，像极了外国人偶。为打造高等声誉，减少对贵客骚扰，进出这里还设有严格的关卡与繁复程序，闲杂人等休想入内。梅里美瞅空就上上下下走走，检查楼内外环境和工作人员，认为有必要通过这种精心管理，保住自己在城市的体面与回忆，让人们永远对他和这里念念不忘。——改革大戏有惊无险地演绎，像舞台上经久不衰的名作，接受台下一批批观众的刻意挑剔。

梅里美的用心并没起到明显效果，梅里美酒店的业绩依然不尽如人意。时间一久，他感到天都要塌下来了。他没有退路，坐在闷热的办公室里，丝毫没注意电视里播放的法国夏约宫大火的消息，按着酒喝多发涨的太阳穴，想这些年来的各种事情。多年来，他从一个小科长家庭的子弟混迹为梅里美酒店的掌门人，其间甘苦只有自己知道。目前梅里美酒店在全市业界已是"老一套"的代名词，现在他去一些部门办事，还要拿出名片认真介绍一番。更有甚者，市里领导撺掇一帮毛头小伙子要夺取他的工商联主席位置。倒不是他多么留恋这个位子，只是不甘心就这么被淘汰。"难道我真的老了，事业跟着进入衰退期？可我只有五十五岁，这么红火的年代，我有的是精力，凭什么让我下台。再给我一个梅里美酒店，我照样东山再起！"想到这儿，他甩头振作一下，可颈椎病立刻犯了，"他们不会再给我一个梅里美酒店，不是那个时代了。如果晚生三十年，或许我就是那个王海。"他难过得要哭，由于太激动，脑子马上一阵眩晕。

"这可怕的疾病，它要毁了我。"他揩掉唇上的鼻涕，不甘地往下想，"可不管怎样，我对这个城市是作过贡献的，有的他们承认，也有的不承认，有的他们看得见，有的他们没看到。趁我还没有完全神志不清，趁我还能支撑一段时间，我绝不放弃这个位子，哪怕死在上面，这正好是我人生的一个完美终结。现在，我最大的安慰就是找到张华仔这个接班人，如果他不是没文化，一定会比那个王海更好。这不打紧，他精明能干，肯定能胜出。"他伤心地摇头慨叹，"我自己壮志未酬，他们再不打算用我，真叫人气愤。但为了能继续坐在工商联主席位子上，我豁出去了。年龄和疾病是所有上年纪人的两大心病，我得抓紧了！"想到这儿，他赶忙给自己服下一片阿司匹林。又过了好一会儿，他慢慢挪动身体，无力地伸出胳膊，手强烈发着抖拨通电话，口齿不清讲了三言两语后，手一松，话机掉在一边。他没去管它，连眼皮也懒得抬，但顺着两颊，淌下两行浊泪。

——深夜，一个娇小的身影快速溜进白宫一样森严的梅里美酒店，奇怪的是竟没人拦着她。她衣衫不整，用手挡着脸，躲闪着走，生怕被人认出来。进去后，她快速登上三楼，溜到梅里美办公室外，轻轻拧开门闩一闪而入。到了里面，她用脚尖走路，踩在软绵绵的地毯上，一步步靠近里间，那小心劲好像半夜趴上窗玻璃的壁虎，然后就听到里面两个男人在低声快语。她张大嘴，冷笑着，但一刻也没停下偷听。

"瞧他们聚在一起干的勾当，怪不得把这里看管得像军事禁区一样。"她小声嘀咕，大致听清了他们的主张后准备离开。"我这就去告诉王海，不能让你们得逞。"她紧张兼兴奋，"谁让你们联合起来对付我，把我像只狗关起来，除了这身衣服我一无所有，连大哥大也被没收。今天若不是我乘机逃出来，不定你们会杀了我。"她越想越激烈，以至于吓出一身汗。

可没等她转身，里面的门开了。梅里美首先看到她，但并没流露出惊讶，只是眉心微微一皱，然后纵声喊住她：

"丽娜，你怎么在这里？"他语气甚为不满，宽阔的肥脸上没有一点温存时的体贴。

"母亲！"与此同时，后面出来的张华仔也唤她，不过声音不再亲切，而是令人发瘆。

"是啊，你们俩怎么在一起？张华仔，你不是约人谈河道改造的事情吗？"她以为这个能把张华仔问住，然后让他俩的谎言在自己面前不戳自破。一旦掌握了他们的秘密，她一点不再害怕他们。

"可是，母亲，凭我一介草民，想宴请T市官场上的大人物，没有梅经理出面怎么行？"说罢，张华仔虔诚地看了下梅里美经理。后者仰起下巴扯出一绺鼻毛，嫌弃地吹到很远的地方。

"可是，可是——"她意识到露馅，重新害怕起来。而张华仔甚至没再征求一下她的意见，就带着一种难以说出意味的笑经过她出去。

"他真是过分，甚至不和我告别。"乔丽娜听说一个农民工在城里为自己妻子过生日，觉得自己得到的关心不如一个农民工妻子多，真感到憋屈。可梅里美自顾不暇，那位强势的蓟市长多次不指名道姓地批评他，说他和一些人不热衷改革，占着茅坑不拉屎。他目前的情形越来越危险，所以对这个老情人的喜欢哪怕是装也装不出来。

"丽娜，你就不能省省心吗？把事情交给我俩做，你有何不放心？"他捏着眉心，语气沉重，像年过半百的男人终于在女人面前承认他衰老无能。

"他说了实话，他确实让王海和市长给钳制住了。哼，中央不断掀起'打黑除恶'风暴，他也不是什么神仙大佬，在时势面前照样服软认栽。他和张华仔合起伙对付我，害得我倾家荡产。如今怎样，害人一千自损八百，他得了报应，和我一样落魄，他的好日子也不多了。"乔丽娜幸灾乐祸地想。

"可是，你们把我关在家里，两月不让我出家门。"乔丽娜没有别的招数，故意哆起嗓子，好像这样可以嘲弄到他。

"现在外面很危险，很危险！"梅里美把每个字说得很轻、又很重，好像掂量这样说对不对。当得到确认后，就在末尾特别肯定地加重。他的脸皮不再是先前的蛋壳红，而是死树皮一样灰糠糠的。见乔丽娜要反击他，他马上摆手制止："好了，丽娜，你该知道后果。"

"后果就是我把你们的密谋告发给王海，让全世界知道你们的为人。到时候，你俩谁都别想逃脱法律制裁。什么梅里美经理，什么梅里美酒店，什么张华仔，什么年轻有为的集团董事长，都灰飞烟灭！"乔丽娜被激怒，不顾危险把知道的说了出来，好像用一根小纸管狠狠砸向对方。

梅里美这下慌了，他原以为这个得了抑郁症的女人至少已变成半个傻子，没料到她脑瓜和过去一样聪明好使。可他又不能恐吓她，只能先稳住她，不让现在就引爆危险。他加害毕副市长和毁掉王海的计划一旦败露，T市属于他梅里美的政商时代就将提前垮台。能拖延一天是一天，这是他最没辙的打算。"丽娜，你都听到了？"他语气缓和下来，笑浮上眉眼，坐回椅上仰着，双手在光滑的扶手上来回摩挲，好像手心患有严重湿疹一样。

"是的，你想把我怎样？"乔丽娜觉得自己这时站在悬崖边，再往后就没有退路了。她抓住椅子往后躲，眼睛瞪得有酥梨那么大。

"你忍心这么做？别忘了——"

"让我不说也可以，给我银行里存一百万！"这个条件她脱口而出，然后满意极了。她知道，这是他们乐意接受的解决之道。

"一百万？丽娜，我帮过你，是你的老相好，他是你儿子，你——"一只雄赳赳的老鹰即死垂头时，与一只小鸡没有任何区别。

"你是我的老相好没错，可你早把我抛弃了。至于他，如果是我亲儿子，就决计不会这么对付我。"

"回去吧，别闹了。"换作平时，梅里美会对这个蛮横不讲理的女人多一些耐心，可现在，只差一点又起杀她的念头了。乔丽娜只是冷笑，细细的眉眼像热气球一样飘高。

"爱情吗，就是三个字'气、急、疼'！"梅里美像穿着白衬衫站在煤灰堆里议事。

乔丽娜显然不认同这话，把身子往前凑凑，气势汹汹地说："天底下的女人都给爱情害惨了，把她们变得神经兮兮，脑浆像被挖空一样。男人们呢，榨着女人们的琼浆玉液，个个红光满面、得意扬扬，乐呵着呢。梅经理，我说错了吗？普天下没有一个好男人！现在，政府将要整治你们这些大坏蛋，我——"

"龙虾有人嫌它丑，有人说它怪，可谁又能否认它是一桌大餐、一顿美味呢？"

"放下它是明智的，想着它才愚不可及。"

"丽娜，你比谁都清楚我目前的处境，你不要——"梅里美站起走两遭，罕见地忘记系上衬衫领扣，露出里面的半个身体。他想去抓住乔丽娜，好像这样就可以控制局势。对，整个局势。他抓住了她，发现她很害怕，像一只叫得很凶的鸟，其实只有分量很轻的几根翎毛。

"给你一杯水，烫了；送你一块冰，化了。不说什么了，烦！"

"不！"乔丽娜发着抖，但寸步不让，歇斯底里叫一嗓，好像这样能吓住梅里美。

"你不就是嫌弃我不爱你吗，那么——"

"我不要爱情，要钱！"乔丽娜佝偻起身子，在梅里美颔下瞪大眼睛，又害怕又激动，达到了她的生理极限。

"我，给！"梅里美盯着乔丽娜，好像过了一个世纪才分开，然后说出两个字。他好像抱着石头从水底走出来，又像终于平息一场斗争，浑身是伤地返回。总之，他脸色像死去一样苍白，碰一下都会碎成粉末。

"我等着你兑现。"乔丽娜感到自己胜利了，进一步向前索要。

梅里美缓缓点头，脸上表情石化一般，任由乔丽娜从手里挣脱，然后像只饱餐后的螳螂跑掉。

等乔丽娜一出门，梅里美立刻走到桌边，把电话拨给张华仔。他听到里面张华仔直呼自己，却忽略这个小细节。

"快跟上乔丽娜，想办法控制住她！"

梅里美没等张华仔说完便挂掉电话。他重新整理好衣服，理顺头发，用力拍打双颊让它们恢复生气。是的，从现在起，他要进入战斗状态了。

梅里美很快感到天要塌下来，但不得不像赫拉克勒斯那样弯腰扛着。他越来越多地不像以前到外面监管，而是一有空就瘫软在椅子里，歪起身子，想眼下对自己越来越不利的形势："让张华仔继续我的事业，这对社会是公平的。因为不论什么时候，总有人利用不公开、不公正的手段合规合法地取得他们的地位与利益。而我是公允的，发现这样的秘密，让大伙知道事实与历史是怎么回事。我犯下过许多错误，但这个可以抵消我的全部罪孽。王海呢，虽然我目前还未发现他成功背后的内幕，但也一定是有内情的。"在见到王海之前，他自认为是 T 市最完美的人。可在意识到王海将取代自己后，自信心大降，心中备感失落。他头一次见王海，是林邱仁领着王海来的。那时他只是随意瞄一下王海，根本没想到其日后会飞黄腾达；第二次他对王海留下印象，则是王海通过拍卖拿到三家国有企业的当天，黎红邀请其到这里，但王海当晚并没有留宿，他想抓王海把柄的计划落空；再有一次，当王海随毕副市长出现在机电商品城的开业酒会上，他立刻断定这个年轻人远在自己和众人之上。这人像盗了天火来到 T 市的普罗米修斯，势必成为全城新的超级英雄："他是块美玉，虽蒙蔽尘垢，但隐不住豪光。若不是我梅里美人老成精、眼光独到，恐怕也会看走眼。"当时他垂涎三尺，瞧瞧周围，还好，没有人朝他看，这才稍作安心。现在，两人要针锋相对了，他想搞奇兵突袭，不料刚转过山脚就望到对方百万人马海海漫漫，当即乌龟似的缩回头去，心里泛起阵阵寒意。是的，回想那个年轻人望过来的眼神，就如同一个几十公里厚的气团迎面来到，吹散他这股百十来米的小阴风。

"一定要把他拉下来！"梅里美消化不良似的在椅上辗转反侧，神志清醒一会儿糊涂一会儿。鉴于情况紧迫，他等不下去了，要提前对后续事情进行安排。这天，他突然紧张得受不了，便大半夜把张华仔叫到跟前。

"怎么样，那边处理得如何？"

"梅大叔——"

"听我的，留下来，等着她死，等我们这些人死，然后你做这里的主人，在这个城市里，你想什么就是什么。"

"梅大叔！"张华仔又呼台似的喊一遍。

"今晚，我带你们看些东西。"梅里美决定正式收徒了，明明外面是大晴天，在他意念里却电闪雷鸣，感觉电弧要把 T 市像大铁块似的从中劈开。

张华仔抬起的头仿佛变成蛇形，全身微微哆嗦不止。

"等我一会儿。"

等梅里美再出来时，张华仔看到梅里美身着崭新的灰色套装，搭条棕白格领带，头发重新抹过摩丝，极力扬起黑秃鹫似的眉毛，银背大猩猩似的驼起后背，戴双白手套，尽力收起肚子，从对面目不转睛盯紧张华仔，满脸巍峨严肃道："从现在起，什么也别问。"张华仔连忙点头。

梅里美带张华仔走出办公室，穿过长长的走廊，下楼看到迎宾员瞪大眼睛值班，他慰藉地笑一下。两人径直来到地下二层，也是整个酒店的最下面。里面光线昏暗，泛着水泥地面的潮气，非常阴冷。一根根地桩密集竖立，感觉像处迷宫。梅里美走得十分专注，好像前面大幕布一开，他就要上场演主角似的。眼看前面没处可去，梅里美把张华仔顺势往旁边一拉，闪进一个小隔间。他在墙上摸索一阵，墙上出现一个黑口。张华仔才收脚进去，墙上的门自动关上。里面一团漆黑，一切声音消失了，寒冷像血吸虫往身体里钻。

"这是哪里？"——说话声很响，像壁球在墙壁上反弹多次。

"梅里美酒店的地下密室。"

"密室？"张华仔惊得合不拢嘴，他不知道酒店为什么要造密室，"为什么带我来这里？"话音刚落，灯亮了，张华仔的头像被拳头砸中似的歪过去，令他痛苦地闭上眼睛。

"一分钟前还只有一个人知道，现在变成两个人。"

"为什么会是我？"

"这不是你的问题，而是我的问题。"

"要我做什么？"

"跟我来吧，你会全明白。"

梅里美转过身，指着前后左右："看见了吗？这就是我的一切！"他骄傲与自豪地叫道，做个极其夸张的动作：身体像血蝙蝠张开，眼睛向上瞪大，嗓满泪花。接下来，他领着张华仔挨个看，详细地向他讲解。这里更像梅里美酒店的一间荣誉室，陈列它获得的每项殊荣，包括证书、奖章、奖杯、照片、报道、题字、影像制品等所有能印证它发展与荣誉的一切。主人给它们专门配备了三个巨制的防火柜放到各面墙下，又把每样分别陈列在单独小阁子里贴上标签，上面注明名目、时间等信息。房间中间的大桌子是块用料很少、形制庞大的抛光原木，桌面像镜子一样反光。靠门口处配把小铁椅，好像生怕它喧宾夺主，破坏这里的氛围似的。桌上放着台灯、纸笔、糨糊桶、曲别针以及墨水瓶之类的东西，还有几摞歪歪扭扭的书。梅里美完全进入状态，嘴里内容像背诵过千百遍，每件物事都唤起他最深层的记忆。他花了近一个小时给张华仔讲完，弯下身，捶捶腰，摇摇头，说自己老了，然后恢复进来时的神情，肃容对张华仔正言道：

"清楚了吗？"

"清楚了。"

"记下了吗？"

"记下了。"

"喜欢它们吗？"

"喜欢。"

"想要它们吗？"——张华仔咬咬嘴唇没说话。

"我问你想不想要它们？告诉我实话。"

"想。"张华仔顺着梅里美的意思往下说。

"不行，一点不硬朗、不硬气，不要勉强自己。"

"不，梅里美经理，我想要，想要一切！"张华仔差点冲上去抛起梅里美，声音发着抖说。

"这就对了。"说这句话的时候，梅里美的声音比刚才小很多，"你要照顾好它们，要向我保证。"

"我保证。"

"在这之前，一切都得听我的，明白吗？"

"我保证。"

"现在，你跪在地上，听我的命令。"

张华仔跪下去，梅里美从脖里摘下一根链子交过去："这是这房子的钥匙，替我保管好。——起来吧，跟我走。"

梅里美在最里面的一堵墙前停下，又朝一个小阁里按下，不可思议的事情再次出现了：那件巨大的家具神奇地旋转九十度，里面露出一个更大的房间。张华仔惊得目瞪口呆。里面远比外间大，没有一样多余陈设，只在墙角放置一套桌椅，桌上有只可调节高低的盘灯，下面仍是纸笔、本子、书之类的东西。而沿墙四围摆放数十只灰蓝色的保险箱。张华仔盯着这些保险箱，大概猜到这才是今天自己最有可能被告知的秘密。

"能猜到里面是什么吗？"

张华仔摇摇头。

"你猜会是钱，或者一切与财产有关的东西？"

"难道不是吗？"

"唉，不怨你，除了我，再不会有人知道。"梅里美哀苦地否认。

"难道还有比您本人更大的秘密？"

"有，就在这里，就是它们。"梅里美激动起来，过去一个个抚摸它们，好像它们是一个个长眠地下的英雄，"了不起啊，这个城市的精髓全在这里，它所有的核心秘密都在这里。它们才是这个城市真正的历史，是它真实的血肉，是它灵魂的居囿所在。你只能在这里看到它们，离开这里，客观的真相将永远与时间无缘。里面有这个城市的诞生、成长、痛苦、卑鄙、高尚、悲伤、欢乐、丑陋、美丽，有它近几十年来的一切。"说到这里，他再抑制不住自己，坐倒在它们前面，带着痛苦慢慢阐述下去，"这才是我穷尽一生所做的事情，是我真正的事业，我人生乐趣与价值的全部，我所有的发奋和隐忍都在这里。你要问我这有什么意义？有意义，当然有意义，这是司马迁、班固那样的人才能够做得出的壮举。这是我留给子孙后代的真正遗产，是我呕心沥血为他们所做的善事。时间延续，生死交替，新旧更迭，一切随风逝去，世界空空如也。可如果把它们记录下来，那样的好处可想而知。是的，或许有人在做相似的事，但那不是城市真正的事实，不是政治运动，不是经济指标与数据，不是形式和表面，不是结论或结果，而是人们活生生的思想，嬉笑怒骂的感情，人们做事与思维的过程，事情背后众多的关联和参与者，高尚与卑鄙者在同一问题上的争论和计谋，弱小无助者的软弱和挣扎，名人富者的成功经验并蹊跷做法。是的，这些才是真正的历史，是我们应该关切和保留的东西。你明白吗？"

"可是，这些与我有什么关系？"

"别急，小伙子，听我说。"梅里美强打精神继续说，"我们的追求不同，你想要的是成功、财富与声望，但这些对于我来说是其次的东西。来梅里美酒店里的每个人都在社会上有一番作为，他们才是城市性格与灵魂的塑造者。这里的所有思想、内涵、建树都与他们息息相关。他们驱动这个社会运转，引领社会生活潮流，赋予它坚实生动的内容。他们是人群中的佼佼者，是智慧、力量、信念、经验的集大成者，倾听他们的故事，洞悉他们的内心，把握他们的心理，就能获悉城市脑核所历经的种种变化。一切事情的来龙去脉，简单现象后面千丝万缕的关联，动人心魄的激战与交锋，善恶、美丑、正义与邪恶的冲突和流血，黑白是非混淆成的大面积灰色地带，假象后的殷殷真情与真相背后的淋淋鲜血，故事背后的故事，各种力量的角逐，能量的此消彼长，你进我退，成者为王，败者为寇，胜者不可一世的笑声与战败一方的黯然颓废，成功和失败同时要总结的必然与偶然因素，尔虞我诈，其中的主见、思想、感情、要点和目的，强攻或智取，远伐和近谋，从溜入后院到坐上头把交椅，从雄踞一方到占据主流，生生死死，恩恩怨怨，等等，皆在其中。是的，一切仿佛是眼前爆炸的恒星，一团耀眼上升的火，永不停歇地释放能量，这一次刚完，后十次同时开始，有黑子，但更有强大到足以慑人的能量与光明。这就是城市的生活、社会的生活，是真正的历史，是活着的生命与现实，想想都让人畏惧三分。是的，畏惧三分！"

"梅大叔，您畏惧什么？"

"唉，你还不懂，不是我真正害怕什么，而是当我们突然遇到更强大、更富机能的生命体屹立前端时，临风观照之际，我们要从中学习和反省。"

"我还是不懂。"

"你不懂，是因为你还没经历与成功过。这是学无止境的过程，好像一条汹涌澎湃的河流注入大海的那一刻，它开始顿悟了，也消沉了，同时也更加坚定了。"

张华仔过去蹲在梅里美旁边，发现他委屈得像没有生活来源的老头。他脸上突然出现许多皱纹，苍老、不可复原的皱纹，好像整个人正在快速萎缩坍塌，从这个世界消失。一个曾经风流过、潇洒过、成功过、辉煌过的人，在老了之后，同样不可避免地会被时间打倒。梅里美扶着箱子站起，努力整理好衣服，让自己重新强大起来。

"每个成功之人表面光鲜亮丽，背后却丑陋与粗糙无比。现实里没有绝对是非，不存在理论家提纯过的状态，就像自然界里没有纯净水一样，总会夹杂一些有益无益的成分，而这些成分恰恰并非无关紧要，而是至关重要。我们永远走在生活的后面，所以真的不能对它指指点点。即使对于过去的生活，由于总是从事关我们自身利益的角度出发，所以结论只能是一种观点，可以参照和印证，却绝非事实本身。但可悲之处在于，人们总把它们当成事实本身对待。人们之所以屡受教训，就是因为没有实事求是、求真务实。我把亲身见闻原原本本记录下来，还真相于事实，把最原核的内容告诉世人，这意义重大深远。梅里美酒店会聚了这个城里绝大部分的成功人士，他们个个精干优秀，是各类人群的杰出代表，每个人身上都包含着巨大的社会学和史学信息，是这个城市存在与发展最生动的写真，是它积累下来的一页页最生动的资料。所以，梅里美酒店像城市生活涌在这里形成的一个旋涡，所有人都要在这里停绕一下。"

"假如我做不到怎么办？"张华仔问完这句后悔了，头上又冒出汗，不敢看梅里美，但知道他一定在严厉地审视自己。

"假如？没有什么假如！"梅里美高抬起头，冲着水泥墙嚷道。

张华仔更加靠近梅里美，伏下身，低声呜咽。

"还有什么好说的，我不是已经把梅里美酒店的钥匙交给你了吗？起来吧，这样不能表示你的忠诚，你要做给我看。要我死，还得等上二十年！"

"大叔！"

梅里美过去抚摸那些箱子，像抚摸一张张故人照片。"上面的城市只能算它的肉身，它的灵魂在这里。"说到这儿，他把它们揽入怀里，泪如泉涌，"我老了，在我没有完全不省人事之前，把它们托付给你，你要替我守好秘密。自从 T 市宾馆矗立在这里，每个夜里我都会在这里待上一两个小时，整整记录了二十多年。这是一项漫长危险的工作，但这崇高的事业值得你冒险，哪怕付出生命。记住了，这才是城市的历史，没有卑鄙也没有高尚，只有真实。至于梅里美酒店，你一定要经营好它，没有它，你就难以完成第二项、第三项使命。来吧，我的接班人，它们未来的主人，看看它们，一点点熟悉它们，它们将会成全你，最终成为你猎取一切的资本。"

张华仔颤巍巍打开其中一个箱子，里面整整齐齐码放着一排排黑色大皮本。他从中取出一本打开看，心里很快掀起铺天盖地的风暴……

毕副市长当前最重要的工作之一，就是确保今年市工商联换届选举顺利进行。换作以前，工商联就是个无关紧要的部门，因此才让梅里美在这个位子上一坐就是十几年之久。可现在形势发生变化，全市各类市场主体应运而生，尤其是民营企业，从无到有、从小到大纷纷涌现。全国上下更是反复强调"两个毫不动摇"，即毫不动摇地巩固和发展公有制经济，毫不动摇地鼓励、支持和引导非公有制经济发展。但在 T 市，当民营经济广成气候时，广大民营企业家仍然缺少发言渠道，他们的心声难以及时有效传递给市政府，这在一定程度上十分不利于它们的健康蓬勃发展。正是基于这样的考虑，市里早前就重视起这次 9 月下旬的换届工作，希望扶植一批年轻有为的民营企业家进入组织，带动和影响全市民营经济又快又好发展。可旧势力依旧强大，千方百计阻止新人进入，以确保他们对于工商联的实际控制。市委、市政府对于新时期的工商联作用非常重视，将在新形势下重塑这个组织的功能，便责成分管副市长务必抓好这项工作，确保风平浪静实现力量更迭。

毕副市长认真考查了 T 市近来涌现的企业家，重点关注的还是前红英社的成员。经过综合考量，他再次不出意外地将王海选定为主席职位的不二人选。这里面当然有个人因素，但主要还是从大局与全局出发。王海当过兵，不仅白手起家成功经营着目前全市最大的民营企业，关键时刻还能够站出来替政府分忧。如今其接手的几个企业已渐渐走出低谷步入正轨，成为全市企业改制的成功范例。而且王海为人正派，诚信守法，在业界和社会范围内具有正面印象。选择这么个明星式的人物，一方面可以反映政府对民营经济和新生力量的诚意与重视，另一方面，也只有这样的人与旧势力竞争时，才具有战胜他们的可能。他把想法与市里主要领导进行了沟通，大家均无异议，并都提醒一定要防范以梅里美为首的旧势力反扑。

毕副市长把市里的意见带给王海。北京之行后，王海的眼界和胸襟随之更为开阔，觉得自己一定要抓住机会，体现新的责任担当。最头疼的还是对付梅里美，要毕其功于一役，这是他们共同的矛头和一致意见。T市的经济社会已来到攻坚克难时期，不容任何折腾闪失。毕副市长本想先找梅里美谈谈，可马上又否定了，因为稍有不慎就会打草惊蛇。而且他更担心的是，还没等这边做什么，梅里美就已探得风声私下行动了。果不其然，梅里美从内线得知市里有意更换掉他的主席后，立刻像鼹鼠一样在地下打洞了。毕副市长了解到这个情况，马上派人加强对梅里美的监控，但还是因大意被他钻了空子。

这就是上文提到的，梅里美年前便得知市政府有意选择王海及前红英社社员代替自己与一帮老人，立刻有种卸磨杀驴的感觉。对他来讲，绝不缺少的就是毒计和报复。他在办公室来回走三遭，想到既然硬碰不得王海，就选择从前红英社成员入手，从内部瓦解王海的势力，让红英社四分五裂。他收买红英社一个成员，让其暗中向自己汇报红英社的一举一动。当眼线打听到红英社里有人搞不法集资和公海走私时，立刻以为找到蛇的七寸，便安排亲信投了钱。结果不用预测：吉非凡几个毛头小伙子被一时的成功冲昏头脑，为取得甚至是超过王海那样的实力与声名，非法开地下钱庄放高利贷不说，还搞起走私和进行境外洗钱，明目张胆地侵吞别人和社会财产。梅里美迅速找媒体把这事捅出来，红英社地下钱庄的事一下见了天日。红英社最终被迫解散，梅里美却觉得自己变相做了好事，一方面给那些幼稚的年轻人点教训，另一方面也以此亮明他的态度，认为市工商联主席必须是国有企业代表，退一万步讲，即便不是他梅里美，也该是别的国企的实权人物，否则，政治和主义怎么办？

梅里美还借地下钱庄一事，趁机大肆造谣诋毁王海，说王海从一个穷当兵的五六年内变身为全市民营企业精英，其中内幕多多。为此他私下授意无良记者在报纸上对民营经济连发十大问，矛头直指王海和他的企业，导致T市市民一时间对于王海和全市民营企业看法大变，连带着政府公信力也受到挑战。另外，毕副市长了解到有人往王海家里寄恐吓信和空弹壳，很快清楚这种鬼把戏只能系一人所为，那就是素有"T市魔头"之称的梅里美。

毕副市长进一步加强了对梅里美的监控，也暗中保护好王海，但这些都不能有效保证工商联换届工作的正常进行。他为这个愁坏了，如果自己动作太大，梅里美一定会更加凶狠地反击，不仅会对王海与市政府作更卑鄙的诋毁，而且极可能把他知道的一些秘密公开出来，动摇整个社会的基础。随着换届日期日益临近，他重新犯了胃病，疼得茶饭不思。他有意识地接触过梅里美几次，都被其阳奉阴违地堵回来。于是离换届不到一个月的时候，事情已经箭在弦上，他决心再闯虎穴，并带上王海，干脆向梅里美摊牌。

饭局设在梅里美酒店。梅里美早对毕副市长的用意心知肚明，却装得和平时没什么区别。他主动帮着选择一个庄重典雅的房间，再换上新置办的衣服，翘起板正的后襟，亲自到大堂迎接贵客。他不是个无情无义之人，但也绝不引火烧身。如果说梅里美酒店是这城里的一座教堂的话，那他就是最称职的修道士。回顾过往，他认为自己年轻时就洁身自好，没流出过任何绯闻，日子每天过得像斯巴达军团一样固定和守时，形成了规律，除了经营梅里美酒店外再不操旁心，没有任何把柄落于他人。他靠严以律己和清白做人赢取名声、受到尊敬，也才有了今天。他的幸运与不幸在于：在这座七百万人口的城市里，没交到一个感情至深的朋友。问题不在别人，而在于他自己。他从来不想让人家知道他真正干些什么，甘愿向世人保持他的那份神秘感。现在他们让他退位，他觉得委屈与羞耻。

老朋友一见面就寒暄，相互扶着走。王海跟在后面，进门时与梅里美目光相遇，注意到对方眼神在千分之一秒内闪过一丝说不清楚的东西，让他进门前的兴奋消失得无影无踪。宾主落座，毕副市长居中，左边是梅里美，右边是王海。来意很清楚了，大家各显大将风度，就像在一场艰难的外交谈判前努力增加好感。梅里美主动邀王海入座，手宽掌厚，语似春风。王海冲这位教父级的人物点头致谢，梅里美却故意不看他了。梅里美一心侍奉毕副市长，每做点什么都要躬身请罪，请毕副市长原谅他的照顾不周。毕副市长倒也坦然，只对其客气摆手，并说这顿饭让王海请，以示其诚意。至于酒，梅里美自告奋勇，叫服务员拿来珍藏的曲酒。一切妥当，毕副市长感谢二位到场，并挑明"这不只是顿便饭，因为有要事相谈"。

"什么事，私事、公事？毕副市长，您什么时候跟我这么客气了！"梅里美像树上的猎鸟，睁大圆眼呈惊讶状，然后半开玩笑地说，并凑前与毕副市长轻轻碰杯。

"是啊，开门见山，无话不谈，只有在梅里美酒店做得到。"毕副市长大气凛然地把酒喝下去，眼前却不见这个小小房间，而是T市当下的整个版图和未来世界。

梅里美酒店被毕副市长表扬，梅里美着实感动，眼里流露出真诚。王海不说话，碰杯后悄悄把酒咽下去。

"今天，我们是全市经济'三巨头'聚会。瞧，您分管着全市工商业；我呢，算是国有企业代表；王海呢，年轻人与民营企业的代表。想想看，我们三个在一起无论做什么，都能把 T 市掀个底朝天。"

"说得是，不过我不是什么'巨头'，只是为你们服务的，这个头衔就免了罢。"

"怎么能免呢？即便实行社会主义市场经济，说到底还要党领导一切，始终坚持以公有制为主体，这个性质不能变吧？"

毕副市长知道梅里美发难了，也知道他葫芦里卖什么药，但不好马上反驳："一点不假，我们是社会主义国家。"毕副市长低头抿了下杯沿，装作若无其事的样子。

王海在旁边分明感到梅里美说话时眼角投来的暗光。他没多想，照样小心给两位长者斟酒夹菜，然后静听。

"虽说有事要相谈，但玩笑也是要开的嘛。是不是，市长大人？这顿饭总得让人吃得高兴才是，对不对？何况，您说的事，未必真是什么大事，一定是为他来的吧？"梅里美主动出击，他要以攻为守。

"什么也瞒不过你，这样说话就敞亮多了。都是不得已，身上有责任啊。世界是年轻人的天下，我们身为长辈、上级，没有不扶持的道理。说到底，这个城市日后还指望他们呢。"

"说得好极了，是这么个理儿。年轻人都想干大事，需要我们帮衬，这样连我都想再年轻二十岁，也让市长大人扶持扶持，体会一下被关照的滋味。是吧，王董事长，你怎么想？对于我们这些老年人，你是什么态度？"梅里美说话间夹着菜，只把锃亮的头顶冲向王海，王海却感觉他像头跑过来斗角的牛。

"谁都年轻过。人生都是从苦难开始的，人生的经验也是在那时候积累而来的。后生可畏，我们做到头的时候就要让给他们，我们的将来难道不指望他们？唉，想想我们自己年轻的时候，能依靠谁？这样的话就不说了，现在轮到我们，既然我们有这个职责，就要按毕副市长说的：帮帮年轻人。"

梅里美把酒倒给自己，挡嘴爽快地喝下去，但心里憋屈得直想发作。他快速回顾一下自己的人生历程，觉得像亏了买卖一样不服气。"有生之年赶上好时代，却要被马放南山了。"他凌空一脚飞踢过去，明白无误告诉客人自己的态度。

毕副市长在这个节骨眼上绝不示弱，暗中发力："不，梅经理，老朋友，社会和国家不欠我们的，反而我们的一切是受馈于社会与时势。我们得转变观念了，不能总怨天尤人。"

梅里美苦笑一下，镇定地放下糖心鲍盆里的匙子："我没有老，我还有做事的精力与资格。"他想大些声说，但倒像要哭出来。

"老梅，你得到了一切！看看你这间豪华得像总统官邸的包间，看看你坐落在最繁华大街上几十年的招牌酒店，看看你账面上有形无形的资产，你还要怎样？识时务者为俊杰。现在 T 市正处于改革发展关键期，给年轻人机会，让这个城市更加充满活力。年轻人干劲冲天，你顺势而为，也是对改革作贡献！"

梅里美唰地站起来，脸色顷刻间变化好几种。最终，他哆嗦着从盆里捞出鲍鱼，递给两位客人，再慢慢坐下，往自己碗里也舀一只。"可我一直没以为自己老啊，我的精力不比任何一个年轻人差，就像我的饭量不比他们小一样。我能一口吞下这只鲍鱼，信不信？"他说话的声音比手抖得更厉害。

三人默默吃饭。豪华的包房，精致的菜式，三位男士喝酒时的亲密劲，如果不是提前定好的局，这绝对是次深入人心的好友聚会。但三人各怀心事，感受完全不同，大大破坏了这席间的美好气氛。几乎不到几年时间，人们印象里的梅里美酒店和市政府所在区域被视作旧城的一部分，而王海旧宅所在的老城，则被辟为 T 市名胜文化旅游观光区，很多人正在重新回归那里。

"老哥，听听这个年轻人的故事吧，一定会打动你。"毕副市长吃到牛肉里的筋块很扫兴，想来梅里美酒店并非什么都百分之百地好。

梅里美大概在认真消化那一整只胶原蛋白十足的食物，虚伪地点点头，举杯向王海隔空致意。心里却想："我早知道你了，若不是有这出，我还真挺愿意上待你。"

王海知道该自己上场了，谦虚谨慎得像只游近港口的鱼。如果不能用故事打动梅里美，他真不晓得作为一个年轻人，还有什么办法得到其作为老人的善解。尽管梅里美在外有各种令人生畏的传闻，尽管从自己进门起就受到其不甚友好的对待，可他目前能做的就是安心讲好自己的人生故事。这点，他来前已与毕副市长交换过意见。

另两人一个抱臂抽起雪茄，一个抵住扶手支身捏只酒杯，都认真听着，不一会儿都沉浸在王海的叙述里了。一段起伏跌宕的人生经历，记忆不断被唤起，再加上想象，两人跟随王海重新年轻了一回、经历了一回、拼搏了一回。他们好像跟随王海一家一起狼狈地逃离这个城市，也一起见识了王海父亲老家淳朴的民风和那位可敬的常德利老人，然后一起来到西北戈壁，忍受着极端条件进行训练；一起经历战友死亡，领略崔连长与巴哈尔古丽的爱情风暴，与王指导员共同面对生死考验；一起在荒原上种植希望，如饥似渴地阅读与成长；一起参加扣人心弦的比赛，在红色光芒中孤独仰望在天之灵；一起孤苦伶仃回到城里，却被熊熊大火烧毁梦想；在穷人区设立超市，赢得人心；携手近三千名职工，带领三家老国企一步步走出困境；如何整夜难眠，站在窗前对视黎明许下心愿：做到最好，不浪费生命，不辜负人生。最后，他们听到他诚心实意地总结："我没有别的奢求，只想认真做事，起初这愿望来自父亲，如今变成我自己的。对我来说，金钱多少、成功与否固然重要，但重在考验我自己、证明我自己。坦白讲，别的年轻人身上的毛病我也有，索性我磨炼意志克服它们，结果我成功了。我坚持这么做，所以难得有了今天，故而我绝不会停下来。今天与二位长者交流，并非炫耀我自己，只想说明我需要继续栽培。我年轻，值得信任。梅经理，如果冒犯了您，敬请批评。"说毕，王海从座位上站起，朝梅里美深鞠一躬。

"这可真是的，让我流鼻涕了。"梅里美放下雪茄，侧头用餐巾使劲擤鼻涕，然后很正式把衣服整理下，脸一半红一半白。"王海，真把我感动了！"他甚为友善地赞扬。

"我说过的，要了解一个人，听听他的过去好了。一件千锤百炼后的好东西放在你面前，绝对错不了。"

"可他也正在掀起一场全城风暴。"梅里美终于发作了，把他人前一贯的礼貌和刚才由衷的钦佩全部抛之脑后。他扯掉腿上的餐巾站起来，像个魅影跳到对面两人眼前。

王海惊住了，表情随之紧张严肃。

毕副市长也不甚斯文了，像两个对峙许久的人终于要赤膊上阵。"是该有一场风暴了，让人沉闷得很。梅老弟，一切到了该变的时候了。"毕副市长眼似激光，直射梅里美，他要以暴制暴逼犯这只老狐狸。

"老兄，您可真不客气，可 T 市仍需要我，我心里也这么想的呢！"梅里美脸形都变了，处于愤怒中的他，佝偻起身子，像落水狗爬上岸进行剧烈抖动。

"你知道那意味着什么，政府不会坐视不管，这事关 T 市的长期繁荣发展。"毕副市长要站起拍桌子，却只往桌巾上摁了摁。多年的官场生涯，让他学会肢体可以不受大脑使唤。他像有两个大脑，有两大系统在工作。

"您醉了，市长哥哥，看问题的方式出了问题。"梅里美像要长个似的往长抻身子，但体内那股巨大的力量不允许他这样。他费劲地挣扎着。

"我们是带着诚意来的。你来做名誉主席，照样不失体面。"毕副市长抛出最后底牌，如果梅里美还不接受，他就与其彻底翻脸。

"你们是不想让我活了！"梅里美突然身子一软朝后坐下去，然后疯狂地独饮起来。

"我今天来这里，就意味着这是你最后的机会。"

"不，不，我还是二十岁，永远都是二十岁，死在床上也还是二十岁。"梅里美歇斯底里地大叫，把平时井井有条的形象彻底毁掉了，"我不怕你们，我手里有你们的把柄！"说着，他一边邪恶地笑，一边把袖子挽起，展示蟹螯似的粗壮手臂。

这是毕副市长早料到的，但此时的他义气在胸，憋足一股劲，不再像过去担忧。只见他微微坐直，目视前方，语气淡软地说："你威胁不到我，我微不足道！"

这对梅里美仿佛是最后一击，凭他多年的老到经验，毕副市长并非"逞强"。他不说什么了，所有准备好的话都派不上用场了。

毕副市长知道一切该结束了，款款站起，仍不看缩头缩脑的梅里美，平静地望着前面："梅经理，希望一个月后，梅里美酒店广场前的旗子还能像今天飘得这么高。"

"有我在，它永远会飘着。"梅里美试图恢复一贯的优雅，窸窸窣窣站起，收起肚子，来到门边，礼让客人。

毕副市长带着王海毫不畏惧地来，又气宇轩昂地去。是的，一切终究要改变，包括那些假公济私的行为。

市工商联换届后的当天晚上，一场奇怪的大火烧毁了整个梅里美酒店。人们在最下面的废墟里挖出两具尸体，它们已经被烧得面目全非，像烤全羊那样蜷缩着，散发出焦臭难闻的味道。后经辨认和技术检测，警方确认它们一个是这座废墟的主人梅里美经理的尸体，另一个则是毕副市长的。人们发现梅里美手里攥支钢笔，而身下是一些没有完全烧毁的保险箱。保险箱里有许多烧坏的碎纸片，虽然残缺不全，但上面全部是关于这个城市多年来鲜为人知的幕后故事，看过无不令人倒吸一口凉气。里面尤以成功人士居多，不过与别的记录不同，梅里美大多充满对他们的敬佩之情与溢美之词，上面偶尔还有斑斑泪迹。毕副市长尸骸则完全趴在地上，右手前方一米开外有只烧化的铁壶。警方得出结论，整座梅里美酒店的起火点就在这里。考虑到个中因素，警方封锁了这个信息。在有关部门没有正式对外公布调查结果之前，一时传闻四起，有人说梅里美因为所做的事情暴露被谋杀，也有人说他是因为在城里的霸主地位被取代而实施报复性自杀。灾难原因最终给得稀里糊涂，不过人们很快就将这件事忘记，因为改革的进展让人们应接不暇，如非事关自己，谁有闲情记住一早成为过去的旧事？两人都被追认为优秀党员和烈士，得到厚葬，无数人前往扎满纸花、堆放花圈的殡仪馆吊唁。他们又一时成为城市的风云人物，生命虽然故去，但足可告慰灵魂。

出殡那天，风从早上就刮得呜呜响，大雨下个不停。几乎满城人前来为他们送行，大街上响着哀乐，到处是黑色墨镜、黑色衣服、黑色手套和黑色雨伞。梅里美经理办公室里的照片被抬出来，上面无遮无挡地浇着雨水，里面的他看不出是笑还是哭。毕副市长的妻子在雨水中痉挛，怀里依偎着两个孩子。——真实情况是：当天晚上，梅里美没到晚上十二点就迫不及待来到密室，在他看来，这天城里又发生了惊心动魄的大事，他必须赶紧把它记录下来。他彻底清楚自己老了，哪怕多拖延一会儿都有可能把事情忘掉。下面潮湿阴冷，他往身上加了件厚厚的棉衣，一只小台灯由于常年超负荷工作忽明忽暗，他早想换掉它，可一坐到桌边就把它忘记了。他戴副老花镜，使劲往前凑身子，手里奋笔疾书。这些天，他几乎每天都要写到凌晨三四点。只有把当天事情丝毫不差地记完了，接下来的一天他才会心满意足。如果他把什么遗忘了，就会唉声叹气，像做了不可饶恕的错事。那天他一字不落地把白天发生的事情记录完，然后趴桌上就睡着了。不料毕副市长因为担心梅里美第二天会把市里的一些重大丑闻曝光出来，就一直悄悄跟踪他。而这次梅里美有生以来第一次粗心地忘记关闭密室的门，毕副市长便成功潜入里面。一番等待后，他发现梅里美趴在桌上睡着，立刻把随身带来的汽油泼到四处，然后点燃整个屋子。火势又引燃酒店线路，于是天亮的时候，大火开始从底层蔓延到上面，等到消防队员赶来，一切为时已晚。就这样，梅里美死在他一生为之操劳的梅里美酒店，如果他还活着，一定会痛心疾首。可现在，他应该欣慰，因为梅里美酒店好像是个有生命、有良心的牲口，在最后时刻宁肯毁灭自己，也甘做主人的陪葬。毕副市长也以牺牲自己为代价，铲除了长期盘亘在 T 市的最大毒瘤，肃清了 T 市的政治和社会生态，赢得知情人的敬重。大家从心里感激他，为他妥善安排了后事。

1997 年的 9 月 19 日，年仅二十七岁时的王海，有幸当选为中国东南沿海改革开放标志性城市——T 市的工商联主席。这极具象征意义，表明新一代中国企业家成长并成熟起来。所有人都应该铭记这个历史节点，并且时常回味。

王海清晰地记得，当天的换届会上，人员明显分为两派：一派以梅里美为首，他们坚持继续由德高望重的梅里美担任下届主席，理由是他经验丰富，做事务实，作风正派，多年来提升了市工商联在全社会的地位与影响，为推动全市工商业发展作出过巨大贡献。一位老牌副主席陈述之后，转过去感激与伤心地望眼梅里美，同时声音有点哽咽，然后音量陡增，冲在场所有人说："不是吗，梅里美同志另一个重要成绩就是他善待年轻人，这些年不断把那些有理想、有抱负、有事业心的年轻人吸收到工商联，给他们提供新的发展机遇，这一切大家有目共睹，但凡良心没泯灭的人，都应该牢记他的这份功劳。"王海看到他说到这里，脸色发青，眼光似匕首朝自己飞过来。他保持镇定，暗中对眼前形势有几分担忧。争斗由来已久，他早被卷入其中。梅里美主席是这里的元老，他对工商联的贡献的确不小，无奈年轻人不买他的账，认为他应该把位置让给一个更清楚现状、更愿意替全体工商业主说话的人；另一派以一批新入会的年轻会员为主，他们是王海的主要支持者，三分之二是原红英社社员。他们接到通知，先聚在一起，决定推选自己的代表。经过民主讨论，他们认为王海无论从哪方面都符合要求。会议该到他这一方陈述意见时，本明作为代表上台阐述他们为什么推举王海。这时，王海留意台中间的梅里美，发现他身体不自然地动了几下，乘着摘眼镜狠狠瞪了下全场。等本明讲过，王海这边的人接着追问几个问题，要求对方回答，为什么工商联忽视四十岁以下的会员，而他们实际已占到总会员人数的百分之四十；这些人的事业大都处于上升阶段，但主席团成员中却从未出现过他们的代表。他们进一步质问：市工商业联合会到底是个养老机构还是一所荣誉殿堂，为什么不把权力真正移交给年轻人，让工商联助力他们的事业发展呢？

这样的提问让座上的老人一时无语，他们愣在那里说不出话，只想骂句："孺子不可教也！"人群出现躁动，一些老人立即举手抗议，斥责年轻人傲慢无礼。梅里美连忙把嘴凑到话筒前，劝阻大家冷静。本明并没有完，将头一转，对准还没坐稳的梅里美："请问梅里美主席，如果你不认为主席应该由年龄四十岁以下的人担任，那么你日后打算为我们做什么、怎么做？还有，你是否认为吸收年轻人入会，就一定要让人家买你的账，在这种时候、这样的场合支持你，才会觉得算他们有良心？你到底是从工商联本身的发展需要这么做，还是你有个人想法？"

梅里美坐着没动，听到问题，使劲搓揉老脸，好像要把它扯下去似的。等了会儿，他抬起头，整张脸绿幽幽的，但保持着风度，礼貌地欠身冲本明点头。听到下面支持者爆发出一阵抗议声后，他似乎满意了，于是问本明是否问完。本明点头，梅里美请其就座，然后眼睛明亮地目视下方，声如洪钟：

"今天，这里召开换届选举会，任何符合条件的人，都有机会成为候选人。一会儿用选票说话，用不着在这里唇枪舌剑。不过，既然年轻人提出问题，出于对你们的尊重，也向大家交代，我愿意多讲几句。"他的支持者使劲鼓掌，梅里美微笑着往下讲，"我之所以承蒙抬爱被选为市工商业联合会主席，相信大家是经过深思熟虑的，至少我认为自己坐在这里是有资格的。而且对照选举条件，没有哪一条我不符合。所以我是合法合规地坐在这里，不该受到你们的质疑。"人群中发出放肆与得意的笑声。

"我还要说，我一向做人光明磊落、遵纪守法，所以又有什么不敢回答你的问题呢？自我上任以来，始终凭良心做事，从没干过苟且之事，世人自有公断。如果不是这样，我早被大家轰下台了，不会坐到今天。想必我做得还令大家满意，所以大家信任我，希望我继续留下。我年过五十，人生已到享受天伦之乐时。可我没那样想，总觉得还有精力、能力为工商联事业再做些什么。大家看得起我，我没什么可推让的，人就得为事业活着，为别人活着，这是我的人生信条。——连你也承认，在我任内，吸收了大量的新鲜力量进来，那么这算不算我对工商联的贡献呢？我有没有顺应形势要求，又对你们每个做出过实际帮助呢？有人愿意记着我的好，我十分高兴，但如果与我意见相左，也同样正常，为什么要将两者混淆起来，反倒说我公私不分呢？大家评评理，现在的领导层的确没有年轻人代表，最年轻的副主席也到了五十一周岁，但那是历史遗留问题，也是上次选举的结果。不要忘了，五年前他们也只有四十出头，这点不用我再说什么吧？要改变现状，这次选举就是机会，而且你们已经推出自己的候选人。王海同志很有活力，也很有魄力，我个人非常喜欢。我们年龄相差近三十岁，却成了忘年交。我们有过愉快的交往合作，大家应该有所耳闻。现在，他成了我的对手，我仍然十分愉快，并且希望有更多像他这样的人同我竞争。我不把这看作是威胁挑战，对于我来讲，这是学习提高的机会。如果大家明白的话，对手才是最好的老师。事实上，我生活中的朋友多是像你们这样的青年。我从你们那里得来力量，对世界抱有幻想、充满希望。难道不是吗，连你也是我的朋友。年轻人赢就赢在气势上，但输也输在这上头。你们认为我做法过时了，可什么样的做法都会过时，至少它们在开始时迎合了时势。不能说一个人老了就没用了，要记着假若他是你的父亲，他至少生了你、养了你，是你生活中至关重要的角色。即使我错了，我想问问：是否愿意给我这个老人家一个改正的机会，让我'重新做人'？大家不要笑，王海和我，与其说是势不两立的对手，莫不如说是携手同行的伙伴。因为我们根本目的是共同的，那就是为市工商联的发展出一份力，希望它蒸蒸日上。说了这么多，我最后想说，这次选举最难受的是我。小伙子，不知道我的回答有没有让你满意。如果没有，欢迎台下接着交流。"梅里美话音刚落，下面掌声雷动，好像梅里美是率船队从风暴中凯旋的巴沙洛缪·罗伯茨船长。不仅老会员，同时许多年轻会员，都被梅里美的那种沧桑阅历打动了。王海跟着拍手，心里却什么都清楚。梅里美不愧老奸巨猾，当场发起反攻总动员。王海看着台上得意扬扬的梅里美，想他觉得自己已经稳操胜券了。

可后面的选举中，王海还是波澜不惊地胜利了。等计票人在监票人陪同下宣布结果时，王海看到梅里美在那里很慌乱，勉强等议程结束，被老部下搀扶着仓皇离场。毕副市长代表市政府第一时间向他表示祝贺，黎红也从北京打来电话道贺。王海有点不敢相信，可周围到处是向他祝贺的人们，他感到一股巨大的力量拥携着他，不经意间来到河流中央。"老虎的心里可没有上帝，上帝就是它的肚子。"想到梅里美，他想起这句话。手里拿着的选举结果，正是他想要的结果。接下来怎么办，他要带领全市工商界一帮人冲锋陷阵，在市场经济战场上大有作为一番。现在，他是 T 市新的工商界之王、群龙之首。属于他和年轻人的时代来临了，属于民营经济的时代来临了，他对未来充满必胜信心。

二十三

张华仔得到梅里美失利和王海当选的消息又吃惊又害怕。吃惊的是他没料到梅里美败得那么惨，仅得到十五张选票，这意味着原本支持他的人在最后时刻很多反水了，他被出卖了。而最让他吃惊的还是王海，他凭什么能获得这么高的支持率？梅里美当天就死掉了，他失魂落魄，同时意识到这就是个人与时代抗衡的结局，无论多么自命不凡，最后都将沦为尘埃。他想到与王海日后的关系，考虑同在一个城里，日后如何与之相处。他往王海家寄过弹壳，组织人员在鲟鱼超市滋事，往社会中传播王海侵吞国有资产的消息。但任凭他兴风作浪，王海仍安然无恙。"我暂且还是不要与他硬碰硬，老实偏安一隅，闷声发大财。"——当一个人事事走运时，最好躲着他点为妙。

他在家里待着难受，便到城外散心，结果不知不觉来到一座城郊村。近年村领导将村里的大片撂荒耕地卖给从城区外迁的企业，一方面增加集体收入，另一方面用来修建村道和自用别墅，从而赢得全市"新农村建设标兵"的雅号。这名声张华仔早知道，但过去无暇顾及。现在眼见路边矗立着清一色的欧式小洋房，他顿时眼前一亮，便驱车进去。他看得入了迷，没想到农村可以这样建，里面的居住环境和条件竟比城里还要好。他在别墅区里外兜转几圈，心里更加喜欢羡慕得不得了。

"原来村子可以这样建。如果桃源村也建成这样，不就和城里一样了吗？"兴奋引发的生物电令张华仔全身瘙痒，他抠抠脸，蹭蹭腿，挠挠胳膊，按捺不住躁动，眼睛看不够，心里想不停。可当他把脸冲向另一侧时，旧村巍峨如山的出租房也令他大惊失色，并让他旋即想起家乡千疮百孔的矿山："那边光鲜亮丽，这边衣衫褴褛，一重天地，两个世界。"原来旧村作为全市最大的城郊村，里面住满来自各地到 T 市的务工人员。村民们便在狭小的院子里尽可能地多搭建阁楼，廉价租给外来人员，令村子远看像吴哥窟，到里面则如进入巨型蜂巢或鸽笼。村子表面繁荣成功，实则由无数人的忍辱负重换来。车子拐入不久，他就遇到麻烦，一个规模不小的垃圾山把整条路挤占了。他刚想掉转车头走掉，一个梳条乌黑大辫的年轻女人，穿件漂亮大花裙，晃眼地从一个低矮小黑门里走出来。她高大美丽，与整个肮脏混乱的环境相比，收拾得干净清爽。她提只醒目的红塑料桶，手腕粗的黑辫子随走路在背后晃动，两条健壮修长的腿不停映摆在裙角间，整个人走起来像个斜起着的字母"Y"。张华仔揉揉眼睛，幻觉中以为她是吴虹。他刚要叫，她转过身，唤出一只跳过门框跟着她跑的小花狗，从侧面看，她笑得很灿烂。他被眼前的场景打动，一直看着她走进旁边另一处院子。院外有棵无数须根连着地面的榕树，正好挡住他的视线。他本想在这里随便看看，但决定多待一会儿。

现在是上午九点多，虽环境恶劣不堪，但那女子大方、热情、美丽、勤快和利落的样子让张华仔过目难忘，致使他产生进一步观察她的冲动。里面传出一阵争吵，很快两三个人推推搡搡出来，其中就有那女子。她大辫子溜在胸前，结实的小臂挥舞着，说话嗓门很大，把周围的静谧像个大西瓜从中爆开，然后听到瓜皮自裂的声音。

"上月才涨了钱，这月又要涨？物价部门批准了吗，你们就随便涨？"她替后面一个满头银发的瘦小老女人伸张正义。老太太背冲着张华仔，不愿说话，也不看人，样子像吓坏一样走神。和她发出正面冲突的是个头上缠着塑料卷的中年女人，手里拿只蒲扇，趿双人字拖鞋，三角眼凶巴巴地冲年轻女子发火：

"嫌贵到别处住，这里的行情就是这样。你不住，有人住！再说，你狗拿耗子管什么闲事，回头也让房东涨你的价！"

"涨，涨，涨，就知道涨，我们出门在外挣几个钱容易吗？你们隔三岔五涨钱，连个招呼都不打，还有没有王法？"

"有王法啊，你去告啊！你们住不起这里的房子，有人住得起。现在是市场经济，这么做没犯法。"

"没犯法没错，可讲点良心好不好。她昨天上了夜班，生病舍不得花钱买药，就想攒下给孩子们用。你们倒真会挑人，专拣她下手，让她怎么待下去？"

"我和你说不着，总之这月要涨钱，她不交钱就走人。我没时间同你费话，省下时间我打牌都赢好多钱。"说着，女房东一脚踢掉从里面滚过来的一只皮球。那球脏兮兮的，一个小男孩从里面哭着去追。

"你连孩子都欺负。"大高个女子显然忍不住了，要扑过去打架，却被身后的老太太用身子挡住。女子急得说不出话，漂亮的大脸怒容满面："如果我们的老家也像这里这么发达，我们何苦在这受侮辱？"

"喂，老婆子，我再宽限你到明天。别嫌我不仁慈，我没直接轰你走已经够心善的了。你，还有你！"女房东把手里的蒲扇一下拍在那个捡球回来的小男孩头上，小男孩哇地大哭起来，然后过去死死抱住老太太的腿。老太太还是不敢抬头，并在女房东接近她时，搂紧小男孩一个劲往后躲。

"姚姨，你太善良了，怪不得他们这么欺负你。"那个美丽健壮得像只梅花鹿的女子不甘地劝老太太，又要冲过去与女房东讲理。这时老太太抬起头，眼里虽有泪花，但眼神十分清亮。她摇摇头，示意女子到此为止。女子还要说什么，老太太弯腰擦干孩子脸上的泪，转身带他回里面。女房东路过看到张华仔，狐疑地绕开走。张华仔有心与她计较，但因认出姚姨作罢。

"姚姨！"张华仔跳下车追进去，生怕姚姨像幻影消失。

姚姨和那女子同时转过来，见一个神采飞扬、衣着鲜亮的男子，正站在大树投下的阴影中间，衬着周围肮脏杂乱的背景，像簇鲜亮的蘑菇长在乌黑的丛林里。

"他是谁？"花衣女子问，把电光闪亮的大辫子甩到后面，露出健康的鹅颈和满月脸型。

"张华仔，你怎么在这里？"姚姨变老了，满脸皱纹，用枯瘦的手护紧那个男孩。小男孩眼睛仍像防陌生人似的处于惊恐中。

"姚姨，你住在这里？"

"你不都看到了吗？可现在她连这儿都住不起了，没钱交房租。"女子一边为自己帮不上忙烦恼，一边热心替姚姨张罗，好像这样能让自己好受些。

"姚姨，你怎么到了这里？"

"前两年，她离家出来做工。到饭店帮过厨，给人家侍候月子，也当过政府部门保洁员，光自己过日子没什么问题。可在医院食堂打杂时，一天夜里，她在墙根下捡到一个弃婴，一时心疼就捡回去。——哎呀，不是他，那个至今还不到两岁，在里面呢。"女子注意到张华仔看姚姨臂弯里的孩子，连忙解释，"再以后，她像上瘾了一样，专门收捡被抛弃的孩子，包括从街上找流浪儿和孤儿。这不，现在她一人养着大大小小七八个孩子。最大的九岁，喏，就是他，看上去只有六七岁。最小的还不到三个月。因为要照顾小孩，她只能搬到这里，白天抽时间外出打工，积蓄也快花光了。她是个活菩萨，可房东又要涨她的价，她这个月的预算早超支了。"

"她还算不错，如果非要涨，绝不止这些。"姚姨反替女房东说话，好像从头到尾没有恨房东。她善良地看了下张华仔，拍拍那孩子放走他。男孩抱着皮球回去了，阁楼里很快传出婴儿哭声。

"我进去了。"姚姨转身回去，看样子根本没想过求助张华仔。所谓房子，不过是在院外那棵老树伸入院中的树枝下搭个棚子。张华仔跟进去，屋子不到十平方米，两侧各是一溜床铺，中间是狭窄过道。一边床铺边上，三四个有男有女的大孩子正把床铺当桌子，挨个坐在小凳上看书或写字；另一边铺上，躺着几个小婴儿，其中两个呼呼睡着，小手握成拳头放在被子外，另一个正被姚姨抱起来晃着，生怕他的哭声吵到其他孩子。姚姨检查后，发现这小家伙原来尿裤子了，便把他竖抱在肩膀一侧，腾出另一只手给他换尿布。换完后，孩子哭声小了，小嘴嗯嗯的，用乌溜溜的眼睛打量陌生人。花裙女子也进来了，帮姚姨把湿了的尿布晾出去，不忘回身关照几个大孩子，问他们看书写字有什么不会的地方。

"进来别光站着啊，给姚姨搭把手。"女子因为弯腰，把拖到地上的裙子掖到双腿中间，拎着不利索的辫子，中途对站着到处看的张华仔提意见。

张华仔这才醒悟过来，连忙帮着照看几个婴儿。见他们都毛茸茸的，像刚孵出窝的小鸭子一般可爱。

"找个地方坐吧，你来这里做什么？"姚姨在屋里颠着那个婴儿入睡，顺便问张华仔，始终对于他的到来没表现出惊奇。

"恰巧路过这里，就进来了。"

"这里有什么好看的，又不是旅游区。"花裙女子再进来四处找活干。她热情大方，气质开朗，像枚永远盛开的矢车菊。

事实已在眼前，说不如做，就像他二话不说出钱供小燕子上学一样，就算对父兄他也不曾这么爽快。之前小燕子因为父母双亡回老家跟奶奶过活，可奶奶管教不了她，她独自冒险寻到 T 市，亏得在车站遇到张华仔。张华仔把小燕子带回去了解情况后，让她回去找奶奶认错。可小燕子死活不肯，无奈他只得带她找到奶奶，并在征得同意后，安排她在 T 市上高中。

"姚姨，这是两千块钱，你先拿着用。"他仿佛来到佛界，心是映着蓝天白云的圣湖。

"你真来对了，解了她的燃眉之急。"花裙女子一时高兴笑起来，一边如释重负地舒口气，然后心情轻松地辅导孩子们作业。

"张华仔，谢谢你。"

"姚姨，别嫌弃我就行。"

"你本质不坏，将来会更好的。"

"姚姨，你真这么认为？"

"什么时候骗过你？"

张华仔开心地笑了，觉得此时自己就是这小破屋里姚姨收养的一个孩子。他心境难平，泛涌幸福的波花。

"姚姨，我一直在打听你的下落。当初我和母亲找遍全城，可你踪影全无。"

"就是找到我，我也不会回去的。"姚姨把睡着的婴儿放回去，满是疼爱地又多瞧一眼，这才转身和张华仔说话，"不是我讨厌你们，你瞧，这就是我现在的生活。做这些孩子的母亲虽然辛苦，可那种快乐和幸福不是谁都能体会得到的。"姚姨把快要全白的短发撩起，整个人的情绪好似一幅春和景明的画作。

"看你刚才不开心，怎么回事？"姚姨看孩子们全部安顿好后，便把重点转移到张华仔这边。她的眼里全是爱的光辉，让遇到她的人感到踏实。

张华仔当然不会说出事实真相，因为那只会让这间纯净圣洁的小屋变脏。是的，这里是他目前发现的世上最洁净、最明亮的地方，比天堂的育婴所更舒适。而他心里那些醍醐想法以及所做过的腌臜事，只会玷污这里。所以他只是拿出钱来交给姚姨，答应以后继续帮忙。姚姨没有推辞，也不再问什么，好像已洞悉一切。

"她叫大丽，是我在这里的邻居。可别小看她，心肠又好又能干。"

"我们那边的山区小学被撤并，我一咬牙就上这边来了。我在这里办家幼儿园，今天正好周六放假，我过来帮帮姚姨。原以为南方大城市金子满地，可待久了会发现和山区一样有问题。"

"什么问题？"张华仔认真问。

"教育问题！如果不是我挨家挨户做动员，没人愿意把孩子送过来。不是他们没钱，而是没有这样的意识。我费了九牛二虎之力，目前也只有十五六个孩子。"

"如果不挣钱，不白来这里了吗？"

"你这么看问题？难道来了就一定要挣笔钱，没挣到就白来了？我没有白来，在这里办学校，能培养一个是一个，积少成多，他们将来总会成才的。"

"可他们对你和姚姨并不友好。"

大丽抚摸着辫子，好像对它总爱不够并随手保护似的："他们并不代表整个城市啊。既然我比他们明白事理，就更应该帮他们解决问题，而不是与他们作对为敌。"

张华仔蒙了，有生以来第一次听到这样的言论。出发前，他还觉得自己满腹辛酸，现在却被这个光辉女性的言论所震撼，觉得自己像只恶心的臭虫。他做了许多不道德的事还振振有词，人家无私无欲做了这么多好事却不斤斤计较。人格高下立见，他像从魔镜里看到自己丑恶的灵魂。

"他也是个不错的小伙，来这里吃了不少苦头，现在也算称心如意了。"姚姨在一旁给张华仔公正的评价，让他觉得自己灵魂尚且活着。

"姚姨，我先回去了，这是我的电话，您有事就找我。"张华仔拿笔在纸上写下"大哥大"的号码，同时注意到对面的大丽一个劲地看他。他不介意，觉得她人和名字一样美丽。

"喂，为什么不加入我们呢？把事情做大，让社会变得更好。"原来大丽在观察张华仔后，觉得他善良可信，就这么提议道。张华仔往外走，对大丽说的似懂非懂。他不敢贸然答应，因为还有一大堆烂事烦着他呢。现实生活不可能让他立即跳出火坑，他像在阳光下被老鹰追着跑的老鼠，急于找洞口钻进去。

姚姨出来送张华仔，大丽遗憾地看他离去，转身甩下大辫子，拎水桶到院里的水泥灶台旁洗菜做午饭。

"她怎么样？"姚姨小声问。

"她很好。"张华仔快速回答。

"替我照顾好她，有事不要瞒我。"

"不会。"张华仔不看姚姨，有话接话地回答。

"那就好。"姚姨轻轻叹口气，"还有我牢里的表弟，没有他，就没有你的今天。"

"我记得。"张华仔低头快速走，看自己皮鞋上沾满泥浆和灰尘。

"这里就是他的出生地。"姚姨停下看着四周。

张华仔听到大吃一惊，一边打量一边体会自己与这里的渊源。

"回去吧，都是过去的事了。"

"姚姨，记得给我打电话。"

"她说得对，有时间你也多参与这样的事情，真的很快乐。"

张华仔答应着上车，车子却像落入泥塘挣扎不出的老牛，他急出汗。"该死，怎么回事？"他冲刁难他的车子骂一句。

张华仔在车上既高兴又紧张，高兴的是遇到姚姨，还认识了大丽。姚姨的变化让他吃惊，而大丽的话也启发和鞭策着他。都是女人，乔丽娜比她们有钱，过得却比她们失败；这两个女人双手空空，但在贫寒中充实又快乐。而自己呢，在她们最困难的时候出手援助，在她们面前体现出男子汉应有的风范。"人生就该像艘越变越大的船，载得起过去载不动的东西，然后乘风向前。"这样一来，王海原本是团罩在他头顶的乌云，现在却像个汪洋中的小黑点。但刚才他也冲姚姨撒了谎，前些时候，为防止乔丽娜干涉他日常做事，更为了梅里美顺利竞选，他派人把她送到桃源村父亲那里，让父亲代他看管她。每每想到这事，他便觉得良心过意不去。

那是梅里美当晚再次交代他的第二天黎明，他一夜没睡好，让人等在外面，自己摸到乔丽娜卧室外，见她正背冲着门，在柜前低头找着什么。他咬唇寻思怎么办，想下手又于心不忍。她疑心越来越重，无论他做什么都要横加干预，而梅里美强硬的措辞促成他下定最后决心。如果事情暴露，他会二次坐牢。"她借病掩盖自己，差点骗过众人！"想到后果，他推门而入。她听到有人进入，立刻站起，惊恐万状地看着张华仔：

"张华仔，你怎敢擅闯我的卧室？就算我是你的母亲，可毕竟不是亲生的。"她手里正抓着那副关键时帮忙的纸牌，头发松散开，只穿着内衣，下面瘦骨嶙峋，受煎熬的眼睛空洞无物。这个平时只穿昂贵衣服、嚣张霸道的妇人，此刻瘦小不堪，令张华仔不忍直视。

"母亲，回我老家暂且避避风头吧。毕竟梅经理还想赢这一回。他有心做事，感觉自己不老呢。"

"休想，你们的阴谋不会得逞！"乔丽娜叫喊起来，声音像从风孔穿入。张华仔早料到这样，从乔丽娜手中夺过纸牌，往空中一扔，然后铁臂轻轻一挡，乔丽娜一个跟头栽下去。让他没想到的是，她实在过于单薄轻盈，从他臂上滑下去，乘机就近抱起一把椅子自卫。张华仔并不惊慌，朝那只站着睡觉的鹦鹉走去。乔丽娜一下知道张华仔要做什么了，拎起椅子砸向他。张华仔挡椅子的时候，她疯狂冲出卧室，甚至不顾忌没穿衣服。张华仔发现上当，反身去追。到了楼梯间，乔丽娜早被等在电梯口的人截回来。他站下，幽幽望着她。

"母亲，我这就给您取衣服去。"张华仔转身回去时，嘴角发出一丝狞笑，

乔丽娜又从窗边往下面瞧，立刻服了软。

张华仔拎了皮箱过来，神情自若，不慌不忙，像是自己出门一样。

"不，我不走，你再逼我，我就从楼上跳下去。"

"何苦呢，母亲！"眼见天边开始发白，他不想再同她玩心眼，而要置她于死地。突然，那只跟随乔丽娜多年、她心爱无比的白鹦鹉像道耀眼的亮光飞起来，乔丽娜这边抬起手臂等它落过去。可鹦鹉经过张华仔时，他迅速伸手，没等它叫出来，就已被捏碎在手心里，垂下两只翅膀闭眼不动。乔丽娜瘫倒在地，鹦鹉尸体落在她身前，洁白的胸脯被几滴鲜血染红。

——张华仔幡然醒悟后，不再把王海视为当下最棘手的心病，而把关注的重点仍然放在桃源村。这样，他就不得不再亲自回一趟，拿出解决之道。

王海妈妈一大早在自家院里搞卫生，抬头被远处坡下的汽车玻璃晃了眼，便好奇地往那里瞅。

"谁的车，大清早停在那里？"她穿着按照杂志上款式自制的裙子，像支那波婆兰州的墨西哥女人一样花哨。她扫过垃圾，把它们固定倒在外面松树旁的土坑里。

"是三华仔，他今早回来了。"阿桃守在一旁，剥着锥栗小声说。

"他回来做什么？准没好事！"王海妈妈听到张华仔就来气，觉得他是自己和村里所有人的仇人。这人勾结外人把整个村子的原始风貌破坏了，村里不但没得到一点好处，还像个被强奸的女人无处说理。看到这种情况，她原打算回 T 市也不回

了，准备留下看个究竟。她把扫帚扔在一边，坐下端茶润口。

"王海那边还是没什么信。"王海爸爸从屋里出来，眼神平和无邪。

"要是王海哥，一定不会这么做。"阿桃永远像胆小的人不会大声说话，想到王海她又激动又酸楚。

"阿桃，找个人嫁了吧，别耽误了时机。"

"婶婶，除了王海哥我谁也不嫁。"

"可他已经有对象了呀，那女孩——"

"我不管，我就是喜欢王海哥。"阿桃把头扭过去，栗子从竹篾里撒出一地。

"要不回城里算了，这里实在没法待了。"王海爸爸无奈又往山上看。

"回去？阿桃怎么办，常老爹怎么办，乡亲们怎么办？亏你说得出口。"王海妈妈把老头一气顶回去，然后站起拍拍裤脚的土，去院子一角照料笼里的野鹌鹑。它们迷了路，被她捡回喂起来。

"可我们能怎么办？"

"怎么办？总之不能就这么罢手。主教我们善良，也让我们面对强暴不能一味忍让。再这么下去，村里连人都不能住了。我要告状去！"王海妈妈转过身，身下簇拥着十几只叽叽喳喳的野鹌鹑。她把秕谷撒给它们，像圣母一样慈祥地看它们伸出脖子争食。

"你又要闯祸，能不能给我和孩子省省心。"王海爸爸急忙劝阻妻子，不住唉声叹气。

"孩子他爸，这可是咱的家啊，不能看着他们把这里毁了。我不信没有讲理的地方！"

"婶婶，我陪你去。"

"你在家照顾好爷爷和大叔。"

"叔叔，婶婶，你们真的不回城了吗？"

"常大叔，你，还有乡亲们，都是多么好的人。如今再不做点什么，恐怕要晚了。"

隔壁传来争吵声，王海爸爸闭上眼，捂起耳朵。

"我要去找张华仔和大伙谈谈。"

"大家都指望着矿山挣钱呢，一个个眼睛都红了，哪能听得进去你的话。"

"孩子他爸，乡亲们糊涂，你也糊涂？说到底，这事我们不出面，谁出面？没遇到问题怎么着都好，现在遇到了，而且是天大的事，还能当个太平人？反正我不干，就要争这个理。对了，还听说他加入黑社会，在城里明抢暗夺、横行霸道，没人惹得起。"

"叔叔，婶婶，让爷爷找他谈，他听爷爷的。"只要事关王海，阿桃就升腾起勇气，让她跳火坑都敢。

王海妈妈经阿桃这么一提醒，马上赞赏有加地上下打量她，觉得她像个婴儿突然间会走路了，又看到老头子颔首沉思，立刻说道："就这么办，现在就去找常老爹。"王海妈妈扑打过衣服，扯起丈夫往外走。丈夫提醒她别忘锁门，她马上反应过来："差点把这个忘了。"三人经过邻居家院前，见丈夫正追着妻子打，撕卷成一团，叫骂哭声震天响。全村乌烟瘴气，仿佛有个得怪病的人扰得众人不得安生。

三人急匆匆来到阿桃家，推门进去，却见常德利一人坐在黑乎乎的堂屋里哭。三人吓坏了，赶忙问怎么回事。

"常大叔，您这是怎么了，为什么哭？"王海爸爸始终把常德利当父亲一般对待，老头在那里哭得稀里哗啦，他跟着难受得想哭。

可常德利见到他们越发忍不住，手遮着脸哭得更伤心了。原来阿桃早晨走后，他越想越觉得对不住大伙。眼见村里情况越来越糟，他却没有一点办法，只能眼睁睁看着村子被祸害。更主要的是，当初开矿是他大力支持张华仔的，并且挨家挨户去做说服动员工作。现在村里搞得混乱不堪，早有谣言生起，说他当时拿了张华仔好处。他的地位大不如从前，现在村里全是张老头说了算。

"爷爷，三华仔哥回村了。"

"什么，他回村了？"常德利听到这个马上不哭了，眼泪没干坐直身子。

"常大叔，不如我们去找他，让他停办矿山吧？"

常德利有点担心，看看王海爸爸，王海爸爸冲他点点头；再看看孙女，头脑发热的她哪管与张华仔青梅竹马，情感的天平早倾向王海一边。她过去蹲在爷爷膝下，仰头劝道："爷爷，村里都变成什么样了。那桩事不用我提了吧，谁听了都胆战心惊。"她指的是自己一个女伴不久前在回家路上被推入树林强暴的事。

"常大叔，甭怕他，我们给您撑腰。"

"可他本意是想让村里富裕起来的呀！"

"大叔，就算他本意不差，可事实是这里遭了殃。他造的孽就该由他背着！"

"爷爷，我们一起去找三华仔哥，他一定有办法。"

常德利再次抬头打量面前三个人，看到他们义愤填膺，就牙一咬、心一硬，推开阿桃站起来，挥手让其他三人跟上，急匆匆去找张华仔。

再说张华仔，这次他实在不敢明目张胆进村，便趁天没亮潜回村。他提前与钢铁厂代表约好见面，路上想着怎么向这位代表开口。一进村，一股刺激的味道就钻入他鼻孔，并且过去一早就能看到的炊烟现在荡然无存，村民们像城里人一样习惯睡懒觉。种种迹象表明，家乡境况继续恶化。他慌了神，把出了状况的车子停在村口悄悄溜回家。

进入院子，父亲还没起床，他操起水桶往溪边去。溪流量小了不少，声音比以前弱了许多。整个乡村面貌尽收眼底，像座肮脏混乱的城郊大垃圾场。返回经过常德利家，他加快步子往过走。估计阿桃现在恨死他了，常德利爷爷也对他彻底死心了，他非得登门去道歉。哦，对了，还有她——

他把水桶放到门口，转身拾掇柴垛。云霞很快鲜亮起来，他出了一身细汗。

"谁，谁动我的柴火？"张华仔老爹只穿件大裤衩，睡眼惺忪，拎支棒子出现在门口。

"爹，是我！"张华仔小声应道，生怕外人听到。

"张华仔，你大清早跑回来做什么？还以为又是你嫂子和侄子偷我的柴火。"

"我哪来的嫂子、侄子？"张华仔以为自己听错了，放下手里的柴火问。

"快别说，说出来丢人。上次你送钱回来，怪我没藏好，被你哥哥偷了。你大哥买个四川女人，腰还没有他的大腿粗。你二哥娶了邻村大他十岁的寡妇，带回个十三四岁的男娃。他们成了亲，我就没安生过，天天来糟践我，连柴火都拿，我成天防贼似的防他们。"

"爹，快回屋，当心着凉。"张华仔往两边瞧，一副做贼心虚的样子。

"四川女人早上偷，那男孩后半晌来。哼，我打断他们的腿！"

张华仔要随父亲进去，却被挡出来："你等着，我穿了衣服再说。"可左等右等里面没了动静。张华仔再叫，父亲还是让他等着。

"爹，您老开门！"

"你去隔壁常老头家待会儿，爹往衣服上缀粒扣子。"老头不紧不慢地说。

张华仔更急了，只想知道里面发生了什么。另外，院外的人多起来，他急了，退后用膀子撞开门，整个人跌进去。

"你，怎么这么莽撞？"父亲慌里慌张捂紧被子坐好，冲他直嚷嚷。

张华仔觉得不对劲，眼睛死死盯住老头身下那团破棉絮。

"我老光棍一条，有什么好看的。"老头眼神慌乱地瞧，下意识捂牢下面。被子里鼓鼓囊囊，体积大得有点不正常："我正要穿衣服给你开门呢。"老头四处摸索衣服，明明在旁边，却没摸着。

张华仔要去关门。"你，出去！"老爹指着外面，看样子真生气了，冲儿子瞪起蓝玻璃一样的眼球。

张华仔发现被子下动弹了下。"是只猫，爹养了只猫！"老头急了，赤条条从床上站起，被子滑到脚跟处。

"爹，猫怎能养在被子里？"

"我就养了，你出去！"老头蛮不讲理，不顾羞耻地跳起来。

"爹，我大老远回来看您，您赶我出去？"

"再不出去，我揍你！"老头像小伙跳下床，拾起刚才的棍子朝张华仔抢去。

张华仔抱头躲闪，却瞟见一个蜷缩起来的粉红色影子像只巨型老鼠顶着一撮白毛，从被缝里溜到外边消失了。他愣住了，父亲的棒子一下砸到他大腿上。

"爹，您真打啊？"张华仔捂腿叫冤，但心里一下明白了。

老头看到被子空了，扔下棍子去穿衣服，嘴里骂骂咧咧，把三个儿子轮番数落一遍。

"爹，她呢？"张华仔声音小得不能再小，头垂下像要钻老鼠洞似的。

"你是说你妈吧，我把她送你二嫂子娘家了。"老头的脸再次充血，像刚出土的红萝卜。

"她怎么样了？"声音低得像没问一样。

老头故意没听明白似的左右瞧，然后知道事情包不住，悻悻说："你再说臊人的话，让我这张老脸往哪放，我还是死了吧！"父亲干号起来，故作用袖子擦眼泪，正好把脸挡上。

"爹，您的事我管不着，我回来有事找您和哥哥们商量。"张华仔猛地把头抬起来，觉得让他最害怕的事情已经过去了。

老头把手拿开，腮帮像猫吃鱼那样鼓着，眼珠滑溜溜地转："是不是要给我们盖新房子？"

"不是。"

"爹，你去把两个哥哥叫来吧，这里信号不好！"

"山上有！好吧，好吧，这会他们在自家吃早饭呢，汤都不会给我盛一碗！"

"那您过后把他们叫来。"

张华仔赶紧给老爹做饭去。老爹舒口气，趁空清理房间，把老情人丢下的红秋裤和黄腈纶袜子塞进柜底。想到她光溜着身子跑回去，不禁失声大笑出来。

饭后，父亲把两个哥哥找来。父亲在前，两儿子在后，满脸不情愿，甩着胳膊，像老头挂在腰里两只丁零咣啷的药葫芦。之后父亲高坐在昏暗的堂屋正面，两侧是两位萎靡不振、软歪歪的哥哥。张华仔搬只小板凳坐在他们对面，看他们抽烟和打哈欠。父亲把两个没睡醒的儿子各踹一脚，两个儿子斜砸眼不服气。

"二位嫂嫂怎么没来？"

"你都知道啦？"二哥一时没忍住咯咯笑出来，用眼睛示意大哥说话。

没等大哥明白怎么回事，他们的老爹一口喝断："女人瞎掺和什么，你弟弟是找你们谈大事。"他像太上皇发威，两个儿子却不瞧他。

"爹，二位哥哥，我今天回来的确有大事商量。"

"三弟啊，有事快说，那边你嫂子没人看着，要不然又跑掉了。"大哥头发乱糟糟，畏畏缩缩惊悚着一张大黑脸，对于老二嘀嘀咕咕的笑不理解。临走他把四川女人打了顿，吓唬她不听话就打折她的腿。

"是啊，你大侄子和二嫂子还等着我带他们到山上逛商店呢。"

"瞧瞧，比对你们的亲爹还好。亲爹你们都没给买过一根线。"

"爹，那能比吗，她可是女人——"

"瞧你俩那点出息劲，能赶上三华仔一半也行。"父亲扯着嗓子喊，见两儿子趾高气扬，气得发抖，"三华仔，别把钱给他们，全交到我这里，他们要用找我。"

"没钱，你大嫂跑一百回了。"老大站起说话，光脚踩双塌帮的旧旅游鞋。

"你二嫂娘家弟弟娶媳妇等钱用呢，我也是为咱老张家长脸。"二哥快言快语，就差跳到父亲鼻子上，"还有啊，爹，您老消停点吧，四邻五舍都传你的事了。"老二手揣进裤兜，头却缩到衣服里几乎不见。

"打人不打脸，我是你们的爹，你们跑来揭我的短？"老爹脸上挂不住，扔鞋要打两个儿子。

"行了，爹、哥哥，不要闹了，我真有事商量。"张华仔心里发凉，原指望父兄三个好好替他看紧矿上，可三人没一个合心的。山上和村里变成现在这样子，他们一点不惦记，还在为鸡毛蒜皮的小事争个不休。望着父兄，他语重心长地说："这回真不是送钱给你们的。"

对面三人同时错愕，像遇到重大变故似的拉起脸。尤其是父亲，上吊似的翻白眼。

张华仔不理他们，继续说："原指望开矿能让乡亲们脱贫致富，却没想到害了桃源村。全怪我当初没想好，现在都不敢见大伙了。"说到这里，他哽咽了，真心诚意认错悔过。

"嘀，嚯，没你操办，他们到现在用不上电灯、吃不到方便面，更不要说还能碰外面的女人。村子怎么了，挺好呀。十五大刚召开，社会主义初级阶段，'一个中心、两个基本点'，这些我都知道、都懂。前天我还和经理聊天，他说咱们矿山现在全世界有名，外面的人不知怎么羡慕咱们呢。用前来检查安全工作的副乡长在喝酒时说的一句话:'你们村是一步跨入小康社会了。'小康社会是什么我不懂,可我知道大伙现在有钱花,见识了数不尽的好东好西、好吃好喝。现在村里比镇上还热闹,连桂林人都跑到这里做按摩生意。以前谁知道我们这儿,可现在隔三岔五不是乡里就是市里来人,连副省长都来过两位。多有档次,多上排场。我活了这么大岁数,若不是开了这个矿,去哪儿见这种大场面。还有你两个哥哥,也尝着了女人味。还要怎么着?说你不好的人,良心都大大坏了。"

经老爹这么一说,张华仔真是哭笑不得。他万没想到老爹将事情完全黑白颠倒。再看二位哥哥,通身气质的确变了。大哥学矿山经理头发梳向一边,脸也开始洗了,胡子也开始剃了。二哥穿一身伪名牌,坐在那里有模有样。再看老爹,把衬衫塞进裤腰,皮裤带上别着钥匙串和BP机,不一会儿就摸摸,派头像极了正经做大事的人物。他变得为难起来,如果此时关闭矿山,对面三人马上会暴跳如雷。

"爹,我想把矿山关了。"张华仔想了会儿还是说出此行目的。

老头果然不干了,伸手摸摸张华仔额头,然后上下紧着看:"儿子,你没发烧,怎么说胡话?好端端的,怎么说不办就不办?"

"爹,我当初开矿全想着好处了,没注意到它会污染和破坏环境,把村里弄得乌烟瘴气。这次回来,我是想好的,一定要把它关了。"

"破坏环境?不挖山怎能采出矿石?不砍倒树、填平那些沟,怎么修通往外面的路?谁说这里不好,眼瞎没看到它带来的好处吗?你问我,我不答应;问你两个哥哥,他们会不会答应?"老爹嚼着烟头,毫不担心火头会烫伤舌头。

"不会!"两哥哥士兵一样齐刷刷起立,冲弟弟连连摆手,像阻挡别人抢夺他们心爱的食物一样。

"就算我们答应,钢铁厂那边呢,乡里、县里和市里呢?还有矿上上班的乡邻们,他们要知道你关闭矿山,不活吃了你才算!"

"可是,再这样下去,整个村子就毁了。"张华仔几乎哀求了。

"危言耸听!"老爹把嚼烂的烟头吐出老远,又拿一支安到嘴里。识趣的二哥立刻用打火机给老爹点烟。"一点不经事,这点就比不上王老头家的王海。"老爹悠然冲上面喷股烟,望着张华仔冷笑,"听说他当选工商联主席了。你就不能照他当个官回来?看看来这里的官员架势多大,多么耀武扬威,到时再让我和你两个哥哥跟你风光一把。"

"爹——"张华仔直呼一声,心想老爹真是他哪里痛便往哪里戳。他好不容易心平气和些,老爹偏拿这个说事。

"你好好问问谁答应!"

"我们答应！"话音未落，门一开，常德利带着王海父母与阿桃进来了。

张华仔爷四个一时僵住，尤其那个老爹，跳迪斯科一样摆动两臂。

"爷爷！"张华仔怯生生站起叫，又冲王海父母点头。可三人都不理他。他又看看阿桃，阿桃粉面桃腮，冲着墙怒目圆睁。

"张华仔，你果然回来了。"王海妈妈冲张华仔嚷道。

"回来也不见见乡亲们。"常德利痛心地应和，然后摇头叹气。

"常老头，三华仔回来看我的，不是看你的，你吃什么醋？"张华仔老爹觍脸争理。

"是啊，他回来看爹和我们，不是看阿桃的。"大哥傻呵呵跟着说，把张华仔往黑豆地里送。张华仔就怕阿桃误会，现在好了，大哥的话给老爹推波助澜。

"常大叔我们认了干爹，阿桃我们认了干闺女，别人来打扰他们，我们还不干呢！"王海妈妈有意往张华仔伤口上撒盐，用这事折磨与报复他。她把阿桃搂进怀，像亲娘那样护着她。

"常老头，我算明白了。说村里变坏的肯定是你，要不然怎么传得到处都是！"

"老天爷在上，我没说过那样的话。"善良的常德利连忙否认，急得要掉泪。

"常干爹，国家倡导发展经济的同时，要保护好生态环境，可桃源村现在的情况，不用说谁都看得到。自打开了矿，咱这小村就不太平。你往山上看，哪还是过去的样子。树没了，瀑布干了，水车散架了，动物也不见了踪影。满山建起房子，天南海北的人拥来，好人是有，可坏人更多，他们把全村人带坏了。赌博的、流产堕胎的，村里天天听不到争吵都奇怪。过去大家虽然穷，可日子过得安生踏实。现在就算有钱花了，可那能叫过日子吗？张华仔，你年纪轻轻，怎么不学着走正道呢？"

"你是什么人，轮到你教训我儿子？你儿子好，怎么没见他给乡亲们办什么事。就算我儿子有什么不是，可他本意是好的，是为了让这里富裕起来。常老头，就是你挑拨的。你自己没本事让村子致富，如今张华仔回来帮你，中间出了问题，你不念他的好，反过来兴师问罪，还把外人叫到我家里捣乱。你以为这是什么地方，想来就来想走就走？老大，老二，把门关了，我看他们能干出什么事。"张华仔老爹不干了，踩到桌上指挥两个儿子张罗，好像不把事情搞大誓不罢休。张华仔两个哥哥力气一个比一个大，平时出手就不知轻重，村里人都惹不起。王海妈妈回到丈夫身边，和张华仔老爹互相盯着斗眼。

"爹，您就别添乱了，下桌子好好说话。"张华仔冲善良单纯的常德利又连喊几声，"爷爷，是我错了，我对不起乡亲们！"

"你还知道错？那还不赶紧把矿山关了。"王海妈妈冲张华仔喊，觉得他没有刚才看着那么讨厌了。

张华仔老爹不罢休，抓着王海妈妈的小辫子不放："王海呢，他怎么不回来给乡亲们做好事？听说他不是当选什么主席了吗？莫不是他从这里出去，就把这里全忘了吧？"

王海妈妈一时语塞，找不着反攻点，脑子发涨。又听张华仔两个哥哥在笑，常德利也往她这边微微瞥下，再看丈夫一味低下头，她像被逼进角落，同时对手已经逼上前。

"谁说的，他当然会回报乡亲们。"

"老大、老二，快打开门，看看王海在什么地方？咦，他在哪儿，什么时候回来过，做什么好事了？"张华仔老爹还故意跑出去找了一遭，然后猴子那样蹦跶回来。

王海妈妈脸上搁不住，像被架到火上烤。"他这些天忙，过些天就回来。"她嘴里蹦出这么句。

"王海早和我说过，等他在城里稳定了就回村里搞发展。是不是，婶婶？"这下众人眼睛都盯着阿桃了，却见她没像平时害羞，先是愣了下，咬咬嘴唇，然后跨出一步，往张老头面前一站，惊得张老头往后退一步。

"没错，王海是这么说的，我亲耳听到。"

"连这小妮子也让你调教坏了。"张老头指着王海妈妈诬陷。

"反正我儿子这么说了，反正他不会做出像你儿子这种伤天害理的事。"王海妈妈神气地把两只胳膊放到身后，歪晃身子边笑边望上面，那样子根本不稀罕看张老头。张老头被阿桃将了一军，可他歪脑子转得快，马上奸笑起来，以为自己的计谋能一招制敌。

"那他说什么了，打算回村做什么？"

"这个你问不着！"没想到阿桃聪明地耍横，一句话将正得意的张老头掀翻在地。王海妈妈对阿桃的表现中意极了，毫不吝啬地给她竖大拇指。张老头像喘气的大水牛潜下去，气得说不上话来。

"大家说正事吧，三华仔，爷爷来找你，就是希望你把矿停了，要不然，爷爷死不瞑目。"

"打死我们也不同意。"

"爷爷——"

"三华仔，不用你插话。老常头，你们统共才四个人，你只代表三个人说话。

我代表其他全体村民说话，我们绝不答应你们的无理要求！"

"好吧，张华仔，这事你拿主意。如果你不肯关停，我们就去上访告状。再不然，就请电视台曝光你。"

"嗬，你个破女人，告到玉皇大帝那里我们也不怕。带领村民致富还有错了？有本事，别回我们这里，回来就得听我们的。"

"三华仔，大叔一直从阿桃这里了解你，你是个有志气有想法的好孩子。可村里变成现在这样子，再下去恐怕连人都住不成。知错就改也是英雄本色，我们不是来找你闹事和问罪的，就是提醒你得尽快把问题解决了，不然后悔都来不及。"王海爸爸长时间沉默后终于开口，他堂堂正正，语重心长，连张老头也忽张几下嘴知趣地闭上，心神不宁地看张华仔。

张华仔不说话，只是坐下来，握住一只拳头抵在额上，痛苦地闭眼思考。

"事实就在眼前，还有什么好想的？"王海妈妈看着张华仔坐着不动，只以为他偷奸耍滑，急得当即叫板。

"好了，三华仔，大叔相信你能做出正确选择。"王海爸爸沉静地给张华仔留话。

张华仔睁开眼，这时他太需要这种冷静的声音理解和宽容，好让他的良知消停会，而不是像受惊的小兽不断受到惊扰。他需要情绪上的缓冲，关矿好比挥戈向日。

"我们先回去，让三华仔好好想想。"常德利同情并鼓励地看眼张华仔，发现他的脸色非常难看，心里同样不忍再逼他。

王海爸爸一行四人离开，张华仔老爹不依不饶，追到门外嚷嚷："喂，王海什么时候回来啊？"

"等他不忙了就回来，要不然我亲自去找他。"王海爸爸一点不含糊地答道。

"老头子，你胡说什么，刚才我们是被他逼得没辙才那么说，你怎能把儿子往口袋里装。"

"你都替他做主了，我也替他做一回，他也真该给这里做些什么了。"王海爸爸认真看着常德利和妻子，看到他们都吃惊地望着自己，低头"嗯"了一声，背起手大步流星往前走。

王海妈妈还要多说，可丈夫走快了，像回到年轻时候，一旦认定什么就说一不二。王海妈妈把常德利送回家后，带着阿桃从后面撵上老头。她也想通了，老头说得没错，做得也没错，关键时候展现出大丈夫雄风，她打心里佩服与敬重他。

来人走了，让张华仔压力倍增。老爹在一旁生气地喝水，又辩经似的给另两个儿子说道。两个儿子急着回去，他不放行，非要他们认同自己刚才说得好做得对。

他骂两个儿子窝囊和愚蠢，说他们是猪。两个儿子很不高兴，围住老爹让他纠正。老头只有招架之功，没有还手之力，情急下又把刚才来人大骂一通。趁父兄三人无聊打闹之际，张华仔只身前往山上赴约，沿路看到各种惨象，比 T 市郊区姚姨住的村庄更差劲，几乎可以用半个地狱来形容。

到了山上，经过临时建成的居住区，他听到里面传出淫声笑语，几个熟悉的乡亲正鬼鬼祟祟跟陌生人往简易房里去赌博。饭馆服务员直接把脏水泼到街上，不足两百米长的小街上苍蝇像轰炸机。视力所及没一处赏心悦目，山风也吹不散聚集起来的难闻恶臭。而爆破引发的震动让整个地区摇摇欲坠，好像随时会塌陷似的。另据矿山经理讲，地表为数不多的矿石已开采完，公司正采购新设备朝地下深挖。那就意味着接下来整座大山会被掏空，整个山区会像被虫子蚀空的果实，增加更多的地质隐患。

"是啊，矿山的确有问题，往后慢慢改造就好了。"钢铁厂代表不耐烦地听完张华仔又一次唠叨，把腿放下，起身为张华仔斟茶，"你说的很重要，厂里会考虑的。""什么，你要把这里彻底关闭，那怎么行？这事有点大，必须给厂里汇报。"这位肥嘟嘟、有事没事喜欢笑一下的经理摸着方形下巴，当意识到张华仔说的是真话时，立刻收起那副随意的笑，把身子像果树枝那样低垂过去。张华仔提出见公司老总，他马上犯难了，推说老板正陪省领导出国考察，一时半会回不来。张华仔知道他骗自己，又不便发火，就平静地告辞。他希望乡政府出面协助自己。乡领导接到电话非常热情，请他到办公室说话。他心里升起一点希望，连忙驱车前往。可当他把话说完，乡长连连摇头说不可能："咱们乡好不容易培养起这个大税源，怎能说撤就撤呢？而且开矿破坏环境也不是我们这里独一份，所有矿区都有这个问题，不也没塌了天？等经济上去了，财力雄厚了，环境修补自会提上日程。现在温饱才刚解决，国家和人一样，身子骨还单薄，经不起折腾。"

张华仔听人家说得在理，态度摇摆起来。对方觉察出了这一点，乘虚而入："不瞒张总你啊，这次让你来，还有别的意思，就是让你参选你们村的村主任。"

"参选村主任？"

"这可是我国农村社会的一次大变革啊。二十世纪七十年代末，安徽小岗村率先实行家庭联产承包责任制，开启了全国的经济体制改革。这次农村推行村民自治，实行村民自我管理、自我约束，也是能够写入史书的大事件啊！现在看，这项制度在有的地方执行得非常好，广大农民群众切实享受到了各项民主权利，他们的民主权益得到很好的保障。我们建议你参选，到时候你带领乡亲们好好发展经济、推行民主，一举脱贫，永世富足。"

"而且，一人富不叫富，全体村民富起来那才叫富。怎么样？"旁边有人帮腔。

但当了解到张华仔已经把户籍迁入T市后，乡领导也给难住了。"城里一摊事我丢不下啊。"张华仔瞅着乡领导寒碜的办公室，自豪感油然而生。但旁边的人很机灵，眼睛看看乡领导，再看看张华仔，说道："如果您当选了，村务就由您说了算。到时矿山怎么办、怎么治理，不全由您说了算？您可别小瞧了村委会，《宪法》上明确规定它是基层政权，村主任也是官呢！"

张华仔依旧难以取舍，但凭他混在城里的这些年，预感到两人说的事关重大。不同于一般长期投资，其巨大的利益恰是公共权力背后的寻租空间，于是转而认真考虑此事了。

"您父亲如何？"

"不，不，他不行！"张华仔马上想到父亲吊儿郎当的样子，觉得让他参选是件极不严肃和极不负责任的事，当即出口制止。

"您还有两位哥哥。"

"他们？可是——"

"您两位哥哥替您参选，您做幕后诸葛。只要村子能变好，一切只是个形式。"

张华仔有点蒙了，想到让两位哥哥参选，就像让一只鹅和一只鸭参加奥运会一样可笑。

"一个村支书，一个村主任，您在后面遥控指挥，村里的事情往后不就都由您说了算啦？"

张华仔还在犹豫，这时乡领导马上提醒他。

"如果您不同意，我们也有另外人选。"

"谁？"张华仔听到这个，立刻受到威胁似的喊出来。他本不把此事放心上，可半路杀出个程咬金，要干涉他，让他觉得对方不自量力。

看到张华仔紧张起来，乡领导便觉得此事有胜算。"一个退役士兵，开矿后到矿上打工，然后做了上门女婿。"乡领导察言观色道。大概他们认为张华仔毕竟是矿山攸关方，在桃源村影响巨大，所以由他管理桃源村更为适合。

"一个外乡人？"张华仔听后，立刻觉得是奇耻大辱，桃源村的村务何时轮到一个外乡人染指？何况村子是自己破坏的，自己一定要亲手把它变回原样。看到那两个老谋深算的人等他回答，他二话不说点头同意了。

乡领导很满意张华仔的态度，告诉他回去抓紧准备，并希望他务必保守秘密。张华仔马上明白，对他们说句"事后有谢"，便又像来时匆匆返回村里。

"怎么着，我没说错吧，除了常德利和老王头夫妇，没人愿意关掉矿山。"张华仔老爹抱住膝盖，像个不倒翁似的旋摇。他刚从矿上回来，钢铁厂代表找他探听张华仔的情况，人家二两猫尿就把他灌晕乎了，告诉对方是常德利等人挑拨张华仔关矿。他认为自己一方面保护了儿子，另一方面让常德利等人陷于不义，所以醉意越发浓烈了。

"爹，您又去哪里喝酒了？"张华仔被老爹喷到脸上的酒气弄得很不开心。他本来兴冲冲赶回来要和父兄商量参选的事，可偏偏老爹喝多了，两个哥哥也都在各自家里。

"到矿上啊。那里新来个湘厨子，额上有道疤，手艺一绝。大家现在没事都往那里去，别的地方恨死了他。那里还有个小姐也不错，是他的女儿，什么歌她都会唱，就是瘦了点，还不如——"老爹醉醺醺的，却在这儿停下了。

张华仔只得给老爹倒凉茶让他喝，老爹这才慢慢稳当下来，眼睛瞪得跟十五的月亮一样大。"呀，天亮了！"他望着对面山上红彤彤的光气揉着肚子说。

"爹，还没到晚上呢。您老真没少喝。"

"不喝酒我做什么？人家铁厂代表请我喝酒，那是看得起我。话说回来，他在这里没了我也不行啊，矿上一多半是村民，谁对矿上有意见我最清楚。还有，我是你老爹，光这个他们也得敬着我、让着我呀。"老头按捺不住，却不小心撞到胳膊肘内侧，立刻呻吟起来，同时照桌子狠拍了下，用力把它推到一边。

张华仔看老爹比刚才清醒了，坐过去给老爹捏胳膊，老头感动得睡着一样："爹，我从乡里得到消息，咱村要选举村干部了。"

"什么选举，选来选去还不是老常头！"老爹像在树上荡秋千一样闭眼享受，听儿子说这个，像见到丑土狗一样不稀奇。

"全体村民自己选村主任。谁要觉得自己行呢，就去参加报名。"

"得，这次真要搞得跟外国选举总统一个样。"

"爹，这您都知道？"

"爹没事干，就上钢铁厂经理屋里看电视、聊天。怎么着，你以为爹光喜欢女人啊。"老头试着举起胳膊，发现没事了，跳下床来回晃着活动胳膊。

"爹，您有什么想法？"

"我嘛，怎么着都行，谁把常德利赶下台我就支持谁。"

"如果是我选呢？"

老头立定了，好像没听明白似的："你不好好在城里发展，揽这个烂摊子做什么？爹酒醒了，难道你又醉了？听着，一万个不行。你就在城里老老实实待着，到时我跟你到城里享福去。"

"爹，您生我养我，乡亲们也对我不薄，我不能过于自私自利。现在我能给大家做些什么就做些什么，这样我见到他们心里才踏实些。"

"吃一堑长一智。你开矿这么好的事情，人家却说你破坏环境，还当着你的面说要告你。你不用想那么多，安心从矿山挣笔钱得了，还想着给家家户户建房娶媳妇不成？"老头到儿子对面坐下，好像怀疑他似的，盯着往他眼睛里面看。

"大哥做村支书，二哥选村主任，就这么定了，现在您过去把他们找来！"张华仔盘算好整个事情，马上进行布置落实。

老爹一听是这么回事，用脚后跟在原地打两转后，生硬去把两个儿子拖来，不同的是，这次顺便带来张华仔的两位嫂子和那个侄子。他们萎靡不振坐在张老爹和张华仔对面，两个哥哥手伸进衣服搓污泥，然后抓出来扔在地上。一家人就这么第一次正式团聚，张华仔真心替两位哥哥高兴。他又把话说一遍，连两位哥哥都吃惊。

"三弟说什么胡话，他们哪是那块料，让他们跟你进城混倒是正事。"没等张华仔把话说完，二嫂子就率先开口，她心里直笑这是谁出的主意，简直像把猪往天上赶。

老头怎么看那孩子都不顺眼，拿老头乐吓唬他。大嫂子从丈夫胳膊缝里看灯光，觉得如果这是条通往山外的地缝多好，她就可以顺利逃走了。

"就是啊，咱大哥连党员都不是。我呢，连个家也照料不好，全亏着你二嫂子。现在让我们领导全村，可真是笑死人。"二哥说着自个先乐起来，也不搓泥了，尽管啪啪地拍大腿。院外的矿车轰轰驶过，二哥的笑被淹没了。

除了张华仔，大家都在笑。那孩子扑进母亲怀里跟着笑，将近十三岁了还像四五岁那样撒娇。

"只要你们同意，剩下的我来办。"张华仔一点不觉得好笑，恰恰相反，他越来越认识到参选的重要性。他将脸色沉下来，向大家证明他是严肃认真的。他看眼二嫂子，她正拿眼睛公开将他与丈夫比。在看到张华仔一脸凶相后，马上装着给孩子整理衣服。

"常德利呢，他也竞选吗？那我们可赢不了他！"

"哦，你没听钢铁厂经理说吗，常德利是个傻瓜。放在别处，村官肥得流油，为当村官争得头破血流呢！"

"爹，别听人乱讲，爷爷只不过年纪大了，按规定不能参加这次竞选了！"

"让大伙碗里天天有肉吃、光棍娶上老婆，那才叫本事。他这些年领导村里做了什么？只知道成天做些没用的，还婆婆妈妈。"

"一个上门女婿也要参选，你们可知道他的情况。"

"呀，那怎么行，不能便宜了外人！"二嫂子将身子往外挪挪，以便让张华仔注意到自己，同时防止老头看到孩子四处踅摸东西。

"真指望你两个活宝治理村子，桃源村下辈子也别想翻身。可若我这两儿子选不上，别人也休想当上！"老头手戳到桌角，用力过猛劈了指甲，开始照指头不住地吹气。

就在说话的这些人一致同意参选的时候，大嫂子大概看到夜色迷糊了，一头扎进那个半开的门缝。等众人听到声音转过神，她已经狂奔出院子，好像只要跑进夜色，就没人能发现得了她，她就能够安全逃离这里。

"嚯，她跑了！"老头第一个跳起来，猫那样三五下跃出。然后是张华仔大哥，像大狗肚皮贴着地面飞行。再后面是老二，像截蛇紧随老爹和哥哥出去。二嫂子乘机松开手，于是她怀里的孩子像蜥蜴舌头一样飞弹出去，把张华仔老爹留在柜上的一盒名牌香烟攮进手里，速度快得让张华仔以为自己看走眼。张华仔不理会娘俩的行窃行为，而关心外面结果怎样，生怕鲁莽的父子三个再伤害瘦弱得像竹节虫一样的大嫂子。

他也跟出去，不久就见父子三人押着大嫂子回来。兄弟两个从两边一人扭着大嫂子一只胳膊，老爹则牵牢她的头发，像对付犟牛一样使力往回拉。可怜的大嫂子又惊又吓，低下头发出恐怖的叫声。可这打动不了三个铁石心肠的男人，在他们看来，这女人像花钱买来听唱的雏鸟，敢飞走就弄死她。张华仔迎上去，不忍看大嫂子的惨相，让父兄三个松手，这时大嫂子又挣扎下，于是后脖又挨了老头两下狠抽，她痉挛着倒地，又被老二往髋骨上踩了两脚。大嫂子痛苦地呻吟，装死不敢动弹。大哥正要骑上打，被张华仔凶狠地推开。

"你们谁要再动她，以后就别想从我这里拿一分钱！"张华仔大声唬住父兄三个。

"三华仔，她要跑了，你大哥就没了老婆，人财两空。"老爹冲张华仔理论。

"是啊，她还得给我生孩子呢！"老大还想冲上去打，被张华仔的气势逼退了。

"求你们行行好，放了我吧。"大嫂子气若游丝地在地上求饶。

"放了你，谁给我们老张家传宗接代！"

"是啊，买了你就是供大哥消遣的，你就死了逃走的心吧！"

"三华仔，你们这是干什么呀？"常德利照着手电筒出现在院墙另一侧。

"常老头，我家的事不要你管！"

张华仔看到常德利马上气短理亏，幸好天黑，没被看到他面红耳赤："爷爷，我一会儿过去找您。"

"放了她吧，强扭的瓜不甜。你们再这样对她，会出人命的。"

"死老头，都是你领导无能，害死他们的妈、我的老婆，让我独守空房多年。"老头踩住旁边的石头骂常德利。

"老天爷啊，我什么时候做那伤天害理的事情了？"常德利听不下去，哭着回屋了。张华仔把大嫂子抱回屋子，放到老爹床上给她盖好被子，又送杯水让她喝了，然后嘱咐父兄三个好好待她。父兄三个慑于张华仔威胁只好默认。

"如果你们不好好对她，大伙看在眼里谁还会选你们。再说让对方把这当把柄，你们更没有希望。"

老头突然发现柜子上的香烟没了，眼睛落在孩子身上，吓得孩子钻进妈妈怀里不敢动。老头又发现二儿媳腰身鼓起来，像足产的孕妇那么明显。他盯着她看，她慌忙躲闪，最后二嫂子使劲喊声："三兄弟，今天天晚了，明天请你到我家吃葱油饼！"

"事情就这么定了，这里你们就听爹指挥。"

"爹，三兄弟，我是这么打算的——"

"二嫂子，剩下的事你和爹商量，我现在要向常爷爷解释上午的事。"

"爹，听到了吗，三兄弟让我跟您老一起商量着办。"

"就拜托嫂子你们了。你们商量吧，我过去了。"

张华仔走后，老爹和二嫂子连忙行动，甚至将大嫂子也从床上请下，然后一起商量接下来怎么办。没等老爹开口，二嫂子就抢过话语权。老爹开始很不满，可慢慢听完二媳妇的计划后，立刻觉得她了不得，继而帮她的腔，教训两儿子要好好听她的话。一家人说到最后笑得像筛子一样晃，只有那位大嫂子看到凳腿上有个手指头大的小洞，想着怎么钻进去。孩子终于熬不过大人，在娘怀里睡着了，松开手掉出老头一个不锈钢挖耳勺。老头这时也不生气了，又到床下面取出一包粽球交给老大，老大乐得交给自己媳妇，媳妇却摇头不接，害得老大又想打她："她只吃辣的东西，怪不得瘦得像只病猫。"

几人商量很久才散去，临走大家连日后怎么分钱管账都说好了。单等第二天，全家人就行动起来，把全村搅得鸡犬不宁、天翻地覆。

张华仔来见常德利，见院子里长满半人高的草，当即自责："如果我还在村里，绝不会让爷爷日子过成这样。"阿桃开了门，却不是他日思夜想的美人，双眼失神，表情木讷，肤色发黑。他一点不嫌弃她土气，更加怜爱与体贴她了。

再次看到阿桃，张华仔胸膛里的火腾地着起来。可阿桃反应冷淡，像件锋利伤人的刀具。

"三华仔，快进来说话。"里面响起常德利熟悉的声音，张华仔立刻被这亲切的呼唤招回现实，觉得今天见面重大艰难。

"爷爷，我对不起你们。"还没等说完话，张华仔已经泣不成声。他觉得自己太委屈，而这眼泪也只能在常德利这里尽可以宣泄。他伏下身子不肯抬头，自觉罪恶深重、不可饶恕："爷爷，您就打我几下吧，这样我能好受些。"张华仔抬起泪汪汪的眼，过去紧紧抓住常德利的手。

常德利忍不住哇地哭出来："傻孩子，爷爷怎能不知道你心里怎么想的？错不在你，是爷爷没帮你把事情打理好。乡里马上要组织村民选举，三华仔，你能回来多好。"

"爷爷，让我回来可以，您让阿桃嫁给我。您是看着我长大的，最应该知道我的心思。只要她同意嫁给我，我现在就抛弃城里的一切回来。"

"爷爷何尝不知道你的心思。可这由不得爷爷，爷爷不能包办婚姻，那是犯法的。"

"爷爷，阿桃是我的一切。"张华仔以泪洗面大声说，更想让里面的阿桃听到。

阿桃早听到外面的谈话，可张华仔现在在她这里早就人设崩塌，所以他越是提要娶她，她就越觉得不能嫁他。她过去把凳子放在门边，然后剪刀揣在手里，防范张华仔随时闯进来。"如果我有机会对王海哥说同样的话，他会不会被打动？"窗外山风吹得呼呼响，她听得眼泪又出来了。

"爷爷，矿山暂时关闭不了，钢铁厂代表不同意，乡领导也不同意。他们给出各种理由，我抗不过他们。"

"哦——"常德利发出一声长长的哀叹，然后脖子一软，头耷拉一边，像走了半个魂。

"爷爷，我造的孽我来偿。"张华仔仿佛顶着千斤重担往起站，他横了心，如果不能扭转局面，就变卖财产补偿乡亲们。现在，他对于参加村干部选举抱有希望，觉得可以利用它做很多事。"爷爷，我想让两位哥哥竞选村支书和村委会主任。"张华仔说这个时，差点咬到舌头，因为他猜想常德利一定不会同意。

可没想到常德利把身子正了正："张华仔，你想怎么干，就按你的主意来。爷爷知道你比我还心急。可惜爷爷帮不上你，你看着办就好。"张华仔无法替两位哥哥向乡亲们求情，但就他自己而言，能得到常德利这样的理解与支持，已经谢天谢地了。

"爷爷，我就是想让桃源村快点富起来、好起来。"

"有什么想法说吧，爷爷听着呢。"常德利善解人意地说。

"爷爷，外面的世界早变了天。人们住在高楼，出门开着私家车，与人联系用移动电话，处理公务用计算机。人类处于信息化时代，地球上一个地方上一秒发生的事，下一秒全世界都知道。人们吃着肯德基和麦当劳，同步看一部大牌电影，出门乘飞机随心所欲往各地飞。连打仗的方式都变了，电子站、信息站让士兵不见面就能分出输赢。但看看咱们这里，仍和二十年前、三十年前没什么区别，家家户户守着几亩薄田，一年到头靠天吃饭。年轻人仍住在祖辈留下的房子里，再把它传给下一代。娃娃们没几个上学识字的，到现在没培养出一个大学生。别人都在想方设法发家致富奔小康，咱这里却把安守清贫当美德。眼下村里老老小小光棍几十号，再不改变，恐怕没多久就会断子绝孙。爷爷，我丝毫没有责备您的意思，今天回来后，我再看不下去了。"张华仔说到这里真的动容了，感觉意念像气体被加热膨胀。

"孩子，我不是说过，你想怎么做都可以吗？"

"所以爷爷，依变治变，现在正是改变村子的时候。"接着，张华仔挨近一些，趁热打铁把已经想到的和一时想到的全盘托出，果不其然，常德利听后破涕为笑，直拍大腿："就这样，就这样，张华仔，爷爷全听你的！"事情搞定了，张华仔暂时了了心结，但他没有马上离开，而是去墙上取了镰刀，到外面一口气把草割光，又摸黑把水缸挑满，最后进屋掏出一千元放到桌上。常德利马上推让，张华仔急红了眼，常德利这才含泪收下。

"爷爷，我这就走了，您和阿桃多保重，我会时常回来看望你们的。"张华仔对着虚弱的常德利毕恭毕敬鞠一躬，"王大叔和其他乡亲那里，拜托您给作解释，告诉他们我一定会尽力挽救和弥补。"

"放心吧，孩子，爷爷知道怎么做。乡亲们都通情达理，他们会体谅和感激你的一片真心的。"常德利送张华仔出门，张华仔有意无意往阿桃屋门看。常德利仰头叹息。

张华仔绕过院墙出来，心绪杂乱地回到车上。他要马不停蹄往 T 市赶，好像迟回一分钟，梅里美遗留的百万资财就会长腿跑掉一样。

第二天，桃源村起得最早的不是到矿上的工人，而是张华仔二嫂子。她昨晚一夜没睡着，净琢磨着怎么让丈夫顺利当选。她认识那个竞选对手，对方人很热心，还帮她从矿上捎过东西，平时冲她一口一个嫂子地热乎叫。因为这次竞选，她把他当仇敌。当官自有好处，她自家哥哥从村里捞了不少好处，即便没个金山银山，天天吃香喝辣不成问题。"就算不为自己，为了孩子，我也肯昧良心做脏事。"于是天边刚见点鱼肚白，她就匆匆起床，也不管红袜子和绿袜子各穿一只，头没梳，脸不洗，往山上赶去。矿区门口养两条毛色发青的大公狗，足有半人高，对谁都扯着链子冲过来咬。

"二嫂子，怎么一大早到这种地方来了，不怕这里的男人勾引你吗？"门房的禀清老汉看到她打趣，二嫂子本想和他调侃几句，可两条狗扯着链子像人似的站起，吓得她连忙站定。

"禀清叔，见我家二华仔来矿上了吗？"她明知故问道。

"没看到啊。怎么着，你们不是一起来的吗？"禀清老汉的工作是张华仔老爹安排的，所以不仅平时对老张家的人格外关照，就是对大华仔、二华仔不时偷矿上的东西也睁一只眼闭一只眼。

"还用问，你们男人没一个好东西，魂尽让那帮骚娘们勾去了。"二嫂子急中生智，把罪过扣到对面街上大早起床嘻嘻哈哈、到外面吃东西的外地女孩身上。

"哟，二华仔也开那窍了？"禀清老汉半取笑半实话地指指对面。

二嫂子假装要打禀清老汉，禀清老汉装害怕躲回屋子。

"喂，我就躲在你这里看着他。要让我发现他背着我找女人，我就把他脑袋割下来喂这两条狗。——你倒是别让它们叫，让我进去，让他看到了，怎么抓现形？"

"这狗不听我的，听秦钢的。"

"秦钢呢？"

"他还没来呢。不过我自有办法。"说过，禀清老汉从桌里取出两个馒头，先朝狗晃晃，然后抛得远远的。两条狗追食物去了，二嫂子连跑带跳进了门房。里面太小，她把自己约一百五六十斤的身子强行塞进禀清老汉后面。禀清老汉手不小心碰到她富有弹性的屁股，她既不生气也不脸红，反而冲老汉笑了下。她让老汉挡在前面，两只狗吞下馒头又回来叫，禀清老汉要打它们，惹得它们又一阵咆哮。

"瞧，秦钢来了。"

"别让他瞧见我。"二嫂子抓住禀清老汉后面，在他身后半米见宽的地方勉强蹲着。

这时，就见秦钢穿着一身崭新的蓝色矿工服走在晨光里，腰身匀称挺拔，脸被衬得健康明朗。二嫂子有那么一会儿心软了，害怕施害这么个体统正直的人会遭天谴，可转而想到自己和儿子的将来，又铁了心。两只狗半立起身子，一个劲朝秦钢摇尾巴。秦钢分别往它们头上摸下，两只狗欢快地在原地打转。禀清老汉笑道："这两个畜生，怎么就和你有缘分——"他还想说，猛地感觉到自己干巴巴的屁股被一个软绵绵的东西抵着了，没错，那是二嫂子的脸。老汉不会动弹了，紧张得走了神，脸像涂了二斤胭脂，一而再地小心感受后面动静。

等秦钢进入矿区，二嫂子这才松开老汉坐回椅上，这时老汉已经大汗淋漓。原来，按照昨晚分工，她今天要跟踪秦钢，并通过禀清老汉套取情况，以便做到知己知彼，确保自己这边能够彻底压制对方。

这招果然奏效，虽然天长日久二嫂子没能幸免地被禀清老汉白摸过两次胸、蹭了三次屁股，却换取了重要情报。通过一番细致调查，张华仔一家基本摸清秦钢参选的主要思路与措施。他采取正常路子，利用闲暇时间一家一户拜访乡亲们，把自己的主张告诉他们，然后争取他们的支持。他的主要想法第一条就是关闭矿山，因为他认为矿山虽给大伙带来一时收益，却后患无穷。因为矿山用不了几年就会枯竭，可留下的地质灾害和环境恢复却要花上几十年甚至上百年，这个代价不仅要这辈人担着，下代人也很难轻松完成。何况村里卖淫嫖娼、偷抢赌博、吸毒斗殴事件越来越多，原来良好的村风村俗消失殆尽。人情冷漠淡薄，遇事不像过去相互理解忍让，这样的村子就算富裕起来，也不能算过上好日子。所以他转而要通过苦干实干，带领乡亲们通过诚实劳动致富，继续开荒种地，在山上大力发展林果业和中药材种植业，山下重点发展粮食生产和猪羊养殖业，再把通往山外的路修成标准等级公路。当然，首要解决的是增电扩容问题，利用国家正在搞的全国性农村电网升级改造机会，给这里带来光明。上下班路上，回到村里，他都随口和大伙聊上几句。禀清老汉每天主动与秦钢搭讪，再一字不落地转告给二嫂子。老爹对二嫂子的表现非常满意，把藏在家里的好多东西送给她和孩子，表现出难得的大方友好。

大哥、大嫂子这边也没闲着。本来大嫂子不愿意，奈何老头和老大用武力威胁她，于是她只能就范。说起来，秦钢岳父还与张华仔家沾亲，但这时候那层亲戚关系早不如一张纸厚。这个四川女人的任务是去缠着秦钢老婆，看住她不让她四处说情。大嫂子并不傻，撒谎说弟弟要结婚，请秦钢妻子教自己绣几幅绣花被面寄回去。善良单纯的秦钢妻子同情这个浑身是伤的外地女人，宁可放下家务活不干，一针一线地教授她绣艺。

离正式选举时间越来越近，仔细算不过四五个星期。全村人都在为这事吵吵，但都一边倒地选择秦钢。可就在临近选举前的第二个星期，张家二儿子突然向乡里报名要参加竞选，与此同时张家老大的村支书任命文件也顺利到手，这一连串意外惊呆了全村人，也让秦钢两口子惊愕不已。但奇怪之余，大家根本没往心上去，反正他家一年四季出笑话。这样正式选举的一个星期前，一切还风平浪静，可往后风向骤变，张家老二在全村的支持率飙升，而围绕秦钢则是流言四起，并且最终参选落败。

那就让我们看看张华仔一家到底是如何卑鄙地赢得这次选举的。

选举前一个星期，张华仔老爹盘坐床上，指间夹着香烟卷，面前是十几个中老年妇女，他在逐个听取她们的工作汇报。他穿着能看清乳头的亚麻薄汗衫，像皇上坐在嫔妃们中间，听到谁做得好，就从腿边一只大纸箱里取一样东西给她。老妇们都像小女孩一样争强好胜，千方百计地夸耀自己，然后伸手从他手里接过要么一副线手套，要么一双薄丝袜，要么一副扑克牌，总之是些不值钱的小玩意。

逐一听完后，老头笑开花，一时性起，敲打脸盆唱起《敢问路在何方》。所有女人满心欢喜地拿到想要的东西，对坐在中间的张华仔老爹越看越心爱。他还向她们许下一顿饭，只要她们选举当天投二华仔的票，事后就可以参加。这顿饭来头可不小，将由张华仔从T市的大酒店带人和食材回村做，全村人都在神乎其神地传这件事，甚至有人等不及，每天从山上往下瞭望，希望第一时间发现张华仔的车子。老头着实把这群老伙计夸一番，然后发布新指令，这才放她们走。这些平日一无是处的女人，转而变成骁勇的战士，武器就是她们的一张嘴。她们按照老头事先教好的内容给秦钢散布各种负面消息，诋毁他的名声，于是秦钢的好声望就这样轻而易举被张老头搅浑了。

然后是张华仔二哥、二嫂。二哥在矿上故意找秦钢的不是，两人打了一架。二哥仗着张华仔是股东，让矿上经理开除秦钢，没料到被喝了酒的经理严词拒绝。二哥回去向老爹和妻子禀明，老头不干了，把饭碗一摔，带上二媳妇找上山。经理正脱光衣服横卧床上醒酒，老爹一脚踹开门，连跑几步上去把经理从床上往外拽。经理丢不起人，老头不依不饶，只好同意撤换秦钢。老头替儿子报了仇、出了怨气，这才横歪歪出来。院中迎头碰到秦钢，老头一路瞪着过去。经理向秦钢宣布了撤销其带班组长的决定，钻入屋里许久不再出来。

一计方成再施一计。这次轮到二嫂子。她让人提前在秦钢回家的半道上，安排一个衣着暴露的女孩，等秦钢经过时，女孩谎称自己要离开这里，但所有财物被老板盘剥了。秦钢听后便把自己的衬衫脱下给她穿。可衣服脱到一半的时候，蛇蝎之心的女人纵身扑上秦钢，两人抱着从草坡滚到沟里。这时早早藏在树后的二华仔、二嫂子以及禀清老汉等人一下子全部跳出来，站在高高的沟畔上冲下面叫嚷：

"快来看呢，秦钢在沟里做好事了！"

下班后正漫不经心回村的人听到纷纷跑来看，果见秦钢浸湿身子，正努力站起来，神情好似没反应过来。那女子手脚并用往沟上爬，尖叫着骂秦钢无赖。二嫂子带头往下扔石子，专捡秦钢的要害部位打。

"秦钢，你平时假正经，现在露出真面目了吧？"二嫂子绕场一周对大伙说，好像她和她家人比谁都是正人君子。

秦钢爬上坡，一点没解释，推开人群的包围圈走了。二嫂子与那女子使眼色，那女子趁乱溜了，仍披着秦钢的衬衫。

村里围绕这件事有两派意见：一方以张华仔全家为主，把秦钢说成伪君子，逢人就讲他的坏话，哪怕已令对方非常厌烦，还是纠缠着讲下去；另一方是秦钢家人、常德利爷孙及王海父母，他们拍着胸脯向大家保证秦钢的人品。可村里谁又真正关心这次选举，谁又对这场阴谋的真假作分辨呢？纵使秦钢后续怎么努力，风向已经不可逆转。

最后说说那位大哥和大嫂子。大哥在选举前半个月拿到了乡党委的任命书。可在秦钢把组织关系转来之前，村里只有常德利一个党员，所以乡里便替张华仔大哥想到火线入党的办法。正好，受台风影响，当地连下几天暴雨，咆哮的山洪将地势偏低的东半个村子淹没了，退水后淤泥足有半米深。乡亲们叫苦不迭，常德利便带领大家挖泥清淤。三天后，房子和道路基本都清理出来，人们能自由行动了，矿车也可以勉强通行，村里生活大概恢复如常。这时张华仔大哥出现了，领着比自己矮半截的妻子，每人头上系条白毛巾，背只抵足的大竹篓，挂把大镢头，在太阳刚过树顶的时候，一高一矮光着脚走来了。

"大华仔，两口子干吗去？"

"干吗？这不明摆着吗，来修路。"

"回去吧，路已经修好了。"常德利好心告诉他们，一边用袖子擦脸上的泥和汗。

恰好一辆矿车从路上经过，用硬土修筑而成的简易公路由于长时间被水浸泡仍然松软，于是车在一处水泡里偏了方向，一个趔趄差点翻过去。

"常老头，这就是你带大伙修的路？你想害死人家啊！"张华仔大哥出言不逊，想到自己马上要取代常老头成为全村一把手，难免得意忘形。

"大华仔，常德利爷爷一把年纪，这几天带领大家抗灾自救。你们一家六七口连个面都没露，现在还恶语伤人，算怎么回事？"说话的正是秦钢，他家在村西头，并没受灾，可也特意请假帮忙。

"我可不像有的人，为了拉选票，故意和群众套近乎。是不是，老婆？"张华仔大哥问快被自己打得半傻的媳妇，那媳妇从遮着眼睛的毛巾下使劲点头，好像只要速度慢点，丈夫的铁拳就会飞上来。

大伙懒得理他们，分开继续干活。夫妻俩急了，看到谁忙活，就往谁边上蹭，然后把人家手底的活抢过来。王海妈妈从另外的地方铲来硬土填平一个小水洼，张华仔大哥见状，立刻找两块石头，自己抱小的，让妻子抱大的，两人把石头扔进水坑，溅了王海妈妈满身泥点，她便生气地往别处去了。阿桃使劲刨一块石头，她本身力气不大，脸憋得通红。张华仔大哥连忙上去把阿桃推开，然后和妻子你一下我一下把整块石头刨出来，最后像挖出宝似的展示给大家看。中途没人搭大华仔的话，他就一个劲命令妻子，稍不如愿，就把她往泥坑里推。老实胆小的妻子不敢顶撞，爬起继续干活。过了不久，山下驶来一辆空车，司机和坐在旁边的娇艳女郎有说有笑，根本没留意路况，结果在躲避突然跳到路中间往泥坑里填石头的张华仔大哥时，方向盘一偏，接着右前轮悬出沟畔。司机吓得变颜失色，下车后仍旧脸色煞白。张华仔大哥看到自己闯了祸，第一时间扯起老婆跑，司机追了一道，也没把他们找着。就是这事，张老爹回头报告给乡里，乡里立刻把大华仔树为抗灾救险的典型，特批为党员，随后马上进行任命。

　　消息一公布，人们傻了眼，可说什么都晚了，张华仔大哥堂而皇之当上村支书，不费吹灰之力把常德利赶下了台。当张华仔大哥把公章拿回家，自己把玩半天，又让侄子玩。侄子在自己脸上、胳膊上扣满红圆印，连家里的墙上也盖得到处都是。随后，为助二弟当选，夫妻俩早饭过后就拎着铲子出去，挨家挨户给村民们清理鸭圈鸡舍。小妇人钻进去铲屎粪，丈夫在外面动嘴指挥。小媳妇干活凶悍，往往不消一两小时便把鸡窝鸭圈清理得干干净净。开始村民们很高兴，争着让他们去。可后来就出了问题，清理过的圈舍里，鸡鸭蛋不是少了，就是没了。一些主妇前去理论，张华仔大哥矢口否认，小女人也装听不懂，用叽里呱啦的四川话蒙混过关。于是为防止丢蛋，别人家半夜不睡自己掏圈舍，村里从那时节起，从早到晚弥漫着一股臭烘烘的禽粪味。然而相应地，两口子的服务内容也变了，替人家扫院、帮人家收拾菜园子等，可他们做什么，人家就会丢什么，全村为他俩过着提心吊胆的日子。但瑕不掩瑜，两口子坚持做了几天后，村里状况确实好转许多，大家伙再见两口子时，就交口称赞。

　　选举的头天晚上，张华仔两位哥哥、嫂子聚在老头家，桌上堆放好些彩纸，两位哥哥正猫腰将它们裁成细条，然后临时搬来的一张大桌子旁，站着二嫂子专门从娘家请来的大侄子，一边甩头发，一边手握毛笔伏案疾书，然后二嫂子走台一样来回搁放写好的标语。大嫂子独自在隔壁灶房里黑灯瞎火熬煮一锅糨糊，借着火光不住流泪，然后咳嗽上一通。总之一家人不敢让外人看到，把窗户拉得严严实实，密谋明天早上放出最后大招，一举击败秦钢。就连张华仔侄子也派上用场，每过会儿就溜出去，探到秦钢或秦钢岳母家的院子外，捡起石块扔进去，然后按照妈妈嘱咐的，绕大半圈再跑回家。这样不到晚上十点，他就投过五六次。秦钢一家最后只好转移到王海父母家，这才安生度过一晚。

竞选当天早晨，全村人打开院门的第一刻，看到各家各户外墙、门垛，包括柴火垛、树身、牲畜圈舍、老庙以及充当村办公地点的一处老房上，但凡能贴东西的地方都贴上了花花绿绿的标语，一时间世道仿佛进入动乱年代。标语上触目惊心写着各种辱骂秦钢及其家人的恶毒话语，甚至将秦钢与宋朝卖国贼秦桧联系上了，说他是恶人后代。"打倒秦钢这个恶徒流氓！""不要相信一个无赖的话！""谁选秦钢谁家倒大霉！"大部分村民选择了看笑话和沉默，没谁意识到这是非法行为，至多把它看作是竞选做过头。秦钢万万没想到对手如此卑劣，可选举将在上午九点开始，他只得收起怒火，去为竞选作最后一搏。

张华仔回到家，父兄们的竞选手段也让他感到震惊和耻辱，不禁发起火。

"再跑直接把你填了矿洞。"父亲不理张华仔，只想着自己要做太上皇了。他在转移注意力，无端指责那个缩在墙角只有核桃般大小的大儿媳。

"爹，咱这样就算赢了也不光彩。"张华仔黑着眼圈、面色暗沉地说。他在 T 城办事并不顺利，全城围绕梅里美财产的明争暗斗在一定范围内你死我活。他重新认识了城市与社会，不由变得更加消极深沉。

"老二家的，这下你和孩子的户口该迁过来吧，之前你死活不肯。"

"再不听话，休了她再娶个年轻娘们。"张华仔二哥同样不理弟弟，去挑衅自己的老婆。他立刻遭到报复，肋下被老婆狗嘴一样叼住不放，眼珠子快蹦出来了。

老爹和大哥哈哈大笑，张华仔无奈地等他们平静。老爹怕张华仔坏自己的好心情，狡猾地不让自己停下来，露出婴儿般的红色牙龈。

"这事暂时保密，谁都不许说出去。"老头把控着话语权，故弄玄虚地说。

"爹，还想怎么着，今后让儿子们怎么做人？"

"该怎么做就怎么做呗。"老头觉得张华仔的话很好笑似的，岔开话题讲。

"我会好好疼你嫂子的，再不打她了。明天这个时候，全村就变成咱家的了。"大哥酒醒一样快活地说，同时鹰爪一样的手抓在妻子娇小的肩上揉搓不停。她已经缩得不能再小。

"嘿，这种神秘紧张劲有点像杀人放火。"老爹呷摸嘴，外凸的灰玻璃眼仁瞧着儿子。"对了，三华仔，给爹封个什么官？"老头吮吸手指上被跳蚤叮起的包，突然想到这个问题。

"爹，您就安度晚年吧。"

"什么，让我安度晚年？你这是瞧不起爹啊。姜子牙八十二岁出关辅佐周文王，我怎么就不行呢，难道掉了牙就不兴再装上？"

"爹，您老给我们娶个后妈好好过日子吧。"二儿子从旁撺掇，老头立刻脸赤脖红，提臂挽袖要同儿子干仗。

"兴许还能为我们添个弟弟。"大儿子幸灾乐祸地接话。

老头彻底火了，口骂两个儿子不肖，一边用头撞他们。张华仔生气地叫停他们，让他们集中精力讨论选举。他心里一筹莫展，亲人们的素质着实让他担心与后悔。

"就这么定了，谁走漏风声，别想从我这拿到一分钱。"老头指的是张华仔交给他慰劳各人的经费。

哥嫂走后，父亲主动找张华仔搭讪。可张华仔和父亲没有丁点说话的欲望，随便应和他几声，到床上躺下冷静会。尽管 T 市的事情不断跳出来，但他仍集中精力，想着选举后怎么说到做到，让村庄尽快改善和发展起来。

秦钢不出意外地输了，他的家人因为受不了提前离场。王海父母愤然质问投错票的乡亲，可大家都沉默地绕开他们走。张老头同那些个提前招呼过的人挤眉弄眼，二嫂子和孩子已在台下挨个给大家发红鸡蛋了。监选的乡领导满心欢喜地上车离去，又一个村子平安无事地完成选举工作，选举结果尽如人愿。最后人群簇拥着张华仔一家欢天喜地赴宴去了，临走招人烦的张老爹抬脚朝秦钢拍拍土，然后护着中了状元般的二儿子喜气洋洋回家。秦钢独自在日午的大太阳下站着，样子怅然若失。他没有勉强自己去祝贺，而是反思自己到底输在哪里。当意识到自己并没有做错什么的时候，他挺起胸膛大大方方往家去，回去安慰伤心欲绝的妻子。等他再走出家门时，人们看到他更加深邃成熟。他没选择与张家兄弟合作，反而想到去解决当前全村面临的最迫切问题——环境污染与破坏问题。他找到常德利，向老人阐明观点。老人家当即表态支持。之后秦钢从矿上辞职，又卖掉村里的房子，带领妻子住到山上，除了种植一些口粮外，将全部精力用于治理被严重破坏的山区环境。他的举动感动了许多人，常德利爷孙与王海父母随之主动加入。每当望见鼠坑盗洞一样的山区面貌，再回头看看身后自己种下的一排排整齐的绿树，他一边擦汗，一边露出会心的微笑。

第八章　受挫的理想国

二十四

身处富贵的人永远喜欢做重复的事，在无数次单调枯燥的重复过程中，觉得这是无比的雅趣，乐此不疲并自命不凡。这不，一帮老友又如约聚到刘光耀家中，类似的人员，雷同的情节，略显任性与刁钻的行为，使他们像开始崇尚吃素一样，与外界依旧迷恋肉食的普通民众区别开来，显得那么不染红尘。与刚搬来时不同，刘光耀的房子里养育了更多的珍稀观赏植物。现在，女主人正与一帮女伴待在花室。她们散落在四处，观赏各自身下的奇花异草。刘明坤妈妈新烫了韩式发型，伸出仍如少女的嫩手，用软布精心擦拭叶片，让它们看上去亮晶晶的。她不时留意诸个装扮不俗、气宇不凡的老妇们的表情及她们的谈话，更注意接收她们小声的附和与赞美。可就算此时心里明明非常高兴，她仍旧攒着眉尖，装得跟生病一样苦楚。这是她长期身处富贵、养尊处优的结果，对什么都缺乏热情，做什么都嫌多余。

"哟，居然打了这么多花骨朵，真是没见过。"

"新年新气象！"

"这算什么呀，楼上那盆之前比这个多一倍，可惜让老刘浇死了。"刘明坤妈妈轻声细语讲，又用小拇指抹下额角，向朋友们展示她一如既往的矫揉造作。

"现在兰花掉了价，许多平常人家都开始养。"一个脸色蜡黄的老妇把瘦小的耳朵使劲拉抻的同时，暗忍着疼似是而非地说。

"可这个毕竟不同呀。都说花好旺主，这样的花势无疑预示主家运势兴旺。"另一个妇女抚摸着花叶不慌不忙地反驳，然后眼睛在女主人和上面的人之间迅速扫个来回。她的"故意"同样令人一眼看穿。

"老刘和我平时花好些时间在它们身上，它们再长不好就愧对我们了。"刘明坤妈妈蹑手蹑脚，捏起一枝高高的花枝说话。此时的她心境宽广，让别人没法同她计较。

"你瞧，当初你还埋怨住在这里。现在呢，城里空气脏得不得了，环境又堵又吵，哪如这里清净。"一盆怒开的茶花前，穿绿裙子的贵妇端庄地盯着花瓣说。但有一刻，她曾想乘人不备毁掉它。

"我倒想不住在这里，总不能睡到山下大马路上去吧？"刘明坤妈妈一心夸大自己的委屈，停下来叹气，对花没了兴致。此种情景，让人感到那些花都发蔫了。

"祸兮福之所倚嘛。"忙有人抓起她的小手温柔拍拍，流露出于心不忍的善意。

刘明坤妈妈回头支应，用搽着巴黎口红的笑脸勉强回报说话之人。她再去擦拭一侧的花枝，好像那花是她慰问福利院时遇到的漂亮小孩。

"别的不说，来时路上你们也看到了，山下房子都快盖到家门口了。里面天南地北什么人都有，连他们夜里打呼噜的声音我都听得到。我患上失眠症，每天睡前非得让老刘关好门窗。"刘明坤妈妈停下来看着窗外，然后失忆一般站了好久。

大家都同情地看她，都在原地一动不动。

"我现在不求别的，只求有个好身体。"半晌她才回过神来说，指尖又像采茶似的修理那些枝叶，那些花似乎得不到她的侍弄就不会开似的。

这时有人发现隔壁似乎安静了许久，立刻过去偷听。听到里面仍旧在窃窃私语，这才神色自若地回来，并一边连连冲大家点头、摁手。

"听说又要提高老干部待遇，确有其事？"

大家互相瞧瞧，好像一下变成平时大门不出、二门不迈的贤妻良母。这就与她们隔壁的丈夫形成鲜明对比。他们遇事都争抢着显示自己知道的最多，了解最透彻，见地也最深刻，而她们的世界里只有丈夫、孩子和家务事。这也几乎是中国官场家庭中夫妇间相处与处世的常态。

良久，刘明坤妈妈摇摇头，但谁也不看地又凑去闻新的花苞。问话之人旁边的人见状，不以为意地说道："我才不关心他做什么，但害怕他身体吃不消。"

"只要身体行，他们还是要做点什么的。而我们，照顾好他们是我们的第一要务。"一个浓发和戴耳环的贵妇晃动着头，用干巴的嗓子与征求大家意见的语气提气说。

"说了这么多，口渴了吧！"刘明坤妈妈把穿着栗子红套裙的身子站直，冲门外连喊几声。很快一个羞涩的小姑娘进来，手里捧只精致的瓷盘，里面垒放着金灿灿的蜜橘，径直到桌前放下，然后像看到一群亲戚似的笑。

"小玉，别站着，快给大家剥橘子。"女主人忧虑地瞅下保姆，皱眉吩咐道。小玉赶忙又快又灵巧地剥好橘子，再挨个送到各个客人手上。大家咬到甜丝丝的橘瓣，对她赞赏有加。刘明坤妈妈破例真心笑了，不小心露出一口小时留下的四环素牙。

"这些女孩就该像牛马一样被调教,而不是照顾!"一个身材与长相都像极男人的女人说话。她拥有巨大的肺活量,嗓音粗重,声音在高大明亮的花室里嗡嗡作响。说完,她径直观察大家,但大家又都像沉醉花间了。

刘明坤妈妈看到小玉出去的背影,摸摸乌黑的鬓发,突然明白了儿子看其一贯的眼神,于是过会儿把腕上那条儿媳妇前日孝敬她的金手链往袖里藏藏。"等儿子回来,我让他如愿。"她咬下一瓣酸橘子,皱着眉咽下去。

"听,有人咳嗽!"说话者骤然紧张起来,神经兮兮的,像衣服落上火星。大家跟着她一窝蜂拥到书房外,像蒙古黄鼠般立身倾听。

书房里,大抵还是原来的五六个老头,只新加入两三个。他们都已正式办理离退休手续,却个个看上去没怎么变老,倒像被家长抱到室外的幼儿,包裹得格外紧实细致。有人脱掉外套,露出厚实的老棉袄与老棉裤;有人尽管涨红着脸,却始终不愿解开风纪扣;有人不时留心窗户,希望那里不要有冷风吹入。现在,气温变化成了他们嘴边的禁忌词。并且,与离退前的不苟言笑,甚至在家人面前一本正经不同,他们变得格外活泼,甚至是可爱了。他们将主人围在中间,饶有兴致地看他在大桌上挥毫泼墨,表情异常丰富。

"梅瓣点得好,颇有王冕神韵。"

"喜鹊登梅,寓意很好。"说话的人干咳一下,脸像新鲜猪血。

"没错,算是献给中国特色社会主义事业的贺礼吧。"一个额头往里收的人,站在刘光耀后面探前身子说话,脸形和老年斑加剧了他言语的郑重与权威性。他专注地盯着画,抿紧薄唇,撑宽嘴角。

"我们刚才的讨论太过深入了,就像只身前往黑暗深山的内部。"

"我们也什么都没说啊。"

"还是先把画画完,画功倒是渐长!"

"可我们上次递交的意见书到现在没得到回复。"身穿黑灰条纹上衣的老头生气起来,把手杖拿起又放下。

"这才过了三个星期。"回话的人话音拖得像彗尾一样长,同时作为一个深谙门道的人,给予那个一窍不通的人一个鄙视的眼神。

"世界首只克隆羊诞生,是叫'多莉'吧?"

"火星探路者号及火星车,成功登上了火星,了不起的人类科技啊!"

"各位如何看待中东局势,新的中东战争会不会爆发?"

大家集体沉默了,要么患了青光眼似的发呆,要么一起往虚空的前上方瞭望。

"香港顺利回归，'一国两制'成为现实，实属不易啊！"说话的人仰鼻由衷地感慨。——幸福的波浪层层涌动，人们的情绪随之变化。

"党的十五大成功召开，我们迎来新的历史阶段！"

"今年是十一届三中全会召开二十周年。二十年来，我们的中国特色社会主义事业建设取得了巨大成就。改革真是无与伦比的伟业啊！"

听到这里，大家都再次互动起来，脸像金盏花一样笑。

"北约启动了东扩计划，我们与俄罗斯签署了战略协作伙伴关系！"

"我们也与南非正式建立外交关系。"

"我们到底起了什么作用？"说话的人却突然愁眉苦脸，攥紧拳头给众人看，"但愿人们不会嫌我们碍手碍脚。"他显然对现状强烈不满，随即引发一通咳喘。

"什么事，要不要紧？"没等屋里的人反应过来，外面已冲进一群女人。咳者的妻子像猛禽速降至丈夫身边，之后抓牢他，双手不停搓揉他的胸口。

"大家帮忙啊，他可千万不能出什么岔子！"

其他妻子各站在丈夫旁，用怜悯与难过的神情注视着那对夫妇，像参加一个无话可说的葬礼。

"老头子，你倒是说话呀！"女人几乎要哭出来，用薄如蝉翼的披肩给丈夫擦拭蓝钢似的额头，再擦自己的眼泪。

"你这是干什么，我什么事没有。"那人像从昏迷中苏醒，奇怪地看满屋子的人。

"老头子，你要吓死我。你真没什么事？"

"刚才说话快，一口唾沫呛到喉咙里了。"老头平静后，略带不满地望向众人。其他人均围拢过来，密集的关怀和问候像一圈橡树向他垂下枝条。

"男人们说正事，你们冲进来干吗？快出去，别打扰我们。"中间一个年纪最大、因两道长眉特显威严的男人厉声驱赶一帮女人，一边向门口迫不及待地摆手。于是女人们一边不情愿地往外去，一边不忘回头多嘱咐丈夫几句，最后像新婚燕尔那样依依不舍消失在门外。

门被从外面轻轻带上，男人们互相笑笑。既笑女人们无聊多事，也流露出被自家女人呵护的幸福。

"好笑吗？这是实情。"刘光耀最后在画的左下方题名，又端起硕大的莆田鸡血石印章落款，随后一只手按住桌边，另一只手护着未干的画，抬头说道，"一旦我们有个三长两短，她们将变成孤儿寡母。"

"所以嘛，意见书还是要写，一次不行两次，两次不行三次。"

"一定要中肯和强硬，任何问题都要放在组织框架内讨论。只要我们健在，就对各方面拥有发言权与建议权。"

"这永远是问题的实质。"大家像一群盘旋已久的鸟终于落回地面。

"我们仍在时代的方阵中，力求处于前沿，不甘被边缘化！"

"谁说不是呢？"说话的人动情地流泪，大家跟着效仿。其中一个哭声纤细，像荒原里失去双亲的幼鹿。

趁这个时间，刘光耀擦擦眼角，快速把半干的画扯起挂在墙上："来呀，都过来，看看怎么样。"其他人都围过去看。

"喜鹊登梅，晦气一扫而光。"

"多为国家祈福吧！"那个长眉老者提议。于是以刘光耀为首，大家都肃穆起来，开始口中念念有词。很快，屋里响起一层密密麻麻的杂音。

——"那是什么？"外屋，那个粗犷消瘦的女人忽然指着窗外大叫。其他人被她惊得人仰马翻，纷纷顺她指的方向去看。只见离房子二百米开外的对面山坡上，冬天掉光叶子的树林里出现几个身影。他们在树林和山石间快速跑动，上身和腰际的配置闪闪发光，眼睛不时从高耸的帽檐下阴森地往这边扫视，然后很快隐没于林石间。

"不行，家中有事，我和老头先行一步。"女人放开花枝，毫不思索地冲向里屋。

"哦，我也身子不适，要早点离开。"另一个女人反应过来，跟着冲进去。

其他女人，除了刘明坤妈妈，都乱作一团地往里奔。进到里面，她们不容分说，像消防员从火里救人似的拉起丈夫往外拖。那些大男人没等细问和穿好衣服，就已被各自妻子认领带走。

"司机，司机在哪儿！"一到外面，他们冲车里的司机大喊，心里嫌怨他们为什么不能一个跟斗翻过来。

汽车争先恐后地开走，只在刘家别墅院里留下一团朦胧未散的蓝色烟雾。刘老夫妇一前一后、一高一低立于窗前，自觉将头歪向对方一侧。丈夫张开河马般粗大的鼻孔喘气，妻子则捂紧鼻孔，防止吸入过多飘进屋的尾气。屋外仍是一方晶莹天地，而他们的身后则是桌掀椅翻、垃圾遍地。

"他们这是怎么了，像遇到打劫一样。"

"刚刚管理处打来电话，警察接到报警，抓了几个上山烧烤的人。"

"这就把他们吓着了？"刘光耀怅然若失地回去坐下，肥大臀部像吸盘吸紧椅子，神情悲哀地望着外面的灰色山峦。"他们再不会来这里了。"他像溺水被救活后，沉重缓慢地说。

"本来也没什么，不过请他们年前来热闹一下。"妻子宽慰丈夫，同时深感远离城区那种钻心的无聊与寂寞形成的慢性疼痛。

"你要去做什么？"见丈夫费劲地站起，妻子连忙用最细致、最关怀的语气询问。

"那张画掉地上被他们踩烂了，我重画一张。"

"要我帮忙吗？"虽这样说，妻子仍跟着丈夫进到里面。

"这是献给党和国家的，我绝不食言！"

妻子钦佩地望了下丈夫，过去悄没声地替他整理画桌和准备纸笔颜料。于是丈夫闭目养神一会儿后，拾起绢子擦净手，再次提笔蘸墨，伏于桌上专心画起来。

别人家过年热热闹闹，黎怀远家里却冷冷清清。春节前，黎怀远本打算去慰问边陲的一个高山哨卡。可临出发前的晚上，狂风骤起，气温大降，慰问活动被迫取消，于是他回北京过年。

年三十到了，黎红放假回家，买了食材却不会做，便打算天黑后给父亲下碗面条，父女二人凑合着把年过了。"又要过个没饺子的春节了。"她边擦桌子边这么想，"要是王海在就好了。"但她随即嘲笑自己痴心妄想。

黎怀远看女儿系着围裙干活的样子突然笑了，黎红也笑了。就在这个尴尬时刻，有人敲门。

"这个时候还有谁来啊？"

"如果找我，就说我生病卧床，不便见客。"黎怀远说过，下意识佝偻起身子，快速往里面转移。

"爸爸，您总得休息一下，权当陪我过年好吗？"

"那不行。我身体越来越差，趁现在抓紧多为国家和军队做点事。你找个人嫁了，就不用天天守着我这孤老头子了。"见黎红还要说什么，黎怀远摆摆手，"别让客人等急了。"

"谁呀？"黎红去开门。

"是我！"门开了，外面站着齐国民，两手各提着东西，脱下军装换上一身新衣，满脸带笑。

"你来做什么？"黎红很不悦，对这个冒昧造访者并不欢迎。

"来和你们一起过年啊。"齐国民说着，身体微微向上一耸，显出难以抑制的兴奋劲。

"黎红，快放客人进来，拦在外面算什么。"黎怀远看来人是齐国民，就停下脚步现出笑脸。他对这个年轻人充满好感，也一直想向其表达谢意。

齐国民尽管两手拎了很多礼物，但还是很轻松地挤进门。他放眼打量屋子，一边对这么简陋的居住条件感到惊讶，另一方面也为印证了自己的猜测而感到欣慰。

"小齐，怎么想到来看我？"黎怀远插到女儿前面，让客人坐下，又亲自把水果盘推过去。他十分欣赏齐国民那种在别的年轻男子那里难得一见的男子汉气概，也因而对外面密密麻麻的爆竹声喜欢上了。

"你喝茶。"黎红尽管对这个此时来客不欢迎，可也知晓他是正人君子，便礼貌地招待。齐国民连声说谢。

"我猜您过年可能回北京，一打听，您果然回来了，就想着来拜访。"

"大过年的，您应该陪家人才是，怎么跑到我家来了？"黎红干脆把话说开，觉得自己父女俩本来过的就是个索然无味的年，现在又掺和进一位外人，就像往原本清寡的汤里又添一些水。对于心怀不轨或心机过重的人，她总想把他们的真实嘴脸揭露出来。

"父母去韩国了，家里只剩我一人。"

"挺赶时髦啊。你怎么不去呢，说不定能邂逅到一位阿嘎细呢。"黎红越是讨厌一个人，越拿他与王海比，然后越发现他们是群丑陋不堪的人。

"孩子，去厨房准备吃的，今天我什么也不做了，专门和小齐一起吃饭、过年、聊天。"黎怀远知道女儿性子，又不忍责怪她，便打发她到厨房。黎红从披散的、浓密的秀发里望着始终笑不拢嘴的齐国民，觉得非但没伤害到他，反而伤害到自己。

"伯父，我带了好酒来，今晚陪您喝个痛快。"齐国民从礼物中取出一瓶陈年茅台，递到黎怀远手里。

黎怀远眯眼看茅台酒，点头赞许。"酒是好酒，可惜没有好菜。"说着抱歉地对齐国民摆手，"她不会做饭，我也不会，我们两个晚上打算下面条吃。"

"合着面条就茅台啊，那怎么能叫过年？不过伯父，这个我也想到了，您瞧，东西我都带来了，今天这顿年夜饭我包圆了，您和黎红就瞧好吧。"

"黎红，听到了吗？小齐要代你下厨，你给他打下手好了。"

"这也用不着，你们就坐等吃现成的吧。"齐国民说着已经站起。黎红出来在厨房门口冷笑，解下围裙递给齐国民。见齐国民还穿着外衣，嘲笑道："怎么，不舍得脱啊，怕脏了没人给你洗？"她还是被齐国民的出现与行为感动了，上前替他脱下衣服挂到衣架上，然后头也不回地回到自己的小屋。齐国民麻利地系上围裙，抬头冲黎怀远笑笑进了厨房。

"被我惯坏了，你不要见怪。"黎怀远高声替女儿陈情。

"伯父，要我说，您这话不对。"齐国民边在里面案板上忙活，边连带给外面的黎怀远递话。

"哦，我哪里说得不对了？"黎怀远对这个年轻人永远充满兴趣，觉得他说什么自己都乐意听。

"您可没惯着黎红，她从小到大一个人，自立能力比我们都强。"

"我确实没尽到一个父亲的义务。"黎怀远始终承认这个，这也是他此生最大的憾事。

"这些年全凭她自己在外打拼，不容易啊。"齐国民对于黎红的喜爱并不止于她出众的容貌，还有她坚强独立、敢爱敢恨的个性。他始终带着敬意接近与欣赏她，发动爱情攻势的办法也不是贬低与凌辱她，而是努力满足她精神情感方面的高级需要。

"哦。"作为慈父的黎怀远顿时无主意了，觉得真该为女儿做点什么。可转念再想到军队与国防，马上又冷酷地把这个想法击退了："赶紧找个喜欢她的人结婚，一切会好起来。我生了她，却没能给她多少，这是我亏欠她的。让另一个男人替我爱她、照顾她吧，我祝他们幸福。"

"这可不是您一个人的事。"齐国民从厨房探出身子说话，提醒黎怀远这事并不容易。

"可国家少了我也不行。"外面的烟花在黎怀远苍老的脸上闪现几下，刚才还融洽的他现在又耿正起来。他以为目前真正关心军队建设的人寥寥无几，因此更不愿把这样的事像任务一样交给别人。军队改革越早越好，既然他较早意识到这个问题，就绝不会推诿与耽搁。

"爸爸，晚会马上开始了，聊点愉快的吧。"黎红在房间里重新换过衣服，扎起头发，往脸上抹了护肤霜，同时听到父亲与齐国民的谈话。

"第一道菜马上好，你们上桌吧。"

"小齐，还是等等你，把菜弄全一起吃，我有好多话想同你说。"

"我保证半小时内全部齐活，到时跟伯父您好好聊。"

"平时没看你嘴这么甜，只见你长张苦瓜脸。"

"那是对别人，见到你们，我不知多开心。"

"为什么？"

"伯父是大英雄，与我观点极为相投，我们一直没机会好好交流，这次终于可以彻谈一番。还有——"

"我回绝你了，没什么好说的。"

"我当然知道！你不止拒绝了我，咱们身边的很多人你都看不上。越是这样，我越佩服你。"

"佩服我什么？"

"你清高啊。对不起，你就是与众不同。你选择与一个普通人谈恋爱，在我们大家中间传为笑柄。"

"说这个做什么，都是我个人的事。你们总把自己看得高高在上，实是虚伪无能至极。"

"女儿，别人我不敢说，小齐可是军界新涌现出的难得人才。"

"真希望如您所说。"黎红转动弧线优美的脖子，把一个不屑眼神抛向厨房那边。

"我大大方方爱一个人，又大大方方来找她，有什么错？"齐国民左思右想觉得自己光明磊落。何况有一种让他惊悚的趋势是，那些人中间可耻的做法正在泛滥开来，而同时他们又是父母的好儿子、妻子的好丈夫、单位的好同事。今天。他想和黎怀远重点探讨这个。

"你算个光明磊落的男人。可那些人不同，他们多数在玩弄感情。"

"有你说的那么玄乎吗？黎红，爸爸知道你在谈恋爱，可要尽快有个结果呀，否则小齐这样的人是可以考虑的。"

"伯父，你们两个都是我特别喜欢与尊重的人。"

"我有点不明白。"黎怀远没有发现这个不温不火的年轻人话背后的玄机。

"爸爸，他一心想成为我们家庭中的一员。"

"那么？"

"我认黎红做姐姐，认您做父亲，您同意吗？"齐国民说这话时，厨房里传出爆炒声。

"小齐，你父母知道这件事吗？"

"这完全是我自己的主意。对于他们，我像一只飞在四惠东的鸟。"

"饭菜快齐了吧，真有点饿了。"黎红看着电视，春节联欢晚会正好开场，台上台下都在为这个新年激动不已。

"香港回归了，接下来该是澳门和……可惜没有饺子。"黎怀远激动地哆嗦着，想看齐国民，却几乎转不动脖子。

"有啊，我带了速冻水饺，用这个凑合。"

"小齐啊，难为你想得周全。"黎怀远激动地放不下手。

黎红给父亲剥个橘子，也给齐国民剥好放桌上。等齐国民上过最后两道菜，又端上一大盘刚出锅的饺子，黎红把酒杯、筷子摆好，三人一起就座开宴。

"祝我们的国家蒸蒸日上！"

"祝我们朝着强军梦更进一步！"

"祝各自心想事成！"

黎怀远举杯干掉，齐国民也豪爽喝干，黎红沾沾嘴唇把杯放回去。

"真希望天天这样。"黎怀远自行倒酒，也给齐国民添上。齐国民受宠若惊，站起来护杯。

"是啊，国家发展变化太快了，形势让人振奋。"齐国民只喝一杯，眼睛周围就开始发红。

"没人能置身事外，所有人都应该自觉行动。"

"伯父，我冒昧找来，就是希望向您学习。"

"黎红，你也要向小齐看齐，他胸怀抱负，希望有所作为。"

"爸爸，我也有自己的理想。我准备写一部关于军人的书。别奇怪，我是受了您的启发。"

"你有这样的想法我一点不知道，原来我的女儿也很了不起。"

"她就是因为这个，成了京城众子弟心中的女神。"齐国民插一句，结果遭黎红一个深恶痛绝的眼神。

"爸爸，我一直在完成自我成长。跟您一样，我致力于成就不平凡的人生。"

"连找另一半也是。"

"典型的心高气傲。"

"我们不都是为了国家和人民要做有意义的事情吗？"齐国民觉得自己像个耐心的第三者，总不忘抓住任何一个机会显示存在。

"他的眼睛比你亮，鼻梁比你挺，下巴比你正，你没话可说吧？"

"哦，只是口味问题，我也充满阳刚之气，女孩们见我都喜欢。"

"唉，不说题外话，小齐，自己夹饺子，凉了就不好吃了。"

齐国民夹饺子吃，眼睛却没离开黎红，以致一个饺子滑下筷子，只好狼狈地捡起。黎红看到这一幕，把筷子啪地往桌上一放，站起回屋了。

"得，你把她惹着了。"黎怀远搁下筷子，用绢子擦手心里的汗。

"伯父，对不起。"

"算了，你们年轻人的事我不管。今天你能来，我真的很高兴。"眼见盘子空了，酒喝过半，黎怀远坐回沙发，齐国民忙跟过去。茶几上正放着黎红之前沏好的茶，两人边喝边唠起来。

"小齐啊，你怎么看当前的局势？"黎怀远永远觉得谈军事才是正题，所以齐国民来了，他准备与其长谈一番。

"世界貌似平静，可天天都在发生新变化，我们不能掉以轻心。"

"你很敏锐，这必须引起我们的警觉。我们不能再落后于人，否则永远受制于人。"

"事实上，这是我最为担心的。"

"别以为只要我们对别人好，别人就会对我们投桃报李，这太幼稚了。"

"还有人迷信我们过去取得的胜利，认为我们天下无敌，这比前者更愚蠢可笑。"

"必须重新认识军事与战争的作用，应该让它成为帮助中华民族崛起的力量。我们有十多亿人口，有最多的邻国，是历史悠久的古国，这个多灾多难的民族要重生与崛起，就必须有强大的军队与国防。所以，你我不能闲下来。"

"我们正在见证和参与世界上最为汹涌澎湃的军事现代化进程，看到世界最庞大的军队改头换面、重塑军威。届时，四大洋上将有我们的舰艇巡航，航母编队将把我们的军力投放到世界各地；天空将飞驰着我们的银色战机，航空导弹呼啸穿越云层，直指大陆末梢；潜艇在深海游弋，对那些胆大妄为者发出警告；我们将建立太空城，部署空间站，给广袤国土罩件金钟罩。我们有过最惨痛的历史，有着最知战争之苦并最为支持战争的人民，我们的意志与决心强大无比，决不屈从于任何暴力、压力。而未来，我们的军队也将是和平之师，致力于打造最和平的国土，同时也绝不去侵略与抢夺别人。"

"我们正在经历艰难的转变过程。不过，希望这个过程越快越好。"黎怀远喝半口茶停住，像被一阵痛苦触动。

"伯父，怎么？"

"哦，我想起了过去。"黎怀远慢慢放下茶杯，脸上痛苦又凝重，"我们有过辉煌的胜利，也有过惨痛的教训。我们不能视而不见，这难道不是很危险？"他接过齐国民递来的纸巾擦额头，把身子微微仰直。

"您别失望，我们一起来做。何况，肯定不止我们。"齐国民觉得自己像把窗户打开一样说话，"'天下兴亡，匹夫有责'，我们这个古老的民族肌体里，一直藏有这样的基因。"他仿佛看到一阵迷雾从面前升起，里面隐匿有无数张面孔。

"齐国民，你和父亲说了什么，让他哭起来。"黎红把自己罩在一件宽松的睡袍里重新出现，头发已经散开，显出另一番俏丽迷人，"你说的这些，领导人不会想不到。你俩在这里悲悲切切、杞人忧天有什么用，难道你们缺少向上反映的渠道吗？"她一只手套根皮筋玩，然后跨过两人坐到电视机前，又回头看两人，唇红齿白地一笑，顿时把凝重不化的气氛融开。过年的氛围又回来了，黎怀远与齐国民的脸上同时现出笑容。

"黎红说得对，就算各有难处，事情我们也一定要做。"

"对呀，总想一下子解决问题，不免有点心急。"

"让人意外，这个你也在行。"齐国民真心夸赞黎红，觉得她确实像朵又美丽又扎手的红玫瑰。

"我是个记者，常年与人打交道，还不明白这点事？"

"细想想，我们其实不是在为军事改革和现代化担忧，只是为了怎么做通一些人的思想工作而忧心。"

"对呀，这是问题核心。"

"先把思想工作做通了，其他只是时间问题了。"

"黎红，我今天没白来。不仅和伯父交流了很多，也重新认识了你。"

"所以我看不上你们这些人。"

"你事事拿我和王海比，不怕伤我心，更不怕我忌恨你吗？"

"那你就不会来了，至少这说明你脸皮厚。"黎红用皮筋把头发束好，笑得前仰后合，显然她已经不把齐国民当外人了。

"你们年轻人总不围绕问题讲，就像上课不注意听讲、出操不认真训练。"

"伯父，就让她这么说吧，我不介意。"

"你当然不介意，可是在浪费我的时间。"

"爸，今天过年，而且军队和军事改革是永远进行时。"黎红从茶杯上瞄下父亲，脸因为兴奋更加娇艳。

"这个话题永远说不完。我将再次修改报告，直接呈送，一定把责任尽到。"

"这就对了，真正把您挡在外面的是人，而不是石狮子。"

黎怀远听了默默领首。

"爸爸，我酝酿已久，要写部小说，把当代军人身上的所有担当正直写出来，让天下人效仿。改革是一场伟大的革命，将改革精神注入民族肌体中，进而蜕变为新的民族精神，进而再形成新的民族性格。文学的影响力虽不是暴风骤雨式的，但也是深刻磅礴的。把军事与文学结合起来，这是我能找到的最好的点。我已经着手准备，每每想到就激动万分。"黎红站起，身体轻盈飘荡于另两人面前，像独立枝头为生活唱赞美诗的知春鸟。"等静下来，我会专门采访您。"黎红来到父亲面前，捧起他的脸端详。

"不能算我一个吗？你还是瞧不起我。"

"你吗？当然可以。如果你愿意，我倒要看看你到底怎么想的。"

"魏小山、刘明坤呢，这些人你都认识，怎么看待他们？"

"他们自是不能同王海和父亲相比。很显然我们的分歧点就在这儿，他们的努力和付出到底为了谁、要达到什么样的目的？看法的不一致，导致一系列的不一致。"

"你们又说到别处去了，难道就不能认真讨论军事本身吗？"

"爸爸，这问题很重要，事关标准。"

"可标准早有了呀，否则社会不早乱套了？"

"爸爸，标准会变的，难道您还不清楚这点吗？您的改革意见为什么会遇到巨大阻力，不就是因为大家各自标准不同而导致看法不同吗！"

"这个就是我和黎红刚才争执的所在：现在的标准到底是为了个人还是别人。"

"这还用说吗，当然是为了别人。党性不是一直这样要求的吗，只是多数人做得不够好。"

"伯父，过去人们穷怕了、饿怕了，所以现在有机会致富，肯定先尽着自己和家人吃饱穿暖，让自己和身边人的生活先得到保障。这没错，这就是人性。社会就是在迎合与满足人性的前提下，不断发展进步的。"

"利他与利己并不矛盾，而是统一共存。当前我们的困惑和纠结点就在这里。我们现在的国情是人多底子薄，在一穷二白的底子上建设国家。改革开放向国人证明了一点：尊重、发动和依靠群众，真抓实干，务求实效，这样无论国家、社会还是个人才会别开生面，释放出各自活力。"

"你们说的的确值得深入讨论。"

"这也是我的小说立意所在，在提倡个人奋斗的同时，也强调为别人和社会奉献。而奉献精神，尤以军人身上最为显著。"

"你的小说我很期待。"

"看来我没错，你们也没错，都是对的，但需要以承认对方为前提。"

"好吧，就是这样的。所以，我不喜欢的正是各类事情背后的不公。——你别急着辩驳。"黎红伸手阻止齐国民，齐国民只得合上嘴。

"世上没有绝对的公平。如果你不是出生在我的家庭，你根本没机会在这里和他针锋相对。"这下黎怀远也反对女儿了，因为他认为女儿把自己与齐国民讨论的话题扯到十万八千里外，而且有些较真。

"爸爸，我说错了吗？世上确实存在着巨大的人为的不公。"黎红顺手把发束上的皮筋拽下，流水般滑落一头密发。加上有点生气，她的圆目比织女星还要耀眼。

"好了，好了，再说下去就是强人所难了。你们现在的年轻人怎么那么多想法，好像个个是哲学家似的。"

黎红瞅着父亲话的空子，立刻小鸟似的跳前一步，蹲在父亲面前，仰头道："爸爸，这不正是您所希望的吗，或者说，难道您不希望这样吗？"

"是的，伯父，尽管我和黎红发生了争执，但我们都认同这一点。"

"得，我成多余的人了。世界是你们的了，尽管折腾吧。"

"爸，您又错了。年轻不仅是年龄，还有心态，您可不能说一套做一套。"

"罢了，今天我什么也不去做了，专门听你们说！"黎怀远叹着气说。

"爸爸，过年呢，您生哪门子的气呢！"黎红连忙上去拉起黎怀远的手撒娇，黎怀远只得又笑起来。

"伯父，现在我也是您的家人了，我们一同把国家和军队建设好。"

黎怀远拉过齐国民的手，又把女儿的手拿过来，紧紧牵住这两人，一阵开怀大笑。他的笑声掩过电视里的歌声，也盖过窗外全城那种隐秘于所有室内的热烈开怀，好像每个中国家庭都能听到似的。

位于北京城北的 X 路附近，又诞生了一处高档小区。这里先建成一个高标准的高尔夫球场，然后在球场北侧建起几十幢欧式尖顶、带有半地下室与车库的别墅。这片房子又由密植的松柏杨柳以及高高的铁丝网与外界隔离开来，里面住着国内外要人、港澳富豪以及内地新近富起来的金主及一批演艺明星等。这个富人区成为北京进一步走向豪华发展的显要表征。据说开发商来自香港，而设计者为美籍台湾人，他们一起把新式居住理念引入北京，也借机将全球最新的建筑设计成果推荐到中国大陆。这么一说，就很难抹杀港澳台人士多年来对于北京现代化与国际化所作的贡献。所以当魏小山与几个好友聚到马求这座即使放在整个北京也没多少人住得起的高档别墅，进行春节后第一次聚会时，无论尤丝莉还是李梅、肖碧辰等人，从妆容、服饰乃至发型、说话和举止方式，都可以鲜明地感受到中国、北京进一步与国际接轨的成果。

尤丝莉自是整个聚会最重要的角色，可惜她发福了，过早生育孩子和养尊处优，导致她提前出现中年迹象。下巴开始隆起，胸部进行二次发育，圆鼓鼓的腹部没能成功藏进那件价格不菲的丝绸褶裙里，连搭在沙发靠背、转过来说话时枕着的手臂，也像一件土耳其陶器。但面子于她是何等重要的事，就像她现在不打扮就不出来见人。在这个事事让人如意的年代，连她都觉得自己过于幸运了。

"大家随便啊，不用客气。"她甚至懒得抬胳膊，只动动其中四个手指，让大家自己招呼自己。

"尤丝莉，我以后能常来你家吃东西吗？"肖碧辰——尤丝莉最亲近的闺蜜，身怀六甲的她需求正盛，不断剥开包装纸把糖果塞进嘴里。她年轻的丈夫像摄影师一样打量她。目前他已成为一家事业单位人力资源部门的职员，家庭成员也全部领到失业救助金。他屈服了命运，于是今天能够坐在全京城最好的房子里，与这帮当官子弟近距离接触。

"随时来。当然，一定要带上你这位英俊潇洒的罗密欧。"

"他吗？嗯。"肖碧辰像松鼠抱着松果似的频频点头，不忘转身冲丈夫甜蜜一笑。这让他猛地红了脸。那样子肖碧辰看到的是可爱，尤丝莉看到的是窝囊。

"我们有些日子没见了，尤姐越发漂亮了。"常硌宝的模特妻子蒋丽，穿件下摆特别肥大的荷叶蓬裙，有意不坐下来，倚在楼梯口的柱上。她画了夸张的粗刀眉，指尖悄悄摆弄裙褶，好像等音乐一响，就去到客厅中间跳段莎莎舞。她故意这么说，吸引大家伙的注意。

尤丝莉不会像以前说话那么刻薄了，她时刻提醒自己住进这样的房子要保持身份与素质："时间不饶人，我怎会不老？如果你马哥能让我们母子移民国外，我就不必这么操劳了。"她动动身子，身上衣服喊冤叫苦似的嗒嗒响。

"自重吧，你是菩萨命。"李梅从进入这房子，就有种输给尤丝莉的感觉。她把一成不变的发束往后放好，用身体代替眼睛向尤丝莉挑衅。

"其实你们真的不知道我有多累。马求天天守在单位，家里根本指望不上他。"尤丝莉把戴着缅甸翠镯的手换上，与另一只手叠放在膝盖上搓揉，显得既可怜又无奈。

"各位各位，就当在自己家里，一切随便。"马求从酒窖取酒回来，洒脱地邀请大家。等这边女士们转过去看他时，他已经与几个知己在一旁把杯中酒喝光了。

"你们瞧，真拿他没办法。"尤丝莉失望地摇头叹气。

"尤姐，能不能问个问题？"王艳茹手里端着果汁，用微笑示好。

尤丝莉抬起左面沉重壮硕的小臂看看，然后提提腰身，用最纯粹的眼神表达允许。

"这房子，没有三个六位数拿不下吧？"

"三十万！"肖碧辰失手掉了半拉木瓜，丈夫连忙给她拍背。

王艳茹想给女主人一个把大家吓一跳的机会，效果轻松达到了。她想笑，却把芒果塞进嘴。

尤丝莉早等着这个，她马上觉得这里数王艳茹最聪明，其应该与自己成为最推心置腹的朋友。但她故意懒洋洋地不置可否。

"不止吗？"王艳茹故意张大嘴。

"四个吧。"尤丝莉像个女主角，说出她此生最得意的台词。她挪后臃肿的头颅，好像上面飞着个绿眼睛的鱼人。

"啪！"大家听到一记闷响，随后一个圆乎乎的东西从肖碧辰脚下滚到整面绿色大理石的电视墙那边。

"妈呀，还以为是个人头。"李梅收回脚，端详那只带毛的椰子。

尤丝莉端坐着没动，心里却惨叫一声："哎呀，我的波斯地毯！"

"尤丝莉，我不是故意的。"肖碧辰推开丈夫小心道歉，"我被这房子价格吓到了。"

"尤姐，您和马哥，你们太有本事了。"王艳茹主动靠近尤丝莉，想让她告诉真相。

"就是啊，怎么做到的？"蒋丽也护着平胸、提着空荡荡的裙裾飘过来。

尤丝莉有意卖关子，把脸微微一侧，指指酒兴正酣的马求："你们听，他不是正吹着吗。"

于是大家都关注马求了，见他正从盘里拎块冷牛肉吞下去，等好一会儿才说话。

"一切拜托我那两位大舅子，如果不是他们热心相助，我绝不可能拥有这么大一笔钱，然后住进这样的好房子。"说到这里，马求真心笑了，同时把感激之心远远抛给那个正用心听他讲话的妻子。她露出动人笑容，像财会师用特殊软件核对每笔进账。

"怎么，你大舅子？"

"不对，他也不会白给你出这笔钱啊。"董明利若有所悟地怀疑。

"哦，你一定参股了。"刘明坤拉住马求，差点要拉他脸对脸对质。

马求连忙护住肚子，酒意正使他红光焕发，因为怕被误解，眼睛睁得溜圆。

"去年的股市你们不是不知道吧？"马求摊牌一样把秘密说出来，满足一圈朋友的好奇心，"年初承接去年年底的大跌趋势，起伏不大，仍维持高位。"

"法制、监管、自律、规范。"刘明坤带着思考往下想，并把它们说出来。

魏小山只顾低头嗅酒，不说什么。

"有人创造了股市神话，可也摔得很惨。"

马求听出雷鸣晓的醋意，轻蔑地"喊"下。在往杯里加块冰后，他格外提高声音说："股市有风险，可要看对谁而言！我那两个舅子，非同一般！"他把冰放入嘴里咬碎，鼻子里喷出热气。

"小把戏。"张惠小声嘀咕，不过大家都装没听到。

"常硌宝呢，哪里去了？"蒋丽停下问，人们这才发现自进门起，就再没见到他。

"或许睡在哪个角落里吧，你没看到他进来时醉成什么样子，马求扛他进来的。"李梅忍不住笑，让尤丝莉觉得突然不认识这个人了。

"对了，那位最年轻的厅级干部今天怎么没来，难道嫌我们这群人职位低？"董明利隔着酒柜问李梅。

"参加什么活动去了，年前就定下的，所以今天没能来。"

"好吧，下次一定带他来，让大伙见识一下。"

"唔——"李梅垂头呓语。刚才她还在笑逐颜开，现在却像赤手空拳被打败一样。李为民半年前就搬到书房住了，夫妻二人非但没有了正常的恩爱，连她想听他打鼾都是一种奢望。她把这一切对外隐瞒了，只为挽救名存实亡的婚姻。母亲终于有一天发现并忍无可忍，她要为女儿伸冤，女儿却说："母亲，你赶走了他，我就什么都没有了。"

"李梅姐，你怎么了？"张惠看到李梅走神，小声叫她。

李梅马上意识到失态，向大家赔笑。可其他人早把注意力转移到男士那边去了。

"股市无疑是鼓舞人心的，中央对于市场的调控令人振奋。我们的改革航船驶上正道，这反映了人民意志，符合社会潮流与趋势。"

"别的不敢说，有一点我十分信服，那就是我们领导人提出的'解决中国的所有问题要靠经济的发展'。正因为有力把握了这一点，我们的改革才没像别的国家触礁。"

"改革是解放和发展生产力，而人是发展生产力的第一要素。所以，改革将从根本上解放人的思想，促使人的自由发展。"

"战争时期的'甘地主义'是可能的，但和平与改革时期的'甘地主义'，只会亡国亡族。要小心提防各种阴谋论与和平演变。"

"'三个有利于'已经从人类社会发展的高度、国家生存的重要性和人民群众的现实需要界定了改革边际，如果仍不能从根本上改弦易辙，那就是负隅顽抗了。"

"改革更要从经济制度层面向其他方面迅速渗透蔓延，这是一种综合效应。庆幸吧，改革正扬帆远航、驶向深海。"

"'稳步发展，适当加快'，这是国家对于证券市场的定调。只要稳步推进改革，只要经济向好，牛市不赚钱就没有道理。"

……

时政话题已成为这帮好友日常谈论的重点，显示他们的兴趣爱好已由个人全面转向社会与外界。接下来，大家你一言我一语，谈兴大起，甚至来不及详说，只点题即可。大家语速越来越快，声音越来越洪亮，既有展示之意，更有卖弄之嫌。但无论如何，这意味着这帮年轻人已经成长起来，开始有了国家与社会担当，成为新一代的社会推力。

"干吗这么兴奋？"就在大家谈兴最高的时候，常硌宝突然趴在门框上，探出半个脑袋，睡眼蒙眬地问。

"嗨，他把这场精彩谈话漏掉了。"

"没他在更好，否则我们就不能尽兴了。"

"我才没兴趣听你们说话，我头疼得很。"

"小宝，没事吧，过来喝茶！"蒋丽看到丈夫现身，忙表示关切。

"好好待着吧，有你什么事。"常硌宝都没往妻子这边瞧下，抹着眼屎模糊的眼睛打量房子。

人们纷纷指责常硌宝。

"不和你们玩，我去别处转转，法国的昂布瓦斯堡都没这么漂亮。"说着，常硌宝消失在门后，像顺墙缝无声爬走的红脚蜘蛛。

大家无视常硌宝，继续赶着聊话题。

"改革俨然形成一盘大局，在此过程中，我们每人都有自己的一个方向、一块阵地。现实要用理想的光芒照耀它，让它从种子变作参天大树。"

"我们不可能都成为领导，只能立足岗位开展工作。我们用这样的机会加强联络，沟通情感，为彼此提供方便、相互成全，这就是我们为各项改革一起出力。如果说我们是拉帮结派，那要看出于什么目的。小山，是不是这样？"

"一点没错，明坤。我没醉，清楚此次聚会的意义。我们用喝酒来祝贺与加深友谊，这没什么可说的。"

"个人问题也要加紧，这也是事业的一部分。"

"这个可以让女士们帮帮忙。"马求向女士们作揖，女士们表明默许。

"务必找个门当户对的，这样的婚姻才有实质意义。"李梅郑重提议。

"最好把这事交给尤丝莉，她最擅长。"肖碧辰腼腆地笑着提议。

但尤丝莉不在客厅，她往厨房检查烤乳鸽去了。

"我们中典型的例子就是齐国民，他不仅没有参加上午的活动，连晚上的活动都取消了。原因是去照顾他恋人的父亲去了。我有时候特别理解齐国民，有时候特别不理解。"马求手臂绕着柱子，像只熊要爬上树去。

"是啊，他可千万别做出傻事。之前，我们中数他最热衷改革，现在呢，他做什么去了？跑去捧一个行将退休的老头的臭脚去了。这也太离谱了，就像往热狗上撒芥末，吃汉堡配香椿。"

"小山在这点上做得比他好。还有马求，你在我们所有人中间做得最好。"

"为什么是我呢？"

"因为你很好地解决了职业前景与个人财富问题。你住进这样的房子，同别人交往就不会有落差感，能找到心理平衡点。他们诱惑不了你，而你保留住了一份尊严。"

"可以这样讲。"马求费力攀到柜子最高处取下一瓶私藏酒，然后用臂肘擦掉鬓角多余的油汗。

"就是，不是党员和改革者就不能发财吧。"

"物质上的丰沛造就人在精神与人格上的充沛。"

"还以为会受到你们的嘲讽，尤丝莉昨晚警告过我了。"马求鲜红的嘴唇抿在杯沿上，像刚咬过冰块的小男孩。

其他人谈话继续，魏小山却进入无穷遐想中。"我们正迎来中国有史以来最好的时期，改革大业像兴建一座世界第一高楼，但已不是规划和蓝图，而是进入繁忙的施工阶段。只有在各方面做好准备，才能带领改革航船驶向茫茫大海。那么，我准备好了吗，能干多大的事情，如何在中间施展才华，值得期待，也令人担忧……"他仿佛独自来到一个一览众山小的地方，下面是隐于云雾中的城市乡野，"他们尚未年届三十，却都待在部委的关键位置。他们的任何想法都可很容易地转化为国家意志，变身为政策。这是多么大的影响力，会从方方面面影响这个国家。他们在条条道道上支撑起这个国家，如果与他们联合起来，将是多么不可思议的力量。但是，理想国仅靠我们这几个人恐怕远远不够，还应该联络团结更多人，这样方可以形成足够声威。还有婚姻，刘明坤刚说得多明确，这也是改变我人生的一条捷径。在这点上，我似乎有些不幸。我祈祷能回到北京，帮助我的理想国早日实现……"

就在魏小山还要兴致勃勃往下想时，突见尤丝莉裙子提到膝盖上，慌慌张张跑进来。一到客厅中央，就声嘶力竭喊道："常硌宝，是个男人就给我滚出来！"她这么一喊，把其他人像挨闷雷似的击晕了。

"是啊，常硌宝，有本事你别躲，倒是敢做敢当啊！"肖碧辰在原地小跑踏步，不忘咬口黄瓜。

"你还有心思吃？"尤丝莉一把夺下肖碧辰手里的黄瓜扔出去，肖碧辰保持固定姿势待在原地。

"发生了什么？你俩说清楚。"马求往妻子跟前去，大手将眼镜往上推。

"出来吧！"尤丝莉像法官宣布原告入庭一样，冲着刚才来的地方大喊。于是阴影里，走出一个戴歪保姆帽、衣衫不整的年轻女孩，哭得像个泪人，捂着脸来到众人面前。

"她怎么了？"马求喷着酒气问，眼睛上下打量保姆。

其他人屏气凝神关注事态。肖碧辰坐近丈夫身边，把一只刚从厨房偷带出的热烘烘的油炸乳鸽让他藏好。

"就在刚才，他潜入育婴室要奸污这个女孩。是的，就在大家眼皮子底下，他干了件无法无天的事。"

"天啊，常硌宝，丢人丢到朋友家里来了！"蒋丽惨叫一声，喘着粗气痉挛，头、身缩入大蓬裙里，好像个花瓶姑娘。

"快把原委告诉大家。"马求催促妻子，同时用外交家的习惯掂量此事的后果。

"她！"尤丝莉一下指到保姆，那姑娘马上抬起水淋淋的头，往大伙这边瞧下，又迅速埋起脸，"你，把事情从头到尾说一遍。"

原来常硌宝与大家打过招呼，就独自参观马求的别墅。其间他到楼上参观马求与尤丝莉的卧室并在床上睡了会儿，醒来翻箱倒柜，没发现什么有趣的东西，就摇摇晃晃往下走。赶巧经过旁边房间，发现门虚掩着，里面传出低低的哼唱声。他听了会儿，忍不住推开门，只见榻上侧卧个女子，正背对着门，全神贯注哄小床里的孩子，杨柳腰婀娜极了。常硌宝悄悄关上门，想打她的主意。女子毫无察觉，直到常硌宝一个猛虎扑羊将她压倒。她没来得及叫，正好被他跌出脖子的大金链子的鸡心掉入嘴里。

"不许叫，再叫要你的命。"他吓唬她，然后酒气熏天地开始狗啃。

"放开我，我还没结婚呢。"保姆乞求。

"这链子给你，还有我兜里的钱。"他粗暴地撕扯她的衣服，然后在上面扑腾。"够你一年的工钱。"他大喘着气说。

孩子在小床里哭，常硌宝失去耐性，照孩子头上连敲三下。孩子不哭了，女子要逃，他追上去摞倒，摘下链子塞进她手心。她不动弹了，攥牢链子，装睡似的任人摆布。他折腾好多回，可酒多没成事。女子哭哭啼啼，他照她脸上一捆，想抢回链子。她不给，两人开始打斗，被巡查过厨房的尤丝莉听到，于是事情败露。

常硌宝第一眼看到尤丝莉便慌张逃跑，转身不忘夺走保姆掌心的链子。尤丝莉上前看到孩子头上鼓个大包，立刻追出来。常硌宝早溜得不见踪影，她就带保姆到客厅向大家汇报。

等保姆说完，大伙立刻火冒三丈，开始在房子里外到处找常硌宝。可常硌宝像偷掰了玉米的狗熊早已不知去向。就在所有人精疲力竭的时候，房子的大门一脚被踹开，黑暗中一个高大身影立定在黑黢黢的门口，身后是从高尔夫球场掠入的风。

房间里所有人都打个寒噤，没能马上认出来人是谁。

来人跨前一步，通身罩在乌黑的皮衣里，连头都掩在三角帽里。进门后头不抬也不说话，却伸手从腋下把一个人扔到客厅中央。众人定睛看，正是常硌宝。常硌宝只穿着秋衣秋裤，清鼻涕抹满脸，在地上瑟瑟发抖、缩作一团。就在大家群情激愤要扑上去揍这个流氓时，那人把帽子一摘，露出真容，喝止他们。原来是齐国民，像座大山兀立，五官全部绞在一块，呈现出痛苦万状的样子。

"今天是什么日子，你们却在这里饮酒作乐、胡作非为！"

"今天是什么日子？"众人苦想一阵过后，立刻像在冰天雪地里赤身裸体一样，那种切身感受与此时的常硌宝别无二致。

"我们永远不能忘记这个日子，并应该在这个日子献上最深痛的哀思——"说着，齐国民清瘦的脸上淌下两行泪水。

其他人，包括常硌宝在内，都似冻僵的姿势保持不动。房子外的风似乎更大了，毫不留情地夺走房间里所有的热气和活力。当大人们都陷入无比的沉痛与巨大恐慌之际，一个孩子响亮的啼哭从上面清晰传来，又经人们头顶飞往室外，像一个预求或者某种谶语随风飘往京城的黑暗中。

二十五

经过二十年的摸索，特别是在入世后期紧锣密鼓的鼓点声中，经过富有超前意识与超强执行力的 T 市人的大胆探索，T 市的市场经济体系率先建立起来，展示出经济体制改革在创造财富、提高人民生活水平和激发社会活力方面的巨大功效。

但就在 T 市和全国发展得顺风顺水，并且长期处于经济增长周期中的人们，也一度乐观地认为市场经济是将人类社会带入安澜海域的泰坦尼克号的时候，东南亚的泰国却不可思议地爆发了金融危机，并很快蔓延至周边市场化国家乃至韩国、俄罗斯等国。这次金融危机给世界敲响警钟，即金融危机同样是经济危机，经济危机不只会发生在经济下滑与萧条时期，同样也能发生在经济上升与繁荣时期。如果人们常说的经济危机是悲剧中的悲剧，那么金融危机则是喜剧中的悲剧。经济危机贯穿于市场经济全周期，不只出现在供大于求的期间，同样会在求大于供的时候。这也是中国推行改革开放后第一次遇到世界性的经济危机，它像上帝打给世人的一个响指，既惩罚了那些小国，也给中国提了个醒。它告诉人们，市场经济不是一味的神话，也有巨大风险，且离中国并非遥不可及。而产业主要在吉隆坡的林邱仁因此不可避免地受到殃及，这就像再大再坚实的船，在大海的风浪里也只是小树叶一枚。

1998 年 5 月至 8 月，短短四个月内，林邱仁先后赶了四十多趟飞机，行程达九万公里，不为别的，只为急着处理飘摇不定的公司业务，好让集团尽量平稳运行，并把损失降至最低。年过不惑的他感觉天塌地陷一般，没一天不在焦虑中度过。这天黄昏，他精疲力竭地回到吉隆坡的家。妻子阿琳正在客厅佛像前焚香，看到他进来赶忙起身，垂着软软的短纱笼上前相迎。妻子温婉地问候过他，接住他递来的衣服，去把它们放入里屋衣柜。林邱仁注视着妻子背影，比平时任何一次都长。妻子回来，身姿如箫竹，笑意似花香，整个人好像从月亮里移出。林邱仁垂头坐到矮几后，面部表情黯然，与上面的插花、茶艺器皿及身侧金灿灿的佛像形成鲜明对比。细心的阿琳发现丈夫神情异样，到他对面坐下，安静得像林中月光。她细心为他斟煮拉茶。林邱仁几次欲言又止，舌根下却像含了铁块。

"阿琳，受金融危机影响，我们只能砍掉部分国际业务。"最终，林邱仁埋下头，痛苦地向妻子说出实情。那一刻，他觉得眼前和整个世界都是黑的。他不敢去看妻子，担心她一下晕厥过去。

阿琳"啊"了下，手里的象牙折扇失手掉到地上。她伸手去拾扇子，虽努力抑制，但满眼惊慌，手抖个不停。林邱仁料到妻子的反应，但一时间亦不知如何安慰她。强烈的自责让他想爆发，但又不知该如何是好。"当财富只是一堆数字时，就是这样的结果。"他慢慢摘下眼镜擦拭，眼袋惺忪，国字大脸满是憔悴。阿琳在头巾里簌簌落泪，为防止出声，她扭头使劲咬住头巾。

外面正黑下来，刚才还艳丽妖娆的残阳已被茂密的椰林和地平线吞没，林邱仁抬头艰难地叹出声。他曾以为自己永远会意气风发，永远不会老。可现在，他认老了、服输了。身子疼痒难耐之际，他焦躁地脱掉刚换上的巴迪衫，快速来到窗边，与一片漆黑之上的双子塔兀自对立。此刻，一对双子塔正尖锐地刺穿整个吉隆坡夜空，好像它们象征着所有马来西亚人骄傲不屈的意志，又像两根风暴中坚挺不倒的桅杆，一路划破风雨幕布，带领人们执着向前。

阿琳乖巧地过来，依偎在丈夫怀里。多年来，她习惯用这样的方式亲近与慰藉丈夫。林邱仁侧过头，用许久未剃的胡楂轻轻触碰她，防止弄疼她。他满怀歉意地打量这个与自己相濡以沫的伴侣，发现她又像多年前在 T 市遭难时一样惊恐不安。他不禁把她搂得更紧，并渐渐泣不成声。年老的女佣送来椰汁燕窝汤，夫妻俩谁也吃不下，一口没动地让她端下去。女佣迟疑地望眼夫妇俩，摆动粗白的花辫，垂头丧气退出去。

"邱仁，希望咱们还能像过去那样走出困境。"阿琳激动了，往丈夫额上快速吻下，然后松开他，一溜烟跑回去，跪在客厅中间的金色四面佛下，蜷起身体，双手合十，开始闭眼快速默念起来。林邱仁上前把她扶起，夫妻俩相视无语。林邱仁替阿琳擦去眼泪，拥她走到矮几后，像开始时那样挨着坐好。

"阿琳，这次金融危机比台风和海啸更可怕。长期以来，政府开放金融市场却监管不力，造成国际游资有空可钻。整个国家遭受灭顶之灾，我们自然不能幸免。"林邱仁说时，感觉仿佛身处基纳巴卢山顶，下面长风浩荡、云海排空，他却孤独无援。

"邱仁，叔父一生创下的基业，咱们可要保全啊！"阿琳脸色发灰，毫无生机。她几乎是向林邱仁乞求地喊道，然后痛苦得说不出话。这再一次刺痛林邱仁，他悲苦地点头又摇头，仿佛在汹涌的大河里抓不到摇橹，只能随波逐流。

"或许，还有比这更糟的。"林邱仁身体发抖，犯下滔天大罪似的埋下头。

阿琳身子一软滑下去，额上不断滚下汗珠。林邱仁慌了，抱起她连声呼唤。阿琳慢慢醒过来，不认识丈夫似的流泪。

"我们不得不裁员了，也不得不卖掉一些资产。"林邱仁想看妻子，却迅速躲开。

"我们也到了这一步？"阿琳本能地挣扎下，又虚脱地跌回去。

"我们的订单撤销不少，服装公司、林业公司和家具厂都用不了那么多人，还有菲律宾、印尼的酒店与快餐店，也要收缩战线。服装公司要减掉两百人，林业公司一线裁减三百五十人，家具厂要裁掉两百七十人。至于其他海外产业，也要普遍关掉三成左右。情况糟得远超预料，无论是我们还是我们的国家，在这次大风大浪前严重缺乏实力。"林邱仁说的每个字都引发他的战栗，像亲眼见证了一场大屠杀。

阿琳虚弱地抽泣起来，房间里充满她断断续续的哭声。"邱仁，不要问我，全由你做主吧。"过了好久，她缓慢地说。

"怎能不征求你的意见呢？你是这些产业的主要股东。"林邱仁浑身没有一点力气，眼里没有一点光泽，甚至连打嗝的力气也没了。他面前好像是一条没有前景的路，他觉得自己走不下去了。

"邱仁，我首先是你的妻子，然后才是其他。过去我支持你，现在依旧支持你。失去财产我会伤心，但你和孩子才是我的全部。"阿琳尽全力坐好，努力微笑起来，眼神无比真挚地望着丈夫，同时把双手搁入他殷厚的掌内，好像这样可以将自己微薄的力量注入到他体内。

就在夫妻俩惺惺相惜、一起搀扶要走进卧室休息的时候，几个老佣突然一起哭哭啼啼从纱帐后出来。他们一到夫妻俩面前，立刻双手合十地跪下。

"老爷，太太，求你们让我们活下去！"他们将身子伏在光洁的地板上，花白或全白的头颅对准前面两位年轻的主人。

"阿公、阿婆，快起来，我们并没打算解雇你们！"阿琳连忙上前搀扶他们。

"老爷、太太，原谅我们几个刚才一直在偷听。我们当然知道老爷、太太不忍心赶我们走，我们是为儿女与亲戚前来求情的。"

"他们怎么了？"林邱仁与妻子对望一下，再次请老佣们起身，仍被拒绝了。

"老爷、太太，你们刚才说集团要裁员，我的两个儿子都在公司啊。"那个瘦得像根花茎的老太太直起身，仰脸含泪急着说出实情。

林邱仁顿时反应过来。眼前这几人大多在叔父壮年时就生活在这个家里，有的还与叔父一同创业，虽说他们与夫妇俩对外是主仆，可关起门来，夫妻俩视他们为长辈。

"我们也知道这让老爷、太太为难，可这时候我们再不出面，孩子们恐怕就要失业了。这次金融危机给我们国家造成的灾害太可怕了，活了这么久，从没见过这么悲惨的局面。进出吉隆坡港口的商船一下少了不少，集市也没平时那么熙熙攘攘了，小偷和盗贼反而多起来。果真失了业，等于把他们推向绝路啊！"胖老头说着话，身体像坐在风机上一般抖动，连喘气都费劲。

"是呀，老爷！我二儿子在林业公司做叉车司机，他和妻子一气生下五个孩子。他们刚三十出头，一旦没了工作，可怎么活啊。四儿子在服装公司做销售，他的业绩直接决定他们能否付得起茨厂街的房租。"最初那个送燕窝的女佣看着更衰老了，就是她返回时向大家通报了林邱仁的情形，一帮老佣感觉事情不妙，这才生平第一次潜入主人房间偷听。说过，她膝盖前挪，松开双手，伏在地上一动不动。

"我女儿好不容易找个马来西亚族婆家，本打算下月欢欢喜喜嫁过去。可如果被裁员了，她怎能在婆家抬得起头？何况她要是丢了这里的工作，到哪里再找到更合适的！"说话的人眼圈红了，嘴角也瘪起来，像没讨要到等份零食的孩子似的委屈。

"我们不是不知道不该为这事烦扰你们，可这次情况的确特殊。很多公司都在裁员，还听说一些人因为没了工作跳了楼。"还是那个花茎一样的老太太，立起身子勉强撑会儿，然后又虚弱地倒下去。

"还有夫妻闹离婚的。哎呀，什么怪事都听说了，真是比泰国电视剧还开眼。"胖老头像担心自己儿女闹离婚一样掩面痛哭流涕起来。

"我们过去一直服侍老太爷、老太太，现在服侍你们，你们两代人对我们的好，我们都铭记于心。这次你们一定要帮我们呢，要不然孩子和亲戚们没法活下去了。"

一帮老佣说过，再次一齐伏身不动。

善良的阿琳早看不下去了，一边流泪，一边合掌念"阿弥陀佛"。她上前蹲在老人们面前，柔声说道："你们的事，我先替老爷答应下，你们先起来。"她女菩萨一般，担心折福折寿，连忙恳请他们。

"哎呀，那就太谢谢老爷、太太了。愿老天保佑集团顺利迈过这个坎，更保佑老爷、太太终生大富大贵、平平安安。"几个老头、老太太听到女主人答应下来，惊喜之余，赶忙又是伏拜又是祝祷，弄得林邱仁夫妇委实不知如何是好。

"大家回去休息吧，我会想办法的。"林邱仁受着感动，语气清晰地说。

"邱仁，您有主意了？"阿琳灵敏地捕捉到丈夫语气与表情的变化，赶忙抬头问他。

"没错，老爷，您心里肯定已经有主意了。"花茎似的老太太立刻起身，像躲过雨似的激动。其他人都跟着立身，雨过天晴般地高兴。

林邱仁起初犹豫，可看到孩子一般天真的老佣，再看眼正冲他微笑的阿琳，平静说道："不过，他们可能要到别的地方去。"

"老爷，只要能赏他们一口饭吃，让他们去哪里都成。"胖老头快言快语，说罢赶忙用眼神示意大家表态。大家会意，马上争着表态。

"是啊，他们会像我们一样世代忠诚于您和太太。"边上老头转身捧起水果，敬佛一样从头上献过去。

"好了，退下吧，容我和太太再合计合计。"林邱仁的确在刚才老佣们诉苦期间，突发奇想地打定主意。是的，在他和集团陷入至暗时刻，一道光破窗而入，令他的意念随之一动。这就像他在即将溺亡时，脚下突然踩到陆地。

几个用人欢天喜地去了，剩下夫妻俩相视苦笑一下，然后牵手回到卧室。林邱仁过去拉紧窗帘，却从缝隙里看到外面无数乌云正从远处被推搡至近，如千军万马在近年大兴土木的吉隆坡上空一字排开，好似要洗劫这个满目疮痍的城市。一场豪雨说到就到，电闪雷鸣就在近前，林邱仁内心紧迫，反而像燃起一团凶狠无比的火。他猛地掀开整个窗帘，在闪电雷鸣中暴露他重振精神的狮脸。是的，他要反噬全世界的黑暗以及内心的恐惧，更要反扑命运的扼杀。他神色为之大变，像依靠自身强大的免疫能力，从一次几乎致命的疾病中苏醒过来。

"邱仁，你想到办法了？"当听到阿琳从后面轻声询问，他重新拉好窗帘，快速返回床前："这里的损失已经无法挽回，所以只能另寻生路！"他任由妻子给他换上睡衣，心里风驰电掣想着那个出路，然后激动地告诉妻子。阿琳专心伺候丈夫，不再说什么，同时睁大眼睛像少女时那样看他，像是在打动和激励他。

外面杂乱的雷雨声不再惹得林邱仁心烦意乱，倒像窥见他心思、不断为他叫好似的。似曾熟悉的场景，让他一度坐卧不安。他一边痴想着什么，一边喃喃自语起来："王兄破产那天，天上也下着这样的豪雨。天仿佛塌下来，闷雷就在头上炸开，我们跟着被赶走，生活陷入绝境——"

"邱仁！"同样的雨夜也唤起阿琳的痛苦回忆，她贴紧丈夫不愿分开。林邱仁再次拥紧妻子，当初他们就是这样相拥着坐了整晚。他下巴抵着妻子头顶，来回轻蹭，意志里发誓无论如何不能让她再受二茬苦、遭二次罪，由此进一步打定了主意。

"阿琳，我打算把集团总部迁至中国！"说着，他激动起来，抓紧妻子双肩，眼睛如同外面的闪电，好像一跃而起要跨越千山万水似的。阿琳没能一下反应过来，他马上补充："阿琳，现在世界各国都争相同中国做生意，中国已成为仅次于美国的第二大外资流入地。这次金融危机证明，一粒石子可以在池塘内掀起大浪，但在大海里只能泛起几个微不足道的气泡。中国是个大国，历史上是，将来也是。她的国势再次上升，又一次屹立于世人面前。虽然我们的国籍已不在那里，但作为她曾经的子民，血脉永远相连。所以，我请求你同意我的决定，将公司总部迁回中国！"说这些话时，他眼里闪映着比外面天空还要亮的异彩，然后焦急地等妻子回复。

"我们在一个雨夜迫不得已离开，又在一个雨夜决定重返那里，是巧合还是另有寓意？"阿琳说得有些哽咽，一声叹息过后，仍把头挨上丈夫胸膛，"你顾忌我是主要股东，然后亲人们也会反对你？完全不用担心，我们始终相信你的远见卓识！"

林邱仁激动地在妻子脸上亲吻不停，这让她幸福得哆嗦起来。

"说到底，无论我们身在何处，中国一定是我们这些华人身处异国的底气。她越发展，我们就越不受欺负；她越强大，我们就越受重视！现在，她正调动举国力量，推进改革不朽大业，致力于民族复兴。这样的伟业，这样的创举，也不能少了我们华侨的身影！"感受到新希望出现的炽热，林邱仁觉得像驾船驶出惊涛骇浪区，从此又安然无恙。阿琳脸上也重现红晕，听着丈夫侃侃而谈，她献出作为人妻最真诚、最姣美的笑脸。

"有点饿了。"阿琳撤后身子，吐下舌头，向丈夫撒个娇。其实她知道丈夫累了，同时也一定饿了。

"我叫他们送吃的来。"妻子如此善解人意，令林邱仁重拾希望。没错，一场惊心动魄之后，他真有点饿了。

"太晚了，他们大概都睡了，我自己下去弄吧！"阿琳准备穿衣服下去，林邱仁坚决让她留下，当即打电话下去。不到五分钟，一帮老佣全部手里捧着食物出现在他们的房间，乖巧地站着，像一个个橱窗里的小摆件。

"打扰你们了，还以为你们睡了呢。"阿琳起身合掌，向老佣们款款施礼。

"怎么会，老爷，太太，听了你们的承诺，我们都给孩子和亲戚们打电话了。他们个个高兴得放不下电话，准备择日亲来向你们致谢呢！"

"老爷很快回中国，让他们安心做事。"阿琳替丈夫回应，然后夫妻两个默契地相视一笑。

"这么说，老爷，将来他们要到中国做事啦？那可太好了，我们还以为是印度或别的地方呢！"一帮老佣听到合掌大笑。

"为什么是印度呢？"林邱仁到桌旁坐下，一边不解地问。

"因为中国那样的地方轮不到他们呗！"

"阿婆，是这样啊！"林邱仁听到不禁大笑起来。外面雷雨声越来越大，屋里却热闹得像过卫塞节。他开心地吃起东西，由一旁的老奶奶精心侍奉。

"老爷、太太，这段时间你们操劳坏了吧？现在才晚上九点一刻，如果不嫌弃，我们给你们表演歌舞吧，也算我们讨你们开心。"一个老佣站在一旁等主人用餐，这样建议。

"他们过去就是这样讨叔父和叔母开心的。"阿琳品尝过叻沙汤后，拿开汤匙，扭头饶有兴致地向林邱仁介绍。

"我们愿意侍奉老爷和太太，能讨你们开心，是我们的造化。老爷，太太，马来亚歌舞怎么样？"穿着洁白汗衫的老头说过回头征求大家意见，众人一致同意。他们便出去准备，像一个鹅群挤过窄门。林邱仁和阿琳看到不由大笑。说话间，老佣们已各自换上马来西亚传统服饰回来，手持锣、鼓、二胡和吉他等乐器，还有人就地取材拿片槟榔叶放在唇边，像个小型乐队列于两位观众前面。最后由那个最长者下令，众人开始演奏，其中那个胖老头和精瘦的老女佣还在场子中间载歌载舞，两人配合着做出各种滑稽动作，竭尽所能逗主人开心。——这晚，一帮老佣出于感激，给林邱仁和妻子宽心解闷，让两人无比开心和感动。当晚他们睡得很晚，但一倒头就睡着了，任凭外面风雨交加，夫妻俩紧紧相拥，彼此在梦中不时幸福地呓语和笑出声。

一个上午，王海正专心处理业务，林邱仁突然由吴铎陪着，昂首挺胸前来。一进门，林邱仁先站住，看王海在电脑后面忙碌，立即转过去朝吴铎点点头。吴铎会意地笑笑，伸手将林邱仁往里请。林邱仁背着手，欠起身，轻踏着到了王海一侧。

王海这才发现林邱仁，赶忙起身相迎。吴铎摇头含笑，再冲两人颔首告辞。这时林邱仁笑意变淡，眯细双眼，望着吴铎不卑不亢的背影，明亮轻柔地说道："一个多么聪明友善的人啊！"——那种赞美由衷而发，像中型铜号在早晨的市政广场奏响。

"叔叔，什么风把您吹来了！"王海忙去斟茶，对于再次与林邱仁见面十分高兴。

"变化挺大嘛！"一番打量过后，林邱仁接过王海递上的茶，掀盖啜几口后，连赞"好茶"。放下杯子，他扭转高大沉稳的身子，继续打量王海和他的办公室，最后面露满意之色。

王海悄悄坐回去，在光线里看着林邱仁那张宁静宽阔的脸，更加崇敬了。

"海子，不需要说什么了吧？"许久后，林邱仁缓缓说了句，十指交叉扣在肚上，眼睛静静看着前面。王海没吱声，但悄悄深呼吸下，思绪像于一块新打扫干净的场地前眺望。

林邱仁坐姿不动，用余光关切王海。王海探身续茶，神情处变不惊。集团发展已进入新阶段，他在新城区最繁华的滨江地带建成总部大厦，并成为该区域的地标建筑。现在林邱仁突然造访，他明白其必有意而来。这些年经其悉心指点，他感觉与之情同父子。——此时他们的身外，T市已进入繁忙的日间工作模式。其以SM河为中轴，向南北无限拓展出两翼，那些鳞次栉比的高楼大厦，成为日益加快推进城区现代化的显著标志。整座城市像极了一个节假日中的游乐场，抑或巨型交通枢纽，进出城区的人流与车辆密密匝匝，拥堵在楼群内外、街道路口间。另外，T市的空中有无数看不见的电视、广播和通信信号穿越，有3座造型各异的宏伟桥梁横跨SM河，环市区有7座中大型园区，包括工业加工园区、高技术装备园区、物流园区、新材料园区和贸易园区等，市域分布着265家三星级以上酒店，已与六大洲41个国家和地区建立对外贸易关系，另行扩建2座二级枢纽火车站和4座高等级汽车站，建成163条市内公交线路和38条长途客运线，共启用5座A级剧场和3处大戏院，兴办6所综合性大学，建成2座货物吞吐量名列华南地区前五的港口，建设了3座可承办国际性专业体育赛事的场馆，分别与欧美亚非国家缔结9个国际友好城市，组建19家科研机构，持有12个中国驰名商标，拥有共计23名中科院院士和工程院院士，创建出3个地区级的博览会品牌，3个国家在此设立领事馆，等等，这些成果和变化都是T市在不到二十年内悄然取得的成绩。整座城市现今像滑针一样忙碌和高效，也令这时打算把业务重心转入大陆的林邱仁，每每想到这些便情难自禁。

"多么欣欣向荣的城市，多么蒸蒸日上的国家，身处这样的世界，怎会有惆怅，不是该充满希望与力量吗？你瞧，城市被满城树木侵占了吗？河流肆无忌惮了吗？就连邈远无边的大海，不也像人类围造的湖泊吗？还有啊，尽管城市越变越大，可一切不都安全有序吗？可我们到底害怕什么？"林邱仁激动地挺起胸来，扬高双手，好像要把所有质疑者请到面前，让他们回答他的问题。他罕见地表达愤怒，以至于王海看到他因为上年纪而开始略微内屈的腿在剧烈颤抖。

"社会靠什么进步，时代靠什么发展？以我在国际市场拼搏这些年看，哪怕是发展慢了，都是极其危险的。时代必然进步，社会必然发展，难道能踯躅不前吗？我们的作为呢，我们的胆识呢，我们的智慧呢？事情就怕半途而废，也怕小富即安。海子，越是怕什么，就越会来什么！"林邱仁转过身，在伸手够得到王海的地方，用力把他拉近。他发力的双手甚至像鹰爪嵌入王海肩胛骨，要把王海整个人举上天似的。他目光灼灼，盯死王海，犀利的眼神像要贯穿王海。此时，如果让他发现王海眼中有半点迟疑或害怕的成分，他会立刻把这个年轻人从心里淘汰掉。这并非他本人意愿，而是他代表时代与历史进行无情选择。

"王海，这个时代在培养和寻找它需要的人，而不是那些喜欢质疑与反对的人。他们的进步就代表时代和社会的进步，他们的成就就代表全社会和整个时代的成就！非如是，你我也就不配自称为企业家，也就不配生活在这样伟大的时代！"林邱仁话声高扬，像莎翁戏剧里的男主角，在舞台中央大声喧哗。

"当下人类的社会生产，靠的就是资本驱动，靠的就是投资刺激。资本和投资第一次使全人类获得对于产品的公平分配权与使用权，于是人类生活品得以真正和普遍性地改善，有了质的提高。对于利润的追求与刺激，使资本和投资人有热情去募集资本，开展各种投资活动。人类社会经过多少年积累，才达到这样的阶段，这也正是我们千方百计要搞市场经济的原因。市场即代表社会需求，社会需求的有无与大小，决定投资者的兴趣和方向。只要进入生产、流通领域，它的实际作用就开始发挥。这种行为是自发的，不由任何组织或个人决定。还有一点，资本如有智慧一般，可以找出令人惊奇的社会需求。海子，资本可以也应该为人所用，作为企业家，要深谙这一点。这样，企业家不仅要善于管理和经营，还要学习投资，后者甚至远比前两者更重要！——你对上市的事怎么看？"没等王海回答，他双手突然一松，把王海放开，又转过去，挥拳往桌角一砸，极力吼道，"荒唐，幼稚，可笑啊！"说完，旋即又摇起头，尾音越降越低，像机身没入地平线。

王海想大声说些什么，却紧张得做不了吞咽动作。听过林邱仁的话，他顿时明白林邱仁今天的来意，有种山被移开、洞见光明的感觉。近来集团上市遇到诸多麻烦，让他心力交瘁。林邱仁总在他最需要的时候出现，让他看清事情真相，并明白其中的道理。是的，对于社会而言，无论自己还是任何人、组织，所能做的只能是适应。这也使他意外想起自己在军营看到的《战争与和平》，里面主人公安德列夫于临死之际对于战争与和平的反省，令他领悟到人类灵魂中最深刻的东西。现在，他又将通过一番苦苦挣扎，弄清社会发展的源头与动力。他大脑中早先关于社会运作原理的节点迅速连接起来，像随着夜晚的到来，地面次第亮起的灯火，它们不孤立，形成一个完美深邃的光明网络。特别是几个主要构图关系清晰后，他觉得整个社会，包括其中的任何事物、原理，也包括人类自身的种种行为，并非不可知、不可控，就如同所有风雨不能磨灭地球，也如同任何洪流不会淹没大地……

"叔叔，喝茶！"

王海连呼几声，林邱仁这才看他，双眼放光，一副幸福与振奋的样子，绝不像年逾四十，倒像个能继续执行海外维和任务的年轻勇士。他再次靠近王海，全身张发，毫不掩饰激情，抓起王海一只手放入自己手里，审视并坚定地说："企业家的身份无比光荣，投资和扩大生产也是我们无上荣耀的事业。如果你能通过它为人们服务，你的成功就是确定无疑的！"

"叔叔，我懂了！"王海使劲点头，腾出另一只手擦汗。林邱仁放开王海笑了，一边擦泪，一边高声叹息。一会儿后，王海发现他眼皮肿了，眉骨像幼童似的发红。

"发展，一定要依靠改革和发展！"林邱仁把王海递来的纸巾用后扔进纸篓，接住另一张继续照前做，"改革和发展是颠扑不破的真理。只有这两点，才能使我们强大，才能帮助我们解决一切问题！"他平视着，用意念所及的一切印证自己的原话，然后又重重擤下鼻涕，极力清理嗓子，再次情不自禁地笑了。这次，连他的鼻尖也红了，但他丝毫未察觉自己的异样。

王海探身倾听，左耳对着林邱仁。它被映透，红通通的，像可爱的獭兔。林邱仁避开王海的脸，专冲他那只明亮的耳朵喊话：

"难道有问题就不发展了吗？笑话！发展就是为了解决问题，出现了问题才需要改革！海子，你没有海外经历，不知道外面世界如何，更不能亲身感受广大华侨如何希望祖国早日发达。很庆幸国家实行了改革开放，国内形势一片大好，势头不可阻挡，我们更要下定决心，更要一鼓作气！"说着，林邱仁起身，将胳膊一抬，指着外面，像指认现场一样，"你看，这些不正是改革开放的成果吗？"他又转回，"这不也是吗！外面满大街跑的私人汽车，人们比以前强出几倍、十几倍的吃穿用度，还有你和你的总部大楼，以及这个城市所有的新鲜事物！难道要回到过去吗，故步自封的苦还没吃够吗？耻辱啊，现在华侨在国外普遍都还是二等公民！"林邱仁痛苦地靠后，胳膊垂落两边，浊泪从红肿的眼缝里挤出，也就此停止说话。

王海努力坐直，但感到浑身发烫。林邱仁的话，像有人粗暴地击打他这个新一代国人的脖颈，让他感到火辣辣地疼。他自然想到外公父亲那一辈人，明白了他们为什么会在多年打拼后，选择叶落归根。

"海子，金融危机知道吧，中国也受到了影响。好在国家采取了措施，所以没被伤害到。"林邱仁庆幸地抹下额头，看到王海若有所思，接着问："那么，假如金融危机伤害到我们，改革开放是否就此止步？抑或说，难道仅仅因为外面一时有强盗，我们就选择终日闭门不出？不，绝对不行！我们不仅要打跑强盗，还要扩大生存领地。只有我们自己变强大，强盗才不敢找上门！"林邱仁使劲拍下大腿，气呼呼地说。

"叔叔，您怎么了？"王海猛地发现林邱仁脸色难看，不由有些担心。

"海子，这次东南亚金融危机，叔叔的生意损失不小！"林邱仁说得又轻又快，眼里再度阴沉起来，然后赶忙起身去卫生间。王海听到林邱仁一路唉声叹气，心里很纳闷。房间里只剩他一人时，他加紧思索起来。

"正入万山圈子里，一山放出一山拦。"他首先想到南宋杨万里的这句诗。前段时间他翻阅晚报，看到这句诗，深有同感，便抄下压在办公桌的玻璃板下，时时意会。去年起，他不断从电视、报纸上看到有关亚洲金融危机的报道，越来越觉得国际形势就如同外面的天气，就算待在屋里，也必受其影响。"随着集团上市和业务范围扩大，与外界方方面面的接触迅速增加，这无疑增加了风险传导的途径。"——他像在化工仓库里搜索，努力从中发现最小的危险隐患，"这一次呢？"他端起残茶一饮而尽，然后听到肚里一连串的咕噜声。过了好一会儿，他眉头渐渐耸起座山峰，眼睛略微混浊，感觉对现状毫无信心和答案。破窗而入的风吹晃屋顶的水晶灯吊坠，坠子彼此碰撞叮当作响。他又像回到荒原，地平面的尽头似曾出现打过交道的兽群。他环顾四周，空荡无他，与臆想中的那些动物隔空对视。

"T市的最新产品，一看便知！"林邱仁从卫生间出来，经过简单休整，恢复如常。他弹性十足地往回走，一边用力将头发向后推，一边被头上摇晃的吊灯吸引，再打量四周装饰，坐下时笑着对王海说。

"叔叔，说说金融的事吧！"王海明白这才是今天二人见面主要的话题。他十指绞在一起，头侧向一边，好像那个触动他敏感神经的金融危机，就藏在桌脚下的地毯缝里。

"海子，如果把生产活动视为经济之父，那么金融就是经济之母。"林邱仁对自己这个比喻甚为满意，那只铜号般的鼻子又像在乐厅里奏出一支明快的曲子，"前者自不必说什么，后者正是在市场经济条件下，募集与调动社会资金，将其投入到生产活动中，从而完成对于新一轮社会生产的组织活动。"说到这里，他愈加肯定，下巴便像另一支新开奏的乐器，整个五官好似正演奏《加夫特舞曲》那般欢愉活泼。这情绪也令王海兴致倍增，觉得林邱仁所用的比喻既新鲜又准确。他的脸同样恢复生机，像雨后的林木泛着光泽。"金融机构的职能越来越强大，金融体系的结构越来越庞杂，试图最大化地将社会各类资源调遣投入到生产经营活动中。不止如此，它如同一个智能生物，天生知道如何开展活动。除生产领域外，它也把资金转向非生产领域投资，如科技、教育及健康领域等，投资范围从最当初的生产活动，渗透蔓延到参与生产的各个环节、各要素，让人们感觉金融活动无所不在，它的功能强大到令人生畏……"

随着林邱仁的深入讲解，王海好像进入一部复杂机器的内部，他扭头四看，渐渐明白其功能与运行机理，心里发出阵阵惊叹。跟着好奇心加剧，他急着了解下去，而林邱仁像位功夫到家的名师，循循善诱为他讲解下去。

"金融的本质及其产生之初的功能，就是简单的借贷。可随着社会发展，尤其人类社会进入工业生产周期后，它成为左右社会的力量。人口数量激增，市场规模越来越大，由此为扩大再生产所进行的融资势必增多。关键在于，人类生产与消费的规模只会随时间越来越大，这大概率是人类社会发展的总趋势。然而，资本滞后于财富，财富滞后于劳动，所以资本的供应总是相对有限，资本也就永远存在缺口。"

"那怎么会产生金融危机呢？"

"正常情况下，生产与再生产所需的资金与金融机构从社会募集到的资金，其规模基本是相匹配的，即它们之间有一个健康良好的比例关系。可一旦由于某些原因，这个特定的黄金比例被破坏，便会引发金融危机。比如，社会无足够资金转化为资本进入生产领域；再比如，社会同样没有足够资金偿还本金及支付其预期收益。"

"那又如何理解这次金融危机呢？"

"这个不难。金融是经济运行体系中的石油，是润滑剂，也是黄金水道，是市场经济赖以发展壮大的活源之水，更是培植市场新兴力量的一剂良方。但它更像一把'双刃剑'，用好可以仗剑走天涯，用不好自毁经脉、大伤元气。玩转金融的人都是高手中的高手，在跳经济领域的足尖芭蕾。刚才说过，金融危机只产生在借贷和回收两个环节，并且借贷不足历来是金融危机产生的根本根源。但这说的只是金融活动和金融危机的基本形态与普遍面貌。具体到现实中，不同国家在各自范围内组织生产活动，势必有自己的金融系统。但别忘了一点，现代经济早进入全球化时代，也就是除了各国自身的金融体系和金融活动，还存在国际金融体系和国际金融活动。而由于历史与现实原因，各国、各地区间的生产和金融发达程度也不一样，于是发达国家就会凭着他们的优势，操作金融工具从国际社会为本国募集资金。"

"金融危机的背后是国家行为？"听罢林邱仁叙述，王海不安与愤慨，同时疑窦丛生。

"是这样的，海子。东南亚危机表面是少数资本家或资本集团所为，但别忘了，这些资本家和资本集团都有自己的国家。他们最终会把募集来的资金优先投入本国，用以造福他们的国家和国民。当下美国兴起的 IT 行业正受益于此，老道的操盘手具有丰富的金融操作经验，他们知道如何在国际资本市场中买空卖空！"看到王海仍然不解，林邱仁马上补充，"现在国际社会有许多金融投机家，他们专门有一笔'闲来无事'的资本，用来对别的国家地区经济'割韭菜'，俗称热钱或游资。这些资金通过进出别的国家和地区，从而影响这个国家和地区的资金总量，再通过操纵货币汇率，从而掠夺这个国家的优质资产，亦即实现对别国财富兵不血刃地占有。这些知识你下来要具体了解。"

"实体经济和虚拟经济又是怎么回事？"王海突然想到这两个热词，便趁热打铁，希望也把它们弄清楚，因为他觉得这些东西都隐隐事关集团下一步的发展运作。

"哦，很明显，从字面就可以区别二者。实体经济是已经实实在在进行或参与生产经营活动的项目，而虚拟经济只是一些处于酝酿阶段的前沿性项目和产品，甚至还只是个概念。但资本的趋利性使它具备冒险性，所以它愿意提前投入，培育这样的项目和产品，以期获得新的利润增长点。实体经济代表现实和当下的生产力，而虚拟经济代表未来的经济走向和市场潜能，这二者相得益彰。资本的冒险性令其具备超强灵敏性，专门寻找和追逐一些市场潜力大的研发项目和产品，其所得收益其实是这种产品未来可能成为热门产品的预期收入，比如当下兴起的智能产业。这样一来，游戏就有得玩了。"说到这里，林邱仁看到王海眉头稍稍舒展一些，同时端杯啜茶，就知道他大概已明白自己所说的了。但他并不放心，就像一个父亲不把话嘱咐完不罢休，便接着说下去：

"海子，资本还有一个本质特征是寻求稳定性。一个地方如果能够满足资本可以稳定获益的条件，那就将形成一个资本洼地，优质资本会趋之若鹜。中国政治经济政策稳定连贯地实行二十年，香港又顺利回归，国家权力顺利过渡交接，并且入世谈判总体顺利，这些都给中国经济社会的未来增加了很大的想象空间。放眼世界，像中国这样天然具有诸多发展优势，同时又积极主动谋求加入世界体系的国家并不多见。中国幅员辽阔、人口众多、资源丰富、工业生产体系完整，更有勤劳善良的民众，他们有着改变贫困落后面貌的巨大决心与信心，以及中国仍是世界最大、尚未充分发育的商品市场，也有着最好的社会治安水平，等等。这些共同决定了这是一块具有强大吸引力的投资热土。现在的中国，世间难寻第二。"

林邱仁的一席话，令王海愈加振奋。他感到自己像株被充分灌溉的秧苗，枝条随即舒展开来。林邱仁对于金融活动与中国形势的判断和解读，疏浚了他长久以来的紧张感，因为他之前一直担心自己对于国家和国际形势的判断发生偏颇，现在看来与林邱仁基本一致。他有点小激动，在毕恭毕敬给林邱仁倒茶时，手不由得发抖，虽是无言，但满心感激。

"中国市场经济体系已经形成，一旦入世即将对接世界经济。所以，一定要重视金融工作，加强股市与证券市场的规范化建设，让资本像匹驯服的马服务于国家经济。它既可撬动沉睡已久的巨额资产，唤醒人们创业兴业的冲动，为缺钱缺粮和沉闷愁苦的企业送上兵马粮草，又可给行走中的实体经济插上翅膀，为正在腾飞的中国世纪增添无限色彩与魅力，让国家经济快速飞跃，实现超常规、跨越式发展。人们高昂的干劲是一方面，但干劲后面应有功能型的手段做支撑。利用金融杠杆，确保中国落后的技术得以迅速改进，零散的产业得到快速整合，低端的管理连续提档，令经济市场化可以健全发育。金融在促进企业发展与壮大市场方面几乎是全能的，既为当下中国经济高质量发展提供充足马力，也为各类企业的改革和转型提供妙药灵丹。每个希望长久立足中国商界的人都应该熟悉与驾驭它，利用它的好处，同时克服它的弊端。"

王海受到启发与鼓励，红脸试着顺林邱仁的话说下去："中国无论是否受到影响、影响大小，都该引以为鉴，既利用好金融工具为实体经济服务，同时防范恶意资本做空产业和市场，另使得虚拟经济像看不见的大气层保持一贯的稳定。"说过，他自感浑身通透。

"无论你我，在这个时候，要切实做好的就是把握时代大势，坚定发展信心，心无旁骛地办好企业，踏踏实实地苦干实干。在国家全力建设小康社会，推进社会主义现代化的新征程中，既不能怯场，更不能'离场'；要敢担当、敢作为，勇于走向更广阔的舞台，为实现国家富强作出自己的贡献。"此时的林邱仁，把自己想象为北宋苏轼《定风波》中那个竹杖芒鞋者的形象，抬头挺胸之际，自感无比神清气爽！

林邱仁的慷慨陈词再令王海暗吃一惊。此刻，他对于国内外时局形势的兴趣陡增，就像日渐长大的男孩对于世界的好奇心呈几何级增长。他从万事乱象中寻找关联，再从关联中发现线索与规律，最后让内心做到心中有数和有章可循。这该是天下所有成功者应备的基本素质，无论是政界领袖、商界精英还是文化学者，格局与视野最终决定他们未来事业所能企及的高度与终点。他感到意志像只巨大的喷泉，在雄壮的乐声中喷向天空。

"海子，T市和国家的发展势不可当。下一阶段，中国会擘画出更为清晰的目标方向和更为雄伟的蓝图愿景，我们能够在这样的环境中经营企业，注定会大有作为。我已经正式决定，把公司总部迁入Z市，将集团业务全面转向中国！"林邱仁将一整杯热茶一口喝进肚，手握杯盏，远眺他方，鸿鹄之志如巨鸟蹿天而起。

"叔叔，您要在G省，不对，要在整个中国大展身手了！"王海听到林邱仁的决定，既感震惊又受鼓舞，俊脸绽放光彩，双目喜泪盈盈，传递作为学生和晚辈的真情实意。

"不仅现在，集团未来发展的重心将完全倚重于大陆。这里遍地都是机会与黄金，集团的出路和希望就在这里！"林邱仁直直腰，略微活动筋骨，依旧健壮匀称的身体，像T市群山中一棵大松傲立山巅，在风云变幻中展示风骨和伟岸。

"叔叔，您是受金融危机影响，才这么决定的吗？"

"当然，这是个很重要的原因。其实，我想这件事情已经很久了，只是一直没找到一个好的借口说服董事会。他们一直认为中国市场不那么成熟，又顾忌这里是人情社会，在这里发展会遇到众多不确定因素。但这次金融危机说明，即便发达完善的经济体，在高速发展过程中也有经济危机。开始我也不解，但后来明白，这是市场经济的另一个规律。一切皆受资本与资本背后的欲望唆使，使之在不同时期呈现不同特点。当资本供给超出需求并过剩时，资本的效率就会失灵，资本的作用就将归于零，于是出现商品无人问津乃至工厂停产和销毁产品的现象；反之，当资本需求过旺时，资本会来势汹汹、攻城略地，其中的恶意资本乘机浑水摸鱼、勒索敲诈。它们并不流向实体经济，而是通过买空卖空、投机倒把，收割实体经济、别国经济和未来市场。事实给我们提了醒，不能完全迷信市场经济，它与风险时刻相伴，并不总是忠实地服务企业和社会。"

"您把这个对他们讲了，他们同意了？"

"是的，我把自己的观点在董事会上讲了，他们认可并接受。做企业、经商，再不能只盯着产品与客户，还要关注国际整体形势，哪怕一个明星的丑闻也要去关注，因为如果他是某个产品的代言人，势必株连诸多企业、行业，导致市场行情变化。世界经济一体化就是这样，'蝴蝶效应'说的也是此种情形。在经济一体化过程中，无人可以独立于外，就像在风暴之中无人能够幸免。所以，王海，这对你也是经验教训，要铭记于心，多加小心。"

"叔叔，我记下了。"王海迎接来自林邱仁的目光，把他的话像珍贵礼物一样收藏好。

"你集团上市的事情怎么样了？"

"开始运作了。市里很支持，不过我自己要小心。"

"哦？"林邱仁停下，斜起头问。他对王海这么说感到不解，要知道，现在国内企业兴起上市热，只要有点可能，大家都争破头往股里挤。通过上市融资，企业可以迅速壮大、塑造品牌、增强竞争力，这在市场经济环境下是一种非常普遍的做法，是加快企业发展壮大的有效途径。

"不为什么，只是这么大的事，一定要先做好准备。"王海还想说什么，却打住了，因为他有顾虑。对于企业上市，政府当然是支持的。但他通过对外地上市企业的考察发现：一方面企业通过上市的确能较好解决融资难问题，但另一方面，有无上市企业和上市企业数量的多少，正被部分地方官员用来衡量他们政绩的大小，也顺而成为他们加官晋爵的踏板。而个别争强好胜、好大喜功的企业家，明知不具备上市条件却偏赶鸭子上架，造成企业发展空心化。所以一窝蜂出现的上市行为，虽可视作市场经济繁荣与成熟的表征，但也埋藏诸多问题和隐患。T市已明确提出要打造第三条经济带——沿江上市企业经济带（另两条是新城金融服务带、旧城休闲文旅带），王海的集团自然被列入重点培植名单。开始王海欣欣鼓舞、深为感激，但当发现上述问题后，马上变得谨慎起来。他把这事告诉过吴铎，吴铎认可他的发现，却表态说："企业上市这条路一定要走。不论如何，大部分企业通过上市较好解决了资金来源问题，而且倒逼企业提品升质，好处多于弊端。"王海也认同，内心坚定了走企业上市之路，但在决策过程中小心地增加了设防。

"你的谨慎没有错，但建议集团上市的事交由专业团队做，你只做配合工作。如果过多把精力放在琐事上，反倒会影响上市进度。"林邱仁理解王海，毕竟再好的市场环境，也会像平静的海面下有暗流与礁石。王海小心翼翼没有错，但过于小心翼翼也会耽搁时机。"不管遇到什么问题，上市的事一定要提上日程。企业家永远像第二天便两手空空的打鱼人，无论当日天气怎样，都得驾船出海。"林邱仁进一步语重心长地叮咛王海。

"叔叔，这些天我像打仗一样，上市的事情远比我想象的烦琐。坦率地讲，不仅是我心理上没做好准备，更因为企业自身离一个优质企业也相差太多。我原来过于自满，与上市标准一比较，才发现是正规军与草台班子的差别。我正在做一些弥补工作，但仍觉得有诸多实际问题。我还没有真正弄明白做企业和做生意，像无意间做了父亲，对于身为人父还很迷惑。我既要找出自身问题，也要关注外部因素。没做好准备就匆匆忙忙开干，这是让我最担心害怕的。"

"海子，你现在像，不，就是个企业家了！经历过一次，你就知道是怎么回事了。"林邱仁满意地笑起来，觉得王海已经能够自行发现问题并深度思考，然后努力找出解决之道。啊，这大概是天下所有企业家必然的成长经历，最初豪情万丈，中间被一堆问题包围，然后在某一点上奋起发力实现突破，最后全面突出重围。一个优秀企业家就是这么历练出来的，像个健全的胎儿，须经十月怀胎才能完好诞下。楼外大片绿地沁出清爽，两人这时才觉察出来。风和日丽，鸟语花香，一切遂人心意，让两人的呼吸变得又轻又快。

"叔叔，目前有家港建公司和一家电力公司对入股集团表现出兴趣。"

"好事呀。如果他们认购了你的股票，你的集团将变成混合所有制企业。"

王海沉思着点头，想到林邱仁在新时代酒店办公室悬挂的"放长风物"四个大字。

"无论国企还是私企，把企业做大做强，这本身是抵御市场风险最好的办法。企业主体需要平等合作竞争，而公私互认打破了企业间不平等的最后界限，这不正好吗？如果中国一心一意发展经济，这再正常不过。我上面说过，寻求良好的政商环境是资本趋利避害的本能，而恶意资本就是兴风作浪的怪兽。股权多样化可以最大化地化解风险，使企业对于风险的反应更为灵敏迅速。金融市场就是这样，既是一片食物丰富的宽阔海域，也是一方众生厮杀的角逐之地。"

"但最大化的收益也伴生着最不可预测的危险，我越来越有这样的体会。"王海好像终于可以跳上冲浪板，轻松鱼跃于海面。

"所以我们这些老板接下来最主要的工作，就是让投资安全地着床孵化。当前，围绕发展社会经济，你了解哪些最新政策？"

"这个我知道！"王海马上找到之前一份报纸上的内容，并在第一时间念出来："'基础设施'，'投资环境'，还有'金融外汇管理'，是不是？"

林邱仁大笑，不再说什么，内心生出一阵"舍你其谁"的喜乐开怀。林邱仁与王海举杯示意，王海毫不犹豫地将烫茶吞下，汗水顷刻间从脖后滚滚而出，而后全身又是一阵振奋。

两人接着聊下去，谈话整整持续三小时。林邱仁临走前，定定神，昂起大海一样的脸，慢慢说道："不管愿不愿意承认，咱们必须保持学习的态度。中国与先进国家相比，像是师徒或队长与队员的关系。尤其是欧美诸国，各领域都很发达，在世界各国体系中居于顶端肉食者地位。他们的优质企业数量庞大，竞争能力如同篮球场上的 NBA 队员。中国经济正处于上升期，很多行业与产业尚在转型，处于世界中低端产业链。所以，接下来，要看我们自己的了！"

林邱仁步履如风地离开，他终于可以像飞机安全着陆一样，庆幸地来与王海相见。他神色早不似在马来西亚家中那般焦急憔悴，更像千辛万苦到达目的地后的喜悦徜徉。鄘市长已转任市委书记，其高效作风给他留下深刻印象，而年轻新市长的上任，也让他看到中国对于改革开放持有的持续决心。一切正显示中国按照既定目标有步骤地开展工作，这辆隆隆战车展示出的强大声势令世界瞩目。他已提前与 T 市两位新老掌舵人约好见面，双方将择佳日签订长期战略合作协议。接下来，只要 T 市公开鼓励扶持的产业项目，他和集团具有优先选择权。"啊，协议一签，我一颗心落肚！"这意味着下个五到十年内，他的集团在 T 市将不会无事可做、无利可图。这是一劳永逸的做法，是解决企业百年发展大计的高级举措。他为自己感到自豪，觉得一下站到比别人更高的地方，并以一个胜利者姿态提前庆祝。在这种情况下，与王海的见面使他对现在的一切更加兴致勃勃。是的，王海在各方面都很出色，一切迹象表明，他不仅上了正道，而且在快马加鞭，如同一个天才型的赛车手，熟知了车况与赛道后，就无人能敌。

集团上市的三个月前，王海一时昏头，几至犯下致命错误。这个教训让他至今想来隐隐后怕。集团要上市，一方面存在巨大的资金缺口，另一方面他不知怎么突然想起"苟富贵，无相忘"这句话，就想把平时与自己关系要好、生意做得较大的同学和朋友找来，有意邀他们加入。这天，他在总部大楼附近找家高档茶楼款待他们，要把集团上市的想法一五一十向他们透个底。他心情非常愉快，像在小树下乘凉。

"王海，早等你这话呢！"他打电话通知吉非凡，吉非凡连忙将话机贴上耳朵，听他奉上好事，当即大叫。之前吉非凡利令智昏参与非法集资和海上走私，被揭穿后坐了牢，最近才被放出来，正找机会咸鱼翻身呢。摁掉电话，他打算一番，迫不及待来见王海。一进门就扑上去，啃西瓜似的抱住王海不松开。

茶楼里，大家坐定。吉非凡率先占据王海左手位置，并且谁与王海主动打招呼，他都白下眼。大家争相向王海示好，王海看到心爱的朋友们前来捧场，幸福得鼻子发堵。他很快把集团上市的事情详说一遍，然后举杯以茶代酒，再次向大家发出邀请。大家自然明白这是天大的好事，争先恐后同意并附和。

"王海，够哥们，没白相处一场！"吉非凡乘人不备，悄悄抵过发涨的大头，对王海窃窃私语道。他似乎并没怎么受前面事影响，虽然坐过牢，虽然父亲因他出事猝然病倒，虽然公司因此一败涂地，他反倒胖成个大河马，看着甚至比以前还随意，对什么都满不在乎。一出狱，他先急着把因坐牢损失的快乐弥补回来，因此好些天四处寻欢作乐、醉生梦死。但久经沙场的人还是一眼就能发现，他那种一无所有的境况已让他变得极为势利与急躁。他看到王海如日中天，又是个"老好人"，便把主意打到他身上。

"海子，你诚然说得好，可哥们现在拿不出一分钱，另外倒欠别人好几百万呢！"他胖大身子几乎全贴上王海，既为说话方便，也想借此把别人支得更远。说过大实话，他一边留意王海举动，一边狡猾地观察周围。依旧陶醉于友情的王海并没认真琢磨吉非凡的话，所以什么也没说，只是继续请大家喝茶。

见王海好像没听到自己的话，吉非凡一下急了。他放开王海胳膊，赤腿蚂蚱似的跳起来，丝毫没注意到从他说话起，就有一些人像觅食的鱼群悄悄围拢上来，虽装着若无其事，但个个心怀叵测。

"海子，你可要实打实帮哥们啊！"他肥壮的屁股对准其他人，从始至终想"独占"王海。尽管王海已是 T 市最大民营企业的董事长、T 市新一届工商联主席、已连续三年履职区市人大代表，他还把其当作以前单纯可爱的高中同学看。这次见面，为显示他与王海的特殊关系，以及自己天不怕地不怕的气势，他穿着随意，说话不讲分寸，好像王海这里就是他的半个家。

王海憨憨笑笑，换个姿势坐好，再次伸手邀大家品尝时令水果。这时率先富裕起来的 T 市民众见到食物后产生的不再是纯粹的饥饿感，更多是新鲜感，就如他们对于整个社会的预期不再仅局限于空间感，更多开始追求时间感。王海觉得当下已是最好，但将来会更好，但需要他想象。

看到吉非凡口臭熏天地凑近王海说话，并把因纵欲过度而发红的大鼻头几乎蹭到王海脸上，而且与其想法一致的大有人在，外围的本明立刻机警地挤到中间，不失时机说道："诸位，诸位，在商言商啊！"

吉非凡见本明要坏其好事，立刻用上火后脏乎乎的三角眼凶他。本明现已是集团常务副总，他的话同样重要，因此许多人转去附和他。

"就是嘛，虽然红英社不在了，但还要按之前的老规矩、老制度来！"个别红英社的老成员看不惯吉非凡等人的做法，虽然眼睛不看他们，却故意高声提示。吉非凡听过，脸由青变白、由红变紫，他有气不好撒，就横起眼想骂人。其他妄图做无本买卖的人，也悄悄像团诡异的雾散开。

王海的心情多少受到点影响，不像刚才那么心气高了。但他既不愿失去哪个朋友，也不愿自己在他们中间落下不好的名声。从坐进茶室起，他就像半梦半醒，感觉脑子里嗡嗡响个不停。吉非凡等人冲他说这说那，他听一半忘一半，而且内心始终有个声音对他强调："我在 T 市声名日隆，受各界优待器重，我必须格外珍惜这来之不易的声誉和成绩，而这帮人对我尤为重要！"他一心想维护自己在众人心目中的良好印象，却没想到这东西会碍手碍脚。

王海这边犹犹豫豫，吉非凡却并不买账。他瞅准机会，又"审时度势"地说道："海子，你碗里有吃的，就不会饿着我们，对不对？"他早摸透了王海心思，看王海有所犯难后，故意用这话点他。他看看其他人，防止他们过来与自己"争宠"和"争食"。

听吉非凡这么说，王海强迫自己泛起一阵激动，眼含真诚地朝对方望上一眼。

"老同学，够哥们，讲义气！"吉非凡耸身大笑，酒足饭饱似的摸摸肚子，为此更踌躇四顾。这时，他巴不得大家都听到。

"对，大伙跟定你，王海！"

"T 市是咱们的！"别有用心的人另外跟着高调附和，但品行正直的人都保持缄默。

这些熟悉的场景，让王海动情。有人抢着为他斟茶，有人递烟，有人捧过水果，他哪个敢拒绝，一一接受，并激动得连连喘咳。而旁边的本明打量说话的这些个人，好像看到王海周围围着一群守株待兔的鹰。

"喂，本明，还有别的活动吗？"吉非凡向正盯着他看的本明问。

"吉兄有何建议？"本明把倒空的水壶放回角落，回身问吉非凡。

"老样子，打球啊！"吉非凡还把自己当社长，绕出去挨个询问大家意见。

"哦，红英社又办起来了。"有人抓住王海的共情点，在原地响应，并开始做扩胸运动。

"抓红白阄分队，输的请客！"不容分说，吉非凡当仁不让主持这事，到桌子中间发话。

"不能把你和王海分一队，他俩各率一队！"有人明显对吉非凡不满，强硬抗议。大家纷纷赞同。吉非凡倒没理这事，转向王海："怎么样，海子？"他太胖，拧着身问。

王海看着这群可爱的朋友，像晕氧一样，站起走到大家中间，迷迷糊糊答道："大家怎么说，就怎么来！"他微笑着同意，感觉此情此景何其美好。

吉非凡从旁人头上摘下棒球帽，端在手里。早有人把数量相同的红白纸团扔到里面。队很快分好，吉非凡催促大家动身。他再次霸道地与王海共坐一车，绑票似的拘着王海，让别人无法靠近王海。一路上他不断试探王海，露骨地吹捧，让王海头一次对他感到不适了。一行人很快到达之前红英社常去活动的街角公园，王海看到，唏嘘不已。今天他虽做了件大快人心的好事，但心里总疙疙瘩瘩的，便想通过打一场球，酣畅淋漓地发泄下情绪。正常情况下，这是一场势均力敌的比赛。但比赛没多久，王海就发现不对劲，球场上根本没出现他期望的激烈较量，吉非凡率领的对方好像变成一群从没打过球的小孩队，导致分数出现严重的一边倒现象。上半场球打完，王海无知无感，并且两队分差多达 45 分，令他十分存疑。下半场开始后，王海不时提醒吉非凡进攻或上防，并有意多带会儿球，可吉非凡等人虽笑着答应，打起来仍只做做样子。王海有点生气，中途休息，想抱怨却忍住了。接过吉非凡递来的水，他破例没对其笑脸相迎。

"到底怎么回事，没人阻断和抢球，这打的叫什么球？"本明甚至没觉得身上出汗，倒窝了一肚子不痛快。坐在边上树底歇场时，他郁闷地对身边队友说。旁边喝水的伙伴朝他歪歪下巴，轻蔑一笑，说道："把他俩换过来，结果还一样！"队友不以为意地说完，望着对面得意忘形的吉非凡摇头。

接下来，情形与上面完全雷同，并且王海留意到，每当对方个别队员想上前阻球，队长吉非凡就冲插过来，不仅怒视对方，甚至训斥几句。结果可想而知，王海这边最终以 82 分的大比分赢得比赛。王海明知吉非凡弄虚作假，却不好发作。吉非凡那边输了球倒比赢了球还高兴。他与队员一边聚在一起擦汗，一边朝王海这边远远地继续吹捧。

"你们瞧，他们光三分球就进了 19 个。我们这队怎么啦，防守成了一张烂网！"吉非凡斜眼大声说，生怕王海听不到。其他队员纷纷"懊恼"地自责。

"王海最后那个两步半帅极了，他单个就灌了咱们好几个！"吉非凡还在肉麻地添油加醋，根本不管胜的一方队员一齐从树下冷冷打量他。

"10 个？"

"不止吧！"其他人的表情也极度夸张，要么眼睛高出眉毛，要么嘴巴跑到耳朵后。

"那就是 20 个！"

"不对，是 25 个！"吉非凡和队友越说越离谱，也越说越自嗨。眼见王海这边没反应，吉非凡离开队伍，甩臂腆肚来找王海。王海正在篮下独自玩进球，看得出他有些气馁和无聊，一次一次反复运球、投篮、找球、再上球，丝毫没半点开心的样子。

见吉非凡气势汹汹过来，王海放慢速度，但没停下。吉非凡却直接挡在王海面前，王海只得停下，在原地响亮地拍球。"海子，公司上市缺钱，哥们给你指条道！"关键时候，吉非凡又想表现一把，让王海念他的好。他瞄眼众人，大概怕他们听到，把王海用力拉到一边，嘴支上王海耳朵，快速献出他的"妙计"，之后咬唇撤后，神秘劲好似躲进暗影里玩隐身。

王海收起球，整个人愣在那里。他心里本是个多云天，现在又升起团大黑云。吉非凡以为王海没听清，赶忙拉过他又讲一遍。

王海这次转身认真看着吉非凡，好像不相信说这话的人是吉非凡。吉非凡舔舔嘴唇，难堪却顽固地笑笑，然后等王海回话。王海如遭五雷轰顶，他万万没想到眼前这个曾被自己视为最要好的朋友、最亲密的发小、一生难求的知己、一个同心致力于改变T市商业旧传统和创造新局面的商界战友，一个曾经红英社的社长，竟给他出这样的"好"主意。见王海没反应，吉非凡非但没收敛，反而上前继续说服动员。越来越多的混账话从他唇间源源不断滚落出来，王海越听越不顺耳，以至于抬起头，从不认识似的盯住吉非凡看。

"怎么，是吓坏还是没想到？"吉非凡看王海仍没动静，不免嗔怨起来。他一边冷笑，一边低头使劲搓脚尖下的一个汗点，中间抬头瞥下王海："王海，你在做人做事方面，别的都好，就是关键时候少那么点胆子和血性！"吉非凡朝远处瞄着，一副无所谓的样子。照他的认知和理解，王海平时做事过于畏首畏尾，缺乏将帅风度与王者魄力。

本明远远关注着王海这边，树荫下他的双眼异常明亮。目前他无意参与到那两人中间，虽然他是王海最重要的助手，却未必任何事情都要介入。是的，有的事情只能也必须由王海独自应对，这就是职责与分工，也是各自的锻造与历练。可这也并不意味着他不去关心事情的过程与结果，并随时准备去救急救难。

各人都在王海与吉非凡之间来回打量，密切关注另一场"孰胜孰负"。

"海子，这招准能帮你！"吉非凡得意地嘘下，好像这主意只有他能想得到。他望眼篮筐后比新时代酒店更雄伟的几座商业楼盘，同时吸起一口浓痰，用力吐到场外高高的树枝上。

"非凡，咱正经做事不好吗？如果你没钱入股，可以来公司上班。"在这之前，王海一直觉得吉非凡还是多年前那个单纯调皮的高中同学，如果说有变化，不过是变得油里油气些。可听他刚才提出让自己通过走私解决公司上市资金短缺的问题，不禁警觉起来。但虽然意识到吉非凡的危险，他还是念及旧情及其现状，诚心邀其到自己公司上班。

这点"小心意"岂能满足吉非凡的饕餮野心，他马上变脸，可旋即又很聪明地说道："海子，到你公司上班当然可以，总得给我个差不离的职位吧，毕竟我是你的老同学，也当过大老板。如果不出那档子事，我公司的规模不会比你差。"吉非凡悄然用虎背熊腰挡住别人，依旧不想让他们听到自己的非分之想。

王海拍了下球，又抱在怀里。他没说什么，好像在思考。

吉非凡狡黠地看了下王海，难得有耐心等。实际他想给王海指出两条道，一是让他得干股，另一个是让他担任集团副总。他认定王海面子薄、重情义，必然会同意二者之一。他相信自己的这种"直觉"，于是笑笑，反劝道："不急，你再想想！"转过去，他冲那帮好奇的人挥挥手、挤挤眼。

吉非凡把大家伙当傻子，以为没人听到他的话，更没人知晓他的"如意小算盘"，在那里摇头摆尾像条草蛇。早有人看不下去，把坐在身下的篮球嗖地扔向吉非凡。吉非凡先是一惊，随后把头本能地一歪，那球就直往对面草地上去了。等吉非凡明白过来，当即从王海那里夺球"还回去"。本明见球飞向自己这边，飞身跃起接住。大家集体欢呼。本明又把球扔回给王海，拍拍手笑笑。

"王海，你小子两个脑袋、四只手啊，身手不减当年！"吉非凡没去理本明，却干笑着夸王海，并给王海竖大拇指。

"非凡，你到行政办公室，负责公司车队怎么样？"王海想了会儿，目前只有这个职位空着。

但吉非凡似乎没听到，只管自己说："海子，哥们是为你着想。这么大的上市公司不交给自己人管理怎么好，外人能有我放心吗？"吉非凡的意思很明显了，用这个将王海的军。"你胖，我准瘦不了！"他想一口吃个大胖子。

"喂，谁有实力谁就投，投多自然占股多、分红多，这要靠实力！"刚扔球的那人明眉亮眼地在人群外大声讲。他的话大家都听到了，正直的依旧点头，圆滑的仍旧故意沉默。但真正的朋友从来都是有正义感的人！王海回头感激地望眼那个朋友，其是T市新一位行业领军人物，正两腿分开站在浓荫里冲他默默点头。

"有你什么事，找打不是！"吉非凡发现那人用眼睛与王海搞"小动作"，立刻冒出火，将矛头对准那人。就见他挺高前胸，像辆坦克直突突冲过去。仗着坐过牢，又一无所有，他虽不敢对王海怎样，却敢把其他"不长眼"的人打残。

"你不要挑衅！"那人同样血脉偾张，挺胸上迎，瞪大眼睛，丁点不让。

两人斗狠似的贴在一起，踮脚、瞪眼，都想从气势上压倒对方。

"集资和走私，这就是你给王海出的好主意，亏你想得出！"

"哈哈，原来你在偷听！听到又怎样，难道你有更好的主意！"事情败露，吉非凡却一点不知廉耻，而是起劲抢白，"靠你们几个小钱，王海公司上市早着呢！"

"那也不能出馊主意害他！"——这人说得很明白了，他洞悉吉非凡的一切内心。

吉非凡听到急了："我害他？我帮他的时候，你不知在哪儿凉快呢！"说话间他秃噜一下。

"此一时，彼一时，你现在就是在害他！"那人没被吉非凡的恶相吓到，反而不依不饶。

吉非凡理屈词穷，恼羞成怒，出拳打向对方。对方毫不示弱，仗着身高压制吉非凡，但吉非凡占据体重优势，两人费力地较劲，一同摔倒后，仍不松手，继续缠打在一起，在偌大的篮球场里滚来滚去。有人想上去阻拦，却近不得前，喊破嗓子不管用。

"好了，停手吧，不嫌丢人吗！"本明一声怒吼，将两人从中扯开，然后无奈地望向王海。

王海拉架未果，站在原地难受。他忽而对眼前所有人失望了，觉得从不曾与他们相识似的。

吉非凡站起，白色背心撕开几个大口子，脸上又急又横，甩着猪前腿似的大膀，气呼呼找到王海面前。

"王海，既然他们都听到了，我现在问你，我当集团副总你答不答应？如果副总经理不成，总监可以吧？"说罢，他盛气凌人地环视。暗的不行来明的，他要让王海下不了台，并深信这招管用。"讲人情，好面子，他就是这么个'老好人'。"他确信王海对自己会一百个答应。只等王海一宣布，他就跳起来挥拳庆祝。

那个对手被本明扶起，脸上被挠出几道印痕，垂下头和肩膀不说话，眼睛从额头下望着王海。

王海很长时间没作反应，这让蛮有把握的吉非凡觉得很丢人，立刻冒出火："王海，哥们对你做过什么你忘了吗，难道你是个忘恩负义之人？"

王海听到这话心里阵阵发寒，身子好像从暖房滑入冰窖。他脸上表情渐渐冷淡，篮球从手里滑落，弹跳着滚到吉非凡脚下。吉非凡上前把它踩在脚下，进一步狐狸盯小鸡似的逼视王海。

"王海，王总，海子，王主席，说话呀，集团由咱几个说了算，不是更顺手、更放心吗？"吉非凡再使个激将法，以为王海能回心转意。这法子他以前用过，挺奏效，现在又拿它派上用场。

"这事我不能独断专行，必须依章办事。"过了许久，王海慢慢说出。他觉得很难受，可难受也要说："说实话，我能为你们做的也就这么多。"

"王海，别忘了你是怎么起家的，别忘了你靠谁成立了红英社，又怎么打败梅里美当上市工商联主席。你把一切都忘了，太冷酷、太绝情了！"吉非凡手指住王海，别人想拉都拉不住。

"朋友间帮忙是情谊，不是交易，更不是义务！王海，我站你这边，你们呢——"和吉非凡刚干过仗的人擦着嘴角的血高声道。

"王海，你做得对。别看他也是年轻人，可观念还是老一套！"另有朋友站出来说话，眼睛瞪着吉非凡。

"什么老一套！没有老一套，怎么会有新一套，他又怎么会有今天？"吉非凡又要往前冲，被其他人拉住。他完全急了眼，无所顾忌。

眼见王海态度决绝，吉非凡知道事情无望，一蹦三尺高地闹腾起来，甚至再想冲过去找王海理论。王海被其他人护在里面，冷眼望着这个一直与自己称兄道弟的人。现在，他反悔了，也反省了，即使身边的一些人是同学与朋友，也未必是一路人。是的，从今天起，他要与他们划清界限。而且不知为什么，他忽然觉得与吉非凡划清界限，就是与自己的少年时光做彻底告别，就是与T市历史悠久的经商传统做彻底告别，所以他非但没感到害怕和难过，反而涌起一阵如释重负的轻松与畅然。

吉非凡无招再使，过去从地上捡起篮球，狠狠往地上一掷，那个成为他出气筒的篮球便一下弹到半天上，高度甚至超过篮球筐，又被场地围栏挡回来，连跳带滚落到离球场很远的马路上。现在，没人再为它争个死去活来了。吉非凡临走放下狠话，意思是要看王海日后怎样遭报应、栽跟头。可事后他又靦脸多次找王海，硬的不行来软的，软的不行来硬的，自己不行找别人，反正想尽办法要与王海重归于好。但王海终不为所动。

再往后，王海渐渐淡忘了此事，偶尔想起，也很快平和下来，觉得如果真正要跟上时代和社会的节奏与步伐，必须抛舍掉一些东西，包括一些人情世故。是的，虽一时痛苦，却如割掉一个日久生害的肿瘤："我不正好要摆脱传统模式和势力吗？事实证明，只有按照现代思路经营企业，才能真正让我和T市经济脱胎换骨，企业才能无往而不胜！"

集团上市不久，刘成来了。这时，王海早已放下与吉非凡等人决裂的纠结，以大好心情迎接战友到访。当日他早早来到办公室，没待几分钟，就按捺不住，干脆到楼下等人。他明知刘成一时半会儿不会出现，还是不时朝远处路口张望下，然后搓手来回踱步。他满脑子想象两人即将见面的情景，同时穿插进军营的场景，弄得自己一会儿苦起脸，一会儿又笑出来。他在楼下足足等了半小时后，一辆黑色三菱越野车拐入街口。认出后，他立刻冲向前，可没跑几步，在台阶中间不动了，笑停在脸上，目光跟随车子，直到它稳稳停到台阶下。

刘成从车里钻出来，也没立刻上前找王海，而是先仰起头打量王海身后的总部大厦，好一会儿才停下，依旧不马上过来，开始与王海隔着台阶四目相对，这才渐渐露出微笑。衣着显示出他的品位，看得出他事业有成，寸头明显用了摩丝固型，结实的上身搭件火红纯棉 T 恤，健壮的下身配条藏蓝修身西裤，脚蹬一双金帮高底运动鞋，脸上一尘不染，棱角依旧分明，鼻下留一溜漂亮小胡子，头顶架副硕大荧光镜，正将王海及其总部大厦及一旁的吴铎浓缩在里面。

"刘成！"

听到一声命令，刚才还带点嬉皮笑脸的刘成立刻站好，随之几个箭步蹿上台阶，到王海面前一气呵成地抬臂、敬礼、收臂、立定。

"报告班长，三班战士刘成报到！"

"终于等来你了，两天没睡好觉。"王海回礼，完毕向前一步，扶住刘成双肩，上下仔细端详。看刘成刚才一番动作仍如之前娴熟敏捷，又见他腰背正直，肩宽胸厚，全透着洒脱劲，王海激动得哽咽住了，一时难语。

"吴铎，咱们的老大哥！"王海好一会儿才收起泪，赶忙转身介绍吴铎。吴铎之前随王海下楼，一直温和地守在一边。他同样十分期待刘成的到来。三人边说边往楼里去，中间王海和刘成没说两句就开始流泪。

"电话里说好的，见面不许流泪！"刘成大笑的同时，进入电梯间转身擦拭。

王海没把刘成带到办公室，而是先请入内室。这是他日常休息的地方，与外面豪华的办公室相比，里面物件屈指可数。临街两扇大窗为房间提供充足光源，于是全屋视线像荒原那样开阔。占据屋子三分之一的左半部分，放置着哑铃凳、跑步机等健身器材，影子映在明米黄色木地板里，令人赏心悦目。但这不构成全屋的重点，重点在内侧三分之二部分。那里单独辟出一块约十平方米的地方，被几株高大绿植与周边隔开，只能绕旁边小口进入。里面设施更为简陋：一张简易木质单人床，上面铺块绿色毛毯，床头摆个颜色相同的"豆腐块"；床头墙上，挂三五张王海和战友在连队的生活与训练照，系王指导员和战友当时拍摄；与床平行的外侧，是张再普通不过的绿长条桌，上面明晃晃的，里侧摆放一只台灯和几摞厚书，另有只陶瓷小笔筒和用旧的白搪瓷缸。最显眼的中间位置，是只精致的金属底座，上面竖一块极不起眼的小石头，与奢华的底座对比，并不醒目。这处被旺盛绿植所包围的小地方，形成一个极好的私密空间。看得出，这里不只是个睡眠处，更是主人百忙中养神回魂的好去处。

刘成从墙上照片里找到自己，高兴地说了许多，然后回头赞叹："行啊，班长，居然把这里布置得像军营宿舍！"

"怎么也忘不了那段生活，索性就这么办了。"王海深情地打量四下，一万个看不够。无论他在外面怎样举步维艰，回到这里就能心定神安。——那段岁月让他割舍不下，那段青春时光始终在他梦中闪光。

"对了，给你带了礼物！"刘成神秘一笑，没等王海问，早跑了出去。不一会儿，他带回一只精致的锡盒，递给王海。

"班长，给！"刘成声音和动作都极其轻柔，像他和所有战友正面对荒原上吹弹即破的拂晓。

王海接住，打开，认出那是取自荒原的灰漠土。他小心捧住，像捧着全世界的心脏一般，激动得热泪盈眶。

"荒原里的土吗？"吴铎小声问。

"吴兄，我总对你提起那片荒原，这正是它里面的一部分。这些泥土其貌不扬，却待在最恶劣的环境里，天天忍受风霜寒暑。"王海说过，脸上放射光彩，一如他离开荒原当日，亲见那枚大地之星迸射光芒。看了好久，他把小盒子奉到桌边，与那枚同样由他亲手从荒原收藏来的小石子一起放在金属底座上。泥土在下，小石子立于其上，他全神贯注注视它们良久，好似它们是他一生收藏的世间最伟大、最珍贵的艺术孤品。

"军人间的情怀是世间最纯洁、最高尚的情感，今天能够目睹，实为我之大幸。我不难理解王海为什么会成功，因为这样的情怀能指引他一路逾越任何障碍。"吴铎泪光盈盈地感叹。

"想念连长、指导员、小胡子和其他人了。"王海出神地说，不由看外面，好像看到了很远很远的他们。

"小胡子的养猪场临近产崽期，实在走不开。听他电话里介绍，他的养殖场已是当地龙头企业，每年给县里上缴近百万元的税收。"

"有志者，事竟成，他也算实现了自己的愿望！"王海回过神，激动又欣慰。

"知道了吧，明明升高中了，电话里告诉我，他将来也想当兵。"

"当兵是一个男人成为男人的开始，他会是一个好兵！"王海缓解下，舒气接着说，"不是什么感受都能说出来，就像在长期煎熬中经历成长。当兵前，我根本不知道什么是苦，甚至不知道什么是饿。直到第一次参加比赛，为赶进度，我把所有水和食物提前消耗完，后半夜饿醒，睁眼看，戈壁漫漫，星辰蔼蔼，心中一阵惶然。这时，前肚皮贴紧后肚皮，像没长肚子一样。我内急，去背风处解决，整个肚子暴露在外，体内为数不多的热量一经排出，再被夜风一激，整个人剧烈抽搐下，然后意识出现空白。我下意识往周围找，黑乎乎，空茫茫，一阵空前的无助感席卷而来，有生以来第一次感觉到饥饿的真正滋味。也从那一刻起，我猛地意识到自己是谁、是什么，以及什么是人生，等等。真的，我像突然读懂人生语言一样明白生活哲理。艰难困苦随时会把人逼入绝境，但也不断提醒人们尊重生命和热爱生活。如果人生中没有出现这样的顿悟，他的一生将是贫乏的。人这辈子注定要经历一个个困难绝境，但借此下定一个又一个决心，将它们连缀在一起，就构成一条完整的人生攀登线路与奋斗轨迹。"

"这样的人方才乐观与懂得感恩，对别人和社会表现出友爱与宽容。他能一眼看穿社会的问题在哪里，也就知道该如何参与和应对。"

王海、刘成两人说得激动，吴铎听得也激动。随另两人来到外面，吴铎仍保持聆听者的角色。

"班长，怎么样，还能做吗？"看到健身器材，刘成心痒痒起来。他嘴上说着，随手把太阳镜一丢，飞快脱掉上衣，露出两坨蝶状胸肌，再大鱼似的一跃，纵身上杠，接着一通上下翻飞，身体闪耀成一团白光，把对面的吴铎看得眼花缭乱；之后，又一个高飘的前空翻，稳稳落地，轻得几乎听不到声音；最后，他像运动员结束比赛似的高举双臂，这才拍拍手，没事似的回到对面两人旁边。

三人到王海办公室落座。刘成对富丽堂皇的装饰赞美一番，随即聊起正事。刘成此行，一来为见王海，以解军营分开后的相思之苦；二来希望与王海谋定一桩大事。原来，两人通电话时，王海向刘成说起自己的电机厂与车床厂已搬迁至新的工业园区，在完成新一轮技术改造后，两个厂的销量一下在全国打开，甚至还有部分出口。说者无意，听者有心，心思活泛的刘成当即脑里火花一闪，有了主意。但他没立即向王海说明，而是自己先揣摩一阵，觉得切实可行后，这才决定亲来与王海面谈。这个想法就是：以他的厂子和王海的厂子为基础，打造一个全产业链的机电项目。

"董事长，刘总发现了一个重大产业趋势。"当刘成仅是把斟酌不久的想法说到一小半时，先是王海傻眼了，几次回头与吴铎交换眼神，而后是吴铎，他迅速意识到刘成这个想法是个空前创举，便像发现重大玄机似的，缓缓点头，然后神秘悠长地向王海高声宣布。

"重大趋势，产业趋势？"这次，不仅是王海，连刘成自己也新奇。

"准确讲，是全产业链融合。"吴铎清晰有力说出这五个字，然后轮流看对面一脸懵懂的两个人，自己则像诸葛亮似的摇着扇子轻松笑出来。

"吴兄，快说说怎么回事！"王海好奇又激动，让吴铎往下解释。但吴铎笑笑，伸手示意刘成先把话说完。

原来，不只是今天，多年来，刘成一直想找个契合点，可以把王海、小胡子和其他战友联络起来，让大家像在军营时那样亲密无间地相处做事。这些年，他接手父亲生意，虽辛苦打拼做出一番成绩，但总感觉单打独斗、势单力薄、难成气候，便在了解到王海公司已经上市和小胡子养殖公司继续扩建等最新情况后，冥冥中感到时机到了。

"古有刘关张共举大义光兴汉室，今有咱们一帮退伍兵搞产业融合振兴中国经济！班长，我此次前来，就是希望咱们趁着年轻，一起共谋天下，携手做番惊天动地的大事，而且这肯定是前无古人的大事！"刘成把话说完，通体像只发光的象拔蚌，挺直身体，透着一股义薄云天的气势。

"刘成，再说仔细点。"王海没完全弄明白，催过吴铎，再催刘成，感觉脚下的地球都飞旋起来。吴铎却像智多星吴用，在一旁继续扇扇笑而不语。

"这就要你们二位参与了。"刘成把身子再往前靠靠，眼睛机智地看过吴铎，再看王海。王海默然，吴铎颔首。"谁都知道我们那里是国家汽车老生产基地，有为数众多的零部件配套企业，我估摸着怎么也有二三百家。但它们普遍规模不大，且多为民营性质，同业、同质化严重，围绕一个婆家寻活路，自然个个吃不饱、危机四伏。而咱们这次合作，主意就打在它们身上。"

"怎么打？"看到刘成狡黠一笑，王海急得差点坐脱了椅子。而那边吴铎已经站起，虽然眼前什么也没有，却背起手像欣赏那幅被誉为"宋画第一"的《溪山行旅图》。

"既是如此，我们何不把那些面临破产倒闭的中小企业收购过来，在我们手里构建一个完整的汽车零部件生产链条，随后我们再对零部件生产统一进行技术升级，这样，一个庞大的汽车帝国不就以最低成本诞生了吗？"——一盘云山雾水，经刘成寥寥数语，立刻高山露底、深水见礁。

"刘成，你太敢想了！"王海离座腾空，全身想动，却不知先动哪儿。

吴铎等刘成说完最后一个字，捏着下巴，踮起脚，一个劲往上够、往上看，好像空中正有座楼阁吸引他，他在努力找到它的入口，同时却发现它完美得无懈可击。

王海好不容易平静下来，又软软坐下，吞着口水调侃刘成："刘成，你小子真有九个头、九个脑、九个心吗？把我搞蒙了！"

"这有什么奇怪，我出生在那里，父亲就经营着那么个小厂。全市几百家厂子围绕汽车厂展开竞争，生存压力大，赚钱实在少。我接手父亲厂子，就不得不琢磨怎么生存发展。换作你，同样会被逼出好办法。T市的改革走到全国前列，市场信息、资本实力等远胜我们那边，正好可以把我们的有形资产与你们这里的无形资源进行对接，也正好借此达成东部与中部衔接、发达与欠发达地区携手的局面，实现全国范围内的优质资源整合匹配，再加上你我的意愿和能力，顺水推舟就能把这事做起来。"刘成有意轻描淡写地说，但说的是不二实情。

"这也就是吴铎兄所指的全产业链融合！"王海如梦方醒，感觉像换上机械骨骼一样浑身轻松自如。啊，这样的惊喜来得太突然，让他仿佛一日三醉。

吴铎明白再用不着自己多言，两个冰雪般聪明的年轻人已了然他所指，于是马上接口道："机会来势凶猛，亦不过三年五载。稍有片刻迟疑，机会就会花落旁家。所以要当机立断，像拳击手那样借直觉出拳，以此一举KO对手。"吴铎激动得好似已穿越那幅《溪山行旅图》，神思往全中国、往全世界去了！没错，当初他一接触到王海，即认知到新一代的国人已经横空出世，如今再有刘成，就觉得所有中国人已然变身为新型国人，正以迅雷不及掩耳之势实现着思维与性情的更新和现代化。这样，他一度消沉阴暗的心理终于像历经无数个着火点之后燃烧起来，跟着对社会和全体同胞的认同感增加，并开始思考往后新的人生了。

"刘成，你尽快形成报告，我提交董事会讨论，如果获批通过，以最快速度实施！"王海踌躇满志地发令，但意念里不是刘成和吴铎，而是包括他自己在内的许多人，一如若干年前他是斩钉截铁的班长，一如他现在是T市最大民营上市公司的董事长，一如他正快速成长为全国经济界的优秀年轻代表。他激动得有点不知所措，衣服下胳二头肌像活塞似的往返穿梭。

"王海，刘成，如果这事能成，你们就创造了历史！"吴铎几乎要用把自己震聋的声音强调，就像他得知中国人即将开启载人航天时代，就像他获知中国将自主研发北斗导航系统一样。

"原来我只想把产品卖到国外，这就算实现了梦想。现在则要面向全球推出唯一具有全环节产业链的产品与品牌，这才是真正的民族企业要做的事。"王海张大鼻孔，像要把外面河道以及T市周边上百万公顷森林所产生的氧气全部吸入体内。他想喝口茶镇镇心，却发现胳膊发软，手不受控制。

"过去我们没有那么强大的资本集结能力，现在不一样了，全国范围内的统一大市场已经建成，资本突破地域限制形成全国性的集结能力，再加上便捷的交通系统、物流系统和方兴未艾的互联网产业，我们实现理想就有了现实支撑。"吴铎转过身，镇定地把话题引向深处，每个字都那么清晰，每个字都仿佛透出光。他来回地走，闪亮的鼻子尖几乎触着天，同时感到自己以步为笔，正在整个世界天马行空地游历。而潜伏于他内心深处多年的强烈欲望，也像一架一万马赫的超级战机，还没等他反应过来，就已经驰往宇宙的最边缘。

"终于到了我们真正能够为国家和民族做些什么的时候了。过去的一切其实是在为今天做准备，在完成技术、经验、资本、资源与管理等各方面的积累。我毫不夸张地说，当下中国的每个企业人，从他第一天执业起就有这样的念头。打造民族品牌，向世界发声，做出属于自己和中国的贡献，这毫无疑问可以无限量地增加我们的自豪感。"——王海站着都嫌费事，恨不得长出一对钛合金翅膀飞起来。他感到自己瞬间长到一万米高，手可以伸入太平洋，眼前能看清月壤。

"时不我待，我付苍生几许！中国社会进入新时代，经济已由高速增长阶段转向高质量发展阶段，正处于转变发展方式、优化经济结构、转换增长动力的攻关期。我们以此为契机，实现民营经济优质发展，而我们企业家也要勇于成为民族企业家，为国家社会作贡献，为个人积累和夯实价值，以此不枉一生。"吴铎激情地宣咏，仿佛跟前放一只大功率的扩音器，通过它可以把声音传到世间每个角落，可以传播到一万年以后。

"是啊，观大势，谋全局，干实事，借此建立全国乃至全球性的产业集群与产业联盟，合众塑一，是我们可期可待的大构思、大手笔。"刘成仿佛宇航员踏上月球，望着蔚蓝色的地球发出第一份人类宣言。

"这时代不再是白手起家，而是强强联合；不再是自立为王、胙土分茅，而是九九归一、抱团发展。我们面向世界做未来企业，就这么坚定地执行吧！"——三人以茶代酒互相致意，颇有策勋饮至、珠槃玉敦的意味。放下杯，王海拍打发烫的脸颊，问刘成："此举最大的难点是什么？"

"有，不过有问题才属正常。"吴铎给自己和另两人先做心理铺垫。——既然来路泥泞崎岖，又怎盼去路一路坦途。只要目标鲜明，方向正确，未来就会一片光明。

"整合零部件企业后，我们肯定要创立一个全新的汽车品牌，但须由国家相关部门先行审批。"刘成脱口而出，表明他已深思熟虑过事情的各关节，非常清楚关键所在。

"对，根据国家产业政策，一定是这样的。"吴铎认可并强调，这时他终于让自己平静下来，觉得世界海阔天空，全身神清气爽。他感到终于抛弃过去那个阴霾发霉的自己，像被重新组合过一般，对自己产生前所未有的满意度和新鲜感，一张正气的脸因为这个伟大事件和自身的伟大变化而变得更加周正了。他又感觉自己像个刚出生三天的小婴儿，脆弱又幸福地躺在柔软的襁褓里。

"王海，这可能要麻烦到黎红了，她在北京应该有这样的关系。"刘成机智地望过王海后，低头专心喝茶。这是刘成所想到的整个事件能否成功的最重要一环，所以他变得格外小心。

"对，如果有人从中斡旋，事情就会顺利很多。"吴铎也沉思着，把攥在手里的扇柄颠了个个儿。

"她父亲病了，打了离职报告，需要人照顾。"王海喃喃道，引得另两人目光齐刷刷望向他，他赶忙低头躲避。事实上，他心里早像油门一踩到底，一秒内将车速飙升到二百九十迈，风驰电掣往北京拜谒她了。"不过，她在北京有一帮朋友，或许倒能帮上忙。"他果断抬头，眼睛乌黑明亮地望着对面两人，室外将近日午的气浪在他身后飘荡升腾。

"成了，这事就算成了，静等你们这边的好消息！"刘成大笑着站起，眉心舒展。因为高兴，他眼睛一时不知看哪儿，猛地就地蹦起，然后一只拳头连续用力挥舞。

三人各自分了工：王海负责联络黎红并筹措资金，刘成那边回去加紧完成收购事宜，吴铎则负责撰写可行性报告。三人紧锣密鼓，分头开战，争取要在最短时间、最佳时机内把事情做成。而王海稍后便拨通黎红手机，有史以来第一次肉麻地开口道："黎红，我想你了！"

早在 1996 年，王海的两个厂子就已二次搬迁进入新工业园区，但王海忙着给企业找出路及集团上市，所以两块空出来的地荒废两年多。赶巧国际金融危机后，国家加快向基础设施与民生领域投入，其中包括大力发展房地产业。而早在党的十五大之前，国家就成立了一个专门研究房地产业的课题组，但没有多少人注意到这个风向，更没人想到房地产业日后将是中国二三十年内最强盛的经济引擎。这个好消息却被吴铎偶然注意到，便立刻建议王海将两块空地用作房地产开发，而王海也压根没想到两块空地，竟然解决了整个企业集团上市资金的根本出路。所以，当建好的商品房被一抢而空时，他这才回过劲，很快在吴铎的提议下注册成立房地产公司，进而将其置于集团的主导产业，集团自此进入稳定营收期。

王海亲见这轮兴起于二十世纪末的房地产运动，感慨其可谓惊心动魄。当一幢幢房子像一拨拨光屁股小孩刚出生，早有千千万万人等着上前亲亲热热认领。人们像疯了一样买房置地，排大队，到处托人找关系，看过这个楼盘再辗转下一个，掰着指头盼升值。房价一天一变，甚为不靠谱。世界上好像专有一种动物吞噬和消化房子。开发商乐出鼻涕泡："十几亿人，十几亿人呢，建满半个地球都不够。"没人能预测房地产业什么时候是个头，也没人知道消费者胃口到底有多大。过去盖座楼要三年，现在只需几个月，弄虚作假自然有，为此吃官司坐牢的也不在少数。把房地产业比作一部开往金矿的车，房地产商、消费者、各行各业的人都在拼命往上挤，而市场是位新手司机，也是个粗暴汉，只听自己的，不听别人的。车子上下、里外爬满人，像蜂巢般乱糟糟的。车子走得摇摇晃晃，司机才不管，只管开自己的车。人们一边肉贴肉地往上挤，一边软塌塌往下掉落。沿路躺满横七竖八的死伤者，却不见一个收尸人。只要有口气，人们都在争着抢着往上靠，挤上去的喘气庆幸，没挤上或掉下来的站在地上干瞪眼、直骂娘。全中国像集体着魔一样，不受理智控制。

王海的房地产业务起步即巅峰，他的业务在多点开花的同时，还依法通过招投标程序，拿到至今市区内最大一处城中村改造项目。结果这个项目不仅令所有同行眼红，也令曾是乔丽娜的老情人、现担任 T 市文化旅游协会会长的卫平伦看不下去了。他一听到消息，当即扔下笔，怒拍桌子。一来父母在这里留给他一处老院子，二来他担心就这么对一处有着悠久历史、见证过整个 T 市发展的老村进行彻底拆除改造，既是对城市历史和地域文化的野蛮消灭，也是对未来发展极不负责任的挑衅行为，更是公然违反和极大地蔑视中央政策的行为。"'众人皆醉我独醒'，我绝不能坐以待毙！"这天，他又从《T 市新闻》里看到城中村改造的报道，便下定最后决心。等妻子给他倒洗脚水回来，却见他正在穿衣服。

"这么晚了，你要出去？"

卫平伦只"嗯"了下，声音轻得连他自己都没感到鼻翼振动。妻子想帮他，他借势转身。妻子避在一旁，怕得罪他。

出了院子，卫平伦立刻发力咳几下。"不行，我要坚决阻止他们到处乱拆乱建的行为！"他下定决心，要挑头做这事，否则死不安心。他并非反对房地产改革，却认为王海与其他房地产公司已突破改革底线，钻法律和改革的空子，把市场搞得乌烟瘴气，令整个社会大乱，让充满勃勃生机和无限希望的国家变成一个纯粹的生意场与名利场。是的，资本和市场，两个无情无义的流氓玩意，胡作非为，不受管控，正在腐蚀国家和社会的根基，像一座外表富丽堂皇的大厦里面早已丑陋不堪，而利欲熏心和急于求成的人们对此尚未察觉。"幸好我发现了！可能我是 T 市第一个发现这巨型黑洞的人，当然或许也有别人，可他们没像我这样站出来阻止此事！"他顿觉自己了不起，不仅因为他意识到一个空前严重的问题，更因为他敢于站出来阻止和对抗这股逆流的那点真诚与勇气，"哪怕只有我自己，我也不会妥协！我不会假装没看见，更不会像别人独善其身，这种意识与觉悟来源于我久违的正义！这是造福众人的事，他们终将彻觉彻悟并感激我！"巷口经过一个女子，他觉得她脸上敷的粉太厚了，"唉，她和这个城市一样，都表里不一！"

接下来的三天，他白天按部就班，那种状态比一个刚入职不久、尚待转正的新选录公务员还要严谨认真；晚上则待在办公室，乘着单位人去楼空，大脑飙车一样越城而过，轰鸣声刺破夜空。台灯在平滑的桌面上落下一个橙黄光圈，他就蜷缩在这光圈里，一手压着洁白的稿纸，另一只手攥紧那支用了将近十年的名牌钢笔，唰唰写下一行行美丽的行书。偶尔，他脸部潮红一下，盯住屋里某处看上半天，然后再醒悟似的奋笔疾书。他每天都写到凌晨两三点，这时候，他像蛞蝓吐空内脏，连喝口水的力气都没了。早晨，他感受光线自然醒来，然后迷迷糊糊回顾昨晚的事，不禁失笑。这样，到第三个凌晨的三点，他终于写出一份洋洋万余字的建议书。里面他以全市房地产业为案例，系统深入剖析市场经济条件下，市场和资本对于整个社会的威胁与破坏，觉得这二者就如洪水野兽闯入人们的生活，并且它们又都为行骗而装神弄鬼。他特别指出个别大中型企业正将人们过去美好的生活悉数破坏，把人们整体关进牢笼一样的水泥房，人们就此住在彼此的头上脚下，头顶没有蓝天，脚下失去大地，出门没有缓冲空间。人们失去心灵的家园，这种状况正变得一发不可收拾。"资本市场上演血淋淋的战争，社会弥漫着动荡不安。它们正成为支配社会的力量，并巧妙被转化为党政干部脑子里的认知理念和创新意识，借改革势头大肆推广。处于激进时代的人们，尝到一时甜头，也将失去一世安宁！"他认为自己的建议可以从快止损，把危害降到最低程度。"宁肯放慢发展速度，也要顾及民生。"这是他在文章中最鲜明提到的一点。"我是党培育多年的领导干部，作为这事的'先知先觉'者，我必须勇于担当，做正确的事！"他觉得党性和责任把他压得喘不过气，每每想到那些可怕情形，就不愿睁开眼睛。"当前，决战小康社会正酣，社会主义现代化国家建设大踏步迈进，如果 T 市因为上述问题出现不利局面，于我同样难辞其咎。"当他放下个人顾虑重新看待问题时，体验到从未有过的轻松快乐。"这是何其积德行善的行为，如果我的意见被重视和采纳，我将拯救很多人、很多家庭！"他忍受不了冲动，站在睡梦中的城市前，产生类似射精那样一阵强似一阵的快感，最终在彻底把事情的来龙去脉想过一遍后，下面喷涌了。他立在原地，一动不能动，静静体验那种突如其来的感觉。大约五分钟后，他慢慢退回里面，躺在床上，如死去一般，下身湿漉漉的，脸色苍白得如同西坠的月亮。

离上班时间尚早，卫平伦神色从容地走进市政府大院。门口警卫没拦他，因为他是这里的常客，因此他反倒得到他们更由衷的颔首致意。当他来到市政府三楼走廊时，他知道那位新晋的年轻市长就住在办公室，而且很可能和他一样，已经在为这座城市的幸福而工作了。他打算把建议书先交给这位年轻人，因为他了解其个性，对其充满尊重与信任。走廊尽头是个窗户，像个光线泄口，涌入大量光线，把整条走廊堰塞得水泄不通。这令他产生幻觉，要穿越这条走廊，需要莫大勇气。他喉咙里涌起浓痰，呼吸变得困难，开始迈起碎步，并尽可能地加快速度。但脚下的路那么漫长，渴望强烈，他被致盲与失聪，并被催促着快跑起来。就在他翘起身子、张大嘴巴、颠簸双脚往前冲的时候，丝毫没注意到，两旁个别敞开门的房间里，那些提前到岗的人吃惊地注意到一个疯疯癫癫的人经过门外。他们连忙放下手里的活儿，赶到门口，并很快认出他。他们奇怪为什么几天不见，他身子像老头缩了一号。等他们想要叫住他，却见他三步并作两步已到市长门外，还没等结束敲门，就身形一闪，没入其中，跟着惊天动地一声巨响，整个走廊恢复平静。如是状况同样发生在四楼，等人们看清他时，他早像踏着风火轮，脸似小太阳，昂首挺胸，腋下夹只鼓鼓囊囊的皮包，消失于鄢书记办公室。

"如果是给领导送好处，这也太明目张胆了吧！"——几乎不到五分钟，关于他的流言传遍整座 T 市党政大楼。

五天后，一次范围极为有限的常委会尾梢，组织部部长平淡地向人们宣布一项市委、市政府决定：同意卫平伦同志辞职离任！在场不知情的人迅速把目光投向他，却见他和平时一样西装笔挺，衬衫洁净，脖下那条漂亮的金纹领带极其体现高超手法，浑圆的后脑勺与背、臀缀为一线。在听到关于自己的决定时，他双手镇定地抓住椅子扶手，站起分别向前、左、右三个方向鞠躬，这才从工作人员那里接过刚被宣讲过的文件，又往上面一个略微折起的角轻弹几下，再小心装入之前那只曾引起疯狂猜测的皮包，最后如之前坐下。尽管迎接着全场人的目光，他谁也不去看，一个淡然微笑挂在脸上，神情比一尊魏晋佛像更淡雅庄重。半年后，人们方才得知他的确切去向：他移民去了澳洲。没人知道他离开 T 市时的心情，而他在离开 T 市前一晚的日记里写道："我鄙视自己和自己的过去，更鄙视你们及所有的人！我要出走，看看我对你们的鄙视以及你们对我的鄙视，到底哪个正确！"

坊间关于卫平伦的猜疑一直存在，但这事就算翻篇了。而就在卫平伦把材料递交上去的第二天，王海收到市政府办公厅转来的密件，是个袋口封了蜡的纸袋，上面特别注明收件人是他。王海端详一会儿打开，里面是沓稿纸，正是卫平伦交给市领导的那份文稿。等王海全部看完，脸色立马阴暗下来，宽阔的额间布满汗珠。他扶着桌子站起，却感觉双腿有些发虚。他苦涩地看眼外面，熟悉的一切就像刚才还无话不谈的朋友，现在却转身不再相认。他一时没了主意，去关了门，细想这件事，却始终想不通。他本以为拆掉老旧小区建设新房，是改善城市居住条件、提高市民生活质量的好事，可现在另一种声音惊出他满身冷汗："资本的无序扩张和野蛮发展，会像洪水把来之不易的成果摧毁于无形，而现在 T 市正出现这种情况。许多地方的拆迁和商品房开发说明了这一点。大半个旧城已经消失或即将消失，难道我们的发展是以完全消灭和摧毁过去为代价吗？过去的东西就没有一点价值了吗？这可真是全天下的悖论！有些东西尽管时过境迁，也不再那么先进和方便，却是人们心灵的记录与情感载体，是整个城市的血肉组成部分，是我们精神灵魂共同的神圣内涵。我并不反对拆迁重建，但反对他们这样简单粗暴和毫无顾忌的行为，他们或许也有那么一点好意，但吸引他们的恐怕还是这种后面滚滚不息的财富吧！可悲啊，如同人死神灭，老旧房子的情况也一样。所以，务必留意这种毫无克制的商业倾向，当心资本家与噬利者背后的野心。乘着它们现在还未成气候，果断采取限制措施。否则有朝一日，它们不再会是如今可以抱在怀里任人玩耍的小萌宠……"

更触动王海的话还在后面，让他觉得卫平伦异常悲壮。"他是个正直美好的人，而我则像一个罪犯。"他万分悲痛地想，于是他曾经觉得美好的事业，像个美丽的生命体正在面前汩汩涌出热血，身体随之变冷。他的雄心勃勃迅速变为无力与冰冷，眼前阵阵发黑。卫平伦在建议书里最后写道："我骄傲，能在有生之年做这样的事，它必使我崇高！而当我一字一句写下来时，我是那么幸福与伟岸，连走路都仿佛生着风，连影子都长出翅膀。如果你们愿意相信和采纳我的意见，那么我现在的每个字都像在走向胜利，走向一个美好里程……"

这桩令卫平伦极其骄傲的事，在王海这里却像长了骨刺般难受："哦，原来我在别人眼里是个魔鬼！"他惶恐至极，痛苦至极，几次寻到鲟鱼超市和之前开发完成的几个楼盘前，目不转睛盯着它们，头像老树一样歪着，再后来连走路都不自然了。"我完全可以代表 T 市的全体市民，拯救他们，这是一种空前的力量感、成就感，让我像吹开 T 市上空乌云、令其重见天日的风！"卫平伦这句话又彻响起来，耳光似的打在他脸上。他彻底迷惑了，不能确定自己到底做了好事还是坏事。"如果我真做错了，我宁愿停下当前所有的事，哪怕重回一无所有也好，哪怕再回到桃源村也好！"黑暗里，他瞪大双眼，明确了这一条，才稍感舒服些。

这件事很长时间都在折磨他，直至有天傍晚，他独自溜达到外面，最后在 M 河中桥附近一家小吃店随便吃了口东西，又不顾小店老板阻拦，替人家把整个小店作了次彻底内务整理，出了一身臭汗，再次起身眺望整个 T 市时，才突然明白一切似的，将这事从生活中放行。当时，他一把将老板摁到凳上，从对方手里抢过抹布。

看到抹布油腻腻的，他转身先到墙角水龙头下搓揉干净，随手搭上右臂，接着动手四处收拾碗筷，又过去像给小鸡洗澡似的把它们放到水龙头下冲洗干净和码放整齐。之后又开始挨个擦桌子。所有桌子上都布满陈年油污，清洗起来非常费事。老板好意提醒他"用不着那么干净"，可他还是坚持把它们个个清洗出来，直到桌面像新的一样冒光才罢休。再后他又趔趄摸到两扇临街窗户的玻璃，里里外外擦拭仔细，最后把半个 T 市的灯光引入小屋。小屋蓬荜生辉，老板吃惊地趴到窗户前，揉眼往外看，声音发着抖说："老天爷，头一次见 T 市的夜色这么美！"他微笑不语，继续干活，对小店墙壁进行擦洗清理，包括将那只苹果形状的钟表清洗后重新挂好，顺便把时间调准；再把几张早看不清字的旧报纸全部撕掉，挪过一块原来放在门后的镜子。镜子正好把外面大桥照进来，小屋立刻有了亮点。这之后，他又转身整理款台后搁调味品的瓶瓶罐罐及货架上形形色色的东西，直到它们看着像仪仗队才作罢。随后收拾地面。这次，老板主动到外面拎只铁皮桶和一只自制拖把回来，交给王海，自己站在一边，只管瞪眼看着王海。他把衬衫袖口再往高挽挽，将地面来来回回拖洗三遍，老板帮他一桶一桶往外倒脏水，地面很快像水塘似的亮汪汪。当王海最后把散乱的桌椅摆好，整个小店旧貌换新颜。擦得清亮的灯泡，加上对面璀璨的桥身以及附近街道的灯光，小店像个微缩版的龙宫晶莹剔透。他去洗净手，将两只袖子放下，再次打量小店，既是检阅，也是自我陶醉。当他感到非常满意后，粲然一笑，从裤兜掏出今晚的饭钱，往桌上一拍，大踏步出了小店。出了门，他被河面和桥下来的清风一吹，身上的汗一下子全干了，紧接着某种熟悉的东西弥漫了他的心间。"如果一个人单独进行思考的时间太长，那么，他就会暂时相信愚蠢的东西，甚至达到令人惊奇的程度。"立于桥头，他随即想到凯恩斯的这句话，于是面对偌大的声光世界，内心疾呼道："军营啊，我想回到你那里！"

　　这事以后，王海彻底放开手脚，一时间在 T 市的房地产界纵横驰骋，赚得盆满钵满。但房地产业对资金需求巨大，也让他不得不一次次找上银行。起初银行还热接热待，可当房地产业政策以及国家调控越来越趋规范，并且许多房地产企业同时跪求银行时，行长们就变得趾高气扬、六亲不认了。

　　万般无奈之下，王海只得去找年轻市长求助。年轻市长对他讲了一大通国家最新政策后，还是为他亲批了条子。王海拿着这个尚方宝剑，立即赶往全市最大银行。他本以为会受到明星般的欢迎，令紧迫的资金问题一下迎刃而解。可找到那里，人家正主持召开一个内部会议，他被女接待员安排在待客区等候。

　　大约过了一小时，眼见要下班，那人才从会场匆匆出来。大概刚发过火，火气还没消，近一米九的大个头步子走得又大又急，犯鼻炎似的吭嚷鼻子；路过王海，脸阴沉着，对这个全市工商联主席完全无视，让王海备感耻辱。女接待员从后面追上汇报，那人黑脸拧动钥匙开门，一边望向王海。王海连忙上前，那人也不礼让王海，自己先进去，王海只得灰溜溜跟入。那人好像对于所有有求者都厌烦，肥大的臀部一落到椅上，立即审犯人似的眉横目竖，把旧篮球一样的脸往下一拉，冷漠地说道：

"我只有五分钟时间，直接说事吧。"

"我是市长介绍来的，这是他写的条子。"

没等王海说下去，那人不耐烦地把头拧向一边，看墙上挂历里俏丽的女星，反感地说道："成天接到这些条子，好像银行成他们的私人柜台了。"

这话着实惊到王海，他没料到一个下级如此评论上级。他震惊之余，那人却根本没把这当回事，只像说句平常话，拉开抽屉翻腾找东西，找出一个黑色皮夹后，翻起眼皮顺便看看王海，鼻里继续发出连响。总之，这人没有专心待客，一点不受影响地兼做其他事情，完全不把客人放在眼里。

"我希望与贵行建立长期合作关系——"

"你要多少？"那人像沙滩上晒太阳的海狮，把身子轻轻扭向一边，像喷射东西似的说。

"三千万。"

"好大的胃口，把银行送给你得了。无论谁来，张口就是成百上千万。你们没想过风险吗？"

"我是——"

"我知道你，不就靠一个华侨资助发家的吗？他刚在T市追加了一笔大投资，却没选择我们做过桥。现在你找上门，我该管这叫什么？"他懊恼地抠着左脸颊，像棕熊失手了一条小猫鱼。

"我和他是分开的，我影响不到他的决策。"

"去年，你逼死梅里美，害得我们失去一位优质客户。而你，没有一分钱存过来。"

"我与另一家银行合作在先，所以——"

"我无意参与你们的事。现在我只问你，你能给我们什么样的利息？"

"这么大一笔钱——"

"算了，我还有事，要出去了。"那人粗暴地打断王海，怒气冲冲地收拾东西要离开。

"可是，我的话还没说完呢。"

"我希望你痛痛快快给个话，别这么麻烦，非得像中印边境一样来回谈很久。"看到王海站起还要争取，他立刻拿起电话说几句，放下电话后对王海说，"到隔壁，找宋处长，跟他好好聊吧。"

"那么——"王海刚张开口，那人胳肢窝已夹起皮包兀自走掉。这个高大魁梧的人好像偶然得知自己得了重病似的匆匆赶往医院，而事实上他是赴一场酒席。他看着人高马大，可实际里面已经空了，连拎个装回扣的纸袋上楼都冒虚汗。所有找上门的客户，哪怕是市长介绍来的，如果不答应他的个人条件，都会受到他的奚落。

王海只得出来找到隔壁房间，可一看走廊墙上的表，已经过了下班时间，旁边几个办公室早空空如也。他感到从未有过的难堪，手荡着皮包准备离开。这时，远远见卫生间走出一个人。

"对不起，今天已下班，有事明天来。"一团逆光中，一个身影渐渐变大，声音如一辆新车飞奔过来。王海看不清那人模样，只觉得他与行长一样盛气凌人，心里顿时凉了半截。他耐着性子等候，到了近前，才发现这人中等匀称身材，面相清秀和善，不像个嚣张霸道之徒。果然没等他开口，那人愣住了，好像王海是株奇花异草，把他吸引住了。

"您是王海先生？"对方说话声音柔似小浪，完全不似刚才无礼，并且很郑重地改称王海为"您"。

王海猛地察觉到转机，再看对方，眼中似乎蒙层崇拜和敬仰，连忙退后一步，把门的位置让出来。

"我就是宋处长，刚才行长说的是您？"宋处长感到意外与激动，说话像胆小的门卫盘问陌生客人。

"是的，他让我找您。"王海见势，重新有了说话的力气和办事的底气。

宋处长又盯看王海一会儿，才悠悠说道："您尽快备好资料，不必亲自过来，派人即可。"

王海正想向这位谦谦有礼的宋处长致谢，宋处长已闪身进去，回身再冲王海淡淡一笑，径直关上门。这个奇怪举动让王海摸不着头脑。不过既然对方这么嘱咐，他觉得贷款有望，便急忙返回准备。

遵照宋处长嘱咐，王海第三天就备齐资料，差吴铎亲自送去。不过上到那位行长，下到宋处长，都没同吴铎额外多说什么，收下资料后就告诉他回去等通知。这样过了五天，吴铎接到电话，说银行人员要入驻集团实地考察。考察显然程序性大于实质性，因为主要是落实担保与抵押责任。再过一个星期，王海就接到宋处长亲自打来的电话，说是银行要放款了，请他务必亲自到银行见自己。

王海放下手头事赶过去，路上想着如何向那位行长和宋处长表达心迹，顺便把见面过程在心里预演三遍。但到了银行，他没见着那位行长，只在宋处长办公室见到其本人。宋处长等王海进去立刻关了门，折回来再看王海时，已是满眼含泪。

"王海先生，贷款已打到您公司账户，祝您和您的事业鸿图大展。"宋处长抬起满是泪水的脸，显示的却是禁不住的欣喜与骄傲。

"宋处长——"

"王海先生，我信任您，这个东西留给您，再见！"说罢，宋处长在一封信上面轻轻吻下，拉起王海的手，把它郑重交在他手上，然后转身跑几步，登上窗前一把提前备好的椅子，打开窗户纵身一跃而下。

一切发生得太突然，等王海跑过去探身看，下面已围起黑压压一圈人。他如坠梦里，一下瘫坐地上，好像有股浓稠苦黑的汁液，正一个劲灌入他的眼睛与全世界。

看过宋处长的遗书，王海才知道自己这次之所以能够拿到贷款，全系宋处长一人帮助。原来宋处长早从电视和报纸里认识了王海，王海像一道强光吸引了他。当看到王海被行长潜规则，他决定破釜沉舟帮王海这个忙。第二天，他生气地找到行长，质问他为什么不给王海这样的优质企业贷款。行长自然讲出一套可耻理由，他怒不可遏，当场与其大吵一通。离开后，他琢磨着怎样帮王海。按规定，他履行了其他所有流程，独在需要行长签字时，乘其中午酒意未消，把王海的贷款协议分解成三份夹在其他贷款协议中，然后一边给行长奉茶醒酒，一边催促其快点签字。行长很高兴这个平时总与自己抬杠的处长回心转意，一时兴浓没细看，在所有协议上一律签字同意。就这样，他帮王海拿到贷款。遗书里，他另对行长及部分同事的贪腐行为进行了揭露，涉及人数之多、数额之大令人咋舌。宋处长把遗书当面交给王海的同时，还在同日把另一封信寄到上级纪委。于是当了结过所有个人心愿后，他孤独和勇敢地选择死亡，向全世界证明自己的正直与清白。

不久，上级纪委立案调查行长及其他涉案人员，发现宋处长所举报的都是事实。再过一个月，王海不仅顺利开发了卫平伦旧宅所在的地段，并与刘成成功启动那边的收购。这时，他才突然想起应该去慰问下宋处长家属，结果从银行那位接待员口中得知，宋处长双亲早亡，他至今未婚，也因为正直，在单位几乎没有朋友。王海心情复杂地出来，到花店买束花，按照接待员告诉的地址，找到宋处长的墓地。墓地刚浇过雨水，墓碑和墓基湿漉漉的，周围缝隙已长出一些杂草。在碑身上的照片里，宋处长保持一贯笑容，好像他对人生与世界从未悲观绝望过。献过花，王海没有马上离开，整个下午，独坐墓碑旁，吹着在空旷墓园里回旋的乱风，望着远处起伏不断的群山，心想着宋处长的音容笑貌，然后不时抬手抚摸身下冰凉的石质地面。直到夕阳落山，山下城中灯火交替亮起，他才起身告别。临行前，他再次抚摸和拥抱石碑，那一刻，仿佛得到这位朋友诚挚的谅解，也仿佛得到这位朋友永久的信任。他依依不舍离开时，仰望满天星辰，再次涌出热泪。友谊是爱的一种，而爱是最伟大的信仰和力量，所以，他从未孤独过，也永远不会孤独。

二十六

张家兄弟在选举中大获全胜，张华仔认为自己可以真正为桃源村做些事情了，特意多次往返村里和T市，把很大一部分精力投入村务中。一个长期趴在贫困线上没有起色的偏远落后山村，通过干部选举一举翻身，成为全市为数不多率先达标的小康村，于是他作为脱贫致富的典型多次登上电视和报纸，村里各家各户为此甚为得意。可就在他和全村所有人陶醉于村里一夜间所发生的变化时，终因长期缺乏监管和肆意乱开滥采，一场毁灭性的灾难在三年后的桃源村不经意间猝然发生。

张华仔接到出事的消息时，正在T市福利院慰问。他站在院子中间，满脸带笑，在一群孩子中间分发六一儿童节礼物。当一张张可爱的小脸包围着他、一声声喊他叔叔时，他整个心都感动了。他体验到被人认可和接纳的飘忽感，立刻明白了当领导、当名人的滋味，感到浑身笼罩在耀眼的光环里。可正当这个美妙绝伦的体验达到高潮时，手机上突然而至的消息像往热铁板上泼了冷水。他慌了神，失了态，精神失常地丢下手里东西，跑出院子。

赶到家里，他想问老爹怎么回事。可老爹额头正盖块毛巾，断脖马一样歪着头。看到张华仔，老头立刻呲溜滑入被窝。张华仔看桌上凌乱搁双筷子，碗里放个干馒头。老爹一只鞋翻在地上，另一只躺在床上。地下水缸损了半拉，一只绿头青蛙正在里面游泳。他往山上去，远远看到整个矿址变成一堆橘红色土墟，一两缕黑烟正游丝般升腾。天空蓝得像常德利爷爷的眼仁，周围绿树衬得土墟刺啦发亮。明明有人在忙乱，他却听不到一点声音，像午后来到空旷的坟场。有人向他跑来，他却没做出反应。来人正是钢铁厂代表，上口就责怪他来迟了，然后把他带到废墟前。

"都埋进去了吗？"自己脚下埋着十五名矿工，其中有十三名是乡亲。张华仔双腿都快站立不住，感到天旋地转。

"没有，跑出三个。"钢铁厂代表擦着汗说，"找个安全地方躲起来再说吧，不然家属一会儿又来闹事。厂里正派人过来，最快明天上午赶到。"

"现在得赶紧想办法救人啊！"张华仔又一阵心痛，十多条汉子殒命这里，他们可都是家里的顶梁柱啊。他不敢往下想了。

"救？我们的矿道与女人的肠子没什么区别！"代表没好气地回答。张华仔有心动怒，可明白现在不是与这人纠缠的时候，便把气强压下去。

"别在这里耗着了，去现场救人吧。"

就在张华仔要去现场救人的时候，二哥慌慌张张跑来了。

"三弟，可千万不能过去！"

"怎么了？"张华仔奇怪地问。

"他们已经知道你回来，正赶过来，要扒你的皮、吃你的肉！"

"谁扒我的皮、吃我的肉？"

"还能有谁，村里的老少爷们，尤其是那些家属！"

"我说什么来着，他们不会轻饶咱们的。"钢铁厂代表畏缩地往边上躲。

"三弟呀，快别啰唆了，赶紧往后山躲吧，他们说话就到了。他们在我和爹家里闹，你二嫂子已经带孩子回娘家了。大哥腰被打折，大嫂子头发都快被扯成尼姑，然后乘机逃跑了。"

"只能花钱消灾，等厂里来人处理吧。"

"要躲你们躲，我去见他们。"张华仔自认做错事就该担责任，并争取当事人谅解。

"弟弟呀，你看，他们往坡上来了，睫毛都数得清。"张华仔二哥说着使劲推搡张华仔，却推不动。他回头找钢铁厂代表，结果那代表早遁入林子。二哥连朝代表背影啐几口，然后改用头撞张华仔离开。张华仔这时看，人群离自己只有四五百米远了。他们也看到他，立刻掉转方向疯扑过来。张华仔二哥只得往张华仔大臂上狠咬一口，然后拉起他往后山跑。追来的家属发现几个责任人逃之夭夭，更加愤怒，对矿上残留的设施进一步毁坏。半个矿区燃起烟火，红色火苗经山风吹拂扩大地盘，一下高过一下地舔舐天空。一两个女人带头跑到塌陷成大坑的井口旁跪下来，痛哭流涕，椎心泣血。张华仔目睹全过程，扭头饮恨吞声，连动弹的力气都没有。跑了一阵，他仰面朝天躺下，感觉自己和被埋在下面的遇难者无二。

头一天很快过去，整个桃源村弥漫着一股恐惧与死亡混合起来的安静。张华仔和二哥一直藏在山上的岩石后不敢露头，生怕被家属发现再追来。人群最终散去，整个矿区的人逃的逃、撤的撤，只有那堆新鲜的红土从早上到黑夜原封未动。金色月亮现身深蓝天宇，一根标志性的大烟囱从中间断为两截，它终于停止向外喷烟冒火。山风在破坏掉植被的裸地上横行，人们无一例外地感到绝望了。

直至第二天上午十一点，上面才来了人。小个子的市领导走在最前面，后面依次是县、乡和钢铁厂领导，与村民们混成一队，浩浩荡荡往事故现场移去。家属们本打算大闹一场，但情绪冷静下来后，跟在外来人员旁边，听他们高谈阔论，分析事故原因，提出救援方案。就在大家集体来到偌大空旷的事故现场时，在黢黑的井口边，一个人正光着膀子快速有力地挥动镐头往下刨土。他专注又卖力，以至于身后站着那么多人，他都没有发觉。

"这是谁？"最大的领导停下回头问。大概他不想打断那人，或者说不想破坏这个美好图景。

"本村一个叫秦钢的村民。"早有认识秦钢的乡干部上前，县领导忙把位置让出去。本来很宽敞的事故现场一时因为人多拥挤起来。

"居然有这么高觉悟的村民，让人另眼相看。"

这时所有村民都认出秦钢，他们连喊带哭跑过去，然后不论用手还是找工具，跟着秦钢开始救人。秦钢回身看到这么多来人并不惊讶，也不停下，而是继续冷静施救。

市领导让跟随自己来的市、县、乡和钢铁厂救援人员迅速到位，要求他们马上安装设备实施专业救援。这时秦钢才和乡亲自觉撤后，静静看着坑口竖起井架，然后安装泵机把氧气输入矿道，另外放下水泵开始抽水。此外十几顶帐篷也选择空地搭建起来，还有停在人群后的十几辆救护车，一齐鸣着喇叭、闪着灯。村民们和所有干部既兴奋又感动，差点觉得这不是一次事故和悲剧，而是一则正剧与喜剧了。

官员们在帐篷内焦急地关注着救援进展，现在他们最希望听到的是有人被救出来的消息。时间不知不觉过去，好消息却迟迟不到。更糟糕的是，不久后，一场空前的大雨不约而至，像泼水一样浇入事故现场。救援工作不得不暂停，工作人员狼狈地撤回帐篷，那个刚挖大的洞口只得用苫布盖上，人们担忧下面的人是否还活着。大雨同样一点不留情地浇到凑作一团的家属们身上，秦钢和别的村民极力劝说大家回去，可没一个家属愿意抛下亲人离去。王海父母和一些热心村民中途送来热汤饭，大家吃不下，一起抱头痛哭。市领导不时撑伞出来慰问，劝大家回去，可大伙心里难受，对于领导的关心不再像开始时那么激动和热情。沟里形成山洪，山体微微震颤。闪电雷声交相上阵，耍淫威似的搅局。排水渠发生倒灌，人们赶忙连哭带叫重新开挖疏通。

大雨到深夜仍没停，精疲力竭的市领导回到帐篷，眉头紧锁，唉声叹气。眼见宝贵的七十二小时黄金救援时间正一分一秒过去，救援没有取得任何进展，他为怎么向组织、领导汇报而发愁。他浑身冰凉，体力严重不支，着人叫来随行医生打上点滴，同时想起追究责任人。

"他们人呢？"他躺在行军床上，脸色在灯泡下惨白，声音虽小，却透着火气和威严。

"您说谁？家属们吗，他们宁肯淋雨也不愿意走。"县政府人员立即支过身回答。

"事故责任人！事故发生时，谁在现场，平时又是谁在管理，厂子股东都有谁？"市领导有种悲凉与孤独感，觉得这些下级官员蠢透了。他睁眼看看液体，觉得它们滴速太快，可没等他动手，那个县政府人员越过他，眼疾手快替他调慢。

"快回答我的问题！"他只好用另一只好手拍打行军床。"所有生产'安全第一'，这个要求你们都忘了吗？"他声音沙哑无力地嘶喊。

"我们，他们，还有——"

"认真回答问题！"他真有些动怒了，觉得生命和时间都被这帮愚蠢的人白白浪费掉了。

"钢铁厂代表一直没找到，事前他一直管理这里的。"

事故一出，钢铁厂代表早溜之大吉。乡干部们想发火，板子打在他们身上，个个觉得冤屈。局面陷入僵持。市领导想训人，可看到张张哭丧的绿脸，只好把话咽回去。

就在帐篷里所有人不知道接下来怎么办时，门帘一挑，伴随外面的风雨雷电，一前一后走进两个人。其中前面一个来到帐篷中间，一把抹去脸上的雨水，也不顾湿淋淋的头发挡住半个脸，抬起头，眼神凄哀地望着众人。

"他们是谁？"市领导被两人开门带入的风吹到，刚想坚强地坐起来，却又护住手臂倒下去，虚弱地咳几下。

不知是出于害怕，还是没认出来人，帐篷里无人应答。

"我叫张华仔，他是我哥哥，也是这村里的主任。这矿山由我主导开发，所以矿山出事，我罪责难逃！"张华仔脸色苍白，眼睛翠绿，话音黯淡，从神色到语气很不真实。

"你们居然这时才来？好大的胆子——"市领导和众人立刻将这兄弟俩认作事故主要责任人，想着怎么拘了他们。

"你俩这是畏罪潜逃！"县领导顺便想把全部罪责搪塞给兄弟俩。

"是我们做得不对，没有管理好矿山，也没有第一时间组织大家救援，更没有认真安抚乡亲们的情绪。我们俩躲到了山上，直到觉得乡亲们不会再找我们的麻烦，这才回到下面。"张华仔如实道出实情。他现在没能力去撒谎，而且如果说假话，他觉得会死在刚才的雷暴里。就在他和二哥躲入山洞避雨过程中，目睹了云层像愤怒的大海在脚底翻腾，闪电似条条火蛇惊蹿而起，惊雷如巨锤要击碎整条山脉。他身心备受摧残，害怕再做愧对良知之事，会被这样的雷电无情吞没。眼见雨势减弱，他连忙说服二哥下山。

"你俩倒老实。"市领导神情松弛下来。见张华仔说话诚恳，相貌忠厚，觉得自己有些武断和冒失了。"国家要求我们始终牢固树立安全发展理念，大力弘扬生命至上、安全第一的思想，以防范遏制重特大事故发生，为推动经济又快又好发展和决胜建成小康社会创造安全环境，可偏偏在这关口出现了问题。"他用凌厉眼神扫视众人，众人都一致低下头，"现在开个会吧，研究布置一下下一步的救援方案，然后调查事故原因，自上而下溯清责任。大家要做好心理准备，决不放过一个，也决不冤枉一人。"

帐篷里开会的时候，外面的乡亲们依旧没有离开。他们哭一会儿停一会儿，聚坐在一起等雨停，另外他们也以这种方式守盼亲人平安。秦钢和王海父母等人也没离开，他们同样密切关注事态发展，不时往帐篷那边望一下，希望有新消息过来。不幸的是，雨下了一整夜。快到天明的时候，山上的人接到山下求救信号，山下洪水已经泛滥，像之前淹没半个村子。于是山上的人不得不哀号着返回。市领导带人出来，在被冲平的土堆和重新被淤死的井口前，听身边气象专家小声要求放弃救援。市领导双腿打战，泪囊勉强挤出些泪沫。

是的，救援只剩一个场面了。所有来人厌倦地回到帐篷，个个呆若木鸡。乡亲们也大多回去了，只留几个代表与政府和钢铁厂谈判，中间不时爆发争吵。钢铁厂派来处理矿难的领导态度蛮横，坚决反对乡亲们提出的解决死者家属孩子入城上学或进城上班的要求。而市领导一再表态，要善待死者家属，为死者孩子提供全部学杂费，直至他们大学毕业。张华仔个人决定拿出五十万元补偿乡亲们。当他把电话打回T市筹钱时，大家暗地里没人不耻笑他的。然而无论面对死者还是生者，他唯愿此时心安。这次事故就这样不声不响敷衍过去，十五个家庭、三十多个亲属为失去亲人痛不欲生，就连老天都惊心动魄地下了两天豪雨。上面问责时，将张大华开除出党，另召开村民大会罢免了张二华村主任职务。而张华仔由于当初把股份记在老爹名下，所以没有承担任何责任。老爹又因年事已高被免予处罚。当老头听到消息，立刻扔掉头上毛巾，从床上蹦起，跑出门找到老相好，冲她们绘声绘色描述起事故处理的过程与内幕来。

这次事故后，山上专门给女人堕胎的游医也东窗事发。逃离途中，他在一个远方城市车站附近的小旅馆里落网，被判处五年有期徒刑。而村后那个埋葬死胎的坟场也多次要么被洪水冲出来，要么被寻食的动物刨开，人们不得不一次次前去掩埋，直至常德利与秦钢组织人去集中焚烧，这才彻底解决了问题。那天，人们挖了条深堑，把提前挖出的死胎尸骸全部放入红布袋，在堑底整齐摆好，然后淋上柴油点着。当刺鼻的浓烟滚滚进入天空，人们吓得躲在家里不敢出声，他们深信矿难与这些亡灵作怪有关。现场只有常德利、秦钢以及王海父母，其中王海父母静静站在一边，虔诚地画着十字架，口中念念有词，祈祷所有无辜的小精灵升入天堂。

桃源村的矿难以及由于矿难导致的桃源村迅速衰落，不仅当头给了张华仔一记闷棍，也让他百思不得其解。为什么自己如此上心出力，到头来桃源村终点又回到起点？而且从中央到省里，再到市、县、乡，这么多年来一直在大力帮扶桃源村脱贫致富，可桃源村依旧未能从根本上脱贫？而过去几十年当中，常德利爷爷带领乡亲们也从未放弃对桃源村的改造治理，可为什么乡亲们的生活也只是勉强解决了温饱、其他依旧原地踏步呢？而自己顶着种种压力在桃源村开矿，乡亲们的收入一跃成为全乡第一，生活水平随之得到大幅提升，可为什么大家从习惯到精神面貌仍与城里有着巨大差别？自己将别处三分之二的盈余贴补到这里，并且从矿山上从未拿回一分钱，为什么村民们仍对他非议不断，而且常德利爷爷、王海父母以及秦钢等人对自己也很不满？而事实也摆在那里，即使不出这次矿难，矿山也终有挖完的一天，到时桃源村又怎么办？如今，这出矿难挂号为全省今年第一桩恶性责任事故，令省里非常震怒，这远远超出他能控制的程度和范围，也再次令他感到自己的渺小和微不足道。他欲哭无泪，不知道如何面对那些因为这出矿难上上下下被免职受惩的众多人员，更无颜面对常德利爷爷、阿桃和众位乡亲，更不知桃源村的未来在哪里。于是，当草草处理完矿难，他像贼寇一样灰溜溜撤离桃源村，觉得自己像那些个永久深眠地下的矿难兄弟，永远不会再有出人头地的希望。

张华仔返回T市，把自己关在房里三天三夜不出来，出来时他想通了，脸却黑得如同赤道几内亚人。事已至此，他没什么不能接受的了。既然做了伤天害理的事，没理由再说第二次不做。他不是高尚的耶稣，索性抛开一切，直截了当地解决问题。何况在得知王海正在拆除姚姐所在的城中村时，他更觉垮成一堆灰。他满怀不公与气愤，觉得自己真要像个危险化学品储存罐爆炸了！可事不如意还有二，屋漏偏遭连阴雨，一个黄头发、臂上有条大青蛇文身的家伙，听说他遇上倒霉事，变卖财产补偿事故，立刻用极低价格抢占他地盘上的生意。他正刀悬心上，待找人出气，岂容如此欺凌，遂拿此人开刀。他派人打听到此人正接手一宗小区绿化业务，便打电话向工程监理举报他。结果第二天开发单位就找到这小伙子，取消了刚同其签订的合同。生意黄了，小伙子气急败坏，打听到是张华仔背后使坏，十分钟内召集三四个人找到张华仔。张华仔正坐在办公室喝茶等着他们呢。一人对多人，他把他们打得落花流水。小伙子血流进眼睛看不清人，张华仔一个箭步蹿上去掐住他，小伙子立刻孩子似的大哭起来。最后，小伙子答应与张华仔永不为敌，这才安全抽身。

更有甚者，他与别人合修一座码头，工期还未结束，那个最大的合作者乘他处理矿难期间，席卷账面上的所有钱款潜逃。事情进入司法程序，但迟迟抓不到嫌疑人。张华仔只得自己安排人打听下落，很快发现他就藏在城里。他大半夜遣人过去，捡砖石不断砸房。砖头击中房子，发出纸盒似的乒乓声，里面的人像马蜂惊乱起来。张华仔赶到，不为所动地站在五十米开外静观其变。惊扰得差不多了，他进去，把那家伙像沙丁鱼似的拎起来。那人爬到张华仔脚步下，断腰似的挣扎求饶。张华仔没说什么，着人搜出那人藏匿在床下的钱，只取出属于自己的部分，然后照那人脸上啐口，便扬长而去。居住在附近的人目睹了 T 市一桩黑吃黑的事件，吓得整晚躲在屋里不敢出去。

若干天后，张华仔正在饭桌上捧着《T市早报》看，并把它念给对面的小燕子听。小燕子穿件白色连衣裙，慢慢吃着食物，没像以往专挑他读错字，而是神情有些不大专注。

"叔叔，你真该找个女主人了，瞧瞧您的胡子，和河滩上的草一般高了，让您显老十岁。"小燕子把漂亮的裙子摆一摆，故作生气地瞪眼张华仔。

"是吗？所以嘛，老头了嘛，没人喜欢喽。"张华仔故意逗小燕子，觉得她像自己的女儿一般调皮可爱。

"您还想着阿桃姨吗？你们的故事都能写成三本琼瑶小说、拍成一百集电视剧了。"

"老掉牙的故事，谁愿意看。"张华仔把报纸翻过来看，看到鲟鱼超市打算往Z市布点的报道。他没像之前那么难受，只觉得王海太过顺利，而太顺利未必是好事，就像他自己。不知是他太过关注王海，还是王海实在做得太好，总之王海近期的消息太过密集。但有一点他冥冥中确信：他俩一定会跳过阿桃，因某种机缘遇在一起共事。这种感觉从产生那一刻起，变得越来越强烈，令他深信不疑。而关于阿桃，被她无数次伤害后，他的心已逐渐麻木。可只要她一天没嫁，他仍然相信并等待这个爱情。但他目前不愿意去想，只想让生活风平浪静。

"叔叔，您成天这么辛苦，就由我来照顾您吧。您瞧，我都十七岁了。"小燕子说着站起，在地上又跳又转，两颊明艳动人，双睛晶莹流转，整个人恰似一枝含苞待放的琼花。这画面让张华仔一时心旌摇动。

"说到底你才十七岁，还是高中生。"张华仔拿起报纸从后面看小燕子，继而回过神摇头，继续浏览报上的内容。

"叔叔，您能不能不看报纸，看看我，我已经是个大姑娘了。"小燕子真的生起气来，嘴唇红红的，小脸露出凶巴巴的哭相。

"好好学习，叔叔送你去北京。"

小燕子过去要夺下张华仔手里的报纸，张华仔举手一躲，闪过了小燕子。

"北京，上学，您一天说多少遍，我耳朵都生茧子了。"小燕子把裙子放下，气呼呼坐回去，胳膊交叉放在桌上，头拧向一侧，金鱼似的鼓起腮帮子。

"可是，你爸妈希望将来你研习美术，你不也答应他们了吗？"

"真不该把这些全告诉您，都成您束缚我身心自由的绳子了。"小燕子越发不吃东西了，故意给张华仔看似的发怒停下。

"哟，还认真上了？你不告诉我这些，我也要让你继续上学。"张华仔早洞穿小女孩的心思，诚心劝导她。

"我说了，您是束缚我身心自由的绳子。我都多大了，有自己的思想与自由了，可您还把我当小姑娘看。"

"去年十六岁，今年十七岁，你这个年纪不学习又能做什么。再说代替你爸爸妈妈实现理想有什么不好，也让奶奶从此不为你操心。"张华仔放下报纸，认真同小燕子谈话。他觉得她同过去有所不同，过去他说什么她都会笑眯眯听进去，可最近一段时间却总找他说话，并且逆着他的想法。他把她当女儿养，体会着为人父母的辛苦与快乐，这种幸福难以言表。

"叔叔，以后您别再提爸爸妈妈，就让我专心生活在这里吧。"小燕子伤心地低下头，泪珠在衣服和地上摔断线。

"好吧，可你一定要听话，一定考到北京，再到意大利或巴黎进修。到时，叔叔也跟你露露脸。"

"如果我到北京，叔叔会跟我一起去吗？"小燕子急起来，桃杏似的下巴与苹果一般的圆脸微微拉开一些距离，因为过于渴望而神色紧张。

张华仔收起笑，眼睛郑重地往别处望，待会儿摇头拒绝："叔叔不可能离开这里，叔叔的事业在这里，另外叔叔不还得给你挣学费、生活费吗？再说，奶奶怎么办？"

"借口，完全是借口。叔叔就是不想和我在一起，就是怕我连累您！"小燕子抹泪了，泪花被室里的光映得亮晶晶。

"你胡说什么，再这么胡闹，我真生气了！"张华仔生气地拍下餐桌，站起来，由于没控制住情绪，眼睛瞪大，面露凶相，一下子把没有任何心理防备的小燕子吓傻了。

"可是，可是您在这里都做些什么呀。连我都看出来，您成天提心吊胆，虽然生意兴隆，却从来没有真正快乐过。阿桃姨不理您，您在这里没有任何亲人，您挣了钱大部分拿回村里，您这么活着有什么意思？您带我去北京，在一个陌生地方重新开始不好吗？"

"去别的地方？不，这里我都处理不好，还能到别的地方去？"张华仔一想到矿难后整个桃源村一蹶不振，养老院尚需维持，村卫生室得重新开张，大多数村民生活没有着落，这些都需要钱。他以一个浪子报恩的心态，心里流着血说："何况，有你做我的女儿，我不再奢求什么了。"

"可是，叔叔，您多痛苦啊！"小燕子捂脸哭起来，两缕搭在肩上的发束一左一右高低变化着。

"好了，快去复习功课，叔叔还有事情要忙。"

"叔叔，您能不能答应我一件事？"小燕子把手拿开，泪眼蒙眬地问。

"什么事？你说吧。"

"您能不能别整日打打杀杀的，我害怕，也害怕叔叔您出事。"

张华仔被说到心上，一阵战栗："好的，叔叔答应你。可是，你也要答应叔叔，代替父母完成心愿。"他始终不忘夷平和吴虹，三人在患难中相濡以沫的经历，变成他至今最温暖、最珍贵的记忆之一。现在他代行父母之责，丝毫不敢放松，所以时刻叮嘱小燕子，苦口婆心劝她继承父母遗志。

"另外，叔叔，您就释怀吧，别每日沉浸在罪责里。矿难不是您的错，至少不是您故意犯下的错，更不是您一个人的错。历史和社会，包括国家与个人，无论谁、什么时候，都会犯错。就算错了，改正不就得了。别每天这样折磨自己，连个人生活都不考虑。"

"这个不要你管，你的任务就是专心学习！"

"好吧，好吧，您真是比我亲爹亲妈都啰唆和费劲！"小燕子说着，擦干眼泪赌气甩手走了。

张华仔从后面看着小燕子已经发育得圆滚滚的身子，进一步意识到她已经健康长大，不禁喜在心头。听到小燕子讲的话他又气又乐，摇头后扑哧转怒为笑。

"这孩子，简直背叛到家了。"他自言自语往外走，满是幸福与喜悦地去处理另一桩棘手的事。

是的，又一桩涉黑案件，虽然他答应了小燕子，但不过是敷衍她。他不可能放弃这里的一切，这是唯一能够用来支撑他活下去的东西。他像迷恋上酒精与毒品一般，越来越难以离开这些了。和小燕子在一起的时候，他会是原来的那个自己，可一旦走出房间，就变得连自己都不认识了。而且现实得很：人们只臣服这个被称为冷面玉郎的大富豪张华仔，而不会记得那个肚子流血、啃芋头吃的流浪汉。他突然间明白梅里美生前所做事情的意义了，再想想夷平、陈二冬、马老头及他们的家人，还有那些狱友，以及阿桃、小燕子，他像在森林中迷了路，索性森林没要他的命，中途还救起几个小生灵。想到这些，他反倒没了负罪感，便在车里笑起来。现在他正要处理的事，正是事关梅里美留给他在T市最大的资产——梅里美酒店。他念兹在兹，但更有人觊觎在先。今天上午，他就约见对方。他深知对方的势力与背景，可早对这些虚张声势的东西麻木了。别人有这有那，他只有自己；别人靠这靠那，他只靠自身。他早早差人搬来椅子，坐在这座叱咤T市多年的老楼里，位置正是梅里美睥睨全世界的那间办公室。一场大火将它烧得面目全非，至今只剩一个空壳。但他觉得梅里美此时就站在身边，看他如何替其守住故土。两个助手一左一右守着他，像全身披着铠甲的博古星人。对方终于单独露面了，有着官方背景的他，把一张藏獒似的丑脸从一开始就在张华仔面前使劲晃个不停。

"长话短说，我要定这里了。不同你费话，多少钱可以打发你？"那人把像拴着链子的狗头晃来晃去，亮出锋利的牙齿和鲜红的舌头。

"笑话，谁同谁费话？你怎么就要定这里了，你有那么大的胃，又有那么大的嘴吗？"张华仔从小和狗打交道，他才不怕狗咬，更不怕狗叫，更不愿做那只被碾死的狗。

"我不是同你来磨牙的，事情解决了，我还要回去开会。"那人有些不耐烦，为官多年，让他自认为无论同谁说话，对方都要第一时间屈从自己，否则他就会动怒和耍淫威。

"这就是你不对了，你公干时间外出解决私事，且不是小偷小摸，是公然抢劫。"张华仔一下把手套掷到地上，跷高腿用脚尖指向那人。

来人感知身世与背景没把张华仔吓唬住，虚张声势地笑个不止。他早打探过张华仔，知其在这里无根无基，过去全靠乔丽娜收留与梅里美帮衬成了气候。他压根不把张华仔放在眼里，觉得他再嚣张，也不过是个小喽啰和外来人员，敌不过他这个座山雕和地老虎。他不愿同张华仔纠缠，急切想拿下地盘早点回去。看到恐吓策略没起作用，他有点慌，因为他也明白，不管自身势力如何盘根错节、庞大如山，可真想调动它们，就像开火车需要先建火车站、乘飞机先得建机场一样。何况拿下梅里美酒店是他个人心愿，他绝不乐意再将这块肥肉分给众人。他之前派人恐吓张华仔，却没想到张华仔是个软硬不吃的生茬，根本不理他那一套。这下他被动了，却又不想让对方瞧出来，只能摆出比之前更蛮横的姿态。

"张总，你可想好了？"对方炽热的口气直冲过来，然后不拿正眼瞧人，态度轻慢至极。

"我早想好了，我坐在这里，你站着，你看我们是什么关系？"张华仔一边用大拇指指指身下，一边吸食毒品似的使劲嗅着梅里美酒店熟悉的味道，它湿润并略带咸腥，明显是血液的味道，让他意念里升腾起一股邪气。而这般咸腥同时让他想到大海，想到大海他就心情愉快起来，想起他第一次带小燕子到海边玩耍时，她终于与他们重逢一个月后露出笑脸。

"这个——"对方停下，像遇个急刹车极不舒服，"不要揣测我的心思，而是要放弃你的念头！"对方气急败坏，整张脸仿佛隐藏在纸牌屋后的暗门。

"梅里美先生与梅里美酒店的故事你一定知道。可是，我是他的干儿子，这个恐怕你就不知道了。他死后没有别的亲人，我是唯一与他沾边的人。所以，没人比我更有资格经营这里，包括你在内，你们对它的感情不同于我。你们会把它当妓女一样拿去赚钱，而我要把它当成大家闺秀一样培养出阁。所以，你是没有机会的，请自行离开吧。"

"我也有我的打算和理由，我要让它——"

"你的梦想不会那么高尚的，就像大马戏团把老虎化妆成猫，让它们上台表演给你赚钱，你们居心不良。"

"梅里美生前是我的挚友，我们之间无话不谈，他收过一个干儿子？现在扫黑除恶风声正紧，当心你再坐进牢去，那可同我没一点关系。"对方心虚地笑着，好像这话真的可以威胁到张华仔。而这也表明他黔驴技穷了，不得不干巴巴表现出逞强好胜之态。

这下轮到张华仔没有耐心了，突然转身低沉道："你还要张狂吗，你在加利福尼亚州开公司的小相好她长得很漂亮是吧？还有，她购房子的钱打哪儿来，公司又是谁帮她在背后运营，这应该不是她一个大学刚毕业的小女子能办得到的吧？就算你是个官员，可你的日常开销怎经得起推敲？你这浑身的肉，每天要消耗城里多少无谓的资源，算下来每斤可比市场里的猪肉贵多了。还有你那个阔太太，她在医院里大权独揽，与自己弟弟合伙包揽工程，他们又有何德何能？对了，她还是什么主治医师，鬼知道她花了多少钱买了几篇狗屁文章搞关系批下来的。如果你的记忆力不好，这些事情就由我替你一一回忆。如果你还是拒不承认，我只好把检举材料送到纪委，到时看你有多大本事。如果我没记错的话，市里的龚书记和新市长对你们这号人恨之入骨，一旦发现就严治不贷。你还在这里威胁我什么扫黑除恶专项行动，先别忘了市里和国家更想肃清你们这帮蠹虫！"

张华仔说完示意两个助手，他们的身体陡然间在衣服里增大，面目随之狰狞可怕起来，然后步步逼近那个人。

"你吓唬人，我清清白白——"

张华仔把手一挥，让其中一个助手把早已准备好的资料扔过去，自己则转过去看黑窟窿外的车水马龙，觉得这个世界真是美妙极了，但需要他再为它增添美丽的一笔。他不用看，就知道对方拿到资料后蓝汪汪的脸，甚至会把胆汁吐光。

对方看过果然脸绿眼直，汗珠像疱疹密布全脸全身，之前所有的妄想都解体了。

"这是哪儿来的，哪儿来的？"对方忍不住哆嗦，虚弱地咆哮。

"记着，梅里美酒店永远不是你们这些走狗的芳草地，而是你们的埋尸场。"张华仔站起正色道。此刻，他像 T 市中院的大法官，对那些犯下滔天罪行的人具有生杀予夺大权。而同时，他也感到梅里美正朝自己使劲点头，笑容可掬地夸他做得英明。这鼓舞了他，让他更加勇猛无畏，像人间正义的化身，对这个罪恶累累的人宣布砍下其头颅。

那人哭不出来，慌乱地再看资料，口中念道："老天爷啊，不可能啊，怎么发生了这事？"——他至死不知道，梅里美老朋友在对他阿谀奉承之际，也记录下他的斑斑丑行。

张华仔看那人纸片似的飘去，轻蔑地回身吩咐两个助手打道回府。可下了楼，他没有回去，而是像前面有人带路一样，直往那间被烧毁的密室奔去。那里仍没有修复，可他觉得梅里美正坐在那把破椅里等他，有许多话要对他说，而他自己也有千言万语向其汇报，并向其郑重发誓，继续把这个神秘不宣的伟大事业进行下去。说到做到，三个月之后，他动工重新装修梅里美酒店。一是继续保留这个金字招牌，另一方面亲手设计了一间密室。再三个月过后，一座如同紫禁城一样气派恢宏的新梅里美酒店亮相 T 市，成功吸引全城人目光。身着民族服饰的专业团队，将为顾客提供航空级的超值服务。而设施设备更是全国一流，质量管理引入六西格玛标准，对顾客采取九宫格模型分门别类对待，以确保他们对这里的环境和服务满意。各大媒体都被重金邀来参观报道，于是他的名字第一次出现在官媒中，他那张年轻英俊、充满活力的脸很快赢得多方喜爱。开业时，甚至后续很少公开参加活动的龚书记也出席并发言，勉励酒店全体人员学习与传承老梅里美酒店的"百年老店"精神，把那个已经深植于酒店和全市各行各业的商业之魂找回来、树起来，奏响一曲回荡在新时代的老企业奉献之歌。

在梅里美酒店重建的基地上，张华仔又整合乔丽娜、梅里美与自己名下的多个产业，统一成立张氏集团，以酒店经营为核心业务，另经营餐饮、仓储、房屋租赁、长途运输、金融担保、物业、物流等在内的八大业务板块。一时间，这家神秘诞出的公司引发全城议论，有人怀疑，有人信服，有人钦佩，有人妒忌，但无论如何，张华仔在常人难以想象的险境中历经数年拼搏磨炼，终于其事业和人生同时走上正轨与坦途。这中间险象环生、恶浪滔天，但他再回头看时，无不充满骄傲、感激和喜悦。所有成功之人都不以苦为苦，他们享受的是付出转化后的回报，以及过程中那种充满意外与惊奇的诗情画意。"不，这只是个过程。我要改变，要洗心革面，要重新做人，在新的时代、新的社会，真正有所作为！"在集团成立的庆典仪式上，他冲着满天飘舞的气球、彩带和纸屑，心里无比愧疚地真诚说道。

经历矿难后，桃源村一派颓相。山上失去往日热闹嘈杂的景象，只能看到两处不起眼的遗迹：一个是永远埋着十五条生命的红土堆，现在由于风吹雨淋快看不出来；另一个是被焚烧后仅残留一些木炭灰烬的小街，也很难以看出印痕。而且由于种种禁忌，矿址很少有人前来，矿山越发显得阴森冷寂。山上如此，山下也荒敝不堪。全村人失了业，一种绝望气息笼罩在人们心头。生活难以维系，家庭矛盾明显起来。村里的养老院还在勉强办着，那是因为张华仔每月往回送钱。学校暂时停课，老师支教到期，而县上撤点并校尚未全面实施，中断了学业的孩子们像放了羊，上山掏鸟的掏鸟，下河摸鱼的摸鱼，不断争执打架，给父母惹是生非。矿车停运，原本进出山里可以骑驴，但驴子前期几乎被杀光吃肉，所以村里又回到从前与世隔绝的状态。村事无人管，问题多又多，成为一盘散沙，人们回忆起以前的好日子整日愁容满面。

历史的罅隙总会有跳梁小丑出现，倒不见得一定是什么大人物，可就算是小人物，同样会兴风作浪、为害一方。这不，矿难后消停一时的张老爹很快又蹦跶出来，把桃源村折腾个天翻地覆。矿山的利益没有了，两个儿子被赶下台，张华仔赌气不愿回来，他原来作威作福，现在成天无所事事，闲得耳朵眼里长草。他每天一大早往村里溜达一遭，既没人理也没人问。他憋得慌，加上好吃懒做，于是搜肠刮肚打歪主意。他到王海父母家的小卖店赊牙膏，可王海妈妈黑起脸不同意。说到这村里他最怕谁，王海妈妈是头一号。他认为王海妈妈仗着自己是城里人，又有个成功儿子做后盾，即便他是这村里的恶霸，即便张华仔也在城里呼风唤雨，依然敢不把他放眼里。他多次去挑衅，可每次被她从头数落到脚。他把老相好支去刁难她，结果她们没出招就被她识破，还有人反了水，甚至有人把她称作桃源村的"女济公"。他赖着不走绕圈转，忽听到柜台后电视里的消息，报道政府不久前取缔一个邪教组织。一个念头电光石火间蹿上他心头，他马上来神，二话没说掉转回家。回去就躺下，枕着手，跷起腿，半癫半喜往下想。越想越觉得有门，越想越觉得迫不及待，最后还没等把事情完全想好，就下地趿起鞋子，连两个儿子也没告一声就出了村。

三天后，他回来了，带着一个沉甸甸的大包袱，神采飞扬，像换了个人，见谁也不看不说话，连老相好扑上来都被他一把推开，嫌她们身上的秽气污了自己。大伙不敢惹他，全村马上议论声四起。有人说老头去见张华仔了，张华仔肯定要再帮乡亲们一把了。有人猜测老头一定代他们找政府了，因为老头在矿上时就和乡里分管安全的副乡长关系好得不得了，两人甚至一同去嫖娼。这次他一定是去求乡里重新开矿，因为矿山采了还不到一半。村里因为老头的怪诞之举重新热闹并有了生气，横亘在人们心头长久的积闷总算减少一些。人们都期盼事情能像他们想象的那样发展，然后把好日子重新过回来。他们甚至派老头最中意的一个老太太带东西上门套取老头信息，可老头死活不开门，问死问活不吱声，把小老太太的心都伤透了，哭着回了家，被自己老头大骂一通。

第二天大早，有人溜到老头门外打探动静，却发现他穿着戏服往山上去了，而且左手端只陶塔，右手甩条拂尘，活像个神仙飘着走。村民一路尾随老头，见他到了山上，进了村民们过去常膜拜的龙王小庙，最后关起门不出来。村民摸过去，刚对准门缝凑上眼，突然门一开，只见张老头华服加身、金履放光，不由分说朝村民脸上甩下拂尘，然后一掌立于胸前，厉声叱责道：

"大胆狂徒，何故在此偷窥？"

"老张头，你这是怎么了？"村民怯怯问，捂着火辣辣的脸如坠云雾。

"谁是老张头，老张头是谁？我乃堂堂托塔李天王之弟李地王，云游过此小憩，不承想被你惊扰，你可知罪？"老头怒目圆睁，毗卢冠颤动，一副天神降罪的样子。

"不对吧，我一路跟你到这里，怎么会看走眼？"村民使劲揉自己的眼，又挠自己的头，怎么也没觉得弄错。

"你说得没错，我正要赶往前面驱魔治病，不想经过这里听说老张头仗义疏财、助人为乐，便有意造访。昨晚与他彻夜长谈，听罢感动万分。故决定借用他肉身附灵，以其身名造福凡间万众，也算对他此生积德行善予以褒奖。"

"这么说，你是神仙？"

"对，我是托塔李天王之弟李地王，专门驱魔薨恶、治病救人。前些日子听说这里发生矿难，死了许多人，天庭便遣派我前来整治。"

"可是，你不是要去治病救人吗？"村民听出老头前后有点不搭，大着胆子将信将疑地提出。

"喏，那不是前方吗？"张老头用手一指，指到对面坡上。他自己都佩服自己的应变能力。前三天他去城里了解了邪教惯用的手段套路，跟着采购了相关行头，回来路上把所有行骗内容编排好，昨晚又遮挡门窗，演练数遍，于是一大早起来给自己戴顶毗卢冠，穿件土黄绣制长袍，肩上再加只荷瓣流苏披肩，足踏厚底皂靴，手甩塑料条拂尘，掌心托起从路边集市五元钱买来的陶制小塔，学县剧团女演员的台步，正式开启行骗之旅。

村民半信半疑离开，然后听到身后小庙里响起怪里怪气的歌声。他连滚带爬回去，把这件事添油加醋说了，村里立刻炸开了锅。

"你说什么，老张头被神仙附身了？"

"千真万确，就像电视里西天取经的唐僧一样戴着高帽子——"

"他变成唐僧了？"

"不是，是托塔李天王的弟弟，李地王。"

"托塔李天王什么时候有了个弟弟，他不是只有四个儿子吗？"

"这有什么奇怪的，有儿子就不兴有弟弟？那是他爹妈的事。"

"说得也是，神仙也一生一大窝。"

"别打岔，快说说咱们这里怎么来神仙了？"

"就是啊，以前从来没有听说过，怎么老张头就变神仙了呢？"

"我怎么知道。反正他和过去不一样，也和咱们这些凡人不一样。"

"怎么个不一样，难道三头六臂了？"人们好奇心被激发起来，三问两问一起往山上去。

众人拥搡着到了庙前，却没人敢主动上前打开庙门。而过去人们上山种地、打猎或放羊，一脚踢开门就进去。人群中就有张华仔大哥、二哥，于是人们撺掇他俩去开门。他俩心里大概知道父亲在做什么，可看到众人个个神神道道，心里也有点犯怵。禁不起众人劝，他俩便上前蹑手蹑脚开了门。就见老头盘坐于龙王像下的案桌上，闭目合掌，念念有词，身前置着香炉、烛台、水果和点心，正好被从上面射来的阳光照到，浑身金光闪闪、辉毫放光。大家看得愣住了，这个坐在他们面前的人活脱脱是菩萨真身啊。

"爹，爹！"两个儿子爬过去轻声叫。

老头把眼睛缓缓睁开。他刚才乘没人时涂了口红，画了眉毛，还往眼睛里滴了菜籽油，所以这时两眼像山猫一样放着精光。

"你俩何人，为何见我不拜？"

"爹，你不认识我和老二了吗？我是大华仔，他是二华仔，我俩都是你儿子。"两儿子跪下来，也真把爹当神仙看待。

"哦，我明白了，你们是老张头的儿子。我如今借用你父亲的肉身显灵，你们可有意见？"

"没意见，没意见，老神仙尽管使用。"张华仔二哥抢着说。

"既然我征用了你父亲的真身，现在收你们两个做徒弟如何？"

"老神仙，你要带我们走？"

"本来我是要走的，可看到这里又穷又有灾，就决定暂且留在这里。你们两个要协助我，一起赶走盘踞在这里的穷魔饿鬼。"

外面的人听到这个全心动了，不再怀疑他是张华仔老爹，而真个是显身人间的大仙。

"可你们也不能随随便便就做我徒弟。"老头说着，右手掐指，看着地上两人默念一会。突然他双肩往上一耸，二目齐睁，怒指下面两人大呼："大胆妖孽，你们竟敢附在他们身上为非作歹。如果不是你们，他们绝不会去做什么村支书和村主任，也就不会有矿难发生。"

人们听到，立刻觉得他太神奇了，竟然真知道这两人的身份与罪过。——只能说这帮村民傻，宁愿选择相信张老头变成神仙，并且愚蠢地认为他会替天行道，代他们讨个说法。他们的腿站不直了，气息卡在喉咙出不来，跌跌撞撞纷纷向前，一个人先跪倒，其他跟着跪下一大片。

张老头一看奏效了，心里乐开了花，可又提醒自己小心扮好。他把脸拉长收窄，扯开调门，学唱戏的人将声音拖长提高，然后嘴里一边叫骂一边撩衣站起跳下，冲跪在前面的两儿子又踢又打，下手又狠又重，两儿子滚在地上喊爹叫娘、求饶不止。眼看两儿子喊不出来了，他这才停下，对错愕不已的众人平静说道：

"乡亲们放心，我已收服附在两人身上的恶魔，现在他们可以正式成为我的徒弟，以后大家有什么事情先禀报他俩，然后由他俩再来禀报我。现在——"他又转向趴在地上不能动弹的两个儿子说，"你们随我到后面换上衣服，从此安心服侍于我。如果再敢犯下罪行，定不轻饶。"

两儿子听父亲这么说，费力地爬起随他到龙王像后。老头早备好衣服，给两个儿子利索地换上，然后引到前面，也令他们上了案台，一左一右站在自己两侧，最后让众人进庙里来参见。可笑的一幕出现了，老头由于刚才打人出汗，口红和眉毛上的颜料乱了色，于是变成大花脸。两个儿子一个拿支木戟，一个执把破伞，一个肿着眼，一个胀着嘴，鼻青脸肿立于老头两侧。这幅五彩斑斓的画面极具戏剧感，在这座荒废已久的小庙里有种特异效果，把外面挤进来的人仰头看痴迷了。

"托塔李天王之弟李地王在此，你等为何不拜？"老头威怒，两个儿子晃戟摇伞，三人同时发号施令。

众人这时不敢不信，生怕神仙再发怒给他们降下不幸，于是里里外外全部撅起屁股伏下身，朝案上老头三叩九拜。

"另外，我还要在这里收十大弟子，再由十个大弟子招收无数小弟子，然后听我号令，按照吩咐给这里惩恶扬善。谁要有意，明早同样到这里，我会在考验合格后收徒。"

人们一听，都想傍上神仙让自己和家人平安无事，便想都不想地争着报名。老头却闭上眼睛，缓缓说道："今天就到这里吧。不过，既然我到这里，就不能不送你们见面礼。"老头说罢从衣服底下伸手抓出很多钱来，照空中一扬，于是众多一元、五元、十元，甚至还有五十元面值的纸币洋洋洒洒飘下去。人们压根没想到，等反应过来立刻疯了似的去抢。等抢得差不多了，老头往左右一使眼色，两儿子会意，立刻齐叫道：

"你们还不赶紧跪下谢恩！"

大家现在没人再对老张头和他两个儿子有任何怀疑了，让他们做什么就做什么。他们齐刷刷跪下，诚惶诚恐地磕头谢恩。

"这些钱是我用树叶变的。如果谁拿着钱做坏事，或者敢向外人污蔑我，我不仅会把这些钱变回树叶，还会发恶咒诅咒他和家人，用以惩罚他做坏事。"

"你们听到了吗？"

"听到了，听到了，如果我们有谁背叛的话，甘愿受你处治。"

老头听到，再不多言。两个儿子代他遣散众人，他这才从案台上跳下。

"怎么样，老爹我这主意奇不奇、妙不妙？"老头活动着筋骨，把憋了许久的屁通通放掉。

"爹，你到底是人还是神仙？"两个傻儿子晕头转向地问。只怪老头演技好，把两个儿子带进去出不来。

老头照样打了他们，两个儿子躲入角落，不敢像过去顶嘴。

老头身上舒服些，这时觉得肚里饿了，就想脱下衣服回去。可转念一想不能脱，于是唬脸对两个儿子说道："走，摆驾回宫！"

"爹，不，神仙，您老宫殿在哪？"

"你们他妈真的给老子傻啊，当然是回家里了。"

"爹，我们真把你当神仙了。"张华仔二哥率先回过神来，笑呵呵对老爹说。

老头得意极了，把手里的拂尘到处晃晃，笑道："往后就跟着爹吃香喝辣吧。"

"爹，三弟知道这事不？"

"他？他管不着！每月给咱仨的钱加起来都不如常德利的多。这小子六亲不认，都不让我住进养老院。"

"爹，常德利不是病着嘛，三弟拿钱让他看病。"

"说到底，我是他亲爹，你们是他亲哥。解决矿难他倒大气，一下拿出五十万元补偿人家，我分毛没落着。现在他干脆不回来了，每月仨瓜俩枣打发我，不过半月花精光。咱要自己再不想法子挣点，爷仨还不喝西北风？"

"爹，这事真能成？"

"你瞎了，没看到刚才他们都信了？"

"爹，你刚才一下抛出那么多钱，哪来的？"

"这个嘛，连你们也不能告诉，要不连你们都打我。"

"爹，你用的是假钱？"

"胡说，当然也有真的，再乱说撕烂你的嘴。"老头真生气了，生怕这事被戳穿。这源于他在外面下饭馆付钱时，看到一个服务员被打发了，老板抱怨她收了好多假钱，作为惩罚又把假钱给了她，顶替她的工资。老头灵机一动跟出来，从她手里把假钱买过来，于是又掺些真钱上演了刚才那一出。

不说父子三人回家悄悄合计继续骗人，且说领了钱的那帮人回到村里，马上把刚才的所见所闻向家人和邻居说了，还拿出钱给他们看。老张头的事一下由笑话变成神话，人们一方面希望神仙保佑和帮助全村早点好起来，另一方面生怕神仙降罪自己，所以本着宁信其有不信其无的态度，老老实实接受了这个事实。于是接下来整个上午、下午和晚上，村里人都在琢磨此事，有人开始回忆自己说过的错话、做过的坏事，然后又害怕又后悔；有人千方百计夸老张头的好，不惜捏造事实，好像老头就在旁边能听到，以此来宽慰自己；有人则想着老头的话，希望成为他的十大弟子，可一下又想不出如何去做。这里总不乏脑子活泛的人，听说神仙借住张老头家休整，便趁着夜色找过去。老张头自然不放他们进去，他们跪在门外哀求等待。时间一长两个儿子要去开门，老张头死活不让，那些人挨不住只好回去。

第二天吃罢早饭，张老头华衮加身出了门，在两个儿子搀扶下往龙王庙上去。

没承想沿路已经等着许多人，看到他们就连忙下跪参拜。他们走了一路都是这样的人，等到了庙外，那些人更把小庙围得水泄不通。看到父子三人来了，人们也不是正常的那种高兴，而是一起嗯嗯呀呀起来，满脸衰相地急着向前，都希望离神仙最近。

老头在众人簇拥下坐上案头。他吃早饭时一根菜梗塞进牙缝，可尽管难受也不敢当众去抠。众人自动在他们面前下跪磕头，父子三个经过昨天一晚上的磨合，配合更加娴熟，所以场面很有秩序。

老头首先宣布他要在这里做五件事：传播神旨、消灾祛难、祈求平安、扶危济困、义务看病，并强调自己每日只在这庙里待一个小时，然后回老张头家打坐，除让老张头肉身得到保养外，自己还要去别的地方拯救人。他说得头头是道，人们心悦诚服地听着，觉得这下自己有救了、生活有望了。于是当老头宣布要选择十个大弟子配合两大徒弟工作时，人们像疯了一样往前拥，那场面把他自己都吓一跳。

"我每天会外出，每月还要回天庭汇报工作，所以我不在的时间里，就由两名徒弟代我领导十大弟子开展工作。而十大弟子还要代我吸收更多徒弟，这样会有许多徒子徒孙为你们服务。所以谁能够成为我的十大弟子，一定是件非常光荣也非常艰苦的事，你们一定要做好心理准备。"

"神仙，收了我吧，让我上刀山下火海我也干。"

"这话不对，我就是要拯救人们下刀山出火海的，怎么能让你上刀山下火海呢？你糊涂哇！"

"神仙，对不住，我说错了话。"

"唉，不是我不原谅你，你们村过去就因为很多人做下不可饶恕的事情，所以才引起天庭震怒，给这里降下一场矿难。具体你们各自做了什么，自己心里清楚、天庭也清楚。如果不是我路过这里看到这里阴气习习，一定还会发生更大灾难。想想你们这些年经历过的事，是不是这样？所以我选择暂留这里，直到把你们每人身上的业障清除，让你们每个人都有了功德，我再离开。"

"求神仙不要走，留下来永远保佑我们。"

"那怎么行，给人间消灾祛难是天庭规定给我们的任务。如果擅自留在这里，触犯天条，玉皇大帝就会罚没我的俸禄，我和家人就会连饭也吃不起。"老头看到众人埋下身子认真听，就赶忙说下去，"神仙也需要吃吃喝喝，就像城里人要上班挣钱养家糊口。他们奉旨到各地替玉皇大帝办事，然后各地给他们敬奉供品和钱物就是他们的收入。他们事情办得好，拿到的供品与钱财就多；他们办得不好，就拿不到足够的供品与钱财，玉皇大帝还会惩罚他们。所以如果留在这里，这里的供品和钱财并不够我花销。何况你们这里又穷又可怜，我怎么忍心要你们的钱物。这次权当我发慈悲，给你们义务施法吧。"

"神仙，你可真是个好神仙呢！可是神仙，只要你能让我们没病没灾过上好日子，我们会给你多多上供的。"

"是啊，神仙，我们会上供的，怎能让神仙白白给我们服务呢。我们听说过了，神仙越显灵的地方香火越旺；哪个地方的香火越旺，神仙也更愿意留下来。所以，神仙，我们一定不会亏待你的。"

"不，我说过不要你们的钱物就不要。因为我在各地施法显灵，他们给我的钱物已经够我花销了。可是，如果你们真有此心的话，不妨把钱物捐给老张头，因为我天天借用他的真身，会对他的元神损害很大。"

"是啊，昨天回去看到我爹眼睛都塌下去了，瘦了很多。"张华仔大哥接替老爹补充。

"如果给他捐的话就不用像给我那么多了，毕竟他只是凡身肉胎，吃喝不了多少，你们看着办吧。"

"可是他毕竟吃喝得好，才托得住你的真身啊。就像驴子长得壮实，才能多走路、多驮东西。所以如果大家想让老张头好好驮着神仙，就给他多吃多喝。"

"那就看大家伙的能力和意愿了，这个勉强不得。"张老头偷着瞧大家反应，结果看到大家一副满不在乎的样子。他猜他们一定是这样想的：既然不用像别的地方多给神仙钱物，只少许给驮着神仙的凡人老张头，这么多人怎么会饿死他？于是老张头不用问就知道答案了。他闭上眼，把手里宝塔往高端了端。

"那就好，从今天起，大家每日自行往老张头家供东西，多少随意。可是，如果谁嘴上这么说，心里却怪怨，那么你们看，神仙的宝塔专门往下面压坏人。还记得法海压白娘子的塔吗，就是我手里这座宝塔。只不过由于现在做坏事的人太多，这塔像监狱一样，里面刑期长短不一，跟着刑大刑小论处。你们要是口是心非，或者到处散布谣言，灵魂就会被压到下面，虽然活着却是行尸走肉，家人跟着你们会受尽苦痛。你们都听到了吗？"

"听到了。"人群整齐一致地回答。

"好吧，现在选择十大弟子。这个就比你们谁更诚心、谁更心善了。"

"神仙和二位高徒，收了我吧，我日后一定尽心效力，跟着你们得道成仙。"

其他人也一起叫喊，神情好像个个从水里捞上岸似的。可父子三个早就预谋好人选，结果全是老头原来的几个老相好。

"怎么都是老张头的相好？"有人趴在地上冲旁边人嘀咕。

　　老张头早想好了说辞，只见他把拂尘在眼前草草画出几个大叉，然后指着被选出的十大弟子，尖着嗓子说道："早听说你们一直与老张头过从甚密，他积德行善，所以你们跟着沾光，身上有了宝气，在人群中一看便知。可素与老张作对不和的人，他们浑身像铁一样生锈，把太阳的光都吸没了，所以神仙也看不到他们。"

　　"神仙，我们也要举行仪式吗？"年纪最大的老太太又喜又怕地跪着，想看老头又不敢，眼睛像瞎子似的翻着。

　　"也要像两个徒弟一样穿这样的衣服吗？"

　　"当然，你们必须有了法力才能帮助我和他俩。"

　　"也要把我们打一顿吗？"

　　"放肆！"张家老二发了雷威，人们感觉头顶一股青烟散开，吓得低头不敢作声。

　　"只有被恶魔附身的人才会被驱魔。因为你们之前与老张头交往甚密，人心端正，体无邪气，所以大可放心。可是——"老头说着断了声，拂尘甩在胳膊上闭眼休憩去了。

　　"如今老张头日夜驮着神仙，神仙法力无边，法身重达十座山，所以你们虽不用被驱魔，可记得一会儿回去要奉给老张头一些财物，好让他有气力驮着神仙。"

　　"这个好办，我们过去没少得他恩典，如今又凭他成为神仙弟子，我们甘愿奉养他。"

　　"那就这样吧。你们随我到后面更衣，然后行入门大礼，从此护着神仙造福乡里众生。如有半点违背不恭，立刻将你们压到宝塔下，三生三世不见天日。"

　　十大弟子早等不及，没等听完就拥到龙王像后。张家老大、老二在那里早备好衣服，几个老太太为争好看的衣服还起了争执。老大还能耐心劝架，老二则照这几个能做他母亲和姨婶的女人身上又捏又掐，让她们保持肃静。女人们好不容易穿好衣服，张家老大这边领五个，老二那边领五个，各从一侧绕出来拜见张老头。张老头装腔作势收了她们后，让她们分立下面两边，然后教每人把一只胳膊搭在另一只上，再把一只脚抬起来放到另一只侧边，总之就学着电视剧里那些丫鬟们的站法，于是这些平日粗手笨脚的老太太顿时变作天娥，觉得自己不食人间烟火了。

　　台上中间是唐僧，两侧是王朝、马汉，下面两列是十个满清宫女，这场面可比网络小说还荒诞与穿越。

　　"从今以后，我会每天在这里看病施药，消魔除灾，你们但凡前来的，我有求必应。"

　　"神仙大老爷，我现在就有事求您，我——"

　　"今天就到这里吧，我已经应了外地乡民，不能说话不算话，要赶往那里了。

你明天早点来。你们记得，我每天只给五个人做法，再多就忙不过来了。"

人群听到又惶恐起来，一方面他们想早点让神仙给自己消灾免难，另一方面想早点见识神仙威力，好让自己心服口服。

张老头另有打算，便不理众人苦苦哀求，由两大徒弟、十大弟子护送着下山。半道上，两大徒弟遣散十大弟子，让她们回去寻找供奉来，而老头则到树丛后撒泡尿，换了日常衣服从另一条小路溜走了。

两大弟子守着老张头的家门不放人进去，十大弟子和其他人只好把东西放在大门外。好奇的人想探个究竟，张家老二像只恶犬似的把他们撵出去。这样直到半夜，老头才跳墙回家，进门就喘大气，然后让两个儿子给他捏胳膊揉腿，他哼哼唧唧。

"十大弟子呢，她们怎么不在？"

"爹，我把她们赶走了。"

"混账，以后让她们常来，至少把家里收拾干净，还把咱爷仨里里外外的衣服洗干净。"

"爹，可真有你的。"老大坏笑着缩起脖子讨好。老头扬起手要打，可又停下了。

"爹，你怎么不打了？"

"唉，你们也怪可怜的，爹以后不打你们了，咱爷仨好好过日子。"

"爹，你说什么我们都听你的。"老二给老爹轻轻捶打，感觉他累得快要睡着了。

"爹，你今天干吗去了？"

"不该问的别问，总之照我说的去做。"

两个儿子小声应着，看到父亲已经嘴咧在一边睡着了，就给他盖上被子各自出门回家。两人琢磨不透老爹明天干什么，可今天没少收到东西，让两人觉得老爹真有一手，跟着他干准没错，更从心里叹服他了。

第二天，龙王庙里三层外三层等着人，十大弟子负责在外面维持秩序，老头和两个儿子则在里面看病。老头早对村里谁哮喘、谁关节疼、谁胃肠不好心里门清，所以说是看病不过是虚张声势、故弄玄虚。他先给一个上了年纪的老太太看病，她小心翼翼跪过来，老头却被她满嘴迂臭熏得扭过头。他早知道她患有头疼，便下地在她身边左转三圈、右转三圈，突然朝她脸上甩拂尘，然后又上手把她的头像揉面团一样摆来弄去。老太太晕天转地，不敢反抗，眼看真要晕过去，老头往她脸上喷口符水，于是老太太顿时清醒过来。

"好些了吗？"

"不晕了。"

"头还疼吗？"

"是呀，神仙，我一直头疼，老毛病了，希望神仙给我彻底医治。"老太太捣蒜似的给老头磕头。可论辈分，他得管她叫声姨呢。

"没错呀，刚才就发现你头顶有团黑气，我作法把它从你脑袋顶挤压出去。现在你看，头还疼吗？"

"咦，真的不疼了，大早还一下一下地疼呢，谢谢活神仙！"老太太喜极而泣号啕起来。她这一哭不要紧，外面的人听到，立刻知道神仙不妄言，而是真能治好病，否则八九十岁的老太太也不会激动成这样。人们肃然起敬，更虔诚了。

老张头给了老太太一包药粉，还没等嘱咐，老太太已经撕开干吞进去。人们看到老太太从里面颤巍巍出来，嘴里吐团白色泡沫，一边走一边念叨"病好了"，不似平时那样病恹恹的。

"看啊，病气出来身体就没毛病了。"十大弟子中有人说道。

"是啊，去年她因为头疼发作栽倒在羊圈里，差点没了命。这下可放心了。"

"活神仙，你不能走，可要救我们啊！"

"是啊，神仙，你常留下吧，我们给你磕头了。"

"你们不要在外喧哗，影响里面神仙看病。十大弟子，再有人打扰神仙看病，取消他的看病资格。"

"得令！"十大弟子声音清脆，肃立蹲安。

"下一个！"

五十来岁的禀清被带进来，他抬头要看老张头，被一眼瞪回去，立即伏身倒地，为讨好老头套近乎：

"大哥，那会儿咱俩还一起到后山打猎，你让野猪咬了，还是我背你回来的呢。"

"住嘴，明明神仙在此，哪来的你大哥。"张家老大、老二同时摇戟晃伞，在台上跺脚，飞扬起一阵尘土。

"可是，他明明是——"

"将他逐出庙，永不再来。"老张头抛下一根木条，砸在禀清胸脯上。禀清拿起来，辨认上面的字。

"怎么还不出去？"老大、老二跳下台，要把禀清赶出去。禀清慌了，连忙作揖求饶。

"神仙，神仙，快给我看病吧，我在矿上干活落下毛病，不时这里疼那里痒，难受起来没法说。"

"你们两个回来吧。既然是矿上落下的毛病，你肯定在那条街上没少做坏事。"

"村里又有哪个男人没做过呢？"禀清又好笑又不敢笑地嘟囔。

"所以呀，你看，村里除了那些个孩子，几乎人人都有病，这不就是报应吗？"

"神仙，你说什么就是什么，反正快点给我治好吧，否则比杀死我都难受。"

老头嘴里不说什么，却暗中招呼两个儿子一同过去，然后如同对待第一个老太太一样，在禀清周围转来转去，一会凑近，一会跳开，将拂尘甩得呼呼作响，最后叹息一声。

"神仙，我到底怎么回事？"

"你被恶鬼五花大绑着，可不时时难受。每当你心里想那些坏事，他们就用绳子箍紧惩罚你，让你不要往那些坏事上想。你不难受才怪。"

"神仙呀，你可说对了，我一想那事就浑身难受。救救我吧，救救我！"

外面的人同样听到禀清老汉号叫，仿佛自己也受到刑罚，吓得出了汗。

"一共有八个恶鬼缠着你，他们一天二十四小时看着你，就是要惩罚你。可见，你当初罪孽太深。"

"神仙，我全说，我全说。我每月把所有钱都花在小姐身上，还偷她们的钱。有一次用力过猛，把女人的纱裙都撕裂了。我还和村里五个女人好过，其中三个都去过大夫那里打过胎。她们是——"

庙里和庙外的人听禀清这么说，都竖起耳朵，尤其几个当事女子，恨不得变作风消失。好在神仙及时喝止，她们才死里逃生一般大汗淋漓地庆幸。

"大徒弟，二徒弟，来帮师傅治病。"

张老头一声令下，两个虎背熊腰的儿子赶上去，控制住禀清两臂摁倒。张老头顺势扑上去，脚用力蹬地，使劲扳住禀清左侧身边。禀清疼得龇牙咧嘴，却受到控制动弹不得；然后又换到右边，禀清感觉骨头都快被掰碎，咬牙流泪忍住不叫。老张头觉得必须让他叫出来，这样才是那么回事。于是干脆反身坐到禀清背上，命两个儿子一人一条腿从中间分裂老头。这下老头受不了，像活虾出水蹄爪奔腾、哭爹喊妈。老头又觉得应该让禀清多叫一会儿，于是又回身拧住禀清的头毫不松手。这下禀清连叫声都变腔了，像只破号吹不出声来。

外面的人听到毛骨悚然，可想到禀清说过的话，就觉得他罪孽过深，应该受此大罪。过会儿，里面安静了，人们关注着庙门变化。禀清推门出来，神情恍惚，和进去前完全变了个人。

"不疼了，好了，我罪孽深重啊！"这个平时爱开玩笑、爱恶作剧的汉子突然乖顺起来，走一下重复一下，从人群中谁也不理地离开了。他老婆犹豫地跟上，一边委屈一边哭着照料。大伙忍着巨大恐惧，伏于地上乖乖等待。

原来老头迟迟没放禀清出来，是在折腾他一番后给他服了止痛药，所以必须等药效先起作用。他问禀清怎么样，禀清活动活动筋骨，说没有任何问题了。

"你的罪孽太重，我好不容易才替你解开绳索。这些鬼法力不小，可全被我捉住压到塔底了。以后你再敢胡思乱想、胡作非为，阎王还会派人折磨你，到时你可别说我没给你治好病。"

"不敢，不敢，再也不敢了。"

"那你就喊着'不疼了，好了，我罪孽深重啊'，一路走回去，这样告诉所有人你解脱了。"——于是人们就听到禀清刚才那么叫着去了。老张头在里面听得直想笑，连他自己都没想到村民们这么好糊弄。接下来及以后，老头看病都如法炮制。不过是先装神弄鬼鼓捣一番，把看病者弄迷糊，再给他们服些镇定止痛的便宜药粉。病人当时被心理暗示，身体被折腾，便感觉好许多；回去再连续服药，便觉得病被治愈。如果病情屡犯，老张头便找各种借口搪塞，责怪他们心中六根不净，重新犯下罪过。村民们都深信不疑，反复到他那里看病。张老头乘机让十大弟子暗示大家多给自己送钱财，声称是神仙这么要求的。而他又说每月要到天庭报到一次，实则是到镇上采购药品，同时把搜刮来的钱财挥霍一番。时间一久，三人聚敛的财物多得让他们自己都惊讶。可有个问题让他们头疼，那就是送来的多是鸡蛋、稻米、红糖、罐头之类的东西，钱相对少一些。家里很快堆不下这些东西，拿去变卖又不便，于是老头一边把它们给十大弟子和后来不断加入的新弟子作为礼物赏出去，另一边命两大徒弟和十大弟子暗中规劝村民们日后改送钱，借口是神仙也要定期孝敬玉皇大帝，而玉皇大帝根本不使用人间的东西，所以一定要拿钱给神仙，神仙才能贿赂玉皇大帝继续留在这里。可这么一来，送钱的人就少了许多。父子三个已习惯大手大脚，结果一看没钱花了，就恢复原来的办法，只是辛苦两个儿子每天大晚上要把东西带到邻村小卖店折换。他们倒是想去王海妈妈那里，可头一次就被王海妈妈给推出来，鸡蛋碎在筐里，跑来的狗跟着筐里流出的蛋汁舔吃了一路。再过一个月，周边村子的人也都知道桃源村出了个神仙，出手就能把病治愈，而且还不要钱。只是谁要有心，就送些钱财。而对于大多数朴实善良的村民来讲，他们认为给神仙送的东西越多，就越能表示心诚，就越能得到神仙眷顾，从而给自己消灾解难。所以出于这样的心理，老张头父子的收入在第三个月居然达到三千元，这在当地算是天文数字了。人越来越多，老头只好应大家的强烈请求回家治病，而且人数增加到每日十人。再到后来，人们没病也觉得自己有病，反正没什么事干，一大早凑热闹似的到老张头院外排队。这种盛况再被传出去，不久后一个傍晚，天刚下过雨，一道彩虹映在西天，村外突然出现一辆久违的汽车。这车子没往别处去，径直开到老张头家，很快从上面走下两个人，虽然戴着墨镜和口罩看不清脸，可还是能看出应该是干部身份。这下老张头更被捧上天，更远地方的人们都来了，整个桃源村在一段时间甚至比开矿时人还多、还要热闹。而一些人乘机做起买卖，一时间这里人们的生活又有所好转，于是大家都认为是神仙给村里带来的福报。

老张头也没想到事情能搞这么大，当初他本想借用邪教为父子三人解决温饱问题，没承想一发不可收。他明知自己搞歪门邪道骗人，也看到越来越堆积如山的财物让他心有余悸，可只要第二天醒来扮上神仙，那种陶醉感就让他把之前的害怕全忘掉。而且，"连官员们都迷信这一套，谁还会来追究我呢？"于是他更加肆无忌惮了。四五个月过去，老张头发现钱已经够花三五年，而且他也越来越力不从心，不知道怎么解劝人间的千难万苦，有时说着说着脑子就出现空白，不知怎么往下说。更主要的是他看到国家陆续打掉许多邪教小团体，害怕自己也被抓起坐牢，便在某天看完最后一个病人后，神色戚戚地对大家说，神仙昨天接到玉皇大帝命令，让他速速离开这里前往别处。因为他在这里耽搁太久，影响了解决别的地方的问题。消息传开，人们大惊失色，十大弟子中有三个晕死过去。老张头一看要出人命，于是长叹一声，答应再向玉皇大帝求情，看看能否得到应允。第三天天亮后，他在儿子与十大弟子护送下到了龙王庙，也不急着看病，而先说出了自己的决定。

"昨晚本神回天庭向玉皇大帝禀报过了，他训斥了我，还是坚持让我离开。"他说到这儿，下面哭声四起。老头何等精明，立刻跟着抹泪，"本神也知道你们离不开我，所以据此向玉皇大帝力争。最后玉皇大帝就说：'你要胆敢留在那里，就撤了你的职。'我说：'那里的百姓需要我，就算触犯天条受到惩罚，我也坚持留下。'玉皇大帝大怒，于是撤了我的职，从此再不许我到别处。"人群听后喜作一团，呼天抢地欢呼庆祝。"可还有一个悲伤消息告诉大家。听说我被撤职，永不能返天界，老婆跟我离了婚，所以我现在成了光棍汉。"老张头说罢掩袖抹泪，同时留意人们说些什么。

"神仙啊，那牛郎织女不也是天地配吗，难道你不能在我们凡间结婚？"

"就是，凡间好女子多的是，只要神仙看得上，我们这就回去给你物色。"

"那怎么行。我现在被剥夺了变回真身的权力，恐怕此生只能寄托在老张头身上了。谁愿意嫁给一个又老又丑的躯壳呢？"老张头说得没错，自从他三十一年前死了老婆，就再没有一个女人愿意嫁给他，她们不是嫌他丑就是嫌他穷。

"那不一样，他只是个躯壳，你是神仙。我倒要问，世上哪个女人不愿意嫁给神仙？如果我是个女人，我现在就嫁给你！"

"可不是嘛，如果我没结婚，我也会嫁给他。"

"那倒不见得一定是年轻女子，哪个老姑娘、寡妇什么的也无妨。本神不讲究那么多，只要懂得照料丈夫就行。"

"看咱们的神仙多体贴人，简直没有比他更好的了。"那些容易动情的女子哭疼了眼睛，只恨自己有丈夫，也恨现在没死丈夫。

"好了，这事再议吧，现在我来看病。"老头言归正传，按着以前程式看病。人们确认神仙永远留在这里，个个乐不可支。

很快那些年轻女子、老姑娘和寡妇就介绍给老张头。老张头每次都装模作样考查一番，然后看上眼的就把人家叫到屋里占有了，美其名曰"通灵"。这些女子包括许多镇上甚至县里来的，也不乏女学生。老张头心里这个乐呀，没承想自己一把年纪还能享受这待遇。可他也有苦恼，那就是女子们太多，他有点心有余力不足。弟子们发现了这个问题，提出按照过去皇帝三宫六院的做法，解决这些女子与他的关系。老张头一听便觉妙不可言，立刻采纳了意见，从此过上天天洞房花烛、夜夜笙箫的好生活。

两个儿子见老爹过着杏雨梨云的生活，而自己的感情生活没着落，就私下向老爹抱怨。老爹这才注意到只顾自己乐和，居然把俩儿子忘了。张华仔二嫂看到张家重新得势想复婚，被张家老二打跑了，因为他不想再被她欺凌。老张头有心给俩儿子明媒正娶，可俩儿子都不愿意，都想过爹那样的日子。老张头想想人生在世，不过如此，就答应了他们的请求。可这种事靠他俩的智力万万解决不了，于是老头没走三步就给他们想出好办法来了。

再有女病人瞧病的时候，看到顺眼的，老张头就使个眼色把这人留下，然后胡说八道称她有这有那问题，把她们吓得半死。这时他会提出为给其治病要输入神力，多数女的没明白什么意思，就算明白过来，衣服早被扒光。这时她们通常吓坏了，看到周围三个男人低头贪婪地打量自己，可一是为治病，二是为保名节，所以想喊不敢喊，只好忍气吞声，一个完了另一个，被父子三人挨个糟蹋完，这才能拿起衣服穿上。完事老头让她们走，慈眉善目地问她病好些了吗。这时她们能说什么，一来大多数人坚信这三人是神仙，自己犯病需要他们诊治，二来做这等丑事她们有苦难言、有口难辩，只好默认。当老头把药交给她们的时候，还会给她们一些钱。老张头解释说，这是神仙给她们的怜爱钱，并威胁她们不能说出去，否则神仙会大开杀戒。老张头清楚记得第一个女子拿钱出去时，精神失常一样一会儿哭一会儿笑。老头立刻派十大弟子中的一个跟踪上去盘问，才知道她是个寡妇，对于刚才的事她一会儿怨恨羞愧，一会儿又安慰自己这是神仙待她不薄，恍惚之际才又哭又笑。老头听过放心了，知道只要这些女子肯拿钱，就十拿九稳没事了。中间遇到不配合的人，他们赶忙停下放她走，同时不忘吓唬她一番。得，父子三人的生理问题和生活问题就这么解决了，就算乡里的领导也未必能上他们这皇帝般的生活。尽管中间不时害怕出什么意外，可只要现成的饭端到跟前，他们就敢吃下去。至于以后会出什么事，他们渐渐忽视不管了。

常德利的病自矿难后越发加重，时而清醒时而糊涂，闭眼就想起那些遇难的人，睁眼就以泪洗面。他怎么也想不到有生之年会看到这样的场面，完全超出他的人生认知范畴。他幻想的乡村生活是风光秀丽、田舍井然，人们安居乐业，没有矛盾冲突，你礼我让，互敬互重，像相亲相爱的一家人。在他领导全村的几十年当中，虽有遗憾，但也觉得基本做到了这一点。可最大的问题仍是贫困，这个他怎么也想不明白，为什么大家都善良勤劳，却怎么都富裕不起来。为此他特意走出村子到镇里乃至县里进行考察，也始终没觉得外面人比村里人强到哪里。张华仔前来以身说法，他受了打动，鼓励村民出去闯天下，也愿意把这里交给年轻人经营。可自从开矿后，这里的村风、民风迅速变坏，像一股毫无征兆的山洪让人猝不及防。再到后来村里选举，明明秦钢有胆有识、思路宽广，却被硬生生无理淘汰。而更可怕的是矿难的发生，它从头至尾像个隐形炸弹，最终酿成惊天大祸。现在，张华仔这个始作俑者躲着不敢回来，其老爹和两位哥哥又作乱害人，上面也不见来人整治，乡亲们个个好吃懒做、坐吃山空，全村上下弥漫着一种颓废与糜烂气息，他自怜年老，急火攻心，病情不断加重，王海父母只得把他接到自己家里照料。

常德利的状况阿桃看在眼里、急在心上。眼见爷爷——她在世上唯一的亲人病入膏肓，她一天比一天急。尽管有自己和王海父母精心照料，但爷爷一蹶不振、卧榻不起，整日睁眼说胡话，她没有一点办法。这时她看到老张头给全村和全县人看病消灾，而且传闻手到病除，于是暗暗动了心思。可碍于王海父母素与老张头不和，便不敢向他们道明想法。但病中的爷爷实在让她揪心，她下定决心，悄悄去找老张头给爷爷求药看病。主意一定，她瞅个空从王海父母家溜出来，直奔老张头家。老张头家院里院外等满人，全是一副虔诚肃穆的样子，她更加确定自己来对了，反而不急也不怕了。眼见到处是排队的人，不知道什么时候能够轮到自己，平时没什么主意和胆量的她心里忽然一亮，用力挤到门外连喊几声"老张叔"。

"何方妖人，胆敢直呼神仙名字？"十大弟子和所有老张头的信徒现在已经不把他和神仙分开了，而是看作一人。这十大弟子明明认识阿桃，却按照老张头吩咐一律六亲不认，都严厉申斥她。

"我找张大仙，求他给爷爷看病，爷爷快不行了。"阿桃红着脸解释，希望得到特许。

"大仙对所有人一视同仁，不管你什么邻居还是亲戚，都按号来。"把门的一位十大弟子用拂尘指着阿桃，让她回到人群去。

"求求你们，让我进去吧，爷爷他真的病得快不行了。"阿桃像幼猫那样小声惶恐地叫。她担心爷爷还躺在病榻上，也怕王海父母发现自己不在家着急，所以急着把事情解决完赶紧回家。

"何人在外喧哗？"张家老大在里面闷声闷气地问。

"回大师兄，是阿桃。"

"阿桃，她有什么事？"

"她要给爷爷治病。"

"大华仔哥，我是阿桃，爷爷病得厉害，你让我先进去吧？"

"不行，凭什么你先进去，我们前三天就在这里排队了。"人群中立刻有人跳出反对。这人抱一床被子，靠墙根坐着，蓬头垢面。

阿桃急得呜呜哭出来，不知道该走还是留。

"爹，怎么办？"张家老大知道张华仔一直追求阿桃，所以自己也一直喜欢阿桃。

"就是呀，爹，三华仔要知道咱们的事，他会不会反对啊？"

"别管他，先管我们自己。"

"神仙，你们嘀咕啥呢，怎么还不进来给我看病？"里面一个女子等父子三人进去给她通灵，她之前已经通过几次，得了不少钱，这次又来诓钱。

"你现在情况已经好多了，这次就免了，穿上衣服出去吧。"老张头提高声音对里面的女人说。里面的女人听了很生气，穿起衣服出去了，临走往张家老二身上捶了一下。

"爹，怎么放她走了？"张家老二摸着被打痛的地方，不解地问老爹。

"更好的送上门来了。"

"谁，阿桃？"张家老大瞪大眼珠子问，然后捂上嘴巴。

老张头责怪大儿子说话声音高，准备抽他一拂尘，见他自己捂上嘴，便不追究。

"是啊，爹，谁都可以，就她不可以。她是我们从小的邻居，我们都把当小妹妹看待，何况三华仔一直喜欢她，到现在也没放弃。"

"你们知道个屁！"老张头把一口浓痰吐到地上，面目邪恶地说，"她根本不理咱们三华仔，而是喜欢王老头的儿子。再说三华仔就是喜欢她，我也要棒打鸳鸯。"

"为什么呀爹？咱家好不容易有个能找着媳妇的。"

"你看她眼里有我这位准公爹和你们这两位准大伯吗？她没遇到王海之前是喜欢咱们的三华仔，可后来背叛了他，这种水性杨花的女人能进咱家的门？我早说了，三华仔如今在城里混得有头有脸，不知多少女人想倒贴她，她傻乎乎进城分不清东西南北，怎配得上他？关键是——"

"关键是什么呀？爹，你倒是痛快点啊。"

"如果我们提前把她糟蹋了，三华仔就会对她死了心。他也是个死心眼，老说非她莫娶。这下好了，省得他劳心费力不讨好。"

"爹，这么做合适吗，三华仔要是知道了，还不一把火把咱家烧了？"

"烧了？他就是把全村烧了，我也不在乎。别忘了你们的妈是怎么死的，就是让常德利害死的，他和我们全家有仇。再说，就算三华仔与咱们反目为仇我也不怕，咱们的钱够花上十年八年的了。"

"爹，咱们做伤天害理的事，神仙不会惩罚咱们吗？"张家老二事情没做，就已经吓得汗溻溻的了。他没料到老爹这般心狠手辣，就算他再傻，也深知老爹的为人。

"你们两个真是白痴，早和你们说过这是个戏法，就是骗他们给咱们送钱的，你们还真信世上有什么神仙。"

"爹，你每次装得那么像，我们就相信了。"

"唉，爹这辈子最愚蠢的事就是生了你们两个活宝。你们能有三华仔一半聪明，何愁咱们不把天捅个窟窿出来。"

"爹，你要把天捅个窟窿出来，那天庭掉下来，玉皇大帝能饶了你吗？"

"别他妈费话，快放她进来，到手的鸭子让她跑了，我再不让你们碰女人。"

"宣阿桃觐见！"张老大扯开破喉咙喊道。

"怎么真放她进去了？"别的人气愤地嚷起来。

"神仙说了，今天他加班给大家诊治，请少安毋躁。"张家老二从里面补充。

"神仙会给那些鬼魂附身的人提前做法，否则鬼魂烦躁了会窜到其他人身上。"十大弟子长时间经老张头调教，早学会了圆场本事。她们面不改色心不跳地解答，把那些有意见的人唬得发愣。

阿桃被带到里面，慌慌张张跪下。老张头从上面仔仔细细打量她，越看越心爱，越看越等不及。

"来者何人？报上名来。"

"我是阿桃，是来替爷爷看病的。"

"你爷爷可是常德利？"

"是的。"

"你看，神仙算出来你爷爷是常德利，而且有病，对不对？"

"神仙说得没错，就是这样。"

"唉，我反复说过，罪孽深重的人阎王一定不会放过他，让他受活罪。如果现在不赶紧消灾除秽，他很快会挨死罪。"老头看着阿桃轻轻启合的白嫩嫩的下巴，恨不得现在跳下去就啃一口。

"神仙，求你救救爷爷吧，他可是我在世上唯一的亲人。"阿桃听到老张头的话吓得魂不附体，立刻叫喊起来。

"这个要他自己来才好。"张家老大怎么都觉得不能伤害阿桃，就想帮着阿桃。

"混账，神仙在此，哪轮到你说话。"老张头生怕儿子坏事，连忙喝止。转而对阿桃笑眯眯地说："即便你爷爷不来这里也无妨，由你代他消灾也可以，你可愿意？"

"神仙，只要能救了爷爷，让我做什么都可以。"

"这就对了，念你一片孝心，我就成全你。随我到后面来。"老张头说罢迫不及待跳下桌，将阿桃带到里屋，"快快躺下吧，让我给你通灵。通了灵就能联系到你爷爷的身体，然后把他体内的冤魂恶鬼驱出来。"

"真的吗？"阿桃害怕得要死，可想到爷爷，她勇敢地留下来。她看到床上有个人形塌坑，明白自己应该躺到那儿。要是平时，她就是在爷爷跟前也不会躺下，可今天豁出去了，什么都不在乎。

她静静躺上去，手收在腹部，沉稳地闭上眼。老张头从头到脚打量她，看着这具睡在自己面前热乎乎的青春躯体，身体里越发猫挠狗咬忍受不住了，踉跄向前一步，贪婪地把鼻子凑上去，情迷意乱地蹭。

"阿桃，快把衣服脱掉。"他像含支羽毛般轻轻说，魂魄差不多飞到九霄云外。

"爹！"

老张头照二儿子裆里狠命摔下，儿子立刻扭曲着脸蜷缩到后面去了。

"阿桃，听话，快把衣服脱掉，我好给你通灵。"他像催眠一样拖长声音低低劝诱单纯的阿桃。

阿桃坐起脱掉上衣，再乖乖躺倒。老头看到通身如雪似玉、光华绽放的阿桃，不禁浑身哆嗦。他眼睛被晃得出现重影，几次摸了个空。舌头像喝花椒水一样麻痹，含糊说不清楚字，只能发出猪哼哼似的声音。他伸出又枯又老的手，一指一指挨着摸、压，感觉像放进鸡蛋清里那样滑软。他等不急了，慌乱去解自己的衣服，却没能成功。他让大儿子帮忙，大儿子很不情愿。他顾不得惩罚儿子，自己渐渐褪下全部衣服，然后登山似的爬上床，最后将黑蚁一样又污又皱的身子匍匐到阿桃上面。就在他深吸一口气，闭眼全然满足地体验一位美丽少女芬芳四溢的体香时，突然王海妈妈不顾一切冲进来，把老张头像纸片似的扯下去，然后护住床上的阿桃，让她快点穿好衣服。

"大胆刁妇，竟敢坏我好事！"老张头像只将到死期的老蝉，在角落里冲王海妈妈发动最后的疯狂。

"你也承认，你根本不是什么神仙，而是在做伤天害理的事。"王海妈妈反应迅速，口齿伶俐地揭露老张头。

"你敢说我不是神仙，那么谁是神仙？"老张头发现自己说漏嘴了，立刻狼狈地狡辩。

"世上根本没什么神仙，有神仙的话也轮不到你。"王海妈妈一点不害怕老张头，冲着他的光身子瞧个不停，然后昂头大笑。

老头这下慌了，捂住身体往两个儿子后面躲。

"你要是神仙，就出去让大家伙瞧瞧，看看你丑八怪的样子。"

"我在给她爷爷看病，给她通灵。"老张头胡乱往身上套衣服，脑袋一会儿钻袖筒，一会儿蒙在里面出不来，越急越乱，越乱越急，最后七抽八吊穿上衣服。王海妈妈笑得喘不上气。阿桃清醒过来，钻到王海妈妈怀里不敢抬头。

"看病还要脱光衣服？你打听打听，天底下哪个正经大夫脱光衣服给人看病，明明是你心里有鬼。你要没鬼，这就同我一起出去，敢不敢和我当众对质几句？"

"对质就对质，谁怕谁！"

"谁不出去是小狗。"王海妈妈一手拉着阿桃往外走，一手指住老张头。老张头觉得自己已经穿好衣服，王海妈妈又空口无凭，就壮起胆子来到外面。他两个儿子觉得老爹做事不地道，没随他出去。

老张头衣衫不整地站在光天化日之下，王海妈妈咕咕的笑把他弄慌了，他本想严词呵斥，可缺乏底气。"众位乡亲，如今有一刁妇上得我门，生生诬陷我骗人，还将我衣服撕扯成这样，大家说怎么办？"老张头恶人先告状，往王海妈妈身上泼脏水。

王海妈妈早有准备，向前一步："乡亲们，别信他的，他就是骗钱骗色的坏人。如果这世界上有神仙，而且还能天天下凡和你们待在一起，为什么其他神仙不下凡间来拯救人呢？如果世上有神仙看病，那么还建那么多医院做什么？村里被洪水淹了，那帮可恶的神仙跑哪儿去了？矿上死人了，哪个神仙现身前来相救？刚才若不是我及时赶到，他就生生把这个女孩子糟蹋了。你们不要迷信了，有病去医院看病，有困难赶紧另想办法，不要把时间耽误在这里，最后落得竹篮打水一场空。"

老张头对门口的一个十大弟子一挤眼，那弟子立刻走上前去，阴麻麻地开口：

"如果不是神仙到此，这些天谁管过我们？你管过我们吗？大家被各种病折磨，被各种困难困扰，谁来关心过、帮助过我们？现在神仙千里迢迢来咱们这里奉献爱心，却被栽赃陷害，如果神仙一生气离开这里，以后我们可怎么办，大家想过没有？"十大弟子说得头头是道，把人们吓得够呛，于是矛头又掉转对准王海妈妈，要么横眉冷对，要么怒不可遏。

"你滚开，别影响我们看病。到医院看病？说得轻巧，我们哪来的钱？没钱看病，医院连门都不让进。神仙这里不但不要钱，还免费给药。你说，换你你找谁看病？"

"那是两个问题。"王海妈妈想争辩，可医院看病贵是铁一样的事实，而且情况相当严重，所以她反驳起来不免嘴软，"国家正在改变这一点。"

"拉倒吧，国家是你家吗，你说什么是什么？四十年前国家还说实现共产主义了呢，在哪儿呢，这里还不是穷得裤子穿不上？"老张头觉得形势对自己有利，立刻神气起来，晃水袖似的在王海妈妈面前挥舞胳膊。"有本事你把大夫请来给乡亲们看病，我立刻驾起祥云离开。"老张头自以为王海妈妈理屈词穷，像鹧鸪一样来回地飞，"你没话说了吧，趁早给我滚一边去，别影响我给大家看病。"

"看病你把人家女孩子摁到床上？"

"我说过了，那叫通灵。"老张头觉得自己赢了，得意地往人群里瞧着、笑着。

"哦，给女的看病要通灵，那男的也通吗？"王海妈妈觉得这是老张头骗局的最大破绽，立刻抓住不放。

"男的，男的自然不用通灵。"老张头一时语塞，因为大家都知道他只给女的看病通灵。

"哦，女的要通灵，男的就不用了吗？反正不管什么病，在你这里都有鬼魂绊着、有业障要消除，是吧？结果女的你要通灵，男的就不用。试问，同样的问题为什么要用不同的方法？再说，你见到医院给人看病还分男女？女的感冒了，用一种药，男的感冒了，用另一种药，是这样吗？"

"反正，女的适合通灵，男的不适合。"老张头使劲转着脑筋狡辩，觉得自己再说下去就露馅了。他恨死了这个女人，明明自己刚才已经赢了，没想到被她抓到把柄扭转了局面。这个城里来的女人和常德利一样是他生命中的业障，坏了他的好事，还来拆他的台，他真想把她送到十八层地狱去。

"而且阿桃是替爷爷来看病，你怎么要和她通灵呢？"

"对呀，通过她的身体与她爷爷通灵，然后我来看病，有什么不对？"

"哎哟，你可是神仙呢，上通天文下通地理的，了解另一个人的病情还需要借助别人身体吗？"王海妈妈觉得最后把老张头这只老狐狸从洞里拽住尾巴揪出来的时候到了，就立刻高叫出来，以便让大家伙听清楚，"如果是这样，也用不着乡亲们亲自来这里了，你找个人都给他们通灵得了，往后全世界的人都不用去医院了，都让你通灵瞧病，怎么样？"王海妈妈摆动着手冷笑个不停。这下果然击中了老张头命门要害，他开始神色慌张，担心人群反水。

"刁妇，我还要看病，你要有胆量，明天一早我到你门上斗法。"

"斗法，我又不装神仙，和你斗什么法？"

"瞧，你也忘了，我这边的主神是玉皇大帝，你那边不是什么基督玛丽吗，明天就让他两个作见证，看看谁厉害。"

"是，我和老头子信奉天主教，可不伤天害理。我们劝导人们说善言、做善事，爱人爱天下，不分彼此，互帮互助，然后犯下什么错就去请求主原谅，然后在主的监督下改正，和你们搞这套骗人把戏完全不同。而且，据我所知，你也不过是盗用玉皇——"

"住嘴，你这个邪恶女人，再说下去耽误乡亲们看病。你就说，你明早敢不敢比吧！"

"比就比，谁怕谁。主教导我们：'因为，你没有怀着敬畏之心亲近上主，反之，你的心却充满了诡诈'。所以，'智慧要赐予人知识和明达的光明，并要增加那些坚持智慧者的光荣'。"王海妈妈安详地画个十字，将自己顿时变为智慧化身，正好利用明天辩论的机会，启迪受骗上当的乡亲们，引导他们回归正常生活。

"就这么说定，谁输了谁就永远离开这里。"

"主非但不会抛弃你，而且会拯救你，这就是我的神和你的神的不同之处。你家的神小家子气，没比就输了。"

"我不跟你多费话，明天见！"老张头把袖子一甩回屋去了，剩下大伙犯糊涂不知怎么办。

"今天神仙受到烦扰，暂停看病。明天一早，大家都去她家院前，到时看咱家的大神如何大败她家的大神——"对老张头迷信到骨髓的十大弟子向人群喊起来，就像鼓励人们发动一场战争。

人群对王海妈妈多有不满，可同时也对老张头的所作所为有所醒觉。大家都不情愿地抱怨和议论，对明天的两神决战充满期待。

等人群散去，老张头彻底慌了，怪怨自己一时冲动打了阿桃主意，结果惹来一个母夜叉。事到如今他只有两条路：一是赶紧逃走，躲得远远的，省得明天被揭穿颜面全无；另一个就是硬着头皮上，和王海妈妈决一雌雄。他分析自己的劣势就在于纯粹骗人，优势就是大伙都轻信他，如此一来，他只要不让他们明白过来就行。他选择了后者，因为他知道自己直接和王海妈妈辩论肯定会输，倒不如想办法一不做二不休把她赶离这里，从此万事大吉。毕竟自己才是坐地户，她终归是外来人，如果被她赶出去，那才是名誉扫地。他想了大半天，吃过晚饭便把儿子、十大弟子以及一些得力徒子徒孙聚拢在一块，与他们密谋一番，又精心布置了任务，自认万无一失后，才遣散众人回去。

王海妈妈也后悔自己一时冲动答应了应战。是啊，可怎么应战，对方人多势众，而且老张头是全村有名的泼皮无赖，自己在这里惹了他，日后他一定不会善罢甘休。说是谁输了谁离开，那话对他没有任何约束力，他翻脸比变天都快。可自己又不甘轻易认输，这可把她难住了，和老头子商量，丈夫倒是支持她，可也没别的办法。最后她干脆把心一横，得了，什么也不准备，兵来将挡，水来土掩，到时随机应变吧。两人到后面去看常德利，阿桃正伏在老人床边哭，两个人对阿桃今天的举动又生气又好笑，但又不好再责备她，便和她一起精心照料常德利，给他擦洗身体。

整夜无事。第二天一大早，也就是太阳刚露半个脸的时候，老张头、两个儿子、十大弟子以及他的二三十个徒子徒孙就组成一支队伍浩浩荡荡来了。他们五花八门地装扮着，一根竿上挑张玉皇大帝的巨幅像，手里各拿斧钺刀叉，一路敲锣打鼓，喊着"深除邪恶，消弭孽鬼"的口号，张狂地来到王海妈妈小卖店门前。昨天人们就知道今天这码事，所以也都早早赶来看热闹。王海父母和阿桃听到声音出了门，也被吓了一跳。只见对方像庙里的菩萨山张牙舞爪黑压压立在院外，而且个个手持凶器，完全不像前来辩理的。阿桃手里的喂鸡盆咣当掉地，王海妈妈手脚冰凉地抓住丈夫胳膊。王海爸爸却转身回去，同样竿上挂着圣母像出来。两个举竿的人一声不响走近，老张头高坐在徒弟们架起的肉梯上，耀武扬威冲王海父母冷笑。他旁边两人玩了命似的敲那两件破锣烂鼓，以致附近的牲口和家禽都跑到山上去了。十大弟子花团锦簇围在老张头左右护法，张家老大、老二也努力虚张声势地站定，他们全都按照老爹昨晚吩咐的模样，不等王海妈妈开口就想吓跑她。

王海妈妈上前一步，站在丈夫手里飘扬着的圣母像下，壮起胆指向老张头问：

"老张头，你不是前来辩理的吗，干吗装神弄鬼吓唬人？"

"你被吓住了吗？告诉你，昨晚玉皇大帝授意我，绝不同你废话，一定要代表他把你这个妖孽祸水除了。所以今天你走也得走，不走也得走，胆敢说半个不字，连你这房子连根掘了。"

"你心虚了吧，怕嘴脸暴露，来这阴招？"王海爸爸鄙夷地望着老张头，觉得他像个小丑不受人待见。

"你们两个都是这村里最大的业障，自从你们到了村里，这村里就没发生过好事。我再说一遍，如果你们认输，我就允许你们收拾东西走人。"

"如果我们不认输，你就立刻赶我们走，是吗？"王海妈妈见丈夫跟自己坚定地站在一起，不像刚才那么吃惊与害怕了。

"对，那我们就不客气了。徒弟们，别理他们，既然他们好话听不进去，就把他们的东西从里面扔出来。"

"谁敢！"王海爸爸挡在前面。王海妈妈和阿桃各拿起扫帚与小板凳准备抗敌。

于是老张头的人整体慢慢往前移动，个个面露凶相，明晃晃高举武器，像一波僵尸来袭，根本不把王海父母和阿桃三人放眼里。他们这阵势把看热闹的小孩吓哭了，而胆小的乡亲也纷纷侧过脸不敢看。

王海父母意识到老张头并非吓唬他们，从他脸上冷酷奸猾的表情看出是要动真格的。他一定认为他们动了自己的衣食钵子，所以才决定斩草除根。这样一来形势就不容乐观了，因为对方明显人多势众，而且个个居心不良，所以形势非常危急，就算他们现在服软，老张头也不会答应，一样会残暴地对待他们。两队人马越靠越近，空气中的火药味越来越浓，两竿大旗提前飘在一起、搅在一块，王海爸爸因此和对方举旗的人起了争执。这下捅了马蜂窝，老张头瞅准时机，坐在肉山上将手中令箭一扔，提声下令："诸将听令，现在立刻将这几个鬼障拿下并逐出村里。如若反抗，给我狠狠教训。"话说完，得意地昂头大笑。

"谁敢动他们一根毫毛试试！"

"嗯？"老张头听到声音不对，心里嘀咕着，放平脑袋一看，可不是，张华仔和秦钢不知什么时候站在王海父母前面，只见他俩顶天立地、四目圆睁。

"完了——"老张头见势不妙，连忙滚下肉山，摘掉帽子，脱了衣服往后山上跑去，中间连跌几次都没停下。其他人见老张头丢下他们自个跑了，也都丢盔弃甲、屁滚尿流、鬼哭狼嚎地去追老张头。他们一时间离开后，地上乱七八糟留下一堆演戏用的东西。

第九章　人类企业家

二十七

　　张华仔万万没想到自己不在村的这些日子里，父兄竟做出这等辱没天地之事。矿山的事已让他不敢面对众乡亲，如今父兄又作乱乡里，让他失去最后一点颜面。那天他好不容易打起精神想回村看看，走到半路，正遇到风风火火从山上赶来的秦钢，告诉他桃源村近小半年发生的荒唐事。二人说话间赶到现场，这才把刚要得逞的老张头一伙驱散。

　　老张头的邪教组织解散了，张华仔虽对父兄恨之入骨，也恨乡亲们愚昧至极，可痛定思痛，还是把根本原因归结到这里的贫困落后，归结到这里没能像城里那样富裕发达起来。但开矿是他们融入现代经济社会的一次努力和尝试，失败并不能给这里的现代化进程画上句号，判了死刑，而是要继续不懈努力。他感到心中有无限压力，肩头有无数使命。紧接着，1998年的最后一天，常德利死了，死在张华仔怀里，卧在自家那间住了终生的小破屋里，身边没有一件值钱之物。阿桃伏在床边，抓着爷爷的手伤心不已，王海父母、张华仔和秦钢等默立边上，神情哀伤肃穆，其他陆续得到消息的乡亲也纷纷赶来送别，站在外围不断抹泪。这里面最痛苦的除了阿桃，莫过于张华仔了。对于阿桃来说，爷爷一走，她彻底失去这世上与自己相依为命的人，她完全成为一个无依无靠的人；而对于张华仔，这个世界对他最宽容的人就是常德利爷爷了，尤其是他对村里犯下错误后，每次能够心安理得回来的原因和底气就是常德利爷爷能够原谅自己。不仅如此，他从小受到爷爷照顾，爷爷对他的影响远大过家人。爷爷之所以死得一贫如洗，就是因为乐善好施。虽然受到眼界与能力局限，爷爷没能让全村人跟上时代富裕起来，却保持住了这里的风气。这是最大的财富，像群山一样永远不会流失与腐烂。

　　人们整理常德利遗物时，发现他留在枕头下的一封信。信是老人在矿难发生的第二天写下的，那时他意识还清醒。里面他既没有对张华仔进行怪怨，也没提到自己百年后阿桃怎么办，而是一味说到桃源村的将来。他说这里太封闭、条件太艰苦，所以希望张华仔一定不要忘记这里和大家，更不要嫌弃他们，不管遇到什么困难和问题，都要抓住国家打响脱贫攻坚战的机会，带领乡亲们发展经济。他相信张华仔不会辜负他的期望，就像他坚信世上没有修不成的路、架不起的桥。信中还提到让张华仔信任秦钢，支持其参选村主任。"村里再找不出比他更好的人选了，你应当信任他。他思路超前，做事踏实，为人中正，敢作敢当，完全可以胜任职责。如果你们能够联合共事，桃源村的兴旺发达就能多一线希望、早一天实现。"他还特别感谢王海父母照顾自己和阿桃，"你们一点没有小瞧村里人，把他们当兄弟姊妹看。你们积极向他们宣传福音，让他们做善事、修大德，这与我的理念不谋而合。虽然大家一时不甚接受，可迟早会幡然醒悟的。另外请你们一定转告王海，就说我想他，还要告诉他不要忘记这里，希望他有一分力出一分力，有一份心出一份心，毕竟他也吃过这里的粮、喝过这里的水，身上还流着桃源村人的血。"他嘱咐张华仔要主动联络王海，然后三个年轻人同心勠力，强强联手，出谋划策，争取在最短时间内给桃源村找到新出路，"桃源村不该永远贫穷落后，也不该长久被遗忘。这方面我们绝不能再等别人上门，而要自找出路。"

"唉，桃源村，多美好的名字啊。陶渊明赋予它多么美好的理想情怀。可是，这哪里是什么洞天福地，分明是穷山恶水。"王海妈妈听完信后，感伤地慨叹。

而王海在得知常德利爷爷的死讯后，同样哀痛欲绝。他不禁想起自己一家人初回桃源村时那副狼狈凄凉的情景。如果不是常德利爷爷带领乡亲们对他们进行救助，他们全家真不知道该怎样度过那段悲惨的日子。并且常德利爷爷在日常行为中所表现出的真诚善良、宽容大度、无私热心，都让他惊诧于世间竟有这样道德完美之人。所以，他认为老人的死绝不是其个人的消失，而是象征一代人的终结。集淳朴、热心、真挚、正直与善良于一体的传统性格，像历史残留下来的最后一盏煤油灯，在世纪交替之际熄灭了，人们再也不会见到他这样的老人，他像一个逝去的梦，没谁能挽留得住，更没人能让他起死回生。在人类不断迎接新机遇和新挑战之际，一切以一种不可预测的方式和速度在变，旧道德标准崩溃与新思维凌乱，万事万物混同了、杂交了、变异了，一切看似理由十足，却难以置信。"放心吧，爷爷，就算全世界不知道你的存在，我也会永远在心里纪念你！"王海最后想道，仿佛面向天空大海喊出，他相信常德利爷爷就在头顶，听到后会欣慰地大笑。

而1999年的头一天，王海父母也正式告别桃源村，回归T市。张华仔想单独照顾阿桃，可阿桃自愿跟随王海父母一起生活。张华仔几次抱着侥幸前去请求她原谅，非但没收到好效果，反而加重了她对他的厌恶。不过他也有幸被王海父母邀入老宅做客，一起商量他与王海交好和合作的事宜。那天王海赶巧回来探望父母，阿桃明明就站在张华仔对面，眼睛却始终落在王海身上，从头到尾对张华仔不抬一下眼皮。王海母亲郑重提出让他们二人共事的要求："这不仅是你常爷爷的遗愿，也是我和你爸爸的要求。如今，你们事业都已经步入正轨，所以时机成熟了。你们两个应该也必须合作，一起想办法帮助乡亲们和桃源村富裕起来。"王海自然点头应允。王海妈妈又把手放在膝上，转而看了下阿桃，轻轻叹气，对张华仔说道："张华仔，我知道你爱慕阿桃已久，可她许愿永不出嫁，你不要再为难她，让她按照自己的意志过活吧。至于你的个人生活，既然你这么优秀，也一定不乏爱慕者。希望你断掉这边的念头，另觅佳丽、喜结良缘。"王海妈妈轻飘飘几句话，对张华仔又是一记绝杀。没人知道阿桃在他心里的位置，没人理解阿桃对于他生命的意义："如果失去阿桃，这世间于我再无爱情。"当时他强行稳住情绪，同王海默默交换了名片。两人随意聊几句，一时都没想出改变桃源村的办法，就由王海提议，双方都留意此事，然后谁有了主意就见面详聊。是的，如果说常德利爷爷的离世断了他的手脚的话，那么失去阿桃就等同摘掉他的心肺。没有了她，他不知道今后该怎么活下去，感觉一脚踏进深渊，再也爬不上来了。

是的，全国上自党中央，下到各地干部群众，为迎接新世纪的到来铆足干劲、奋力进发，如火如荼地开展各项工作，国家面貌为之一新。在这样一片大好形势下，桃源村却仍没能找到长久出路，这让作为其子弟的张华仔寝食难安。他苦恼万分，像生病却查不出病因一样揪心。另外，英雄难过美人关，先是阿易，这次是阿桃，她们一起几乎夺走他的命根。于是，这次他再没能扛住，回去就卧床不起，病得一塌糊涂。

"现在什么时候，你们两个怎么在这里？"他吃力地睁开眼，听到两个助手在吵架，垂着胳膊虚弱地问。

两个助手正为是带张华仔到市中心医院，还是请全城最负名望的老中医看病争论不休，结果把他吵醒了。

"我俩在这里照顾您啊，您不记得了吗？瞧您病成什么样子了。"看到张华仔醒来，他们赛马似的跑过来，尽量让自己笑得最好看。

"我病了吗？"张华仔几次糊涂地问这个问题，不认识似的打量家里。

"您一会儿清醒一会儿糊涂，刚才还嘱咐我们盯紧生意呢，这会儿又什么都不记得了。"

"这是我第一百回向您报告，您都卧床两星期了，这些天尽是我们哥俩侍候您呢。"说话的剥根香蕉给张华仔，张华仔摇摇头推开了。

"您总得吃点东西吧，赶紧恢复起来，集团内部已乱成一锅粥，多少人盯着咱们呢。"这人觉得自己像哈士奇一样效忠主人，说时自己都快哽咽了。

"阿桃啊，你可要我的命了！"张华仔猛然间又想起阿桃与阿易，喊过又晕死过去。

"他比林黛玉都不如了！"第一个助手自己吃掉香蕉，另一个扶起张华仔的头用力掐人中。张华仔蹬几下腿清醒过来，长长出口气。

"此仇不报非君子。"张华仔闭着眼、淌着泪，咬牙愤然说。回想过往的一幕幕，他觉得除了王海，还有其他人都把他往死路上逼。"可是，我又能报复谁？如果可以报复，我又怎会病歪歪躺在这里？就算我对王海有成见，常爷爷有遗言，让我们好好合作改变桃源村。他说过，桃源村的希望在我们俩这里；桃源村的未来，在我们这批年轻人身上！"他伤心地挤出泪，扭过头，不想让两个愚蠢的助手看到。

"叔叔，您要报复谁？"房门悄无声息打开了，一个亭亭玉立的少女翩翩而入，好似一只好看的燕尾蝶飞停在一丛怒放的报岁兰间，同时声音美妙悦耳，像涧中流水。紧接着，一张眉飞色舞、青春洋溢的脸出现在张华仔额前，双眸皎洁，秀发下垂，芳香沁人。

"小燕子！"

"不许动，我来服侍您。"小燕子把张华仔按在床上，多时不见，她左眉心长出粒浅浅的痣，增加了说话时整张脸的生动与妩媚。这次她从北京回来，上身穿件银白丝滑的蝴蝶衫，下身搭件紧身牛仔裤，身材线条像素描画一般干净利索。她转身取过水杯，张华仔看得真有点口渴了。

"小燕子，你不好好在北京上学，半路回来做什么？"张华仔看到这个一夜间长大的小姑娘，马上忘了之前全部的伤心事，他居然自己坐起来，激动地上下打量她。两个助手看呆住了，像梅里美酒店门口一对新买来的莆田石麒麟。

"这都要过年了，您怎么连这个也忘了。"小燕子灵动地眨着大眼睛，发出某种温柔召唤。她把水喂给恩人，张华仔乖得像个学前班儿童。就算有天大的不幸，这时候得到一个自幼被自己疼爱的女孩的真心回报与细致呵护，他立刻觉得自己像块冰在暖水里融化。他甚至感觉时光倒流了，并随之有个更大胆的念头突袭心房。他慌乱地扭开脸，眼睛不敢看小燕子，为内心的龌龊感到羞愧。

热水烫到小燕子，她轻叫一声，把受伤的手拿到嘴边吹。张华仔看小燕子手背隆起块红斑，心疼得直后悔。他刚要抓起替她吹，可想到那个龌龊念头，迟疑一下停住："你们两个愣着做什么，快去取药。"

两个助手像盒子里打闹的老鼠撞到一起。

"我上楼去找。"

"楼上没有，外面药店才有。"两人袋鼠似的站着打斗，把张华仔气乐了。

"没事，叔叔，用凉水冲冲就好。"小燕子举手进卫生间冲水。两个助手像暮牛立定身子眺望天际。

"你，过来。"张华仔一手支在床上，绞眉凝视对面墙上一幅由书画大家赠送的一个笔势凌厉的"忍"字，却不知怎么把它挂歪了。它下面的长椅上，胡乱堆放着他换下来的内衣与衣裤。更可恶的是，在一盆蔫下来的火鹤花旁边，公然煞风景地摆放着塑料便盆和一把尿壶。旁边桌上更堆积着小山似的方便面与香肠、瓜子、果皮之类的东西。张华仔看到这些急了，示意两人快点收拾屋子。两位助手明白过来后，风卷残云地把所有垃圾和见不得人的东西塞入床底。再等小燕子进来时，张华仔立刻团身钻入被窝。

"你们两个回去吧，叔叔由我照顾。"张华仔听到小燕子莺歌燕舞，心里甜蜜极了。他想伸出头否决，可身子没有动。

两个助手出门后边走边议论："这小妮子倒大方，一点不害臊。"

"别瞎说，刚才张总交代过了，年前后有重要任务要完成呢！"另一个故作神秘地往左右看看，赶忙支过耳朵，前一个便照张华仔说的复述一遍，然后两人勾肩搭背一起心急火燎地下楼去了。

"叔叔，您这屋里真需要有个女主人打理。"小燕子来到张华仔身边，往四处看着直皱眉。

"叔叔这个样子，谁会跟叔叔呢？"张华仔说得自己都快哭了。小燕子明明就在边上，他却不敢看她，害怕自己留给她的一贯好印象被彻底破坏。

"不对，在我眼里，叔叔就是顶天立地的大英雄，没人能同叔叔相提并论。我崇拜叔叔，叔叔不仅是我的恩人，更是我的亲密爱人。"

"小燕子，不能这么乱说。"张华仔虽然嘴上反对，心里无比喜欢。

"叔叔，我哪里说错了吗？"

"你真这么想？"张华仔还是没禁得起这话诱惑，一个骨碌爬起来，表现极像那种虚伪之人喜好虚妄之名。但看到小燕子无比清纯的大眼睛和幼稚的脸后，又想到她的父母，便泄气地躺倒。小燕子过来替他整理被褥，他看到她轻快跳跃的纤纤十指，幽幽地说道："你胡说什么，叔叔病了，难道你也病了？"他像没主心骨似的垂眼低吟。

"叔叔，我以天上父母的名义发誓，我没对您撒谎，您真是我心目中的大英雄。"小燕子转到别处，背影像他特别钟爱的一只玲珑秀气的玉茶瓶。

"就算你这么想，又有什么用？只有市里多数人认为我是大英雄才作数，尤其是让王海和市领导信服我，那才是真正的成功。虽然我的财富与势力与日俱增，可与他们的距离感越来越远。我一心做善事、好事，弥补自己的过错，他们却对我敬而远之。"他没搭理小燕子，独自出神地说。

"叔叔，以后就由我来照顾您。"小燕子再次温柔地提出，然后把刚才助手塞到床底的东西一样样找出来。张华仔脸烫得像发高烧，整个意识彻底紊乱了。

"不行，你还在上学，再说叔叔身边有人照顾。"张华仔像蜗牛躲在壳里说话，他揣测小燕子的话意，同时艰难地抗拒她从对面传来的隐隐气息。

"瞧您这屋子，都快赶上我们的男生宿舍了。我刚才进来时，那两人正玩俄罗斯方块呢。让他们照顾您，我怎能放心！"

"你回去上学好了，我找别的人来。"

"叔叔，我告诉过您了，再过几天就过年了！再说，我已经长大了，不再是小孩子了。"小燕子突然放低声音，透露出心甘情愿做某件事时的冷静。这种冷静因为她的身世与经历而超出同龄人，就像所有清晨的树梢中，只有一片叶子突然动了下。这是一种信号，张华仔收到后，心里顿时产生出无数奇怪的杂音。

"元旦已过，好多事我还没做呢！——哦，我不同意，将来你要留在北京好好发展。叔叔对你爸爸妈妈许过心愿，一定把你送到国外，再帮你找个爱你的人嫁出去，我就问心无愧了。"张华仔正视起小燕子，觉得自己说得天经地义，浑身充满浩然正气，像那个能把天托起来的阿特拉斯。

"就这样吧，叔叔，我主意已定，您改变不了我的。"小燕子倔强地回应，态度与她那温顺的外貌极不般配。她手脚麻利地收拾屋子与收储杂物，丝毫没流露出嫌弃之色。

张华仔想发作却突发一阵剧烈干咳，趴在床上眼泪鼻涕都下来了。他自感狼狈极了，眼睛都不敢看小燕子，更不敢再冲她发脾气。而小燕子立即过来抱住他，担忧得蹙起眉头，像恋人那样仔细地给他擦拭。

过些时候，张华仔身体恢复起来，同时也恢复了理智："不，爱情于我这里已彻底死亡，它不会再回来。我不可能再同任何人相爱，也不可能结婚。关于小燕子，她太小，对我产生了晕轮效应。她那么想，是因为她不成熟，而我，会把她永远当女儿，我们之间永久是父女关系，绝不能逾越这条红线。"于是他索性把小燕子赶回北京，连年也不让她在T市过，告诉她成绩不好就别来见他。小燕子哭哭啼啼登机走了，张华仔想到她哭肿的眼睛和悲痛欲绝的样子就回不过神来。"当然，我还答应过常德利爷爷，要带领乡亲们赶紧摆脱贫困、走上富裕之路。这个任务任重道远，为这个我也要振作起来。"这些想法驱散了他失亲失爱后笼罩在心间的阴霾，他像个被无情打倒、奄奄一息的人又勇敢站立起来。就在他为此事天天一筹莫展时，这天，他的手机响了，铃声是那首脍炙人口的《你是风儿我是沙》。接起电话，原来是建议过他参加村主任竞选的乡领导，此人已升任县领导，今天到 T 市考察，希望可以与他见面。

由于之前的事情，张华仔很反感这个人，但想到日后或许有求于他，便邀他到梅里美酒店座谈。二人相见，无论是谁，从品貌与气质都发生明显变化。他表现得很冷漠，对对方敬而远之，但不久发现对方并没有明显来占他便宜的意思，便稍微放松些。对方很大度也很聪明，机智地对他谈及自己对当前农村发展的看法，而这正是张华仔当下急于关心和思考的。于是，他马上对这人没有进门时那么讨厌了，便主动凑近，脸上有了笑容。

"国家不是很明确吗，要建发达、富裕、文明的新农村吗？"他敏感和小心地问。

"张总，这个说法没一点错，可错就错在不能孤立地对待农村社会。"见张华仔有点不大明白，对方立刻补充，"农村的确需要发展，可不是建立农村社会。农村社会应该渐渐萎缩才对，因为现在的趋势不再是农业社会，而是工业社会和城市社会。现代社会需要现代的农业，而不是现代的农村社会。"

"县长，我还是没明白。"张华仔察觉到县领导在说到一个很现实也很深奥的问题，虽然他没能一下全部明白，但认为这个说法很可能是自己重新认识农村、桃源村的钥匙，具有牵一发而动全身的作用。他对这位县领导另眼相看了，将其视作老天派来帮助自己的，这才完全拿掉主人架势，"礼贤下士"了。

对方见张华仔对自己的话很感兴趣，先是意外，继而滔滔不绝开讲了："没错，我刚才说的是'跳出农村发展农业'，与你说的'跳出农村发展经济'不冲突。这是其一；其二，长久来看，发展经济不存在跳出农村与否的问题，因为农村社会一解散，整个国土就只有农区、牧区、林区、山区、矿区、旅游区、工业园区、居民区这样的自然经济地理概念，不能再从阶级意识形态角度划分。我再强调一遍，不能把今后的社会再分为城市与农村两部分，社会就是全社会，它是一个整体和统一的概念，应该整体推进建设的。"

"可现在能做到吗？"张华仔觉得对方的话在理，令自己充满期待，因为农村的确不该作为一个单独的部分另行发展，而应该与城市一起规划和建设，是不同产业功能区的区别，而不是政治、意识、身份的鉴定线。

"这是我不成熟的思考，需要时间检验。反正从长期看，我认为农村改革一定要这么做，否则会陷入发展怪圈。农村改革的根本出路，就是要消灭农村社会。"对方给自己的理论画个圆满的句号，"你在桃源村开矿，主导权没落在村里，所产生的利润自然也没留在村里，并且留在村里的部分也没能用于投资和发展。搞好一个地方应从长远着手，整体规划，要将各方面因素综合利用起来。改变农村社会，既是国家和地方整体进行布置的事情，也是每个村民自觉参与的过程，既为了自己，同时兼顾别人，否则搞不好。"

张华仔没再细问下去，觉得对方已经说得很具体了，再往下就是一些细枝末节的事情。他认为此人的到来给自己带来巨大启迪，解开他心头好些个郁结。他因此不再将别人脸谱化，感到任何一个人都有其多面性，连同自己也一样，而且自己就是个典型。世界并不像他之前认为的是以他为中心，而是每个人都有其独特之处，在社会网络中发挥不可替代的作用，都是特定功能区域内某个小小的枢纽。每个人的作用都是公开、持续和不可缺少的，大家都在为社会作贡献，根本不存在什么神秘感，并且同样都希望从别人那里获得认同、赞赏与鼓励。

在春光明媚的 3 月里，张华仔耳朵里一路响着"解放农村、解放农业、解放农民"的声音参观完社会主义第一村。这句话像匹神驹，将他带到那个风景独好的地方，然后徐徐打开两扇门，露出里面的全新世界；又像一股力量庞大的龙卷风，将遮挡整个山峦的云雾轻轻掀起，让他看清地形全貌；又像陷入谜团许久，但终于有一天找到了线索和方向。他兴冲冲回到桃源村，想象着也在村里建起一处处工厂，修建一座座别墅，让村民过上无比幸福的美好生活，然后吸引全国无数人前来参观。虽然还没想好要做什么，但那种被一时激发出来的冲动已让他欲罢不能了。他找到正在山上挖坑种树的秦钢，真挚谦虚地邀请他下山带领乡亲们致富。他为上次父兄选举时的下作手段道歉，为自己没能真诚对待秦钢自责。秦钢也一直没忘记常德利的遗言，村里的状况他看在眼里急在心上，时时刻刻关注着村里的一举一动，也在苦苦思索用什么办法、走什么路子把村里改变过来。如今张华仔前来找他，他心动了，觉得自己和桃源村不能再这么无限期等待下去，一定要及早行动起来，于是慷慨答应了张华仔。

秦钢果然没有辜负张华仔的信任，回村后迅速采取了一系列措施，最大限度地改善村里状况。他与张华仔保持着良好沟通，遇事主动商量又意见鲜明，将他的才华、胆略施展得淋漓尽致。张华仔不禁感叹，如果当初就选他任村主任，就不会有后面一系列可怕的事情发生。他自惭形秽，这或许就是自私狭隘付出的代价。两人精诚合作，开创了桃源村史上最好的光景，仅用四五个月时间，重新修通连接村里与乡镇的二十七公里沙石路，虽然不上档次，但毕竟可以通车，人们出行再度畅通无阻。更换了大功率变压器，过去跳闸断电现象基本得到解决，使用家电的人家越来越多。安装水泵，将溪水引上山坡。重新修整被损坏的农田，新开辟梯田延伸到瀑布脚下，共增旱涝保收的上等水地二百亩，人地紧张矛盾大为缓解。组织人员补植还林，改良猕猴桃、核桃等经济作物，为下一步增收奠定基础。粮食丰收成为板上钉钉的事，再不用为完不成上缴任务而犯难。已经有三户人家在做了大量说服工作后，同意搞种植、养殖示范。张华仔老爹和两个哥哥带头把承包地和自留地交给一户人家统一经营，那人根据乡经管站建议，全部使用优质品种，又着手层层上报，要将这里打造为全市特色农产品生产示范基地。总之，自从秦钢带领乡亲们正经八百开展生产经营活动以来，人群中得过且过、不思上进的风气得到扭转。这些变化大家看在眼里、喜在眉梢，开始佩服秦钢的远见卓识。连张华仔老爹也不再明目张胆地做坏事了，跟着两个儿子一起养猪种地，日子竟也红火起来。但两人也都认为，虽然桃源村目前取得一些喜人进展，但离让全村人真正富裕起来还差很远。

"等桃源村真正像社会主义第一村那样盖座全国农村最高楼，我一定也请全国人民到这里看看。"

这样想着，到了8月底的时候，两人仍热情不减地继续外出为桃源村寻找出路。这是他们全年的第四次外出。二人白天考察完后，住进一处招待所，吃过最简单的饭菜，又在冥思苦想如何让桃源村再上新台阶。

"有了！"秦钢在客房里光着膀子，看着一本杂志突然叫起来。

"什么？"张华仔走了一天路累极了，正疲倦地躺在床上，憧憬着桃源村的未来。听到秦钢叫出声，他转过去看秦钢，见秦钢激动地扫个后旋腿坐起，用当过兵的习惯表达兴奋。

"我想到桃源村以后走什么路子了！"秦钢把杂志拿在手里连看几次，看到张华仔坐起来，赶忙把杂志递给他。

张华仔只见杂志上有几张漂亮的山水风景图片，没看出别的端倪，便直愣着眼不解地望着秦钢。秦钢一个蹲跳来到张华仔旁边，冲张华仔默默点头，再次把杂志推到他面前。

"这是国内一处著名的山水，你就没有一点感觉和想法吗？"秦钢偏偏不直接说，故意卖关子。他平时正正经经的，现在却因为熟悉和激动打趣起来。男人们总会在一个合适时机表现出顽皮状态，尤其是遇到志同道合的伙伴和想到什么突然令他高兴的事情的时候。

张华仔被秦钢一点拨，先是缓了下，然后恍然大悟，重新坐直盯着杂志看。

"我知道你要干什么了。"张华仔把脑袋一拍。

"我说'一二三'，我们一起说出来。"秦钢用这样一个有仪式感的形式，引导心里那个伟大的想法出世。这不是小男孩间的游戏，而是男子汉之间敬重事业的心声。

"一、二、三，'旅游'！"两人同时看着对方，将头凑近一起，从喉咙里齐喊出这两个字后，激动地抱在一起，笑得喘不过气来。

"历尽千辛万苦，今天可算找到了。"张华仔把秦钢推开，冲他哽咽道。

"是啊，蓦然回首，那人却灯火阑珊处。"

"瞧，你都引经据典了。秦钢，咱们之前怎么没想到这个呢。明明每天鼻尖对鼻尖地对着青山绿水，怎么跑到这么远的外地，看到这本杂志才开了窍呢？"

"是啊，得来全不费工夫，可前提是踏破铁鞋。"

"多少年了，我们一直在找一个能让桃源村兴旺不衰的法子，现在看，就是它了！"

"没错，就是它了，真是个金银不换的好办法。咱们那里天然好山好水，看着如同仙境一样，发展旅游肯定会火起来。"

"是啊，过去咱们那里地势偏远、道路封闭，现在看，倒成全了咱们。"

"只要风景一流，再把进山的路与里面的设施修好，就不怕山高路远。只要人们喜欢上那里，还愁桃源村不像这地方一样火吗？"

"秦钢，真有你的，这下我们真有干头了。"

"是啊，绿水青山，就是金山银山。原来桃源村的出路在这里呢！"

"桃源村要全面脱贫，桃源村要全力振兴，桃源村人有奔头了！"

桃源村两个最优秀的青年，在离村子近千公里外的一间七八平方米的地下招待所里，热情不减地说话，思想电光石火相互碰撞，像两种本身贵重的金属熔合成更稀有的合金，然后衍生出更强大的功能属性。桃源村的宏图在两人勾勒下徐徐现出轮廓，开发旅游的策略无疑将引领桃源村走上前途无量的发达之路。他们合二为一，每个人都说到对方心眼上，你方唱罢我登场，像手牵手轮番往前摸索。思路一旦确立，接下来的描述就超乎想象地顺利。以至于两人乘火车返回的路上，本来相貌上毫无相似之处，却被误以为是兄弟俩。

"我们就是兄弟俩！"张华仔无比愉快地回答。看着对面座上的秦钢，张华仔内心早把他当成最好的朋友、最好的知己了。这是他在生活中第一次遇到和找到真正的志同道合者，从此他的人生路上不再孤单，不再孤军奋战，不再没人搭理，而是有了真心实意尊重、信服、支持和配合他的人。他们出身相似、性格相近、目标相同，没有阶层、身份、职务和地位上的明显差别，也没有别的顾忌，都是对方孜孜以求的中意对象。"我找到了真正属于自己的群体，尽管现在只有他一个，可这太重要、太美好了，我们无疑会成为自此事业中的伙伴、生活里的朋友、情感上的知音。"的确没错，两人由内而发的高兴劲，再加上同样健壮周正的身板与相貌，无论谁瞧着都觉得他们是对亲兄弟。

"张华仔，这个旅游区你打算怎么搞？"路上，秦钢觉得该往下认真探讨，而且必须提前确立发展思路。

"要么不搞，要搞就搞出个名堂来！"张华仔看了下秦钢，向他表态，既鼓舞自己，又激励对方。

"手续、资金、建设、经营，不就这几档事情吗？"秦钢动着脑筋说。

"手续的事情我找乡里、县里协助办理。"

"我们自己成立旅游开发公司吗？"

"当然。"张华仔毫不犹豫地说。务必要将事情的主导权牢牢抓在自己手里，这是他这些年对于做事情的深刻体会。"你担心什么？"张华仔想了解秦钢的具体建议。

"当然是资金。"秦钢翻转过手背看，整个心思都放慢下来。

"是需要一笔巨额资金。"张华仔同样心情沉重地说。他看到秦钢陷入沉思后依旧那么帅，就想如果自己是女孩，一定会嫁给他。

"为什么不找他联手开发呢？"秦钢正直的脸上现出阳光般的挚诚与明媚，他注意观察张华仔，等待张华仔的反应。

张华仔知道秦钢在试探自己为了事业能否放下前嫌，于是毫不犹豫将手放在秦钢提前伸来的手上，冲秦钢点点头。

"我们一起去找他。"

"不，我们必须确保项目方案拿到他那里时是成熟的，这才是真正的合作。"

"为难你了。"

"为难吗？我已经放下一切了。"张华仔内心犹豫了下，马上实事求是地对自己也对秦钢笑了。他感觉自己真的在走出狭小的内心，并开始彻底地摆脱孤独。

"我们怎么庆祝这一天？"张华仔有种喜极而泣的冲动，便这样提议。

"就到山上植棵树吧，让它做我们友谊与事业的见证。"

"好主意，以后我们每取得一次进展，就种下一棵树。"

"相信在我们的带领下，桃源村会越来越美丽、越来越富裕！"

两个人都不说什么了，脑子里很满也很空，共同将目光投向车窗外很远很远的地方，好像那里是桃源村，它正变成世界上最美好的地方。

　　T市经过多年改革，来到内生需求的爆发时点，它呼唤每个市民更好地承担自身职责，这个"更好"一方面是指他要立足岗位，在本职工作中不断发挥才干，创造更多价值与更大影响力；另一方面是作为本市市民，要承担作为一个生活于斯兴业于斯的家庭成员的社会责任，即维护、建设和奉献于整座城市。换言之，当一个城市发展出一整套类似森林系统的完备功能时，就会衍生出诸如气象、水流、物种和景观等许多事物，并且众多新生事物需要它们之间达成一定内在的对应关系，使这片发育中的森林更为壮大和生机勃勃。就这样，T市悄然兴起一股以慈善和捐助为主的公益风气，杰出代表就是在T市率先创办孤儿院的姚姐和杜大丽。她们的事迹被发掘和报道后，在全城引发强烈反响。当一个城市切实变为众望所归的"家"时，她才变得有生命、有个性，并从市民社会转变为公民社会，令整座城市具有亮丽的人文风景线。

　　于是，在与秦钢就桃源村旅游开发事宜进行多次讨论后，张华仔决定先去拜访王海妈妈，一来希望通过她说服动员王海参与桃源村的旅游开发，另一方面他仍难忘阿桃，想看看她近况如何。尽管现在双方的直线距离不超过两公里，可彼此的心理距离却比桃源村更遥远。过年时，他曾经探望过她，但不出意外也遭到冷遇。——现在，无论张氏集团还是他自己，都是乱事缠身。即便如此，桃源村脱贫与振兴始终排在他心头第一桩。他心急如焚地想与王海合作，然后三人以最快速度，把桃源村的旅游事业做起来。现在，他从门口的仪容镜里看到又英俊又精神的自己，感觉仿佛又回到当初。可就在他拎包准备出去时，门铃先响了。他害怕下属纠缠自己，故意等着没动，希望外面的人过会儿自行离开。可门铃响了好一会儿，足见外面的人很有耐心或者说很顽固。他有些生气，为什么偏在他心急如焚去见阿桃时惹他不快呢？过去开门时，他准备大骂一通。可打开门的一刹那，他赶忙把嘴里的脏话囫囵咽进肚里。就见姚姐与杜大丽一前一后笑盈盈站在他对面，像晨曦中两棵银杏树。前面的姚姐梳着短发，穿一套干净的浅色衣裙，手搭在前面，拎只灰布兜，脸背对光线有些发暗，却像日本妇女似的温和笑着。杜大丽还如过去高大健壮，她挡着了姚姐后面的光，所以周身有层朦胧的线条。她照例梳条油光水滑的大直辫，拖到后面，一件标志性的水蓝衣裙衬得身材十分匀称。她笑吟吟，抿着嘴唇，仪态大方，好像是前来走亲戚。

　　"姚姨，大丽姐，怎么是你们？"张华仔立刻收起情绪，认真接待来客。他认为姚姐和杜大丽是自己在这座城市最重要的客人，不仅因为她们之前与自己的渊源，还因为她们所从事的高尚事业。

"没事先联系就打扰你，真不好意思。"姚姐站在门口一边道歉，一边上下打量张华仔，发现他是真心激动与热情欢迎她们，这才安定下来。

"你要出门？我们有重要事情找你商谈。"杜大丽在姚姐身后快言快语。几次张华仔都留给她良好印象，她便拿张华仔当弟弟，觉得他无论如何做事，却有颗善良纯真的心。所以她没像姚姐说得那么委婉，而是把此行目的直接抛出来。

"不，快请进。"张华仔忙把二位请入，并在她们欣赏他住处期间，一边回应她们的赞美，一边又沏茶又洗水果，然后兴致盎然地与她们坐到一起。

"想不到你一个人住这么大房子。"姚姐仍没停下打量，眉眼间流露出少许遗憾。

"到时结了婚，再有个孩子，就不会显大了。"杜大丽冲张华仔笑着，替他打圆场。

张华仔尴尬地笑笑，请她们喝茶和吃水果。

"大兄弟，既然你还忙，我们就长话短说，今天来找你，还是为了孤儿院的事。"

"说吧，只要我能做到。"张华仔觉得无论自己目前多么困难，都要满足孤儿院与眼前这两位的要求。他总感觉亏欠她们什么似的，或者说自己做错了事，与她们相比自愧弗如，所以真心表态，便想都没想就答应她们提供力所能及的帮助。

"那边拆迁后，新找的地方费用增加了。而且自从报纸和电视介绍了我们的事迹后，孤儿院孩子就多了一倍，连外地人也偷偷把孩子留在门口，所以孤儿院开销激增。我们又不想让孩子们的生活水平下降，所以不得不四处筹钱。今天，就到你这儿化缘来了。"

"另外，我们还得给孩子们请老师授课，不能让孩子们无学可上。这笔花销也是固定的。"姚姐在边上补充，这时才流露出真正的担忧，脸色完全黯淡下来。而之前的高兴是为了讨张华仔喜欢，同时也是见到张华仔真心高兴。

"需要我出多少？"张华仔用神态上的平静打消两人顾虑，再次表明他对她们的坚定支持。孤儿院的情况他得知一些，尤其王海拆除城中村时，引发一些人到处上访，事情一度弄得沸沸扬扬。刚听到这消息，他以为自己会高兴得跳起来，实际上心里却莫名地生出种悲凉。后续他关注此事，事情渐渐没了消息，这才跟着踏实下来。他好奇自己为什么会有这样的转变，想来想去也没想清楚。"或许，我从来是个好人，也一直想做个好人！"这句话从心里把他打动了。他与人吃着川味火锅，像被辣着一样，眼泪流得稀里哗啦。

"倒不是希望你这次能拿多少，而是希望你每月能提供一些。"

在张华仔的神思中，大丽始终像一簇光，在他的眼前闪啊闪。"就是啊，如果你能接受这种方式，我们就把这笔钱命名为'张华仔慈善基金'，让孩子们永远记住你，让他们学会感恩，长大回报社会。"大丽快言快语，但张华仔喜欢听。

"是的，我们就是这么打算的。因为你和我关系特殊，所以我第一个想到你。张华仔，你是个好人，无论做过什么，你没失去本心。这点我最看重。用你的名字命名，就是要昭显你是好人，这世间有好人，你有淳善之心，这世上有大爱。只有让孩子们看到和体会到这些，他们才能成长为性情健全与人格健康之人。你抚养了小燕子，现在需要抚养更多孩子，这样的好人必须让孩子们与全社会知道和铭记。"姚姐看到张华仔又想做好事不留名，便连忙劝解。

"做好人就是要让大家都知道，让人们知道世上有好人，然后学好人，这个社会好人就会越来越多，队伍越来越庞大。"

"我是好人！"听到两人在自己面前这样说，张华仔胸膛和鼻子同时发堵，然后心里紧张地不断重复这句话。他眼睛潮湿了，却不想让对面两人看到，便假装往包里找东西。

"快说话呀，大善人！"大丽在笑声中提醒他。

"好吧，照你们说的做。"张华仔红了脸，从包里拿出一沓钞票递过去。这时的他内心既坦荡又幸福，以至看两人身后，仿佛有团美丽炫目的佛光。此时，他觉得自己能做的就是给钱，以前对于常德利爷爷如此，现在对于姚姐和大丽，同样大方不计较。

杜大丽又大笑起来："看我这大兄弟，真是实诚人。出钱出力做好事，反倒害羞起来，我和姚姨真没看错你，你真是个老实人。"

张华仔更加不好意思了，摇头又摆手，不愿承受这样的赞美。

"好了，张华仔，你有事我们就不打扰你了。收起现金吧，这是我们的账号，你以后每月往上面打三千块钱吧。至于明细，我们会按时公开，接受你和社会的监督。"

"我们的孤儿院已在市民政部门做了登记注册，现在是正式公益组织，所以一切花销运作都接受社会监督。来源于社会，服务于社会，接受社会监督，这是我们的工作宗旨与理念。"

"我们还要赶往别处。知道吗，你第一个同意这么做，后面我们再找别人就好开口多了。所以，一定要谢谢你，张华仔。"

张华仔把两人送下楼，并请求用车把两人送往下一处。可两人拒绝了，杜大丽走远看公交车到了没有，姚姐把他拉到一边，平静地告诉他："张华仔，申君谊出狱了。"

张华仔听到这个消息，猛觉得姚姐要么拿这个威胁自己，要么会狠狠责怪他。

他下意识缩起身子，感到理亏与害怕。

"父亲出狱了，什么时候的事？"他合拢不了嘴，后脖子凉凉麻麻。

"他被减刑，所以提前出狱了。"

"他在哪里，我这就去看他。"

"他没去处，只好暂住在孤儿院。"

"我对不起父亲，我该死！"张华仔往自己脸上打，真的用力打，颊上顿时出现五个红红的指印。

"别去了，他不想见你。去把乔丽娜接回来，让他俩一起生活吧。"

"我对不起他们，我不是人！"

姚姐没说什么，只是摇头："说别的都没用了。把乔丽娜接回来后，给他们在孤儿院附近置办一处房子，以后他们就跟着我一起办孤儿院。"

"姚姨，您怎么说我就怎么办，我全听您的！"张华仔几乎喊出来，上前抓住姚姐的手不放，好像她是他救命的亲娘。

"我知道你，也知道他们，知道你们是怎么回事。以后，就这样吧。"姚姐说着抽出手，头也不回地去了，留下张华仔佝偻着身子在外面站了很久。

过了好一会儿，张华仔才稳定情绪，打起精神，重新往王海家去拜访。王海妈妈在客厅里热情接待了他。房子经过重新布置，让他见识到一个爱家如己的人，是如何将家庭经营得温馨无比。他不禁留恋起这里的房间、台阶、墙壁，以及器皿、鲜花、光线、味道，有意拖长时间，想在这里多待一会儿。他把自己的具体想法向王海妈妈说了，希望王海妈妈能够代自己说服王海。

"阿姨，您知道，我因为阿桃的事对王海有过成见，我担心他不理解我，所以请您出面。"他嘴里说着，眼睛又痴迷地打量房间，内心有种特别的凄凉与懦弱，觉得如果这里能成为自己在城里的家就好了。

"王海知道你对阿桃的感情，何况他有自己的心上人，所以你们之间没有问题的。你提到的事，我会转告他，可你最好当面说服他。将来你们要一起做事，不也需要天天面对吗？"王海妈妈过去就不讨厌张华仔，现在也觉得他在城里不易。虽然她不能完全理解他走上这样道路的原因，却一点不忌惮他的到来。重新回到城里后，她便有了某种强大的气度与气场，这是儿子给她的，是政府对于老房子的态度给她的，是这个庞大、包容、开放、富庶、繁荣、文明和与时俱进的城市给她的，是国家整体蒸蒸日上的国势与党和政府牢系人民群众疾苦给她的，是国家和民族在地区与国际事务中日益增长的话语权及存在感给她的，是国家致力于实现"两个百年奋斗目标"和开创民族复兴伟业给她的。而且她发现这种感觉不止自己有，业已普及并大众化了。所以，与其说她会害怕什么，那绝不会是某个人、某种势力，而是出于她自身的谨慎与敬畏。

"好吧，阿姨，我听您的。另外，阿桃就拜托你们好好照顾她。"他又不忘嘱咐和强调这个。

"这才是你此行的主要目的吧。"王海妈妈肯定地冲张华仔点点头。张华仔脖子像灰鹤一样软软垂着。"放心吧，她在这里生活得很好，你也需要快点从这件事中走出来。"

"我会的。可是，阿姨，我希望阿桃也能在城里变化起来，她不能还是个一成不变的农家女，她要适应这里，发现新的自己，做出属于她自己的新事业。"

"张华仔，你真的对阿桃太好、太用心了。我不仅没见过你这样的人，也没见过你们这样的爱情。你为她想得太周到了，连我也忽视了这一点。她确实还沉浸在过去，没有能力也没勇气面对外面的情况，我会对她多加引导的。"

"她呢，还不愿意见我吗？"张华仔不死心，非要亲眼见到阿桃在这里过得好，才放心离开。

"她还是不肯原谅你。可你就住在城里，随时可以关注她。"

"不，阿姨，虽然被她原谅很重要，但更重要的是，还是她要尽快好起来。否则，她的一生就浪费了！"

"你寄希望于时间？"王海妈妈把香扑扑的手放在鼻前闻闻，以缓解被张华仔这个人和他不俗爱情所造成的突然的紧张感与激动。她真的没想到，这个其貌不扬的年轻男子思想里竟存有如此伟大、高尚和坚贞的爱情观，便觉得自己从来没把这个人看透。再说得范围大一点，所有城里她遇到的人都带给她类似感受，让她惊异于他们精湛的精神层次与道德水准，仿佛让她接受了一次高等教育，觉得这个城市是那么一所可爱、神圣与自由的民间教堂。

"不，我寄希望于她。希望城里总有什么触动她，诱导她勇敢地迈出去，主动发生改变。"

"说得好，孩子。我知道你很小没有妈妈，以后你也是我的孩子了！"

"可以吗？"张华仔激动得要流泪，觉得整个世界变成一座紫色水晶暖宫，他要徜徉在里面唱歌跳舞。

"当然，你和王海今后不是还要合伙做事情吗，可不就得像亲兄弟那样信任和团结才成？"王海妈妈觉得张华仔又可怜又可爱，她天然的母性爆发出来，愿意把这孩子当成家里的常客。

"阿姨，我这趟来得太值了！"张华仔知道王海妈妈信奉天主教，所以真的觉得她就是纯洁仁慈的圣母。他虽没实际做什么，但心里对这位新的"母亲"异常虔诚。

"你常爷爷生前对你们有训导，桃源村也与你们血脉相连，并且时代和社会也不允许桃源村继续被冷落与抛弃。你和王海，包括阿桃和我们，对桃源村都是负有责任的。阿姨知道你做过一些错事，可你要改过来、要弥补，好不好？"

张华仔含泪应允，然后把头埋进手掌，好久不能自已。

"别伤心了，去找王海吧。他这些天在北京忙活，你留意他的时间，然后见面详谈。"

"等等，别走！"

正当张华仔起身要告辞的时候，王海爸爸突然从里面出来，手里拿瓶矿泉水，走得慌慌张张。他一边小跑一边冲张华仔扬手，大声说道：

"我刚在里面浇花，听到你们的话。你们瞧，这是什么？"

"他爸，这不就是矿泉水瓶吗？"王海妈妈把身子撤后，用严重的老花眼仔细瞅瓶子，到底没发现有什么端倪。张华仔同样盯着瓶子看，最终没弄明白，就在瓶子、王海父母之间轮流看。

"我当然知道这是瓶矿泉水，可你们就没想到别的吗？"王海爸爸停下，把瓶子高高举过头顶，像炫耀一件他捣鼓出的新玩意。

"别的？"王海妈妈往后推着头发，仍没猜出老头要说什么。

"叔叔，你是说桃源村可以生产矿泉水？"张华仔说完，等着王海爸爸核对答案。

"哎呀，死老头子，我怎么没想到这一点呢？"王海妈妈脑子也转过弯来，连忙拊掌笑道，"果真是，再没有比桃源村山上更好的水质了。你们瞧我这皮肤、头发、指甲，原以为我回村里会老上十岁，可返城后，姐妹见了反说我只有四十岁的样子。虽说是奉承，可我的确没老很多。"

"是啊，咱们桃源村的水神奇着呢！你瞧，阿桃多漂亮，三华仔多英俊，这不是很说明问题吗？"王海爸爸的头和手就差像铁枝木偶人物似的摆动起来。

"叔叔，阿姨，桃源村的发展又多了一条路子！"张华仔光高兴顾不上擦泪，看着两位长辈，一时不知如何是好了。

"好好干吧，年轻人，现在是你们的天下。"王老头明显兴奋起来，支棱着头，巡场似的绕客厅沙发走了一圈。

"不，叔叔，您不也惦记着桃源村吗，和我们一起干吧。"

"好哇，和你们一起干！"王海爸爸情急下高兴地答应了。

"说话要算数哦。"王海妈妈激发老头子，因为她看到老头子自打回城就换了个人似的。城里改天换地，他也跟着脱胎换骨。她想他一定也与自己有同样的感受，心里有种从头再来的冲动。

"当然说话算话，孩子们做这么大的事情，能少得了人吗？我这时不帮着他们点，还要等到什么时候，对不对，老婆子？"王海爸爸好像回到年轻时，对什么都充满好奇与好胜心，有种想到做到、不服输的架势。

"叔叔，我们求之不得呢。您老到时给我们负责内部管理，我和王海负责外面的事。"

"得，八字没一撇就给我安排工作了。行，你们怎么说我就照着办！"王海爸爸说时，用头大大画一个对钩，然后仰身哈哈大笑。

"叔叔，您就瞧好吧，我和王海一定会把事情做成功。不，叔叔，婶婶，我一刻也等不及了，现在就去找他。"

"也好，开采矿泉水和开发旅游都需要北京那边审批，你们正好一道去探探门路。"

"就这么说定了，我走了，你们——"

"'你们保重，然后代我照顾好阿桃'，是不是这话？你一百个放心吧，你说的我们心里有数，你就好好做你的事吧。"王海妈妈接过张华仔的话说下去，惹得三人同时开心大笑。

张华仔告辞出来，恨不得即刻跳上火车、登上飞机去北京见王海。今天他与王海父母的见面太成功了，以至于让他觉得自己真的成为了这个家庭中的一员。他想用一句话概括现在的心情，可搜肠刮肚想不出来，于是感慨道："我还是文化水平太低了，得赶紧加强学习。如果阿桃真能像我希望的那样进步起来，我必须在这方面配得上她才可以。"想着种种美事，他的心仿佛已经飞到北京，开始徜徉于金碧辉煌的故宫与气势恢宏的现代高楼之间了。

张华仔最终把乔丽娜从桃源村接回 T 市，又将她亲自送到孤儿院。他本要在城中心安置她和申君谊，可姚姐没有同意。这时乔丽娜的抑郁症已经非常严重，他看到她的第一眼差点没认出来。他恶毒地骂几句躲在远处的父亲，然后像把她从魔窟里解救出来一样抱起急匆匆放到车上。乔丽娜以前那么一个能言善辩之人，现在一路上像个活死人一言不发，看不出高兴还是不高兴、舒服还是不舒服，脸上留有一道道伤疤，好像那只被他拧断脖子的鹦鹉奄拉下脑袋。乔丽娜看到申君谊也毫无反应，对所有人似乎都认不出来。申君谊遇到张华仔，眼睛不看一下，让张华仔更觉无地自容。任张华仔口口声声唤父亲，申君谊只是躲得远远的。申君谊扶乔丽娜回到里面，然后再听不到任何声音。张华仔双腿直不起来，良心如同被追击一般慌张与挣扎。他按姚姐吩咐，在新孤儿院就近买了一套房，没出三天收拾出来，又购置了整套全新的家具用品，然后诚心实意地请这对老夫妇住过去。这对老夫妇终于在历经磨难后于世纪末重逢了，之前他们吵吵闹闹，现在安安分分过日子。作为在改革开放浪击中流、如今被拍死在沙滩上的又一批人，他们终结了时代使命，黯然回归，消沉于落寞。但同样有一批与其年龄相仿的人，在历经磨难与苦痛后，非但没被时代淘汰，反而重新抛头露面，譬如王海父母与姚姐，他们适应了新角色，担当起新使命，在剧变的时代里自信地存在。而同时，也有像阿桃这样的年轻人，需要早点接受时代锻炼与改造，毕竟社会需要全体中国人觉醒与行动起来，汇入时代与改革洪流中去，尽可能在有生之年展现各自的人生风采。

二十八

从调离Q县算起，魏小山已在P市副市长的位置上不温不火熬满两年。这期间，他早没了以前的干事热情，感觉像总在过阴天一般昏昏沉沉。

按之前的说法，他应于任满三年县长后结束挂职锻炼。当时围绕他去向的传闻甚多：有的说他很快会调回北京任职，有的说他会前往东部某计划单列市担任副市长，还有的说他将出任省厅副厅长。这期间，刘明坤、马求都给过他建议，边民民也暗示过他，周围无数人都在恭请与奉承他，他一颗雄心兴奋膨胀，漂亮的脸上流露出志在必得的神情。啊，北京的玉兰花正开得嫣然动人之时，他将在这样一个生机勃勃的春天返回那里。但当此地组织部找他谈话时，他才知道了真相。原来高副市长在离退休尚有三年的时候顺利升任省厅某厅长职务，上级便决定其空出的职位由魏小山补上。听到这消息，一刻钟前还近在咫尺的北京，一下遥远得像迪拜的月亮，而理想国也像瓷器失手碎了一地。他不知道自己怎么回到的Q县，又如何面对徐家良与耿直等人，更不记得怎样告别Q县众人走进副市长办公室。对于那些一辈子待在基层、混到县级已算祖坟冒青烟的基层干部来讲，他这步无疑是地上到天上的距离。可对于空降而来的他，恰如柳宗元和王安石被贬一样。他打电话告诉刘明坤等人，几个朋友都替他惋惜，常硌宝更为他打抱不平，说要学孙悟空替他大闹天宫。他听罢莫名感动，却笑不出来。而据刘明坤、马求以及李梅丈夫的意见，这与上一年的机构改革有关。

"他是干什么吃的，这么大的动静都不关注！"事后，当李梅把魏小山情况告诉李为民的时候，李为民一边在镜前系着羊绒衬衫纽扣，一边对李梅这个傻帽同学冷嘲热讽。当然，他也借机讽刺李梅，觉得她越来越配不上自己。如果不是离婚这样的事情传出去影响仕途，如果不是看在她和自己生了个黄毛丫头，他早把这女人打入十八层地狱了。而随着职务升迁，他发现那么多漂亮女子可供观瞻，虽然他不为所动，但并非说他心里就没有喜欢的人，例如那个在整个高干圈传得神乎其神的著名美人黎红。她总是一副结冰带霜的样子，拒绝了圈里许多人的求婚。

"他不是下面消息不灵通嘛。"李梅看丈夫这么晚还要出去，想问却不敢。他能像今天这么心平气和地同她讲话，已经是非常难得了。

"那就怪不得了。人家钻着空子往北京跑，他倒好，真在那里干上了。怎么样，被留下了吧。想回来？几年后再说吧。几年后又是什么情况，还有他的份儿？"他鼻子都快倒过来，往袖口喷喷香水，然后再检查白白的脸。

"为民，你能不能说话不要这么难听。下面需要他这样的实干人才，所以被留下了嘛。"李梅替魏小山辩解，觉得这样说于大家都能接受。她用哀求的眼光打量丈夫，希望他能动恻隐之心。

"如果我在一个位置上超过两年，就有了危机感。父亲曾告诉过我，一定要在四十岁前填满履历表，这样才有机会继续往上走。"

"这点我们都不如你。"李梅看着丈夫换鞋子，心里乞求那双鞋子早点把丈夫带回来。

"因为你们不用凭自己，而我呢，只能凭自己。"李为民冷眼看李梅，用指尖弹弹绷直的裤腿。

"你说这话多见外，爸妈一直把你当儿子。"

"这个我承认，可全北京的官员没有一个不希望自己招赘的女婿不同凡响。"

"为民，今晚你要去哪里？这么晚孩子会想你的。"

"我可不能像你的同学那么没出息，机会都是社交的结果。"

"你真的是钻进去了。"

"别和我谈工作，人家正等着我呢。"

"你又要和我吵。你的乐趣就是当官，可我和孩子呢？"李梅红了眼，但李为民已经意气风发地出去了。她坐回沙发给女儿叠衣服，叹息与泪水轮换上阵。李为民被列为更高一级的后备干部，而且他计划借着机构改革另调到一个权势部门担任司长。他前途一片大好，像辆新车开上京沪高速路狂飙。至于他怎么做到的，只有天知、地知、他知。

言归正传。当时魏小山赴任没几天，高厅长找到他。这个自知人生已封顶的老人，发际线像秃鹫一样移到上方，用那种无欲无求的轻声慢语同魏小山寒暄。魏小山望着这个一路祖护自己的老前辈，哽咽得说不出话。

"我现在到了可以说真话的时候。"高厅长微微点头，平整的白衬衫和高大魁梧的身躯，依旧吸引着魏小山默默注视他。

"没有提前行动吧？"高厅长平平地说，但实际已经肯定了这样的事实。

"行动？"魏小山猛然意识到问题所在。"浩然天地，正气长存！"他从心里再次念起这句话，但觉得没有之前那么恢宏正大、底气十足了。

"你吃亏在这上面。"高厅长说完这句话，魏小山觉得所有事实在自己面前变透明了。他猛地悟清一个基本事实，在冠冕堂皇的官方体系外，仿佛另运行着一套规则系统。它强大、隐蔽、活跃、丰富，像地下河贯通所有机关、机构，并延伸至民间乃至所有以组织形态存在的地方。他曾不屑于它的存在，但现在它是个庞然大物。常常一个表面堂堂正正的君子，背地和骨子里是魑魅魍魉之徒。

魏小山像颈椎劳损一样地艰难转动脖子，他无法否认这一点，对于老领导说的话格外震惊和不安，这相当于第一次有人在他面前揭开世俗画皮。他知道高厅长是个什么人了，也觉得这很真实。高厅长帮他认清了现实，但为了那个尚待实现的理想国，他依旧不愿意蹚这股浑水。

"如果真要实现你的理想，不妨略作妥协。"高厅长在提醒魏小山后离开，坐过的皮沙发上留有他的热度与印痕。魏小山结合此时的境遇，回顾之前的工作，意识到当自己离开富丽堂皇的办公地点深入村庄、工厂、背街小巷、农民工子弟学校和福利院时，生活的另一面就彻底暴露了出来，远不是宣传部、秘书稿件、官方报纸和电视台新闻所展现的光鲜亮丽，真实的世界混乱、苍老、沉闷、迷茫和消沉，而且总是悲多于喜、哀大于乐。

魏小山的工作热情骤减，只按部就班地工作，以至于回京参加聚会时，他在大家中间少言慎语、郁郁寡欢。大家也怕勾起他的心事，尽量避免和他多说话。然而最觉不幸的还不是他，而是他的妈妈。所以，即使集中供暖已经停止好多天，她仍把自己裹在棉衣里，哪儿也不去，整天窝在沙发里，拿着电视遥控器心烦意乱地换台。她不时回忆起当初那位领导的音容笑貌，这成为她后半生最为幸福的体验，仿佛爱情重回身体。可她没法再找人家了，这与对儿子的无限怨悔交织在一起，成为一种悲怆。每次儿子回来，她都愧疚无比，甚至不愿见他。出于母性最无私的爱，她自告奋勇将儿子的不幸全部归咎于自己，不断自责和忏悔。她终日恍惚，脚下的小狗因为年老并缺乏照料，饿得叫不出声。此时又祸不单行，丈夫因为参加气功练习被找去谈话。当她听到这个消息后，立刻昏死过去。如果说领导的意外离世是儿子没能调回北京的天灾的话，那么练功事件对于她的家庭和儿子就是人祸。如今，魏国栋在家闭门思过，整日神情抑郁地待在书房，自觉重修马列主义读本。当妻子因为儿子的事悲痛欲绝、暴跳如雷时，他平静地从镜片后，用一种了然深邃的目光长焦距打望室外，说道："黑格尔说过：人的思维的最本质和最切近的基础，正是人所引起的自然界的变化，而不单独是自然界本身……"

妻子很是不解，放下遥控器怒视丈夫。

"马克思说过：'在选择职业时，我们应该遵循的主要方针是人类的幸福和我们自身的完美。'"

"天都快塌下来了，你还整这些词！"

"黑格尔说过：'给婴儿洗澡后，不能把婴儿连同脏水一起倒掉。'"

妻子气得瑟瑟发抖。魏国栋眼神更加空洞了，蜡黄松软的脸向着远方呈现笑意，像将无聊可笑的人间完全看透一般。妻子再度被他的轻率敷衍激怒了，恨不得长出一对犄角，将这个无用男人挑出窗外。两人莫名其妙干了一架，之后妻子披头散发坐在地上一顿哀号，把绿眼睛的小狗吓得不敢靠近，魏国栋则破了相，颧骨留下三道指痕，一只耳垂出血，斜倚在椅子里，也不生气，默声激动地大段高声背诵经典："只有在以某种有价值的东西做目的时，生命才有价值。……"他引经据典证明生命有多种可能，能在任何艰苦条件下焕发力量。至于身边这个不幸成为他妻子的女人，他的心打现在起像只高傲的孤鹰，彻底从她身边飞走了。她是块贫乏凌厉的山地，绝不是富饶可耕的厚土。

因为无心工作，魏小山回北京探亲的机会多起来。闲暇时间为躲避母亲的喋喋不休，他兴致勃勃地摆弄起相机，拍摄北京古老与现代的新奇景致。他把摄影作品收集起来制成册子，配上一两首小诗，借此养成摄影和作诗爱好。他最爱初秋的残荷，经常一大早饿着肚子赶到玉渊潭，举起相机对准抓拍阔叶间的残花剩瓣，花在上面的时间也越来越多。母亲担心他不思进取，在他的一帧《秋日残荷》获全市摄影比赛三等奖后，正式找他谈话了。

"你不能玩物丧志，要重新振作。"母亲像没进食的麻雀，缩在孤枝上望他。

"可是，妈妈，只有您觉得我优秀，别人可不这么认为。"魏小山擦拭手里的相机。这是P市一位商人送他的生日礼物。他们都千方百计讨好他，觉得他前途远大，可他自己觉得前途渺茫、心灰意冷。

"可你不操心自己的前程，把时间浪费在照相和家里，终归不好。"母亲上下瞟眼儿子，希望能从他身上发现些引起她兴趣与希望的东西，可让她失望了：这孩子胖了，黑了，出现慵懒发福的模样。这一下戳痛了她，她难受地干呕起来。

"妈妈，我的事您不必操心。对于我，就算回到北京，也未必真能做出什么。毕竟我没上过大学，在很多方面有所欠缺，这个我要承认的。"魏小山虽然不愿意这么讲，但事实是这样，他清醒地讲出来，用以刺痛自己。

"都是我们无能，招致你这样。所以，你的婚姻——"

"妈妈，不要说下去了。摄影没什么不好，可以让人发现生活中不同的东西。"

"那能当饭吃、能把你带回北京、能让你坐上称心如意的职位？"

"得了，妈妈，我要上课去了，中午不回来。"

"瞧瞧你都做了些什么呀！你应该到北京各场合里结交朋友，你倒好，重返校园……"

魏小山没理妈妈，出门赶往学校。从去年9月起，他报名参加了《党政干部在职学历教育和研究生课程》研修班，主修公共管理。这是时下在党政干部中盛行的一个潮流。不同于李梅和张惠过去接受的电大课程，它旨在提升广大党政领导干部的学历与领导能力。对于魏小山来说，这当然与他内心强烈的愤懑和那个火山似的要爆发的理想不无关系。每月两次的校内公开授课他从不耽误，从中学到不少东西。这才是他频繁返京的主因，也是他在京参加的主要活动。下午六点后，他疲惫地返回家。推开书房门时，见父亲头也不抬地快速写着什么，连他站在门口都没发现。魏国栋像高考作答似的偶尔停一下，然后咬着下唇往下写，好像在加速完成一篇酝酿已久的醒世檄文。父亲可爱的样子把魏小山逗乐了，他许久没同父亲认真谈话了，于是擅自过去打断父亲。

"爸爸，您在写什么？"魏小山站到父亲侧面，看他两鬓头发全白了。

"哦，小山？你妈妈好不容易不在家，我得抓紧把这篇文章赶出来。"

"爸爸，您和妈妈打游击战？"魏小山觉得父亲身上所具有的知识分子气质，与人老后孩童化的言行，同时令其显得孤独和可爱。父亲过去留在他记忆里的光环已退去，只剩眼前这么个皱巴巴、越来越沉默孤僻的小老头。

"我算把你妈妈得罪透顶了，她现在见我就没好气。无论我做什么，她都阻止和反对，哪怕我夹个菜她都要批评。"

"哦，都是因为我，我的事让你们操心了。"魏小山由衷自责，因为他知道母亲对父亲大半的不满，是嫌他没能给儿子铺垫好前程。

"和你没关系，她就是老了，一个庸俗、爱攀比的女人老了就是这样。——可那时我如果不找她，兴许就打光棍了，我不得不这么做。"魏国栋苦笑着看看儿子，然后再看看写了半页的稿纸。

"爸爸，您在写什么？"

"小山，爸爸在写一篇很重要的文章，我想这篇文章一定会受到社会的高度重视。"魏国栋说到这个来了劲头，前倾身子神秘激动地说。

"关于什么的？"魏小山看到父亲神情无比郑重，觉得自己要尊重他，便真心收起脸上的笑。

"小山，你有没有发现，目前个别机关单位乃至社会中出现一种可怕的现象？"父亲下意识地压低声音，表明自己这个重大发现的严重性。见魏小山犹豫，父亲急着往下说："就是一些改革可能会出现空转。"父亲点着头，干瘪的唇角现出一丝神秘与得意的微笑，好像这点发现足以告慰他空败的余生。

"空转？"魏小山第一次听到这个词，觉得很新鲜，可随后身体一沉，觉得像他一直听闻的魔鬼真实现身。这次他真的严肃了，觉得父亲像隐于仙苑的高人。

"对，空转，你难道没有听说过'政令不出××海'？"看到儿子肯定地点头，魏国栋知道儿子认同了自己的提法，脸上立刻愉悦起来，"经过多年的改革开放，中国经济社会取得巨大成功，创造了巨额财富。这些财富本属于国家和个人，但事实上并非这样，而是相当一部分被一些有辖权的单位截流了，最终落入一些无关紧要之人的手里。"

"空转不就是行政效率不高，截流也不就是令人作呕的贪腐行为吗？"魏小山反问，以便跟上父亲思路。

"效率只是一种结果，就性质和危害而言，远比我们想象的复杂可怕。还有，过去的贪腐只是个别人一时一势所为，而现在的人们不满足于一时一势，他们一边精心谋划以有利于他们贪腐，一边又营造可以逃避罪罚的长效机制。"见魏小山不说话，父亲进一步解释，"这背后其实是许多公共利益的机关化、行业化、部门化作祟。先极力圈定职能、圈占权力，再通过权力索取和截流利益，然后在部门内部按照位次高低、职权大小分割利益，这样既可以长期稳定地获取利益，又可以以集体与国家之名掩盖个人盗窃之实。如果任由这种情况持续下去，势必导致'权力圈地'运动的盛行。"

"可这和改革空转有什么关系？"魏小山觉得父亲分析得很正确，但仍然没能把"权力圈地"和"改革空转"一下有机联系起来。

"中央当然希望通过改革把中国带入充分发展的阶段，一边民众享受改革开放带来的红利，一边吸引他们进一步投身改革。所以，你看，中央一直进行着力度不小的机构改革和持续不断的干部队伍建设，但一些官员不买账，他们成了阴阳人、两面派，背离了党的宗旨，辜负了人民的期望，使改革沦为一种形式，造成干打雷不下雨的局面。"

魏小山听明白父亲的话，立刻毛骨悚然，同时也意识到自己尝试建设理想国并非无事生非，而是必要至极。

"我也有感受，现在许多政策贯彻不下去，执行起来目标没有细化，更没有实际措施，指向不明确，全程少监督，出了问题问责难。个别干部表面支持和执行改革，可只停留在会议对会议、文件对文件、报表对报表，看似高度重视，实则在玩空手道。"魏小山一边回忆一边说，感觉背后翻滚着一大团寒冷彻骨的冷风。

"所以改革空转的现象危害极大，改革的打假行动势在必行了，否则祸国殃民、贻害无穷！"魏国栋仿佛面对一万匹狂躁的怒马，但他要用单薄的手臂，扯住它们的缰绳。

"爸爸，真的这么严重？"魏小山不敢往下想，也不敢大声说出来，浑身冰冷地垂头问父亲。

"这样的结果，还用怀疑吗？"父亲用他理论家的头脑冷静睿智地分析说。这时的魏国栋，完全不是平时胆小怕事、躲躲闪闪的小老头，而是像座玄武岩雕像，面对苍穹面目坚定。

"爸爸，您做这么伟大的事，为什么搞得自己像做贼一样？"

"唉，如果让你妈妈发现我在写这个，她一定会拿去一把火烧了。"魏国栋说过，眼神凄凉地看着稿纸，然后向前用双臂护住它们。

"爸爸，您继续吧，我不打扰您了。"

"小山，等你妈妈回来，一定马上通知我。如果刚才回来的是她，我俩现在一定是水火不容了。"

"放心吧，爸爸，您专心往下写，妈妈这边我来说服她。"

"千万别说服她，要让她什么也不知道。你要心疼我，就按我说的去做。"

魏小山听着像心扎着刀一样难受。不知从什么时候起，父母关系变成了现在这个样子。回想小时候外地家里，他每晚看到母亲睡前都会给父亲洗脚按摩，全家人有说有笑，毫无芥蒂，日子过得像蜜橘罐头一样甜。可如今父母防贼似的互相对待对方，让他对这个家庭越来越怀疑了。

他关好门来到外面，为家里的糟糕情况伤了会儿心，同时又很快转到他的理想国上去。"虽然我的理想国有很大缺陷，可现在看来，它仍然是有价值的。"魏小山往下这样想，自己激励自己、调动自己，在理想路上不气馁、不放弃，"一个美好的未来社会，是整个人类超越种族、宗教、性别、年龄、身体与智力状态，大家齐心协力打造一个整体和谐与繁荣的世界。这个美好社会集中体现在'共有、共产、共建、共得、共享'五个方面，即社会资源与资产共有，统一进行生产，共建大同社会，一起公平分配所得，共享社会机会、权利和福祉，每个人的能力能够获得最大程度上的开发与应用。同时，以往的各种社会问题和矛盾都被消除，人们只从自身和宇宙两个方向开拓研究，促进人类社会继续向前的动力就是应对人类自身的衰老疾病以及宇宙威胁……"啪，他往自己脸上打了下，感到火辣辣地疼，他为自己荒唐的想法感到可笑，"我想到哪里去了，如果按照我的设想，社会日后将丧失基本内生动力，人类完全被自身驯服成家畜。可真实地讲，人们是不能想象未来的，换言之，未来世界什么样子永远不是凭谁一己之力能想象出来的。人们之所以感觉终有一天会征服宇宙，不过是狂妄自大而已。人类、社会、自然和宇宙的问题相互交替、互相关联，永远没有真正的解决之道。是的，连实践也不是它真实的本身，只是按照宇宙的天则摸索尝试。所以，还是回归眼前和当下，在人类能够预测和可控的范围内，来探究如何解决现实问题。这就对了，把思路回归当前，脚踏实地，立足可预见的未来，而不是妄图一劳永逸地解决人类社会的终极问题，那样的理想国是不会有结果的。"魏小山觉得重回现实，耳闻目见才真实可感，思想绕了个大圈后，他认为自己的理想国不是痴人说梦。

"当前普遍存在的问题，既是改革的负效应，也是改革本身的阻碍。这些负效应积累越来越多，让人不免对改革失去信心。可万变不离其宗，问题出现于改革，依然要靠改革解决。抛开其他不说，当下问题的要害是干部腐败。一定要加强法律制度建设，对他们加以约束，使他们做到清正廉洁、一心为民。而我，我能做的就是跟定党，跻身人民中间，立足国情……"

魏小山手足无措地站起来，遏制不住地搓手，一会儿仰头望天，一会儿低头自语，好像自己开着一个小会，在忙乱与热闹地扮演许多人。

这时，把手咔巴一拧，门开了，母亲驼背进来，头上缠着旧纱巾，细小的鼻梁上架副老花镜，眼睛从镜片后幽幽不动地望着儿子。

"妈妈，您回来了！"魏小山唱咏叹调似的响亮地叫了下。刚才的思绪像现形于孩童眼前的童话世界，被打扰后倏忽不见。

"你爸爸呢，他人呢？"

"在房间里。"魏小山不由向爸爸书房的门瞟了下。

母亲立刻察觉有异，放下手里的菜篮，要去撞开那扇黑乎乎的门。可没等她到跟前，门自己开了，走出魏国栋，手里拿着写满毛笔字的报纸，同时提前往脸颊上抹了墨汁，像个胆小的孩子惹出了事。

"你不能再做蠢事了，如果让我发现你练习气功或者写过激的文章，我一定把你从家里赶出去。不，我要和你离婚！"妻子愤怒地威胁丈夫，因为激动喘不上气、说不利索话。

"妈妈，干吗把话说得那么重。我知道你担心我，可我现在不是好好的吗？"

"好好的？好好的你就回到北京哪个部门任职了！"母亲说着又要哭。这是她的绝对武器，让家里两个男人马上向她举手投降，不敢说半个字。

"好了，全听你的，你还有什么意见？"老头委屈地转身回去，不出声地关上门。

"你敢！"母亲冲门虚张声势地挥舞一下秀拳。

"妈妈，我来帮你做饭。"魏小山想在两座对峙的高峰间搭起一座友好的小桥。

母亲狐疑地看了下魏小山，鼻里哼了下进厨房了。魏小山看到她乞丐婆似的背影，突然被她手里几粒撞在一起的土豆、西红柿、甘蓝和青椒莫名感动得稀里哗啦。

当魏小山母亲因为自己儿子失去回京机会几乎发狂时，京城的一些干部子弟却选择建国五十周年长假的第五天，在北郊的一处饭庄聚会。其间，国庆阅兵仪式的视频和影响正在全世界以火箭般的速度扩散传播，领袖在天安门城楼上的最新讲话似潮水席卷人心，更有国民经济依旧强势发展带给人的无比镇定、陶醉与自信，包括国际主流舆论的钦佩、赞美和羡慕，哪怕类似妒忌等复杂的心态与言论，似乎都混成一团正覆盖整个亚洲大陆、势力范围极其强大的热带气团，令整个国家迷漫于梦境般的幸福希冀中。——聚会就在这样类似白热化的氛围中举行，但参加者仅限熟人，所以只有一百多位家世相近的青年才俊受到邀请。当魏小山接到刘明坤的聚会邀请时，对于他组织这样的大型活动相当吃惊，同时马上意识到，这对于自己或是一次重大机遇，立刻表态参加。这么重要的事情，他头一次对父母隐瞒了，因为担心不必要的盘问。母亲要赶在新千年第一个春节前为他织件茄皮紫套头毛衣，她担心商店卖的毛衣含有有害物质，会伤及儿子身体。魏小山本不缺御冬衣物，可看到母亲乐在其中，就由她去了。魏小山出门时，母亲从眉毛下挂着的小眼镜后看他一眼，铁兰茂盛地开在一旁，她脚上穿着本命年的大红袜子，拖鞋落在沙发上，当瘦弱的小狗呃呃冲她索要食物时，她就朝它凶狠地竖起眉毛。

尽管魏小山之前有心理准备，可看到朱红牌楼下进出的人车时，更加意识到今天的聚会非比寻常。这些人个个容颜鲜妍、衣着阔绰，身上散发出好闻的味道，自如洒脱地谈笑，让他无形中觉得受到伤害。刘明坤立在门口迎候客人，全然一派组织策划者的架势。见到魏小山，他格外拥抱了下，然后悄悄让魏小山替他留个位置。"这里最不常见的就是你，待会儿好好聊聊。"魏小山为自己在这群特殊人物里独享刘明坤的礼遇而动容，情绪马上恢复到来前。宴会厅里雕梁画栋，古琴叮咚作响，十几张雪白并镶金镂银的大饭桌摆满全场。其中一些已坐满客人，而在一个靠近暖炉、正对着大厅门口的圆桌主位上，端坐着愈加发福的马求，正由其他人抬举地包围着，一边嗑瓜子，一边喜笑颜开地热聊，以至于魏小山从他对面走过他都没看见。棉白衬衫与黑西裤加身的常硌宝，临时充当大厅经理，指手画脚地安排人们落座。看到魏小山，他推推搡搡绕过来，没等魏小山站好，朝魏小山脸上呗呗呗连亲三下。魏小山不嫌常硌宝的粗鲁，反而觉得这才是真正的友谊。他拇指冲内指指自己，常硌宝挤下眼睛表示明白。

魏小山找个没人的桌子坐下后，漫无目的地开始打量。他心里非常清楚，自己之所以能够出席今天的场合，绝非父亲那个微不足道的位置，而是出于刘明坤、马求等朋友无私的关照。他明白自己在这里没有发言权，最好有自知之明地静坐不动。他非常需要参加这样的活动，见识这样的场面，结识这一帮属于中国未来的精英。"数风流人物，还看今朝！"他想到这句极具豪情的词句。这里的每个人将在未来呼风唤雨，他希望与他们联手打造自己的理想国。他越想越激动，不由身子发软，等发现自己快要掉下椅子时，就听到另一个桌上响起喝彩声与掌声。原来那里来了个人，刚摘下帽子就有人接过去，并且早有人拉出椅子请他坐下。大家像士兵见到首长那样欢迎他，眼神里无不充满崇拜。这人眼仁在不甚宽阔的双脸间滑转，两道眉毛像特别加工过，乌鸦翅膀似的垂搭于眼梢上。魏小山一眼认出这是谁。这是个城府极深又表现自如的人，随意落座后，用眼睛同桌上各人打招呼，他那种满不在乎的微笑好像十分受欢迎。

魏小山几次冲动地想过去作自我介绍，但出于某种难以启齿的担心而作罢。很快，他这桌也坐满人。大家互相热情地打招呼，故意很放松、大声地说笑。魏小山将西装脱下挂在一旁椅背上，给刘明坤占下位置。到目前为止，他像参加朋友婚礼一样，虽不急躁但很焦虑。他目光明亮地望着大家，让大家尽量不讨厌他。

"您在哪里高就？"一个眼神不大好但非常认真的人快速询问魏小山。他有张白净的脸，双手规矩地放在膝上，以至于那份安静与沉稳看上去似乎与他体力吃不消有关。他坐着几乎不动，只微微侧转头问魏小山。

"这是本人名片，很高兴结识您。"魏小山连忙站起奉上名片，同时也奉给桌上其他人。

"在下面当市长呢，留张名片！"

"欢迎前去指导。"魏小山发出邀请，希望自己像个落单的人被拉群入伙。这里的人个个像乔木，他只是丛矮矮的灌木。他迅速拿出手机，不断记下号码，备注各人。

很快，刘明坤开始登台主持了。

"诸位，今天是1999年10月5日，很高兴各位出席今天的聚会。说到底我们是从小耍大的玩伴，所以这个聚会的初衷就是让大家重温过去，并且为日后相互扶持照应，提供加深认识的机会！"

大家随机性地鼓掌。

"首先，我宣布一条纪律，这也是征求大家意见这么做的：本次聚会，决不能拍照和录像。违反者，日后将永久不会再出现在这个群体中。当然，可以互留联系方式。"他微笑着停下，作为转折和过渡，"今天，虽然我是活动召集人，但我不是主角，主角是在座各位，是大家。大家也一定不要全听我的，因为马上会有更重要的人登台讲话。活动之后，我会制作一个通信录发给大家，大家照着它就能找到彼此了。另外，席间如果哪个愿意，可以上台表演节目，欢迎为伟大祖国的生日助兴，欢迎为本次聚会助兴！"他话音未落，响起一片掌声，因为都是用最标准、最正规的会议专用姿势拍掌，因而特别漂亮和响亮。

刘明坤马上把掌声摁下去，认为此次聚会最重要的时刻到了，身体不由朝那个最重要的人物转过去，稍显紧张，特意加快呼吸，嘴贴上麦克风，动用丹田之气，喊道：

"下面，有请本次聚会的代表致辞！"

受着上百人的注视与欢迎，那人上台站定。他不是这群人里最高大、最健壮、最英俊、最潇洒的那个，但一定是最有资格、最有定力的那个。上了台，他一如平常地望眼大家，而那种神态恰恰是别人可望而不可即的。他们似乎等急了，但他不慌不忙。

"这个刘明坤，开什么玩笑，我哪是什么代表，明明一会儿大家都要上台的嘛。不过他让我先讲一讲，我谢谢他。"下面响起会意的笑，同时刘明坤个人生硬稀疏的掌声通过麦克风盖过其他人。

"国庆节前，刘明坤找我，提出聚一聚的想法。我觉得挺好啊，没什么不对。我们来互相认识一下，日后联系就更加方便和紧密了。国家需要志同道合者，我们也一样。我们的父辈间多有交情，现在轮到我们了，要把友谊世代传递下去。"

"传递下去，传递下去！"下面跟着喊起来。

"我就不作自我介绍了，想必大家都知道。以后找到刘明坤就找到我，另外你们吃饭时，别忘了招呼我。"

台下哄堂大笑，被他的轻松幽默逗乐了。魏小山点着头，毫不惜力地鼓掌。

那人要下台，马上被刘明坤上前拦住："再讲几句，再讲几句！"

但那人拒绝了刘明坤，从旁边绕下。刘明坤丝毫没作停顿，立刻在麦克风里喊起来："让我们再次为代表的重要的、精彩的讲话鼓掌！"

直到代表坐回去，掌声都没断。

按照吩咐好的，服务员把酒端上台。刘明坤擦掉手汗接过，举起。

"下面，为新中国的五十华诞干杯，为中华民族的改革与复兴大业干杯，为我们的远大前程干杯。接下来的时刻，属于在座每一位，大家尽情开怀！"

魏小山把酒一饮而尽，向其他人展示空杯。这是他有生以来喝得最豪气、最尽兴的一杯酒，一种似是而非的原因，让他浑身发燥。他当即产生一种幻觉，这里成为他未来理想国的议事堂，里面这些人都是他的伙伴与助手。他正胡思乱想，刘明坤来了，看到魏小山揉眼睛，小声问怎么回事。

"这酒辣眼。"魏小山撒谎。

"你呀，就是在下面待久了，这是洋酒尊尼获加。"刘明坤眨着眼睛看魏小山，好像看他浑身哪里有不对劲的地方。

"喝不惯，但敢喝。"见服务员又倒上，魏小山皱起了眉。

"行啊，小山，到下面混了个副市长，酒量也培养出来了。"

"不对，是酒胆。"魏小山大胆承认。经过这些年，他酒量大增，但对它有点琢磨不透，就如他琢磨不透黎红与边民民一样。

"小山，该回来了，这是真心话，连你说话都能听出外地口音了。"

魏小山觉得这话比喝下肚的洋酒更刺激他，不由打个激灵，像不会游泳的人掉入河心。"我知道，我知道。"他难受地连声答应。

"一会儿我们敬酒去，或许能帮到你。"魏小山看刘明坤给自己碟里夹了菜，可哪有心思吃。

大厅里觥筹交错，大家把平时在官场与酒场上学到的东西全用上了，有的仗着身份高率先提议，有的私下交谈；有求于人的人痛快干掉，被求的人喝过总是留个杯底；有的抓紧加存联络方式，忙得不亦乐乎；有人四处走动碰杯，寻求加深印象。马求到现在没瞧见魏小山，他在那个桌上被宠坏了，大家像听故事会一样围住他。刘明坤在这桌按部就班与大家碰过杯，把陈烂的酒令像市场里的公平秤一样用得不偏不倚。魏小山对面的人朝他晃杯，他赶忙应付。头阵酒令后，人们更为热烈地交谈，表情和肢体动作随之丰富，说话声盖过脑门。因为慢慢有了了解，所以亲疏远近都看出端倪。魏小山独自喝着，有点醉了，对周围密密麻麻的交谈声产生一种由来已久的痴情。

"小山，现在敬酒去。"魏小山脑子里轰轰作响，但还是听清楚了刘明坤的话，"没喝多吧？"

"没有。"魏小山睁大眼睛，确认自己头脑清楚。

刘明坤带魏小山从最近一桌敬起。又是那套甜言蜜语，好像天生就是这样。

"这个负责全国矿产审批，要记下。"——魏小山看这人的神情更郑重了，举杯时格外注意对方的脸部表情。

"他旁边那个负责文化系统改革，暂时帮不到你，可他岳父非常厉害，把家乡在京的一帮人联系起来建了个群，影响力不可小觑。"——于是魏小山敬酒时特别提到文化工作，对于现今的文化事业与文化产业赞不绝口。那人很在意地多看他两眼，魏小山离开时心里美滋滋的。

"那个说话喜欢放筷子的人是谁？"

"哪个？"

"就是胸前系餐巾的那个。"

"嗬，他呀，也是个了不起的人。"

"明坤，怎么都是重要人物啊！"

"你小子，能来这里的哪个简单？一般人连我这关都过不了，否则整个京城的子弟你都能在这里见到。加入这样的圈子就是找到志同道合的朋友，虽各有目的，但能互相帮衬。"见魏小山沉默不语，刘明坤马上笑了，"不过我习惯这样，每个认识的人我都会说他很重要。"

"真能用得上？"

刘明坤听魏小山这么问，把魏小山拉到一边："小山，你真傻还是装糊涂？夸张点说，你想在前门楼子唱大戏，这里面也有人能给你搞定。"

魏小山舌头一吐，他之前不是不明白刘明坤所说的圈子，只是经这么一问一答，更确定了朋友圈的重要性。他乖乖跟在刘明坤后面，觉得二人不再是高中同学，而像师徒关系。一旦有了信念支撑，喝入肚的酒就像被驯服的野兽。魏小山跟在刘明坤后面，鼓起勇气一桌桌敬下去，对每个人都毕恭毕敬，因为他相信他们将在他实现理想国的过程中，助他一臂之力。他在基层练就的"千杯不倒"的功夫派上用场，一路下来刘明坤都开始耍滑头了，不是不把酒杯倒满，就是喝酒时故意身子一晃，将酒从脑后抛洒出去。到后面几桌时，刘明坤连步子都站不稳，衬衫一角也从腰里窜出来，平时纹丝不乱的发型乱得跟防滑垫似的。

"坤，要不咱们别敬了，要么每桌只敬一杯？"

"小山，可不能这么干，那咱成什么人了。噢，前面你一个个当神供着，后面就不把人家放眼里了？这可是酒桌大忌。"刘明坤舌头打弯，病鸡似的直不起脖子来，浑里浑气地说。

"怕你喝多难受。"魏小山去扶刘明坤，却被一把推开。

"魏小山，知道哥几个为什么都护着你吗？就是因为你有副热心肠。喝多不怕，又不是大姑娘上轿头一回，为了你能回来，我喝趴下都愿意。"

魏小山瞬时冲动了，刚喝进去的酒像从眼睛、鼻子里冒出来。他晕乎了，场子里所有的面孔都在面前模糊起来。

"就数齐国民那小子浑，听说我搞聚会，直接把电话撂了。你瞧，这样的聚会多好，相当于给未来投资。"刘明坤说着直摇头。魏小山之前接到齐国民电话，他直斥刘明坤要小聪明，说这会搞坏年轻人风气。他告诫魏小山也不要参加这类徒有其表的聚会，语气里透着一贯瞧不起任何人的鄙夷，声称对刘明坤的了解就像他对自己不良的消化系统一样清楚。"他不再是以前的刘明坤了，就是个官油子。这不是他的进步，而是可怕的堕落。"最后他承认，"我的确混得不如他，可这怎能相比？我的苦恼就在这里，所以打心里就不如从前有劲了。可我还在坚持，小山，你也要坚持住！"魏小山当即表态，可放下电话，就觉得齐国民看问题过于极端，于是他没理齐国民的话，愉快地出现在刘明坤组织的这次活动中。如今被刘明坤一句话搋中电门，仿佛具有起死回生的效果，他没法不流泪了。

"最后一个！"刘明坤从人群缝里瞧，只见那个代表并没喝多，而是继续保持刚到场的模样。那种作为优秀个体的优越感让他与别人拉开距离，于是当大多数人起身往别处敬酒的时候，他越发显得孤独了，仰起脸，有意将身子挪后，使整个场面暴露于俯瞰之下。

"他不会不理我们吧？"魏小山擦掉最后一滴泪，忐忑不安地问。

"过去再说吧。"刘明坤拉起魏小山，跌跌撞撞往对面去。

"我们把他放到最后，他会不会介意？"现在，魏小山就像举办某些特别活动时，各种好的或不祥的念头会同时让他不胜其扰。

"这样的场合，如果你第一个去敬他，他会很快忘了你是谁。"

两人不再说话，像穿过湿漉漉的丛林去打扰一条已经休息的大鳄。魏小山清醒了，头顶仿佛是摇摇欲坠的星群。这明明再平常不过，他却像在做特别冒险的事。然而正因为有冒险意味，让他对现有的举动终生难忘。周围的人大多因喝多而不拘小节，过分的热情使他们变得甚至愤怒，叫喊声连屋顶的上帝都惊动得到。然而这不影响刘明坤，魏小山是他想关照的，但更重要的是他要巩固与这人的关系。这人貌似不近人情，可实际像躲避天敌的岩羊，迟早要从陡峭的石壁上跳下来。

那人突然离座了，平淡的眉眼没往别处瞧一下，步伐不大，剔着牙，由服务员一路领到洗手间外，然后悄无声息地消失在里面。

"他进里面了。"魏小山喊道。

"别急，我们去等。"刘明坤像极了富有狩猎经验的大狗，准备在猎物洞口死守。两人转向洗手间，却见两个醉鬼趴在水池上呕吐。刘明坤厌恶地躲开，从镜里冷冷打量两人。他并非讨厌他们喝多，而是担心他们会耽误自己的大事。这时候，他变成一个心胸极度狭窄之人。

魏小山靠着明晃晃的墙面站稳，把过道让出来。他眼巴巴盯紧卫生间的门，仿佛那里即将走出一个神。是的，一个相貌平平、放在人堆里找不出的年轻人，现在在他意识里完全被神化了。他激动得身子发软，表现出患得患失的恐惧。这种感觉，只在他第一次知道边民民相中自己时发生过。"以我这般出身的人都有当领袖的野心，何况他们这样家庭出来的孩子。"

过了好久，那人仍未出来。魏小山和刘明坤不免奇怪，互相看看。

"怎么回事，难道他知道外面有人等他？"

"不会，再等等。"刘明坤回忆一番，没猜透原因。

"我们还是回去吧，人来人往，站在这里多不好。"

"小山，你脸皮还是薄了点。"刘明坤笑话魏小山，魏小山不好意思地摸摸自己，"你往四处看，大家不都各找地方聊吗？现在吃喝已经告一段落，都在找人透露心迹啦。"

魏小山往过瞧，果见到处是三三两两的小团伙。"他们也像我有求于人？"他疑惑地发愣，觉得这场子洞天真大。

"好哇，你俩原来躲这里！"突然马求扶着常硌宝，两人像败阵伤兵似的趔趄着走过来。

"还好意思说，满场子敬酒找不到你俩。"刘明坤哼着鼻子说，故意露出鄙夷神色。魏小山也定定地看着马求两人，人家没怎么着，他自己一脸尴尬。

马求饮了大量酒，像只可爱的粉红小象。他对于刘明坤的调侃一点不生气，口齿含糊地笑道："咱几个不还有晚上嘛。"

"你还知道咱是自己人？小山多久才从下面回来一次，敬酒你都不露面。"

"刘明坤，你仗着喝了二两猫尿挑拨关系，我和小山亲近着呢。小山，晚上去我那里，哥哥把人叫到一起给你接风。"

"马求，你不就是个外交官吗，能把所罗门群岛从地球上说没了？"

"马求，你他妈的到底把我送哪里了，我都快被尿憋死了。"常硌宝一直闭着眼睛，头伏在马求一侧，几乎快要昏迷不醒。

"到了，到了，就在前面。"马求语气立刻柔和下来，肥嘟嘟的手在常硌宝背上来回摩挲，像温柔下来的大熊照顾身边的幼崽。可就在他准备把常硌宝送进男卫生间的时候，常硌宝突然醒过来，头也不抬，一溜烟朝最近的女士卫生间冲进去。紧接着，里面发生命案似的混乱起来，然后慌慌张张地跑出两个女服务员，随后听到常硌宝含糊的声音从里面传来："在哪儿呢，在哪儿呢，男人尿尿的地方，怎么他妈的有女人？马求，你他妈的死哪儿去了，把老子送什么地方了，你玩我呢，是不是？"

马求连忙向两个惊慌失措的女服务员解释。眼见其他人都往这边瞧，马求连忙抛下魏小山、刘明坤往里面去，一会儿常硌宝像之前那样被马求拖出来，裤子没系好，趿着半只鞋，嘴里含糊不清地嘟囔着。魏小山、刘明坤见状，也上去帮忙。常硌宝不情愿，甩着手打人。三个人无奈地皱眉。

"小山，对不住啊，哥哥刚才招呼不周，晚上一定陪你喝好。"

"行了，你招呼他就够了。得，给他喝些饮料解解酒。"

"不瞒您二位，比看孩子都累。"马求无奈和费劲地示意。

"他到哪儿都不省心，咱们将就吧。"刘明坤扶起常硌宝下巴，又生气又想笑地看。

马求扶走常硌宝，见魏小山二人站着不动，立刻一脸疑惑："咦，你俩又是唱哪一出，整晚站在卫生间门口做什么？"

"去你的，我俩有正事。"

"喊，这会儿能什么正事，找人也不能堵卫生间啊，不嫌膜得慌。"

马求带常硌宝离开，魏小山被这种真诚的同学情谊打动，刘明坤也感动得一塌糊涂。

"多好的友谊，就算失去了江山，也不能失去哥几个。"

"是啊，现在明白感情是什么东西了！"

"感情就是肚子里的一盘好心肠、热心肠。"

"十五分钟过去了，到底什么情况？"魏小山笑过之后，疑惑重重地问刘明坤。

见多识广的刘明坤也沉吟不语，从对面镜子里不认识似的打量自己。"真他妈的怪了，难道要在里边待整晚？"他自言自语道，显出一副好奇与为难的样子。

两人对视下，一起靠在大理石墙壁上，边琢磨边等下去。

里面那位神奇人物到底在做什么呢？其实他并非真的上厕所，只是为躲避那些不胜其烦的敬酒与各种巧言令色的酒词。他半道想起上卫生间躲清净，此刻正坐在坐便器上聊短信，然后约摸着聚会时间快结束再出去。他不喜欢也不擅长这样的场面，就像他不是一个实力派演员，演不好每一出大戏一样。大概过了半小时，他听外面动静小了许多，这才决定出去。一出来，他马上又换上趾高气扬的样子，连走路都不看地。远远看到外面战场似的倒下一片，他冷笑一下，以为可以溜走了。

"老兄，我在这里恭候多时。"刘明坤和魏小山同时从旁边截住他。年轻人慌忙站好，脸像被打过现出红晕。

"有何贵干？"

"给您敬酒啊。"

"哦。"年轻人笑了，把双肩往上耸耸，之前因为坐久了身子有点痛。聚会时间过长，他有些精神倦怠。

"场子里数您身份最高，最后一杯酒怎么也得敬给您。"

"还有这说法？"年轻人下巴像钟摆倾斜。

"当然了，'好戏在后头'，不都这么说吗？"刘明坤巴结地说，差点像虫子爬上那人鼻梁。

"好吧，就这么着，我们喝一杯，日后大家多走动。"

三人往里面走，路上碰到有人打招呼，年轻人一律敷衍过去。魏小山一时没机会说话，知趣地伴在后面。

舞台上有人唱歌，许多人围在台下起哄。

年轻人坐回原位，刘明坤连忙斟酒，接着提议："希望江山永固，万古长青！"刘明坤仿佛送上一份特制礼物，希望年轻人喜欢与信任自己。

"说得好，说得好。"

刘明坤把杯子举上去碰，又转过去碰魏小山的，然后把满满的一杯酒全灌入嘴里。

年轻人只喝少许，就带着那种欣赏与迷恋的笑意望着刘明坤，似乎觉得这人可信可爱。他能有这么个表态，刘明坤已经够受了，觉得目的已达到。人的谦卑是万能的，是唯一可以与荣誉对等的东西，就像金子之于劳动、幸福之于付出。刘明坤想到该给魏小山办事了，转身让出一小块地方，自己保持变本加厉的卑微。

"魏副市长，快来认识咱们这里的头号大人物。"

年轻人听到被称作"大人物"，鼻子一歪，仿佛对什么严重不满。不过他没说什么，眼睛也没朝魏小山看一下。这样的冷落魏小山承受得住，他在边民民那里吃的闭门羹足以让他终生铭记。如今有求于人，他必须面对现实。

"魏小山，自家子弟，他父亲是宣传口老人。"

"哦，很好很好，自家兄弟。"年轻人开始上下打量魏小山，细致得像观赏晨曦中的庐山。魏小山让他眼前一亮，正如头一次品尝熟柠檬，有些意外和惊讶。

"您好，非常荣幸结识您，希望有机会向您学习。"魏小山毫无不适地说出这句。

"很高兴认识你。"年轻人说着，居然主动递过手。

魏小山碰到这只手，觉得不亚于触碰到上帝之手。

"魏小山是吧，我记住你了，日后有用得着的地方就找刘明坤。他是千里眼、顺风耳，我在哪儿他都能找得着。"

刘明坤在一旁连升三级似的大笑，不忘作揖打躬。魏小山激动得要哭，真想这一刻永久停留。他颤抖着接住递来的名片，也慌忙把自己的递过去，然后觉得人生又完成一次上位。

"二位，我还有事，先走一步。"年轻人在这里找不到实际可做的事，便决定提前告辞。临走他又像往魏小山身上留个记号似的看一遍，然后嘴角露出敦煌人物般的神秘微笑。

"再留个邮箱，再留个邮箱，小山！"刘明坤一边迅速提醒魏小山，一边赶忙补充，"技术进步太神奇了，使我们的联络更为便利迅捷！"他终于直起腰，用类似"问苍茫大地，谁主沉浮"的口气说，然后看到魏小山一路追上去，而年轻人踱着鹤步往外走。

"坤，这个聚会办得好，团结了一帮人，将来的世界必然是我们的。"魏小山返回后，眼眶湿润着说道。

"你的事情有希望了。"

"我们的队伍扩大了。"魏小山好似仰望人民大会堂里的穹顶，激昂地要高喊。

"我们要庆祝今天的成功。"

"他们已经在庆祝了。"魏小山无比喜爱地看着大家。

"不，单独庆祝，晚上在马求家。"

"五千年的风和雨啊藏了多少梦，黄色的脸黑色的眼不变是笑容。八千里山川河岳像是一首歌……"

"你瞧，马求和常硌宝居然爬上台指挥去了。"

"他们向我们招手呢，过去吧，别让这难得的快乐从指间流逝。"两人紧紧相随，朝围成圈的人群走去。大家搭起胳膊一起豪情万状地共唱《中国人》，一个历史上备受压抑的民族，一个重新奋发有为、扬眉吐气的国度，此时她的情绪正通过这帮激情如火的年轻人释放出来，在整个天地间形成隆隆共振。

晚上的单独聚会因为齐国民拒绝参加而作罢，也因为魏小山、刘明坤等人醉得不省人事而取消。直到天黑后，魏小山才与刘明坤最后分开。他叫了出租车醉醺醺回家，进门时没看清母亲脸色有多难看。母亲伤心不已，既然儿子目前处境不好，为什么一点不着急，还与人出去喝酒作乐？可她哪里知道，就因为聚会上那个年轻人的一个笑脸、一句话，魏小山像看到一束光，以至于整个昏沉沉的过程中都没觉得特别难受。他感到庆幸，不但没被圈子抛弃，反而离理想国更近一步。而父亲中途出来上厕所时，看了眼正在客厅睡得不省人事的儿子，过去给他盖好毯子，又潜回书房完成他的锥刺之作了。

就在魏国栋蜗居小屋字字泣血地向上写下血谏之书的时候，远在 S 省南部 Z 市的一处农村旧宅里，抱恙多时的黎怀远终因身体虚弱，没能抵住从华北席卷而来的寒流病死。临死他伏于桌上，手握一支英雄牌钢笔，笺上写下一行"利益永远在大炮的射程之内"的铿锵有力的大字，并在后面苍松翠柏般地竖起三个感叹号。等齐国民端着热乎乎的面条进来时，看见黎怀远静卧不动，伸手去试，发现他已没有气息。齐国民强忍热泪，后退三步立正行礼。——黎怀远就这么安安静静地走了，身边除了专门请假前来照顾他的齐国民，没有任何人。而他在生命最后时刻，除了写下那行大字，屋里同时嘹亮地回响着那个他最喜欢的、曾在小唐办公室遇到的女歌唱家演唱的《我爱祖国的蓝天》。

刚进 11 月，天气变得异常干燥。这天上午，魏小山正在办公室削梨吃，接到齐国民打来的电话，通知他黎怀远已于前天病逝，就地火化葬入当地公墓，但将在北京家里设灵堂接受凭吊。魏小山马上好像看到黎红一蹶不振的样子，放下齐国民电话又拨给她，但那边始终无人接听。他决定请假前去祭奠。

魏小山订了最早的航班乘机返京。市长早习惯了这位京城子弟的惯常作为，毫不耽搁地准假。魏小山打车直奔黎红家旧址，原来住大院的居民多数搬走，小区比之前空旷和安静许多，里面熟悉的柿树、石榴树和山楂树比以往粗壮不少。黎红几乎是居留这里的最后一个大院子弟，而她由于工作关系经常住外面，所以当黎怀远退休回老家后，这里一直空着。

在北京设灵堂祭奠黎怀远，完全是齐国民的主意。从黎怀远因病退休起，他就在其床前侍奉，到现在又为其料理后事。当黎红赶去看到一具蒙着白布的尸体时，没哭出声就已经晕倒，她没能在父亲活着时见其最后一面。齐国民不想让老英雄走得默默无闻，便决定在北京设灵堂，接受熟人祭拜。

魏小山登上狭窄的楼梯推门进去的时候，屋里昏暗得像地下室。不足五平方米的客厅内，正对门口的桌上，摆着黎怀远的遗像，遗像上黎怀远清澈的眼神好像正辨认着什么。框两边挂着多枚发乌的军功章，这是他留给世界最后的东西。蜡烛幽幽，一台小型录音机在角落里一遍遍地奏响哀乐。一个简单至极、寒酸到家的祭奠现场，不仅没有平常人家的花哨祭品，甚至没有花篮和花圈。魏小山立刻上前三鞠躬，眼泪掉在破损的地板上。齐国民一身黑衣，表情肃穆，站在第一位家属位置上同来客握手寒暄。

"节哀，保重！"

"小山，谢谢你能来。"新一轮哀乐响起，齐国民抓牢魏小山的手表示感激。

黎红羸遢得像个小女孩，朝魏小山张开双臂。"小山，我没有爸爸了。"她重复多遍。

"我知道，我知道。"魏小山像哄她睡觉一样小心，与此同时，过于旺盛的泪水涌入鼻腔，他只好抬头抑制。

"是我不好，没照顾好爸爸，他孤零零地走了。"黎红断断续续地说，旁边齐国民仰头不语。

突然，魏小山看清阴影里站着一个人，将黎红牢牢扶住。魏小山迅速猜到他是谁，见他不仅脸形和眉型特别帅气，而且高大沉稳，眼神中透出悲伤，像匹淋湿在雨地里的汉诺威公马。

"小山，以后我该怎么办？"黎红小虫似的虚弱呻吟，又像挨饿多时一样神情恍惚。

没等魏小山回答，一个极为深沉动听的声音响起："黎红，从现在起，我会替伯父照顾好你的。"声音透出明亮与温度，像月亮升起驱散黑暗。看到男子搂起黎红安慰，那种由人代劳的妒忌心立刻在魏小山心里泛起。他呼吸加快，脸涨得发疼，始终认为是这男子勾引了黎红。他开始极度蔑视此人，甚至连其姓名都不愿意问及。黎红本该属于他这边的，她的美丽就像名贵花木只能供内部人士欣赏消受。气愤与忌恨同时像强硫酸腐蚀着魏小山的心，让他觉得黎红的结局一定会很悲惨。但看到她在那人怀里像被催眠一般，他只得收敛骄奢，把注意力重新放到今天的悼念上。"齐国民一定比我难受，不仅承受失去黎怀远的痛苦，还要看人家当着自己的面秀恩爱……"他悄悄走到一边时这么想。

齐国民请魏小山到一旁的书房休息。魏小山到里面继续打量这处寒碜至极的房子，又流下许多眼泪。不久，刘明坤、马求、雷鸣晓、董明利、肖碧辰、张惠等陆续来了，几个老朋友在书房不期而遇，话不知从何说起，最后还是马求蹲着马步压低声音说：

"堂堂一个少将，死后竟没能进公墓？"

刘明坤昨天又去香山与那个叫小玉的保姆住了一晚，从身体到精神都得到极大恢复。他在午后赶回市内，穿戴齐楚出现在这里。听了马求的话，他不表态。

"具体什么原因要问齐国民了，总之晚景有些凄凉。"雷鸣晓捏着轻巧了许多的新眼镜柄，轻轻摇头叹息。

"我家老爷子让我转达问候。"

"我家老爷子现在特别怕死，都不能在他面前提这个字。这两年，他有空就带着信用卡满世界跑。"

"奇怪啊，这么久没见到什么组织或其他人来祭奠。"董明利这话说着了，自打大家进门起就发现，灵堂冷清得像废弃的体育馆。几个人交换过意见，打算离开。可外面响起敲门声，几个人立刻安静下来，仔细听来了谁。

来人是李梅，装扮得像北京大妈，紧随其后的竟是她的丈夫李为民。他的出现，让所有男女生均大为惊讶。

"李梅带李为民来了！"马求扭头第一时间向大家通报。

"真想不到，他来做什么？"每个人都感到意外，像电视画面被定格了。

"他以前可从不参加我们的活动。别看他来自外省，比我们还牛气。"

"他只认用得着的主。黎老先生人都没了，他有何所图？"肖碧辰翻着眼睛想，再摇摇头。

大家一起琢磨这个问题，像十年前老师布置作业后面面相觑。魏小山安静地待在最里面，一方面尽可能地把空间让给大家，另一方面躲避张惠直咣咣的目光。张惠比以前更胖了，脸如8月份的番瓜，身子像只朝鲜族大酱缸。

房子里像突然游进一条蛇，气氛不一样了，一种麻热的感觉从大家脚底蹿至头顶。——李梅接到齐国民电话不得不来，不但因为齐国民在这帮同学中间具有首领气质，也因为她暗暗感激他的帮助。所以，尽管之前与黎红没什么来往，她还是把孩子交给母亲来了。就在她向母亲嘱咐孩子饮食时，李为民从外面回来，抱起孩子亲亲。

"快点啊，叫爸爸。"李为民难得流露父爱，但看到他掐着孩儿腋下一个劲摇晃，岳母紧张得不得了。

"怎么这时候回来了？"李梅好奇地问。

"我回来取钱。"

"取钱做什么？"母亲代女儿问。

"妈妈，有个大好事，您也要参与其中。"李为民最终还是没忍住，很快把上午与一个外地开发商约定的事情告诉了妻子和岳母，"房子位于南二环外，那里环境不错，而且距地铁步行只有十分钟路程。像我们这种没本钱做生意、又贪不腐的人，想让家里过得更好的办法就是投资房子。北京和别处不一样，我以职位担保，一年不出，那里房价和租金会再涨一成，不，是两成！"李为民很少像今天这么失态地大声说话，以至于把那个女孩吓哭了。李梅连忙接过孩子安慰，一边听丈夫往下说："外地的房地产只有本地人去炒，但北京的房地产全国人民都在炒。如果不是今天细听那人一番讲解，打死我也不会相信房地产如此暴利。李梅啊，妈妈啊，我们醒悟得晚了。别人早这么干了，我们却傻乎乎地蒙在鼓里，挣那点死工资。事不宜迟，他答应我的价格是外面的三分之二，我这就去交定金。"

"那得多少？"岳母支过身，像从树下数核桃。

"要贷款吗？"李梅拍着女儿哄她睡觉，一边小声问。

"贷什么款，要一次性付全款。"李为民凶狠地顶撞李梅。李梅息事宁人地看眼母亲，母亲却没看她。

"家里钱够吗？"母亲觉得女婿在这么大的事情上向她通报还算有良心，就打算帮他一回，毕竟房价比外面便宜三分之一，太有诱惑力。

"我打算要四套，每套九十三平方米，每平方米二千五百块，算下来九十三万。"

"天呢，这么多。"李梅惊呼起来。那个女儿又被吓哭，李梅连忙放电子音乐给她听，母亲却上前关掉，将一块饼干塞进孩子嘴里。李梅只能无奈地看着。

"不多，不多，现在什么时候，还这么小家子气。"母亲装好掉出来的假牙，连声不迭地说。

"一下投这么多钱，家里哪有，再说以后怎么办？"

"有人做生意，子孙千百年后也够用，我们何必这么战战兢兢。唉，当初你要是个儿子就好了，我和你老爸这些年拼死拼活就值了。要不然，他也不会躲在医院不回家，那是嫌弃我呢。好歹为民出息，撑起这个家，你要支持他呢！"母亲口风大变，将李为民当儿子对待，李为民不禁得意扬扬起来，嘴角向李梅抛出个嘲笑。

李梅脸红了，低下头不说话。

"妈妈，将来您把房子租出去，收益让李梅管起来，后面的事我一概不插手。"李为民觉得让一个快死的老太婆管事，让一个死瓜秧样的老婆管钱，比把资产交到香港基金经理手上安全得多。

"什么也别说了，梅子，还差多少？"

"还差三十万元吧！"李梅回答时，李为民将身子扭向别处，好像这不关他什么事似的。

"小梅，为民，妈同意你们这么办。所以呢，剩下的钱由我和你爸爸这边出。到时候房子一半算我们的，一半算你们的，如何？"

"妈妈，没问题。买房子是咱全家人的事，我也是为全家好。"李为民抢着回答。

"这就对了。为民啊，不是妈妈说你，以后你要多关心关心小梅，夫妻和，万事兴！"李梅想阻止妈妈，但妈妈总抓着机会说服教育女婿。

"妈妈，过去我做得不好，一心扑在工作上，疏忽李梅和家里了。我保证，以后好好待她们母女，也好好孝顺您和爸爸。"李为民大出李梅预料地谦虚、热情与虔诚，倒让她悬起心。

"什么时间把钱交齐？"

"当然越快越好，最好明天。盯房子的人多了去，省得夜长梦多。"

"好吧，为民，你先去和小梅交定金，明天我把剩下的拿来。"岳母说过呵呵笑，满是心爱地打量这个进门前自己还恨得要死的女婿。

"你要做什么去？"

"哦，差点忘了，去祭拜一个人。黎怀远知道吧，一个退休少将，死在了老家，齐国民要在北京给他办丧事。"

"听着耳熟。齐国民和他非亲非故，为什么给他办丧礼？"

"黎红你该听说过吧，齐国民一直追求她，可人家已经名花有主，就算这样，齐国民把黎怀远当老丈人一般对待。"

"哦，那个愣头青，没想到还挺有情有义。"

"其实我也与黎红不熟，只不过碍着齐国民只好去了。可是为民，既然你这边着急，那头我打个招呼就不去了。"

"那怎么行，多失礼，去，一定要去。"

"可钱不在家里，我得从银行给你取。"

"什么事能大过生死？那边人已经走了，去祭拜下是人之常情。"

李梅今天完全搞不懂李为民了，站在那里，犹豫不决。

"走吧，我陪你去。房子跑不了，那人有事求我呢。"

"你也去？"眼前这个人变化之快、之大，李梅甚至要用惊恐来形容自己了。

"毕竟是个少将，怎么也得去送送。"

"我们的为民好懂事哦。"岳母向不懂事的孩子大声称赞她的父亲。

李梅不说什么了，默默穿好衣服，由李为民陪着出来，一路来到祭奠现场。

李为民哪里是为祭拜黎老将军，他是想乘机目睹那位京城圈子里人人推崇的大美人。自打一个偶然机会看到她，他就相信人们所言是真。和其他男人一样，他迷恋上了她，自此那张美得惊世骇俗的脸，每天像个太阳炙烤着他。北京云集了全国各地的影星、歌手和模特，但在他这里，都像星辰不能与日月比。为了改变人生，他不得已委身一个痞气十足的官员家庭，变成一个没骨头的人。黎红的出现完全唤醒他沉睡的身心，令他觉得此生的亏空完全可以从她那里得到弥补。所以，当听李梅说要去祭拜黎怀远时，他就要正式见见她了。

"怎么没进革命公墓呢？"他假惺惺地关心。

"是老人家的心愿，他不想张扬。"

"一代英烈啊。"李为民随音乐三鞠躬，用绢子掩面擦拭。他从绢子后打量那个让他魂牵梦绕的美人，极力吞下那团几乎从喉咙里涌出的情欲，用一副虚伪至极的苦脸向她表示关心与问候。他的声音低得不能再低，像一尾在冰面下叫唤的鱼。他眼睛第一次触及她，就好像被强光晃瞎了，眼前黑乎乎的，什么也看不到。他乘机抓起那两只柔弱无骨的小手，立刻像老头走路闪了腰。

"您要保重啊。"

黎红不认识这个人，哽咽着说不出话，望着文质彬彬的来客，向人家频频致谢。

"她能对我说句话多好，一定比中央电视台的女主播声音还好听。"李为民在人家面临失父之痛、生不如死的时刻仍然想入非非，可见人品已经全部变质。

"谢谢您能来。"黎红喉咙嘶哑地感谢，可在李为民听来却像小提琴协奏曲一般优美。他借机公然打量她，虽然她神态恍惚，但仍美得像云隙里的霞光摄人心魄。他一毫秒内把人家打量千遍，没发现任何瑕疵。他是个完美主义与极致主义者，生活中难得出现至善至美，他必须占有。"一等一的美人，只能用绝代佳人来形容了。"他获得极大慰藉，酥心地赞誉。

但当看到她身后那个秀丽奇山似的男子时，他首先比较的是这两人是否般配，就像把一对梅瓶放在一起目测。结果让他满意，认为至今天下难找出第二对这么完美的人。"如果把他换作我该多好。"他有点难受，像丑小鸭对着白天鹅暗嘲。但接着他阴暗和霸道地想道："不对，如果没有我，他俩自然般配。现在有了我，我绝不会成全他们。"心里这么想，嘴上他却这么说：

"日后有需要尽管开口，只要我办得到。"这相当于向王海下战书，也向黎红抛出诱饵。他借往口袋里放手绢扔下一张名片，然后随李梅往后面去。可卧室里再进不去人，于是李梅向大家告别，齐国民也同意她离开。将要出门时，李为民发现地上的名片已经不见，他看到王海往自己这边看，心里顿时得意起来。

直到下午七时再没人来，齐国民就把大家邀到一家小饭馆吃饭。黎红因为没有胃口由王海陪在家里。大家临走又劝慰黎红一番，黎红伤心得又要晕厥过去。

大家哪有心情吃饭，一是出席这样的场合本就情绪不高，二是被齐国民关了一下午变得心烦意乱。齐国民随意点了几个菜，刘明坤几欲强调这顿饭由自己请，被齐国民狠狠瞪回来。几个女同学企鹅似的挤在一起，脸上慌里慌张，好像声明她们绝不会碰这里的盘碗一下。几个男生倒放得开，却东倒西歪，坐得离桌子很远，好像不是来赴宴，而是像砸场子的主。

"怎么，看不上这里？"齐国民用力咬开一瓶五块钱的廉价红星二锅头，把瓶盖直接吐地上，"老爷子天天连这饭都吃不上，他可是功勋大臣啊，活得不如一头牛。"

"齐国民，我们吃还不行吗？不要生气，不要生气。"刘明坤扯扯西服，率先坐好，连忙劝止齐国民激动。

"他的级别和工资都不低，怎么不吃好点？"问话的是肖碧辰，但大家共同等齐国民回答这个问题。

"问题就在这儿。他把大部分钱捐出去，每月只给自己留几十块的生活费。"

"也不可能人人都学他呀，那不乱套了？"

"我没有强迫大家的意思，只是想让大家知道他是个什么样的人。如果我们做不到，至少应该对这样一个人怀有好意。今天你们也看到了，除了你们几个，几乎没有什么组织和个人前来，这他妈的叫什么事！？"齐国民说不下去了，埋头哭起来。魏小山接过齐国民手里的酒瓶，往每人杯里斟上，连女生都不例外。

"老齐，难为你照顾黎老将军，也算仁至义尽了。"马求还想提黎红，但担心戳到齐国民痛处，就咽回后半句。

"再照顾他一辈子我都愿意。"齐国民抬起头，泪花闪烁，转而重重叹气，"算了，说这些做什么，今天你们能来，就是给我面子。"他端起酒，真诚地看着大家，"黎红今天不能来，我代她敬大家一杯，感谢你们给了老将军最后一点尊严。"他猛地把酒倒进口去，伏在桌上又一次哭得说不出话来。

其他人默默喝过，看齐国民伤心却不知怎么帮他。

"老齐，节哀吧，逝者已去，生者如斯。你要振作起来，赶紧想想自己的事。"

"我自己的事？"齐国民机械地爬起来，自问自答，"我自己能怎样，就算我已是旅级又如何？我在单位彻底是个孤家寡人。一些人削尖脑袋争位子，连狗屁不是的小唐都上了正团级，他他妈的连四代机是什么玩意都搞不清。最可耻的是发生了南斯拉夫轰炸事件，我们死了三位记者，当天该定为我们的国耻日。可你们往周围瞧，往外面看，天下一片歌舞升平。我看不到希望，真的，看不到。"齐国民越说声音越低，手在头发里胡乱穿插。

"那怎么办，你打算放弃之前的理想吗？"这是魏小山到场后说的第一句话，因为他一直在为那个为之热血沸腾的理想国耕耘并骄傲。

"小山，你现在是官虫、官迷！"

魏小山听到齐国民如此恶劣地给自己定性，当下羞臊不安。他憋屈多时，正好没处撒气，于是不顾这是个特殊场合，冲齐国民嚷嚷：

"齐国民，你不能血口喷人。你去过地方吗，知道基层干部怎么工作吗？他们常年四季抛老舍小，住在单位工作。上面千条线，下面一根针。所有工作由他们落实，大小差错、各类事故全找他们担责。他们享受不到福利分房的待遇，没有公车接送上下班。他们出趟门，全家高兴好几天。脸难看、门难进、事难办，说的正是你们这些大机关。就算基层有，也是上梁不正下梁歪，是从你们上面传下去的。"

刘明坤要讲话，被魏小山拦住。他大大灌了口酒，酒气喷到对面马求。张惠急得直摆手："小山，少喝点酒，对身体不好。"女生们头一次见魏小山这么激动，都吓坏了。肖碧辰也冲魏小山摆手，可他哪里顾及，煮酒论英雄似的纵论自己的江山大事。

"反观你呢，齐国民，只会豪言壮语。你去照顾老人我敬佩至极，可除了这个，你还有哪样拿得上台面？你是在军队里立功了，还是在杂志上发表文章了？不管你拿出点什么，总得让我们信服，别在这里指手画脚。我就是想告诉你，我从来没忘记过自己的誓言，一直在为那个理想而努力。"

齐国民不认识魏小山似的看着他，压根没想到反对最激烈的是平时与他最要好、最贴心的魏小山。他喝点水醒醒神，又看看大家，好像忘记自己刚才说了什么。

"是这样，小山，我要离开机关，已经正式向单位提出辞呈。"

"你疯了吗？"刘明坤放下筷子，表示真心不解与生气，"冲动是魔鬼。难道因为工作不顺心就这么草率？"

张惠蒙了，像看到父母吵架一样愣住。

"瞧，你们都误解我。"齐国民不顾形象地往旁边擤鼻涕，透着气说："恰恰相反，我在单位很顺利，领导和同事们也很器重我，否则我是不会这么自由自在的。"

"你总给大家传递错误信息。"肖碧辰抢白齐国民，朝他扔颗花生米。

"怀才不遇说不上，我也没正经上过什么学啊。但是——"齐国民停下，把掉进酒里的花生米捞出来吃掉，"不务正业倒是真的。说实话，我在那里快憋闷死了，领导和同事们的皮鞋都让我擦遍了。"

"天呢，不敢相信！"

"不是人家不忙，是他不忙！"马求笑着解释。

"说吧，齐大长官，你辞了职干什么去？"常硌宝像探子般打量周围，眼睛甚至不看齐国民。

"我不是辞职，是到基层去，从下面做起。"

"然后呢？"马求好笑地问。

"摸透下面情况，对症提出方案。"齐国民像长距离游泳运动员似的，头埋在水里不换气地说。

"什么方案？"这次轮到刘明坤发问。

"我认为改革一定要从下而上，这样才能掌握最真实的情况。"

"国家不是正在这么做吗？"董明利同大家一起转过身，不明白地问。

"就我个人感觉，改革像一辆半路出了问题的车子。"

"齐国民，你这不是胡说吗？中美入世谈判已经结束，我们马上要真正融入国际社会。这就是改革的结果，也反过来倒逼改革。改革不是以前'要我改'的问题，而是'我要改'的问题。"

齐国民咯吱咯吱咬着一块凉拌"心里美"，低头独自喝闷酒，慢慢说道："改革的初衷和前提是改善群众生活，所以一定要听取个人意见，听取各地区的意见，听取各方各界群众的意见。民心决定方针，社情决定路线。不可否认我们的经济改革非常成功，但改革的内容有很多，政治改革、文化改革、军事改革和社会改革，所有改革都要有新思路、新办法，但新思路和新办法从哪里来，待在机关里就能想出来，还是个别干部可以越俎代庖，抑或是一味从他人那里借鉴？别的只是策略，唯有遵从群众意愿才是根本。黎怀远就是这样的典型，他始终深入连队与战士中，经年累月写下许多有见地的材料，整理出来有二尺高。如果他的建议及时得到推行，我想我们的军队建设会是另外一个样子。他死得太凄凉，最后的话不是给子女或自己提要求，而是让我给他放了一首《我爱祖国的蓝天》。这促使我下决心，从基层做起，为军队改革提出对策。"齐国民说到这里，停下好长时间，直到那个痛苦回忆像阵风过去，才重新抬头看打算接话的刘明坤。

"你说得好像也对，经过这些年发展，不仅温饱问题基本解决，而且上学难、看病难、就业难也正在解决。并且从十二大开始，我们的改革开放路线越来越清晰，改革目标越来越鲜明，改革措施越来越到位，改革成果越来越丰富！"

"我没说国家安排不好，只是强调改革的思路要从群众中来、到群众中去。我反对机关主义与个人英雄主义，我要改变的是工作作风。改革由下而上一点没错，雨不是真的从天上到地下，而是先从地上到了空中。"

"齐国民，我还是不同意你的意见。"魏小山仍觉得齐国民像针对自己，尽管他知道是自己多心了，但那团憋在心里许久的火忍不住要朝齐国民喷射出来。他的失态让齐国民与众人颇感意外，便把目光都聚向他。"中国这么大，实施如此庞杂的改革，如果不是自上而下又怎会成功？改革肯定不是拍脑袋决定，而是由国家领导和大批专家智者精心构建与规划实施的。从小岗村到深圳，从邯钢到宝钢，再到沿海、沿江和沿边境线开放，都体现了缜密的阶段与步骤。包括刚才刘明坤说到的，从改革目标的设定，先农业后工商业，再到政治与社会领域，都体现出这是一个目标明确、步骤清晰、举措得力的程式。试想，如果没有国家上层对于改革达成的共识以及学术界所做的咨询，改革能有现在的程度简直不可思议。"魏小山说这番话时，并非真把齐国民当对手，而是好像向所有改革的质疑者、反对者和破坏者慷慨陈词。他义愤填膺，借此向他们开炮。他看到大家张大嘴一齐看他时，知道自己闯祸了，但又想，在一些事关重大的问题上，就算一个盲人也是有态度的。

不过，他让他们另眼相看了，因为在座的没人能说出他这样一段见地深刻的话。

"但是，把民间意见与建议集中起来有什么不好，民间情绪真正暴露问题，而民间智慧能够有效地解决问题。解铃还须系铃人，自家斧子总比别人的好使，你总不该否认农村改革是先由小岗村农民偷偷搞起来的吧，而之后任何一项改革也都先从试点开始，这正是民间智慧解决问题的体现，政府和学者仅是做了后续工作。"

"政府决策与学者立说一定会吸收各方面意见，每个决断都包含历史和现实、国际和国内、自然和社会等各种考量。民间智慧可能在某个时候被突出了，但仍是总体因素里的一个，而不是全部。"魏小山想到各级人大代表和政协委员每年年初开会的情景，想到以往各项改革落实不力导致的混乱情形，顽固地认为改革就应该由上而下进行，否则局面会像水下流沙。

张惠乘人不备给魏小山倒杯热水放到他跟前，然后毕恭毕敬往他这边瞧。她一心想着怎能让他喜欢上自己，哪怕只有他对别人十分之一的好也行。这样一个英俊潇洒、见多识广、能说会道的男子，如果嫁给他，她会对他百依百顺。

"说了这么多，不就是相当于精英代理吗？"怒气出现在齐国民脸上，像黑色雨帘垂在天边。他把一只手放在桌面，筋络隆起，血流涌动："可弊端你知道吗，有些人过分倚重自己、看轻群众，尤其容易滋生骄奢淫逸，催生腐败与利益集团。"

"可历史不就是这样吗，政党的出现不就是应时而生的吗？总得推举出一定代表集中表达意愿啊！"

"小山，你要把我打入十八层地狱是吗？我把你当朋友，你却把我当敌人。我和你一样喜爱咱们的国家，我没想那么多，只想她变得更好。"

魏小山放松下来，意识到自己错了，不敢看齐国民火红的双眼。众人也觉得魏小山过了头，好在他及时收脚，大家都松了口气。

"或许你说得对，一些做法的确应该从基层中产生。可基层情况并不是你我想象的那样。你口口声声要问政于民，可目前行不通。"

"可你所说的基层未必是我所说的基层。你和那些群众真正在一起了吗？你只是在基层一级的机构里，平日里对他们发号施令。"齐国民冷冷地说，消瘦的大手在桌上挠着，好像要在上面挠出几条深沟来。

"天呢，你们这是自己人和自己人干上了吗？"马求不耐烦起来，晃动大狗熊似的脑袋，眼里很忧伤。

"我说几句吧。"刘明坤觉得该出面收场了，不能任由这场谈话像欧洲一体化那样漫长，"还是面对现实吧。所谓现状就是党领导国家，下一盘起死回生的棋。老齐所说的由下而上、小山所说的自上而下，只是这盘棋的下法而已。关键是这盘棋由谁下，然后才是怎么下的问题。执白子的当然是我们的党，我们党把这盘棋下活了。怎么做到的，清楚了这点，其他问题便迎刃而解。很简单，就是一套深入到底层、无死角的庞大党员系统。这是中国解决问题最根本的好办法。截至目前，我们的党员数量已经达到六千三百多万，这套行之有效的系统连接着中国城乡的每个组织、每根神经，这就是中国革命、建设和改革之所以能够成功的最大秘密。也正因如此，我们的党和国家能掌握到最基本的情况，做到意见集中。"

"瞧你说得多轻松。我们党领导下的社会建设与改革受益面应该是100%，就算有1%的遗漏也不应该，那也有上千万人。小山，马求，刘明坤，你们不理解我，我也不理解你们，这个饭不吃了，先走了。"齐国民说过，没等其他人解释，披上衣服一声不吭走了。

老板娘拦住齐国民结账，刘明坤呵斥："几个塞牙缝钱你嚷嚷什么！"

老板娘被唬住，刘明坤从包里抽出二百块钱扔过去，老板娘慌忙接了，几个人不开心地出来。

"本来参加丧礼心情不好，结果给你们吵得更不开心。"

众人的心情与繁华的盛世街景形成令人警醒的对比。

"小山，各位，心情好起来，什么都别想挡住改革这条滚滚向前的洪流。"

"过度同情是一种心理疾病，就像洁癖本身是可笑的。"

"小山，我们不会在友谊上抛弃齐国民，但在政治理念上会抛弃他。"

马求主动提出请大家吃饭，补上上次因为喝醉没能举办的小范围聚会。

一行人来到附近一处高档餐厅。正是晚上集中上客的时候，里面灯火辉煌，与刚才的小饭馆有着天壤之别。

"这才是属于我们的世界！"马求像从泳池里钻出来一样舒展腰身。

一行人很快就被丰富的食物吸引去了，把不到一小时前的不快忘得干干净净。但有人例外，她只在看到对方吃的时候自己才咬一小口，并且看他取什么，她就去取什么；跟在他后面时，不敢看他腰部以上的位置；他和别人说着话，她赶紧埋下头听他说些什么；他低头进食，她抬头大胆盯住他的一举一动。——人生第一次，张惠对异性的兴趣超越了食物。眼见同学们相继结婚，她一刻也等不及了。

"我们之间的理想已经出现了分化。"马求咬着一块鹿骨头说，并没因此分心，"十年前的我们都还幼稚，根本不了解生活。这些年过去，大家在想法上产生分歧再正常不过。与其说那时都有雄心大志，倒不如说现在我们的理想因经历不同更加具体化。改革总会容忍人们犯一定错误，社会趋势正是无数人的无意识行为产生的方向力，我们在各自岗位上的追求就是具体化后的理想。"他熟练地用筷子找出鹿髓，把它吸入肚里。

"譬如你住进大房子，让尤丝莉做全职太太。——瞧，那边发生了什么事？"

董明利提醒大家，大家转过去，看到很多人端着盘子不去取食物，而是要么伸长脖子往桌后瞧，要么弯下身子往桌下瞅。

"过去看看！"雷鸣晓擦拭过眼镜，拉起魏小山过去，其他人跟在后面。

桌前聚起很多人，正对着桌后指指点点。雷鸣晓和魏小山挤前细看，有个黑色东西正在快速移动。

"是只乌龟！"

"是只老鼠。"

可不管人们怎么嘲笑，那个黑影就是待在里面不出来。见饭店有人过来，狡猾的"老鼠"立刻钻入桌帘。饭店人员就用扫把往桌下捅来捅去，"老鼠"传出难听的骂声。

"你大爷的，想要老子的命是不是？"

"声音好熟。"魏小山几个停下笑，互相看看。

"像常硌宝。"肖碧辰捂嘴说出来，大家听后马上变了脸色。肖碧辰和张惠赶紧往回撤，男生们像认领罹难亲人一样悲哀。

不一会儿，常硌宝头罩黑衣，抓着拖把，从桌下被拉出，跳起指着轮流叫骂。魏小山几个出面相认，又痛苦又丢人。

"喂，这边来。"雷鸣晓摘了眼镜挡着脸，冲常硌宝低喊。

"你大爷的，有本事再动我试试，让你们吃不了兜着走。你，还在拍——"常硌宝头包着衣服，露出一条狭长的脸，凶得很，用手指着，威胁那些不愿散去的人。

"他一出场准出丑，是谁说他来了才热闹？"肖碧辰回到餐桌，表情复杂地议论。

常硌宝不依不饶，最后连几个朋友都生气了。马求上去撕下常硌宝头上的衣服，吓得他立刻护住头，紧张地往四周瞧。

"你怎么会这样？"刘明坤回去，坐下不拿正眼瞧常硌宝。

"少问，不关你的事。"

"你还有理了。大伙折腾这半天，就换你这句话？"刘明坤想发作，可往周围看后，用手理理头发。

"再搂就光了。"常硌宝盯着刘明坤看。

"你！"

刘明坤刚瞪眼，常硌宝扑哧笑了。

"你就不能正经点吗？干吗弄得人不人鬼不鬼？"马求把手放肚上，像艘船随波起伏。

"我就是不想让人认出来。"

"又怎么了？"董明利垮下身子，懒洋洋地问。

常硌宝使劲在黄色地砖上搓鞋底，在上面留下一道道黑色印痕。他低下头，不说话。

"常硌宝，你再这样，我们以后不理你了。"马求正色道，像个相扑运动员坐直。

"哥们生意栽了，差点赔上性命。"

"什么时候的事，我们没一点消息？"

"不可能让你们知道的，否则这个国家哪有秘密。"

"你急死人，这时候还发牢骚。"

"前些天曝光的几个走私大案都听说了吧？"常硌宝眼睛骨碌骨碌地瞧众人，然后舌头舔舔门齿，"对，这里面有哥们儿。"

"天呢，你这是找死！"张惠自从进餐厅以来，第一次正式发言。

"原来你还是个可恶的不法之徒。"

常硌宝眼珠一转，哼哼冷笑："少扯，我和那事没一点关系。再说哥们是谁，长着三头六臂呢！"

"你这云里雾里到底演哪一出？"马求火了，要过去收拾常硌宝。

"许你们发财，不许我弄几个小钱花？"常硌宝声音大得整个餐厅能听到，马求只好不动，用力吸嗫上唇。

"得，在座的谁也别惹我，哥们今年流年不利。"

"常舌头，我以后就叫你常舌头。"刘明坤愤愤不平地强调。

"你鬼鬼祟祟，让大家看我们的笑话。"

"让人认出来，哥们以后怎么见人！"

"现在好了，厨房的配菜师傅都记住你了。"

"哈哈，哥们这不是包着头吗？"邻座的人与常硌宝四目相对，他冲人家做鬼脸。

"唉，坐上船头便采撷，大树底下好乘凉。"马求放下汤匙，平静地用手帕沾沾嘴角。其他人纷纷点头或沉思，给予他头目般的默许。

"除了小山我不敢说，剩下的你们，个个和我没区别。"常硌宝撸着油乎乎的鹅腿说，顺便眼睛扫视大家一圈。

大家都假装吃东西，低头不语。魏小山之前也低着头，但听常硌宝这么说马上抬起头，眸里亮晶晶的。

"既要吃得快，还要不让人发现嘴角有油。"雷鸣晓从厚厚的眼镜片后费劲地看食物，并给常硌宝示范抽虾线。常硌宝学着做，但没成功，直接把虾吐桌上。

"常硌宝，以后你最好别出现。"马求想起尤丝莉对自己的告诫，直接下逐客令。

常硌宝摇晃的频率慢下来，眸中魅影渐渐由轻浮转向阴郁。随着马求的表情趋于冷淡，常硌宝的脸色完全变了，像被大量抽血一般。

"你们就是这样抛弃朋友的吗？我怎么了，好像你们是国家惩罚我？"常硌宝把头缩进衣服，不是因为害怕，而是攻击前的后撤。

"我们已是成熟的中年人了，不可能总带着一个长不大的孩子玩。"

"你说我是小孩子？嘁，老子玩了多少女人，你们知道吗？"

"瞧瞧，他总说这个——"

"我说这个怎么了，别以为你们的事情老子不知道！"

"我向诸位保证，除了尤丝莉——"

"是吗？"常硌宝冷笑着走到马求后面，马求不知道他要干什么。就在马求害怕听到常硌宝说出自己一些什么的时候，常硌宝突然把他的手放到张惠腿上。张惠反应过来后又哭又叫，马求便抱着常硌宝扭打起来，旁人拉都拉不开。一场聚会不欢而散，剩下的人在医院里陪马求接受治疗。赶到医院的尤丝莉在众人的包围圈里破口大骂常硌宝。常硌宝早在打倒马求之后溜之大吉。他打回电话给魏小山，让魏小山到歌厅找他一起唱歌。魏小山在电话里数落他不该下手这么狠，他笑得上气不接下气："那小子太草包，没怎么着就蔫了。"

张惠坐在众人外，已不再那么伤心。在这之前，任谁劝她都不听，但一听到魏小山说话，她就乖得像只小猫。她故意哭一会儿停一会儿，凭这个得到魏小山的许多体贴。今晚她虽然受到常硌宝捉弄，但也是自暗恋魏小山以来最幸福的日子。他的帅气和富有魔力的声音，让她心驰神往、更加依恋。——还好马求没什么大碍，在尤丝莉陪伴下回了家。魏小山听到他往外走时，气愤地对尤丝莉复述整个过程，并且不断向她保证：除了她，自己没与任何别的女人有染。尤丝莉怀疑地打量马求，然后在她钻进那辆红色 QQ 时，对马求几乎爱理不理了。

张惠找各种借口要求男生最后送自己。但她那陷入狂热爱情的心事，早已人人皆知了。于是，只剩刘明坤与魏小山时，刘明坤向魏小山挑明了。

"小山，她迷你迷得可不轻啊。"

"谁，什么啊？"魏小山一心想委身权贵，就算不得已，对方也要有黎红那样的惊世容颜。而张惠相貌平平，家庭也与自己相似，他根本没有兴趣。他明知故问，不看刘明坤，想转移话题。

"之前的机构改革你没能抓着机会回来，日后怎么打算？"

魏小山凄凉无助地望眼刘明坤，不知道他要说什么。但被发现最大的心病后，他差点膝盖一软摔倒。他眼睛转向霓虹闪烁的街巷，觉得自己像被排挤到天边的那个渺小月亮。

"小山，只要你同意和她的婚事，事情就有转机。"

魏小山惊讶地转过来，见刘明坤正朝自己点头微笑。刘明坤伸手拍拍他的肩膀。

"还记得那个年轻人吗？"

魏小山马上想起那张不喜欢看人却总被人包围与奉承的脸，点头："记得，怎么了？"

"张惠可是他亲表妹。"

"有这等事，我怎么没听说过？"魏小山说完失聪了，耳朵里嗡嗡作响。

"这还不算，他是张惠妈妈一手养大的，所以对张惠家言听计从。"刘明坤对魏小山全盘托出，惊得魏小山眼珠子都快掉出来了。

见魏小山呆若木鸡，刘明坤敏感地预测到了结果。他慢慢地往前走，魏小山紧随其后。等他全部讲完，已经完全摸透了魏小山心思，便在分开时讲：

"想好了告诉我一声，我把他约出来，让他替你保这个媒。"刘明坤精谋此事，觉得自己用兵如神。

魏小山犹豫着，一会儿觉得自己应该守身如玉，一会儿又觉得为那个远大的政治理想即使舍去个人幸福也在所不惜。他像面对两个打得难舍难分的对手难以下注，在那里急得抓耳挠腮。刘明坤这时聪明地离开了，他知道自己再帮不上忙。而以他作为一个被权力熏陶出来的老手来看，从一开始就知道，一个痴迷于权力的人终究会做出何种选择。

魏小山没有乘车，而是穿过深夜的王府井步行街步行七公里回家。母亲多次打电话催促，他置之不理。现在别的都很次要了，他正经历人生中最关键、最重要的节点。转机说来即到，让他措手不及。他身上浓浓的酒意已经散去，陷入比醉酒更甚的晕厥。世界燃烧和闪耀在一团粉红色的光里，他头重脚轻地往前赶。他觉得这帮朋友像散了戏一样各自回家，再把他们叫在一起，已经很难了。他们的理想哪去了，像隐遁于混沌的京城大地，弥漫于污浊的空气之中。"不能放弃理想啊，那些名传后世的大英雄，一定会将理想情怀置于人生的第一选项。他们为时代而生，为更多人而活。这就是他们与普通人的区别。时代和历史总会造就出一批思维、行为与众不同的人，由他们带领人们走向新阶段。现在，既然自己有这样的觉悟，而且一直在坚持，就应该成为那样的人。一定要让改革成为一种永久的机制，实现社会肌体的自我更新，从而使我们的民族永远生生不息、立于不败之地。现在，上天赐给我一个机会，我竟在这里磨磨叽叽。鱼与熊掌不可兼得，这个道理我应该懂……"激动之余，他连做几个蛙跳。脚步声回响在空旷的街道，他甩起臂膀轻松向前。

时间已过晚上十二点半，刘明坤躺在床上睡不着。他反复琢磨此事，预料各种结果。忽然床头响起短信提示音，他伸手抓过手机，黑暗中眯眼看，正是魏小山留言，只短短几个字：有劳明坤，请安排！刘明坤释然了，像准备妥当的远洋货轮，发出一声长鸣后收锚起航。尽管知道魏小山很快会回信，但没料到这么快。他轻摇下头，不经意说句"有点太急些了吧"，这才沉在松软的鸭绒垫里安然入梦。

第二天傍晚，刘明坤亲自做东，请来魏小山与张惠表哥。事先刘明坤已把这事通报给张惠和这位表哥，张惠激动得当即失去辨别方向的能力，差点撞翻妈妈的梳妆柜。等她再次把这事向表哥确认时，对他千叮咛万嘱咐。表哥起先还以为是魏小山想攀龙附凤，根本没打算认真对待魏小山，可听到表妹一直暗恋他而不结婚时，马上态度变了。事情就这样水到渠成了。见面时，魏小山已对年轻人是另一种感觉，以至于脱口而出直呼人家"表哥"，弄得刘明坤当即没话说。"还有什么好说的，这事是三个手指捏田螺——稳拿！"饭桌上，那位表哥神情肃穆地替表妹问这问那，魏小山像参加航天员选拔一样认真作答。三人几乎都没动筷子，刘明坤在一旁玩着手机游戏，耐心等足两小时。三人分手，刘明坤和魏小山亲自把表哥送上车。只剩两人一起时，刘明坤发现魏小山已不似从前，说话变得轻快果断。刘明坤内急一样迟疑和哆嗦下，马上对这个一度要好的同学格外有意起来。

母亲开始大张旗鼓地给儿子张罗婚礼，到处对比酒店价格，选择菜系、菜品，确定邀请客人，选购邀请函并构思措辞，那劲头像一个得知自己死期将至的母亲，有条不紊为儿子赶着做力所能及的事。她甚至忘掉吃饭喝水，好像要以生命为代价换取一场隆重的婚礼。可当她坐下来喝口雪碧缓解心燥时，一阵无比钻心的痛从她体内像一枚炮弹呼啸而出，而后一口鲜血直接喷出她嘴里，溅到她身上、地上、桌椅和墙上。那个几乎要她命的问题就是魏小山的婚房问题，事前她把所有问题都想到了，唯独忽略了这个。她慌乱起来，五脏六腑裂了似的呻吟。现在全北京房价飙升，她攒的那点钱连首付都不够。眼见儿子下午五点要从外面回来，她挣扎着把溅得到处都是的血迹擦干净，在儿子进门那一刻，变得笑盈盈。

"怎么样，对方给回话了吗？"

其实她早从魏小山的脸上找到答案，因为他进门起就有话说。想到那个锥心的问题，她喉咙里就不断有东西隐隐翻滚上来。她强作镇静，故意侧头轻松追问一句："对方到底怎么说的啊？"

"妈妈，事情全妥了。"魏小山一进门先喝水，用袖子直接擦嘴，一副大功告成的松快劲。

"快对妈妈说说啊。"母亲抓住儿子肩头摇晃，像晃动一棵未成熟的果树。

"时间定在 12 月 31 日。"

"多好的日子，举世欢庆。"母亲用力地点头。

"他们提出不要任何彩礼，唯有一条，让我全心全意对张惠好。"

"这还用说，天下父母谁不这样。"母亲牙缝里渗着血说。她很想笑，但笑不动。

"婚礼所有的事项由他们安排。"

"咱们这边呢？"她眼睛都快睁不开了，虚弱地问。

"咱们这边只管负责邀请客人，到时两家合办。"

"合办？"她挣扎着坐好，不认识儿子似的打量。

"对，地点选在著名的 ZY 饭店。"

"哦，ZY 饭店，很好。"她眼前出现了那座北京当下最显赫、最昂贵的饭店，把头下意识抬得很高。而对于之前她所做的所有安排与忙碌，好像她拎不动的购物包，随便丢路上了。

"费用呢？"

"妈妈，这还用说，当然全是人家出。"魏小山特意强调这一句，他认为这最能使妈妈高兴。因为他知道，对于他们这个正直的家庭来说，最缺的就是钱，最能带来快乐的也是钱。

"天呢，他们太慷慨了。"母亲的笑终于像株沙漠植物难能可贵地分泌出些东西，但她感觉自己马上就要死了。

"妈妈，您没事吧？"

"小山，妈妈好着呢。那，那你们住哪儿？"

"结婚当天住饭店，表哥已经预订好一间总统套房。至于婚后吗，他们正抓紧装修北三环外的一处别墅，可能就住那里了。"

"小山啊，我们把你卖给人家了！"母亲说过，倒头昏死过去。

魏小山在把母亲送往医院的过程中在救护车上想："不，不是你们把我卖了，是我自己把自己卖了！"他颊上挂着泪，望着车外灯火连绵的街区，高傲和冷酷地笑了。

二十九

父亲过世不久，黎红毅然离开杂志社，在王海帮助下，自创一家广告公司。现在的她真的开始忙碌起来了，从不食人间烟火到接地气，要为一斗米奔波。父亲之死让她像把一本书轻轻合上，而与王海相爱则像打开了另一本大书。两个男人分别带给她两个世界，一个是清心寡欲、清冷高远，一个是七情六欲、红尘世间。过去她习惯清冷高远，如今严重依恋俗世红尘。两人的恋爱关系终于在她父亲死后正式确定下来，就算受到方方面面的质疑与诋毁，她铁心只爱他一人。"他就像现实中的仙兽，隐于神秘的烟雾之中。"她咀嚼着一只槟榔，伏在《海蒂性学报告——男人篇》前面寻思，"我的生命里只有他了。我的目的不是得到他，而是成就他，这就是我的人生意义与伟大所在。我要无微不至地照顾他，一如母亲当初照料父亲。还要尽量不去打扰他，将对他生活的影响降到最低限度。这就是爱，为对方考虑得如同军事预案一般缜密；这就是付出，像战士在战场上毫不吝惜生命一样。她幸福地想着，在床头静静合上书，枕着它翩翩入梦。

此外，黎红也着手开始她的写作，打算在新世纪头一天动笔，以使这项她准备近十年、庄重伟大的事业始于一个有意义的日子。工作令她自信，爱情催她成熟，写作令她完美，她就是这么替自己设计今后的。当她渐渐意识到自己已经成功走出父亲去世的阴影后，很快变得更加自立了。而对于王海，即使平时很少见面，却时时牵挂着他。"如果他能在新旧世纪之交向我求婚，我对他就别无所求了。"她坐在开放式的办公区不时胡思乱想，常常因此耽误了工作。

世纪末的1999年，于国于民都大事不断，让人眼花缭乱又应接不暇。集团整体上市后，带给王海的最大冲击是，他的专业知识与管理能力已难以胜任工作需要。其实不仅是企业界，整个社会的管理运行都进入专业化阶段，妈妈账和老头账那样的管理已经过时，成功不能再靠钻市场空当，提升个人专业技能势在必行。为此，他和魏小山一样，前往北京参加了知名高校面向全国企业家举办的专业素养进修班，以弥补因专业知识不足造成的软肋。"起码我要看得懂规范的财务报表，对企业资金运转做到心知肚明，不能再靠过去简单的'望闻问切'，而要依据数据做出模型预判。高效的人力系统也很重要，什么样的企业规模需要什么样的组织结构和相应的人员数量，这个一定要精确再精确。培育良好的企业文化也至关重要，借此对内增强员工向心力和凝聚力，向外增加影响力和美誉度。"当他看到周围聚起一支庞大的企业家学习队伍时，内心激动不已，"一定要避免出现企业的'老小孩'现象，不能总维系过去的模式，要适时跟进调整；赚取利润后，一定要舍得再投入，不能有抱残守缺的念头；还有，最重要的一条，企业家务必从赚钱心态中跳出来，面向大众和社会，怀有大格局和大情操，给企业未来发展'开天辟地'。"

这样，王海去北京的机会就多起来，与黎红见面的次数也越来越多。并且当他真正了解到她的性情与习惯后，对她的关心与照顾更加细致起来。他准备接纳她了，想选择一个重要的日子向她求婚，但似乎总找不到那样的日子，而她也似乎避谈这个，于是两人都陷入意乱情迷中，极力躲开这最核心的问题。学习、恋爱、工作等，这些散碎零乱的内容，让王海像夏日雨后穿多了一样，既喜爱又烦躁。而这时，偏偏吴铎又选择离他而去。

现在，1999 年 10 月 15 日的清晨，温柔的日出映红整个维多利亚港湾，而这略带羞涩的光，同样映入临近海湾一座大厦二十七层的一间办公室。还好，它体恤地只停留在正厅，没打扰到侧面一个狭窄过道里那个正蜷缩着的人。他直接睡在地板上，全身裹条薄毯，几乎和衣而卧，正发出均匀的鼾声。过道常年照不到太阳，墙皮有些许膨胀脱落，支撑楼体的三角体部分几乎扭曲变形。可以想见，即使体质好的人，久待这里身体也会出毛病。这人正是吴铎，自他离开 T 市到香港创业，全然不顾这些，一心想趁互联网产业方兴未艾之际，争分夺秒地抓紧研发技术产品。"香港应该也有条件成为世界科技文化创新中心！"这是他选择到香港而不是别地进行创业的根本原因。为此，他玩命地恶补各种知识，希望以最快速度推出自己的产品。此时，他鼻前就仰着一本外文书，是他昨晚睡得太晚，结果书从手里滑落，而正厅的一台电脑也因一直使用到深夜忘了关机仍在嗡嗡运行。促使他最终做出离开王海和内地前往香港创业决定的，正是在他与王海、刘成商谈过那件大事之后。他再也坐不住了，没想到中国新一代的年轻人竟有这般胆识，敢做古今中外没人做过的大事。强烈的触动下，他开始反思，意识到自己在过去二十多年里，一直误看世界，也一直高估自己。早先他从英国留学回来，自恃掌握了世上最好的知识、最先进的理论，对照之下，对贫穷落后的祖国产生深深的失望。他自视甚高，瞧不起别人，与大家关系越来越冷淡疏远。也正因为这个，他光顾着掩护自己的优越感和虚荣心，从而遗忘了学习、进步，沦落得偏激、保守和顽固，既叹生不逢时，又毫无实际作为。他成功地给自己筑起四堵高墙，亲手将自己关进里面。如果不是毕副市长把王海介绍给他，如果不是王海的个性和理想像一阵强光照进他内心，估计他还在故步自封和自以为是。而在与王海合作的过程中，他终于重回社会，感受到时代与社会的迅速变化，看到国家、社会和人们由衷而发的变化，一度迷失的灵魂这才复苏。而刘成带给他的震撼，更令他情绪彻底被气化和升华。他检讨并自责，不断给自己打气："我不应该在自认的制高点上审视社会与他人，我应该走下神坛，走到他们中间去，积极平等地参与事务。我已经落伍了，岂能再抱残守缺？我多么无知，又多么滑稽可笑！"时不我待，当时他用最短时间撰写出报告，次日一大早交到王海手里。

"我们要与大海决战了！"王海看罢，坐在办公桌后，尽管带着些迷糊，但幸福又激动地呼喊。现在的他，得着知识与爱情的双重滋润，像个奶水充裕、肥头大耳的孩子。"我们要真正闯入外海和深海，完全按照国际规则与他们打交道。任何规则都是博弈的结果，世界格局在各种力量的此消彼长中发生变化。"他深有感触并略带发挥地说，内心已认可自己是个颇具情怀与视野的大企业家了。吴铎不动声色地听下去，平静的外表下，双眼因泛起泪水而特别漂亮。

"王海，我要离开了。"吴铎声音不大，但在清晨的房间里异常清晰。

"吴兄，你说什么？"王海专注于报告和其他事情，一时没听清吴铎说什么。

"王海，我要离开你了！"

王海手里的报告差点掉下去，双眼怔怔地望着吴铎，好像仍没听清或不明白吴铎在说什么。

"王海，并非我背叛你，也不是不喜欢你，只是觉得，我该为自己做些什么了。你已经成长起来，正因如此，我今天才宣布。"吴铎说得不紧不慢，显示他经过了缜密思考。

王海感觉身后像被撤去屏障一般，脊背冷飕飕的。他的情绪像池水发生颠簸，眼睛一下子有些模糊。"是我待你不周，还是你不看好我们的将来？"他小心追问，来到办公桌外，上前拉住吴铎的手，眼里流露出恳求的神情。

吴铎默默摇头否认。"不，你待我很好，如父兄般敬重我。但我有了新想法，它本早已死亡，现在却又在我心里复活。我手痒痒，心痒痒，实在难耐。"看到王海惶急的样子，他欣然一笑，解释道，"放心吧，中外很多企业家都在四五十岁创业，我会像他们一样，开创属于自己的天地。"吴铎这么说，既是安慰王海，也是鼓舞自己。好像他是一座屹立在出海口的岛屿，任风浪四季，身形若隐若现。

"你要怎么做？"王海像小青虫从树叶后仰望大月亮，吴铎则像中秋夜大青鱼伏于湖渊摆摆尾。

"王海，说到这个，我要特别感谢你，是你让我萌生了希望！"吴铎委实动情了，不再掩饰与抵制，像魔术师自揭幕后的秘密，"我也要感谢这个激情澎湃的时代，以及所有创业者，是你们令我汲取到时代磅礴的能量。如果按一百岁活，我还有五十年。五十年是个什么概念，又是一代人，我完全可以干出一番大事业。"

王海仍以为自己诚心不够，转身指着办公桌："我说过，只要你愿意，集团副总的位置始终给你留着，你在这里照样可以圆梦！"

吴铎听罢果断摇头，以至于仿佛在房间里生成一股小风。"不，不是一回事。原谅我这么说，我的梦想就像我的亲儿子，一旦它呱呱坠地，我就得负责把它抚养成人。这个我丝毫马虎不得！"吴铎快速否决与澄清，尽管背对窗户，仍看到他面红耳赤。

"只要你留下，我甚至可以把集团总经理位置让出来，另配股权！"王海急了，抛出最后条件，然后带着见证万分之一概率出现的希冀，睁大眼睛等吴铎回答。这些年，吴铎每每在关键时候为他和集团指点迷津，所以吴铎对于他与集团的贡献厥功至伟。如今吴铎要离开，他一万个舍不得，所以不理解也不愿意他这么做。

"王海，你还是不了解我，我要的不是这个，而是要亲手实现自己的梦想。这是个激情昂扬的时代，我不能再耽搁了。潜伏在我心里的种子已经感受到光与热，它们要扩张了。"吴铎全身放射足以照彻整个世界的光辉，令一百四十平方米的办公室几乎不能容纳。

王海黯然神伤，也彻底明白，吴铎留不住了，就如他和父母在那个长夜失去老宅，就像他在那个清冽的早晨永远告别荒原和军营，就像他在最初成功的一刻被林邱仁无情拒绝。是的，现在的他，除了对未来产生的迷茫，还有毫无气力的漫漫孤独和痛楚。

可吴铎仿佛是令人称奇的大自然，洞悉万物生存的规则与道理，继续水平无波地说："你要和刘成整合国内汽车产业，建成一个拥有完整汽车产业链的巨型集团，一举打造一家全国性的汽车生产企业，这想法、做法在国内外都绝无仅有。从它酝酿起，就是个伟大梦想和超级工程。它是能够实现的，这样的企业一旦出世，将对全世界的汽车产业造成冲击。当有人一心只想着把企业做长久的时候，你们却要打造一个企业帝国。这个帝国可能是短命的，但它会改变世界汽车产业的格局，在短时内高效整合整个产业，对于中国与世界汽车业具有重大历史意义。我受到这样的启发彻夜难眠，如果你们两个有整合国内产业的想法，我为什么不可以借助国家强盛时期，参与国际产业整合呢，或者说我站在国际角度去另做一些事情呢？当然我可能失败，但虽败犹荣。"

听吴铎这么说，又看他满怀信心，王海虽然伤心，但稍稍松懈些，仍感觉像大病过一场似的浑身乏力。

"也就是说，从现在起，你要直接去到国际与他们竞争？"王海想请吴铎坐下，吴铎拒绝了。王海多么留恋眼前这个人啊，像守着一个随时会飞走的先知。

"在传统领域我们没有一席之地，但 IT 行业是另一番情形。世界进入高速信息时代，人工智能发展正当其时，这正是我们介入国际赛道的最好时机。"

"你已经决定好了，现在只是来告诉我？"王海这么说并非责怪吴铎，只是一方面在向吴铎求证，另一方面开始沉下心，打算从现在起，由自己真正面对世界。

"我打算创办一家编程公司。在这方面，所有国家几乎是同步的。——王海，我现在可以这么做了，并感到自己能够做好。"吴铎给人生加码，像往理想大厦上面又加层砖，进而增加视野与决心，"放我走，你自己好好干！别伤心，我们仍是一个团队，像打同一场比赛，中途不过换个场地、换个攻垒手而已。"吴铎侧着脸，面容像初睡时那样清新。

"吴兄，祝福你！"王海不忌惮说出这样的话，因为以现行的状况，他自信未来绝不会是虚构的，就如他亲见 T 市二十年来如何从一个无名小卒跻身中国沿海著名城市，而自己又如何在 T 市一步步立足并走到今天。种种变化都真切可知，并且非得用翻天覆地、颠倒乾坤来形容。

"我们在经济领域不能再落后于人、受制于人！我敢说，每个中国企业家都有我这样的梦想，不为别的，只因我们每个中国人的骨子里都是最爱国的。这种心声与力量在我们身体里憋得太久，到了把它们激发出来的时候了。"吴铎像背诵他最喜欢的普希金诗歌，又像在他书房里朗读他奉为圣典的《联合国宪章》，"一个人大谈理想之时，其他就只是技术活了。因为意志里一旦出现某种观念意识，剩下的便是自我表现了。再见，兄弟！"吴铎身体像有一百个灵魂附体，万般意理在他心中一目了然。他目光追随窗外海面上的无穷光点，脑中形成济慈诗歌般的意境。

吴铎转身离开，王海望着他的背影心酸不已。虽然他和集团就此失去一大支柱，但中国也将就此多出个传奇人物。而且这样的人物正越来越密集地出现在他和世人视野中，让他觉得人生中的同行者越来越多。是的，中国正与世界紧密联成一体，地球像个集镇，大家互助互利，和平友好地生活，结成一个命运共同体。这样，当他最终从楼上看着吴铎身影彻底消失而转身后，感觉背后正有枚硕大的太阳从海上跃起，不止一个，而是千千万万个，它们共同将全中国的现在与未来照亮、映红，在世间呈现出最祥瑞的中国红。

这天下午，王海在办公室逐字逐句研读《中共中央关于国有企业改革和发展若干重大问题的决定》，并不时陷入深思。在这之前，党的十五大已将公有制经济为主体的多种所有制经济共同发展上升为社会主义初级阶段的基本经济制度，对个体、私营等非公有制经济要继续鼓励、引导，使之健康发展。而全国人大九届二次会议通过的《中华人民共和国宪法修正案》，更对非公有制经济二十年来生存发展及其贡献予以肯定。所有这些毫无疑义地体现出中央一以贯之、坚定不移发展壮大民营经济的决心，也表明中央致力于为民营经济发展提供长期制度保障。"啊，'在法律规定范围内的个体经济、私营经济等非公有制经济，是社会主义市场经济的重要组成部分'。这样的表述多引人入胜，又催人奋进。我该做些什么，怎么做？这又像来到一个新境地，面对一片丰美的新土地，我要把地垦在哪里、种植什么，又如何管理，最后让它成为一片蓬勃的菜地或丰饶的粮田。"他朦朦胧胧地往下想，像白天犯困那样打起盹来。他享受这种模模糊糊的感受，觉得自己就像荒原里种下的种子，在温暖松软的土壤间，承受宜人的光热，然后以肉眼可见的速度破壳发芽，钻出地面，快速生长，迎接光明和风雨，直至结出太空育种作物和袁隆平超级稻那样的宏伟果实……

模模糊糊中他笑出声来，不料耳畔响起两个热烈的声音。

"王海哥哥！""王海哥哥！"

他不以为然，继续神游幻觉。可两个声音还在响。他抬起头，定睛一看，开始以为看错了，可揉揉眼，晃晃头，马上清醒过来。啊，是林邱仁一对几乎一模一样的双胞胎儿子！只见俩人正一左一右，猫下腰，瞪着眼，一齐瞅他呢。

"你们两个！"王海一边惊呼站起，一边激动得往两边来回看。虽与小哥俩多年未见，还是一眼认出他们。之前他与两人在电话里聊过多次，早盼着与他们重逢，可他们在纽约上寄宿学校，未能如愿。如今他们意外出现，令他有飘浪般的惊喜。

没再等他做什么，两个小家伙齐上阵，将他摁在椅上又摸又看。他动弹不得，只能由两人调皮捣蛋。两人与他们的父亲一样，都长着两道立体感十足、男性特征极强的浓眉，也都生就少年才有的美玉阔面、红唇隆鼻、圆膀力臂，个子均在一米八五以上，像新加入芬威球场的少壮球员。

"王海哥哥，我们在门口看你走神，就自己溜了进来！"两个小家伙像两只毛茸茸的大熊猫，一左一右傍住王海拱个不停。王海招架不住，索性一边不停地打量他们，一边继续任他们胡作非为。两人被王海这么宠溺着，脸蛋红扑扑，眼睛亮晶晶，露出洁白可爱的小虎牙，嫩竹似的大手忙不停，还一阵一阵地笑，仿佛不把王海当新鲜竹笋一层层剥开不罢休。

哦，转眼十年不见，两个孩子已长大成人，王海看着又欢喜又难受。他不由想起两个小家伙当初瘦弱可怜的模样，像两只营养不良的苍黄鸡雏，也觉得自己那时不够懂事，没能尽心尽力帮林邱仁夫妇照顾他们，所以深感亏欠他们。现在看他们又健康又活泼地出现在自己面前，他难受不够也爱不够，就任由他们在自己身上无拘无束地玩耍，而这也让他想起与明明独处时，明明在他身上缠来缠去的情形。他身子不断被小哥俩摇晃着，笑着笑着早不知不觉流下眼泪，便张开胳膊揽住两个热烘烘的身体，暗自认真感受与体会。是啊，再又联想到父亲、林邱仁以及天下所有的父亲，他们身上共有的那种叫作父爱的可贵东西，着实令他感动，也令他自重。

两个小家伙为终于见到王海高兴不已，因为他们一直没忘记在他们小时候，王海经常带着他们四处游玩，还给他们买各种零食玩具。有时他们闹得凶，王海干脆不写作业陪他们玩。后来与王海分开，他们经常为找不到王海急得哇哇哭，为此没少挨父亲的揍。再后来，他们出国、上学，虽然环境变了，也结交到许多人，但王海带给他们的童年快乐始终无人可替代，王海留给他们的印象始终难以磨灭，所以小哥俩私下谈论最多的人就是王海。这次两人一起参加 ACT 考试，顺利收到几所名校的录取通知书，便被父亲准许回国探亲。啊，当他们听到父亲的话，甭提多高兴了，又急忙告诉他不要提前告诉王海，因为他们想把这作为一个"surprise"送给他。

"王海哥哥，我们早盼着来见你了！"小哥俩像猫抓到鱼那般高兴，使劲挣脱王海后，又比赛似的往他怀里钻，和小时候的调皮劲一模一样，王海实在搞不清他们的脑袋瓜里在琢磨啥。他对小哥俩看罢这个看那个，怎么也看不够。小哥俩则抱紧他，你一言我一语地说起过去，不忘随时撒个娇，或者湿漉漉往他脸上亲一下。

小哥俩体重加在一起超过一百八十公斤，时间一久，王海被推搡和挤压得全身酸痛，但他笑着忍着，恨不得还像小时候那样，一左一右夹起他们满大街跑。最终，小哥俩放开王海回到桌子对面，像对玉鸟整齐落好。王海看两人动如脱兔，一时开心得把工作上的所有烦心事都抛开。

"你俩回来，怎不提前通知我？"王海故意板起脸，可不一会儿又忍不住笑出来。

"Surprise！"哥哥打个响指并比画了下。

"对，就是要给你一个大大的 surprise ！"弟弟同样打个响指做个鬼脸。

"这是我们带给你的见面礼！"哥哥的脸像太阳。

"我们一致认为这是最棒的见面礼！"弟弟的脸像月亮。

"是的，我们就是这样想的！"哥哥的声音感觉似新挤出的牛奶味道。

"没错，就是这样想的！"弟弟的声音听着像 2.1 声道的立体声。

小哥俩说相声似的你一句我一句对答，王海的眼睛和耳朵忙不过来。

"对了，叔叔、婶婶呢？"等哥俩好不容易停会儿，王海连忙问这个问题。

"他们也回来啊，可我们没让他们告诉你们，否则就不会有咱们之间现在的 surprise！"

"对，那样你和伯伯、伯母就会知道我俩回来了！"弟弟和哥哥马上笑起来。这次是 5.1 声道的环绕立体声。

"他们呢，直接去看望伯伯、伯母；我们呢，与他们分头行动，先找到哥哥这里来！"小哥俩又一阵嬉笑打闹，好像精力永远用不完。这让王海想到自己小时候，心里热乎乎的。

听到林邱仁夫妇回老宅去了，王海抓紧收拾办公桌，打算回去团聚。对面小哥俩猜出王海心思，互相使个眼色，就听弟弟快速说："王海哥哥，这次回来前，爸爸告诉我俩要好好向你学习，可又让少打搅你，真是自相矛盾呀！"他故作忧愁地再看哥哥，一旁的哥哥连连点头。

"是啊，真不知该怎么办呢！"小哥俩观察一会儿，又由哥哥接替，弟弟则在边上不断学青蛙鼓着腮帮子吹气。

王海看出小哥俩不想急着走，就动作慢下来。小哥俩再次快速交换过眼神，哥哥朝弟弟努努下巴，弟弟则摆头指指哥哥，两人打手语似的互相推脱。王海盯住他们看，他们的脸红起来，像一只笼里的两只鹦鹉，互相啄咬，打闹不止。

"对了，第二批工作人员同到了吗？"王海一直关注林邱仁公司迁往 Z 市的进度，便抬头问。

小哥俩听到这个全泄气了，各自身子歪倒在一边。

"王海哥哥，别提了，我们不想讲这个。"两人学着大人的忧伤样叹息与皱眉，眼睛却像刚出窝的小鸽子，机警地伏着一动不动。

"怎么？"王海把电脑关机，好奇地来回打量两人。

"王海哥哥，爸爸想让我俩将来回中国生活、工作，可是——"弟弟耸着肩膀无奈叹气，眼里像被云雾遮挡。

"T 市是你们的故乡，中国是你们的祖国，你们应该多了解这里和祖国才是。二十一世纪是东方世纪，又以中国为核心，全世界都这么看！"王海代林邱仁训导俩小子。不过看他俩仍不乐和，就停下观察他们。

"哦，他嘱咐我们不要忘了根在哪里，不要瞧不起故乡和祖国。可是，我们根本没有瞧不起谁啊！"哥哥跟着叹气，发蔫地说，胳膊小树枝一样垂在一边。

"那你们可要听他的话，这段时间好好到处走走看看！——快，别伤心了，夜宵带你们吃牛肉丸。这下该开心了吧，小时候你俩最爱吃这个！"

小哥俩听到吃牛肉丸马上来了精神，手压到身下，重新坐好，指针一样摆动身体，脸红红白白的，像刚剥开的新鲜荔枝。

"另外，王海哥哥，我们这次来，主要想求您一件事情。"小哥俩互相看下，作为双胞胎天生拥有的默契，使他们能够迅速达成一致。于是还没等王海问什么，他们的头就已经支到王海跟前。王海对两人一视同仁，生怕疏远哪个，把两张可爱的脸重新看几遍。

"当然还是爸爸的事情了，他随后要到美国投资！"弟弟满脸不情愿地说，好像小时候挨揍一样哭丧着脸。

"是啊，他要去美国创业，却让我们回国，我们实在想不通！"

"对，我们怀疑他这是干涉我俩的个人选择，可我们明明已经长大了呀！"哥哥摊开捕鸟器一样的巨掌，晃着毛茸茸的头，无奈地说。

"所以王海哥哥，我们知道爸爸最喜欢你，假如你代我们向他提出这个问题，我们将感激不尽！"

"而且如果你答应我们，我们会告诉你一个真正的好消息！"小哥俩耍着机灵，互相眨着大眼睛说。

王海欢天喜地听哥俩说话的同时，暗中却对林邱仁要到美国投资大吃一惊。因为林邱仁前脚刚将业务转向中国，后脚又要赴美国投资，委实让他琢磨不透。于是，他嘴里答应着小哥俩，心里却一个劲地寻思林邱仁。小哥俩见王海分神，马上不高兴了，立刻叫起来。王海看俩人像小狮子发怒，只好专心笑对。

"那么，你俩的好消息是什么？"他把身子坐好，兴趣十足地问。

"王海哥哥，你答应了？"

见王海点头，两个小家伙立刻脑袋凑一块玩了会儿，然后才扭过脸，上面全是笑地说："嗯，好消息就是，来前我们已经收到了录取通知书！"

"Nice, very nice！"哥哥抢先说，手抓紧弟弟，以控制两人说话的顺序和节奏。

"更可以说 wonderful！"弟弟露出白白的牙齿补充，同时故意"凶"下哥哥。

"嗯，这个要保密吗？"哥哥咬住嘴唇，狡猾地转动眼睛。

"咱就告诉王海哥哥吧，他都答应咱们了！"弟弟手一摊，耸耸肩，又夸张地撇撇嘴，"好吧，听你的，你是哥哥。"他抬抬蜡笔小新似的浓眉。

王海心里虽装着事，可着实喜爱小哥俩。他们像对羽翼刚满的小鸟，对着世界好奇地叽叽喳喳个不停。这么珍贵美好的时刻，他不想败他们的兴，便兴致满满地注视着两人。

小哥俩再没去留意王海的心不在焉，又似小狗闹腾起来，你动我一下，我动你一下，嘻嘻哈哈没完了。由于双胞胎的关系，两人似乎只要有对方就足够了，全世界都可以当旁物。

"快告诉哥哥啊！"

"王海哥哥，我们已收到三份录取通知书。"

见王海中肯地点头，哥俩站起扑到桌边，就差像两只家养大鹅，扑棱棱撞到王海身上。

"斯坦福大学，那里的棒球队全美国知名，这下我的球技有用武之地了。"

"哦，康斯威星州大学也不错，你敢说你不喜欢？"弟弟用拳头杵哥哥，并仰起亮堂堂的脸，眉毛像螺旋桨那样上下动弹。

"是啊，王海哥哥，他说得没错，可我割舍不下斯坦福大学，那里毕竟——"

"什么啊，进门前我们才说好的，你怎么可以像韩国人一样善变。"

"人没主意的时候都这样，就像面对两个同时盛着火鸡和火腿的盘子。"

"王海哥哥，你猜下第三个是哪里？"

"当然是牛津大学了。"同样不等王海回答，弟弟抢答似的说出来，然后哥俩互相愉快地击掌，笑像彩色珠子在盘子里翻滚不停。

"你俩选哪个？"

"哦，这可由不得我们。我们的志向由爸爸决定，报考这些学校也都是爸爸的主意。"小哥俩立刻萎靡不振了，像热闹过的聚会房间变回清冷。

"这可不像你俩哦。"王海打趣小哥俩，希望看他俩一直欢腾下去。

"打小爸爸就给我们灌输长大要做生意，并且为家族争光。我们呢，天长日久就习惯了，所以他说什么，我们只能照做。"弟弟空手做出棒球击打动作，眯起眼，朝对面电信大厦顶上的信号发射架塔尖瞄准。

"王海哥哥，如果我俩做生意，就要把企业做成世界五百强！"

"不，是第一强！"

哥哥说过看弟弟，弟弟也不抬头，专心抠手掌，好像那里藏着撒旦符号，吸引他去钻研。

"世界五百强？"王海又一个激灵，虽像对哥俩说，其实更像是对空有一副皮囊的自己说。

"对呀，到目前为止，世界五百强里只有四家中国企业。"哥俩说完，回到座位漫不经心玩起手来。这时的王海如坐针毡，就如一直自诩最富有的吉普赛人，突然遇到白袍加身的阿拉伯石油大亨。他马上想见到林邱仁，让他帮自己解开现在所有的疑窦。小哥俩也开始着急见伯伯、伯母了，于是三人一起赶回老宅。林邱仁正带妻子与老两口进进出出忙碌，林邱仁中间激动地管这叫合家欢，而王海爸爸则称之为全家福。总之大家久别重逢，分外动情。王海见过阿琳，免不了一番述情。小哥俩在屋里捉迷藏似的跑上跑下，王海妈妈却不许阿琳批评他们。林邱仁与王海爸爸聊得顾不上王海，王海几次待张口只得作罢。一家人热热闹闹吃过饭，天快黑了，林邱仁将阿琳母子留下陪王海父母，自己则回新时代酒店去了。

在家没找着机会，王海心急如焚，便决定连夜拜访林邱仁。于是，安顿好父母与阿琳母子后，他与林邱仁在电话里约好，就一刻不停赶往酒店。小哥俩透露给他的消息，把他的心思像开关按钮一样触动了，并马上联通全中国、全世界的电网。他迫不及待地想知道一切，因为这实在事关重大。门铃响了两遍，林邱仁才开门放他进去，却没顾上接待他，而是扶起老花镜，回书柜前继续找着什么。时间飞逝，林邱仁尽管精力旺盛，可细心观察的话，头发已经稀疏，肩背微微驼垂。即便这样，他不仅没有歇下来、慢下来的意思，而是仍然斗志不减地心慕千里。王海知道林邱仁一定不是因为钱的原因，但到底何种东西在激发他，令他着魔一样身不自持，答案他隐约知道，但就像面对一个尚需他亲自认证的公理，他要深入证明。他在原地久站不动，一直从后面静静观察林邱仁，并一个劲想着上面的问题。

"你怎么来了？"林邱仁好像忘了他们半小时前刚通过电话，终于得个空，这才快速看了下王海，问过又舔下指肚，认真翻看从书柜中找到的一本厚书。王海也没马上回答，而是从逆光里，看林邱仁清波般的笑靥，也看到其侧头时，太阳穴下血管在光里有节奏地强烈跳动。另外，林邱仁的肚子虽微微隆起，却未显臃肿老态，反更显成熟与富有智谋；其寸把长的眉峰，像两只薄薄的刀片，正削割开前面的空间，使这房间更加清晰透亮。惹得王海注意的还有林邱仁右前额叶翘起的一绺白发，在整个房间仿佛一支轻盈飘荡的羽毛，形成某种特别奇巧的意境。"啊，叔叔精气神尚好，没有失去老帅的风采。"王海内心洄涌着情感涟漪，向年轻的自己慨叹。

"叔叔，您在找什么？"王海不但没回答林邱仁的问题，反倒问了另外一个问题，因为他觉得林邱仁在书柜前忙碌的样子，极像在图书馆收集资料，然后动笔写论文的教授。他好奇不已，走近林邱仁的同时，又快速问了自己好多问题。看到林邱仁捧着厚厚的书，约有一公斤重，上面的字密密麻麻，他虽有副当过兵的好视力，可仍看着吃力。林邱仁却在问过上面的话后，又把王海忘记了，站着专门读书，好似以佛教徒的虔诚，无比渴望地从经书里寻找救世大法。

"坐，正好有话对你说。"——又一阵漫长等待，王海终于看到林邱仁抬头，左右艰难地摆动会儿，然后熟练又疲惫地坐回橙色皮沙发。沙发旁边立只半人高的台灯，米色灯罩将半个房间笼罩在柔和的光线下。坐下来的林邱仁，很自然把身体移入灯影，而他手里的书，正像只蓄势待发的海鸥。——"马歇尔的《经济学原理》，好东西啊！"林邱仁把书放腿上，身子像斑竹弯下去，衬衫和半个人被台灯照得雪亮。他继续读着，左手握牢镜柄，右手无名指牵引视线在纸上一点点滑动。他侧颊上平时看不清的每根细纹，此时都像在唱歌一样激情飞扬，整张脸像得到世俗解脱一样干净纯粹。

"叔叔——？"

"等等！"林邱仁往后靠在一只蚕丝垫上，让身体耸直，眼镜悬于鼻尖，它们的反光正好在他颧骨上形成两个亮影，于是他像长了张可爱的小丑脸。中途他小心翻看书，如同某个欧洲皇室成员享用约会美餐，不厌其烦，做足细节。

"叔叔，这书——"王海看到林邱仁高蹙的眉峰像两只猴子不断在晨光里跳跃，又用绒毛蟹一样的手掌认真抚平每一个折角，好奇心驱使他打断林邱仁。

"愚蠢的问题，你不该这么问！"林邱仁好像知道王海要问什么似的，生起气来的五官在强烈光线里显得极为明厉。但显然这不是他生气的全部原因，因为他很快放下书，捏着肥厚的眉心脸色缓和下来。"老了老了，却开始迷恋书了。"他自顾自地笑着，脸像刚出炉的面包。他在新时代酒店套间里为自己辟了间书房，沿墙书柜像一截以岁月为背景的长城，与其正浸在光里的身体和沧桑感共同形成一个时间纵深。

王海也不循规蹈矩，虽被林邱仁训斥，但对方那里仍像有他渴望的东西一样让他敢于越界。

林邱仁正襟危坐，高声念起书里的一段话："'经济动机不全是利己的。对金钱的欲望并不排斥金钱以外的影响，这种欲望本身也许出于高尚的动机。经济衡量的范围可以逐渐扩大到包括许多利人的活动在内。在这里，像在别处一样，我们必须记住：赚钱的欲望本身并不一定是出于低等的动机，即使赚来的钱是用在自己身上的时候，也是如此。金钱是达到目的之一种手段，如果目的是高尚的话，则对这种手段的欲望也不是卑鄙的……'"他的声音洪亮悦耳，好似对书中内容早已烂熟于胸，又如同那些内容与生俱来深潜于他的记忆中。他面容像只精造的老钟一般庄重，意念像乘风而起的老鹰飞得非常辽远。直到他念完长长一段话，这才松弛些，把那只像要逃掉似的老花镜抓回原有位置，声音依旧高亢，脸似新银闪光。"我在研究经济学。过去很少关注这些东西，以为它们用不着，现在才知道它们是世间最好的宝贝。"林邱仁按摩劳损的眼眶肌，再拭过浸湿边眶的泪水，一边不忘自嘲。

王海一时不知如何是好，白净明晰的脸上疑云重重。林邱仁在他眼中如此一个成就非凡之人，现在却像个小学生捧起一本书大声朗读，态度谦卑得好似一介异国求学的寒儒。这让他觉得自己迅速渺小与卑微了，更觉自己已经在不知情的情况下又错了。

林邱仁再次捏捏发酸的眉心，深有感触并幸福地点头："啊，转了一圈，才知道过去费劲找的东西，根在这里，东西全在这里。"说过，又摇头笑起来。

"叔叔，我在课堂上学过这些东西，可这些纯理论的东西咱们用得着吗？"王海说出一个大概他班上所有学员都犯迷糊，而他们都没再往下深究的问题。他自知理亏，所以问得畏畏缩缩。

"该进入理性行事的时代了，该钻研现代经济产生的根源性与合理性问题了，该改变过去只单纯崇拜和模仿而造成的低效与错误了。唯有这样，才能真正使中国经济符合市场经济学理论。学习这些内容，绝不是要用西方经济理论改造中国，而是将我们的市场化经验与教训加以系统化总结。如果能以科学理性的态度推进所有改革，那才算真正认识到改革的目的与意义了。"林邱仁再次放下眼镜，认真翻阅起来，"'经过世世代代之后，我们现在的理想和方法也许似乎是属于人类幼稚时期而不是成年时期所有的。一种明确的进步现在已被获得了。我们已经知道，除非已被证明为极其懦弱或卑鄙的人之外，每一个人都值得享有充分的经济自由：但我们却不能断言这种已经开端的进步最终将达到什么目的。……但是，近来研究的主要结果，是使我们比前代更为充分地认识到，我们所知道的形成进步的原因是很少的，和我们所能预测的产业组织的最终命运也是很少的。'"林邱仁享受着这种至高的东西渲染到他的精神之中，就像看到一只美丽的鸟飞到蓝天深处。而王海听着也既震撼又舒畅，仿佛刹那间听懂黎红推荐给他的德沃夏克第九交响曲了。是的，那宏大的音乐浪潮将他彻底席卷包围，令他情绪安稳与精神升华。他默坐不语，如一株静静淋雨的橘树绽放光华。

林邱仁看看王海，放下书沉默了，好久才沉缓说道："中国人同样对世界和人类和平发展负有责任，而改革开放促使我们做得更好。所以，海子，我要去国外，去与市场经济的鼻祖们打交道，去学习、赶超他们。——不，不用那么看着我，我已经决定了。我要到美国投资创业，在那里扎下根，同他们竞争，直到把企业做出更大名堂！"说到这里，他的声音陡然严厉起来："——海子，你也要做好准备，必要时去世界上搏击一番！"他的声音好似使太平洋的波浪陡增三尺，它们像受惊吓的野兽跑向天边去了。

"世界五百强吗？"王海感觉自己像被晒干的池塘，过去的所谓成功，不过是一时的空欢喜，或者说高兴得有点太早。但他听着林邱仁的话，同样感到额际飘风。

"哦，不，一定是那哥俩告诉你的吧！"林邱仁说着朗声大笑，"我对他们寄予厚望，希望他俩将来助咱们一臂之力，更或者说，以后咱们助他们一臂之力！"激动之余，林邱仁从旁边摸到烟盒，取一支在手心里磕几下，正要放到嘴边，又忍住放回去。"哦，我说过要戒掉的，阿琳也总劝告我，我不能不守誓言的。"他精神抖擞地仰高头说。

"叔叔，这太意外了！"王海又在意念里差点跳起来。

"意外吗？当初那俩小子这么建议我时，我也像你一样意外！"林邱仁站起活动身体，像在森林中吸足氧气那样抬头挺胸，纵使他平时不苟言笑，此时脸上也不禁现出得意。"海子，咱们的想法要变变了。"林邱仁好久才收起笑，踱到王海身边，抚着王海的肩头再次关切他。

"我要做个民族企业家啊，这还不够吗？"

"不，从现在起，你要做个世界企业家、人类企业家！"说着，林邱仁双手抱于胸前，猛地击打一下，世界好像承他的热情，又多出十个太阳，亮了一千倍。

"世界企业家，人类企业家？"王海眼睛瞪得不能再大，虽带着疑问，但认知陡然从地面提升到太空，然后看清整个大洋、大陆，看到整个地球。

"咱们要把企业做到世界上去，要与世界各地、各种族、各环节发生关联。我们要从别的国家进口原料，把生产环节分流到其他国家与地区，也把产品卖到过去我们想不到的世界角落。我们会在世界各大城市的繁华地段买下广告位宣传我们的企业与产品，奔波于世界各地与不同类型的商业伙伴见面，赞助各种文体赛事来展示我们的实力，捐赠那些最不发达国家的人民，会被国家选派参与各种国际项目、任务。随着全球经济一体化和国际贸易便利化，我们站在世界门口，就不得不放弃只做民族企业的偏狭想法，而要立足于世界做企业，这样才能使企业有更好的前途。而说到做人类企业家，我先问你几个问题：中国每年从国外进口多少桶石油、多少亿吨粮食，行驶的汽车中又有多少辆真正产自国内，吃到的水果又有多少种进口自东南亚和拉丁美洲，所使用的传真机和复印机是不是外国品牌居多，多数大型精密机床是不是来自先进国家，有没有从澳洲与欧洲进口高等级乳肉制品，在建的三峡大坝和各条地铁线设备是不是许多来自国外，广州和上海建设国际化大都市需不需要国际各方参与？所以很明显，我们根本没法以一个民族企业家自居，我们需要世界服务我们，同样也要满足世界需求。狭隘的民族主义早没了市场，每个企业和企业人都难以离开别的国家、地区的企业。如果这时仍固守当民族企业家，格局与胸怀就太小了。要为全球所有国家和民众服务，这样你生产的产品日本人才愿意购买，你加工的食品中东人民才会放心食用，你生产的安全设备人家才愿意来采购。必须以仁心对待世界，以全球消费者为上帝，才能最终走得远、活得久、广受欢迎。"

王海迅速地消化林邱仁的这些话，从中汲取着东西。是的，没什么好说的，将心比心，以仁待仁，以一己比一己，以天下对天下，真正的企业和企业家就该这样！——他静静听下去。

"想想世界那些伟大的企业如何服务于全人类，致力于解决全人类问题，以提高世界大众生活品质，精心满足他们的任何需求与嗜好。不应该怀揣民族主义做事，当心它变成民粹主义。我们应该这样想：我们的企业做好了，就可以更好地服务与满足全人类，整个世界跟着就和谐美满了，反而对我们的国家和民族更有利。全世界企业之间的竞争不代表种族与国家进行格斗，反而是谁更好地满足了顾客，让世界购买者满意，比的是技术标准、服务品质和供给能力。世界经济的时代到来了，意味着实现全人类永久和平的希望姗姗来迟，它是全人类各项事业发展、世界长期繁荣最根本与最强大的保障，能够最终帮助全人类从根本上消除分歧、冲突与战争，带给人类最美好的前途希望。王海，我仿佛看到了未来世界的曙光，那里才是人类命运的天堂，一切都合理、有序、公平、兴盛和友好。假如把生存设定为人类认知世界的原点，那么人类每个向前探索的脚步，就是往无限的和平向域里又做了延伸拓展，证明人类在宇宙中努力延长自身的存续周期，使自身不那么容易消失、中止或被摧毁。"

"林叔，您把咱们的事业演绎为全人类的未来，我也有过类似经历，但每次清醒后我都否掉了，觉得那过于脱离实际。"

"那不叫脱离实际，成就往往与格局和情怀成正比。不妨把这看作我们做事做到最极致的纯粹动机。我们为了全人类而辛忙，是为了整个人类的命运着想。这样看来，我们任何的情怀与奋斗就不是妄谈，而是将自身所做的一切变得合理、自觉和必要。"

"叔叔，我有点想通了！"

"你开窍了，这就对了。——海子，怎么了？"林邱仁看王海全身僵直，马上过来询问。

"叔叔,这就是达到巅峰的感受吗?"

"哦!"林邱仁抬头仿佛看到一座高峰,但同时前面有无数座高峰。

"叔叔,妈妈让咱们现在回去喝糜粥。"王海把收到的信息给林邱仁看,林邱仁马上摇头笑道:"兄嫂真是我一生的贵人!"

两人重返老宅,路上看T市像金色的麦加城一般耀眼辉煌,不由红了眼,都暗暗发力。全家人又像下午那样一边聊天一边吃夜宵,没人注意到隔壁厨房里,一抹光恰好穿过门缝照在阿桃身上,她正专心地清洗餐具。听到外面的人说说笑笑,她回想起今天阿琳婶婶和王海妈妈对自己的一番开导,突然觉得同样有束特别强烈的光照进自己心里,让她一时感到全世界云开雾散、雨过天晴,然后她就开始无限向往那个新天地去了……

时间仅过去半个多月,这天深夜十点钟左右,王海正伏身桌边预习功课,手机突然响起。他拿起接通,原来是林邱仁从洛杉矶打来的。电话里林邱仁毫不耽误,直接入题,先是向王海宣布,他那个一紧张就打嗝的毛病,到美国竟神奇地消失了;而后又告诉王海,经他从中斡旋,一家知名的国际基金公司对投资中国表现出浓厚的兴趣,而他已向对方推荐了T市和王海的集团公司,他们表示愿意前往考察。——隔着电话,王海都能感到林邱仁的高温炽热,然后听他急着说下去:"王海,接受外国投资很重要,资本的国际化有利于业务的国际化,这对于你的集团企业走出去至关重要!这里企业做的事情真的与我们有很大不同,或者说它们正迈入一个更高级的阶段。"林邱仁没抑制住激动,还是微微打了下嗝,"它们不再是传统意义上的企业,而是致力于人类自身潜能的挖掘,从而创新社会需求与产品。这点让我大开眼界,企业真正是社会进步的积极参与者与强大推动者。说实话,在这里就是见到侏罗纪的恐龙我也不意外,因为这真是一个创造人类奇迹的圣地。我想说,这是目前人类在地球上最好的地方,没有之一。目前全世界最优秀的人类、最前沿的智慧、最高端的技术都在这里,人类最好的文明、最先进的东西也都在这里了。这是全世界活力的中心,是人类现实版的天堂。人们具有良好的职业精神与崇高的价值取向,把创造与奉献视为人生乐趣,真正在做世界企业家、人类企业家的事……"电话那头,林邱仁说完最后一句,挂掉电话,终于倒在老板椅里不能说话了。此时的他情感正因与王海急速宣泄而如外面泛滥不止的深蓝色洋面,而他感觉自己心里的声音继续像赫特十指下的乐曲发出宝石般的光芒。他自己在美国的投资项目已敲定,一家名为"双子星"的前沿科技公司,已于前天在北美乃至全世界最好、最大的企业孵化基地——硅谷诞生。由此想见，此刻的他心情如何澎湃，而他看待世界的态度又如何令自己惬意。现在他再难说出一个字，只能不断抬起拳头样的下巴，努力抑制连续涌起的轻微哽咽。

而电话这边王海听着林邱仁滔滔不绝的陈述，感到耳朵都被他的语气灼伤了，中途不得不几次更换耳朵。他一边对林邱仁满怀感激，一边自觉心脏因那些重要的话而吃力、沉重和胀疼。摁掉电话，他的心情久久不能平静，脑海里继续回荡林邱仁一番电光石火的言语："说到这个，我不禁又要大声赞叹了。"然后王海就听到林邱仁见证马恩河奇迹似的惊呼和他调整气息时鼻腔发出的巨大嘟囔声。"这里几乎都是新式科技企业，或者称之为智力型或者智慧型企业亦可。大脑好似人体奴隶，一天二十四小时加班加点为身体服务，就连睡梦中也在工作。而电子产品、电脑游戏及各式软件正是这类企业重点开发的产品，它们一边致力于提高现代工艺的智能化水平，同时花样层出地满足人们的脑饥渴、脑娱乐与脑休闲。人类的精神需求与精神消费被这里的聪明人重视与发展起来，这就是高科技企业和智能企业奉献给社会的最新成果。例如，'一战'以前，人们联络依赖路联网，而之后是电联网，现在则是互联网。比尔·盖茨先生的《致爱好者的公开信》，就是人类兴趣与爱好的《解放黑人奴隶宣言》，人们爱好与兴趣的满足反转为企业生存进取的方向。所以海子，我们不得不接受新事物，让企业的发展尽快升级换代。"王海感到林邱仁在这个最好的时代里飞翔起来，耳畔风声呼呼作响，即使 F-22 这样的第五代战机也难以将他追赶。

"接受国外机构投资参股，可以直接加快这样的进程，是吧？"王海记得当时自己问了这么句。

"是啊。"林邱仁像壁球一样迅速做出反应。当时他在房间里快速往返，并且每阐述清楚一个重要问题时，就加快步伐，像用脚在地上编写一行行数码文字。"这是老天爷给我们的机会，我们必须抓牢它实现赶超，让我们自己成为世界上最好的。"他眼睛不眨地总结。"是的，我们终究需要超越他们，取代他们！"他当即停下了，卡在这里说不下去，也没什么可说的了。

两人用不到半小时结束了这通越洋电话，王海禁不住感动与神驰，因为林邱仁将他的这次行动视为所有有志于走出国门的中国企业家打前站，这种诚心和勇气无论如何都感人肺腑。听着他介绍情况及带给自己的好消息，王海全程把话机贴紧在发疼发烫的耳朵上，生怕错过每个字。现在，他的情绪高涨得像只翱翔的雄鹰，而在意志里，却加速收敛与放低姿态。他眼界里的世界正在天空与海面间凝成一条极细的明线，并感觉自己已脱离地球，飞行于太空，而大洋的对面也不只有林邱仁，还有一个个神秘的天外来客。这夜他整夜未眠，干脆关掉灯，在黑暗中睁大眼睛，意念里仿佛开出一朵朵蓝莲花。这些花清新柔美，芬芳脱俗，世所未见。

这样，第二天刚上班不久，他就将公司的董事们临时召集起来，抓紧讨论集团下一步的运作思路。现在的他，明显今非昔比，完全适应了吴铎的离开，变得独当一面、杀伐果断。昨晚他连夜思考与林邱仁的谈话，同时清醒地意识到，引入外资虽是好事，但先要理清头绪、辨识关联。另外，他自己这里不能稀里糊涂地贸然做决定，必须把事情放到桌面上，让大家集体讨论做决定。他详细把昨天林邱仁的意见转述完，然后让大家提出各自意见。大家听罢，都表现出按捺不住的喜悦，相当期待那个重要时刻的到来。但王海没做任何表态。这算自他创办集团以来又一次关门会议，中间哪怕大家累了，他也不放话休息。他不动声色地观察大家，试图从每个人对此事最细微的态度中找出玄机。

最终需要拍板的时候到了，王海把大家重新召集起来，让他们作最后一次发言。连吴铎也特意从香港赶回，整个人瘦下去十几斤，但走进会议室时，大家都把他认作三十岁的年轻人。听过别人，王海把目光投向吴铎，重点要听他的意见。其他人也一起看吴铎，本明还特意提醒一下大家。吴铎开讲了，脑子里仿佛盘亘一团星云，他自己要先进去，再从里面出来，然后把整个过程告诉别人。

"世上所有的难题，都源于正反因素的互为因果和相互牵制。所以，我看不出做一个民族企业家与引入外资有何关系，你们怎么看？"——一个布道者的周围，永远坐着一群脑子如坠云雾的人。吴铎说过这句，有人点头，但更多人难明是非。

"美国是世界最大的外资投资目的地，那又怎样，美国不是美国了吗？美国还是世界最大的资本输出国，它的经济受到损害了吗？那些输出资本的美国企业家就不爱他们的国家或者说没为自己的国家作贡献吗？日本呢，欧洲呢，其他发达经济体呢，他们中谁有过这样的奇谈怪论？对不起，这真是'奇谈怪论'。我不明白我们为什么做不了一个安分守己的学生，而非要钻牛角尖？"吴铎的笑像乌云被风掠去，换上纯洁肃穆的宝蓝色，给大家的思想激浊扬清。

"对于统一的全球大市场来讲，资本往来是再正常不过的事，就像国境线阻止不了河流与大气。给企业捆绑太多的民族道义是不应当的，否则企业还是不是市场主体？企业家有国度，但企业本身不能被贴上任何身份标签。"吴铎说得激动，站起来，以便往下发挥，"诸位，咱们现在的很多活动依旧是摸着石头过河，可世界上已有成功上岸者。香港是世界最自由的经济体之一，这是举世公认的。事实上，作为世界的一部分、中国的一部分，它正好可以发挥样本、跳板和桥梁作用。我们的集团既然制定了宏伟的目标规划，就不能轻易改变。集团就像我们精心打造的一艘豪华游轮，必有时日驶向蓝海深处。我们都应带着做生意的天才禀赋与时代热情，雄心勃勃地称霸天下，而不是在改革年代依旧畏首畏尾、束手束脚。我们要用科学精神经营企业，其实质要义就是尊重事实、遵循规律，大胆严谨地谋事、做事。借道国际资本加入国际产业链，成为世界产业环节和组成部分，这不正是我们要的国际地位与经济权益吗？而这也不正是我们在为国家和民族争取正当利益吗？改革开放的中国就是我们的舞台，我们被赋予使命，受内心力量的牵引，使自己不甘庸俗。我们甚至没有怀疑这么做的理由，却有着无穷热情和无比坚定的信念，像核电站的泵机开动就不会再停工。我们的活动是有益于社会的，就像董事长在老城开超市一样，不单为了自己，一定有着鲜明的大众目标。所以我们可以为自己骄傲，遇到那些沾沾自喜的人尽可以不屑与嘲讽。各种私心和小肚鸡肠通常掩盖在种种身份之下，他们未必真能似你我有这般高等心灵与行为。对于抬高自己不必忌讳，我们既需要引导一些人，也需要鞭策一些人。"

"但愿'摘红帽'的运动不再发生，让改革永远像条一路前奔的大河，积蓄和释放它的能量！"本明听得痛快，直腰严肃地说了一句。

吴铎嘴角攒起笑纹，但脸色略显沉重。他挽起袖口，过去亲自给大家斟茶，接着侃侃而谈："从八十年代后期起，国内涌现出大批本土企业家，他们可谓应运而生。改革开放赋予了他们天高任鸟飞的自由，他们既是国内经济改革的第一批弄潮儿，也掀起了国内市场经济建设的第一个高潮。他们功不可没，但事先也一定不是冲着要做什么民族企业家、戴这样的大帽子去的，他们只是想发家致富、改善生活而已，一切美誉与光环都是别人加给他们的。否则，又为什么要改革？就是因为实际中存在诸多违反常情、常理与常识的东西。历史的车轮滚滚向前，正当合理的东西一定比错误腐朽的东西更具持久生命力。也就是从'摘红帽'运动起，再后来是伟大的南方谈话，再到十五大，民营企业的地位越来越得到保障，企业产权清晰，'财产神圣不可侵犯'的理念成为社会共识。类似这样引起社会发展质变的触发点，我们称之为历史节点，这样的节点应该深刻铭记，且多多期待。"说到这里，吴铎感觉自己正隐隐透过楼外云雾看到祖国的大好河山，觉得它们正因为历经风雨，才变得如今这般雄伟可爱。在他的意识里，正将正义和真理同那些挺拔青翠的高山大川与无数的城市乡村建立起情感，觉得它们今天之所以美丽非凡，恰是由于以往历经过无数次洗礼冲击。

"董事长，吴总说得已经很明白了，就等您一锤定音了。"本明伏于桌上，目光明亮又深邃，满心期待地扭头看王海，希望会议现在见分晓。

啊，临危受命、一锤定音的时候了！王海明白这时需要自己有上好表现，才更能赢得他在众人心里绝对当家人的位置。不过，现在他很放松，一方面，他已获得较好驾驭这种角色的自信；另一方面，对于当前需要做出的决策，他已心中有数。"仅这个还不够。"王海说得很含糊，顿时把问题举重若轻地从全局降至局部。

连吴铎也纳闷起来，扑开挡住视线的茶气，同众人一起望向正面的王海。

"今后的集团，要用两条腿走路！"王海决定把这些天一直在琢磨的想法说出来。这是他目前能想到的突破集团困局、实现长久发展最有可能的路子。也由于经过深思熟虑，他说得相当有底气。

"董事长，哪两条路？"本明等不及，替大家问。而实际上，王海也在最后继续甄别权衡，确保思路万无一失，这才开口。

"一条路，大家都已认可，那就是走国际线路，我没有意见；另一条，则是上层线路。改革已蔚为壮观，但仍时受一些国内外突发情况的影响。为此，我们必须有上层通道，随时关注时局变化和政策方向。并且，如果有上层互动，既能给予我们日常指导，又能在关键时刻为我们提供公关与政策支持。比如，如何成功参股国企，如何集中整合行业力量，如何安全使用外资，这些都需有人给我们精心指导运作。特别在集团推进整体战略过程中，势必会遇到种种政策瓶颈，因为总会发生与政策不符的新情况和一些领域仍没有明确的法律规定等，这些雷区、禁区和盲区，光靠我们自己不可能克服，必须有人为我们评判，方能做到上下策应。"

"一个企业家无权、公民人身自由与私人财产得不到安全保障的社会，注定是个人偷人和被人偷的现状。这种情形与影片《卡萨布兰卡》里动荡无信用的集市无异。董事长要走上层线路的背后考量和深层动机就在于此。有党和国家作为坚强后盾，就不必像作弊那样偷偷摸摸，而是光明正大地把手伸出来、放在前面做事，也像好产品理直气壮地上央视做广告一样！"吴铎第一个反应过来，于是接住王海的话如是说。大家都信服了，频频点头。

"对了，新型柴油发动机的广告创意已完成，请董事长和诸位抽空审片。"

"争取安排这则广告能在 2000 年元旦省台当晚八点的黄金时段播出。这是个特殊时刻，希望能够为我们带来好彩头。"王海动情地强调，因为这则广告是黎红公司通过竞标完成的，如果能顺利通过并播出，这也是他千禧年到来之际前去北京见她的最好见面礼。

"董事长，吴总，我们把今天的会议室楼变成海德公园了，每个人的谈话都那么打动人心。"

"罗伯特议事规则，畅所欲言，但要遵守民主规则。"吴铎点头，同时示意大家再次把关注点集中向会场的核心——正轻轻合上笔记本准备宣布散会的王海。

事情就这么敲定了。吴铎赶回香港，王海则一路轻松地回到办公室。可他屁股刚沾到椅子，旧事未消尽，新愁又上心头。事情千头万绪，难免有所疏漏。一些事情刚及时处理，但电话一响或门一开，新问题又接踵而至。是的，就算他胸有丘壑，也要步步为营。一时的高兴只是中途解闷打气，无头无边的忧烦随即遮上心头。现在，他在集中思考两件事，一是如何安全使用外来资金，再是如何与黎红见面又不让她误解自己。两件事既带给他模糊又真切的希望，也让他心绪不宁，只得像半程中的马拉松选手那样咬牙跑下去。

很快，12 月中旬，美国那家世界闻名的基金公司派人前来考察。对方来了三个人，组长叫摩根，是个年龄超过五十但精神头却像三十出头的老年犹太人，皱纹不多，光头花髯，皮肤气泡般明亮，身材中等却异常挺拔，特别是一只刀劈斧削的大鼻子两侧，一对精光透亮的小眼睛，轮匝肌发达且皱襞明显，透出雄火鸡一般的激情与以变应变的精明狡黠。据传，他在整条华尔街拥有行业地位，是位热衷做事却低调行事的亿万富豪。他是美国几个州政府的常客，受聘担任他们的金融政策顾问，所以他的资金动向被视为投行的风向标就不足为怪了。这样一个对于美国乃至世界金融都具有一定影响的大人物莅临 T 市，并拒绝市领导接见，在下榻林邱仁的酒店不久后便直奔王海公司。分宾主落座后，王海仍觉如做梦一般。自己通过做大做强企业，从而使之能够参与到整个行业乃至全球经济中，这不正是他和所有中国企业人梦寐以求的吗？摩根先生与王海侃侃而谈陈述意见时，让王海印象最为深刻的是除了他的谦谦有礼，更多是他对当前世界经济走势与中国大陆经济社会的透彻研究。另外一个人从另一个角度谈同一件事情，无疑会使人大开眼界。摩根先生和他的伙伴纯粹以典型分析、数据统计和趋势预测的方法进行叙述，突出数字论证与数据逻辑，而不是国内惯以国家宏观角度做判断而使用形而上的方法，这让王海深有感触。王海暗自庆幸摩根先生选中自己进行合作，也赞叹他如神一般的存在，这个人物接下来将成为他新的精神榜样与人生坐标。而他也注意到，吴铎在接待过程中，操一口流利英语同对方聊天、谈判，让他们大感意外。摩根先生特意花时间与吴铎单独交流，看得出他非常欣赏这个难缠的对手。摩根先生对于对手表现出的尊重与喜欢，也让王海意识到与人合作的通用真谛。虽然双方都在极力为自己一方的权益据理力争，但气氛始终是友好的。商业谈判就如双方在遵守共同规则的前提下打比赛，而不是一场混战。摩根先生额头为数不多的皱纹始终平平直直的，似乎从来不曾怀疑合作不会成功，这同样预示着这次考察将圆满成功。王海之前很少听到吴铎又脆又洪亮的笑声，这次感觉他像充分睡眠后神采奕奕、眼光清亮、步履矫捷。吴铎在对方考察的最后一晚到办公室找到王海，脸因饮酒而泛红，兴致未减地对王海说："时隔多年，我们终于可以走出国门，观摩全世界的风景，见识当代最先进、最现代的东西，真让人感慨万分啊。"说过，他流下热泪，让王海无言以对，但亦深有同感。同摩根先生的会晤像长途跋涉后痛快洗个澡，又像将陈旧的 IBM 电脑链接到最先进的 Windows98 系统，令他和整个世界彻底更新和畅通。

另一个人也给王海留下深刻印象，并与其结下深厚友谊，那就是对方人员中帅气精干的华裔小伙陈渥仑。他比王海小六岁，但谈吐见识、气质风度丝毫不落下风。他留着贴肤短发，头型浑圆，肤色黝黑纯净，嗓音富有磁性，最为标志性的是每逢开口说话，便露出一口亮白牙齿与一副清新到家的笑容。在代表摩根先生与中方接洽的三天时间里，王海很快对这个台湾三代移民之后有了全方位了解，不禁暗暗钦叹，世间竟有如此奇才异能之人。陈渥仑能把一身西装穿出运动服的感觉，因为他有个肌肉发达的好身体。每天出现，他都像杯泡得恰到好处的绿茶，令人振奋提神。他衣着简朴却显得时尚，有天进门时披款杰克琼斯呢衣，转身像鞍马运动员一样快速潇洒地脱下。他手掌厚厚的，掌心热热的，眼神亮亮的，笑容暖暖的，一副随时应答别人的勤快样，令中方人员喜爱不已。他刚从学校毕业不到一年，看面相像只刚断奶的小奶猫。而事实远非如此，他早在大学一年级就在股票交易所学习炒股，被誉为"流浪在华尔街上的神童"。他喜好音乐，着迷交响乐，拉一手好小提琴，大学期间组织过一支"消失二十五世纪"的摇滚乐队，后来因成员意见相左各奔东西，但时至今日仍有忠诚的歌迷找他在软件上聊天。他酷爱运动，个子在黑人与白人中不占优势，却能在左前锋位置打出好球，被称为亚洲版的"小虫蒂尼·博格斯"。而他最擅长网球，是全美网球协会会员，打网球几乎是每晚的必修课。他在著名报纸杂志上亦发表过不少文章，主要用来阐述政治主张、为华人维权。他还通过门萨俱乐部严苛至极的测试，智商高出普通人不少。他对于现任政府的对华政策很不满意，因为自苏联解体后美国改弦易辙对华实施遏制。他大学所学专业是经济管理，其间曾赴世界性经济年会做过两次志愿者，旁听过很多演讲，并有机会与高级人士直接对话。正是看中他既有强悍的专业功底与敏锐的市场能力，最重要一点他有中国血统，所以精明的摩根先生决定起用这个亚裔年轻人，打算让他到正成为世界经济热土的中国开疆拓土。

在王海问到陈渥仑对于中国与亚洲崛起的看法时，陈渥仑目光深邃地望着繁忙的港口，很正式地说："'二战'后，东亚成为世界经济发展最具活力的地区之一，创造了令世人瞩目的'东亚奇迹'。经济全球化与区域化不断发展，因此中国不应只在亚洲内部建立贸易与投资体系，更应与世界各国开展双边、次区域及跨区域合作，以此树立世界性影响。中国的改革开放一方面要加快，但另一方面要持稳，做好经济安全的全面防范工作，令中国改革开放既受益于全球化，又不至于被准殖民化。不得不说加入各类国际性组织是很好的选择，哪怕是观察员国也好，有利于了解与掌握总体局势。中国现在是站在东方地平线上的巨人，但这个巨人强大起来仍需时日。中国在变强大的过程中，注定会比其他国家遭遇更多坎坷，这与她无论如何都是个超级大国有关，所以希望中国在这方面一定要做得聪明漂亮些。当然我会尽己所能，因为我虽是台湾人，却从来也是中国人，这点永远不会改变。"他最后的话感动了王海这边的所有人，大家都在心里默默为自己和国家打气。

在摩根先生与陈渥仑等人逗留 T 市的三天时间里，王海等人切实感到自己被天翻地覆地改造了，对于全球商场规则与市场开拓有了全新认知。过去大家都习惯做将帅，现在却人人要成为战场上的士兵。他们即将接触到当今全球生产力最发达、社会文明最先进、经济实力最强大、创造力最活跃、代表全人类最高发展程度的超级大国，他们感受到了最火热、最激动人心的人类社会图景，也仿佛呼吸到地球上最新鲜的空气，变成世界上最聪明的人类。大家的兴奋度不言而喻，每个人都在送走考察团后闭目长思，神思像大鸟穿越云层，飞往遥不可及的蓝天深处。而王海思考最多的是：一个人在怎样的社会里可以活成这个样子，到底是一个怎样的社会能够培养出摩根与陈渥仑这般独特的人。相对于他们，自己就像手无寸铁的平民遇到全副武装的海军陆战队。与这样的人打交道，现在和之前所做的准备都形同乌有。他不禁倒吸一口凉气，感觉被冻僵一般。一个国家的繁荣强盛反映到国民身上就是自信与活跃，无论财大气粗的摩根先生还是年轻气盛的陈渥仑，他们永远像没有年龄感一样地说话做事，每句话都行云流水，每件事都能操作自如，透出超级智慧与强悍功力。他们的自信来自他们知道自己喜欢做什么、能做到什么、困难和问题在哪里、解决之道又如何，社会完全可以满足他们创业做事的各方面意愿，最终只看自身有没有努力、是否认真对待。王海真正明白了竞争的含义，本质是信心、意志与能力的较量，而为了确保能赢，他必须随时学习改进和变得谦虚大度。事后，他从数码相机里翻出自己与客人的合影时，总想象自己能像他们那样自信迷人。

12 月 22 日晚七时，一次专为庆祝澳门回归的内部晚宴，马求正与自己邀来的朋友坐在一个边桌上。他当仁不让地成为全桌主角，不断地讲笑话、开玩笑，活跃气氛。他的夫人尤丝莉穿件桃红抹胸晚礼服，就差像条红烧鲤鱼跳在桌子正中。一帮朋友不外是魏小山、刘明坤、常硌宝、雷鸣晓、董明利、李梅、肖碧辰、张惠等几个，当然还有他们各自的配偶。大家都是死党，一个接一个地举杯、碰杯。喝这样的酒根本不需要那么多动议，只有一条：澳门的回归与内地的繁荣密不可分且势不可当。所以，就算有人喝醉出丑，也不会像平常那样被人介意。

"又一桩百年盛事，可喜可贺！"马求伸出红红的舌头舔嘴唇，"百年雪耻啊，百年雪耻啊！"他全程不离这句话，好像生怕脱离宴会主题，以致反复强调。

"小山，再提议一杯，今天这种日子怎么着也要喝醉，要不然怎么体现重要呢。"刘明坤第三次建议，似乎有意突出魏小山的存在感与重要性。

"就是，就是，今天哪个男生不喝醉都不许走。"马求光惦记这是个重要日子，在对面咋咋呼呼。

"马求，喝醉还怎么回去？"尤丝莉的红发在灯光下闪闪发亮，尖锐的眼睛寒光一闪。

"哟，真还是。"马求抹抹嘴，笨重地挪动身子。

"找地方醒酒去啊。"常硌宝眼睛像刀片滑过尤丝莉身子，让她觉得自己伤痕累累。从进门起，他的眼睛就没离开过尤丝莉的脖下部分。

"还是各回各家吧，老人孩子都等着呢。"李梅观察过大家，然后觉得自己的提议有些冒失。

"为贤惠的尤丝莉干一杯吧，祝她永远美丽动人。"魏小山奉承尤丝莉，希望她对大家开恩一点，也让自己借酒浇愁忘掉一些事，同时也让一帮朋友中间出现的友谊裂痕得以弥合。这回齐国民再次拒绝了大家，魏小山到场后觉得遗憾不已。尤丝莉感动至极，面颊红通通的，快速举杯向魏小山致意。

"恐怕你不是今天最美丽的那个吧。"常硌宝鼻孔像空调喷出冷气，恐龙一般的大凸眼继续盯住尤丝莉隐在胸衣里的两只小动物。

"常硌宝，你满嘴跑火车，尤丝莉当然是今天全场最漂亮的女人，这个连我们这些个女同胞都承认。"王艳茹特意望眼尤丝莉，然后把常硌宝举起来的手臂从面前推开。

"嗨嗨嗨，往哪儿看呢，那边呢！"看到有人往使节夫人们那里看，常硌宝捡起妻子的手，像从水里捞出刺丝胞动物一样扔开。蒋丽脸臊成猪肝，她完全不知该怎么管制这个顽皮冷酷的丈夫。

大家顺常硌宝指的方向看去，发现对面最不起眼的边桌上，黎红像只蓝蝴蝶静静落在那里，而那个原本极黯淡的地方，因她的存在而熠熠生辉。她那种过人的美丽像滤镜把其他光影都滤去了。女生们为此纷纷仰起头、眯起眼睛，暗自妒忌与生气；而所有男生则自动叠合在一起，越过无数人的头和肩膀，全神贯注地打量。马求悄悄将蒲扇一样的大手支到尤丝莉颔下，防止她的泪水掉到衣服上。

"我的个娘，没想到她能来。"

"就是，马求，你怎么请到她的？"尤丝莉没好气地问丈夫，好像自己受辱全是因为黎红。

"名单是主办方拟定的，想必她是作为媒体代表受邀来的吧。"马求也在那里使劲想答案。他害怕妻子发飙，因为她敢在大庭广众下拧下他的耳朵。

"怎么着，诸位，敢不敢过去敬杯酒？"常硌宝煽风点火道。

"她很少参加这种活动，莫非是别人的意思？"李梅也瞧着那边，抠着发痒的鼻根说。她与张惠第一次在公开场合分开坐了。中间留意对方，看其对魏小山一片痴情，便觉得其默许与纵容男子的程度，与自己相比有过之而无不及。

"反正她来了，咱们过去如何？齐国民对她死了心，在座的也都死心了吧？今天这个特殊日子，值得纪念！"刘明坤抚摸额头说话，丝毫没觉得这话过头。

"小子，就数你贼，南方那家企业的股票又要涨停，别怪哥们没告诉你。"

"手头玩的小把戏别放到桌面上说，没劲。"刘明坤往杯壁上弹弹，假装心不在焉地看黎红。

"你俩搞什么，我没听明白？"马求塔松一样垂着腰身，扣紧尤丝莉冰凉的小手转身问。

可常硌宝早一左一右拉起刘明坤与魏小山走掉了，雷鸣晓、董明利也端杯跟上。女生们都同情地望着隐忍难发的尤丝莉。更令尤丝莉没想到的是，马求犹豫片刻后，也经不住诱惑起身去了。尤丝莉的眼泪马上掉下来，仿佛受了天大冤屈，大家连忙凑前安慰她。

这边黎红正与王海安静地用餐并小声交流，尽管旁边热闹得很，两人却像在独享二人世界。黎红穿着蓝色姬龙雪礼服，模仿奥黛丽·赫本的公主造型，云鬓高绾，双颊似雪，纤眉如蝉，眸光流转，坐在那里如霞似彩，整个人婀娜迷人。难得王海伴在她身边，她小鸟依人，无论周围多么喧闹，幸福得像个待嫁新娘。她今天盛装出席，即便坐在最偏僻的位置，也被人马上关注到。王海由她邀请而来，坐在旁边专心陪她。眼前这帮达官贵人和社会名流，虽个个衣饰讲究、举止优雅，她却像用警戒线将他们隔开。

"又来人了。"

"还能再喝点。"黎红迷人地微笑，大方站起，毫不羞怯，接受来人的恭维与敬酒。

"你确定喜欢这种聚会？"一拨人走后，王海捏捏领结，扶她坐下。

"为什么不呢？父亲离世已久，我也该出来透透气。"黎红装得很轻松地说。十年前的亚运演出她满心不悦地陪父亲参加，十年后她陪王海出席招待会却满心欢喜。是的，她开始学会珍惜生命与生活，不再那么肤浅与草率。她抿点酒细细品味，觉得旁边的人是自己往后的全部。

王海始终略显拘谨，他想谈些别的，但这样的场合不太适合。他望着场子里到处走动的人，觉得上流社会就像张巨大的麻将桌，只见推来操去的手，却难看穿各人心思。

"你需要多参加这样的活动。总要出席几场盛会，就像酒柜里总要备几瓶红酒，否则就算不上上等的待客之道了。"黎红一边宽解王海，一边与远处一个正往这边看的外国友人隔空碰杯。

"冷不冷？"

"还好。瞧，帮你的人来了。"

"什么？"

"你不是要走上层路线吗？瞧，他们来了。"

"黎红，我——"王海扑簌着衣服站起。

"娶了我，一切就名正言顺了！"黎红轻晃酒杯，歪头冲王海笑。

王海犹豫了下，往自己的杯里加入酒。

"上次他们见过你，现在准备好了吗？"说着，黎红已将身子转向魏小山等来人，这情景与她预料中的一模一样。

"都要喝吗？"

"亲密点，这样才更有胜算。"黎红仰头轻笑起来，然后半个酥肩靠上王海。

"真美啊，像朵夜雾中的蓝色妖姬。"

"哼，和她比，我老婆简直是根柴火棍，还他妈的'十佳超模'呢！"

"怎么着，动歪心思了？"

"啊，海格立斯想吃女神朱诺的乳汁！"马求从后面追上大声说，一时间周围所有人都听到，然后惊愕地瞪大眼盯着这个走路严重不稳的秃头男人。

几个各怀鬼胎的朋友走上前，于是一场提前被设计好的相遇就这样开始了……

第十章　新世纪的第一天

三十

　　李为民在房间坐卧不安。他一会儿从窗户往下看，一会儿又跑到门边，贴上耳朵仔细听外面动静，心跳得像擂着非洲长鼓。他把与黎红见面的各种可能性想个遍，仍觉得不踏实，事情不到最后，他便一直多疑。今天他特意早来一小时，挨个检查房间，连每个角落都不放过，他希冀这是人生中最完美的一天。黎红像他心里一个又温暖又明亮的太阳，每当他因悔恨人生觉得了然无念时，她就成为他精神世界里唯一发光发热的东西，让他对这个真实世界尚存一丝留恋。自从他在会所被莫总拍了裸照、得了赃钱后，他的廉耻心便没有了，走上一条不归路。那条路笔直地通往高处，但需要他像狗那样弯腰攀爬。他不能停下，因为后面是一群威逼利诱他的虎狼。黎红美得像女神，而他丑陋得像魔鬼，他希望在她面前忏悔，让她的美为自己救赎。"这种忏悔不是我去求她做什么，而是只要她喜欢上我就行，我就会慢慢跟着她变回过去。"他天真和热切地想，觉得这简直像个童话，却相信它。下班后，他特意从里到外换上最名贵的衣物，又洒上香水，这才驱车赶到这座今晚整个京城名流都来光顾的 ZY 饭店。之前经理告知他房间已全部预订出去，他不得已动用身份才让那个经理慌里慌张腾出一间来。来这里本是个临时决定，因为直到前天刘明坤才找到他，透露黎红想见他，而用意则是央求他为其未婚夫的事业开绿灯。他让刘明坤等信，等刘明坤一走，他兴奋得原形毕露。第二天，他转告刘明坤，要亲见黎红详谈此事。为促成王海，黎红自然同意。李为民便把见面时间定在今年最后一夜，地点选在北京新近最火也是最高档的 ZY 饭店。他把这次见面构想成自己真正的婚礼，完全如己所愿打造一个隆重仪式，然后把自己的灵魂带入圣境。他甚至忘了妻子就在隔壁出席魏小山的婚礼，而黎红的未婚夫王海也恰在他上面一层住着。他自认为把一切安排妥帖，看准表，现在是晚上七点，于是颤抖着手拨通黎红手机。十几秒的响铃让他觉得漫长无比，夸张点说仿佛经历了一世。黎红那边轻声问候"你好"时，他像迎面呛到激流一样窒息。他觉得自己像只水母被冲上岸，身体迅速消融。

"黎红女士吗，我是李为民，前天明坤找我了，可巧没能聊太多。"

"我明白，您事情多。"

"恰好我今晚在 ZY 饭店约了朋友，如果您方便的话，可否到这里单独聊。您知道，这种事我不愿意让无关的人介入，因为这会涉及一些工作秘密。"

"可是——"

"您知道的，我很少有时间出来见人，尤其为了私事。我今晚有欧洲朋友过来，他飞机将在晚九点后到达，所以有空安排与您见面。如果错过今天，下次什么时候见面就不好说了。"他越往下说，谎话编得越顺溜，最后真像骗子进入了角色。

许久那边回话了，声音像从门缝里钻出来，同意了他的条件。

"七点半怎么样？八点呢？"他极力抑制狂喜，又恐她不同意。

黎红表示随便。李为民迟疑好一会儿，按键坐回床上发愣。他有点手忙脚乱，急着去洗了把脸，在看到中央电视台迎千禧年到来的又一轮全球联合直播报道后，心里陡然变得雄壮起来。

"如果她反抗，我干脆一不做二不休直接把她办了。"一种快意从他的腹股沟直蹿到脑门上，然后像朵高积云似的化开了，"就算他们知道又如何，敢去告发我？"他把长度只有半截的一只眉毛提到额丘位置，然后一侧嘴角几乎扯到耳垂，发出与整个夜晚气氛极不协调的邪笑。他的目光很快移到随身带来的那只正搁在桌上镜前的高级皮包上，里面放着他的工作证件及一串办公室钥匙。他知道那意味着什么，故而得意得像个常胜将军。他认为，权力在如今的中国像赛场上训练有素的赛马，被经验老到的选手驾驭得能够轻松逾越任何障碍。他自身的经历证明，中国社会对权力的绝对迷信与崇拜并未根除，而且权力自上而下的力矩因为改革变得越来越长，它们没能变成一种软性服务，而是继续强化为一根执教硬木。权力将上面的意志一根竹竿插到底，从而使全社会与全民意志统一、一致，却又造成权力脱管与权力至上，令它可以像污染物随空气与水流充斥所有空间。如果说改革有败笔，那么最大的就是这个。李为民如今就仗着这邪性权力骄横起来，把身体像橡胶管抻长一倍，站起来感受外面一个时代赋予他的绝对强权，并冷酷傲慢地给予全世界以轻蔑与敌视。

就在李为民头顶，王海也精心装扮了房间，耐心等待黎红的光顾。今天，不仅是本年，还是本世纪、本千年的最后一天，在这个对于全人类都特别值得铭记的日子里，他要向黎红正式求婚。之前他一直忙于集团业务，无暇顾及情感，同时害怕一段天上地下的爱情是否真能长久，所以始终心存疑虑。可不经意间，情感在日久天长中发芽生长，直到像个胎儿要出世。他不得不承认，自己一路走来能有今天，与黎红及其家庭关系重大。是的，他的事业成功了，但这不是生活的全部，他必须还需一份汤浓芡赤的爱情予以滋润。他有生理需求，内心空虚也需要填补，所以对一份美好的感情越来越渴望。很多人劝他不要接近黎红，因为她是将门出身，又美得举世无双，这样的女子既缺乏温情又充满危险。而他也了解到她拥有几乎半个京城的追求者，他们无一不是贵胄名门，像群蚊虫叮在她身后。他原以为这样一个女子强势霸道得很，可长久交往后，才发现私下里她非常孤独无助。他没期望过好结果，只想陪她走完全程。两人在毕副市长多次提携他后正式确立恋爱关系，表面上热烈欢喜，可彼此都没当即迈进对方心坎。为什么没能很快踏入婚姻殿堂呢？他们都说不清。她的理解是要照顾他的情绪，让他心甘情愿迎娶自己；他的理解则是，自己不能给到她想要的，所以要再等等看。最后，他们都依赖上对方，却总相信还没有做好最后准备。两个最倾心的人彼此犯了眼盲，每次交神都有那么一点分心。直到黎怀远去世，他们共同意识到那段路走完了，对外界放弃了最后一丝热情，转而把心收回来，全力以赴以善待这份真情。时至今日，这份爱情历经坎坷，走得精疲力竭，他们再无心力旁照其他。那天庆祝澳门回归，她在嘈杂的宴会上为他饮下每一杯敬酒，又向每个来人热情介绍他，毫不避讳称他为自己的未婚夫。她恳求魏小山等一帮朋友帮他的忙，那一刻，伟大得如同他的另一个母亲。她的美貌没有用于帮助自己，却一味地默默为他服务。所以，他不选择什么海誓山盟，也不兴师动众，而是选择这个特殊日子，在这处全京城精英荟萃之地，跪下高贵的双膝，给她戴上最璀璨的钻戒，正式向她求婚。他没有提前通知她，觉得俩人像相伴的鸟儿能随时召唤另一只。他打算把惊喜留在最后时刻，让她深深铭记这一晚。他提前让饭店布置了大量鲜花，让整个房间看着像座春天的花园。他精选了唯美的钢琴曲，只等她答应的那一刻就播放它，然后两人翩翩起舞。他把所有情节像拉清单一样想了一遍，然后心满意足地点点头。现在是晚上七点半，她应该坐着地铁下班，可以通知她了。他满怀激动地按响电话，等那头同样激动地回应。可电话提示对方已关机。他不相信似的又等会儿，里面仍重复那个声音。"或许她手机没电了，要么地铁里信号不好。"他替她想好理由后微微一笑，"特别的时刻总会有特别的意外发生，这让今天的求婚更加难忘。"他有意往好的方面想，看满屋盛开的鲜花，想象她喜极而泣的样子，心里乐开了花。他躺在沙发上休息一会儿，这些天一直在北京与T市两头跑，真有点累了，但一想到那神圣时刻和全世界都在同步进行的庆祝活动，便对新生活、新世界充满信心与期待。他感知生活和事业将在此后进入一个新阶段，今晚的安排更像一个盛大的点灯仪式，他与她将携手共赴未来。他继续拨打电话，可仍旧关机。他提醒自己多些耐心，肯定事出有因，怪不得她。他又把二人相识的过程从头到尾回忆一遍，一会儿攒起眉毛，一会儿舒开整个脸部，那滋味像饮着一碗酸酸甜甜的罗宋汤。"当初为什么没有重视她呢？如果她对我有一点不满，我们就会失之交臂。我要庆幸自己没有做错事，让她对我一直持有信心。"又过去半小时，他再次拨通电话，依旧如前。他盯着手机想了好一会儿，这下睡意全没了，因为如果时间推迟，求婚的心情会像花朵一样枯萎。他着急起来，不是不小心把衣服弄皱，就是将房间精心布置的某一处破坏。"我真蠢，没准她今天加班。加班对于她不是像过马路一样平常吗？即便今天是跨年夜。"他马上给她办公室打电话，然而同样无人接听，连续两次都一样。"怎么回事，以前从没有过这种情况，莫非她发生了意外？"他提心吊胆起来，失神地往下想，"绝对不会有那种情况发生，现在的社会管理越来越好，北京的治安形势更是全国一流，绝不会有任何问题。那么唯一的可能就是，她与朋友一起在外面吃喝庆祝呢。"想到这儿，他松了口气，认为这种可能性占到她关机可能性的90%以上。"赶巧手机没电了呗。"他摇头笑道，仿佛黎红正站在对面低头接受他的批评。"不是她的错，怪不得她，只怪我没有提前通知她。可如果提前通知了她，就不能制造惊喜浪漫的效果。"他在地毯上往返走动，最后冷静地提醒自己要等下去，不管多晚一定要打通电话，并且兴头十足地向她求婚。"如果她听到这事，就算夜里十二点，也会从床上爬起赶到这里。"他无奈地笑着，掀开窗帘看外面全部亮起的城市照明，又打开电视，里面正播放全球各地的欢庆盛景。他愉快地看下去，一个城市与一个城市的庆祝方式不同，但欢乐是相同的。他听到央视主持人中间穿插介绍新中国改革开放以来所取得的辉煌成就，展示中国新十年的发展目标，不禁跟着激动与感慨，同时想到集团自身的"两条腿"战略，更加豪情满怀。时间一分一秒过去，他每隔半小时就拨打一次电话，虽然每次都是失望，但内心绝不放弃。终于到了零点，2000年到来，在他的意念里，仿佛看到熊熊烟火腾空而起照彻夜空，他的眼睛湿润了。这时他压根没想到就在自己脚下，黎红为了他的事业正在李为民身下痛苦地不断扭曲。她以一种赴死的精神效忠爱情，为心上人做出最大牺牲。——一切结束与安静之后，王海真的累了。电话仍旧打不通，他的兴致慢慢减少，直至昏沉沉躺下。不过他依旧没有放弃，把衣服整整齐齐穿戴好，只等电话接通，就亲自去把她接来。外面葡萄灰的星空与偶尔亮起的一两簇灯火伴着他度过不眠之夜，他使劲克服着睡意，但还是迷迷糊糊睡着了。奇怪的是，梦里出现的竟不是黎红，而是他最要好的战友隋心安。

天即将亮了，他感到前所未有的疲惫。衣服仍旧完好无损，但房间里冷冷清清，昨晚的鲜花呈现凋零之态。灰色雾气隐隐流动于窗外，而上面的启明星则像独自觅食的独角兽。他捏着眉心，甚至连抬眼皮的力气都没有。这是个漫长之夜，他又像经历过一次原野拉练，从兴致昂扬转而像从死亡中复苏。打了整晚的手机像打空子弹的手枪扔在旁边，他像伤势严重的士兵躺着一动不能动。杳无音信的恋人像昨夜逝去的繁华烟火，而精心设计的求婚仪式像过点作废的车票。他浑身动一动就痛，两条修长的腿没能像平时一跃而起，只用肿了的双眼机械地转动打量整个正在黎明中苏醒的世界。他又一次拨打电话，结果如前。他把胸膛努力向上一挺站起，摸向正一下下变得广大与深远的窗户边，然后倚在窗边，深情和执着地向外眺望。那里，一颗他和隋心安曾经共睹追逐过的红日，正喷薄而出……

那是一场即使放在整个京城也算盛大的婚礼。整个场子仿佛一个夏季泳池拥挤不堪。一些神通广大的人千方百计混进场子，这样的人约占全部来人的三分之一，并且几乎全是冲着张惠这边来的。宴会的流程像几倍超载的车辆行驶缓慢，连刘明坤父母也特意从香山赶来参加，与之前几个曾在他家聚会的老者坐一桌，但彼此好像都不认识了。魏小山这边的人，除了未请到齐国民、常硌宝以及尚在服丧的黎红外，包括他在大学工作期间的同事、Q县和P市所有共过事的班子成员与下属，自然也包括高厅长、徐家良、耿直、滇书记、黄书记等人，他们都来了，卢卡斯也来了，甚至还有边民民。而刘明坤、马求、雷鸣晓、董明利、肖碧辰等同学，皆携配偶盛装出席，只有李梅独自前来。大家真心为魏小山高兴，坐好后争相谈天说地，有意引起旁人的注意。

魏小山对这场婚礼无疑是满意的。如果不是偶尔看到那位表哥在人堆里为他忙前忙后，不是看到身旁张惠那张涂抹了过多脂粉而仰望他时抑制不住幸福与喜悦的脸，他不会相信，这场婚礼的男主人公是他，更不会相信他就这样轻而易举地获得了他希求的东西。在司仪宣布他们正式结为夫妻时，他仰望大厅中间那最大的吊灯，觉得它就像他的理想国一样高悬并绽放光芒，又像太阳驱散整个大厅里的黑暗和天空阴霾，让全世界变成一个充满光明与喜悦的人间。然而，他也注意到角落里落寞的父母，与华服衮冕的亲家相比，像极了老藤上的两只朽瓜。尤其是父亲，当主持人宣布由他发表贺词时，他居然掏出稿子念起"检讨书"。那时刻，魏小山全身血液凝固，真想不结这个婚溜到外面。但看到张惠那么可爱地望着父亲，而她的父母又那样无所谓地与母亲大度交谈时，他才回过神来。

然而什么都不重要了，他已经和张惠度过新婚之夜，更重要的是，他已经在无数人的见证下被对方家庭接纳。这让无数人羡慕至极，他自己也晕晕乎乎地仿佛登上巅峰。正像那位表哥私下对他说的，只要他对张惠一心一意，今后就可以随心所欲。这对于他是太大的诱惑，就像把一杆 AK-47 交到突击队员手上。夜里的欢愉过去了，他一直没睡踏实，不断回忆起新婚的场面，也不断想象这场婚礼将会带给他的前景与实惠。前半夜，张惠甚至没来得及摘下假睫毛，就与他抱着滚上床上。现在，整夜即将过去，她正面朝上安稳地睡在一旁，像个肥胖版的白雪公主。她下巴挨住雪白的胸脯，赤身裸体仰卧于一席白灿灿的被单下，将两团晶莹剔透的乳房毫无保留地暴露在外。她已经成为他的妻子，即将带给他全新的前程。

但清晨他彻醒后，慌忙把仍放在两只肉乎乎小猪上的手拿下，然后把身子翻转过去。"她其实不难看，细瞧甚至蛮可爱。"他闻着手上尚留有的妇人热气与香味，慢腾腾地想。上过厕所，他没再回到床上，而是来到窗前。尽管穿了睡衣，仍冷到肌骨："我就这样来到新千年的第一天，在隐隐的灰色天际里，太阳很快会像一枚受精卵萌生出世。从现在起，我须将政治理想像半截剑埋进土里，直到有朝一日，它重新出世，寒光闪闪，睥睨天下……"

1999 年 12 月 31 日夜，张华仔在入驻的 ZY 饭店远眺，回顾自己在北京这几天的见闻，真是感慨万千。放眼全国，北京作为中国改革开放的风源地与策起地，每天都产生数以万计的信息量，为全国设计改革蓝图与谋划发展提供服务。而自二十世纪七十年代末起的二十年当中，整个中国国土形成三个改革开放的重要基地，除北京，另两处就是深圳和上海。深圳是社会主义市场经济发展的典范，各类市场元素自由流动，各种成分的企业辐辏云集，尤以民营经济为先，成为民营企业家的乐园；上海则以浦东开发为突破口，实施产业与金融的升级提档，风起云涌的上海滩连创新奇迹，浩浩荡荡转型为区域资本与风险资金的逐鹿之地，再而成为世界焦点。这三个地方活力迸射，连缀成中国改革开放事业三足鼎立的框架，所取得的巨大进步与辉煌业绩，不仅当之无愧成为中国对内改革、对外开放最具说服力的窗口和形象，而且在它们的引领下，全中国进入一个"白河时代"，改革浪潮蔓延向全业全域，造就一个让全体世人眩晕与惊叹的大改革年代。改革开放从试验探索业已走向规模化推广，演化为中国一次次实现自我突破与超越的万能机制，蜕变为全国上下最能凝聚人心的主导行为。这是人类有史以来规模最为宏大的和平建设，是人类有史以来最富效率的自我革新，也是世界上继工业革命与"二战"后，涉及地球人口最多、区域范围最大的社会性变革与调整，由此也被视为将诞生人类史上新发展模式的端倪与初始。正是在这种背景与现状下，中国与北京迎来新世纪与新千年。于是，当张华仔临窗远眺正泛滥于一片流光溢彩中的大北京时，身为一名中国人与当事人的自豪感油然而生。来北京前，他已经和王海联络过，双方都出奇地友好。他带着无比喜悦回到房间，享受今晚这普天同庆的时刻，然后明天与王海正式见面商谈。今晚他什么也不做，只专心感受北京，感受这个正在富裕与强大起来的国家。他清楚地明白，正因为国家实施了改革开放，这个古老的东方文明古国才得以再次焕发生机。身为一个中国人，无论自身状况如何，在这样一个特殊日子里，都应该特别嘱咐自己牢记使命、不忘前事，也以更加昂扬坚定的姿态迎接新时期的到来。"二十一世纪必将属于中国，我也将以此为新起点、新契机，开创桃源村无比美好的新局面，并助力国家实现百年目标和民族伟大复兴。"他听到电视机里主持人高亢的宣讲，内心像鸣响一曲宏大的交响乐，"这个新世纪将因中国而不凡，这是历史的嘱托，也是时代的使命，是千百年来所有中国人的心愿。中华民族已经站起来、富起来，在新世纪更要强起来、现代起来。民族复兴伟业是党和国家制定实施的一项旷世仅有、影响至深的时代战略，它让中华民族又一次在濒死逆境中向死而生。'时移世易，变法宜矣''海纳百川，有容乃大'，继而承担全部国人的意志，借此谱写全人类的共同命运……"

酒店下边，晚上九点半，在整个街区与酒店内外透亮通明的灯火中，身着一袭火红大衣的窈窕女郎款款走向饭店门口。她身材挺拔傲人，微笑自信迷人，乌黑浓密的烫发高高朝后拢起，像只火凤凰翩翩降临，照亮整个京城与黑夜。在进入饭店前的一瞬，她朝十九层的某个房间窗户轻轻瞟了下，然后高昂起下巴，一往无前地走进去……

张华仔半夜突然醒来的时候，发现小燕子正甜蜜幸福地依偎在他身边。她火红的衣服早散落床头，光洁耀眼的胴体正覆盖在一件缠绕着的毛巾被下面，一条弯弯的臂膀正放在他多毛的胸口上。他吓坏了，噌地坐起来，再看自己下面，正凝固着一团黑色血块。他愣住了，脑子里轰轰作响。他慌忙下床，全身麻酥酥地来到窗前。他不知道这一切是怎么发生的，只记得小燕子来找他时，他们一起坐下吃喝东西，然后兴奋地聊起这两天的见闻。他发着抖地拉开窗帘的一角，下意识地看那个热闹之后归于平静的城市，身下像彻底消失一样发虚发软……

北京的庆祝之夜结束了，全中国、全世界迎来崭新的一天。可能昨晚人们庆祝都有点累了，所以平常早该喧闹起来的早晨依旧寂静。灰霭霭的城市像浸透在一片冰冷寂静的水中，而就在天边，沉积着一大溜巨型铅色云带，它们毫无生机却无比顽劣地横亘于绵延的地脊上，令周遭死气沉沉。但当人们心灰意冷之际，一两缕无比鲜亮的霞光突然钻透云带，在细细的界线上带着韧劲崩弹出来，并刺穿更多沉甸甸的厚实云块，渐渐加速冲破、游动、稀释、融化，令整个天空发生神奇变化。一切都在很短时间内完成，令人们的眼睛和心情不能马上适应。总之那里发生了改变，特别是耀眼的金红亮光，不断在紧闭的云隙中自由泼辣地穿透与闪烁，使整个世界不断变得温暖与生机勃勃起来。"天行健，君子以自强不息；地势坤，君子以厚德载物。"接着，整个薄而明亮的太阳边缘在灰黄交替的云絮中现身，利刃般割裂那些云条、云团、云絮，把散射到天空中的微曦也切分得支离破碎，同时又让整个天空和大地马上红亮起来。清醒后的人们注意到这日出，都感觉来到一座彩虹拱门下，就在他们庄严地想要说些什么的时候，张口之际又哑然失语。他们顾不得头发凌乱、衣服打褶、脸上脏兮兮的，却下意识地站直和撑开身体，感应体内流窜出的一股股电流。最终他们按捺不住，高挺胸膛，霍地推开窗户，在迎面而来的强大红色力量中，自由顺畅地呼吸，整个人的身心像氢气球那样越来越轻、越飞越高、越飘越远……

图书在版编目（CIP）数据

橙灰的天际 / 包讷睿著 . -- 北京：作家出版社，
2025. 1. -- ISBN 978-7-5212-3194-6

Ⅰ. I247.5

中国国家版本馆 CIP 数据核字第 2024TG5171 号

橙灰的天际

作　　者：包讷睿

责任编辑：张　平

装帧设计：书游记

出版发行：作家出版社有限公司

社　　址：北京农展馆南里 10 号　　　邮　　编：100125

电话传真：86-10-65067186（发行中心）

　　　　　86-10-65004079（总编室）

E-mail:zuojia @ zuojia.net.cn

http://www.zuojiachubanshe.com

印　　刷：三河市北燕印装有限公司

成品尺寸：170×240

字　　数：710 千

印　　张：37.75

版　　次：2025 年 1 月第 1 版

印　　次：2025 年 1 月第 1 次印刷

ISBN 978-7-5212-3194-6

定　　价：89.00 元